A STUDY ON THE IMITATED POEMS IN THE WEI, JIN, NORTHERN AND SOUTHERN DYNASTIES

国家社科基金
后期资助项目
GUOJIA SHEKE JIJIN HOUQI ZIZHU XIANGMU

魏晋南北朝拟诗研究

郭晨光 著

中国社会科学出版社

图书在版编目（CIP）数据

魏晋南北朝拟诗研究／郭晨光著. --北京：中国社会科学出版社，2024.11

ISBN 978-7-5227-3177-3

Ⅰ.①魏… Ⅱ.①郭… Ⅲ.①古典诗歌—诗歌研究—中国—魏晋南北朝时代 Ⅳ.①I207.22

中国国家版本馆 CIP 数据核字（2024）第 044047 号

出 版 人	赵剑英
责任编辑	王小溪
特约编辑	史慕鸿
责任校对	王 龙
责任印制	李寡寡

出　　版	中国社会科学出版社
社　　址	北京鼓楼西大街甲 158 号
邮　　编	100720
网　　址	http://www.csspw.cn
发 行 部	010-84083685
门 市 部	010-84029450
经　　销	新华书店及其他书店
印　　刷	北京君升印刷有限公司
装　　订	廊坊市广阳区广增装订厂
版　　次	2024 年 11 月第 1 版
印　　次	2024 年 11 月第 1 次印刷
开　　本	710×1000　1/16
印　　张	20.25
插　　页	2
字　　数	363 千字
定　　价	108.00 元

凡购买中国社会科学出版社图书，如有质量问题请与本社营销中心联系调换

电话：010-84083683

版权所有　侵权必究

国家社科基金后期资助项目
出版说明

后期资助项目是国家社科基金设立的一类重要项目，旨在鼓励广大社科研究者潜心治学，支持基础研究多出优秀成果。它是经过严格评审，从接近完成的科研成果中遴选立项的。为扩大后期资助项目的影响，更好地推动学术发展，促进成果转化，全国哲学社会科学工作办公室按照"统一设计、统一标识、统一版式、形成系列"的总体要求，组织出版国家社科基金后期资助项目成果。

全国哲学社会科学工作办公室

序

张峰屹

魏晋南北朝的近四百年，是一个令人心向往之的时代。文化多元竞发，思想宽容开放，文学艺术多方探索、新变频出，充满了生机活力和无限可能性。魏晋南北朝文学的丰富和多样，体现在作家作品的空前繁多、多种文学题材的开拓、众多文体的创新、文学表现技巧的探索提升、文学风格的多样、文学创作方式（情境）的多方呈现、文学集团的形成以及文学观念的多元演进等许多方面。这种繁盛的景观，在这个时代之前是不曾有过的；同时，它也为唐代文学的繁荣奠定了坚实的创作实绩和思想观念基础。

面对这样一个丰富活跃、异彩纷呈的文学时代，近四十年的文学史研究也越来越开放，或是不断拓展新的研究领域，或是从新的视角、新的观念重新审视经典的问题，无论是文学史书写还是专题研究，都出现了一些深入精切的优秀成果。同时也毋庸讳言，从总体上看来，我以为魏晋南北朝文学的描述和研究，仍然不能完整地反映这个时期文学实际的全貌。学界普遍的情形，还是在谈自己感兴趣的问题，而忽略甚或无视其他文学现象的存在。一些普遍存在于这个时期的重要文学现象，还没有得到应有的重视和评价。魏晋南北朝文学的原貌全相，仍然或隐或显地存在于《文选》、《文赋》、《文心雕龙》、《诗品》、史传文人评论以及《文苑英华》、《先秦汉魏晋南北朝诗》、《全上古三代秦汉三国六朝文》等原典和总集（以及别集）之中，等待开掘。形成这种状况的直接原因，是研究者的视野还不够开阔；视野不够开阔，则主要缘于思想立场的偏执或故步自封。早在刘勰，已然能够兼容并蓄，他既说"观其时文，雅好慷慨，良由世积乱离，风衰俗怨，并志深而笔长，故梗概而多气也"（《文心雕龙·时序》），又说"怜风月，狎池苑，述恩荣，叙酣宴"（《文心雕龙·明诗》），比较全面客观地评论曹魏时期的文学。而当代通行的文学史在描述建安文学时，却往往只说前者而忽视后者。这就是固执思想立场而刻意舍弃的一个显例。由此，在很大程度上就消解了魏晋南北朝文学的丰富性，当然也就未能完全符合魏晋南北朝文学的原貌真相。

魏晋南北朝文学，可以转换思路做开放思考、重新探究的领域和问题其实有很多，这里难以一一列述。即如晨光这本专著，讨论这个时期的"拟诗"现象。这样的选题，在正统文学史家看来，应该是没有多少研究价值的。但是若从文学史事实看，以仿拟为拓新，是中国传统文学演进的一条重要途径。王瑶先生曾撰《拟古与作伪》一文，专门讨论魏晋人仿拟前人创作诗赋的问题。他认为，仿拟前作乃是出于两种动机：一是学习作文的方法，二是与前人比短长，与时人较高下（《中古文学史论》，北京大学出版社1998年版）。最后一个动机，就具有重大的文学史意义。梅家玲于20世纪90年代撰写的几篇论文，借用西方美学理论，探讨并肯定了汉魏六朝拟代、赠答两类诗赋的文学内涵及其价值（《汉魏六朝文学新论：拟代与赠答篇》，北京大学出版社2004年版）。这些研究虽然未及展开，也还不够深入明切，但都是视野和思想开放的有益探讨。

在我看来，仿拟前人的诗文作品，事实上并不是亦步亦趋的机械模仿，更不是抄袭。文学史上著名的仿拟之作，往往都不是"学习作文的方法"，更多是"与前人比短长，与时人较高下"。扬雄可谓史上大规模仿拟前人创作的第一人，《汉书·扬雄传》说："（雄）以为经莫大于《易》，故作《太玄》；传莫大于《论语》，作《法言》；史篇莫善于《仓颉》，作《训纂》；箴莫善于《虞箴》，作《州箴》；赋莫深于《离骚》，反而广之；辞莫丽于相如，作四赋：皆斟酌其本，相与仿依而驰骋。"扬雄以仿拟为创作的目的，是"欲求文章成名于后世"，这便不是单纯机械的模仿所能达成的。到了魏晋南北朝时期，仿拟前作成为一种不容忽视的文学创作现象，重要作家大都有仿拟前人的诗文赋作品，而独出机杼，各擅胜场。这就不能轻易简单地轻视它及其背后的文学成因，而需要认真对待。

研究这一类文学现象，我以为需要从文学创作和文学观念两个层面考察。前者可以弄清楚现象本身（题材偏好、文体特征、表现方式及其风貌等）的来龙去脉，检视、发现其具体的变化和演进情状，以显示此类创作的文学史意义。后者则更深入一步，从文学创作现象所蕴涵的文学思想层面，考察此类文学创作现象的思想观念内涵及其思想演进意义。两相结合，差可获得比较全面的认知，进而可以衡估其文学史、文学思想史价值。

晨光的这本专著，是她博士学位论文的修订稿。在全面体认唐前诗歌发展趋势的基础上，专题研讨魏晋南北朝拟诗的创作情况及其文学史价值。近几十年来，关于魏晋南北朝模拟文学的研究，已出现了一些令人耳目一新的成果。但也毋庸讳言，这个课题还存在拓展和深化的空间，要而言之：其一，研究其他问题而旁及拟诗的情况比较普遍，专题的有深度的研究成果尚不多见；其二，仅限于文学史意义的研究较多，从文学思想史进路作深度探究的成果甚少；其三，集中在某个方面、某个角度做个案研究的成果较多，在一个合理的历史时期内做全面系统研究的成果较少。因此，晨光将魏晋南北朝时期的拟诗创作，分为五个时段系统梳理其演进轨迹，又单列北朝一章概述北朝的拟诗创作情况，这就使问题的讨论比较系统而集中。在每个时段内，或是对重要的拟诗作家做重点论述，或是对该时段重要的拟诗现象做详细考察，以史论结合的方式结构全书，点面结合，比较全面系统地阐述了她对魏晋南北朝拟诗现象的观察和认识。书中提出了一些重要的理论思考：第一，她提出"拟诗"并非仅是模拟，而是一种创作方法，"拟诗"的要义是以拟求变。这一点我非常赞同。第二，此前的同类研究，要么是单做拟乐府或拟徒诗，要么是不加区别混同并说，晨光把两者统筹考量，区别同异，因其视角不同，故看法便有了新意。第三，对一些具体问题，晨光也提出了自己的看法，书中时见，这里不必赘言了。总的感觉，这一专题研究有效推进了魏晋南北朝"拟诗"问题的研究，这是晨光的学术贡献。

当然，从理想的目标看，这本专著还存在缺憾，那就是未能在文学思想的层面展开充分、深入的研究。攻读博士学位只有三年时间，能够把一个长时段内这么丛杂的问题梳理清楚，已属不易。更深入的讨论，期待晨光以后接续完成。

时光太匆匆。晨光随我读硕士是2009年，2012年再跟我攻读博士，博士毕业迄今也已过去七八年了！她给我最深的印象，一是满腔热忱积极进取，二是真心喜爱学术研究。多年来，她已经树立了竭泽而渔的为学品格，论不空出的严谨学风，具备了细察发现和明辨思考的能力。晨光勇往直前的性格，加上这些基本的学术素养，必将令她的学术研究更加进步和成熟。

2023年3月于南开大学范孙楼之研究室

目　录

绪　论 ……………………………………………………………（1）
 第一节　魏晋南北朝时期的拟诗源流 ……………………………（2）
 第二节　研究综述与研究思路 ……………………………………（10）

第一章　曹魏时期——文人拟乐府的发轫 …………………………（15）
 第一节　曹操《气出倡》三首对汉代歌舞百戏的继承 …………（17）
 第二节　曹植以"篇"系题的文人拟乐府 ………………………（30）

第二章　两晋时期——拟诗的全面兴盛和衰落 ……………………（42）
 第一节　从拟作角度谈西晋故事乐府对汉乐府体式的复归
    ——兼说汉乐府经典地位的定型 ………………………（45）
 第二节　陆机《拟古诗》和拟乐府的不同创作方法
    ——兼辨古诗和乐府之关系 ……………………………（53）
 第三节　东晋拟诗的衰落与自振 ………………………………（63）
 第四节　陶渊明《拟古》九首与鲍照《拟古》八首对比研究 …（70）

第三章　刘宋时期——文人拟诗的多元化发展 ……………………（81）
 第一节　谢灵运《拟魏太子邺中集》拟作缘由等问题 ………（82）
 第二节　从刘宋拟乐府书写范式的转型看士庶乐府之分流 …（93）
 第三节　鲍照"代"乐府体
    ——兼论"代"非"拟"之意 …………………………（110）
 第四节　从文人拟作吴声西曲看宋齐雅俗沿革 ………………（124）

第四章　萧齐时期——文人拟诗的新变 ……………………………（137）
 第一节　从江淹《杂体诗三十首》对原作的因革看南朝诗学
    观念的变迁 …………………………………………（139）

第二节　贵游子弟的拟作与永明诗风的嬗变 …………………（148）

第五章　梁陈时期——拟诗的变体和总结 ………………………（177）
　　第一节　《文选》"杂拟"类与萧统的诗学观念 …………………（179）
　　第二节　从南朝乐府到宫体诗的内部演化机制 …………………（191）
　　第三节　论古意诗 ……………………………………………（204）
　　第四节　论"赋得"诗 …………………………………………（221）

第六章　北朝拟诗述论 ……………………………………………（236）
　　第一节　北朝拟诗概况 …………………………………………（236）
　　第二节　南北朝多元文化交流中的"梁鼓角横吹曲" ……………（251）
　　第三节　庾信《拟咏怀》二十七首与易代之际的记忆
　　　　　　建构 ………………………………………………（265）

附　录 ………………………………………………………（278）
　　中古士人的拟诗与《古诗十九首》的经典化 ……………………（278）

参考文献 ……………………………………………………（297）

后　记 ………………………………………………………（313）

绪　论

拟诗是魏晋南北朝时期独特的文学现象。明胡应麟有言："建安以还，人好拟古，自《三百》、《十九》、乐府、铙歌，靡不嗣述，几于充栋汗牛。"[1] 他们拟《诗经》、拟乐府、拟《古诗十九首》，或者直接模拟前代或者当代诗人的作品。可见拟诗自建安时期开始发轫，就包括拟徒诗和拟乐府两大类。当时的主要作家如陆机、陶渊明、谢灵运、鲍照、江淹等人，几乎人人都有拟诗。据笔者统计，在诗题、诗序中明确说明拟作性质的魏晋南北朝拟诗就有三百四十七首之多，如若加上拟乐府，用"汗牛充栋"形容真是毫不为过。拟诗在当时能够作为诗人的代表作，如《诗品序》称"灵运《邺中》，士衡《拟古》……斯皆五言之警策者也。所谓篇章之珠泽，文彩之邓林"。[2] 萧统《文选》卷三一"诗·杂拟"类收录拟徒诗和拟乐府六十三首，数量居各类诗歌第二位。

大凡模拟，总是依照优秀、备受瞩目的文学范本。拟作者在对原作阅读、理解和诠释的基础上，承袭其修辞造句、体式结构，进而"并因触类，广其辞义"（陶渊明《闲情赋序》）。从这个角度，《文选序》所谓"踵其事而增华，变其本而加厉"，称得上拟诗的绝佳注脚。拟诗是在原作的基础上"踵事增华"。模拟寓"传统"于"创新"之中，这一文学样式蕴含着辩证性的传承意义。其肇兴于魏晋，延绵不绝于整个六朝时代，所见证的，正是在被视为文学"自觉"和"新变"时期，诗人如何借由出入古今、折中新旧，试图建立一己之主体性的尝试和努力。

---

[1] （明）胡应麟：《诗薮》，上海古籍出版社1979年版，第131页。
[2] （南朝梁）钟嵘著，曹旭笺注：《诗品笺注》，人民文学出版社2009年版，第211页。

第一节　魏晋南北朝时期的拟诗源流

一　拟诗源流

　　模拟古人进行创作的文学传统，最早可以追溯到汉代。两汉文学重模仿的特性已被前辈诸家从不同角度予以揭示。① 史书中最早记载以模拟成名的文人当属扬雄，据《汉书·扬雄传》载："先是时，蜀有司马相如，作赋甚弘丽温雅，雄心壮之，每作赋，常拟之以为式。又怪屈原文过相如，至不容，作《离骚》，自投江而死，悲其文，读之未尝不流涕也。以为君子得时则大行，不得时则龙蛇，遇不遇命也，何必湛身哉！乃作书，往往摭《离骚》文而反之，自岷山投诸江流以吊屈原，名曰《反离骚》；又旁《离骚》作重一篇，名曰《广骚》；又旁《惜诵》以下至《怀沙》一卷，名曰《畔牢愁》。""实好古而乐道，其意欲求文章成名于后世，以为经莫大于《易》，故作《太玄》；传莫大于《论语》，作《法言》；史篇莫善于《仓颉》，作《训纂》；箴莫善于《虞箴》，作《州箴》；赋莫深于《离骚》，反而广之；辞莫丽于相如，作四赋：皆斟酌其本，相与仿依而驰骋云。"② 班固说扬雄模拟，其实情况不一，拟《离骚》作《广骚》等，从形式到内容模拟成分较重（即使《反骚》，也不过反其意而用之）；拟《虞箴》作《州箴》，仅仅采用了模拟对象之体式而已，不完全等同于今人所说的模拟。除了扬雄之外，现存班固、傅毅、张衡等人的集中拟作也不乏其例。汉代文学以辞赋为主流，文人的拟作多集中于辞赋方面。班固《离骚序》中提到后人对屈原辞赋的模拟，"其文弘博丽雅，为辞赋宗。后世莫不斟酌其英华，则象其从容"③，模拟的发生就是由于后人对前代文学经典的追慕。西晋傅玄《七谟序》亦云："昔枚乘作《七发》，而属文之士若傅毅、刘广世、崔骃、李尤、桓麟、崔琦、刘梁、桓彬之徒，承其流而作之者纷焉，《七激》《七依》《七说》《七蠲》《七举》《七设》之篇，于是通儒大才马季长、张平子引其源而广之，马作《七厉》，张造《七辩》，或以恢大道而导幽滞，或以点瑰而托调咏，扬辉播烈，垂于后世

---

① 如周勋初《两汉摹拟作品一览表》，收入氏著《文史探微》，上海古籍出版社1987年版，第5—8页。
② （汉）班固：《汉书》，中华书局1962年版，第3515、3583页。
③ （宋）洪兴祖撰，白化文等点校：《楚辞补注》，中华书局2009年版，第50页。

者，凡十有余篇。"以史家的眼光详尽地梳理了汉代众多文人拟作，后代文人对于前代的文学经典，"承其流而作之"，"引其源而广之"。可见拟作系列的书写是何等强大，它具有不断延生的能力。在"历时性"的模拟过程中，后人通过拟作将自己纳入"传统之流"。

两汉模拟之风为后代拟诗的兴起奠定了基础，积累了必要的艺术经验。魏晋南北朝拟诗的出现与两汉拟古之风紧密相连，刘永济即说："盖子云为文，好与古人争胜，遂开拟古之风。子云既拟《易》作《太玄》，拟《论语》作《法言》，拟《仓颉》作《训纂》，拟《尔雅》作《方言》，拟《虞箴》作《州箴》，拟《离骚》作《反骚》《广骚》《畔牢愁》，拟相如赋作《甘泉》《长扬》《羽猎》《河东》四赋，拟《答客难》作《解嘲》，拟《封禅文》作《剧秦新美》。……于是乐府家亦多拟古题，述古事者。魏晋以下，平原兄弟、陆、傅、颜、谢、江、鲍之俦，操翰摛文，模拟拟古。"① 这里涵盖的拟诗大约可分为两类，一是以"拟""仿""效""学""代""古意"等作为诗题的拟诗（此类大部分为徒诗），创作上体现了明确的模拟目的。根据笔者统计，这类诗作在整个魏晋南北朝时期共有三百四十七首之多。另一类是"以述古事"的拟乐府之作。列举的几位诗人如陆机、傅玄、谢灵运、鲍照、江淹等也是两者兼善。

拟诗最早作为一种学诗门径。南宋朱熹曾说："向来初见拟古诗，将谓只是学古人之诗。元来却是如古人说'灼灼园中花'，自家也做一句如此；'迟迟涧畔松'，自家也做一句如此；'磊磊涧中石'，自家也做一句如此；'人生天地间'，自家也做一句如此。意思语脉，皆要似他底，只换却字。某后来依他如此做得二三十首诗，便觉得长进。"② 因此后世一直称拟诗为"临帖""描红"，"是一种主要的学习属文的方法，正如我们现在的临帖学书一样。前人的诗文是标准的范本，要用心从里面揣摩、模仿，以求得神似"③，正是学诗的基础性工作。

模拟的发生除了学习、致敬经典以外，还有与古人一较高低的心态，陆云《与兄平原书》曰："古今兄文所未得与校者，亦惟兄所道数都赋耳。其余虽有小胜负，大都自皆为雄耳。……云谓兄作《二京》，必传无疑，久劝兄为耳。"④ 埋怨陆机不听劝告，让庶族文人左思模拟前人京都大赋而成《三都赋》。陆机没有模拟汉赋这种高度成熟的文体，而是将目光瞄准

---

① 刘永济：《十四朝文学要略》，中华书局 2007 年版，第 120—121 页。
② （宋）黎靖德编：《朱子语类》，中华书局 1986 年版，第 3301 页。
③ 王瑶：《拟古与作伪》，《中古文学史论》，北京大学出版社 1998 年版，第 216 页。
④ （晋）陆云著，刘运好校注整理：《陆士龙文集校注》，凤凰出版社 2010 年版，第 1082 页。

当时尚未发展成熟的五言诗。所作《拟古诗》十四首（《文选》收录十二首），通过拟古试图超越汉魏诗风。刘宋时期，南平王刘铄也采取了类似的方法，《金楼子·说蕃篇》云："刘休玄（铄），少好学，有文才。尝为《水仙赋》，当时以为不减《洛神》。《拟古》诗，时人以为陆士衡之流。余以为《拟古》胜士衡也。"① 后来者通过与一位久享声誉的前辈竞争为自己争取一席之地。诗人对原作的改造就是在文本场域中展开的，与他们诗作所涉及的外部世界并无直接联系。虽然切断了文学艺术的生活之源，但拟作者是在另一个更高的宏观层次上来演绎"文"的概念，善于在前人名篇名句上踵事增华的人，自然就是"文人"中的"文人"。

时人肯定拟诗艺术价值的同时，也有一些持批评态度。据《世说新语·文学》篇载："庾仲初作《扬都赋》成，以呈庾亮，亮以亲族之怀，大为其名价，云可三《二京》、四《三都》。于此人人竞写，都下纸为之贵。谢太傅云：'不得尔，此是屋下架屋耳，事事拟学，而不免俭狭。'"② 此后，"屋下架屋""邯郸学步"成了后人攻击拟诗的口实。如《容斋随笔》卷七"七发"条云："枚乘作《七发》，创意造端，丽旨腴词，上薄《骚》些，盖文章领袖，故为可喜。其后继之者，如傅毅《七激》、张衡《七辩》、崔骃《七依》、马融《七广》、曹植《七启》、王粲《七释》、张协《七命》之类，规仿太切，了无新意。傅玄又集之以为《七林》，使人读未终篇，往往弃诸几格。柳子厚《晋问》乃用其体，而超然别立新机杼，激越清壮，汉晋之间，诸文士之弊，于是一洗矣。东方朔《答客难》自是文中杰出，扬雄拟之为《解嘲》，尚有驰骋自得之妙。至于崔骃《达旨》、班固《宾戏》、张衡《应闲》，皆屋下架屋，章摹句写，其病与《七林》同。"③ 认为模拟是机械、缺乏创造力的代名词，甚至有人借模拟之名盗他人作品窃为己作。如明代"前后七子"提倡"文必秦汉，诗必盛唐"，其诗派末流实则流为剽窃抄袭、欺世盗名。故龙榆生斥其"明诗专尚摹拟，鲜能自立"，"竞相剽窃，丧失自我"④。王瑶《中古文学史论》之《拟古与作伪》指出后人往往将"拟古"等同于"作伪"，并多方考辨驳斥，为模拟正名。实际上，朱熹就曾指出："大率古人文章皆是行正路，后来杜撰底皆是行狭隘邪路上去了。"⑤ 其罪责当然不能由模拟来承担。模

---

① （南朝梁）萧绎撰，许逸民校笺：《金楼子校笺》，中华书局2011年版，第654页。
② 徐震堮：《世说新语校笺》，中华书局2009年版，第141页。
③ （宋）洪迈撰，凌郁之笺证：《容斋随笔》，中华书局2021年版，第260页。
④ 龙沐勋：《中国韵文史》，商务印书馆1935年版，第88页。
⑤ （宋）黎靖德编：《朱子语类》，第3301页。

拟不仅不怕别人知晓，反而要让拟作与原作成为不可分离的"互文关系"，跨越时空展开对话。正如唐皮日休《九讽系述序》言："在昔屈平既放，作《离骚》经。正诡俗而为《九歌》，辨穷愁而为《九章》。是后辞人摭而为之。皆所以嗜其丽辞，撢其逸藻者也。至若宋玉之《九辩》，王褒之《九怀》，刘向之《九叹》，王逸之《九思》，其为清怨素艳，幽抉古秀，皆得芝兰之芬芳，鸾凤之毛羽也。……大凡有文人不择难易，皆出于毫端者，乃大作者也。"①

二 "拟诗"解题

从文学史来看，"拟诗"的概念起源于文人的创作实践。拟诗一般依据原作者的诗歌作品及其诗歌的总体风格进行仿拟，多传习其语言技巧和情思内涵，并且尽可能地毕肖原作。清吴淇云"拟诗始于士衡。大抵拟诗如临帖然"②，即指陆机《拟古诗》十四首（《文选》收十二首）。在此之前，正始时期的何晏作有两首《言志诗》，明冯惟讷《古诗纪》题曰《拟古》。《世说新语·规箴》篇刘孝标注引《名士传》曰：

> 是时曹爽辅政，识者虑有危机，晏有重名，与魏姻戚，内虽怀忧，而无复退也。著五言诗以言志曰："鸿鹄比翼游，群飞戏太清。常畏大网罗，忧祸一旦并。岂若集五湖，从流唼浮萍。永宁旷中怀，何为怵惕惊？"盖因（管）辂言，惧而赋诗。③

建安以前文人未有以"拟古"为题者，《古诗纪》题为《拟古》，不知何据，钱志熙言："所谓拟古者，是指模仿古人感激为诗，比兴言志的写作方式，亦以偶尔吟咏，不以作者自居。拟古与言志原是可以统一的。"④ 即刘良注《文选》"杂拟"类所谓的："比古志以明今情"⑤ 类似的例子还有《艺文类聚》卷八八"木部"松类载张华无题诗云："松生陇坂上，百尺下无枝"，明曹学佺《石仓历代诗选》卷三晋诗张华名下录该诗，题为

---

① （清）董诰等编：《全唐文》卷七九八，上海古籍出版社1990年版。
② （清）吴淇著，汪俊、黄进德点校：《六朝选诗定论》，广陵书社2009年版，第245页。
③ 徐震堮：《世说新语校笺》，第304页。
④ 钱志熙：《中国诗歌通史·魏晋南北朝卷》第二章《"正始"与魏代后期的诗歌》，人民文学出版社2012年版，第145页。
⑤ （南朝梁）萧统编，（唐）李善、吕延济、刘良、张铣、吕向、李周翰注：《六臣注文选》，中华书局2012年版，第575页。

《拟古》,《古诗纪》与此相同。然在明代佚名所编《六朝诗集》中则归入鲍照名下,题为《赠故人马子乔》其三(此诗与组诗其余五首风格接近)。张溥《汉魏六朝百三家集》将其分别编入《张华集》和《鲍照集》。傅玄《拟马防诗》仅存一句,因此傅刚认为"可靠、完整的拟诗,只能是陆机的《拟古》十四首"①。

魏晋南北朝时期的拟诗主要包括以下几种类型:首先,直接在诗歌题目上冠以"拟""绍""效""学""代""古意""赋得"等标识,我们称之为有明确的模拟意识。所谓"拟",《说文》曰:"拟,度也。从手,疑声。"段玉裁注曰:"今所谓揣度也。"②"拟"有揣摩、揣度之意。《汉书·扬雄传》曰:"先是时,蜀有司马相如,作赋甚弘丽温雅,雄心壮之,每作赋,常拟之以为式。"颜师古注曰:"拟,谓比象也。"③即"拟"首先以外在形貌的相似为依据。《说文》云:"绍,继也。"④"绍"有继承前人之意。《说文》云:"效,象也。"段玉裁注云:"象,当作像……像,似也。"⑤梁顾野王《玉篇》云:"效,法效也。""效"即效仿之意。《广雅·释诂三》云:"学,效也。""学"亦即仿效之意。"代"的情况比较复杂,《说文》云:"代,更也。"⑥《方言》注曰:"凡以异语相易,谓之'代'也。"⑦"代"有替代之意,如曹丕《代刘勋妻王氏杂诗》、鲍令晖《代葛沙门妻郭小玉作》二首等。又沈德潜《古诗源》曰:"代,犹拟也。"⑧"代"也可引申出模拟之意。梅家玲针对"代言"即说:"不论是拟作,抑是代言,都必须根据一既有文本去发挥表现;此文本不仅是书写的形态出现的特定原作,也包括一切相关的人文及自然现象。所不同者,仅在于拟作必须以一定的文学范式为准,代言于此则阙如。但后世论文者在讨论拟代诸作的相关问题时,往往将其一概而论,并未考虑到拟作,代言诸体质性的差异,以及其间纠结错综关系,至以对其多持以否定态度。事实上,由于所依据之文本性质的差异,拟作、代言原自有分际,但在某些情况下,却又以合一的姿态出现,考诸汉魏以来的拟代之作,'纯拟作''纯代言''兼具拟作、代言双重性质',正是其三种最基本的作品类型,

---

① 傅刚:《论陆机诗歌创作的艺术特色》,《上海师范大学学报》1989 年第 2 期。
② (汉)许慎撰,(清)段玉裁注:《说文解字注》,浙江古籍出版社 2012 年版,第 604 页。
③ 《汉书》,第 3515 页。
④ (汉)许慎撰,(清)段玉裁注:《说文解字注》,第 646 页。
⑤ (汉)许慎撰,(清)段玉裁注:《说文解字注》,第 123 页。
⑥ (汉)许慎撰,(清)段玉裁注:《说文解字注》,第 375 页。
⑦ (汉)扬雄撰,(晋)郭璞注:《方言》,中华书局 2016 年版,第 124 页。
⑧ (清)沈德潜选:《古诗源》,中华书局 2006 年版,第 211 页。

以此三类为宗，复有若干交糅错综之变化。"① 前两者容易理解，鲍令晖《代葛沙门妻郭小玉作》就属于"兼具拟作、代言双重性质"，从题目可知代僧徒之妻所作（可能郭小玉不擅作诗），其一首句"明月何皎皎"，显然模拟《古诗十九首》之《明月何皎皎》。

"古意"和"赋得"两类属于宽泛意义上的拟古。《文选》吕向注"古意"曰："古意，谓象古诗之意也。"② 日僧遍照金刚《文镜秘府论·南卷·论文意》曰："古意者，非若其古意，当何有今意？言其效古人意，斯盖未当拟古。"③ "古意"虽然也有作古之意，但与严格意义上的追求与原作逼肖不能画等号，属于宽泛意义上的拟古。同理，"赋得"是齐梁时期出现的一种特殊、宽泛的拟作方法，选取汉魏古诗或前代诗人名句加以赋咏，如《赋得涉江采芙蓉》《赋得兰泽多芳草》《赋得日中市朝满》等。

据逯钦立《先秦汉魏晋南北朝诗》所录存诗作来看，上述以"拟""代""学""效""绍""古意"等命题的拟诗大体上可以分为三大类：第一类是分拟式题目，即在题目中点明其所拟诗人名字或诗篇名称。此种拟作方法陆机首开其端，《文选》收录其《拟古诗》十二首，分别为《拟行行重行行》《拟今日良宴会》《拟迢迢牵牛星》《拟涉江采芙蓉》《拟青青河畔草》《拟明月何皎皎》《拟兰若生朝阳》《拟青青陵上柏》《拟东城一何高》《拟西北有高楼》《拟庭中有奇树》《拟明月皎夜光》，还有鲍照《代君子有所思行》和袁淑《效曹子建白马篇》。第二类是以谢灵运《拟魏太子邺中集》八首和江淹《杂体诗三十首》为代表，是内部结构较为密切、系统性更强的拟古组诗，以诗人之"体"（总体风格或最具代表性的风格）作为模拟对象，这类还包括鲍照《学陶彭泽体》、王素《学阮步兵体》、纪少瑜《拟吴均体应教》、何子朗《学谢体诗》、江总《游摄山栖霞寺诗》④ 等。这两类题目有一个共同点，即比较强调与被拟诗人或诗作之间的关系，题目的依附性比较强。第三类是总括式题目，泛称"拟古""效古""依古""古意"等，代表有陶渊明《拟古》九首、鲍照《绍古辞》七首、沈约《效古》、王融《古意》二首等、何逊《学古》三首等。

此外，一部分文人拟乐府也可归入广义的拟诗范畴。这一时期关于

---

① 梅家玲：《汉魏六朝文学新论：拟代与赠答篇》，北京大学出版社2004年版，第50页。
② （南朝梁）萧统编，（唐）李善、吕延济、刘良、张铣、吕向、李周翰注：《六臣注文选》，第488页。
③ ［日］遍照金刚撰，卢盛江校考：《文镜秘府论汇校汇考》，中华书局2006年版，第1350页。
④ 其诗序云："祯明元年太岁丁未四月十九日癸亥，入摄山展慧布法师，忆《谢灵运集》。还故山，入石壁中，寻县隆道人有诗一首十一韵。今此拙作，仍学康乐之体。"

"诗"的概念比较宽泛,《文心雕龙·乐府》说"凡乐辞曰诗"。相对于拟徒诗主要为文本层面的模拟,"魏晋南北朝文人乐府均依托于一定的歌唱与表演的背景,故它们或多或少都跟音乐有着或直接或潜在的联系"①。即便诗乐分离之后,拟乐府与乐府古题或古乐府在某种程度上存在一定关联。拟乐府以声曲为主,填词不局限于古题,有就古题咏古事者,亦有借古题写新事者。唐吴兢《乐府古题要解》针对南朝以降"不睹于本章,便断章取义"的拟乐府创作,大力提倡回归乐府本义的拟乐府创作,如:

> 古辞:"日出东南隅,照我秦氏楼。"旧说邯郸女子姓名罗敷,为邑人千乘王仁妻。仁后为赵王家令。罗敷出采桑陌上,赵王登台见而悦之,置酒欲夺焉。罗敷善弹筝,作《陌上桑》以自明,不从。案其歌词,称罗敷采桑陌上,为使君所邀,罗敷盛夸其夫为侍中郎以拒之,与旧说不同。若晋陆士衡"扶桑升朝晖"等,但歌佳人好会,与古调始同而末异。②

> 曹植"日月何肯留"、鲍照"家世宅关辅"。曹植又有《飞龙》《仙人》《上仙录》与《神游》《五游》《远游》《龙欲升天》等七篇。如陆士衡《缓声歌》,皆伤人世不永,俗情险艰,当求神仙翱翔六合之外。其词盖出楚歌《远游篇》也。③

先列乐府本事、本文,后附拟作,依照古题乐府创作的拟乐府在数量和质量上都远远超过了那些"断章取义"的作品。齐梁文人使用赋题法以至拟乐府但赋题面,不拟古题,如《苕溪渔隐丛话》引《蔡宽夫诗话》曰:"齐梁以来,文士喜为乐府,然沿袭之久,往往失其命题本意。《乌将八九子》但咏乌,《雉朝飞》但咏雉,《鸡鸣高树巅》但咏鸡,大抵类此。"④ 即便就古题题面意思拟写,也是对古乐府传统的回归。"每一拟作新篇,都是以其各自的方式,取得其所以以古题名篇的依据。"⑤ 清冯班《钝吟杂录·古今乐府论》将古今乐府分为七类,"制诗以协于乐,一也;采诗入乐,二也;古有此曲,倚其声为诗,三也;自制新曲,四

---

① 孙尚勇:《乐府文学文献研究》,人民文学出版社2007年版,第229—245页。
② (唐)吴兢:《乐府古题要解》,《历代诗话续编》,中华书局2006年版,第27页。
③ (唐)吴兢:《乐府古题要解》,《历代诗话续编》,第49页。
④ (宋)胡仔:《苕溪渔隐丛话·前集》卷一,人民文学出版社1981年版,第5页。
⑤ 钱志熙:《中国诗歌通史·魏晋南北朝卷》,第40页。

也；拟古，五也；咏古题，六也；并杜陵之新题乐府，七也。"① 其五、其六这些兼具音乐与文学双重性质的拟乐府，就可以纳入广义的拟诗一类。王运熙即说："从绝大多数的词作来说，词调仅是提供一种格式，其思想内容与调名、本事大抵没有什么关系。乐府诗则不一样……作品与曲名、本事失去联系毕竟占少数；多数作品与曲名、本事或者主题思想方面等保持一定的联系。从一般情况说，用乐府旧题写诗，在思想内容上，或多或少受到原题、古辞的制约。"②

拟乐府本身就是对古乐府的模拟，创作上直接袭用乐府曲题，遵循音乐传统，如"××行""××歌""××曲""××乐""××谣""××篇""××怨"等，而较少采用"拟""代""效""学""绍"等冠题。然而《玉台新咏》卷三载东晋荀昶乐府二首，分别为《拟相逢狭邪间》《拟青青河边草》，卷五沈约《拟青青河边草》、萧子显《拟轻薄篇》，卷八萧子显《代乐府美女篇》等，保留音乐性的同时采用了文本拟作的方法。还有刘孝威《拟古应教》，《乐府诗集》卷六八题作《东飞伯劳歌》，逯钦立指出"拟古《东飞伯劳歌》以应教也"③。魏晋南北朝时期以"拟""代""效""学""绍"冠题的诗作既包括陆机《拟古诗》十四首（《文选》收十二首）、陶渊明《拟古》九首、鲍照《拟古》八首等徒诗，也包括各类拟乐府，如鲍照《绍古辞》七首、《代东门行》、《代门有车马客行》、《代陆平原君子有所思行》、《代出自蓟北门行》等。南朝人对拟诗的理解也包含拟乐府，如《文选》"杂拟"类不仅收陆机《拟古诗》十二首、陶渊明《拟古》一首、鲍照《拟古》三首等，还收录了袁淑《效曹子建乐府白马篇》、鲍照《代君子有所思》为代表的拟乐府。黄侃《文心雕龙札记》将乐府分为四类，其中的两类，分别是"依乐府本曲以制辞，尚其声亦被弦管者，若魏武依《苦寒行》以制'北上'，魏文依《燕歌行》以制'秋风'是也"，以及"依乐府题以制辞，而其声不被弦管者，若子建、士衡所作是也"④，二者体现了明显的模拟意识，因此本书将其纳入研究范围。

---

① （清）冯班：《钝吟杂录》，载（清）王夫之等撰，丁福保辑《清诗话》，上海古籍出版社2015年版，第40页。
② 王运熙：《乐府诗述论》，上海古籍出版社2006年版，第362页。
③ 逯钦立辑校：《先秦汉魏晋南北朝诗》，中华书局1983年版，第1872页。
④ 黄侃：《文心雕龙札记》，中国人民大学出版社2012年版，第32页。

第二节　研究综述与研究思路

一　研究成果综述

在过去相当一段历史时期内，模拟被视为蹈袭前人，是为创作之大忌。如顾炎武《日知录》卷一九"文人摹仿之病"[1]，固是一例。拟诗被认为"形式主义"的文学代表，以至相关研究比较滞后，近人梁容若在《中国文学史上的伪作与其影响》一文中，认为"拟古、仿古阻遏破坏了文人的创造力、想象力、发展力"[2]。王瑶《拟古与作伪》一文辨析、驳斥了后人将"拟古"与"作伪"二事混为一谈，提出模拟原是"学习属文""尝试与前人一较长短"等观点，可谓开风气之先。随着学术界突破以往旧说，拟诗这种特殊的文学样式逐渐受到关注，并形成了一些研究热点。就魏晋南北朝拟诗而言，近些年的研究取得了不少成绩，但是相关论述角度和观照视野仍然相对单一，有进一步拓展的空间。

20世纪80年代以来，曹道衡的一系列论文如《论江淹诗歌的几个问题》（《文学遗产》增刊第十四辑，1982年）、《江淹的拟古诗及其它》（《中国古典文学论丛》第一辑，人民文学出版社1984年版）、《鲍照和江淹》（《齐鲁学刊》1991年第6期）集中涌现，具有开风气之先的意义。在其影响下，江淹、陆机、谢灵运等人的拟诗开始获得学术界的普遍关注，代表有倪钟鸣《论江淹杂体诗及其序》（《深圳大学学报》1987年第3期），张亚新《江淹拟古诗别议》（《辽宁大学学报》1996年第1期），叶幼明《江淹〈杂体诗三十首〉新探》（《中国韵文学刊》1996年第1期），刘坤庸《论陆机〈拟古诗〉》（《福建师范大学学报》1998年第4期），刘则鸣《从陆机〈拟古诗〉看其逞才的诗学观》（《中国韵文学刊》2000年第1期），刘加夫《论陆机文论的创新思想和作品的拟古倾向》（《齐鲁学刊》2000年第5期），尚永亮、邓轶兰《〈拟邺中集八首〉的咏怀性质与谢灵运的接受心态》（《中国韵文学刊》2004年第1期），孙明君《谢灵运〈拟魏太子邺中集诗八首〉中的邺下之游》（《陕西师范大学学报》2006年第1期），程章灿《三十个角色与一个演员——从〈杂体诗三十

---

[1]（清）顾炎武著，（清）黄汝成集释，栾保群、吕宗力校点：《日知录集释》，上海古籍出版社2006年版。

[2] 梁容若：《中国文学史上的伪作与其影响》，《中国文学史研究》，台北：三民书局1970年版，第19—42页。

首〉看江淹的艺术"本色"》(《中山大学学报》2010年第1期),葛晓音《江淹"杂拟诗"的辨体观念和诗史意义——兼论两晋南朝五言诗中的"拟古"和"古意"》(《晋阳学刊》2010年第4期),张晨《江淹杂拟诗探论》(《文学评论》2011年第1期),王枚、庄筱玲《拟古:一种非个人化的抒情策略——以陶渊明〈拟古〉九首、鲍照〈拟古〉八首为例》(《厦门大学学报》2011年第4期),宋威山《谢灵运〈拟魏太子邺中集〉诗旨再探》(《四川师范大学学报》2015年第2期),许云和《从〈邺中集〉到〈拟魏太子邺中集〉——曹丕书写建安文学史的历史意义》(《文学遗产》2018年第6期),显示了对拟诗前所未有的关注和热情,进一步丰富了代表性诗人的研究成果。

更多的研究者开始不局限于代表性诗人,将目光投向整个魏晋南北朝时期,代表有俞灏敏《文学的摹拟与文学的自觉——魏晋六朝杂拟诗略论》(《学术月刊》1997年第2期),张晨《"言意之辨"与两晋南北朝的拟古诗》(《山西大学学报》2004年第4期),涂光社《汉魏六朝的文学模拟——从六朝文学的"拟""代"谈起》(《辽宁大学学报》2006年第1期),于浴贤《从拟古诗的繁荣看六朝诗学精神》(《东南学术》2007年第4期),陈恩维《论模拟与永明文学新变》(《宁夏大学学报》2010年第1期),纪楠《魏晋南北朝同题拟古诗成因及价值浅探》(《学术交流》2011年第6期),崔向荣、魏中林《"欲丽前人"与魏晋诗赋摹拟观念的嬗变》(《广东社会科学》2012年第2期),郑虹霓《从南朝模拟诗作看其对建安游宴文化之接受》(《阜阳师范学院学报》2014年第6期),周晓琳《试析魏晋南北朝诗人写作的模拟袭用现象》(《西华师范大学学报》2015年第4期),雷恩海《李详〈韩诗证选〉〈杜诗证选〉义例探讨——兼论中古文学创作的"递相祖述"问题》(《河南师范大学学报》2015年第5期),张伟《论魏晋南北朝时期诗歌摹拟的现象、成因与艺术价值》(《南昌大学学报》2019年第2期)等。以上两类研究对特定时期、代表作家和文人集团的深度考察,使研究范围不断扩大,拟诗的基本特征得到了清晰的勾勒,丰富了拟诗史的叙述细节,取得了丰硕成果,这在相关的硕士、博士学位论文中体现得尤为明显[1],但研究中机械化、平面化的倾向比

---

[1] 硕士学位论文代表有侯艳霞《江淹〈杂体诗三十首〉及其序研究》(郑州大学,2007年)、郑珊珊《魏晋南北朝拟古诗研究》(福建师范大学,2007年)、郭佳《晋宋拟诗研究》(河北师范大学,2008年)、喻懿洁《江淹〈杂体诗三十首〉综论——兼论摹拟的价值》(北京大学,2010年)、肖丽《鲍照拟诗研究》(湖北大学,2010年)、孟秋华《六朝拟古诗研究》(山东大学,2011年)、赵熙《江淹的拟诗创作与诗学观念研究》(首都师范大学,2012年)、李家玲《魏晋拟代诗研究》(云南师范大学,2015年)、张克娜《汉魏六朝拟代诗研究》(辽宁大学,2017年)。博士学位论文代表有陈恩维《论汉魏六朝之拟作》(苏州大学,2005年)、蔡爱芳《汉魏六朝拟作研究》(南京师范大学,2003年)。

较突出，特别是对知名作家的拟作研究，主要停留在拟作方法的归纳或拟作对原作的因袭、改造等重复论证，等等。

尽管现有研究成果已颇为可观，但随着学术界新观念、新方法的不断引进、运用，在既有的研究之外，形成了一些相对集中的话题。与拟诗有关的文体研究算是热点，与近些年兴盛的文体学研究相呼应，这方面的成果较有代表性。① "杂拟"类诗歌最早著录于《文选》，因此与《文选》及其总集性质的关联研究也成为热点。② 还有研究者将目光投向域外，探讨朝鲜、日本等汉文化圈对中国诗歌的拟效。③ 此外，模拟的过程，就是一个理论应用于实践的过程，拟诗丰富的创作实践，促进了魏晋南北朝相关文学理论的发展。④ 总之，这些研究从不同角度论述和观照拟诗，进一步充实了拟诗的发展轨迹和演化细节。

有关魏晋南北朝拟诗的专著，就笔者目力所及，似仅有中国台湾学者梅家玲《汉魏六朝文学新论：拟代与赠答篇》（北京大学出版社2004年版）、赵红玲《六朝拟诗研究》（上海辞书出版社2008年版）、陈恩维《模拟与汉魏六朝文学嬗变》（中国社会科学出版社2010年版）和拙著《江淹〈杂体诗三十首〉研究》（中国社会科学出版社2021年版）。梅著大部分章节写于20世纪90年代初，以谢灵运《拟魏太子邺中集》作为研究对象，针对其美感结构和写作时的相关美学活动予以深究，并配合对汉晋以来拟作、代言现象的考察，试图为一向被误解的拟作、代言现象，在文学史上重新定位。赵著是第一本以六朝拟诗作为研究对象的专著，具有开创意义。然而在具体章节上只涉及陆机、鲍照和江淹等知名作家，忽略了各个时期拟诗发展的脉络勾勒。陈著在其博士学位论文的基础上，探讨

---

① 如叶汝骏《"效体"诗原论》（《北京社会科学》2017年第2期）、陈力士《论江淹〈杂体诗三十首并序〉的文体学意义》（《中国诗歌研究》2018年第1辑）、王醴华《古典诗学史上的"陶渊明体"关捩》（《中国韵文学刊》2018年第4期）等。

② 如拙文《论〈文选〉"杂拟"类与萧统的诗学观念》（《兰州学刊》2017年第6期）、宋展云《〈文选集注〉中江淹杂体诗的研究价值——兼论先唐文本的研究方法》（《上海大学学报》2018年第3期）、程章灿《杂体、总集与文学史建构——以江淹〈杂体诗三十首〉为中心》（《清华大学学报》2020年第5期）等。

③ 如曹春茹《朝鲜柳梦寅〈拟古诗十九首〉与〈古诗十九首〉比较研究》（《当代韩国》2009年第1期）、张伯伟《"文化圈"视野下的文体学研究——以"三五七言体"为例》（《中国社会科学》2015年第7期）、李鹏飞《文化间性视阈中的韩国汉诗〈古诗十九首〉拟作》（《淮南师范学院学报》2017年第6期）等。

④ 如贾奋然《从互文性看汉魏六朝文人拟作现象》（《求索》2004年第9期）、陈恩维《模拟与汉魏六朝文论》（《文艺理论研究》2008年第4期）、陈璐《陆机拟古诗批评与拟古理论的建构》（《湖北社会科学》2021年第4期）等。

本阶段拟骚、赋、徒诗、乐府等，得出一些有深度的结论，由于涉及的文学种类过多，整个时期内每一种文学样式的发展流变并未说清楚。

此外，美国宇文所安（Stephen Owen）《中国早期古典诗歌的生成》（生活·读书·新知三联书店2012年版）和商伟《题写名胜——从黄鹤楼到凤凰台》（生活·读书·新知三联书店2020年版）两部著作的部分章节涉及拟诗。前者第六章《拟作》以海外汉学家的眼光，从文本细读、对比的角度带给国内学者新的研究思维，认为"拟"有着特定含义：相对原作来说，"拟"是发生在文本层面上的，是创造变体的练习。通过《拟古诗》文本呈现可以让我们了解到陆机当年所看到的"古诗"的样貌。商著尽管从题目上讲，是有关唐代几位诗人如何"题写名胜"，但具体的论述上从具体个案由小见大：崔颢《黄鹤楼》到李白《登金陵凤凰台》，对前后辈诗人的拟作与争胜之间的复杂关系，有颇为精到的论述，该著对诗歌文本的细读、书写与名胜之间互动图景的细致描绘，对魏晋南北朝时期的拟诗研究同样具备方法论意义。

值得注意的是，在有关魏晋南北朝文学史、诗歌史的相关著作中，也有了拟诗的身影。如徐公持《魏晋文学史》（人民文学出版社1999年版）中认为西晋是中国文学史上模拟风气最盛的时期，论述傅玄、张华和陆机等人的拟诗。曹道衡、沈玉成《南北朝文学史》（人民文学出版社1998年版）较多关注鲍照、江淹拟汉魏旧题乐府之作。此外，王锺陵《中国中古诗歌史：四百年民族的心灵展示》（人民出版社2005年版），钱志熙《中国诗歌通史·魏晋南北朝卷》（人民文学出版社2012年版），[美]孙康宜、宇文所安主编《剑桥中国文学史》（生活·读书·新知三联书店2016年版）等，这些通史类著作对拟诗已经有所涉及，将其作为一种特殊的文学样式予以关注。

近些年以来的魏晋南北朝拟诗研究，成果数量不断增多，研究视野不断扩大，相关诗歌史、文学史的叙述脉络也趋于稳定，这些都是展开研究的基础，但是也存在着一些问题，期待着研究的突破。

二 本书的研究思路

本书以魏晋南北朝时期的拟诗（涵盖拟徒诗和拟乐府）为研究对象，分别描述了建安、两晋、刘宋、萧齐、梁陈以及北朝时期拟诗的发展历程。首先勾勒各个时段内拟诗的概况，总结各时段拟诗的主要特征并分析其形成原因。在此基础上，力图揭示出其前后演进的内在脉络进而寻找拟诗发展的基本规律。鉴于以往研究多侧重拟诗与原作的似与不似，因袭与创新，而对拟诗与当时诗歌创作实践，与诗人个体以及整个时代诗歌风气之形成，与南朝文学、文体观念之间的关系等，研究尚不充分，这是本书拟着力探讨的问题之一。

以往对魏晋南北朝拟诗的研究大多侧重于拟徒诗的研究，而将拟乐府排除在外，导致了对拟诗的研究仅集中在陆机、鲍照、江淹和庾信等少数知名作家身上，对其他文人拟诗的研究仍处于边缘地位，这显然不利于对拟诗全面客观的脉络勾勒和评价。拟乐府中的相当一部分可以归入广义的拟诗范围。拟乐府和拟徒诗虽然都是"拟"，但性质不同，关注拟乐府在文本层面模拟的同时，还要充分考虑其音乐、表演的属性以及在不同阶段的发展流变。对拟乐府音乐与文学的综合研究是本书的重要创新点和学术价值所在。

本书在写法上试图突破一般的通论体或论述体，采用专题研究，以论为主，论从史出，从材料和现象入手，抽绎出具有本质性、特征性的关键节点，然后再结合创作实际和其他直接或间接的材料来对结论加以多方验证。如每一章以知名作家和重要作品为基本考察对象，同时兼顾各个时代不同的士人群体、诗学思潮以及不同类型的拟诗。以鲍照为例，作为魏晋南北朝拟诗第一大家，可谓众体兼善，既有《拟古》八首等拟徒诗，也有《代东门行》《代蒿里行》等拟旧题乐府，还有《吴歌》三首、《中兴歌》十首等拟新声乐府，三种不同类型的拟诗分属不同的范畴。其《拟古》八首显然承袭陶渊明《拟古》九首而来，属于"晋末一体"，通过与陶渊明诗的比对可得出异同点，笔者将其放置于陶渊明一节；"代"乐府是鲍照最具特色的拟乐府，均为拟旧题乐府之作，我们将其单列为一节专门进行探讨；拟新声乐府则属于刘宋文人大规模拟作吴声西曲的文学潮流，笔者将其置放于宋齐文人拟作吴声西曲一节中。以作家为纲，使不同类型的拟诗分属不同问题范畴进行研究，可以更加准确地接近当时文学发展的实际情况，使其成为拟诗发展史上具有重要意义且互相关联的专题。在具体论述时，特别注重对各个专题深入切实的探讨，注重各个节点之间承变脉络的勾勒。

第一章 曹魏时期——文人拟乐府的发轫

曹魏时期形成了以曹氏父子为中心,王粲、刘桢、徐幹等诸子为羽翼的邺下文人集团,是被文学史称为"五言腾跃"的重要时期。五言有徒诗和乐府两种类型。黄侃《诗品讲疏》云:"详建安五言,毗于乐府。魏武诸作,慷慨苍凉,所以收束汉音,振发魏响。"文帝兄弟所撰乐府最多。"虽体有所因,而词贵独创,声不变古,而采自己舒。其余杂诗,皆崇藻丽。"① 一语道出建安乐府与汉乐府以及杂诗等五言徒诗之不同。罗根泽言:"乐府之盛,莫盛于建安前后。固若完全以乐府为立场,分析篇章,宜以建安前后为全盛时期;西汉以至东汉之初,为发生时期;建安以降,为摹仿时期。"② 相对于汉乐府作为原创性的歌诗经典,"魏氏三祖"和曹植开启了文人拟乐府的序幕,是为文人拟乐府的第一阶段。沈达材认为建安诗歌接受乐府的影响,一在因袭,一在偏离。因袭之表现有二:"一是摹仿乐府的音调,语句,以作诗。一是采取乐府的词意,删改以入诗。"前者又有两种表现,"一是拟古题而袭用其音节,如魏文帝《折杨柳》便是一例","一是袭取乐府的词调,而得其形似得。如曹植《美女篇》篇是摹仿《陌上桑》的"。③ 就曹操而言,现存作品全为乐府诗,其乐府诗有一部分"词贵独创""采自己舒",但还是有相当部分保留了"体有所因""声不变古"的特质,因此要细致甄别其对古辞的模拟因素。具体分为:(一)依前曲,作新歌,如古辞《善哉行》为四言,曹操所撰"古公亶甫"也为四言体。(二)所撰新辞保留了与古辞部分相同的句式,如古辞《蒿里》为五、七言句式,曹操所撰之辞则全为五言。(三)仅借用乐府旧题,如古辞《步出夏门行》"邪径过空庐"为五言,曹操所撰为四言;《薤露》古辞为三、七言句式,曹操新辞为五言句式。可见其或多或

---

① 转引自范文澜《文心雕龙注》,人民文学出版社1958年版,第87页。
② 罗根泽:《乐府文学史》,东方出版社1996年版,第64页。
③ 沈达材:《建安文学概论》,北平朴社1932年版,第41—50页。

少保持了乐府传统,在主旨、题材等方面取得以古题名篇的依据。

相对其父兄较多自创新题,曹植乐府表现出明显的模拟目的。如拟《长歌行》为《鰕䱇》、拟《苦寒行》为《吁嗟》、拟《薤露行》为《天地》、拟《豫章》为"穷达"、拟《善哉行》为"日苦短"。还有以"当"为题如《当来日大难》《当欲游南山行》《当事君行》《当车已驾行》。不仅如此,曹植在相当程度上保持乐府音乐性的同时对其进行艺术改造,即借用乐府旧题书写个人情事,如《名都篇》《白马篇》《吁嗟篇》《浮萍篇》等,很明显感受到诗人对塑造自我形象、心路历程的尝试,是对乐府吟咏他人传统的革新。邺下是文人五言徒诗的确立时期,时人五言诗创作技巧大多来自五言乐府,如将杂诗追求"丽藻"的写法移用于五言乐府,这在曹植的乐府诗中表现得尤为明显。如《诗薮·内编》卷二言:"子建《名都》《白马》《美女》诸篇,辞极赡丽,然句颇尚工,语多致饰。视东西京乐府天然古质,殊自不同。"① 其乐府诗尚"赡丽""致饰"的特质就是受到五言诗创作的影响,从文学角度来说,给文人乐府带来了新的品质,开启了从"乐府歌辞"向"乐府诗"的转变,但从乐府传统的角度看,客观上也造成了五言诗和乐府不分的局面。

在"魏之三祖"和曹植中,魏明帝曹叡的模拟目的最为突出,同曹操一样,其现存诗作全为乐府诗,其创作有明显向曹操学习的倾向,如自创新题《棹歌行》"王者布大化",向臣民、军队宣传平吴之功。此外,他有意识模拟被《文选》题为《古诗十九首》的作品。其实早在曹丕、曹植、王粲以及刘桢等人的《杂诗》中,借鉴《古诗十九首》和其他汉末无名氏古诗的作品,行迹斑斑可考。明王世贞言:"子桓之《杂诗》二首,子建之《杂诗》六首,可入《十九首》,不能辨也。"② 然而只是对辞藻、句式的部分袭用,不能实指具体所拟哪篇。曹叡的失题乐府《种瓜东井上》"冉冉自逾垣"拟《冉冉孤生竹》,《诗薮·外编》卷一言:"魏明'种瓜东井上'一篇,全仿傅毅'孤竹',而袭短去长,拙于模拟甚矣。"③ 其余若《昭昭素月明》④ 被清吴淇认为是从《明月何皎皎》中翻出。⑤ 可见《古诗十九首》早在曹魏时期就被后人有意识地追摹,开启了经典化的道路。

---

① (明)胡应麟:《诗薮》,第29页。
② (明)王世贞著,罗仲鼎校注:《艺苑卮言校注》,人民文学出版社2021年版,第143页。
③ (明)胡应麟:《诗薮》,第137页。
④ 《文选》卷二七题为无名氏古辞《伤歌行》,逯钦立接受《玉台新咏》的说法,认为是曹叡的作品。
⑤ (清)吴淇著,汪俊、黄进德点校:《六朝选诗定论》,第95页。

以上大致勾勒了曹魏时期文人的拟作概况。本章选择曹操和曹植作为主线进行论述，其乐府诗在很多方面的研究已相当充分，以往学界对其拟作评价多集中于只是借用古曲调的创新之作，脱离了乐府的传统。实际上，因为乐府诗多用旧题，文人拟作在题材内容上或多或少受其影响，形成一个内部衍生系统。钱志熙指出："有些文人乐府用旧题，单从表面的内容上丝毫看不出其与'古辞'之间的联系。在这种时候，往往会产生文人拟乐府与古辞或旧篇毫无关联的印象。但事实上，每一拟作新篇，都是以其各自的方式，取得其所以古题名篇的依据。"① 所以，笔者拟从以往学界忽视的内容、角度入手，探讨曹操《气出倡》三首对汉曲《气出》的继承以及曹植以"篇"系题的乐府诗的音乐属性和文本特征等，力图从原始材料、文献等入手，对相关问题进行全方位的考辨。

第一节　曹操《气出倡》三首对汉代歌舞百戏的继承

　　根据相关文献，《气出倡》原为汉曲。《文选》卷一八马融《长笛赋序》有云："有雒客舍逆旅，吹笛，为《气出》《精列》相和。"李善注引《歌录》曰："古相和歌十八曲，《气出》一，《精列》二。《魏武帝集》有《气出》《精列》二古曲。"②《宋书·乐志》载录曹操此曲，题作《气出倡》。吴兢《乐府古题要解》释相和歌言及《气出唱》篇，未录歌辞。《乐府诗集》卷二六引释智匠《古今乐录》："张永《元嘉技录》：相和有十五曲，一曰《气出唱》，二曰《精列》……十三曲有辞，《气出唱》《精列》《度关山》《薤露》《蒿里》《对酒》，并魏武帝辞；《十五》，文帝辞；《江南》《东光》《鸡鸣》《乌生》《平陵东》《陌上桑》，并古辞是也。二曲无辞，《觐歌》《东门》是也。"③ 据上引史料可知，《气出》本为汉世相和歌曲，原当有歌辞。④ 但是古辞失传，至刘宋时，所存最早的《气出倡》歌辞，已经只有曹操之作了。值得注意的是，古籍记载作"倡"或作"唱"，故须先对此二字略作辨析。

　　许慎《说文·人部》曰："倡，乐也。""俳，戏也。"段玉裁注："以

---

① 钱志熙：《中国诗歌通史·魏晋南北朝卷》，第40页。
② （南朝梁）萧统编，（唐）李善注：《文选》，上海古籍出版社2010年版，第808页。
③ （宋）郭茂倩编：《乐府诗集》，中华书局1979年版，第382页。
④ 《宋书·乐志》曰："《相和》，汉旧歌也。丝竹更相和，执节者歌。"中华书局1974年版，第603页。

其戏言之，谓之俳；以其音乐言之，谓之倡，亦谓之优；其实一物也。"①"倡"与"唱"可互通，如《毛诗·郑风·蘀兮》"伯兮叔兮，倡予和女"，《楚辞·九歌·礼魂》"姱女倡兮容与"，《礼记·乐记》"壹倡而三叹"，《汉书·司马相如传》"千人倡，万人和"，"倡"均读为"唱"；又，《说文·口部》："唱，导也。"段玉裁注："古多以'倡'为之。"②"倡"的基本含义是指歌舞乐人，如《史记·佞幸列传》谓李延年"父母及身，兄弟及女，皆故倡也"；《汉书·灌夫传》"所爱倡优巧匠之属"颜师古注："倡，乐人也。"任半塘《唐戏弄》也说："为倡，指事，犹言演戏。"③ 总之，"唱""倡"基本含义可以互通，又各有所偏重。"唱"可脱离"倡"而单独表演，而"倡"则基本不能离开"唱"的配合。"倡"更偏于歌舞表演的百戏艺术④，唱则偏于歌曲演唱及其文本。

一 《气出倡》三首的乐舞表演属性

从题目角度讲，《气出倡》三首应为描写倡优乐人的乐舞表演活动，而非单纯地记载音乐歌唱文本。《宋书·乐志》载《气出倡》三曲如下：

驾六龙乘风而行。行四海外，路下之八邦。历登高山临溪谷，乘云而行。行四海外，东到泰山。仙人玉女，下来翱游。骖驾六龙，饮玉浆，河水尽，不东流。解愁腹，饮玉浆。奉持行，东到蓬莱山。上至天之门，玉阙下，引见得入。赤松相对，四面顾望，视正焜煌。开玉心正兴，其气百道至，传告无穷。闭其口，但当爱气寿万年。东到海，与天连。神仙之道，出窈入冥。常当专之，心恬澹，无所愒欲。闭门坐自守，天与期气。愿得神之人，乘驾云车，骖驾白鹿，上到天之门，来赐神之药。跪受之，敬神齐。当如此，道自来。

华阴山，自以为大。高百丈，浮云为之盖。仙人欲来，出随风，列之雨。吹我洞箫鼓瑟琴，何闾闾。酒与歌戏，今日相乐诚为乐。玉

---

① （汉）许慎撰，（清）段玉裁注：《说文解字注》，第379—380页。
② （汉）许慎撰，（清）段玉裁注：《说文解字注》，第57页。
③ 任半塘：《唐戏弄》，上海古籍出版社1984年版，第1025页。
④ "百戏"一词最早出现在东汉。《后汉书·安帝纪》载，安帝初即位，"罢鱼龙曼延百戏"。李贤注引《汉官典职》曰："作九宾乐。舍利之兽从西方来，戏于庭，入前殿，激水化成比目鱼，嗽水作雾，化成黄龙，长八丈，出水遨戏于庭，炫曜日光。"（《后汉书》，中华书局1965年版，第205—206页）《通典》卷一四六"散乐"引录这段话，尚有后文："以两大绳系两柱，相去数丈，二倡女对舞行于绳上，切肩不倾。如是杂变，总名百戏。"可知"百戏"是包括各种技艺歌舞的总称，也就是"俳优歌舞杂奏。"

女起，起舞移数时。鼓吹一何嘈嘈。从西北来时，仙道多驾烟，乘云驾龙，郁何务务。遨游八极，乃到昆仑之山，西王母侧。神仙金止玉亭，来者为谁？赤松、王乔，乃德旋之门。乐共饮食到黄昏，多驾合坐，万岁长，宜子孙。

游君山，甚为真。磪瑰砟硌，尔自为神。乃到王母台，金阶玉为堂，芝草生殿旁。东西厢，客满堂，主人当行觞，坐者长寿遽何央。长乐甫始宜孙子，常愿主人增年，与天相守。①

描写了神仙由天而降的全过程：她们以六龙为驾，御风而行，登临高山溪谷，周游四海，到达泰山。仙人玉女驾六龙降临，到蓬莱山，天门打开，里面赤松相对，一派仙界风光。仙人闭口积精累气，面壁温养②，向人们赐福。到华阴山，山以浮云为盖，仙人随风雨来，吹洞箫鼓瑟琴，玉女伴舞。众乐合奏，气势磅礴。遨游到昆仑山西王母侧。神仙赤松、王乔归来宴饮游玩，向人们赐福。最后到君山西王母台，那里以金玉、芝草为饰，东西厢客满堂，最后表达对主人和子孙的祝愿。

值得注意的是，这里描写的仙人玉女、仙界风光，可能不全是曹操的幻想，而是熔倡优、乐人扮演故事、演唱、舞蹈为一炉的歌舞戏。张衡《西京赋》保存了汉代平乐馆歌舞戏的情景：

大驾幸乎平乐，张甲乙而袭翠被。攒珍宝之玩好，纷瑰丽以奓靡。临迥望之广场，程角抵之妙戏。乌获扛鼎，都卢寻橦。冲狭燕濯，胸突铦锋。跳丸剑之挥霍，走索上而相逢。华岳峩峩，冈峦参差。神木灵草，朱实离离。总会仙倡，戏豹舞罴。白虎鼓瑟，苍龙吹篪。女娥坐而长歌，声清畅而蜲蛇。洪涯立而指麾，被毛羽之襳襹。度曲未终，云起雪飞。初若飘飘，后遂霏霏。复陆重阁，转石成雷。礔砺激而增响，磅礚象乎天威。巨兽百寻，是为曼延。神山崔巍，欻从背见。熊虎升而拏攫，猿狖超而高援。怪兽陆梁，大雀踆踆。白象行孕，垂鼻辚囷。海鳞变而成龙，状蜿蜿以蝹蝹。含利颬颬，化为仙车。骊驾四鹿，芝盖九葩。③

---

① （宋）郭茂倩编：《乐府诗集》，第 383 页。
② 黄节引朱乾堂曰："其曰'闭口爱气'，则仙家积精累气之功也。其曰'心恬澹无所惕欲，闭门坐自守'，则仙家温养面壁之功也。"参见黄节《汉魏乐府风笺》，中华书局 2008 年版，第 104 页。
③ （南朝梁）萧统编，（唐）李善注：《文选》，第 75—76 页。

薛综注："平乐馆，大作乐处也。"是汉武帝时在上林苑修建的大型游乐演艺场所。① 《西京赋》的描述，先有华岳、神木灵草的舞台布置，然后是歌舞戏表演。"总会仙倡"，"女娥坐而长歌，声清畅而蜲蛇。洪涯立而指麾，被毛羽之襳襹"。薛综注："仙倡，伪作假形，谓如神也。黑豹熊虎，皆为假头也。"又注："洪涯，三皇时伎人。倡家托作之，衣毛羽之衣。"然后云起雪飞，鼓雷声声，这些均为人工设计，"皆巧伪作之"。包括神仙背景等，皆伪作也。最后变化为仙车，驾四鹿，以芝草为饰，皆为人工制造。这里倡家扮演神仙形象，模仿其行为。周贻白指出："当时民间的倡家，必当具有装扮任务并模仿其行为的技能，并以此为职业。"② 倡家由于假形扮饰的传统，被称为"象人"。《汉书·礼乐志》载"常从象人四人""秦倡象人员三人"，颜师古引孟康注曰："象人，若今戏虾鱼师子者也。"韦昭注曰："著假面者也。"③ 即戴假面具装扮进行表演。萧亢达认为汉代"象人"之戏，大体可分为两类，其中一类是乔装的各类神仙、人物戏。④ 《西京赋》展现的即倡家假形扮象为神仙进行歌舞故事表演。王国维曰："古之俳优，但以歌舞及戏谑为事，自汉以后，则间演故事"，且"后世戏剧之源，实自此始"。⑤

《气出倡》三首展现的乐舞表演，与此有异曲同工之妙。其一，仙人玉女极有可能是当时倡家、伎人所扮。任半塘指出："汉晋间之运用歌舞，既已超出普通歌舞之程限，而于化装作优之一步，则女娲、洪崖、嫦娥、东海黄公等，安知其不亦演故事，有情节？"⑥ 诗云"尔自为神"，其实已透露了所谓神乃是由倡优扮演的信息。出土的汉画像石中，就有许多此种"相和歌"场景的描绘。如河南南阳卧龙区石桥镇出土的乐舞百戏图像，一女伎侧身举臂，弯腰屈膝，翩翩起舞，另一女伎单手而舞。一俳优戴假

---

① 《三辅黄图》卷四《苑囿》载：上林苑中有平乐观。《汉书·武帝纪》：(元封六年)"夏，京师民观角抵于上林平乐馆"。而《武纪》(元封)"三年春，作角抵"颜师古注引文颖语则称"平乐观"。东方朔曾作《平乐观赋猎》、枚皋曾作《平乐馆赋》(均见《汉书》本传)，皆已失传。盖馆、观通用。又《汉书·张骞传》云：武帝时于平乐馆"大角氐，出奇戏诸怪物，多聚观者，行赏赐。……及加其眩者之工，而角氐奇戏岁增变，其益兴，自此始"；《汉书·西域传》云：宣帝"自临平乐观，会匈奴使者、外国君长。大角抵，设乐而遣之"。可知平乐馆是重要的游艺场所。
② 周贻白：《中国戏曲发展史纲要》，上海古籍出版社1979年版，第16页。
③ 《汉书》，第1075页。
④ 萧亢达：《汉代乐舞百戏艺术研究》，文物出版社1991年版，第352—353页。
⑤ 王国维：《宋元戏曲史》，东方出版社1996年版，第6页。
⑥ 任半塘：《唐戏弄》，第238页。

面举旗表演谐戏,旁有二伎两臂抬起作貌,似在相和扮歌。① 整个歌舞表演可称得上"众倡腾游,群宾失席"(曹丕《答繁钦书》)。《气出倡》所描写的,当属同一类情境。其二,"闭其口""心恬澹无所愒欲""闭门坐自守",这是汉魏间流行的学道之方,如《老子想尔注》"积精成神""宝精勿费""知上足""不敢多求"之类。《气出倡》所描写的,可能就是倡伎艺人养生求仙的表演。其三,"骖驾六龙,饮玉浆,河水尽,不东流。解愁腹,饮玉浆",这些看似奇幻的想象,实际也可指当时宴乐的场景布置。桓谭《仙赋》曰:"乃骖驾青龙赤腾,为历蹋玄厉之摧□,有似乎鸾凤之翔飞,集于胶葛之宇,泰山之台。吸玉液,食华芝,漱玉浆,饮金醪。"描写的就是参观汉武帝华阴集灵宫的宫殿装饰。汉代宫殿装饰透露出浓厚的神仙色彩,如要与神灵相通,就需"宫室被服不象神,神物不至"②。王延寿《鲁灵光殿赋》也有描述宫殿的栋壁、窗牖间神仙题材的图画。所谓的乘云车、驾白鹿、金阶玉堂、芝草等烘托仙境的物象,均可为舞台装饰。

　　根据以上分析,曹操《气出倡》三首很可能是对神仙歌舞戏表演的描摹。那么,这种歌舞表演是在什么场合进行的呢?《气出倡》三首的主题在于献忠祝寿,永庆万年,庇佑子孙。这些祝词与《诗经》中祝颂词是一脉相承的。这些祝词多在《诗经》中的祭祀篇章出现,多施用于祭祀活动。

　　汉代帝王格外重视对鬼神的祭祀。《风俗通义·祀典》云:"自高祖受命,郊祀祈望,世有所增。武帝尤敬鬼神,于时盛矣。至平帝时,天地六宗已下,及诸小神,凡千七百所。"③重视对鬼神的祭祀,希望从鬼神那里得到庇佑。汉代的雅乐歌舞,均在郊庙。作为朝廷祭祀乐章的郊祀歌,就包括迎神、礼神、娱神之曲。《后汉书·祭祀志》亦载:"凡乐奏青阳、朱明、西皓、玄冥,及云翘、育命舞。"④祭祀典礼歌舞备具。上古的依赖巫觋降神职能⑤,转化为祭祀活动中的乐舞表演。东汉用于郊祀、宗庙等朝廷大型活动的雅乐由太乐管辖,目的在于"接人神之欢"⑥。不仅官方的祭祀活动用乐舞娱神,民间的祭祀活动也施用乐舞。《汉书·五行志》载:

---

① 王建中:《汉代画像石通论》,紫禁城出版社1990年版。
② (汉)司马迁:《史记·武帝本纪》,中华书局1982年版,第458页。
③ (汉)应劭撰,王利器校注:《风俗通义校注》,中华书局2010年版,第350页。
④ (南朝宋)范晔:《后汉书》,中华书局1965年版,第3161页。
⑤ 如王逸《九歌序》曰:"其祀,必作歌乐鼓舞以乐诸神。"见洪兴祖《楚辞补注》,第55页。
⑥ (宋)郭茂倩编:《乐府诗集》,第1页。

(汉哀帝建平四年)"其夏,京师郡国民聚会里巷阡陌,设张博具,歌舞祀西王母"。① 民众就以歌舞取悦西王母。

东汉时期,乐舞除了用于祭祀外,还用于宴飨。《后汉书·百官志》载,太乐令"掌伎乐。凡国祭祀,掌请奏乐,及大飨用乐,掌其陈序"。② 张衡《舞赋》云:"且夫九德之歌,《九韶》之舞,化如凯风,泽譬时雨。移风易俗,混一齐楚。以祀则神祇来格,以飨则宾主乐胥。"在场者沉醉于美妙的歌舞表演,在那一刻心里也得到了极大的满足,也就是"娱神遗老,永年之术"(傅毅《舞赋》)。既娱神,又悦人,是汉代人内心情感的鲜明体现。"今日相乐诚为乐","万岁长,宜子孙","长乐甫始宜孙子,常愿主人增年,与天相守"。从《诗经》中脱胎的祝词用于宴会,表达对主人长生延寿的祝愿,是东汉流行的祝酒词。

基于以上分析,《气出倡》三首是描摹倡优扮演、乐人配乐演唱的乐舞百戏。这种表演脱胎于祭祀活动的乐舞仪式,在此用于宴飨宾客,是宴会上的歌舞百戏表演。

二 "气出"的内涵及《气出》古曲题义蠡测

上文分析了《气出倡》的歌舞表演性质和施用场合。《气出倡》为曹操模拟古相和歌《气出》所作,但是此曲无古辞流传,曲题难明。因此有必要对其曲题作进一步探讨。

何为"气出"?许慎《说文》释"埱"云:"气出土也。一曰始也。"③《白虎通·五行》曰:"木在东方。东方者,阳气始动,万物始生。木之为言触也,阳气动跃触地而出也。"④ 这里"气出"与季节变化密切相关,即所谓的"时气"。古代中国以农耕经济为主,因为关系到农时,非常注重四季的"时气"。《淮南子·本经训》载:"四时者,春生夏长,秋收冬藏。取予有节,出入有时,开阖张歙,不失其叙,喜怒刚柔,不离其理。"⑤ 在农耕时节要"迎气",进行郊祀。这些"迎气"活动还伴随着乐舞表演:

迎时气,五郊之兆。自永平中,以《礼谶》及《月令》有五郊迎

---

① 《汉书》,第1476页。
② 《后汉书》,第3573页。
③ (汉)许慎撰,(清)段玉裁注:《说文解字注》,第690页。
④ (清)陈立撰,吴则虞点校:《白虎通疏证》,中华书局1994年版,第167页。
⑤ 刘文典撰,冯逸、乔华点校:《淮南鸿烈集解》,中华书局1989年版,第259页。

气服色，因采元始中故事，兆五郊于雒阳四方。中兆在未，坛皆三尺，阶无等。立春之日，迎春于东郊，祭青帝句芒。车旗服饰皆青。歌《青阳》，八佾舞《云翘》之舞。①

《献帝起居注》曰："建安八年，公卿迎气北郊，始复用八佾。"《皇览》曰："是故距冬至日四十六日，则天子迎春于东堂，距邦八里，堂阶八等。……唱之以角，舞之以羽翟，以迎春之乐也。……"②

不仅要"迎气"，还要"助气""致气"。如《艺文类聚》"岁时部中"引录裴玄《新语》曰："正朝，县官杀羊，悬其头于门，又磔鸡以副之。俗说以压疠气。玄以问河南伏君，伏君曰：'是土气上升，草木萌动，羊啮百草，鸡啄五谷，故杀之以助生气。'"③又如应劭《风俗通义》卷八《风伯》曰："风师者，箕星也，箕主簸扬能致风气。……鼓之以雷霆，润之以风雨，养成万物，有功于人，王者祀以报功也。"④无论是"迎气"，还是"助气""致气"，无外乎都是助顺时气以作养万物之意。

本节关注的是，汉代"迎气"活动与神仙歌舞戏表演有直接关系，有所叠合。《汉书·武帝纪》元封二年作"长安飞廉馆"，颜师古注引应劭曰："飞廉，神禽能致风气者也。明帝永平五年，至长安迎取飞廉并铜马，置上西门外，名平乐馆。"⑤《后汉书·文苑传》载杜笃《论都赋》有云："砚平乐，仪建章。"李贤等注："砚，视也。平乐，观名；建章，宫名，并在城西。谓光武规模而修理也。"⑥这是东都洛阳重建平乐馆的较早记载。东京平乐馆的主要职能是什么呢？张衡《东京赋》云："其西则有平乐都场，示远之观。"薛综注曰："平乐，观名也。都，谓聚会也。为大场于上以作乐，使远观之，谓之平乐。在城西也。"⑦综核两《汉书》上述记载可知，在平乐馆迎取飞廉以"致气"，自然是用以祭祀；迎气活动中有乐舞百戏演出是祭祀鬼神的必备仪式。也就是说，"迎气"活动与歌舞百戏表演是相伴相随的。

---

① 《后汉书·祭祀志》，第3181页。
② 《后汉书·祭祀志》刘昭注引，第3181页。
③ （唐）欧阳询撰，汪绍楹校：《艺文类聚》，上海古籍出版社1999年版，第59页。
④ （汉）应劭撰，王利器校注：《风俗通义校注》，第364页。
⑤ 《汉书》，第193页。
⑥ 《后汉书》，第2597—2598页。
⑦ （南朝梁）萧统编，（唐）李善注：《文选》，第105页。

在此需要说明，"龙"也与迎气活动息息相关。《离骚》云："驾八龙之婉婉兮，载云旗之委蛇。"《文选》吕向注："八龙，八节之气也。言我所往皆与神游，故可御气为载、云为旗也。"① 龙即是气。《气出倡》之"驾六龙乘风而行"也就是乘六气而游。何为六气？《楚辞·远游》篇曰："餐六气而饮沆瀣兮，漱正阳而含朝霞。"王逸注引《陵阳子明经》言："春食朝霞。朝霞者，日始欲出赤黄气也。秋食沦阴。沦阴者，日没以后赤黄气也。冬饮沆瀣。沆瀣者，北方夜半气也。夏食正阳。正阳者，南方日中气也。并天地玄黄之气，是为六气也。"② 汉鼓吹铙歌之《圣人出》曰："驾六飞龙四时和。"这里的驾六龙也即是乘六气，并且，御六气与四季的时气息息相关。《易·乾》彖辞有云："大明终始，六位时成，时乘六龙以御天。"李道平《周易集解纂疏》引侯果曰："大明，日也。六位，天地四时也。六爻效彼而作也。大明以昼夜为'终始'，六位以相揭为'时成'。言《乾》乘六气而陶冶变化，运四时而统御天地，故曰'时乘六龙以御天'也。"由此可以自然推知，《气出倡》所谓"驾六龙乘风而行""骖驾六龙""乘云驾龙"，当是迎气活动歌舞仪式中不可或缺的重要因素。③

据上述可以推测，古乐府相和歌《气出》应该也是"迎气"活动乐舞表演中的歌唱。

三 《气出倡》与建安时期其他公宴诗情境相似

徐公持曾言："撇开'神仙'、'西王母'等语词不说，曹操游仙诗所写内容，与曹植的宴会诗实在非常接近……尤其是《气出倡》之三（游君山），与《当车已驾行》不但内容非常接近，文句亦有相同者，直可以同类作品视之。"④ 关于此二者的关系，先看曹植的两首宴会诗：

当车已驾行

欢坐玉殿，会诸贵客。侍者行觞，主人离席。顾视东西厢，丝竹

---

① （南朝梁）萧统编，（唐）李善、吕延济、刘良、张铣、吕向、李周翰注：《六臣注文选》，第615页。
② （宋）洪兴祖撰，白化文等点校：《楚辞补注》，第166页。
③ 在此需要说明的一点，龙也是主要的升仙工具。《淮南子·览冥训》"乘雷车，服驾应龙"，郭璞注曰："应龙传为引魂升仙之神兽。"但传统的龙意象并不只有这一种文化内涵，在《气出倡》中主要与"迎气"活动有关，是一种表演艺术，而非有借龙成仙之意。
④ 徐公持：《魏晋文学史》，人民文学出版社1999年版，第45页。

与鼙铎。不醉无归来，明灯以继夕。①

元会

初岁元祚，吉日惟良。乃为嘉会，宴此高堂。尊卑列叙，典而有章。衣裳鲜洁，黼黻玄黄。清酤盈爵，中坐腾光。珍膳杂沓，充溢圆方。笙磬既设，筝瑟俱张。悲歌厉响，咀嚼清商。俯视文轩，仰瞻华梁。愿保兹喜，千载为常。欢笑尽娱，乐哉未央。皇家荣贵，寿考无疆。②

描写了宴饮聚会的场景："主人"在御殿上招待宾客，东西厢客满堂，众宾客欣赏着倡优演唱和丝竹管弦伴奏，最后是给"主人"祝寿。不仅是曹植的这两首诗与《气出倡》有相似性，考之当时许多涉及宴会的诗赋都有此类的描写，如曹丕《善哉行》："齐倡发东舞，秦筝奏西音。有客从南来，为我弹清琴。"刘桢《赠五官中郎将诗》其一："清歌制妙舞，万舞在中堂。"刘桢《鲁都赋》："舞人就列，整饰容华。和颜扬眸，眄风长歌。"即是发生在普通宴会上的歌舞表演活动。

曹植《元会》诗描写的是元会仪式。有关东汉元会仪式活动的记载，《后汉书·礼仪志》刘昭注补引蔡质《汉仪》曰："正月旦，天子幸德阳殿，临轩。公、卿、将、大夫、百官各陪位朝贺。……作九宾散乐。舍利兽从西方来，戏于庭极，乃毕入殿前，激水化为比目鱼，跳跃嗽水，作雾鄣日。毕，化成黄龙，长八丈，出水遨戏于庭，炫曜日光。以两大丝绳系两柱间，相去数丈，两倡女对舞，行于绳上，对面道逢，切肩不倾，又蹋局出身，藏形于斗中。钟磬并作，倡乐毕，作鱼龙曼延。小黄门吹三通，谒者引公卿群臣以次拜，微行出，罢。卑官在前，尊官在后。"③曼延，也作"漫衍"、"蔓延"，或者"螨蜒"。《西京赋》曰："巨兽百寻，是为曼延。"薛综注："作大兽，长八十丈，所谓蛇龙曼延也。"④《文选》张铣注："言作大兽，名为蔓延之戏。"⑤"曼延"是由人

---

① （魏）曹植著，赵幼文校注：《曹植集校注》，中华书局2016年版，第698页。
② （魏）曹植著，赵幼文校注：《曹植集校注》，第731页。
③ 《后汉书》，第3131页。
④ （南朝梁）萧统编，（唐）李善注：《文选》，第76页。
⑤ （南朝梁）萧统编，（唐）李善、吕延济、刘良、张铣、吕向、李周翰注：《六臣注文选》，第59页。

扮演各种大兽的假形舞蹈，是"假作兽以戏"。① 上引蔡质《汉仪》记述"鱼龙曼延"情景，就生动描绘了宴会场景中的鱼龙由真人装扮而进行的表演。有关曹魏宴飨仪式，记载缺乏。但是西晋的礼乐制度沿袭曹魏而成，可以从中一窥究竟。傅玄《元日朝会赋》对于当时的宴飨仪式有细致的描写："采秦汉之旧仪，定元会之嘉会。……闾阖辟，天门开。坐太极之正殿，严嵯峨以崔嵬。嘉广庭之敞丽，美升云之玉阶，□□□□□，乘羽盖之葳蕤。相者从容，俟次而入。济济洋洋，肃肃习习。就位重列，面席而立。胪人齐列，宾礼九重。群后德让，海外来同。束帛戋戋，羔雁邕邕。献贽奉璋，人肃其容。六钟隐其骇奋，鼓吹作乎云中。……是时天子盛服晨兴，坐武帐，凭玉几，正南面以听朝，平权衡乎砥矢。群司百辟，并阼纳筋。皇恩下降，休气上翔，礼毕飨宴，进止有章。六乐递奏，磬管铿锵，渊渊鼓钟，嘤嘤笙簧。搏拊琴瑟，以咏先皇，雅歌内协，颂声外扬。"又其《正都赋》曰："东父翳青盖而迟望，西母使三足之灵禽。丹蛟吹笙，文豹鼓琴。素女抚瑟而安歌，声可意而入心。偓佺起而鹤立，和清响而哀吟。"这里的描写与《气出倡》何其相似，几乎完全就是《气出倡》的翻版。

建安时期曹丕组织的一次家宴，同样展示这种舞龙表演，其《戒盈赋并序》曰："避暑东阁，延宾高会，酒酣乐作，怅然怀盈满之戒，乃作斯赋：惟应龙之将举，飞云降而下征。资物类之相感，信贯彻之通灵。"② 早在汉代就有做龙舞以求雨的记载，《春秋繁露·求雨》篇载："春旱求雨。……以甲乙日为大苍龙一，长八丈，居中央。为小龙七，各长四丈。于东方，皆东乡，其间相去八尺。小童八人，皆斋三日，服青衣而舞之。"③ 曹丕宴会上的鱼龙表演，一方面继承了汉代传统的百戏艺术，另一方面又借用龙可致雨、调节时气的功能。典型的戏龙图像，见于沂南画像石墓百戏图中，在一双角有翼龙的身上置瓶，伎人站立瓶上，手持长幢，龙前有人摇鼗引导，后有人摇鼗催进。原报告认为此龙是由马装扮的。这幅戏龙画像与戏鱼、戏豹同处，正是汉代鱼龙曼延的表演场面。同一幅百戏图的后部有一辆三龙所驾的戏车，驾车之龙当然也是假扮的。相似的龙车，还见于徐州铜山县洪楼慕祠堂画像的百戏图上。④

---

① （宋）马端临：《文献通考》卷一四七"散乐百戏"，中华书局 1986 年版，第 1287 页。
② （唐）欧阳询撰，汪绍楹校：《艺文类聚》卷二三，第 417 页。
③ （清）苏舆撰，钟哲点校：《春秋繁露义证》，中华书局 1992 年版，第 428—429 页。
④ 《徐州汉画象石》，江苏美术出版社 1985 年版。

曹植的《当车已驾行》和《元会》诗，与《气出倡》三首具有惊人的相似，原因就在于它们都是描写宴会或者仪式活动中的歌舞表演活动。只不过《气出倡》是由倡优装扮成神仙进行表演，在某种意义上经常被误以为曹操的求仙之作，而淡化了它与汉魏时期其他游宴诗的联系。与其说是曹操的"游仙诗"，不如说是其"游宴诗"更为妥当。

汉代的平乐馆歌舞戏属于皇家组织的大型广场演出，只有地势开阔的台阁或者广场才能容纳如此大规模的百戏表演。一般的贵族富豪家庭不具有这样的演出条件，他们在自家住宅组织的宴飨活动之所，成为乐舞百戏演出的主要场地。汉魏时期的住宅布局为前堂后寝，主人宴请宾客一般都在前堂举行。堂是开敞式的，只有楹柱而无檐墙的隔栏。这样能够最大程度上保证演出场地的开阔，有利于表演和观赏。考曹魏时期的表演场地，《南齐书·礼志》载："魏武都邺，正会文昌殿，用汉仪，又设百华灯。后魏文修洛阳宫室，权都许昌，宫殿狭小，元日于城南立毡殿，清帷为门，设乐飨会。"① 曹植《当车已驾行》曰："侍者行觞，主人离席。顾视东西厢，丝竹与磬铎。"《文选·东京赋》薛综注曰："殿东西次为厢。"②《鲁灵光殿赋》曰："西厢踟蹰以闲宴，东序重深而奥秘。"张载注曰，"闲，清闲也，可以宴会"③，就是选择开阔地域进行表演。廖奔指出，汉代歌舞表演的典型形态，是厅堂式演出和殿堂式演出，也有少量的广场式演出，都属于"帝王、贵族的家庭、官署娱乐"。④ 出土的汉代画像石中就有许多在厅堂进行乐舞百戏演出的画面。

如山东微山堂阙、百戏画像，画面也分两层，上层一厅堂，堂内一人袖手端坐，外面有八个人，下有仆人拥篲。下层为乐舞百戏，中间一人头上装饰有三青鸟，为西王母，乐舞艺人正在表演，有楚舞、跳丸、倒立、抚琴（图1）。再如微山建鼓、百戏图像，上层刻一厅两阙，阙旁有仆人拥篲，厅上有羽人、朱雀。下层有骑虎的，有表演建鼓的，还有表演百戏杂技的，主人端坐于厅内（图2）。⑤

---

① （南朝梁）萧子显：《南齐书》，中华书局1972年版，第148页。
② （南朝梁）萧统编，（唐）李善注：《文选》，第108页。
③ （南朝梁）萧统编，（唐）李善、吕延济、刘良、张铣、吕向、李周翰注：《六臣注文选》，第218页。
④ 廖奔：《中国古代剧场史》，中州古籍出版社1997年版，第27—31页。
⑤ 以上均为山东微山两城乡汉墓画像，见廖奔《中国戏剧图史》，大象出版社2000版，第47（图1）、46（图2）页。

图1

图2

　　正如曹丕《大墙上蒿行》云："排金铺，坐玉堂。……奏桓瑟，舞赵倡。女娥长歌，声协宫商。感心动耳，荡气回肠。"就是上述汉画中乐舞表演的生动反映。完全有理由相信，《气出倡》描写的"仙倡"表演在当时是完全存在的，不仅为皇家所独有，也受到贵族甚至是一般富豪的喜爱。有趣的是，曹氏祖孙对这种乐舞百戏表演都有浓厚的兴趣。到魏明帝曹叡时，天下三分局势已定，战事渐缓，开始复修汉代的平乐馆，"岁首建巨兽，鱼龙曼延，弄马倒骑,备如汉西京之制"①。曹操在自家相府组织的宴会表演,显然已经不能满足身为帝王之尊的曹叡对声乐的追求,大型广场式的演出更能够彰显皇家的声威。经过汉末大乱而凋敝的百戏,纷纷复兴。这种"仙倡"表演从汉代到南朝一直被继承了下来,而且逐步走向巅峰。马端临《文献通考》载:"梁又设跳铃剑、掷倒、狝猴幢、青紫绿、缘高絙、变黄龙、弄龟等伎。陈氏因之。后魏道武天兴六年冬,诏太乐总章鼓吹,增修杂戏,造五兵角抵、麒麟、凤凰、仙人、长蛇、白象、白武及诸畏兽、鱼龙、辟邪、鹿马仙车、高絙百尺、长蹻幢、跳丸,以备百戏。"② 可见其演出形式的长久生命力。

四 余论 《气出倡》三首与东汉生死观

根据上文对《气出倡》的分析,可以得出以下结论:曹操描绘的是宴会场合中的乐舞百戏表演,主要是以倡伎扮演神仙玉女、西王母等进行演唱、跳舞、遨游,乐人配乐伴奏,最后是表达对主人献忠祝寿,永享万年的愿望。除却纯粹歌舞声色的描绘,这三首诗也间接反映了建安时期人们对于长生、延年益寿的不懈追求。当时文人的许多诗作,对生死、延寿的态度多有反映,如徐幹《室思诗》其二"人生一世间,忽若暮春草",应璩《百一诗》"年命在桑榆,东岳与我期。长短有常会,迟速不得辞",这种对待死亡的理性思想,被余英时称为"死亡的自然主义态度","此时士人的养生已与人生享乐紧密交织"③。他们所追求的是现世的享乐,认为这是延年益寿的良药。《气出倡》三首表现的并非曹操追求成仙,而是在有生之年享尽人间繁华,追求的是此生而非彼世。

综上所述,汉魏时期的乐府艺术,并非只是狭义的文学文本创作,而是集歌舞、百戏表演于一身的具有娱乐功能的综合艺术。以曹操《气出倡》三首来说,如果不综合考虑其倡人扮演、演唱、音乐伴奏等因素,从文本上很容易被人误解为后世所谓的"游仙诗"。学界对于曹操思想的理解一直持矛盾态度:一方面认为他不信神仙方术之说,具有"见欺神仙""性不信天命之事"的理性精神;另一方面又认为《气出倡》为他积极求仙之作。本节将《气出倡》与汉代乐舞百戏进行综合考察,揭示其并非"游仙诗"的本质,而是描写了宴会上由"仙倡"扮演的歌舞百戏。曹操个人在求仙的态度上并无矛盾之处。

---

① (晋)陈寿:《三国志》,中华书局1986年版,第105页。
② (宋)马端临:《文献通考》,第1287页。
③ 余英时:《东汉生死观》,上海古籍出版社2005年版,第62页。

第二节 曹植以"篇"系题的文人拟乐府

据统计,郭茂倩《乐府诗集》收曹植的乐府歌辞四十三首,其中十七首为相和歌辞,五首为舞曲歌辞,其余二十一首均为杂曲歌辞。其乐府歌辞以"篇"系题的现象非常突出,引起了研究者的普遍关注①,观点主要集中在曹植始开乐府以"篇"命题的方式,"篇"脱离了音乐背景,是开始走向文人徒诗的标志,代表了文人拟作的自觉和兴盛。笔者观点有所不同,以"篇"系题的做法并不始于曹植,"篇"也尚未完全脱离音乐曲调。曹植的乐府之作确实体现了文人拟作的自觉和兴盛,但与他以"篇"系题的创作方式无关。因此,有必要对曹植众多乐府之作进行全方位的考察。

一 释"篇"

在探讨曹植以"篇"系题之作之前,我们需要对"篇"的含义进行说明。何为"篇"?许慎《说文》曰:"篇,书也,一曰关西谓榜篇,从竹扁声。"段玉裁注:"书,著也,著于简牍者也。亦谓之篇,古曰篇,汉人亦曰卷。卷者,缣帛可卷也。"② 唐成玄英《南华真经疏序》曰:"篇以编简为义,古者杀青为简,以韦为编,编简成篇,犹今连纸成卷也。"③ 这里的"篇"首先是指衡量、记录古籍的结构单位,如史书中记载传主著作,均以"篇"为单位,曰"著书多少篇"。其次,魏晋时期的文人乐府,多以××篇或××行××篇为命名方式。明吴讷《文章辨体序说·歌行》曰:"故本其命篇之义曰篇。"④ 明胡震亨曰:"其题或名歌,亦或名行,

---

① 钱志熙认为曹植以"篇"系题,"可能正说明这种拟乐府是以文章辞藻为主,不同于真正的乐歌"(参见钱志熙《汉魏乐府的音乐与诗》,大象出版社2009年版,第152页)。葛晓音认为曹植首开五言大篇,"篇"诗重铺排,繁会复沓是其主要特征(参见葛晓音《初盛唐七言歌行的发展——兼论歌行的形成及其与七古的分野》,《文学遗产》1997年第5期)。王立增认为"篇"诗是古代文人最早具有自觉意识的徒诗,"篇"的出现是古代文人诗从"歌"的时代走向"诗"的时代的里程碑(参见王立增《乐府诗题"行"、"篇"的音乐含义与诗体特征》,《文学遗产》2007年第3期)。崔炼农认为以"篇"名篇现象的出现代表了文人拟作的自觉和兴盛(参见崔炼农《汉魏六朝乐府辞乐关系研究》,博士学位论文,上海师范大学,2003年)。
② (汉)许慎撰,(清)段玉裁注:《说文解字注》,第190页。
③ (清)董诰等编:《全唐文》卷九二三,第9615页。
④ (明)吴讷著,于北山点校:《文章辨体序说》,人民文学出版社1998年版,第33页。

或兼名歌行，又有曰引者，曰曲者，曰谣者，曰辞者，曰篇者，有曰咏者，曰吟者，曰叹者，曰唱者，曰弄者，复有曰思者，怨者，曰悲若哀者，曰乐者。凡此多所属之乐府，然非必尽谱之于乐。"注曰："曰篇者，抽其意为引，导其情为曲，合乎俗曰谣，进乎文为辞，又衍而盛焉为篇。皆以其词为名者也。"①《乐府诗集》引《歌录》曰："《名都》《美女》《白马》，并《齐瑟行》也。曹植《名都篇》曰：'名都多妖女。'《美女篇》曰：'美女妖且闲。'《白马篇》曰：'白马饰金羁。'皆以首句名篇，犹《艳歌罗敷行》有《日出东南隅篇》，《豫章行》有《鸳鸯篇》是也。"②可见"篇"为乐府歌辞题之一种，以文意、歌辞为主要命名方式，多取歌辞之前两个字为名。

考之曹植杂曲歌辞以"篇"命名的有《名都篇》《美女篇》《白马篇》《远游篇》《轻举篇》《仙人篇》《斗鸡篇》《磐石篇》《驱车篇》《种葛篇》；相和歌辞有《吁嗟篇》《鰕䱇篇》《蒲生行浮萍篇》；舞曲歌辞有《鞞舞歌》五篇：《圣皇篇》《灵芝篇》《大魏篇》《精微篇》《孟冬篇》。这些接近其乐府歌辞总数的二分之一，曹植是同时期以"篇"作为命名方式最多的诗人。但是以"篇"系题的做法不始于曹植。早在曹植之前，就存在乐府歌辞以"篇"系题为命名方式，例如：

《乐府诗集》卷二六"相和曲"小序引《古今乐录》曰："张永《元嘉技录》：相和有十五曲……十五曰《陌上桑》……其辞《陌上桑》歌瑟调，古辞《艳歌罗敷行》'日出东南隅'篇。《觐歌》，张录云无辞，而武帝有《往古篇》。《东门》，张录云无辞，而武帝有《阳春篇》。"③此处第一句的标点应为《艳歌罗敷行》《日出东南隅篇》。参之《歌录》曰："犹《艳歌罗敷行》有《日出东南隅篇》。"以及《乐府诗集》卷二八引《古今乐录》曰："《陌上桑》歌瑟调。古辞《艳歌罗敷行》《日出东南隅篇》。"④

《古今乐录》曰："武帝《鸿雁》一篇，今不传。"⑤

《古今乐录》曰："《豫章行》，王僧虔云《荀录》所载《古白杨》

---

① （明）胡震亨：《唐音癸签》，上海古籍出版社1981年版，第2页。
② （宋）郭茂倩编：《乐府诗集》，第911页。
③ （宋）郭茂倩编：《乐府诗集》，第382页。
④ （宋）郭茂倩编：《乐府诗集》，第410页。
⑤ （宋）郭茂倩编：《乐府诗集》，第552页。

一篇，今不传。"①

　　《古今乐录》曰："王僧虔《技录》云：'《煌煌京洛行》，歌文帝桃园一篇。'"②

综上所述，曹植并非首开五言大篇，而且"篇"也不是脱离了音乐的文人拟乐府。如其杂曲歌辞《名都篇》《美女篇》《白马篇》，郭茂倩引《歌录》曰："《名都》《美女》《白马》，并《齐瑟行》也……"它们的完整写法应为《齐瑟行名都篇》《齐瑟行美女篇》《齐瑟行白马篇》，如同《蒲生行浮萍篇》一样，属于"××行××篇"的模式。王立增指出："'行'的本意为曲引，即一个乐章开头的序曲。""'行'本质上是一只弦乐曲，故也时或称之为'调'。"③可见"行"与音乐关系极为密切，《白马》《美女》等篇就是使用齐地的乐调配乐的。曹植曾有徙都于齐地的经历，因此很有可能受到齐地音乐的影响。其《鞞舞歌序》曰："故依前曲，改作新歌五篇，不敢充之黄门，近以成下国之陋乐也。"《求自试表》称："耳倦丝竹之音。"《谢鼓吹表》称："许以箫管之乐，荣以田游之嬉。陛下仁重有虞，恩过周旦，济世安宗，实在圣德。"可知虽然不能与朝廷黄门鼓吹相比，但曹植还是能够拥有一套自己的藩国陋乐。《宋书·乐志》记载曹植歌辞合乐的有：《野田黄雀行》（大曲）、《明月》（楚调怨诗）以及《鞞舞歌》五篇。除此之外，《名都篇》《白马篇》《美女篇》《蒲生行浮萍篇》等也应为合乐之作。④《文心雕龙·乐府》载："观高祖之咏大风，孝武之叹来迟，歌童被声，莫敢不协；子建士衡，咸有佳篇，并无诏伶人，故事谢丝管，俗称乖调，盖未思也。"⑤刘勰不满时人认为曹植、陆机之作背离乐调。黄节认为："陈思王诸贤之篇，在当时必复可歌也。"⑥又，鲍照《代朗月行》曰："为君歌一曲，当作朗月篇。"这是刘宋时期"篇"仍可配乐歌唱之明证，更不用说在诗乐尚未分离的曹魏时期。

　　"篇"的出现与当时依曲调作辞的创作方法有直接关系，因为乐曲的

---

① （宋）郭茂倩编：《乐府诗集》，第501页。
② （宋）郭茂倩编：《乐府诗集》，第582页。
③ 王立增：《乐府诗题"行"、"篇"的音乐含义与诗体特征》，《文学遗产》2007年第3期。
④ 钱志熙认为，曹植的杂言像《妾薄命行》《平陵东行》《当来日大难》《桂之树行》《当墙欲高行》《当事君行》《当车已驾行》，长短错落而音韵谐婉，有很强的音乐性，不像是自由体的长短句，而是依曲度句的结果（《汉魏乐府的音乐与诗》，第165页）。
⑤ （南朝梁）刘勰著，范文澜注：《文心雕龙注》，第103页。
⑥ 黄节：《汉魏乐府风笺》，第285页。

曲调相对固定，文人依照乐调创作不同的篇章，也就是"依前曲，作新歌"，所以造成一个曲调对应不同的曲辞，它们是一对多而非一对一。为了区别起见，造成了以"篇"系题的方式，"篇"是为了适应同一曲调的不同曲辞而出现的。向回指出："最初的以'篇'系题应当是歌辞编纂过程中形成的，而不是诗人在作诗时直接来以篇系题。因为古时一个乐曲的曲调往往会有不少文人为其作辞，如果统统仅以曲调名命篇，有时会让人不明所指。所以，古人在编纂乐歌集子时才会先说曲调名，再用首句中几个关键字加上一个'篇'来共同命题，以具体说明某个题名所指为何篇。"① 曹植乐府歌辞有关"行"和"篇"的记载，《乐府诗集》卷六一《杂曲歌辞》序引《宋书·乐志》曰："曹植之《惟汉》《苦思》《欲游南山》《事君》《车已驾》《桂之树》等行，《磐石》《驱车》《浮萍》《种葛》《吁嗟》《鰕䱇》等篇"，可见"行"与"篇"是可以并列的乐府术语单位。"行"作为"曲引""调式"，在曲辞独一的情况下，可直接写作"××行"；若"曲引"丢失，则直接写作"××篇"；若"曲引"未丢失，配合的曲辞又有多种，为了区分起见，则必须写作"××行××篇"。

综上所述，"篇"并不是脱离音乐而成了某种纯粹的"诗"，但"篇"的文学价值确实较高，原因是其体制决定的，据《诗经·周南·关雎》孔颖达疏："篇者，遍也。言出情铺事，明而遍者也。"② 唐刘知幾《史通·叙事》："夫饰言者为文，编文者为句；句积而章立，章积而篇成。"③ 即有头有尾，内容较长。清高步瀛言："方廷珪《文选集成》谓'篇'指本书乐府曹子建《美女》《白马》《名都》等篇，未知是否。"④ 即追求内容篇幅，叙事的首尾完整，必然导致"篇"诗重铺排，"繁会复沓是其主要特征"⑤。

二 曹植对文人拟乐府的贡献

上文已经详细论述了"篇"只是乐府诗题之一种，并未脱离音乐背景，"篇"不是文人拟乐府的标志，曹植也非其草创人物。但是，曹植仍然是文人拟乐府的开创者，原因在于以下几点。

---

① 向回：《杂曲歌辞与杂歌谣辞研究》，北京大学出版社2009年版，第52页。
② （汉）毛亨传，（汉）郑玄笺，（唐）孔颖达疏，（唐）陆德明音释，朱杰人、李慧玲等整理：《毛诗注疏》，上海古籍出版社2013年版，第274页。
③ （唐）刘知幾撰，（清）浦起龙通释：《史通通释》，上海古籍出版社1978年版，第173页。
④ 高步瀛：《文选李注义疏》，中华书局1985年版，第21页。
⑤ 葛晓音：《初盛唐七言歌行的发展——兼论歌行的形成及其与七古的分野》，《文学遗产》1997年第5期。

首先，曹植是建安时期也是整个中国文学史上第一个有着明确模拟目的的诗人，至此模拟成为文人明确而自觉的意识。① 总体来说，曹植诸多拟乐府大致可分为以下几种类型。

1. 明确标有"拟"的，据《乐府解题》：

  曹植拟《长歌行》为《鰕䱇》。②

  曹植拟《苦寒行》为《吁嗟》。③

  曹植拟《薤露行》为《天地》。④

  曹植拟《豫章》为"穷达"。⑤

  曹植拟《善哉行》为"日苦短"。⑥

2. 虽未标有"拟"字，但是题目中标有"当"字，与"拟""代"同义，萧涤非《汉魏六朝乐府文学史》认为："'当'为乐府诗中是术语，有时用'代'，其意则一。"⑦ 如以"当"为题的有《当来日大难》《当欲游南山行》《当事君行》《当车已驾行》。

另《古今乐录》曰："陈思王又有五篇：一《圣皇篇》，以当《章和二年中》；二《灵芝篇》，以当《殿前生桂树》；三《大魏篇》，以当汉吉昌，四《精微篇》以当《关中有贤女》，五《孟冬篇》以当狡兔。"⑧ 按：汉曲无汉吉昌、狡兔两篇，此处应不加书名号。

3. 明确标为文人改作的，据《乐府解题》曰："曹植改《泰山梁甫》

---

① 曹操和曹丕大多采用依曲调填词方式，他们对歌辞内容的重视程度远不如对曲调的恪守。
② （宋）郭茂倩编：《乐府诗集》，第446页。
③ （宋）郭茂倩编：《乐府诗集》，第499页。
④ （宋）郭茂倩编：《乐府诗集》，第397页。
⑤ （宋）郭茂倩编：《乐府诗集》，第502页。按：此处标点应为《穷达》，皆以首两字名篇，中华书局标点本有误。
⑥ （宋）郭茂倩编：《乐府诗集》，第540页。按：此处标点应为《日苦短》，中华书局标点本有误。
⑦ 萧涤非：《汉魏六朝乐府文学史》，人民文学出版社2011年版，第164页。
⑧ （宋）郭茂倩编：《乐府诗集》，第772页。

为'八方'。"①

有关其杂曲歌辞《白马》《美女》《名都》《五游》《轻举》《仙人》《磐石》《驱车》《种葛》等篇，学界的评价一般认为此为曹植的创新之作，而非模拟、继承。② 实际上，曹植杂曲歌辞情况非常复杂，《乐府诗集》卷六一《杂曲歌辞》序引《宋书·乐志》曰："自秦、汉已来，数千百岁，文人才士，作者非一。干戈之后，丧乱之余，亡失既多，声辞不具，固有名存义亡，不见所起，而有古辞可考者，则若《伤歌行》《生别离》《长相思》《枣下何纂纂》之类是也。复有不见古辞，而后人继有拟述，可以概见其义者，则若《出自蓟北门》《结客少年场》《秦王卷衣》《半渡溪》《空城雀》《齐讴》《吴趋》《会吟》《悲哉》之类是也。又如汉阮瑀之《驾出北郭门》，曹植之《惟汉》《苦思》《欲游南山》《事君》《车已驾》《桂之树》等行，《磐石》《驱车》《浮萍》《种葛》《吁嗟》《鰕䱇》等篇……其名甚多，或因意命题，或学古叙事，其辞具在，故不复备论。"③

因为年代久远、战乱等因素，许多原始曲辞已经亡佚，曹植所作可能是因意命题或者学古叙事之类，也有学古、拟古的可能性。其《远游》《轻举》《仙人》等，明显受楚辞影响，唐吴兢《乐府古题要解》曰："曹植又有《飞龙》《仙人》《上仙箓》与《神游》《五游》《远游》《龙欲升天》等七篇。……当求神仙翱翔六合之外。其词盖出楚歌《远游篇》也。"④

总之，曹植开创的拟袭传统，即有对原辞进行模拟的那部分；原辞亡佚即借题发挥，无所依傍。前者形成了拟乐府发展史上"共体千篇"的局面⑤，后者成就了文士"自我作古"⑥的期待，即不拘前例，由我开创。

其次，五言大篇非曹植所创，但是在"篇"中植入文人化的写法却始于曹植。⑦ 有关曹植篇章中文人化的创作技巧，如注重炼字炼句、对偶、

---

① （宋）郭茂倩编：《乐府诗集》，第608页。按：此处应为《八方》，中华书局标点本有误。
② 徐公持认为："如《磐石篇》《驱车篇》《种葛篇》《名都篇》《白马篇》等，全部自拟新撰，其题、辞皆无所依傍。"（《魏晋文学史》，第89页）
③ （宋）郭茂倩编：《乐府诗集》，第885页。
④ （唐）吴兢：《乐府古题要解》，《历代诗话续编》，第49页。
⑤ （唐）卢照邻：《乐府杂诗序》，《卢照邻集校注》，中华书局2012年版，第339页。
⑥ （唐）卢照邻：《乐府杂诗序》，《卢照邻集校注》，第340页。
⑦ 在诗作中植入文人化的写法，从曹操、曹丕就已经开始，《晋书·乐志》云："三祖纷纶，咸工篇什，声歌虽有损益，爱玩在乎雕章。"但是他们的作品仍然承袭汉末风气，格调古朴，口语化的成分居多，无怪乎《诗品》评丕曰："新歌百许篇，率皆鄙直如偶语。"

声律等，前人述之甚详，概一一赘述。此外，还有以下几个方面值得关注：

1. 为文人乐府诗增添娱乐、游戏的功能。邺下诗作中存有不少有关宴会、赠答唱和之作，即"怜风月，狎池苑，述恩荣，叙酣宴"①。其《斗鸡篇》详细地叙述了斗鸡场景："雄鸡正翕赫，双翘自飞扬。挥羽邀清风，悍目发朱光。觜落轻毛散，严距往往伤。长鸣入青云，扇翼独翱翔。愿蒙狸膏助，长得擅此场。"邺下其他文人如应玚、刘桢也作有《斗鸡诗》，属于同时期文人同题共作，只是曹植之作为文人拟乐府，诸子创作的是五言徒诗。除了体裁的不同，仅从内容表现手法来说，两者没有太大差别。这也从一个侧面反映了当时文人诗和乐府的彼此交融状态。其《名都篇》写当时天下名都洛阳城内一少年之逸乐。其中描写当时的娱乐活动有斗鸡、走马、驰骋、射猎、宴饮等。清吴淇评曰："于少年中，只出得两事，一曰驰骋，一曰宴饮。却说得中间一事不了又一事，一日不了又一日。"②曹植这些宴饮娱乐之作，其讽喻规劝并不明显，也绝非有什么寄托之意，只是文人的消遣游戏之作罢了。

2. 开启了文人拟乐府"崇雅重辞"的路线。《文心雕龙·乐府》评建安时期的乐府首推"魏氏三祖"，认为其作"气爽才丽，宰割辞调，音靡节平"，又点明曹植众作在时人眼中属于"乖调"的情况，说明曹植从理念到创作实际是不同于"魏氏三祖"的。《乐府》篇亦载："凡乐辞曰诗，诗声曰歌，声来被辞，辞繁难节；故陈思称左延年闲于增损古辞，多者则宜减，明贵约也。"③这里涉及曹植对左延年"增损古辞"的态度。王小盾指出："魏武帝时的雅乐制作，其时也有两条路线，其中之一是黄初中柴玉、左延年等人的路线，基本特点是以'新声被宠，改其声韵'……左延年等人的'增损古辞'，则用新声来改造杜夔等人所传的古声辞，是主声的路线。"属于"从俗"的路线。④在调和乐曲和歌辞的关系上，乐工、文人各自的着眼点不同，即"乐工务配其声，文士宜正其文"⑤。钱锺书指出："文字弦歌，各擅其绝。艺之材职，既有偏至；心之思力，亦难广施。强欲合并，未能兼美，或且两伤，不克各尽其性，每致互掩所长。

---

① （南朝梁）刘勰著，范文澜注：《文心雕龙注·明诗》，第66页。
② （清）吴淇著，汪俊、黄进德点校：《六朝选诗定论》，第126页。
③ （南朝梁）刘勰著，范文澜注：《文心雕龙注》，第103页。
④ 王小盾：《〈文心雕龙·乐府〉三论》，《文学遗产》2010年第3期。
⑤ （清）冯班：《钝吟杂录》，《清诗话》，第43页。

即使折衷共济，乃是别具新格，并非包综前美。"① 以乐为先，作辞时不免"鄙直如偶语"，不能一味追求文采藻丽，相较于曹操、曹丕的重乐理念，曹植更重视文辞，当乐曲和歌辞发生冲突时，他首选的是歌辞而非乐曲。因此他特意选择杂曲歌辞进行大力创作，既然外在的音乐元素已经丢失，诗人便不得不在语言文字上下功夫。其拟乐府重视华丽整饰、字句提炼以及对仗铺排等，他追求的是视觉的审美而非听觉享受，属于"崇雅"的那一派，这也是其作品被认为是"乖调"的重要原因。值得注意的是，这时期乐府歌诗的传播方式有了很大的转变：文人代替下层民众成为创作主体，由汉代依靠口耳相传到依靠书面文本保存记录。曹植生前曾亲自编订文集，就是这种转变方式的体现。

3. 曹植的拟作不仅体现了乐府与文人诗的交融状态，而且反映了当时诗人群体共同的创作用语倾向。以《美女篇》为例，现将其著录于下：

美女妖且闲，采桑歧路间。柔条纷冉冉，叶落何翩翩。攘袖见素手，皓腕约金环。头上金爵钗，腰佩翠琅玕。明珠交玉体，珊瑚间木难。罗衣何飘飘，轻裾随风还。顾盼遗光彩，长啸气若兰。行徒用息驾，休者以忘餐。借问女安居，乃在城南端。青楼临大路，高门结重关。容华耀朝日，谁不希令颜？媒氏何所营？玉帛不时安。佳人慕高义，求贤良独难。众人徒嗷嗷，安知彼所观？盛年处房室，中夜起长叹。②

用工笔勾勒的方式细致描摹了一位采桑女的容貌、服饰和居所，从中也可看出对古辞《陌上桑》的模拟和继承。此作前人评价甚高，但结尾几句和前面的描写颇为不类，清吴淇评曰："末只二语，把前多少好处，都说的弃掷无用，煞是可惜。"③ 历来对其评价大多是阐释曹植强烈的参政意愿。④ 上文以旁观者的眼光写美女，下文写长夜漫漫、内心孤寂无法入睡。历来对此的解释都似乎努力与曹植求"自试"而终不得用的处境相联系，虽然《离骚》开辟的"美人"传统可以被用来比附文人怀才不遇的苦闷，

---

① 钱锺书：《谈艺录》，生活·读书·新知三联书店2001年版，第79页。
② （魏）曹植著，赵幼文校注：《曹植集校注》，第577页。
③ （清）吴淇著，汪俊、黄进德点校：《六朝选诗定论》，第127页。
④ 如清朱止谿曰："以子建之才而亲不见用，此诗所谓'盛年处房室，中夜起长叹'者也。"清吴伯其曰："乍见美女，何处看起？因其采桑，即从手上看起；而头上，而身中，而裾下，妙有次第。……而乃使之长叹于房室乎？此亦是请自试之意。"转引自黄节《汉魏乐府风笺》，第305页。

但是这里的"美人"显然不是继承《离骚》的"美人"传统,而是汉乐府《陌上桑》中美丽的采桑女。依照今人对汉魏诗歌主题的分类①,这样的结合显得有些不伦不类。本诗可以分为两部分:第一部分是描写美女;从"众人徒嗷嗷"到结尾是第二部分,是作者自况。这些是独立流传的、毫不相关的内容。汉魏时期的文人诗有许多有关"夜中不能寐"的描写:

忧愁不能寐,揽衣起徘徊。(《古诗十九首》之《明月何皎皎》)

独夜不能寐,摄衣起抚琴。(王粲《七哀诗》)

展转不能寐,披衣起彷徨。(曹丕《杂诗》)

展转不能寐,长夜何绵绵。(徐幹《室思诗》)

这些片段是古诗常见的结尾方式。《美女篇》以"盛年处房室,中夜起长叹"结尾,即乐府诗中采用了文人徒诗的写作手法,有"拼接"的痕迹,属于"文人乐府+徒诗"的类型。在文人眼中,乐府诗是可以这样写的:允许借用毫不相关的徒诗的写作手法以及结尾方式。这些类似的"套语"②大量出现在徒诗和乐府中,有些和全诗形成了"天衣无缝"的混融结构,有些片段则成为"脱离了原始语境,自由浮动的句子,可以被应用于任何适当的场景"③。换句话说,"众人徒嗷嗷,安知彼所观?盛年处房室,中夜起长叹",也许根本不是曹植心态的反映,而是当时流行的诗歌写法。这种"套语"是建安时期所有诗人的"公用材料",是诗人集体共同的创作用语。而且,用韵方面也体现了诗人的自觉意识,每句尾字均押(寒)(元)韵④,时人有重韵的意识,即便是"拼接",也要在韵部上保持一

---

① 一般来说,诗歌中有关美女主题的描写必然会在结尾出现对女子的思慕,或者想象女子"空床独难守"的苦痛;也可如汉乐府《陌上桑》一样叙述一个完整的故事而不是转向对作者自身处境的描写,后面的描写与前文毫无联系。

② 与"夜中不能寐"相似的"套语"还有"飞禽远飞"主题:如《古诗十九首》之《西北有高楼》"愿为双鸿鹄,奋翅起高飞"、《步出城东门》"愿为双黄鹄,高飞还故乡"等。

③ [美]宇文所安:《中国早期古典诗歌的生成》,胡秋蕾等译,生活·读书·新知三联书店2012年版,第80页。

④ 依照郭锡良《汉字古音手册》,商务印书馆2010年版。

致。① 在他们眼中，诗歌是可以这样写的：无关作者心态、处境，只是一种创作模式。这种早期创作模式来自文士对乐府以及徒诗的熟练掌握，且无明确的区分意识，从而在创作过程中，依照既定的模式进行创作。

总之，曹植的拟乐府之作，一变汉代乐府之古野质朴，在乐府众作中植入文人化的写法，是文人拟乐府崇尚文辞的开端，无怪王世贞评曰："子建才敏于父兄，然不如其父兄质。汉乐府之变，自子建始。"②

三 乐府和拟乐府的区别：入乐？

上文已经论述了曹植以"篇"系题并非文人拟作的标志，而且"篇"中也有许多合乐之作。最后再简要谈谈乐府与文人拟乐府的区别在于是否入乐的问题。有关这个问题，前辈大家论之甚多，认为乐府和拟乐府的区别在于入乐的有以下代表观点：

清冯班《古今乐府论》曰："古诗皆乐也，文士为之辞曰诗，乐工协之于钟吕为乐。……文士所造乐府，如陈思王、陆士衡，于时谓之'乖调'。刘彦和以为'无诏伶人，故事谢丝管'。则是文人乐府，亦有不谐钟吕，直自为诗者矣。"③

范文澜《文心雕龙注》曰："诗为乐心，诗与歌本不可分，故《三百篇》皆歌诗也。自汉代有《在邹》《讽谏》等不歌之诗，诗歌遂画然两途。凡后世可歌之辞，不论其形式如何变化，不得不谓为《三百篇》之嫡属，而摹拟形貌之作，既以声乐离绝，仅存空名，徒供目赏，久之亦遂陈熟可厌。"④

钱志熙认为所谓"拟乐府"，"拟"的基本含义就是在诗乐分流之后，以纯粹的书面创作的形式去模拟生长于音乐母体中，具有歌辞、舞词等功能的原始乐府诗，保持原始乐府诗的某些基本特点。从这个意义上讲，建安诗人曹操、曹丕等依旧曲调制新辞，仍然是原始乐府诗的一种创作方法。其性质与后来的拟乐府诗是不同的。脱离乐曲、侧重文字意义和文学性质的"拟乐府诗"是从曹植开始的，并经张华、陆机等大家的大力

---

① 钟嵘《诗品序》曰"若'置酒高堂上''明月照高楼'为韵之首。故三祖之词，文或不工，而韵入歌唱。此重音韵之义也，与世之言宫商异矣。"
② （明）王世贞：《弇州山人四部稿》卷一二一，明万历五年刻本。
③ （清）冯班：《钝吟杂录》，《清诗话》，第 39 页。
④ （南朝梁）刘勰著，范文澜注：《文心雕龙注》，第 121 页。

发展。①

诚然，是否入乐在一定程度上可以区分乐府与文人拟作，如唐代新乐府，辞拟乐府而未配乐，即事名篇，无复依傍。上文我们已经分析了曹植拟乐府之作有很多仍然是可以入乐的，被称为"乖调"的原因并不在于不能合乐。所以，是否可以入乐，不能作为衡量文人拟乐府的绝对标准。能否入乐，与乐工的关系极大。如《古今乐录》曰："《估客乐》者，齐武帝之所制也。帝布衣时，常游樊邓，登祚以后，追忆往事而作歌，使乐府令刘瑶管弦被之，教习卒遂无成。有人启释宝月善解音律，帝使奏之，旬日之中，便就谐合。"② 可见高明的乐工有能力使歌辞入乐。如《宋书·乐志》收录曹植《明月》，《文选》题作《七哀》，《玉台新咏》作《杂诗》，《乐府诗集》作《怨诗行》。将《七哀》与《明月》进行对比：其区别在于前者将"徘徊"作"裴回"；"言是"为"自云"；"君"为"夫"；"孤"为"贱"；"清路尘"为"高山柏"；"何时谐"为"当和谐"；"西南风"为"东北风"；增加了"念君过于渴，思君剧于饥"，"北风行萧萧，烈烈入吾耳"，"恩情中道绝，流止任东西。我欲竟此曲，此曲悲且长。今日乐相乐，别后莫相忘"。在保持原作基本内容和风格的同时，加入了一些歌唱套语，改作使得曲辞更加通利。魏晋南北朝隋唐时期，一直都有文人拟乐府歌辞配乐演唱的记载。所以，区别"乐府"与"拟乐府"的标准也绝非是否入乐那样单一。

郭茂倩《乐府诗集》对于文人乐府的编排方式为先列古辞，后附拟作，以题材、本事的继承为分类标准。清朱绍本《定风轩活句参》卷五"乐府参"曰："拟乐府必体当时事故，按事依题转折，轻清重浊，协诸五音，不容任意错综，与诗余一定体格不同。"如"铙歌中有《朱鹭曲》，汉有朱鹭之祥，因而为曲。作者必有祥瑞足纪，或可拟之。又有《东门行》，乃士有贫行不安其居，拔剑将行，妻子牵衣留之，愿同哺糜，不求富贵。作者必因士负气节未伸者，始可代妇人语，作《东门行》阻之。其余皆可类推"③，点明文人拟作有继承、回望经典的意味。

罗根泽针对"文人仿古乐府"即说："其仿效之乐府，则与此全异：作者为文人学士，其格调模仿古昔，其字句力求美丽。虽不能谓全无情感，然大半皆为作乐府而作乐府，非为情感需要而作乐府。且限于格调，

---

① 钱志熙：《齐梁拟乐府诗赋题法初探——兼论乐府诗写作方法之流变》，《北京大学学报》1995年第4期。

② （宋）郭茂倩编：《乐府诗集》，第699页。

③ （清）朱绍本：《定风轩活句参》，国家图书馆藏清钞本。

泥于字句，即有情感，亦难得充分之表现。故其篇幅较创作者为长，修词较创作者为工……"① 也就是说文人仿拟乐府主要以娱乐消遣为目的，着眼点在于篇章结构、语言形式等方面。从全篇或局部进行模拟，有些在模拟中发生了"新变"。王国维《人间词话》曰："文体通行既久，染指遂多，自成习套，豪杰之士亦难于其中自出新意，故遁而作他体，以自解脱。一切文体所以始盛终衰者，皆由于此。"② 可知文人拟作的变创作用，具有开放性和灵活性。

综上所述，对文人拟作的划分，除了是否合乐以外，还要综合考虑作品在主题内容、篇章结构、艺术风格等方面与原作的一致性。文人拟作磨炼了技巧，群体性的模拟则形成了普遍性的诗歌时代风气，成为诗作革新的中介桥梁。

---

① 罗根泽：《乐府文学史》，第120页。
② 王国维：《人间词话》，中华书局2010年版，第35页。

第二章 两晋时期——拟诗的全面兴盛和衰落

曹魏后期的士人中，何晏作有两首《言志诗》（冯惟讷《古诗纪》题曰《拟古》），《诗品》言"平叔'鸿鹄'之篇，风规见矣"，何晏在曹爽辅政时期隐约感受到即将到来的危机，流露出浓厚的忧患意识。此二首模拟曹植诗痕迹明显，如其一"鸿鹄比翼游，群飞戏太清"模拟曹植《鰕䱇篇》"燕雀戏藩柴，安识鸿鹄游"；其二"转蓬去其根，流漂从风移"因袭曹植《杂诗》其二"转蓬离本根，飘摇随长风"等，别有寄托又用语隐晦，似有不能尽言者。类似的还有嵇康《五言赠秀才》（一本作《古意》），以双鸾为比兴，阐述"鸟尽良弓藏，谋极身必危"的人生哲理，与何晏二首最为接近。钱志熙认为"魏代诗人，将这种比兴为体的诗，都理解为拟古之体"。[①]

司马氏以不义的手段篡取曹魏政权，嵇康被杀、向秀失图，给士人内心带来的巨大的冲击，正如罗宗强所谓"没有激情，没有准的，没有大欢喜，也没有大悲哀"[②]。他们缺乏建安文人那种担当意识和积极向上的精神，普遍甘于平庸、缺乏崇高精神，反映在文学上表现为复古、崇古之风的兴盛，因而西晋被称为"中国文学史上模拟风气最盛的时期"[③]，诗、文、赋各文类均有不少拟作。对经典的过分尊奉表现在拟经风气以及随之而来的四言诗的回潮，如陆云祖述《诗经》，其《赠郑曼季诗》涵盖《谷风》五章、《鸣鹤》四章、《高冈》四章、《南衡》五章等，全为四言诗。西晋拟经之风的极致当推夏侯湛《周诗》、束皙《补亡诗》一类。《周诗》其"叙"曰："《周诗》者，《南陔》《白华》《华黍》《由庚》《崇丘》《由仪》六篇，有其义而亡其辞。（夏侯）湛续其亡，故云《周诗》。"某种程度上，这类作品的出现是士人逃避现实，向古典主义复归的重要

[①] 钱志熙：《中国诗歌通史·魏晋南北朝卷》，第174页。
[②] 罗宗强：《魏晋南北朝文学思想史》，中华书局2006年版，第56页。
[③] 徐公持：《魏晋文学史》，第254页。

表现。

　　西晋拟诗的大家还有傅玄、张华、陆机、石崇等人，其中傅玄入晋时年岁较长，为张华、陆机等人的前辈，郊庙歌辞多由其所撰，在晋初文坛上德高望重，实为西晋拟古诗风的开创者。现存的四十多首傅玄乐府诗，拟徒诗似乎只有《拟四愁诗》（七言）、《拟马防诗》（仅存一句），沈德潜言其"长于乐府，而短于古诗"①。其拟乐府大抵存在两种创作倾向，一是复归汉乐府的叙事艺术，如《秦女休行》《苦相篇》《秋胡行》等，胡应麟言："傅玄《庞烈妇》，盖效《女休》作者，辞意高古，足乱东西京。乐府叙事，魏晋仅此二篇。"②借古题咏古事或相近之事，摒弃了曹魏乐府借古题咏时事的作法，绝少关涉现实生活。由此导致当时出现了袭用汉乐府旧事，敷衍成篇的故事乐府。此类作品一向被认为"踵前人步伐，不能流露性情，均无足观"③，但是傅玄对乐府音乐表演属性的回归、促进汉乐府的经典地位的定型，保持汉魏遗音等方面起到了重要作用。还有一类模拟曹植，其《放歌行》《长歌行》拟曹植《薤露行》，《墙上难为趋》首句"门有车马客"即是由曹植《门有万里客》而来。张华也是此时期文人拟乐府的重要作者，同傅玄一样，其规步的对象也是曹植，其《门有车马客行》系从曹植《门有万里客》翻出，《壮士篇》模拟曹植《白马篇》和《鰕䱇篇》，字句亦有相似者。

　　西晋拟诗方面取得最高成就的当属陆机，其现存诗作四十多首，其中拟汉乐府、拟建安乐府和《拟古诗》十四首，超过存诗的一半。鉴于建安文人借古题写时事或抒己怀的作法，陆机更多的是确立乐府的体式规范，恢复乐府赋咏乐府旧题、取材客观的传统，有意纠正三曹乐府过于个人化导致的乐府与文人诗不分的趋势。根据《乐府诗集》引用《乐府解题》的相关论述，可见其对后代诗人的影响和规范意义：

　　　　卷三四古辞《豫章行》题解引《乐府解题》曰："陆机'泛舟清川渚'，谢灵运'出宿告密亲'，皆伤离别，言寿短景驰，容华不久。"
　　　　卷三四古辞《董逃行》题解引《乐府解题》曰："若晋陆机'和风习习薄林'，谢灵运'春虹散彩银河'，但言节物芳华，可及时行乐，无使徂龄坐徒而已。"

---

① （清）沈德潜选：《古诗源》，第128页。
② （明）胡应麟：《诗薮》，第17页。
③ （清）黄子云《野鸿诗的》评陆机语，《清诗话》，第895页。

卷四〇魏明帝《棹歌行》题解引《乐府解题》曰："若晋陆机'迟迟春欲暮'，梁简文帝'妾住在湘川'，但言乘舟鼓棹而已。"

卷六一陆机《君子有所思行》题解引《乐府解题》曰："《君子有所思行》，晋陆机云：'命驾登北山。'宋鲍照云：'西上登雀台。'梁沈约云：'晨策终南首。'其旨言雕室丽色，不足为久欢，宴安酖毒，满盈所宜敬忌，与《君子行》异也。"

卷六二陆机《悲哉行》题解引《乐府解题》曰："陆机云：'游客芳春林。'谢惠连云：'羁人感淑节。'皆言客游感物忧思而作也。"①

……

谢灵运、鲍照、谢惠连、简文帝萧纲、沈约等人的拟乐府都是沿着陆机确立的规范进行创作。《文选》"乐府"类收录陆机拟乐府十七首，远远多于鲍照八首和曹植四首，为诸家之冠，拟汉乐府有《猛虎行》《君子行》《豫章行》《君子有所思行》《齐讴行》《日出东南隅行》《长安有狭邪行》《前缓声歌》《长歌行》《吴趋行》《悲哉行》，拟建安乐府有《短歌行》《苦寒行》（拟曹操）、《门有车马客行》（拟曹植）、《塘上行》（拟甄后）、《从军行》（拟王粲）、《饮马长城窟行》（拟陈琳）。胡大雷总结："凡有模拟对象的，陆机必模拟之；且比模拟时间较早者，此即凡有古辞的，陆机必模拟古辞。乐府古辞的诗题与内容相合，陆机的模拟古辞，就是切题模拟。"② 这种遵从汉魏乐府旧题传统、"务从雅正"、文辞华美的拟作，开启了士族拟乐府的典范之路。③

陆机与同时期人的重要区别还在于对当时作为"流调"的五言诗的重视，《文心雕龙·明诗》篇主要论述五言诗，称"四言正体""五言流调"。晋初诗坛流行的仍是典正的四言体。陆机《拟古诗》十四首是对一组汉末无名氏古诗（《文选》总题为《古诗十九首》）的仿拟，注重在拟作技巧上翻新出奇，用高雅的词汇替代原作，从侧面说明了这些无名氏古诗之所以能够成为模拟的对象，必然是建立在其文学传统已经形成，或文人对其文学传统有着深刻认识的时代。陆机写作这组《拟古诗》的原因，不仅是受到西晋崇古复古风气的影响，更多是作为

---

① 参见（宋）郭茂倩编《乐府诗集》，第501、505、593、893、899页。
② 胡大雷：《〈文选〉诗研究》，世界图书出版公司2014年版，第310页。
③ 参见孙明君《两晋士族文学研究》第七章《陆机与士族乐府之范型》，中华书局2010年版。

"亡国之余"人北之后,始终未能融入西晋主流社会,希望通过五言诗全面超越曹植及其所代表的建安诗风,确立其文坛宗主的地位。自此以后,五言诗地位得以提高,成为士族自我塑造和建立"阶级身份"的工具。

晋末五胡占据中原腹心地区,东晋自元帝建武元年(317)至恭帝元熙二年(420),历时一百零四年。政局和士风的变化使得诗歌亦为之一变。刘永济针对六朝诗学之流变曰:"六朝诗学,其流至繁。揆厥所由,莫非时变,要而论之,得六端焉:……加以南都佳丽,山水娱人,避世情深,则匡时意少。"① 偏安心态、遗落世务、旷达闲适就是此期士人心态之显著变化,"理过其辞,淡乎寡味"的玄言诗取得了独尊地位。文人拟乐府和拟徒诗的数量急剧下降。相比于模拟风气极盛的西晋,东晋可称得上中国文学史上拟诗的"断层"。似乎仅见谢道韫《拟嵇中散咏松诗》,实为拟嵇康《代秋胡歌诗》其六之前八句,意思字句都雷同。袁宏《拟古诗》仅存"高馆百余仞,迢递虚中亭。文幌曜琼扇,碧疏映绮棂"四句,似是拟《西北有高楼》。究其原因,东晋是门阀政治的形成时期,门阀士族崇尚的是玄言诗清虚矫饰的风格,乐府诗代表的风骚精神的坠失,导致了拟诗的衰落。二者的全面复苏也是在刘宋"诗运转关"以后,传统诗学精神复归的基础上。因此我们将两晋时期合为一章,从中可以看出文人拟诗的发展流变,窥探拟作的全面兴盛和衰落的根本原因。东晋末年,陶渊明率先作《拟古》组诗,向汉魏缘情诗风复归,稍后的鲍照也有《拟古》八首,我们将两者进行对比研究,揭示这类拟诗的特征以及与当时诗风、诗学思潮之关系。

第一节　从拟作角度谈西晋故事乐府对汉乐府体式的复归
——兼说汉乐府经典地位的定型

西晋时期出现了许多拟作大家,傅玄、陆机、张华、石崇等皆有为数不少的文人乐府诗。故事乐府的出现是西晋文人拟作的突出现象,萧涤非指出,"晋乐府拟古,约可分为两派:一派借古题咏古事",指的就是西晋故事乐府,且认为此种拟作"价值尤低"。② 当时故事乐府的代表有傅玄

---

① 刘永济:《十四朝文学要略》,第175页。
② 萧涤非:《汉魏六朝乐府文学史》,第182页。

《秋胡行》咏秋胡事，《惟汉行》咏汉高祖鸿门宴事，《艳歌行》咏秦氏罗敷女，《秦女休行》咏烈妇；石崇《王明君辞》咏昭君出塞，《楚妃叹》咏楚庄王夫人庄姬；张华《游侠篇》描写战国四公子，《纵横篇》写鬼谷子之变诈之数；陆机《班婕妤》写班婕妤见弃之事。多以历史上的真人真事为对象，以复现汉乐府经典为创作目的。故事乐府的风行，虽然有文人生活空虚的因素存在①，但更与曹魏后期的政治保守倾向有着密切关联。他们袭用乐府旧事，敷衍成篇，强化了汉乐府"缘事而发"的传统，向汉乐府的艺术形式回归，从而确立了汉乐府的经典地位。

一　西晋故事乐府风行之原因

首先，司马氏与魏代的君主在政治上最大的不同，就是恢复曹魏前期官方弃置的儒学。高平陵之变，司马氏完全铲除了曹爽的政治势力，执掌大权，成为曹魏后期实质上的统治者。高贵乡公曹髦虽欲提倡文学，但出于政治安全考虑，不得不下诏自责，复兴儒学，据《三国志·魏书·三少帝纪》载："帝（曹髦）幸辟雍，会命群臣赋诗。侍中和逌、尚书陈骞等作诗赋稽留，有司奏免官，诏曰：'吾以暗昧，爱好文雅，广延诗赋，以知得失，而乃尔纷纭，良用反仄。其原逌等。主者宜敕，自今以后，群臣皆当玩习古义，修明经典，称朕意焉。'"②司马氏为河内儒学大族，西晋建国后开始有意纠正曹魏尚浮华等不良风气，重新推崇儒学。重礼崇德，博学好古成为官方用人的首要标准：

　　张华为黄门侍郎，博览图集，四海之内，若指诸掌。（司马炎《诏称张华》）

　　燕王陈邵清贞絜静，行著邦族，笃志好古，博通六籍……（司马炎《以陈邵为给事中诏》）

　　男子皇甫谧，沉静屡素，守学好古……（司马炎《征皇甫谧为太子中庶子诏》）

相对于"魏武好法术，而天下贵刑名，魏文慕通达，而天下贱守

---

① 萧涤非：《汉魏六朝乐府文学史》，第171页。
② 《三国志》，第139页。

节"(《晋书·傅玄传》),西晋的统治者在用人方面更倾向于儒学、经学,文人士子无不以能够"学综群籍""错综先典"为目标,即《文赋》所谓的"佇中区以玄览,颐情志于典坟",宗经色彩极为浓厚。相比于汉乐府"感于哀乐,缘事而发"的创作传统,先代的文学经典成为此时文人艺术活动的直接源头。同时朝廷诏令对汉代乐府进行大规模的整理,傅玄、张华等都亲身参与其中,使得其乐府创作在一开始便带有强烈的复古色彩。

其次,从士人心态上,"自全心态,可以说是其时士人之一种普遍心理趋向"[1]。政权易代,何晏、夏侯玄、嵇康被杀,天下名士少有全者,对士人的心灵冲击力可想而知。他们缺乏建安文人的现实精神和人格力量,呈现出庸俗内敛的特征。他们热衷于功名利禄和世俗生活,缺乏对国家政治现实的关心,退守到更加安全的历史中讨生活,尽量规避矛盾重重的政治现实。"西晋诗人写了大量仿古诗,既是重技巧的表现,也是对现实题材非时事化的必然结果。"[2]

最后,西晋史学繁盛,当时文士如傅玄、张华、皇甫谧等博学多才,且对历史和近代典故了如指掌,同时伴随着叙事文体的勃兴,他们普遍对九流杂家持浓厚兴趣。如傅玄一生致力于《傅子》一书,《晋书》本传称:"(傅玄)撰论经国九流及三史故事,评断得失,各为区别,名为《傅子》。"[3] 其中对历史故事多有涉及,代表有三男娶一女故事和管秋阳故事等。张华著《博物志》多载天下逸闻趣事,其中许多人物故事叙事简洁生动,饶有文学趣味。当时位极人臣的石崇作有《奴券》一文,叙述"胡王子"为人甚奇,多用对话和夸张手法,已经具备小说的基本要素。文人对此类题材身体力行的创作反映到其他文体如乐府诗上,由此导致故事乐府的风行。

二 西晋故事乐府对汉乐府体式的继承和复归

汉乐府多取材于民间,"感于哀乐,缘事而发",具有讲史演义、劝善隐恶、咏怀先人等多种叙事倾向。西晋故事乐府对汉乐府的继承和复归体现在创作和理论两个层面。下面分述之。

第一,创作方面:体现在对汉乐府叙事体式的继承以及对汉乐府表演

---

[1] 罗宗强:《玄学与魏晋士人心态》,天津教育出版社2005年版,第182页。
[2] 徐公持:《魏晋文学史》,第264页。
[3] (唐)房玄龄等:《晋书》,中华书局1974年版,第1323页。

艺术功能的回归。

西晋人尚博学，他们在辨章学术、考镜源流方面下了很大功夫。在模拟之前，他们对当时出现的各种文学体裁都有认真细致的研究，即陆机《文赋》所谓的"余每观才士之所作，窃有以得其用心"。"拟作者在阅读时调动自己的审美经验，创造性地领会作品意图、意义、题旨；另一方面拟作者还必须在阅读过程中对原始文本写什么和怎样写进行一定程度的分析和综合。"① 这是从拟作之前的阅读角度讲。如傅玄《连珠序》曰："所谓连珠者，兴于汉章帝之世。班固、贾逵、傅毅三子受诏作之。而蔡邕、张华之徒又广焉。其文体，辞丽而言约，不指说事情，必假喻以达其旨。而贤者微悟，合于古诗劝兴之义。欲是历历如贯珠，易观可悦，故谓之连珠也。"《傅子》曰："昔仲尼既殁，仲尼之徒追论夫子之言，谓之《论语》。其后邹之君子孟子舆拟其体，著七篇，谓之《孟子》。"他认为《孟子》是对孔子思想的"拟其体"之作。他们对当时已经固定的文体，多表现为遵循原作的文体特征，如陆云《与平原兄书》曰："屡视诸故时文，皆有恨，文体成尔。"② 束皙《补亡诗序》曰："补著其文，以缀旧制。"③ 明确的文体意识反映在模拟创作时注重"得体"，因而他们在创作中表现出对汉乐府体式的承继。

首先，在强化了汉乐府"片段叙事"的功能之上又有所发展。汉乐府歌诗不同于宋元时期成熟的剧目，虽有像《焦仲卿妻》④这样的淋漓尽致展现完整故事情节的鸿篇巨制，但大多数如《公无渡河》《平陵东》《陌上桑》仍然停留在截取最具戏剧冲突的故事片段，于短制中见其波澜，西晋故事乐府显然继承了此点。如傅玄《惟汉行》讲述鸿门宴故事，取材于《史记·项羽本纪》，全诗开场就交代了故事场景的危急和主人公"危哉鸿门会，沛公几不回"，中间穿插项庄舞剑、项伯阻拦等基本情节，最大的亮点在于大篇幅塑造了忠心勇猛的武士樊哙的形象，认为高祖得脱完全得益于樊哙，最后表达"健儿实可慕，腐儒安足叹"，对不堪大任的儒生的耻笑，全诗属于"叙事+议论"的类型。又如《秋胡行》虽以秋胡娶妻三年不归为开场，中间穿插了时光荏苒、空房难守的时空之感，但故事发生的场景仍然集中在秋胡归乡在路上与采桑妇人之间的对话，以及回家后见此妇人，妇人愤而投河。最后连身为儒臣的傅玄都不免感叹："彼夫既不

---

① 陈恩维：《论汉魏六朝拟作的创造性》，《求索》2006年第7期。
② （晋）陆云著，刘运好校注整理：《陆士龙文集校注》，第1079页。
③ （南朝梁）萧统编，（唐）李善注：《文选》，第905页。
④ 此诗存有争议，学界争论集中于汉末和南朝两端。

淑,此妇亦太刚。"并不认可此种行为,同样属于"叙事+议论"的类型。西晋文人在继承汉乐府"片段叙事"的功能的同时,加强了歌诗的议论成分,这种做法招致了后世的批评,刘勰针对此点评曰:"傅玄篇章,义多规镜。"① 近人许文雨《诗品讲疏》云:"傅氏父子,或擅乐府诗,不免拟汉魏而拙;或类道德论,不免遗平典之讥。"② 不仅傅玄,同期其他文人之作也多阐发此类议论和个体抒情,一方面固然可以从时人以裨风教的角度理解③;但从另一个方面讲,他们认识到汉乐府的表演娱乐功用,汉乐府不仅是文学文本,更是表演所用的剧本,作者面对的是欣赏者和观众,首先追求的是娱乐功能,采用寓教于乐的方式。"大众的娱乐心理与大众的观念相符合,或可供这种观念评判的人物事件,才能引起他们的兴趣和共鸣,从而使娱乐效果得到圆满地实现。"④

其次,从叙事视角而言,多采用单一视角,有时也会有叙事视角的转化。汉乐府中有代言体抒情之作,其中一种是歌唱者以抒情诗中主人公的身份来演唱,主人公和歌唱者是合二为一的,也就是"我",此点亦被西晋乐府所继承。如石崇《王明君辞》开场便以"我本汉家子,将适单于庭"交代抒情主人公形象,表演者和昭君的身份是同一的,后以文人化的婉转语调叙述在匈奴的悲惨生活,中间穿插舞蹈动作"哀郁伤五内,涕泣沾珠缨",最后以类似独白语的形式道出"传语后世人,远嫁难为情"。《古今乐录》曰:"《明君》歌舞者,晋太康中季伦所作也。"⑤《旧唐书·音乐志》曰:"《明君》,汉元帝时……汉人怜其远嫁,为作此诗。晋石崇妓绿珠善舞,以此曲教之,而自制新歌……"⑥ 说明此曲为歌舞表演或者带有歌舞表演的性质,前人论之颇详,在此概不赘述。⑦ 另外,汉乐府大多由艺人演唱,歌舞艺人在很多情况下需要成为情感的代言人,其与主人公合二为一时就需要代主人公言情。当艺人有意识从扮演的角色中抽离出

---

① (南朝梁)刘勰著,范文澜注:《文心雕龙注·才略》,第701页。
② 许文雨:《诗品讲疏》,成都古籍书店1983年版,第116页。
③ 虽然西晋官方极力提倡教化,但并不是此时期文人乐府出现说教色彩的主要原因。比如汉代统治者非常重视教化,曾多次下诏"表贞女""养衰老""存润致赐"等,汉乐府中有许多是对道德信念、价值规范等进行的评价,这种价值观与汉乐府歌诗丝丝入扣地嵌合在一起。
④ 钱志熙:《乐府古辞的经典价值——魏晋至唐代文人乐府诗的发展》,《文学评论》1998年第2期。
⑤ (宋)郭茂倩编:《乐府诗集》,第425页。
⑥ (后晋)刘昫等:《旧唐书》,中华书局1975年版,第1063页。
⑦ 参见王克芬《中国舞蹈发展史》,上海人民出版社1991年版,第160—161页。

来，用第三人称进行评价或抒情时，叙事视角则发生了转换，如傅玄《秦女休行》讲述庞氏烈女报仇的故事，中间夹杂着大量的动作和对话，歌诗最后以"今我弦歌咏高风，激扬壮发悲且清"，清晰表明艺人从中抽离出来，叙事视角由艺人所扮演的庞氏烈女转换到艺人自身。西晋文人乐府常被评为"不能流露性情"，原因就在于"缘他人之情而绮靡"，作诗不需要"情动于中而形于言"，钱志熙针对此点说："这里所缘的情，是前人作品中的情事，或是他人的情事，并非是诗人自己心中扰动不安、非吐不可的诗情。"① 正是基于文人乐府模拟汉乐府艺人扮演所采用的表演程式，袭用乐府旧事，使得诗中的抒情主人公与扮演者呈分离的状态，这是当时乐府创作中的不二"法门"。

最后，在保留乐府本事的同时对同一故事采取不同的加工、翻新。文人袭用乐府旧事敷衍成篇，采用的旧事大多耳熟能详，有时会采用不同的表现方式对其进行翻新。比如傅玄有两篇《秋胡行》，本事相同，但采取的写法却截然不同，现将其著录于下：

秋胡子娶妇，三日会行。仕宦既享显爵，保兹德音。以禄颐亲，韫此黄金。睹一好妇，采桑路傍。遂下黄金，诱以逢卿。玉磨逾洁，兰动弥馨。源流洁清，水无浊波。奈何秋胡，中道怀邪。美此节妇，高行巍峨。哀哉可悯，自投长河。

秋胡纳令室，三日宦他乡。皎皎洁妇姿，泠泠守空房。燕婉不终夕，别如参与商。忧来犹四海，易感难可防。人言生日短，愁者苦夜长。百草扬春华，攘腕采柔桑。素手寻繁枝，落叶不盈筐。罗衣翳玉体，回目流采章。君子倦仕归，车马如龙骧。精诚驰万里，既至两相忘。行人悦令颜，借问此树旁。诱以逢卿喻，遂下黄金装。烈烈贞女忿，言辞厉秋霜。长驱及居室，奉金升北堂。母立呼妇来，欢乐情未央。秋胡见此妇，惕然怀探汤。负心岂不惭，永誓非所望。清浊自异源，枭凤不并翔。引身赴长流，果哉洁妇肠！彼夫既不淑，此妇亦太刚。②

两首《秋胡行》均被郭茂倩《乐府诗集》收入相和歌辞中，第一首以四言为主杂有五言、六言，是典型的杂言体；第二首则是整齐的五言。相比之

---

① 钱志熙：《魏晋诗歌艺术原论》，北京大学出版社1993年版，第293页。
② （宋）郭茂倩编：《乐府诗集》，第530页。

下，前者以记叙客观事实为主，语言质木无文①；后者在继承秋胡本事的同时，以铺叙为主，以文人化的手法穿插大量的细节和心理描写，多感情的植入。保留了相同本事的同时，西晋文人却改作为形式完全不同的歌诗，可见他们在模拟汉乐府的时候相当灵活。

从中我们可以看出时人拟作汉乐府遵循的态度和原则：汉乐府在当时已经定格为经典，乐府题目对诗歌内容具有严格的规定性，故事大纲不能有所增损，但采取的讲故事的方式可有所不同。汉乐府的受众以帝王、文人群体以及普通富豪吏民为主，针对不同的观赏群体，文人有所增益也是在所难免，况且既然原本的故事耳熟能详，不改变叙事方式恐怕很难满足人们的期待。西晋文人对此点了然于胸，处理得更加得心应手。以《秋胡行》为例，第一首结尾"美此节妇，高行巍峨。哀哉可悯，自投长河"，对节妇持赞赏态度，美其德行；第二首"彼夫既不淑，此妇亦太刚"，大意为秋胡妇做法不可取，为了一个负心人根本不值得。对于统治阶层来说，前者"美节妇"是他们着力提倡的对象；但对于广大普通群众来说，后者也许才是他们最喜闻乐见的。

第二，理论方面：首次出现了探求乐府本事来历和表演状况的专门著作。

文人撷取乐府旧事被乐创作乐府故事在文坛上掀起了不小的波澜，相应的在理论上也出现了一些著作，体现了文人对汉乐府的理性思考，其中以崔豹《古今注》和荀勖《荀氏录》为代表。

崔豹，其人不详。其《古今注》中收录了一些乐府古曲本事的来历和曲题本意。此书已佚，我们今天见到的《古今注》转引自郭茂倩《乐府诗集》，其中涉及的曲目有《雉朝飞》《别鹤操》《走马引》《淮南王》《武溪深》《吴趋曲》《笙徒引》《平陵东》《薤露》《蒿里》《长歌》《短歌》《陌上桑》《杞梁妻》等十八条，收录的主要是相和曲和杂曲以及少量的琴曲、鼓吹曲。这与当时故事乐府的盛行有一定的关联，西晋故事乐府的创作几乎全为相和歌辞和杂曲歌辞，集中在俗乐部分，从侧面反映了相和曲和杂歌、杂舞表演艺术在当时的活跃程度。

荀勖是西晋武帝时著名的音乐家，《晋书》本传称其"既掌乐事，又修律吕，并行于世"。荀勖《荀氏录》是较早记载汉乐府演唱情况的著作，《宋书·乐志》在收录相和歌清商三调时注明"荀勖撰旧词施用者"，可

---

① 石崇《楚妃叹》以四言为主，也有同样的语言特点，可见当时故事乐府中有相当一部分少有后世文人化的写法，完全继承了汉乐府的古朴特征。

见对沈约影响甚大。今书已佚，根据郭茂倩《乐府诗集》所载，《荀氏录》多记载西晋时期汉魏乐府的传播和传唱状况，如："（清调曲）《荀氏录》所载九曲，传者五曲，晋宋齐所歌，今不歌。"①"《猛虎行》王僧虔《技录》曰：《荀录》所载明帝'双桐'一篇，今不传。"②"今不歌"有可能为文辞俱存，但是音乐已经亡佚；"今不传"有可能是音乐和文辞都不存在。我们据此可以大致推断西晋时期的乐曲演奏状况。明张溥对荀勖评价为"荀成侯，学古而佞者也"③。可见荀勖《荀氏录》的相关记载还是能够精确反映当时的乐府演奏及传播状况。

三 从西晋故事乐府看汉魏乐府的经典地位的定型

西晋文人的故事乐府在创作实践和理论总结上反映了对汉乐府的接受和认可，促进了汉乐府的经典化过程。"所谓经典化，是指文学作品产生之后，在不同的文化背景之下，经过不同读者层的阅读消费与接受，那些不符合人们消费观念、审美观念和没有价值的作品逐渐被淘汰，而那些被人们公认的有创新、有价值的作品则得以广泛流传，并且成为经典，具有永久的生命力。经典化的过程，是读者对作品接受的过程，扬弃的过程。"④汉乐府首先是一种原创性的经典，文人拟作则以复现、模拟经典为目的。虽然在音乐上和语言风格上无法真正复原，但他们对乐府诗性质的理解导致创作上形成一定的规范，以保持汉乐府在诗歌体式上的独立性。

首先，西晋故事乐府的出现，使得汉乐府以列数、歌咏社会事象，歌辞与本事相依的艺术手法被确立了下来。以《秋胡行》为例，汉乐府原曲已佚，曹操《秋胡行》撇开本事只用其声律⑤，嵇康《代秋胡歌诗》只阐述人生哲理。然而，从傅玄《秋胡行》开始，刘宋颜延之《秋胡行》和齐代王融《秋胡行》七首均严格依据其本事用叙述文体进行创作，无有违背。总结汉乐府艺术特征的理论直到明代诗论中才出现，许学夷《诗源辩体》亦曰："盖乐府多是叙事之诗。"⑥可以说西晋文人身体力行的拟作将汉乐府表现客观事实的原则确立了下来，胡应麟即说："周之国风，汉之

---

① （宋）郭茂倩编：《乐府诗集》，第495页。
② （宋）郭茂倩编：《乐府诗集》，第462页。
③ （明）张溥著，殷孟伦注：《汉魏六朝百三家集题辞注》，中华书局2007年版，第134页。
④ 张新科：《汉赋的经典化过程——以汉魏六朝时期为例》，《人文杂志》2004年第5期。
⑤ 清初抄本题下小字注曰："云秋胡者，用其声律也。"
⑥ （明）许学夷：《诗源辩体》，中华书局1987年版，第67页。

乐府……体制既备，百世之下，莫能违也。"① 沈德潜《古诗源》曰："措辞叙事，乐府为长。"② 正是对汉乐府自身体制的明确认识，才使得后世对其仿拟必须严格按照其体制进行。

其次，西晋故事乐府反映了汉乐府不是纯粹的文学文本，而是融歌、舞、曲为一体的综合性表演艺术，仍然为音乐经典而非诗歌经典。上文我们分析了《惟汉行》《秦女休行》《王明君辞》的表演性质，同期其他文人的作品中对其表演性质也多有反映，如潘岳《笙赋》曰："子乔轻举，明君怀归。荆王喟其长吟，楚妃叹而增悲……"其中涉及演奏的名曲就有《王子乔》《王明君》《楚妃叹》。西晋文人向汉乐府体式复归，加以"用事""绮彩"等手法创作的故事乐府，仍然没有脱离音乐表演的背景，是适合配乐演唱的文本。相比于汉乐府的简单叙事，魏晋时期乐府的表演体制上有了很大的改变，加入了大量的细节和心理描写，使得可供表演的文本更加精彩生动，从而强化了乐府的娱乐属性。

最后，从对汉乐府的接受角度而言，文人注重抒情言志的因素的增强，使得乐府歌辞中的事类不断减少，抒写个人情志成为普遍趋势。以陆机《班婕妤》为例，以班婕妤《怨歌行》为拟作对象，首句"婕妤去辞宠，淹留终不见"叙写婕妤见弃之事，"寄情在玉阶，托意唯团扇"继承了原作中"玉阶""团扇"经典意象，最后"黄昏履綦绝，愁来空雨面"使凄怨之意达到高潮。全诗只有首句遵循原作本事，其余均属文人想象发挥，多文人化的抒情，与汉乐府的天然趣味相去甚远。其实，文人模拟汉乐府除了纯粹的叙事倾向外，还有"叙事+抒情"（如王粲《七哀诗》）的创作倾向。可以说，读者（拟作者）对作品接受、扬弃的过程，使得其成为乐府诗创作的主体，这也是后世故事乐府衰落的真正原因所在。

第二节　陆机《拟古诗》和拟乐府的不同创作方法
——兼辨古诗和乐府之关系

魏晋南北朝时期的文人拟诗多以拟汉末无名氏古诗（如《文选》题为《古诗十九首》）和古乐府为对象，唐刘知幾针对"模拟之体"提出："盖

---

① （明）胡应麟：《诗薮》，第127页。
② （清）沈德潜选：《古诗源》，第1页。

模拟之体，厥途有二：一曰貌同而心异，二曰貌异而心同。"① 刘师培针对模拟文学提出"神似"和"形似"之分②，可知文人拟作主要从外在形式技巧和内在精神等方面进行模拟。陆机拟诗大致可分为《拟古诗》和拟乐府两类，清陈祚明针对此点即说"拟古乐府，稍见萧森；追步《十九首》，便伤平浅"③。可知陆机两类拟作有诸多不同之处，所以本节有必要将其作对比，发掘陆机学习前人文学遗产的不同态度和原则，正如刘知幾所言，《拟古诗》，追求貌同而心异；拟乐府，强调貌异而心同，进而从拟诗的角度对古诗与乐府的关系一探究竟。

一 拟《古诗十九首》："貌同而心异"

陆机模拟汉代无名氏古诗共计十四首，其中十二首即《拟行行重行行》《拟今日良宴会》《拟迢迢牵牛星》《拟涉江采芙蓉》《拟青青河畔草》《拟明月何皎皎》《拟兰若生朝阳》《拟青青陵上柏》《拟东城一何高》《拟西北有高楼》《拟庭中有奇树》《拟明月皎夜光》，并载《文选》。剩下的两首为《驾言出北阙行》（拟《驱车上东门》）和《遨游出西城》（拟《回车驾言迈》）。以往学界对其评价集中于拟作追随原作风貌，从字句角度亦步亦趋对原作进行仿真等方面，此说虽较公允，但仍有偏颇之处，陆机拟古诗在替换原作意象和辞藻的同时，诗意上发生了细微的变化，已经脱离了原作的意旨，例如：

1.《拟今日良宴会》，吕向注曰："此盖劝人仕进以趋欢乐。"④ 古诗《今日良宴会》略写宴会，详写壮志未酬之苦闷；拟作"齐僮梁甫吟，秦娥张女弹。哀音绕栋宇，遗响入云汉。四坐咸同志，羽觞不可筭。高谈一何绮，蔚若朝霞烂"。对宴会之事极尽铺陈渲染，劝人及时行乐。清贺贻孙评曰："古诗从欢娱后，忽尔感慨，似真似谐，无非愤懑。士衡特以'为乐常苦晏'，申上文欢娱而已，何其薄也。"⑤

2.《拟青青河畔草》，原作与拟作虽都为游子思妇之作，但原作为娼家女，拟作为良人妇。原作以女主人公发出"空床独难守"的躁动不安结

---

① （唐）刘知幾撰，（清）浦起龙通释：《史通通释》，第219页。
② 刘师培：《汉魏六朝专家文研究》，《中国中古文学史讲义》，上海古籍出版社2006年版，第147页。
③ （清）陈祚明评选，李金松点校：《采菽堂古诗选》，上海古籍出版社2008年版，第293页。
④ （南朝梁）萧统编，（唐）李善、吕延济、刘良、张铣、吕向、李周翰注：《六臣注文选》，第575页。
⑤ （清）贺贻孙：《诗筏》，载郭绍虞编《清诗话续编》，上海古籍出版社2017年版，第144页。

尾，拟作"中夜起叹息"凸显良人的贞静自守。清吴淇评曰："词虽句句模拟原诗，而义迥不同。原诗是刺，此诗是美。……'空房'二句，之子一腔心事，也只是一声叹息，并无如许态度，如许话说。就此一声叹息，也只在空房无人之处也，只在中夜无人之时与良人之举止也。"①

3.《拟兰若生朝阳》，《玉台新咏》卷一作枚乘《杂诗》其六，原作与拟作差异较大，原作写思妇之忧思，拟作以比兴的手法突出松柏之坚贞，有所寄托。

4.《拟东城一何高》与原作《东城高且长》都隐括两部分：四时之变和宴会之逸乐。但在诗之意旨上却截然相反。清吴淇评曰："原诗'巢君屋'，有成君家计意。此诗'游水湄'，荡矣。意者原诗主美，而此诗主刺乎！"②

5.《拟西北有高楼》重在写佳人抚琴之美，以美人自况，有所寄托，吕向注曰："此贤明才不见用也。"③原作重在描绘弦歌之哀伤，感慨知音之难求。

6.《拟庭中有奇树》不仅模拟原作《庭中有奇树》，而且还隐括古诗《涉江采芙蓉》，拟作末句"感物恋所欢，采此欲贻谁"即拟《涉江采芙蓉》之"采之欲贻谁，所思在远道"。

陆机《拟古诗》广泛被诗论家评为"逐句模仿""如今人摹古帖是也"，足见其与原作体貌方面的对应。实际上，看似"貌同"的背后隐藏着与原诗不同的"意旨"，使得拟作拥有了新的文化内涵。这里涉及陆机《拟古诗》的创作方法：所"拟"之作应该是已有的固定的文本，"拟"字后冠以被拟诗作的标题，"拟"成为诗人明确模拟意识的体现；拟作追求外在形貌技巧的相似，在原作意象和辞藻比较突出的地方进行置换，避免重复，所换的词句更加绮丽典雅，文士化色彩浓厚。④句式方面，拟作中增句的现象比较明显，《拟行行重行行》《拟今日良宴会》《拟迢迢牵牛星》《拟庭中有奇树》均比原作多了两句。这里固然可以理解为陆诗铺陈繁缛的缘故，其实反映了拟诗拥有了更大的自由度，即"拟就是创造变体

---

① （清）吴淇著，汪俊、黄进德点校：《六朝选诗定论》，第248页。
② （清）吴淇著，汪俊、黄进德点校：《六朝选诗定论》，第250页。
③ （南朝梁）萧统编，（唐）李善、吕延济、刘良、张铣、吕向、李周翰注：《六臣注文选》，第577页。
④ 拟诗中置换绮丽典雅词语的创作倾向也体现在西晋同期其他诗人的拟作中，如傅玄和张载《拟四愁诗》均是对张衡原作的字模句拟，但替换了原作朴素的风貌代之以华丽。从理论的角度，陆机《文赋》提出"典丽"的创作原则，傅玄《拟〈四愁诗〉序》评张衡《四愁诗》为"体小而俗"之作，其拟作专意从典雅方面进行纠正。

的练习"①。

二 拟乐府:"貌异而心同"

翻检陆集,现存其拟乐府包括《猛虎行》《君子行》《从军行》《豫章行》《门有车马客行》《日出东南隅行》《长歌行》《顺东西门行》《苦寒行》等共计二十八首,多集中在相和歌辞和杂曲歌辞。与其《拟古诗》追求"逐句模仿""摹古帖"不同,其拟乐府与原作在文句上毫无因袭,但是最大程度地保留了原作的古题古意。比如:

1. 《猛虎行》,张铣注曰:"《古猛虎行》……观其大体,是劝人抗其志节,义不苟容。"②郭茂倩《乐府诗集》卷三一引《乐府解题》曰:"晋陆机云'渴不饮盗泉水',言从远役,尤耿介,不以艰险改节也。"③

2. 《短歌行》抒写人生短促,年华易逝,李周翰注曰:"前有此词,意旨相类。"④

3. 《长歌行》言光阴易逝,人生百岁难期。吕向注曰:"前有是篇,其意相类。"⑤《乐府诗集》卷三〇引《乐府解题》曰:"若陆机'逝矣经天日,悲哉带地川',则复言人运短促,当乘间长歌,与古文合也。"⑥

4. 《塘上行》,《乐府诗集》卷三五引《歌录》曰:"《塘上行》,古辞……若陆机'江蓠生幽渚',言妇人衰老失宠,行于塘上,而为此歌,与古辞同意。"⑦

总之,与曹魏文人以古题抒己意不同,陆机拟乐府从立意到题材均不脱前人窠臼,开始有意识地向古题回归,追求内容与乐府古题的对应,进一步确立了乐府古题题旨有传承性的重要传统。

此外,陆机拟乐府还体现了乐府文学的音乐性,表现出向原本可入乐的古辞句式上的复归。例如:

1. 《猛虎行》首句"渴不饮盗泉水,热不息恶木阴。恶木岂无枝,志

---

① [美]宇文所安:《中国早期古典诗歌的生成》,胡秋蕾等译,第320页。
② (南朝梁)萧统编,(唐)李善、吕延济、刘良、张铣、吕向、李周翰注:《六臣注文选》,第518页。
③ (宋)郭茂倩编:《乐府诗集》,第462页。
④ (南朝梁)萧统编,(唐)李善、吕延济、刘良、张铣、吕向、李周翰注:《六臣注文选》,第526页。
⑤ (南朝梁)萧统编,(唐)李善、吕延济、刘良、张铣、吕向、李周翰注:《六臣注文选》,第524页。
⑥ (宋)郭茂倩编:《乐府诗集》,第442页。
⑦ (宋)郭茂倩编:《乐府诗集》,第522页。

士多苦心"，即拟《古猛虎行》"饥不从猛虎食，暮不从野雀栖。野雀岂无巢，游子为谁骄"，从句式的角度向古辞靠拢，仍可读出强烈的入乐期待。

2.《日重光行》为杂言体，将三言置于一句开头，后接或四言、五言、六言、七言。声音先急而后缓，中间又全用三言，使全诗构成"缓—急—缓"的音节特征。

3.《顺东西门行》为"三七"言，清陈祚明《采菽堂古诗选》曰："较《鞠歌行》尤亮。"① 就是从音乐演唱角度论其特点。

4.《燕歌行》为七言，拟曹丕《燕歌行》。陈祚明评为："平畅，其音差亮。"② 仍然是从乐府主声角度着眼。

综上可以看出陆机拟乐府的创作特点。明胡应麟《诗薮》云："诗不易作者五言古，尤不易作者古乐府，然乐府贵得其意……得其意，则信手拈来，纵横布置，靡不合节。"③ 指出乐府创制的两个关键：意（内容）和节（音乐），陆机拟乐府不完全是以个人的情志为中心，其拟乐府追求与古题古意相合，似乎他拟乐府的目的是按意措辞，论证前人作品中的"古意"。

三　从陆机拟作中看乐府与古诗之关系

有关《古诗十九首》为代表的汉末古诗与乐府的关系问题，一般被认为是文学体裁和文本属性的不同：乐府诗为入乐歌辞，较多保留音乐文本特点；古诗则已脱离音乐。古诗和乐府诗为汉代诗歌发展的两条平行线，但在艺术技巧和思想内容上又互有影响和交叉。代表观点有：

> 《十九首》之目，汉世无之，第以名氏不详，总曰古诗。……然"冉冉孤生竹"、"驱车上东门"，又载乐府，则"饮马长城窟"之类，旧亦钟氏数中，未可知也。④

> 古人之诗，皆乐也。文人或不闲音律，所作篇什，不协于丝管，故但谓之诗。诗与乐府从此分区。⑤

---

① （清）陈祚明评选，李金松点校：《采菽堂古诗选》，第305页。
② （清）陈祚明评选，李金松点校：《采菽堂古诗选》，第304页。
③ （明）胡应麟：《诗薮》，第25页。
④ （明）胡应麟：《诗薮》，第250—251页。
⑤ （清）冯班：《钝吟杂录·正俗》，《清诗话》，第44页。

其实乐府中的某些片段时常被当作古诗引用，古诗中的段落也有时被作为乐府引用，乐府和古诗可以互相融入，界限比较模糊。① 由于文献缺失，我们已看不到当时的具体情况。齐梁文论家对于二者的区别，进行了一些思考：

1. 萧统首次将《古诗十九首》作为组诗收入《文选》，编入"杂诗"类而非"乐府"类。

2. 《玉台新咏》将《古诗十九首》中的八首标为枚乘《杂诗》。

3. 刘勰《文心雕龙》将两者分而论之，以《明诗》和《乐府》篇对举。对于古诗起源，称"古诗佳丽，或称枚叔，其《孤竹》一篇，则傅毅之词。比采而推，两汉之作乎？观其结体散文，直而不野，婉转附物，怊怅切情，实五言之冠冕也"②。

4. 《诗品》专论五言诗，没有涉及乐府，但钟嵘又将曹操诗作（全为乐府）和班婕妤诗（《怨歌行》）纳入品评的范围，似乎暗示乐府诗属于古诗的范围。

5. 任昉《文章缘起注》称："乐府，古诗也。"③

有关古诗和乐府的关系问题，齐梁诗论家论说零散含混，无法确指，有必要从拟作角度对其关系进行考证。在陆机眼中，《古诗十九首》已不属于乐府的范畴，他有意识地将两者分而拟之，采取不同的创作方法，命名原则也有所不同：拟古诗采用"拟＋原作题目"，拟乐府沿袭古题命名方式。西晋时期，"古诗"这一特定概念已基本形成，如陆云《与兄平原书》曰："一日见正叔，与兄读古五言诗，此生叹息欲得之。"④ 这里"古五言诗"有可能为陆机所拟的汉代无名氏古诗。此时五言诗开始取代四言成为诗坛主角，从陆氏拟作中可以清晰地看出五言徒诗源出汉乐府，体现了古诗脱胎于汉乐府的痕迹，我们先来看两者渊源。

第一，汉乐府起初是作为一种入乐歌辞存在的，汉代文人五言诗是从乐府中流变发展而来。关于乐府和五言诗的分流问题，"汉末清商乐兴起，乐府风格由叙事转向抒情，又因为文人参与歌曲制作，文辞艺术提高，并且多汲取《诗》《骚》的比兴方法及成语，由此开出了魏晋文人五言诗的

---

① 如古诗《上山采蘼芜》在《太平御览》中作"古乐府"，古诗《十五从军征》在齐梁时期曾用《紫骝马歌》谱唱；又《长歌行》（青青园中葵），《文选》李善注引作"古诗"。
② （南朝梁）刘勰著，范文澜注：《文心雕龙注》，第66页。
③ 这里的"古诗"有可能指汉代无名氏古诗。
④ （晋）陆云著，刘运好校注整理：《陆士龙文集校注》，第1047页。

一派，与汉乐府五言诗俨成两流"。① 以《古诗十九首》为代表的汉代文人五言诗脱胎于汉乐府，保留了入乐演唱的痕迹。清刘熙载曰："文辞志合而为诗，而乐则重声。《风》《雅》《颂》之入乐者，姑不具论，即汉乐府《饮马长城窟》之'青青河边草'，与《古诗十九首》之'青青河畔草'，其音节可微辨矣。"② 陆机拟作中依然保留了原作有关其歌曲性质的痕迹，如《拟今日良宴会》"齐僮梁甫吟，秦娥张女弹。哀音绕栋宇，遗响入云汉。四坐咸同志，羽觞不可箅。高谈一何绮，蔚若朝霞烂"，重笔写音乐之盛。《拟东城一何高》"闲夜抚鸣琴，惠音清且悲。长歌赴促节，哀响逐高徽。一唱万夫叹，再唱梁尘飞"，《拟西北有高楼》"不怨伫立久，但愿歌者欢"，均表明其歌曲性质。无独有偶，在《拟古诗》中保留原作的音乐元素也是其他南朝诗人的共性，如刘铄《拟青青河畔草》"楚楚秋水歌，依依采菱弹"，以描述音乐作结；鲍令晖《拟青青河畔草》"鸣弦惭夜月，绀黛羞春风"、鲍照《拟青青陵上柏》曰"舆童唱秉椒，棹女歌采莲。孚愉鸾阁上，窈窕凤楹前"，同样使用了音乐的母题。何逊《拟青青河畔草转韵体为人作其人识节工歌》，题目透露出原本可以入乐的信息。陆机和南朝诗人在拟作中展示了以《古诗十九首》为代表的汉代古诗在产生之初与音乐的密切关系。

第二，拟作中保留了古诗产生时曾经的拼凑痕迹，与汉乐府经拼凑割截而成的方式如出一辙。如《拟东城一何高》以"中心若有违"可分为两部分，大致从主题上可分为描写四时之变化和京洛之妖丽。原作同样隐括东城高且长和燕赵多佳人两部分。清张凤翼推测为两首诗，因韵脚相同被错误地连在一起，我们根据陆机拟作可以判断陆机看到的原作应为一首。汉乐府首先是音乐文本，音乐对文本起着制约作用，即"因声以度词，审调以节唱，句度长短之数，声韵平上之差，莫不由之准度"③。清朱乾云："盖古诗有意而辞不尽，或辞尽而声不尽，则合此以足之。"④ 即音乐未尽，有时需要增添歌辞来凑足音乐。余冠英针对此点即说："古乐府歌辞，许多是经过割截拼凑的，方式并无一定，完全为合乐方便。所谓乐府重声不重辞，可知并非妄说。"⑤

---

① 钱志熙：《论魏晋南北朝乐府体五言的文体演变——兼论其与徒诗五言体之间文体上的分合关系》，《中山大学学报》2009年第3期。
② （清）刘熙载撰，袁津琥校注：《艺概注稿》，中华书局2010年版，第361页。
③ （唐）元稹：《乐府古题序》，《元氏长庆集》卷二三，四部丛刊初编本。
④ （清）朱乾：《乐府正义》卷八，[日本]同朋舍1980年版。
⑤ 余冠英：《汉魏六朝诗论丛》，商务印书馆2010年版，第25页。

第三，汉代五言古诗产生于汉乐府中文士制作的那部分，而非采集而来的里巷歌谣。汉乐府中，除了采集的民间歌谣还包括文人的创作和拟作，而且时间愈到东汉，文人制作的比例愈高。一些中下层文人受汉乐府影响进行创作演唱，形成了民间歌曲和文人歌诗相结合的诗歌形式，即乐府体歌诗，集歌和诗为一体，具备音乐和文学双重属性。钟嵘评价古诗的同时称乐府体歌诗："其外《去者日以疏》四十五首，虽多哀怨，颇为总杂。"①"总杂"即驳杂不纯之意，既是诗又是曲，胡应麟提出："外九首，《上山采蘼芜》一篇，章旨浑成，特为神妙，第稍与古诗不同，是当时乐府体。"②《上山采蘼芜》为当时乐府体裁，通过对话来刻画人物形象。许文雨概括为："其所谓'总杂'，约合二义：一系杂有乐府性质，二系体兼文质。"③以《古诗十九首》为代表的汉代无名氏古诗的直接源头就是文士所制的乐府体歌诗，在当时就属于一种"新乐府""新歌诗"。

汉代无名氏古诗在当时属于"新乐府"和"新歌诗"，遵循着不同的规则，具有新变的意义。陆机将十几首《拟古诗》单列开来并未归入乐府的行列，本身就说明了古诗与乐府的显著不同。有关乐府和古诗在写法上的区别，一方面，陆机拟乐府和《拟古诗》所采取的不同原则和方法做了示范；另一方面，陆机去汉代时间不远且精于文体，根据对汉乐府和古诗的理解，他有意识地保持乐府和古诗在文体上的独立性，严格按照其文本特征进行拟作，具体表现在以下几个方面。

第一，汉乐府歌诗采自民间，"感于哀乐，缘事而发"，现实性和叙事性是其区别古诗抒情写意的重要特征，即"乐府往往叙事，故与诗殊"④。与汉乐府多注重完整的叙事不同，古诗不注重叙事完整，往往给人一种主观的情绪和感受。以陆机拟作为例，拟古乐府多遵守原作"本事""题旨"，其余像《婕妤怨》《日出东南隅行》等故事乐府完全就是敷衍原作古意而来。《拟古诗》则不同，以《拟涉江采芙蓉》为例，原作大致写了一个故事：一名女子采芳草以寄远人，为所思之人远在他乡而叹息，最后哀叹同心而离居，要以忧伤态度终其一生。清张玉榖评曰："此怀人之诗。前四，先就采花欲遗，点出己之所思在远。'环顾'二句，则从对面曲揣彼意，言亦必望乡而叹长途。后二，同心离居，彼己双顶，忧伤终老，透

---

① （南朝梁）钟嵘著，曹旭笺注：《诗品笺注》，第45页。
② （明）胡应麟：《诗薮》，第251页。
③ 许文雨：《诗品讲疏》，第34页。
④ （明）徐祯卿：《谈艺录》，载（清）何文焕辑《历代诗话》，中华书局2011年版，第769页。

笔作收。短章中势却开展。"① 在短章中含蓄曲折地展现一个生活片段，这是古诗区别于汉乐府叙事特征的表现。在拟作中，陆机只保留采花一事，落脚点在思妇之情感心境，有意识地将原作故事性弱化，但情感的浓度上则翻进一层。再如《拟庭中有奇树》，拟作与原作在篇章结构上有所不同，拟作并未展现原作的结构层次，而是"只演别经时一意"②。在拟古诗中将故事背景淡化，专注其抒情写意。

第二，在语言上，陆机《拟古诗》有意追求造语用字的生新绮丽，意巧词妍，已开刘宋"语尽雕刻"一派，拟乐府则追求用字平易，句式流畅。明郝敬《艺圃伧谈》曰："古诗庄严典则，辞根经传子史，所以为雅乐。乐府多诙谐狎邪之意，兼用方言俚语，所以为郑声。"③ 这是从语言流变角度评论古诗和乐府的不同。陆机拟乐府体现了乐府文学所具备的音乐流动性，《文心雕龙·乐府》篇载："子建士衡，咸有佳篇，并无诏伶人，故事谢丝管，俗称乖调，盖未思也。"④ 不满时人认为其不能入乐的观点，本节第二部分从乐府主声的角度已经对其具备的音乐属性的分析即可证明。值得注意的是，从汉代开始诗歌的传播方式有了很大的转变：文人代替下层民众成为诗歌创作的主体，由依靠口耳相传到依靠书面文本保存记录。乐府诗是集音乐演唱、表演为一体的综合艺术，诉诸听觉、面向大众必然要求满足观赏者的娱乐要求。古诗在产生以后与音乐的关系渐行渐远，纸质文本是其记录传播的主要方式，生新绮丽的辞藻在视觉上能够最大限度满足具有强烈创作欲望的文士。陆机拟作呈现不同的用语习惯也从侧面反映了古乐府和古诗由于产生和传播途径的不同造成的差异。

第三，古乐府经常从人生经验或人生感慨中升华出某些哲理，具有普世性的训诫意味。比如《君子行》告诫君子防患于未然，不处嫌隙间，《长歌行》言光阴如梭，盛时难济。具有教化世人意义的古诗则为数不多，除了大多表达养生游仙、相思离别、游宴享乐、需求欲望等，有些甚至百感交集难以实指，刘熙载评曰，"《十九首》凿空乱道，读之自觉四顾踌躇，百端交集"⑤，即是此意。陆机拟古乐府虽渗透着浓厚的家国离黍之悲，但其本质精神仍是对汉乐府人生哲理的敷衍再续写，其《拟古诗》在模拟形似方面继承了汉代古诗，其意旨则渗透着社会人生的各个方面，肆

---

① （清）张玉毂著，许逸民点校：《古诗赏析》，中华书局 2017 年版，第 92—93 页。
② （清）于光华：《重订文选集评》卷七孙月峰语，清乾隆四十三年启秀堂刻本。
③ （明）郝敬：《艺圃伧谈》，载周维德集校《全明诗话》，齐鲁书社 2005 年版，第 2899 页。
④ （南朝梁）刘勰著，范文澜注：《文心雕龙注》，第 103 页。
⑤ （清）刘熙载撰，袁津琥校注：《艺概注稿》，第 244 页。

意谈论无所依傍。

　　以上从陆机拟作中显示了乐府和古诗的诸多渊源和不同之处：汉乐府作为一种入乐的流行歌辞，文人五言诗从乐府中发展而来；拟作中保留了古诗产生时曾经的拼凑痕迹；五言古诗产生于汉乐府中文士制作的那部分而非采集而来的里巷歌谣。区别在于乐府诗具备现实性和叙事性，古诗往往给人一种主观的情绪和感受；乐府用字平易，句式流畅，古诗追求生新绮丽，意巧词妍；乐府具有人生训诫意味，古诗则肆意谈论无所依傍。

四　余论

　　以上从拟作的角度探讨了有关古诗和乐府的异同点，此外，陆机还有一首十分独特的乐府诗《驾言出北阙行》，即拟《驱车上东门》。《诗纪》卷三四注曰："按《艺文类聚》题下有'驱马上东门'五字，然则此拟作也。"该诗是对《古诗十九首》之《驱车上东门》的模拟无疑，《古诗十九首》李善注曰："并云古诗，盖不知作者，或云枚乘，疑不能明也。诗云：'驱马上东门'。"称之为古诗。但《艺文类聚》和《乐府诗集》均将其归为乐府之作，混淆了乐府和古诗的界限，这构成了一个难题。我们可从此诗内容、命名方式、入乐演唱等方面来看乐府和古诗之区别。

　　首先，该诗表现了传统汉乐府描写人生苦短、及时行乐等主题，隐括乐府古辞如《西门行》宴饮美酒，《长歌行》有关仙人、王子乔、服药，《艳歌行》有关死亡、坟墓、黄泉等内容，比较贴近汉乐府传统。其次，这是命名方式不同所致，这首诗的原题应为《拟驱马上东门》，由于《文选》只收录了陆机十二首《拟古诗》，未被《文选》所收录的便逐渐被人认为与古诗脱离了联系，在《艺文类聚》中，人们已经对其不可分辨，《艺文类聚》卷四一引此诗云："晋陆机《驾言出北阙行》曰：驱马上东门。冯校云：意是题下注，今混写耳。"后人便以其首句"驾言出北阙"为题。更重要的是，郭茂倩将该诗置于"杂曲歌辞"，"杂曲歌辞"的重要特点在于"作者非一""声辞不具"，《艺文类聚》将其作为"古诗""古乐府"。郎廷槐《师友诗传录》曰："《驱车上东门》，乐府作《驱车上东门行》。"① 这里涉及五言徒诗生成和入乐的问题，文人创作古诗配乐歌唱，后因乐曲发生变化导致与音乐分离，抑或当时文人对其乐曲已不熟悉，导致后世著录名称的矛盾现象。《驱车上东门》原本生成流传为"乐府"，到萧统时代已基本徒诗化了，成为"古诗"，郭茂倩将《驱车上东

---

① （清）郎廷槐编：《师友诗传录》，《清诗话》，第128页。

门行》视为"古辞",后附陆机《驾言出北阙行》、阮瑀《驾出北郭门行》,一方面他认识到陆机对原作的模拟,另一面也确实将其名实有所混淆。

可以说,陆机拟作《驾言出北阙行》著录的混乱,从侧面对古诗和乐府之关系进行了有力的证明和补充。

第三节 东晋拟诗的衰落与自振

公元317年,东晋王朝建立,永嘉衣冠南渡,偏安江南一隅,文化中心随之转移到建康。整个东晋一朝,在文学史上占有一席之地的似乎只有玄言诗和陶渊明。尤其是东晋前中期[1],诗歌创作数量较少且成就普遍不高,西晋文人所钟意的拟乐府和拟古诗被东晋文人弃之不用,据现存文献,此时期有关文人拟诗的数量,统计如下[2]:孙绰《情人碧玉歌》二首,王献之《桃叶歌》三首,桃叶《团扇郎》,谢道韫《拟嵇中散咏松诗》,袁宏《拟古诗》(残),谢尚《大道曲》,杨方《合欢诗》五首,陶渊明《拟古》九首、《拟挽歌辞》三首以及《怨诗》,苻朗《拟关龙逢行歌》,康僧渊《代答张君祖诗》。相比于模拟风气极盛的西晋,东晋可称得上中国文学史上拟诗的"断层"。以往研究涉及东晋拟诗的论述尚不多,"对某些时期文学不发达的原因,没有作'反向思维式'的研究。比如讨论文学史上那些不发达时期文学不发展的原因,文学史上一些时期文学中断、空白的原因……我们的文学史研究,偏重描述文学史之'然',而对于文学史之'所以然'的研究,则是缺乏的,不够深入的"[3]。所以本节有必要对此略作探讨。

一 东晋前中期拟诗全面衰落探析

首先,一般来说,文人乐府诗的创作虽为个人行为,但在很大程度上依赖于当时官方音乐活动及音乐文化的昌盛。有关东晋雅乐建设情况,我们可从相关文献的记载一窥究竟:

---

[1] 学界一般都认为东晋文学可分为前、中、后三个时期,前期为317—334年(成帝咸和末),后期从376年开始(孝武帝太元元年)至东晋灭亡,中间为中期。
[2] 统计不包括与文人自作乐府性质不同的郊庙歌辞、燕射歌辞等。
[3] 钱志熙:《魏晋南北朝诗歌史述》,北京大学出版社2005年版,第94页。

永嘉之乱，海内分崩，伶官乐器，皆没于刘、石。江左初立宗庙，尚书下太常祭祀所用乐名。太常贺循答云："魏氏增损汉乐，以为一代之礼。未审大晋乐名，所以为异。遭离丧乱，旧典不存。然此诸乐皆和之以钟律，文之以五声，咏之于歌辞，陈之于舞列。宫悬在庭，琴瑟在堂，八音迭奏，雅乐并作，登歌下管，各有常咏，周人之旧也。自汉氏以来，依仿此礼，自造新诗而已。旧京荒废，今既散亡，音韵曲折又无识者，则于今难以意言。"于时以无雅乐器及伶人，省太乐并鼓吹令。是后颇得登歌，食举之乐，犹有未备。①

一方面，由于晋室仓皇南渡，使得西晋原本的伶官乐器尽没于戎虏，缺乏雅乐重建的必要准备，东晋的雅乐建设经历了以下几个阶段，初期：元帝（只设登歌）至明帝（稍加增益）；中期：成帝（收集遗逸）；后期：伴随着淝水大捷，孝武帝任用贤相谢安，东晋王朝呈现出"中兴"局面，从穆帝永和年间到孝武帝太元年间（四厢金石始备）。② 有关东晋上层雅乐建设的特点，有学者总结如下："一、耗时长久，过程艰难；二、建设进程有赖于外界力量的推动，如战争和乐人的南下等；三、地方军镇主持雅乐建设事宜，以谢尚功绩最著；四、郊祀不设乐，雅乐格局不完备。"③ 另一方面，与宋、齐统治者不同，东晋开国君主对于官方音乐文化的建设并不热衷，如"成帝咸康七年，尚书蔡谟奏：'八年正会仪注，惟作鼓吹钟鼓，其余伎乐尽不作。'侍中张澄、给事黄门侍郎陈逵驳，以为'王者观时设教，至于吉凶殊断，不易之道也。今四方观礼，陵有傧吊之位，庭奏宫悬之乐，二礼兼用，哀乐不分，体国经制，莫大于此。'诏曰：'今既以天下体大，礼从权宜，三正之飨，宜尽用吉礼也。至娱耳目之乐，所不忍闻，故阙之耳。事之大者，不过上寿酒，称万岁，已许其大，不足复阙钟鼓鼓吹也。'"④ 统治阶层对音乐之不喜导致时人音乐修养普遍较低，即"音韵曲折又无识者"，而且对大臣歌舞娱乐活动也有严格的限制，据《晋书·王导传》载："导简素寡欲，仓无储谷，衣不重帛。帝知之，给布万匹，以供私费。导有羸疾，不堪朝会，帝幸其府，纵酒作乐，后令舆车入殿，其见敬如此。"⑤ 成帝以"作乐"表达对王导的褒奖，态度是极其严肃的。

---

① 《晋书·乐志》，第 697 页。
② 以上几个阶段的划分，均依据《宋书·乐志》记载。
③ 王志清：《晋宋乐府诗研究》，河北大学出版社 2007 年版，第 50 页。
④ 《晋书·乐志》，第 718 页。
⑤ 《晋书》，第 1752 页。

东晋官方音乐活动的薄弱必然导致文人乐府诗创作萧条冷淡,现存东晋诗歌中有关音乐活动较少,著名的兰亭雅集,参与活动者四十一人,赋诗四十一首,却"无丝竹管弦之盛"(王羲之《三月三日兰亭诗序》)。此外,东晋存诗最多的陶渊明,据《晋书》本传载:"性不解音,而蓄素琴一张,弦徽不具,每朋酒之会,则抚而和之,曰:'但识琴中趣,何劳弦上声!'"① 陶渊明《怨诗》乃是其现存作品中唯一的乐府诗。②

其次,从当时的教育情况看,西晋末年儒学和礼乐制度的崩坏极其严重,《晋书·戴邈传》称"文章散灭,图谶无遗",《晋书·儒林传序》也说"衣冠礼乐,扫地俱尽"。晋室仓皇南渡,而且整个东晋王朝,一直处于权臣和外敌的交替控制下,统治者尚且自顾不暇,对士人的教育有所荒废,所以东晋初年门阀士族有意识地复兴儒学,如王导《上疏请修学校》曰:"诚宜经纶稽古,建明学校,阐扬六艺,使文武之道,坠而复兴。方今《小雅》尽废,戎虏扇炽,节义陵迟,国耻未雪。忠臣义士,所以扼腕拊心,礼乐政刑,当并陈以俱济也……使朝之子弟,并入于学,立德出身者,咸习之而后通。德路开而伪涂塞,则其化不肃而成,不严而治矣。"庾阐《武昌开置学官教》曰:"洙、泗邈远,《风》《雅》弥替,后生放任,不复宪章典谟。临官宰政者,务目前之治,不能闲以典诰。遂令《诗》《书》荒尘,颂声寂漠,仰瞻俯省,能弗叹慨!自胡夷交侵,殆三十年矣。"又"参佐大将子弟,悉令入学,吾家子弟,亦令受业。四府博学识义通涉文学经纶者,建儒林祭酒,使班同三署,厚其供给,皆妙选邦彦,必有其宜者,以充此举。近临川、临贺二郡,并求修复学校,可下听之"。自陆机、陆云、潘岳、石崇、张协、挚虞等文士相继死于战乱疾病,渡江诸人的下一辈还未真正成长起来,他们的父祖辈多为西晋的文化名士而非诗人,他们致力于"清谈"与品鉴,以此来延誉身价,而非诗文创作。这种两代文人的新老交替明显地带有阶段性特征③,必然导致诗乐活动的"断层"现象。

除此之外,从当时士人心态角度上讲,永嘉丧乱给士人心理造成严重创伤,晋元帝和一众臣下"寄人国土"的心态非常明显,导致其不忍听闻亡国旧曲,如《晋书·山简传》载:"时乐府伶人避难,多奔沔汉,宴会之日,僚佐或劝奏之。简曰:'社稷倾覆,不能匡救,有晋之罪人也,何

---

① 《晋书》,第 2463 页。
② 袁行霈:《陶渊明集笺注》,中华书局 2018 年版,第 109 页。
③ 东晋诗坛两代人物的新老交替,大抵集中在公元 4 世纪 70 年代前后(参见王澧华《两晋诗风》,上海古籍出版社 2005 年版,第 230 页)。

作乐之有。'因流涕慷慨,坐者咸愧焉。"① 虽然过江诸人经常表现出"山河之痛"转瞬即逝,但他们还是经常在公开场合高唱"戮力王室,克复神州",这在一定程度上抑制了东晋上层沉迷声色的倾向。

最后,从音乐角度讲,乐府诗是音乐语言的艺术。由于地域、气候、时俗等因素,南北诸人的语言音辞系统方面也表现出显著的差异,如《颜氏家训·音辞》曰:"南方水土和柔,其音清举而切诣,失在浮浅,其辞多鄙俗。北方山川深厚,其音沉浊而鈋钝,得其质直,其辞多古语。"② 尤其渡江诸人在到达吴楚以后,出于某种政治目的,对南方新声持接受态度,但不时还是有人对其抱有敌对态度,如《晋书·王恭传》曰:"道子尝集朝士,置酒于东府,尚书令谢石因醉为委巷之歌,恭正色曰:'居端右之重,集藩王之第,而肆淫声,欲令群下何所取则!'石深衔之。"③ 与此相应的是,南方土著对吴楚之音的喜爱以及对中原士族的敌对态度④,导致南北语言的交流不畅,如:"今之学士,语亦不正;古独何人,必应随其讹僻乎?《通俗文》曰:'入室求曰搜。'反为兄侯。然则兄当音所荣反,今北俗通行此音,亦古语之不可用者。玙璠,鲁之宝玉,当音余烦,江南皆音藩屏之藩。岐山当音为奇,江南皆呼为神祇之祇。"⑤ 这在很大程度上阻碍了南北音乐文化的交流。

伴随着文人乐府数量的下降,此时期的文人拟徒诗,从现存文献上看几乎是全面绝迹⑥,有关当时文人对模拟文学的态度,我们从一段话中可看到其衰落的原因:"庾仲初作《扬都赋》成,以呈庾亮。亮以亲族之怀,大为其名价,云可三《二京》、四《三都》。于此人人竞写,都下纸为之贵。谢太傅云:'不得尔,此是屋下架屋耳,事事拟学,而不免俭狭。'"⑦ 他们将自己的主要精力用于玄言诗的写作。玄言诗的渊源可追溯到魏晋时期,但成为一种主流文学样式则成就于东晋,其特点为轻视文章的形式之美,追求"理过其辞,淡乎寡味"(钟嵘《诗品序》)的诗风,西晋继承建安诗风"缘情"的一面坠失了,片面地强调诗歌中重玄理的一面,即"西晋主情,实深

---

① 《晋书》,第1230页。
② 王利器撰:《颜氏家训集解》(增补本),中华书局2013年版,第638—639页。
③ 《晋书》,第2184页。
④ 参见陈寅恪《述东晋王导之功业》,《金明馆丛稿初编》,上海古籍出版社1980年版,第48—68页。
⑤ 王利器撰:《颜氏家训集解》(增补本),第659页。
⑥ 从刘宋时期开始,文人乐府诗创作有了数量上的激增,与此同时文人拟徒诗亦得到复兴,二者几乎是相依存的。
⑦ 徐震堮:《世说新语校笺·文学》,第141页。

于风；东晋体性，渐偏于理"①。他们把注意力从外在的鲜活的"形象"转移到注重内在玄虚的"神理"，如庾阐《蓍龟论》曰"是以象以求妙，妙得则象忘"，孙绰《天台山赋》曰"浑万象以冥观"。这些都反映了他们重视的是诗歌本身的哲思、玄理而非诗歌艺术技巧的锤炼，因而模拟作为一种"学习属文"的方法不受重视也是情理之中了。

玄言诗不仅追求诗体上的虚淡简约，更要求诗人以淡泊冲和的态度对待人生中的起伏，追求"理苟皆是，何累于情"（孙绰《答许询》其八）。当时受社会欣赏的士人，多是具有"高尚之志"的"雅人"，如《世说新语·雅量》载："谢公与人围棋，俄而谢玄淮上信至，看书竟，默然无言，徐向局。客问淮上利害，答曰：'小儿辈大破贼。'意色举止，不异于常。"② 他们以冲淡平和的态度应对人生的大起大落，反映在不仅产生了大量玄言诗，更造成了诗文中感情的缺失，这就与乐府诗"感于哀乐、缘事而发"的创作初衷有所抵牾，也与拟诗中言志抒情大相径庭。这也是造成东晋文人拟乐府和拟徒诗衰落的重要原因。

有关这一时期的文学理论，以李充《翰林论》和葛洪《抱朴子》为代表，《翰林论》受挚虞《文章流别论》的影响，为专门探讨文体论的著作，文中提出了对文体的写作要求，如"表以远大为本，不以华藻为先""驳不以华藻为先""在朝辨政而议奏出，宜以远大为本"。在论述应用文体时，他多次强调"以远大为本""不以华藻为先"，显示出东晋文坛不尚藻饰的普遍风气，显然与西晋文论重视辞藻的风气相悖。

葛洪《抱朴子》中多有论及文学创作，反映了时人的文学思想。他强调文学的教化功用，反对那些讲究技巧而无益教化的文学作品，他说："或贵爱诗赋浅近之细文，忽薄深美富博之子书，以磋切之至言为呆拙，以虚华之小辩为妍巧，真伪颠倒，玉石混淆，同广乐于桑间，钧龙章于卉服。悠悠皆然，可叹可慨者也！"③ 认为即便文章写作技巧如何高超，辞藻如何华美，只要无益于教化都是无用的。

李充《翰林论》和葛洪《抱朴子》从文学理论方面从侧面补充了东晋前中期代表"主情"的文人乐府诗和拟徒诗衰落的原因，也与当时诗歌创作的实际状况相吻合。

---

① 饶宗颐：《〈两晋诗论〉序》，《饶宗颐二十世纪学术文集》，台北：新文丰出版股份有限公司2003年版，第139页。
② 徐震堮：《世说新语校笺》，第209页。
③ 杨明照：《抱朴子外篇校笺·尚博》下册，中华书局1997年版，第105页。

二　东晋拟诗的全面复兴之原因

以上我们分析了东晋前期乐府诗全面衰落的原因,随着政权的稳固和官方音乐系统的不断完善,尤其是淝水之战的胜利,南北音乐文化的交流得以加强,东晋于"太元中苻坚败后,关中擕幢胡伎进太乐"(《南齐书·乐志》)。周一良据此指出,淝水之胜不仅政治上保障南方政权之安全,遗留于中原及关中之文化艺术亦有因此而传入东南者,从而丰富南人之文化生活①。伴随着东南地区社会制度的恢复,北方士族在江南开始了他们的新生活,"新亭对泣"已经成为如烟的往事,中原士族在旧朝养成的纵情声色的享乐习惯在新朝死灰复燃,如《晋书·谢安传》载谢安"虽放情丘壑,然每游赏,必以妓女从",且"性好音乐,自弟万丧,十年不听音乐。及登台辅,期丧不废乐。王坦之书喻之,不从,衣冠效之,遂以成俗"②。又如《世说新语·轻诋》载:"蔡伯喈睹睐笛椽,孙兴公听妓振且摆折。王右军闻,大嗔曰:'三祖寿乐器,虺瓦吊孙家儿打折。'"③

东晋上层对音乐的热爱促进了士人音乐素养的大幅提高,如《晋书·纪瞻传》载:纪瞻"性静默,少交游,好读书,或手自抄写,凡所著述,诗赋笺表数十篇。兼解音乐,殆尽其妙"④。又如《袁山松传》载:"善音乐。旧歌有《行路难》曲,辞颇疏质,山松好之,乃文其辞句,婉其节制,每因酣醉纵歌之。听者莫不流涕。"⑤

另外,东晋时期,由于清商旧乐逐渐衰亡,产自民间的吴声、西曲等新声随之代起。据王运熙考证:吴声歌曲大约产生于东晋、刘宋两代,是以扬州治所建业为中心的吴地一带的民歌;西曲歌大约产生于宋、齐、梁三代,又以宋、齐两代为多,是以荆州治所江陵为中心的长江流域中部和汉水流域的民歌。⑥任半塘也说:"《乐府诗集》谓东晋以后,下及梁陈,咸都建业,吴声歌曲遂起于此,此吴声根底端在民间之证。"⑦相对于官方的雅乐,产自民间的吴声、西曲显然是一种世俗化的娱乐歌辞。东晋时期上层贵族开始关注吴声,如桓玄问羊孚:"何以共重吴声?"曰:"当以其

---

① 周一良:《魏晋南北朝史札记》,中华书局2007年版,第184页。
② 《晋书》,第2072、2075页。
③ 徐震堮:《世说新语校笺》,第450页。
④ 《晋书》,第1824页。
⑤ 《晋书》,第2169页。
⑥ 参见王运熙《吴声西曲的产生时代》《吴声西曲的产生地域》,《乐府诗述论》(增补本),第3—20页。
⑦ 任半塘:《唐声诗》,上海古籍出版社1982年版,第30页。

妖而浮。"① 王僧虔上表："自顷家竞新哇，人尚谣俗，务在噍危，不顾律纪。"② 他们对吴声的音乐属性也有一定的了解，吴声哀怨动人，有闻之者心动的情感力量。不仅如此，他们开始仿效原始民间歌辞，制作新声，如：

《前溪歌》者，晋车骑将军沈充所制。③

《桃叶歌》者，王子敬之所作也。④

文人将吴声、西曲定位为娱乐乐歌，认同吴声、西曲的音乐范式进而仿作乐歌，"其始皆徒歌，继而被之管弦"⑤，改变了民间歌辞质朴、粗野的面貌，带有文人化的洗练与精致。可以说，民间新声乐府的输入给文人拟乐府的创作带来了新的活力。

另外，从音辞角度上讲，随着南北文化融合程度的加深，中原士族对南方文化也在逐渐接纳，如："刘真长始见王丞相，时盛暑之月，丞相以腹熨弹棋局，曰：'何乃渹？'刘既出，人问见王公云何，答曰：'未见他异，惟闻作吴语耳。'"⑥ 北人接受南音固然有其稳固政权的政治目的。但是，伴随着带有南方音韵色彩的吴声、西曲在统治阶层中确立了主导地位，中原士族中出现了喜好南方民歌者，"这实际上也与东晋末年士庶力量的升降变化有关，是由于中下层士庶政治力量的上升导致的"⑦。

上文我们分析了东晋后期文人拟乐府复兴的主要原因，相比于文人乐府的全面复兴，文人拟徒诗的创作更显滞后，据现存文献，东晋的拟徒诗仅有：谢道韫《拟嵇中散咏松诗》、袁宏《拟古诗》、康僧渊《代答张君祖诗》、陶渊明《拟古》九首。文人拟诗创作数量较少，似乎没有随着文人拟乐府的激增而有所上升，究其原因，一方面是诗体的流行和衰落有其自身内部的规律，并不完全依赖于当时诗学思潮以及其他诗歌样式的盛行；另一方面，可能与当时文人拟徒诗并没有形成固定的题材系统有关。西晋时期拟诗

---

① 徐震堮：《世说新语校笺·文学》，第 88 页。
② 《宋书·乐志》，第 553 页。
③ 《宋书·乐志》，第 549 页。
④ （宋）郭茂倩编：《乐府诗集》，第 664 页。
⑤ （宋）郭茂倩编：《乐府诗集》，第 638 页。
⑥ 徐震堮：《世说新语校笺·排调》，第 425—426 页。
⑦ 孙尚勇：《东晋乐府诗之考察》，《乐府文学文献研究》，第 272—273 页。

昌盛主要表现为文人拟乐府数量的众多,至于拟徒诗则仅有傅玄《拟马防诗》一首、《拟四愁诗》一首,张华《拟古诗》一首,张载《拟四愁诗》四首以及陆机《拟古诗》十四首。除陆机以外,其他文人拟徒诗都是偶然为之,并不构成其诗歌创作的主流,也没有形成一定的传统。因此有学者认为:"南朝文人创作乐府诗在很大程度上是出于对一种诗歌传统的认同……南朝文人乐府诗与当时流行的'拟古'、'古意'诗性质相同,区别在于拟古诗没有形成一定的题材系统。"①

最后,我们以陶渊明《拟古》九首为例,简要说明陶渊明选择模拟古诗的原因所在。《古诗十九首》多写游子思妇,以阐发具有普遍性的情感遭遇为主,陶渊明《拟古》与汉末古诗的最大不同在于其中的高士、隐者的形象十分突出(如其五、其六),有其自身归隐田园的身影和人生出与处的矛盾,甚至还有一种沧海桑田、政权陷落的危机之感(如其九)②。"这种重比兴、言在此而意在彼的拟古方法,可能也是晋末一体。"③ 陶渊明追忆似的"拟古",将其人生体验和情感自然而然地灌注其中,明显是向汉魏诗歌风、雅精神的复归,罗宗强针对刘宋时期拟诗的兴盛,曾言:"拟古只是一种体裁的借用与模拟,而就其实质来说,乃是继承文学的抒情特质的发展脉络。"④ 陶渊明的《拟古》组诗,无疑是重视文学抒情特质的集中反映。其大力拟作古诗,虽不合时流,但在某种意义上已经揭开了刘宋拟诗重新繁盛的肇端。

第四节　陶渊明《拟古》九首与鲍照《拟古》八首对比研究

陶渊明《拟古》九首是晋宋之际以《拟古》为题的大型组诗,以往研究大多认为是继陆机之后再一次大规模以模拟的方式对汉代无名氏古诗进行重写加工。由于作品产生于晋宋易代之际且语意难测,后人多将其与陶

---

① 刘加夫:《南朝文人乐府诗研究》,博士学位论文,山东大学,2001年。
② 黄文焕认为此诗当有所隐喻,曰:"刘裕以戊午年十二月,立琅邪王德文,是为恭帝。庚申二年而裕逼禅矣。帝之年号虽止二年,而初立则在戊午,是已三年也。望当采者,既经三年,或可以自修内治,奏成绩也。长江边岂种桑之地,为裕所立,而无以防裕,势终受制。"黄文焕:《陶诗析义》卷四,转引自逯钦立校注《陶渊明集》,中华书局2008年版,第114页。
③ 钱志熙:《中国诗歌通史·魏晋南北朝卷》,第302页。
④ 罗宗强:《魏晋南北朝文学思想史》,第148—149页。

渊明以隐喻形式暗讽山河之改挂钩，进而转相穿凿附会。又因对所拟作品和作家难以实指，只是"浑言拟古"，所以多将《拟古》等同于模拟以《古诗十九首》为代表的汉代古诗理解。从陶潜的用法看，《拟古》似乎并非专指汉代无名氏古诗，标题可以理解为"拟《古诗》的诗"或"'拟古'的诗"两种。比陶渊明略晚的鲍照作《拟古》八首，同样以《拟古》为题，可见《拟古》为时人共同写法，那么拟《古诗十九首》与《拟古》有何区别？我们首先对两者的概念进行界定，拟《古诗十九首》（以下简称拟《古诗》）以追寻汉魏古风为目的，以汉代无名氏《古诗十九首》为模拟对象，力图从题目、诗意、文辞字句角度对《古诗十九首》进行亦步亦趋的仿拟，以陆机所拟十几首为代表；《拟古》则没有明确的模拟对象，"古"主要指古人之诗以及虚拟古之情境，在往古环境中沟通古志和今情，通过"以我运古"的方式咏怀，有着鲜明的个人生命体验在内。

一 《拟古》九首：模拟《古诗》的诗

首先，我们按照第一种理解进行分析，《拟古》九首是以《古诗十九首》为模拟对象的组诗。《古诗十九首》多反映游子思妇、出处进退、盛时难继之感。《拟古》虽未言明所拟何诗，根据对诗旨的理解，可以清楚地找到与《古诗十九首》在思想内容上的关联，如：其一"荣荣窗下兰"，张玉榖评曰："此拟出门结客，怀家而不得归之诗。"[1] 王夫之曰："合离出入，已得《十九首》项下珠矣。"[2] 其三"仲春遘时雨"，张玉榖评曰："此拟春闺怀远之诗。"[3] 其四"迢迢百尺楼"，张玉榖评曰："此拟登废楼远望而伤荣华不久之诗。"[4] 其七"日暮天无云"，张玉榖评曰："此拟及时行乐之诗。"[5] 其九"种桑长江边"，张玉榖评曰："此拟讥人托身不慎之诗，通首用比。"[6] 何焯《义门读书记》云："此言下流不可处，不得谬比易代。"[7]

拟诗从思想内容上大致可分为叙述友情交往，怀念古之贤人，盛时难继，功业难成，多抽绎古诗之旨，不出《古诗十九首》的传统题材。有关

---

[1] （清）张玉榖著，许逸民点校：《古诗赏析》，第342页。
[2] （明）王夫之：《古诗评选》，上海古籍出版社2011年版，第192页。
[3] （清）张玉榖著，许逸民点校：《古诗赏析》，第342页。
[4] （清）张玉榖著，许逸民点校：《古诗赏析》，第343页。
[5] （清）张玉榖著，许逸民点校：《古诗赏析》，第344页。
[6] （清）张玉榖著，许逸民点校：《古诗赏析》，第344页。
[7] （清）何焯著，崔高维点校：《义门读书记》，中华书局2006年版，第982页。

其与古诗句法、笔调等艺术手法上的关系，陈祚明《采菽堂古诗选》的评点可见一斑：

　　《拟古》九章，情思回曲。辞旨缠绵。即其句调……往往邻《十九首》矣。①

　　其一："初与"二句，"未言"二句，"离隔"句，皆《十九首》句法。②

　　其二："生有"二句，似《十九首》。③

　　其三：情见乎词，比意命句，直似《十九首》。④

　　其四：归云、飞鸟，便是无恒。一旦百年，汉家何属？可解者独以是耳。然"山河满目"语，何其悲！泪为之下矣句法全似《十九首》。⑤

　　其五：末段与《十九首》何分今古？⑥

　　其八：首阳、易水，何独取此二地？伯牙知音，庄周达者，固不易逢也。笔调俨是《十九首》。⑦

　　其九："枝条"二句，意瞭如矣。植高原者，何勿荣？根固有所托也。笔调神似《十九首》。⑧

综上所述，拟诗从思想内容以及艺术手法上对《古诗十九首》多继承阐发。除了模拟《十九首》以外，还对其他诗歌有所影射，如其一："出门

---

① （清）陈祚明评选，李金松点校：《采菽堂古诗选》，第422页。
② （清）陈祚明评选，李金松点校：《采菽堂古诗选》，第423页。
③ （清）陈祚明评选，李金松点校：《采菽堂古诗选》，第423页。
④ （清）陈祚明评选，李金松点校：《采菽堂古诗选》，第423页。
⑤ （清）陈祚明评选，李金松点校：《采菽堂古诗选》，第424页。
⑥ （清）陈祚明评选，李金松点校：《采菽堂古诗选》，第424页。
⑦ （清）陈祚明评选，李金松点校：《采菽堂古诗选》，第425页。
⑧ （清）陈祚明评选，李金松点校：《采菽堂古诗选》，第425页。

万里客"①，曹植《门有万里客行》："门有万里客。"方东树评其一曰："此亦仍是屈子及《十九首》、阮公等意。"② 其二："辞家夙严驾"，曹植《杂诗》："仆夫早严驾。"古《笺》引李审言："曹植《杂诗》（仆夫早严驾），此首盖拟其体。"③ 袁行霈按："此诗模拟曹植《杂诗》痕迹可循。"④ 其三："翩翩新来燕，双双入我庐"，古乐府《艳歌行》："翩翩堂前燕。"其四："山河满目中，平原独茫茫"，阮籍《咏怀诗》："旷野莽茫茫。"其九："种桑长江边，三年望当采。枝条始欲茂，忽值山河改。柯叶自摧折，根株浮沧海。春蚕既无食，寒衣欲谁待。本不植高原，今日复何悔！"田晓菲指出其文学样范乃是郦炎《见志诗》和繁钦《咏蕙诗》。⑤

从这个角度，陶潜《拟古》并非专拟《古诗》，还包括以曹植、阮籍为代表的曹魏诗人，甚至隐括古乐府，即拟"古人的诗"。这些文学作品在当时已经定格为经典，是可供学习的典范，所谓《拟古》也就是拟古人的经典诗篇。因而陶潜《拟古》具有集大成性，继承了曹魏古风的同时又博取众家所长，形成了独特的拟古之风。钟嵘评陶潜诗："其源出于应璩。"其实陶潜诗风并非钟氏所评那么简单，袁行霈指出："与其说其源出于应璩，不如说源出汉、魏、晋诸贤，应璩是绝不足以笼罩他的。如果一定要在这众多的源头中特别提出两三个来，则不妨说其源出于《古诗》，又绍阮籍之遗音而协左思之风力。"⑥

二 《拟古》九首："拟古"的诗

下面我们采用第二种理解，即"拟古"的诗。先来考察"拟"字的含义。"拟"，许慎《说文》曰："拟，度也。"段玉裁注："今所谓揣度也。"⑦ "拟"用于文学创作，最早见于《汉书·扬雄传》："先是时，蜀有司马相如，作赋甚弘丽温雅，雄心壮之，每作赋，常拟之以式。"颜师古注："拟，谓比象也。"⑧ 拟有追求与原作类似之意。《文选·杂拟》刘

---

① 逯钦立校注：《陶渊明集》，第109页。本节所引陶渊明诗文，均用逯钦立校注《陶渊明集》，中华书局1979年版。
② （清）方东树著，汪绍楹点校：《昭昧詹言》，人民文学出版社2006年版，第124页。
③ 转引自王叔岷《陶渊明诗笺证稿》，中华书局2007年版，第376页。
④ 袁行霈：《陶渊明集笺注》，第323页。
⑤ 田晓菲：《尘几录——陶渊明与手抄本文化研究》，中华书局2007年版，第309页。
⑥ 袁行霈：《陶渊明研究》（增订本），北京大学出版社2009年版，第135页。
⑦ （汉）许慎撰，（清）段玉裁注：《说文解字注》，第604页。
⑧ 《汉书》，第3515页。

良曰:"拟,比也。比古志以明今情。"① 即通过类比的方法沟通古志和今情。在创作过程中,拟作者不断地进行着转化和互动,重温过去、联系现实,使得丰富的自我生命体验植入其中,"对于拟代者个人而言,这样的相通相感,正是一种以'生命印证生命'的验证活动"②。关于《拟古》组诗如何沟通过去与现在、他人与自我,这是理解其作为"拟古"的诗的关键。

首先,拟作者有意识地追求人称使用和诗意上的模糊性。如其一:"荣荣窗下兰,密密堂前柳。初与君别时,不谓行当久。出门万里客,中道逢嘉友。未言心先醉,不在接杯酒。兰枯柳亦衰,遂令此言负。多谢诸少年,相知不中厚。意气倾人命,离隔复何有?"全诗以"不谓行当久"为界,大致可分为前后两节。第一节承袭游子思妇的传统题材,所谓的"君"既可指"游子",也可指"思妇",从传统诗歌写作习惯来说,前者(游子)可能性较大。第二节"出门万里客"视角发生转化,既可以从"君"(游子)的口吻理解,也可以是作者自身立言。所谓的"嘉友"可指不忠厚的"诸少年",主题对应《古诗十九首》之《明月皎夜光》:"昔我同门友,高举振六翮。不念携手好,弃我如遗迹。"感慨交情之不厚。结尾可这样理解:诸少年不厚道的友谊,结交时意气相倾,不惜性命,一旦分离,情谊便烟消云散。或者也可以理解为"忠厚则不以意气相倾,既不惜为意气而倾命,则于故人之隔离不复介怀矣"③。这种人称和诗意上的模糊性,"正是'古诗'或者'拟古'所追求的效果"④。因为"古诗"所表达的普世性感情,对于人心至情和事态常理的认识与感悟,使得所有的读者都可以从中找到自我的身影。

其次,拟作者虚拟了一些远离自身现实的"古代"和"虚幻"的场景,如其五:"东方有一士,被服常不完。三旬九遇食,十年著一冠。辛苦无此比,常有好容颜。我欲观其人,晨去越河关。青松夹路生,白云宿檐端。"其六:"苍苍谷中树,冬夏常如兹。年年见霜雪,谁谓不知时?厌闻世上语,结友到临淄。稷下多谈士,指彼决吾疑。"其八:"少时壮且厉,抚剑独行游。谁言行游近?张掖至幽州。"与咏史诗多取材历史上真实的人和事不同,这些"古代"和"虚幻"的情景多出于拟作者的想象,

---

① (南朝梁)萧统编,(唐)李善、吕延济、刘良、张铣、吕向、李周翰注:《六臣注文选》,第575页。
② 梅家玲:《汉魏六朝文学新论:拟代与赠答篇》,第54页。
③ 王叔岷:《陶渊明诗笺证稿》,第376页。
④ 田晓菲:《尘几录——陶渊明与手抄本文化研究》,第310页。

自己则是活动于这些场景中的人。相比于汉代古诗多取材一个场景，拟作角度上发生了变化，场景表现多样，笔触也更加细腻，拟作者选择了"具体化"的场景：青松夹道的仙境，或是战国时期的齐地，还有北方幽燕地区。层次较多，保持着叙述的完整连贯。拟作者与诗中的人物虽为不同时空的人，但不难发现诗中之人的意图隐藏着拟作者自身的意图，如其六："不怨道里长，但畏人我欺。"其八："不见相知人，惟见古时丘。路边两高坟，伯牙与庄周。此士难再得，吾行欲何求！"与陶潜其他诗作表现的感情很相似，拟代过程中作者"披文以入情"。但在形式上《拟古》仍然表现的是客观的事项，仍是代人立言的。

作为"拟古"的诗，反映了陶潜"望古遥集""畏荣好古"（颜延之《陶征士诔序》）的思想倾向。与陆机不同，他无意与前作者争胜。虽云拟古，但有意追求诗作与原作对应的不确定性和模糊性，略借隐喻，"绝无模拟之迹"（许学夷《诗源辩体》），追寻的是与古诗主题、神韵、风格的相通以及在"往古"的环境中直寄己怀，追忆似的情感体验和思维方式使得古诗从表现群体文化传统向个人生活体验方面前进了一大步，这就使得"拟"成为真正沟通拟作者古志和今情的中介，陶潜被称为"第一位伟大的自传诗人"①，原因正在于此。《拟古》中表现的事、情可与陶潜个人的生活经历和思想矛盾相参，如：

其一："出门万里客，中道逢嘉友。未言心先醉，不在接杯酒。兰枯柳亦衰，遂令此言负。多谢诸少年，相知不中厚。意气倾人命，离隔复何有？"其《与子俨等疏》曰："然汝等虽不同生，当思四海皆兄弟之义。鲍叔、管仲，分财无猜；归生、伍举，班荆道旧。"现实的乖忤使得《拟古》反映了许多有关交友方面的疑虑和矛盾，思想根源均来自陶渊明对远古真挚情谊的追慕与神往。

其二："闻有田子泰，节义为士雄。斯人久已死，乡里习其风。生有高世名，既没传无穷。不学狂驰子，直在百年中。"其八："少时壮且厉，抚剑独行游。谁言行游近？张掖至幽州。饥食首阳薇，渴饮易水流。"其表现的狂、侠之气也同样反映在其《读山海经诗》三首中对夸父、精卫的描写中，完全是陶渊明特立独行之人格的写照。

其五："东方有一士"写自己去拜访东方之士，诗的最后"愿留就君住，从今至岁寒"，表示要追随东方之士的决心。东方之士是作者虚构的

---

① ［美］宇文所安：《自我的完整映像——自传诗》，乐黛云、陈珏编选《北美中国古典文学研究名家十年文选》，江苏人民出版社1996年版，第116页。

人物,"那是陶渊明晚年的自我写照。从这首诗可以看出,不管境遇如何困苦,渊明对于隐居之道是多么坚决"①。

其六:"行行停出门,还坐更自思。不怨道里长,但畏人我欺;万一不合意,永为世笑之。"其《与子俨等疏》曰:"少而穷苦,每以家弊,东西游走。性刚才拙,与物多忤。自量为己,必贻俗患。"均表现其早年贫困、四处讨生活之不易以及交友方面的疑虑。宋汤汉认为"稷下多谈士"指白莲社中人,逯钦立按:"释慧远在庐山结白莲社,以佛教义讨论人生问题,参与者多贵族名士,有如齐之稷下。《莲社高贤传》云:'时远法师与诸贤结莲社,以书招渊明。渊明曰:若许饮则往。许之,遂造焉。忽攒眉而去。'"②钱志熙认为陶欲加入当时的名士圈,即门阀名士清谈集团,这种玄学名士集团对他还是有吸引力的。他要出门而又罢行的原因即"但畏人我欺""万一不合意",这正表现出他作为一位家族地位始终未曾上升到文化士族的寒族士人的实际心理。③这些均与陶渊明实际生活境遇和心理状况有关。

综上所述,虚拟情景中细节化的人事描写摒弃了古诗中遥深难测的寄托,造成了一种客观疏离的效果:以诗中之人的意图折射拟作者自我的意图,表现的是"我的生活"及"我思想的矛盾"。在"具体化"的情境中可自由地选择与自己最贴近的部分,从"神入"到"赋形",在对原作遣词用语、篇章结构等贴合的同时将人生体验及时拣择融入,拟作成为真正沟通天人古今的工具,也强化了拟作者自身的"自传"色彩。

三 《拟古》九首与《拟古》八首

比陶潜稍后的鲍照同样也有以《拟古》命名的组诗,前人多认为两者属于同种性质的组诗,清汪师韩评曰:"古人名作,惟鲍明远《拟古》八首,陶靖节《拟古》九首,未尝明言所拟何诗,然题曰拟古,必非若后人漫然为之者矣。"④鲍照还有《学陶彭泽体》一诗,对陶体有明确的学习模拟之处,八首诗极有可能受陶潜影响,有必要将两组《拟古》进行比对研究。

与陶渊明最大的不同是,鲍照《拟古》八首对《古诗十九首》的借鉴极少,最接近的当属其七《河畔草未黄》,寄以思夫从征之意。其余诗作呈现出与《古诗十九首》更加疏离的状态,但其中对"古人之诗"及其风

---

① 龚斌:《陶渊明传论》,华东师范大学出版社2001年版,第180页。
② 逯钦立校注:《陶渊明集》,第113页。
③ 钱志熙:《陶渊明传》,中华书局2012年版,第150页。
④ (清)汪师韩:《诗学纂闻》,《清诗话》,第456页。

格的继承是显而易见的,如:

  其一"鲁客事楚王",明陆时雍评曰:"意致深稳,绝有汉气。"①
  其二"十五讽诗书",清陈祚明评曰:"直陈怀来。结句悠然感深,嗣宗、太冲之遗调。"②
  其四"凿井北陵隈",方东树评曰:"此篇语既奇警,义又深远,犹有汉、魏人笔意。"③
  其五"伊昔不治业"末句"玉琬徒见传,交友义渐疎"④,清王闿运评曰:"微似渊明。"⑤
  其八"蜀汉多奇山",沈德潜评曰:"《拟古》诸作,得陈思、太冲遗意。"⑥

  鲍照在《拟古》中精心挑选的实景中很自然地将自我与历史连接,使得拟作中自叙生平抱负、思想矛盾以及感慨世事的倾向更加明显,而与陶渊明纯以虚幻、想象的空间发幽微之情有所不同,比如:
  其二"十五讽诗书",其《侍郎报满辞阁疏》称,"而幼性猖狂,因顽慕勇。释担受书,废耕学文",即鲍照少年儒者之写照。"弱冠参多士,飞步游秦宫",与鲍照二十岁西游荆州,干谒临川王刘义庆的经历相一致。"羞当白璧贶,耻受聊城功",即《登大雷岸与妹书》中"长图大念,隐心者久矣"的退守心态。"晚节从世务,乘障远和戎",即其晚年为军府参军之职,掌书记之任。结尾"始愿力不及,安知今所终",是诗人抒发壮志难酬的感慨和对将来的忧虑,也符合其晚年心境。清人李光地《榕村诗选》论此诗:"言少为儒者而后晚从戎,乖其始愿,而虑其所终也。"⑦
  其三"幽并重骑射",以实景实事领起,中间点以虚笔,通过拟曹植《白马篇》表达建功立业的愿望。元刘履评:"此亦托古讽今之诗。"⑧
  其四"凿井北陵隈","幼壮重寸阴,衰暮及轻年。放驾息朝歌,提爵止中山",言少壮专攻学问,徒然自苦,晚年应荡涤行乐。结尾"空谤齐

---

① (明)陆时雍选评,任文京、赵东岚点校:《诗镜》,河北大学出版社2010年版,第141页。
② (清)陈祚明评选,李金松点校:《采菽堂古诗选》,第593页。
③ (清)方东树著,汪绍楹点校:《昭昧詹言》,第183页。
④ (南朝宋)鲍照著,丁福林等校注:《鲍照集校注》,中华书局2012年版,第318页。
⑤ (清)王闿运:《湘绮楼说诗》卷六,台北:广文书局1978年版。
⑥ (清)沈德潜选:《古诗源》,第220页。
⑦ (清)李光地选编:《榕村诗选》卷二,清雍正己酉石川方氏刊本。
⑧ (元)刘履:《选诗补注》卷七,见《风雅翼》,清文渊阁四库全书本。

景非,徒称夷叔贤",余冠英评曰:"引古事证贤愚同尽,毁誉也无所谓。这都是愤词。"①

其六"束薪幽篁里",为鲍照早年"垦畛剿芿,牧鸡圈豕,以给征赋"(《侍郎报满辞阁疏》)的经历,对民生疾苦有切身体会。陈祚明评曰:"固是实事,真至。此等最为少陵所袭。"②

综上所述,鲍照《拟古》八首摒弃了陶诗中虚幻的游仙、游历等题材,以真人实景为对象,描摹更加细致并呈现出雕琢的倾向,体现了刘宋时期"诗运转关"的文学思潮,更重要的是其自叙传的倾向更加明显,诗中"自我"的意识也更强。两组《拟古》出现在当时,反映了晋宋文人对汉魏文学传统的回归继承,体现了此期文学重抒情的倾向,罗宗强指出:"拟古只是一种体裁的借用与模拟,而就其实质来说,乃是继承文学的抒情特质的发展脉络。"③两组《拟古》从相同点上说,一方面都是仿拟"古人之诗",对汉魏、西晋文学传统均有多方位的继承;另一方面"拟古"通过拟作者虚拟的古代和虚幻的情景,表达的是自身的生活境遇和心态,是设身处地地发"思古之幽情"的方式④,言在古而意在今,真正的着眼点不在"拟古""怀古",而是通过"以我运古"的方式发今人之情怀,从诗歌抒发古之群体的普遍感情走向个人终极生命体验。这可能是当时人共同的诗歌创作观念,"这种重比兴、言在此意在彼的拟古方法,可能也是晋末一体"⑤。因此,从两组《拟古》共同的创作和用语倾向来说,它们都属于宽泛的模拟,是拟"古人的诗",本质是"拟古"的诗。以往理解陶渊明《拟古》过分强调其对《古诗十九首》的模拟继承,从这个角度看未免有些偏颇。

四 略论《拟古》与拟《古诗》的不同

上文通过对陶渊明、鲍照《拟古》的分析,得出结论,它们都属于"拟古"的诗。学界以往对于《拟古》的理解一般比较狭义,多认为就是拟《古诗十九首》,那么此时期产生的《拟古》一体与拟《古诗》两者有什么不同呢?

首先,《拟古》与拟《古诗》虽然题目相近,但其诗学渊源则是两流。

---

① 余冠英选注:《汉魏六朝诗选》,人民文学出版社1978年版,第233—234页。
② (清)陈祚明评选,李金松点校:《采菽堂古诗选》,第594页。
③ 罗宗强:《魏晋南北朝文学思想史》,第148—149页。
④ 王瑶:《中古文学史论》,第196—211页。
⑤ 钱志熙:《中国诗歌通史·魏晋南北朝卷》,第302页。

《拟古》实则咏怀,虚拟的古境中处处显示"我"的存在,托古言志。从这个角度讲,"拟古"与传统的咏怀诗、杂诗在本质上没什么不同,如鲍照《拟古》,《艺文类聚》卷三三题作《杂诗》。六朝时期出现的最早题为《拟古》诗当属魏晋之际何晏诗二首(逯钦立《先秦汉魏晋南北朝诗》题为《见志诗》),《诗纪》《广文选》均题为《拟古》,不知何据,《拟古》之题当为后人所加。其一以鸿鹄自比,"常恐夭罗网""忧祸一旦并"表达对自身前景的焦虑。《诗纪》作"拟古",又引《名士传》曰:"是时曹爽辅政,识者虑有危机。晏有重名,与魏姻戚,内虽怀忧,而无复退也。著诗以言志。"显示了后人为其取名《拟古》的真正原因:何晏诗是典型的"比古志以明今情"之作,重点在"今情",由于惧祸而发"古之幽情"。这与陶渊明、鲍照《拟古》属同种性质。西晋唯一以《拟古》命名的是张华之作,《古遗集》云《拟古》,以垅上松起兴,结尾"安得草木心,不怨寒暑移"有明显的寄托之意。可见《拟古》继承的是汉魏以来的抒情言志的传统,是文人自我意识觉醒在文学上的体现。拟《古诗》则不同,拟《古诗十九首》的传统由陆机所开创,从文辞字句上亦步亦趋地袭拟,仿拟的过程却脱离了《古诗十九首》所蕴含的深挚至情,反而有种"祛情"的形式化倾向,同时暗含与古人争胜的心理,反映了西晋文人典雅化、形式化的创作倾向。其后文人拟《古诗十九首》都是遵循着陆机开辟的道路,鲍照《拟青青陵上柏》、鲍令晖《拟青青河畔草》《拟客从远方来》、刘铄《拟行行重行行》《拟明月何皎皎》《拟孟冬寒气至》《拟青青河边草》均从字句上踵事增华。特别是刘铄,《南史》本传称:"铄未弱冠,拟古三十余首,时人以为亚迹陆机。"[1]继承的均为陆机一派的拟作方法,可见《拟古》与拟《古诗》分属两条不同的诗学源流和拟作方法。另外,鲍照尚有《拟青青陵上柏》,即拟《古诗十九首》之《青青陵上柏》,可见鲍照将拟《古诗》和《拟古》有意识的分而拟之的态度,不可相混。

其次,《拟古》的兴起与特定时期寒素士人的崛起有着密切关系,晋宋之际除陶渊明、鲍照《拟古》以外,另有王叔之《拟古》:"客从远方来,言欲到交趾。远行无他货,惟有凤皇子。百金我不欲,千金难为市。"王叔之为晋宋间处士,与陶渊明有着类似的身份。有关陶渊明的寒素身份,前人论之甚详,在此概不赘述。[2]至于鲍照,更是"才秀人微,史不

---

[1] (唐)李延寿:《南史》,中华书局1975年版,第395页。
[2] 参见万绳楠整理《陈寅恪魏晋南北朝史讲演录》有关陶侃家族的相关论述。

立传"①。汉魏诗学本就是以寒素士人身份为主体构成的文学,作者多为下层吏民,诗作体现了动乱之际为了仕宦生计而奔波,有着鲜明的儒家入世精神,多表现为慷慨悲壮或低沉忧伤的风格。如果社会处于相对安定时期,社会结构变化较小,那么寒素士人的上升空间就小,反之亦然。社会的动荡不安给这些底层士人提供更多的可能,但真正能官至显宦的人少之又少,所以他们大多感到抑郁不平和有志难伸。这种社会心理反映在文学创作上,多表现个人的恃才傲物或高蹈退隐,他们感慨现实世界的黑暗,远古的种种美好是他们心之所向。晋宋易代就是这种心理的集中体现,陶渊明虽以隐者自居,但诗文仍然流露出浓厚的儒家意识,鲍照也有在刘义庆面前贡诗言志的经历。陶渊明希冀鲍叔、管仲的真挚友谊,鲍照渴望建功立业、功成身退,都有着强烈的个人经验在内,"拟古"是其美好愿望的寄托所在。他们与汉魏寒素士人的文学传统无疑有着更深的视域契合点,《拟古》多学汉魏的原因正在于此。更重要的是,《拟古》在客观视域上拉开的距离经过拟作者反思、深层咀嚼使得诗作拥有一种含蓄蕴藉的意味,更接近情感的本质。拟《古诗》的产生则不需要如此特殊的历史时期和社会心理,拟《古诗》本身就是一种学习属文的方法,尤其是文人集体大规模的同题模拟,极尽逞才游艺之能事,锻炼了诗艺和技能,"用自家语作古人诗",在拟诗中实现了自我诗风的建构,更多的是从艺术形式的表现上推动诗体的发展以及诗学思潮的形成。

综上所述,《拟古》并不等同于拟《古诗》,《拟古》产生比拟《古诗》略早,但直到晋宋之际才形成一股创作高潮。题材选择上,《拟古》并不具备前人的范本,比拟《古诗》在选择上拥有更大的自由度和灵活性。在整个诗歌发展过程中,《拟古》实则为咏怀诗、杂诗的写作变体,在普遍注重文学形式的南朝诗坛并不构成主流,呈现出逐渐衰落的趋势,而拟《古诗》在诗人集体的努力下,成为促进交流、研磨诗艺及变革诗风的有力工具。

---

① (明)张溥著,殷孟伦注:《汉魏六朝百三家集题辞注·鲍参军集》,第227页。

第三章　刘宋时期——文人拟诗的多元化发展

　　我国历史上的南北朝时期，一般认为是宋武帝刘裕取东晋而代之（420），建立刘宋王朝，经历了宋、齐、梁、陈四代，至隋文帝杨坚开皇九年（589）灭陈，共计一百七十年。南朝是一个朝代更迭频繁的历史时期，刘宋六十年，是南朝享国时间最长、疆域面积最大的朝代。这一时期文学思想的变化，"一直是沿着自建安开始的重文学特质、重抒情、重文学形式的探讨的方向发展的"。①也就是说越过东晋向魏晋缘情一脉复归，在文学史上被称为"对过去进行回顾的时期"。在"诗运转关"之际，玄言诗退出历史舞台，拟乐府和拟古诗开始重新兴起以及朝着多元化方向发展。

　　有关这一时期拟诗复兴的原因比较复杂，可能是义熙末年刘裕北伐，灭后秦、占领长安后，将大批宫廷的乐工带回南方的缘故。②当时出现了很多拟乐府之作，以及以"拟古""学古""代古""效古""古意"为题的诗歌。前者分为两类。

　　（一）沿着陆机开辟的拟汉魏乐府旧题的道路，作者有孔欣、孔宁子、刘义恭、刘铄、谢灵运、颜延之、鲍照、鲍令晖、谢惠连、荀昶等人。他们还发明了一种新的拟作方法，不是对整首诗的模拟，而是选取、拟写原作中的一部分，将其扩展为一首独立的诗篇。如刘铄将相和歌辞长篇《长安有狭邪行》改写为《三妇艳》六句③、孝武帝刘骏把徐幹《室思》截取成为《自君之出矣》，后者为刘义恭、颜师伯、鲍令晖等人沿用不息，成为一首标准的乐府题目。

　　（二）时人还有对当时新声乐府的模拟，如谢灵运《东阳溪中问答》二首，鲍照《吴歌》三首、《采菱歌》七首、《幽兰》五首，汤惠休《江

---

① 罗宗强：《魏晋南北朝文学思想史》，第128页。
② ［美］孙康宜、宇文所安主编：《剑桥中国文学史》，生活·读书·新知三联书店2013年版，第261页。
③ 他还将此种拟乐府之法移用于拟徒诗，如曹植《赠白马王彪》末句"收泪即长路，援笔从此辞"改为《代收泪就长路》。

南思》《杨花曲》三首等。自东晋以来,江南地区流行的吴歌、西曲获得皇帝、贵族以及民间各阶层的喜爱,拟作新声并起。据《南齐书·萧惠基传》载:"自宋大明以来,声伎所尚,多郑卫淫俗,雅乐正声,鲜有好者。"① 大明、泰始以后,大众消费新声愈演愈烈。总体而言,这种委巷歌谣士族文人只是偶一为之,不像鲍、休等人等人持有浓烈的兴趣。

以"拟古""学古""代古""效古""古意"为题的诗歌,首先是从刘宋王室开始的,出身北府兵将领的刘宋王室仰慕世家的文化威仪,诗作多学陆机,如江夏王刘义恭作《拟陆士衡诗》(残)、南平王刘铄"《拟古》三十余首,时人以为亚迹陆机"②,《拟古》三十余首至今仍存《拟行行重行行》《拟青青河畔草》《拟明月何皎皎》《拟孟冬寒气至》四首。其余还有鲍照《拟青青陵上柏》、《拟客从远方来》(一作谢惠连《代古》)、《学古》、《拟古诗》八首、《拟阮公夜中不能寐》,鲍令晖《拟青青河边草》《拟客从远方来》《古意赠今人》,王叔之、刘义恭《拟古诗》,袁淑《效曹子建白马篇》《效古》,颜竣《淫思古意》等。

当时还出现了被清人何焯称为"拟古变体"的"拟体"之作,如谢灵运《拟魏太子邺中集》八首,鲍照《拟陶彭泽体》《学刘公幹体五首》,王素《学阮步兵体》,江淹《效阮公诗》十五首、《学魏文帝》等,曹丕、曹植、七子、阮籍等早已成为经典为后人效仿。值得注意的是,陶渊明文学价值的发现也是从后人的模拟开始的。这类拟作是建立在对所拟诗人诗歌风格、特点深刻认识的基础上,不拘泥字句的具体对应,重在得古人之"体",也有追溯诗学源流的意义。

综上所述,刘宋诗坛拟诗既有拟旧题乐府和新声乐府,也有前代文人具体作品为个案的拟篇、拟体之作,可谓众体兼备且向多元化发展。本章即以这几个方面作为讨论重点,将当时出现文学创作实践与文学、音乐思潮结合起来,试图给予这一时期拟诗面貌更加客观的研究、评价。

第一节 谢灵运《拟魏太子邺中集》拟作缘由等问题

谢灵运《拟魏太子邺中集》(以下简称《拟邺中》)是一组以建安时期曹丕、曹植等诸子在邺下游宴之际的诗歌为范本的模拟之作,组诗收录

---

① 《南齐书》,第811页。
② 《南史》,第395页。

于萧统《文选》,足见其对后世影响之大。由于谢灵运《拟邺中》以"拟……"为题,一般认为谢灵运当日必以《邺中集》为范本,而《邺中集》是否存在或谢灵运当日是否真正见过,至今学界均有较大争议。李善、黄节等诸家所引书证均不及曹植,而《拟邺中》将曹植作品纳入其中,对此解释众说纷纭:有论者以曹丕、曹植兄弟相忌之故[1],现代学者也有认为谢灵运将曹植移入集中其目的在于借曹植宣泄不平之气,又显得过于穿凿附会[2]。那么,谢灵运选择邺下诗坛作为拟作对象的创作动因又何在?为了厘清这一系列问题,我们首先对组诗进行全面分析。

组诗以曹丕、王粲、陈琳、徐幹、刘桢、应场、阮瑀、曹植八人为对象,每人限拟一首,在曹丕之前有一篇序文,既是全组诗的大序也是魏太子本人的小序,其余在每个诗人之前各有一段简短的小序,用以交代作家生平经历及其诗风,八首诗和八段序文构成一组有机整体。

一 有关《邺中集》的相关问题

有关曹丕编纂《邺中集》的记载,几乎都来源于《与吴质书》的一段话:"二月三日,丕白:'岁月易得……顷撰其遗文,都为一集。观其姓名,已为鬼录。追思昔游,犹在心目。而此诸子,化为粪壤,可复道哉!'"[3]《文选·拟魏太子邺中集序》李善注引魏文帝《与吴质书》曰:"撰其遗文,却为一集。"[4] 黄节补注曰:《初学记》十引《魏文帝集》曰:"为太子时,北园及东阁讲堂并赋诗,命王粲、刘桢、阮瑀、应场等同作。"[5] 曹丕在建安二十三年(218)的书信中明确提到为已逝的诸子编纂总集,《邺中集》的情况即来源于此。

《邺中集》是否存在,笔者翻检六朝文献,均无著录。只有皎然《诗式》始列此目,评曰:"邺中七子,陈王最高。刘桢辞气偏;王得其中。不拘对属;偶或有之,语与兴驱,势逐情起,不由作意,气格自高,与《十九首》其流一也。"[6] 针对的是谢灵运《拟邺中》组诗以及曹、刘的文学评价,并非《邺中集》本身。《隋书·经籍志》卷三五著录只有建安诸

---

[1] (明)许学夷《诗源辩体》卷四曰:"然文帝《典论》论七子之文,无曹植有孔融者,元瑞以为弟兄相忌故也。"第76页。
[2] 如刘则鸣《谢灵运〈拟邺中集八首〉考论》,《上海师范大学学报》2000年第1期;赵红玲《六朝拟诗研究》一书第四章第二节"有关曹植诗的问题",上海辞书出版社2008年版。
[3] (南朝梁)萧统编,(唐)李善注:《文选》,第1896页。
[4] (南朝梁)萧统编,(唐)李善注:《文选》,第1432页。
[5] 黄节:《谢康乐诗注 鲍参军诗注》,中华书局2008年版,第147页。
[6] (唐)皎然著,李壮鹰注:《诗式校注》,中华书局2010年版,第110页。

子的别集，而没有总集（《邺中集》）。以李善及五臣之博学，对于《邺中集》的状况未举其他书证，似乎也从未见过。也就是说《邺中集》即便真实存在，唐前也已经亡佚。所谓"集"，除了作"文集"讲，许慎《说文》曰："集，鸟群在木上也。"段玉裁注曰："引申为凡聚之称。汉人多假襍为集。"① 研究者多从此点生发，认为"集"同金谷集、兰亭集一样，当"宴集""雅集"② 讲，为曹丕、植兄弟与诸子在邺下之宴集之意，此种解释为学术界所接受。

谢灵运拟代曹丕等八位诗人作诗，在每首拟诗中，谢灵运充当的都是诗人本身，这是他的第一重身份；除此之外，谢灵运还以曹丕的口吻作序，他代替曹丕充当诸子诗的编纂者，这是他的第二重身份。但凡拟诗，拟作者充当原作者本身毋庸置疑，但谢灵运充当曹丕的编辑者角色值得思考。

《汉书·艺文志》有《辑略》，师古曰："辑与集同。"③ 赵翼《陔餘丛考》"诗文以集名"条曰："古所谓集，乃后人聚前人所作而名之，非作者之自称为集也。"④ 可见"集"本身就带有后人"编辑"之意。那么对《拟魏太子邺中集》题目的理解，我们大胆拟测，即"拟魏太子在邺中编辑的诗"，谢灵运模拟的是曹丕的编辑行为。

这是从题目角度，还需从诗歌内容上证明拟诗属于有意识的编辑行为，根据拟作写法的不同，大致将其分为三组，第一组：拟《王粲》和拟《陈琳》。拟《王粲》可分两部分："幽厉昔崩乱，桓灵今板荡。伊洛既燎烟，函崤没无像。整装辞秦川，秣马赴楚壤。沮漳自可美，客心非外奖。常叹诗人言，式微何由往。"⑤ 以王粲《七哀诗》为模拟对象，着重展现汉末动乱以及王粲背井离乡的经历，作品充满了慷慨悲凉之气，即后世所谓"建安风骨"。从"上宰奉皇灵，侯伯咸宗长"开始，以曹丕、植兄弟游宴为主，建安十三年（208），邺下文人集团正式形成，诗中的忧患之情大为减少，终日以宴饮、娱乐为伴，正如刘勰所说："傲雅觞豆之前，雍容衽席之上，洒笔以成酣歌，和墨以藉谈笑。"⑥ 拟《陈琳》运用的同样

---

① （汉）许慎著，（清）段玉裁注：《说文解字注》，第148页。
② 如中国台湾学者朱晓海《读〈文选〉之〈与朝歌令吴质书〉等三篇书后》，《广西师范大学学报》2004年第1期。
③ 《汉书》，第1703页。
④ （清）赵翼撰，曹光甫点校：《陔餘丛考》，上海古籍出版社2011年版，第384页。
⑤ （南朝梁）萧统编，（唐）李善注：《文选》，第1433—1444页。本节所用《拟邺中集》均引自此书，概不详注。
⑥ （南朝梁）刘勰著，范文澜注：《文心雕龙注·时序》，第673页。

也是此种类似"拼接"的拟作方法,以"相公实勤王,信能定螯贼"为界,前半部分写汉末董卓、袁绍军阀纷争的史实,后以入邺生活和歌功颂德为终。拟诗囊括王粲、陈琳入邺前后两种截然不同的人生经历和风格不同的诗作。

第二组:拟《徐幹》和拟《刘桢》。拟《徐幹》以"伊昔家临淄,提携弄齐瑟。置酒饮胶东,淹留憩高密。此欢谓可终,外物始难毕。摇荡箕濮情,穷年迫忧栗",直述徐幹年少隐居生活,突出他"少无宦情,有箕颖之心事"的特点,中间"已免负薪苦,仍游椒兰室。清论事究万,美话信非一。行觞奏悲歌,永夜系白日"。同其他诸子一样,徐幹也有欢愉的邺中生活,最后"华屋非蓬居,时髦岂余匹?中饮顾昔心,怅焉若有失"。以曹植《赠徐幹》"顾念蓬室士,贫贱诚足怜"为范本,写徐幹后因病辞职归家的生活。全诗以入邺前、邺中和归家后生活分为三部分。拟《刘桢》"贫居晏里闲,少小长东平。河兖当冲要,沦飘薄许京",叙述少年生活,后半部分以邺下宴饮为主。

第三组:拟《应玚》和拟《阮瑀》。拟《应玚》"嗷嗷云中雁,举翮自委羽。求凉弱水湄,违寒长沙渚",以"云中雁"起兴,委婉叙述年少漂泊生活,中间写归顺曹操后亲身参与官渡、赤壁之战的经历,终于邺下欢愉生活。拟《阮瑀》"河洲多沙尘,风悲黄云起。金羁相驰逐,联翩何穷已",仍以黄云起兴,"庆云惠优渥,微薄攀多士",由于贤主人的赏识,他有幸跻身曹魏文人群体得以优游述作。

拟诗中不仅包含诸子在邺中宴饮、娱乐、咏怀之作,也将其入邺之前的经历纳入其中,甚至还保留了有些文士离开邺下以后的生活遭遇。谢灵运将作家所有作品当作一个整体,从而超越了公宴诗单一题材的束缚,根据自己对原作的理解进行融合再创造,当是"杂拟"而成,谢灵运代替曹丕充当组诗编纂者的角色。假设"集"当文集、诗集讲,《邺中集》当是建安诸子在邺中的诗文创作总集,"作为盛世文学的邺城时期文学,其基本风格也有了变化。随着瞽乱忧时文学精神的减少,以及功名追求和贵游风气的发生,建安前期那种强劲的'风力',至此亦渐见靡缓"[1]。谢灵运没必要将不属于邺中诗风的内容纳入其中,只保留诸子之优游述作即可。笔者翻检六朝文献,其人诗作没有以"××集诗"(这里的"集"当作"文集""诗集"讲)命题的先例,"集"一般用于集会、聚集之意,如应贞《晋武帝华林园集》,潘尼《皇太子集应令》,谢瞻、谢灵运《九日从

---

[1] 徐公持:《魏晋文学史》,第11页。

宋公戏马台集送孔令》等，均为动词用法。反观拟诗，每首都试图包纳建安年间诸子各自从分散到聚合的过程，若"集"单纯当"宴集""雅集"讲，将其归纳为公宴诗显得过于狭隘。

以上从拟诗内容角度而言，再来看组诗的大序，模拟的是建安年间曹丕与吴质的两封书信，为了方便对照现依《文选》兹录于下：

（大序）建安末，余时在邺宫，朝游夕燕，究欢愉之极。
天下良辰美景，赏心乐事，四者难并。
今昆弟友朋，二三诸彦，共尽之矣。
古来此娱，书籍未见，何者？楚襄王时有宋玉、唐景，梁孝王时有邹、枚、严、马，游者美矣，而其主不文；汉武帝徐乐诸才，备应对之能，而雄猜多忌，岂获晤言之适？不诬方将，庶必贤于今日尔。
岁月如流，零落将尽，撰文怀人，感往增怆。①

五月十八日，丕白：季重无恙。途路虽局，官守有限，愿言之怀，良不可任。足下所治僻左，书问致简，益用增劳。每念昔日南皮之游，诚不可忘。既妙思六经，逍遥百氏；弹棋间设，终以六博，高谈娱心，哀筝顺耳。驰骋北场，旅食南馆，浮甘瓜于清泉，沉朱李于寒水。白日既匿，继以朗月，同乘并载，以游后园，舆轮徐动，参从无声，清风夜起，悲笳微吟，乐往哀来，怆然伤怀。余顾而言，斯乐难常，足下之徒，咸以为然。今果分别，各在一方，元瑜长逝，化为异物。每一念至，何时可言！
方今蕤宾纪时，景风扇物，天气和暖，众果具繁。时驾而游，北遵河曲，从者鸣笳以启路，文学托乘于后车。节同时异，物是人非，我劳如何！今遣骑到邺，故使枉道相过。行矣自爱！丕白。（《与朝歌令吴质书》）②

二月三日，丕白：岁月易得，别来行复四年。三年不见，东山犹叹其远，况乃过之，思何可支！虽书疏往返，未足解其劳结。
昔年疾疫，亲故多离其灾。徐陈应刘，一时俱逝，痛可言邪！昔

---

① （南朝梁）萧统编，（唐）李善、吕延济、刘良、张铣、吕向、李周翰注：《六臣注文选》，第578—579页。
② （南朝梁）萧统编，（唐）李善、吕延济、刘良、张铣、吕向、李周翰注：《六臣注文选》，第785—786页。

第三章 刘宋时期——文人拟诗的多元化发展

日游处，行则连舆，止则接席，何曾须臾相失。每至觞酌流行，丝竹并奏，酒酣耳热，仰而赋诗，当此之时，忽然不自知乐也。谓百年己分，可长共相保。何图数年之间，零落略尽，言之伤心！顷撰其遗文，都为一集。观其姓名，已为鬼录。追思昔游，犹在心目。而此诸子，化为粪壤，可复道哉！（《与吴质书》）①

组诗在每个诗人前面各有一段简短的小序，用以交代作家生平及其诗风，模拟的也是《与吴质书》中曹丕对诸子的评价，如：

袁本初书记之士，故述丧乱事多。（拟《陈琳》）
孔璋章表殊健，微为繁富。（《与吴质书》）

卓荦偏人，而文最有气，所得颇经奇。（拟《刘桢》）
公幹有逸气，但未遒耳。（《与吴质书》）

少无宦情，有箕颍之心事，故仕世多素辞。（拟《徐幹》）
伟长独怀文抱质，恬淡寡欲，有箕山之志，可谓彬彬君子者矣。（《与吴质书》）

管书记之任，有优渥之言。（拟《阮瑀》）
元瑜书记翩翩，致足乐也。（《与吴质书》）

第一封信大约作于阮瑀逝后，源于曹丕对南皮、西园生活的怀念，第二封信作于建安二十三年，七子大多死于二十二年魏郡大疫，为了怀念英灵，曹丕身在邺下东宫，提出编纂建安七子的遗集，"撰其遗文，都为一集"，曹丕编纂的总集不仅包括诸子之诗，还应包括赋、文以及其他应用文体。而且曹丕并未明确指出总集的名称，只模糊称其"一集"，即"××集"，曹丕在邺中编订，题目可为《邺中集》，也可为"某某集"，甚至可以不以"某某集"命名，"集"只是计量单位，曹植将自己的别集题名为《前录》，薛综将自己的别集定为《私载》，当时都是非常个性的题名方式。今人称之《邺中集》完全是由谢灵运《拟邺

---

① （南朝梁）萧统编，（唐）李善、吕延济、刘良、张铣、吕向、李周翰注：《六臣注文选》，第 786 页。

中》所作的反向推断。《隋志》载建安七子中别集存留最少的陈琳,尚有一卷。若按《邺中集》属于总集、全集的性质,又为文帝亲手所编,完全亡佚的可能性不大。

组诗写作时间大约作于元嘉三年至五年(426—428),时灵运在京任秘书监、侍中。①《宋书》本传载:"宋主征谢灵运为秘书监,再召不起。使光禄大夫范泰与灵运书敦奖之,乃出就职,使整理秘书阁,补足阙文。"②在此期间当有机会接触大量前代文献,若原《邺中集》序文尚存或大谢有所眼见耳闻,他应以原文为范本而绝非两封《与吴质书》。所以综合考虑,谢灵运《拟魏太子邺中集》中所谓的《邺中集》范本应该不存。

综上所述,谢灵运的第一重身份:充当八位诗人作拟诗,"集"应作"宴集""雅集"理解,题目可解读为"《拟魏太子/邺中集》";第二重身份:代替曹丕充当诸子文集的编纂者,题目可解读为《拟魏太子/邺中/集》。从拟诗试图囊括诸子各个时段的人生经历和诗歌风格的角度看,后者显然更符合谢灵运拟作的初衷。无论从哪种角度,"集"均不作"文集"讲。

二 再谈曹植入谢灵运《拟邺中》之缘由

序文中称编纂已逝的建安七子(孔融、陈琳、王粲、徐幹、阮瑀、应玚、刘桢)的遗集,并未提及曹植,谢灵运拟作中去掉了孔融添加了曹植,其中的缘由有论者以曹丕、曹植兄弟相忌之故,现代学者也有认为谢灵运将曹植移入集中其目的在于借曹植宣泄自身磊落不平之气,显得穿凿附会。所以有必要对其进行深入考辨。

再来看《拟邺中》的大序,"今昆弟友朋,二三诸彦,共尽之矣",指与曹植等人共同的宴饮、娱乐生活。考之相关文献,有一部分论及在邺的交往,如:曹丕《感离赋》并序曰:"建安十六年,上西征,余居守。老母诸弟皆从,不胜思慕……"曹植《离思赋》并序曰:"建安十六年,大军西讨马超,太子留监国,植时从焉,意有怀恋,遂作离思之赋。"可互为证。另,曹丕《登台赋》并序曰:"建安十七年春,□游西园,登铜雀台,命余兄弟并作……"应玚《斗鸡诗》曰:"兄弟游戏场,命驾迎众宾。"

---

① 顾绍柏:《谢灵运集校注》,中州古籍出版社1983年版,第137页。
② 《宋书》,第1772页。

第三章　刘宋时期——文人拟诗的多元化发展　89

　　两人在邺下有过亲密交往，虽有争储因素存在但因曹操尚在世，两人还不敢公开撕下兄弟之间那层薄薄的温情面纱。曹丕在《典论·论文》和《与吴质书》中未言及曹植，原因并不在于兄弟相忌之故，而在于曹丕评论的都是当世已死之人，建安末年曹植尚在人世。"撰其遗文，都为一集"，实际就是当时的"录鬼簿"。谢灵运《拟邺中》将曹植纳入其中，也并非寄托身世之意，而是他选择的模拟对象是"邺中七子"，而非"建安七子"。所谓的"邺中七子"即曹植、陈琳、王粲、徐幹、阮瑀、应场、刘桢，没有孔融而有曹植。有关邺下文人重要文士，陆时雍曰："子桓王粲，时激《风》《雅》余波，子桓逸而近《风》，王粲庄而近《雅》。子建任气凭材，一往不制，是以有过中之病。刘桢棱层，挺挺自持，将以兴人则未也。二应卑卑，其无足道。徐幹清而未远，陈琳险而不安。邺下之材，大略如此矣。"① 可见孔融并未参与邺下文人活动。有关"邺中七子"，考之相关文献：

　　　　邺中七子，陈王最高。刘桢辞气偏；王得其中。不拘对属；偶或有之，语与兴驱，势逐情起，不由作意，气格自高，与《十九首》其流一也。②

　　　　始文帝及植皆好文学，粲与徐幹、陈琳、阮瑀、应场、刘桢并友善。自邯郸淳、繁钦、路粹、丁仪、丁廙、杨修、荀纬等，亦有文采，而不在七子之列。③

可见"邺中七子"实有曹植而无孔融。④ 序文的范本是《与吴质书》，但谢灵运在序文中有所选择的模拟，使得曹植的加入顺理成章，序曰"今昆弟友朋，二三诸彦，共尽之矣"，一开始就为曹植的加入作了铺垫，"岁月如流，零落将尽"，诸子中绝大多数已化为灰土，但又非"零落殆尽"。谢灵运虽从思想内容和用语习惯上对《与吴质书》进行仿拟，但

---

① （明）陆时雍：《诗镜总论》，《历代诗话续编》，第1405页。
② （唐）皎然著，李壮鹰校注：《诗式校注》，第110页。
③ （明）许学夷：《诗源辩体》，第76页。
④ 郭绍虞《沧浪诗话校释》论及"建安体"言："曹子建父子及邺中七子之诗"并按：邺中七子亦称建安七子。王宏林《说诗晬语笺注》也认为"邺下诸子即孔融、陈琳等建安七子"，都将两者混为一谈。

并不等同于他对原文的照搬照抄,模拟的同时进行了题材内容的筛选。况且建安年间,孔融在许都任职未及参加邺下文人集团的活动,所以他选择的模拟对象是"邺中七子"而非"建安七子"。① 《魏太子》一诗曰:"百川赴巨海,众星环北辰",曹丕明显以领袖、东道主自居,正如《三国志·魏书·王粲传》所言,以文学才能考察,视曹植与其余诸子并列。从这个角度讲,谢灵运《拟邺中》同曹丕"撰其遗文,都为一集"绝不能等量齐观。

由于《典论·论文》对后世影响甚大,论及"七子"一般被认为是孔融、陈琳、王粲、徐幹、阮瑀、应场、刘桢,加上曹植为"建安之杰",其文学成就远高出其他诸子,在曹魏后期虽备受打击,但名义上仍为曹魏集团的统治阶层而非一般的文学侍从,所以后人一般将其与其他诸子区别开来。另外,"邺中七子"的名号远没有"建安七子"来得响亮,大多将其混为一谈。这也是后人认为谢灵运《拟邺中》将曹植纳入难以理解的原因所在。

三 有关谢灵运的拟作缘由

有关谢灵运拟作诸子诗的缘由,后世一般将其与隐喻、讥刺相联系。如元方回《文选颜鲍谢诗评》曰:"序云:'其主不文',又曰:'雄猜多忌'。使宋武帝、文帝见之,皆必切齿。盖'不文'明讥刘裕,'多忌'亦诛徐、傅、谢、檀之所讳也。灵运坐诛,此序亦贾祸一端也。"② 清吴伯其曰:"康乐隐情,尽在此诸序之中。作者依此为柄而读,斯得之矣。诸子中,唯仲宣才高而望众,故康乐首取以自况。"③ 在此认为谢灵运在拟代过程中渗透着个人主观感情的可能性是存在的,但将谢灵运比附真实的历史人物、刘宋政事比附曹魏难免有穿凿附会之嫌。况且,与陆机不同,谢灵运模拟的用意并不在同前作者一较短长。那么,他真正的拟作动因何在?这是我们接下来要探讨的问题。

首先,组诗大概作于元嘉三年到五年,当时谢灵运在京任秘书监、侍中,有机会接触到大量的前朝文献,且其学识渊博且尤长于诗,《隋志》载有谢灵运编纂的《诗集》五十卷、《诗集钞》十卷、《诗英》九卷,即他选编的历代诗的总集。虽然曹丕编纂诸子遗集应该包括诗、文、赋等多

---

① 皎然《诗式》"邺中集"条首言"邺中七子"即是证明。
② (元)方回著,李庆甲集评点校:《瀛奎律髓汇评》,上海古籍出版社2005年版,第1906页。
③ 转引自黄节《谢康乐诗注 鲍参军诗注》,第151页。

种文体，但谢灵运还是选择了他最擅长的五言诗来模拟。可以说，此时期谢灵运在朝中任职的经历为拟诗的写作提供了外在的诱因。

那么创作组诗的内在深层原因又是什么呢？笔者认为这首先是源于谢灵运追忆、怀念远古情结。序文曰："岁月如流，零落将尽，撰文怀人，感往增怆。"明确了借诗怀人的创作心理，根据史实虚构了一个"良辰美景，赏心乐事"天下难并的完美世界。可是现实政治却与他心中的乌托邦南辕北辙，刘裕出身南方庶族，以军功起家，刘宋皇权取代了以王、谢为代表的高门大族的门阀政治，对像谢灵运这样的门阀士族人士心灵造成的冲击可想而知。其父祖辈都是凌驾于皇权之上的实权派，作为后辈，他们无力改变现实，时常沉浸于郁闷、痛苦之中，追慕远古的种种美好是他们选择逃避现实的手段，有一种"返古"情结。谢灵运《晋书武帝纪论》曰："反古之道，当以美事为先。"即可作序文之注解。

再来看序文。序文曰："古来此娱，书籍未见，何者？楚襄王时有宋玉、唐景，梁孝王时有邹、枚、严、马，游者美矣，而其主不文；汉武帝徐乐诸才，备应对之能，而雄猜多忌，岂获晤言之适？"以君主身份召集文士，彼此身份悬殊，帝王以一己之好恶干预，不利于文学的正常发展。曹丕以文坛盟主身份自居，与其他诸子是主宾关系，地位相对平等，有利于文人相互切磋和自由发展。这是谢灵运拟作选择邺下文坛的重要原因。序文通过与楚襄王、梁孝王、汉武帝与文人的矛盾对比，过分强调了诸子与曹魏统治者的和谐融洽之关系，忽略了历史上诸多与曹氏父子的摩擦、矛盾。邺下文人大多有很高的政治抱负，像王粲、刘桢等皆出身汉吏高官，有很强的功名意识，虽被封为"平原侯庶子""五官中郎将文学"等，有机会接触机要，但实质与文学侍从无异，他们时常充满着怀才不遇、自恃孤高的心态。他们在西园时期的诗歌创作就有所反映，如王粲《杂诗》"日暮游西园，冀写忧思情"，曹植《赠丁仪王粲》"丁生怨在朝"，从中可知邺下文人的苦闷心情。刘桢《杂诗》"职事相填委，文墨纷消散。驰翰未暇食，日昃不知晏"，流露出对烦琐文职工作的厌烦情绪，更不用说曹操于建安十三年（208）杀害名重一时的孔融给其他文人造成的心灵恐惧。这些不满情绪在拟诗中完全看不到，剩下的只是宴饮、娱乐一日复一日。谢灵运《拟邺中》与其说是复原原本的邺下生活，不如说是虚拟自己心中的乌托邦。

其次，谢灵运的交游生活经历与《拟邺中》有视域契合点，有触发拟古的动机。作为高门大族子弟，谢灵运的生活与交游密不可分，《宋书·

谢弘微传》载:"(谢)混风格高峻,少所交纳,唯与族子灵运、瞻、曜、弘微并以文义赏会。尝共宴处,居在乌衣巷,故谓之乌衣之游。"① 这是谢灵运早年的交游生活。《宋书·庐陵王传》载:"义真聪明爱文义,而轻动无德业。与陈郡谢灵运、琅邪颜延之、慧琳道人并周旋异常,云得志之日,以灵运、延之为宰相,慧琳为西豫州都督。徐羡之等嫌义真与灵运、延之昵狎过甚,故使范晏从容戒之。义真曰:'灵运空疏,延之隘薄,魏文帝云鲜能以名节自立者。但性情所得,未能忘言于悟赏,故与之游耳。'"② 清何焯认为《拟邺中》的创作时间"当是与庐陵王周旋时所作"③,时间大概在元嘉三年之后。《宋书·谢灵运传》载:"灵运以疾东归,而游娱宴集,以夜续昼,复为御史中丞傅隆所奏,坐以免官。是岁,元嘉五年。灵运既东还,与族弟惠连、东海何长瑜、颍川荀雍、泰山羊璿之,以文章赏会,共为山泽之游,时人谓之四友。"④ 江总《游摄山栖霞寺诗》其序曰:"祯明元年太岁丁未四月十九日癸亥,入摄山展慧布法师,忆谢灵运集还故山入石壁中寻昙隆道人有诗一首十一韵。今此拙作,仍学康乐之体。"可见谢灵运除了"乌衣之游""山泽之游"外,作为贵族子弟,曾参与很多集游活动。早年的贵游生活给谢灵运《拟邺中》奠定了欢愉、圆满的基调,中年的游乐体验也与组诗的创作时间相吻合。无论外界政治环境的严酷,在与文人、族弟的交往中,还是可以从中感受短暂的美好,这也是组诗大篇幅重复地描写宴会、游戏、饮酒、音乐等奢侈享乐生活的重要原因,对诗歌题材的选择无疑体现了谢灵运贵族文人意识的参与。

以上从谢灵运诗歌创作的内、外创作动因进行了揭示,从当时诗歌发展角度来说,刘宋诗歌承袭东晋末年玄言诗风消歇,重新向汉魏诗歌重文学特质、重抒情的传统复归。元嘉文人虽有意识地跨越两晋而上溯汉魏,意欲恢复汉魏古诗传统,但拟作者根据自身喜好、需要有所选择使得拟作的重心更多放在艺术技巧的变化上,产生了"拟古变体"。《拟邺中》学习邺下文人的抒情言志之法,在保留原作单行散句的基础上,大量引入对句,如"澄觞满金罍,连榻设华茵""排雾属盛明,披云对清朗""夜听极星阑,朝游穷曛黑""置酒饮胶东,淹留憩高密""列坐荫华榱,金樽盈清醑"等,无疑带有更多的"诗运转关"色彩,文学的传统在模拟过程

---

① 《宋书》,第 1590—1591 页。
② 《宋书》,第 1635—1636 页。
③ (清)何焯著,崔高维点校:《义门读书记》,第 936 页。
④ 《宋书》,第 1774 页。

中悄无声息地发生了巨大变化。使得"拟古"在文学意识更加浓厚的齐梁时期，成为变革诗风的工具。

第二节　从刘宋拟乐府书写范式的转型看士庶乐府之分流

继西晋陆机后，刘宋时期出现了拟作汉魏旧题乐府的新高潮。如鲍照"代"乐府，谢灵运、谢惠连同题《鞠歌行》《顺东西门行》，沈约《悲哉行》等，均以古题表达旧意。此种创作程式，清牟愿相评为："谢康乐吐翕山川，独其乐府不满人。康乐乐府专拟大陆，大陆固不满人也。"[1] 有研究者称："缺少对现实生活的反映，不能体现出社会现实和时代精神。"[2] 古今评论家均认为模拟太甚，艺术价值不高。学界目前对刘宋拟乐府的研究主要集中于谢灵运、鲍照等个案考察，侧重点着眼于文人乐府反映现实政治、抒发个人情志等思想内容。其实，刘宋士族有意识地截取陆机乐府、汉晋乐府、汉大赋、古诗以及晋宋山水、行旅诗等以往文学经典的文本片段植入乐府写作，使之成为多层、重叠的行文结构，从文本重构上获得新的生命。本节从此点入手，希望能将这种特殊的拟作范式及其转型之社会动力的研究引向精细与深入。

一　"回顾过去"的历史时期

刘宋之前的东晋时代，文人大量创作的诗类基本是玄言诗。前代文人热衷的乐府诗和拟古诗被弃之不用。此种情形伴随着刘裕于晋末的成功北伐而改变，他将大量的中原音乐带回宫廷，不仅使朝廷雅乐格局日趋完备，而且使相和三调、清商乐歌等音乐传统得以接续，丰富了当时的音乐艺术，并因此推动了文人拟乐府的复兴。据《古今乐录》所引张永《元嘉正声技录》和王僧虔《大明三年宴乐技录》所载相和歌辞，它们在当时的歌唱、传播的情况具体如下（见表3-1）[3]：

---

[1]（清）牟愿相：《小澥草堂杂论诗》，《清诗话续编》，第917页。
[2] 丁福林：《东晋南朝谢氏文学集团研究》，世界图书出版公司2014年版，第155页。
[3] 本表统计依据郭茂倩《乐府诗集》，沈约、江淹在文学史上虽归为梁代文人，但其旧题乐府的创作基本仍在刘宋，将其归入一并统计。鲍照"代"乐府在《乐府诗集》中均无"代"字，故遵从《乐府诗集》所收。

表 3-1

相和类别	文献出处	曲名	文人拟作及数量
吟叹曲	张《录》	《王明君》	鲍照 1
	张《录》	《楚妃叹》	袁伯文 1
		《王子乔》	江淹 1
平调曲	王《录》	《长歌行》	谢灵运 1　沈约 2
		《猛虎行》	谢惠连 2
		《燕歌行》	谢灵运 1　谢惠连 1
		《从军行》	颜延之 1　江淹 2
		《鞠歌行》	谢灵运 1　谢惠连 1
清调曲	王《录》	《苦寒行》	谢灵运 1
		《豫章行》	谢灵运 1　沈约 1
		《相逢行》	谢惠连 1
		《相逢狭路间》	孔欣 1　沈约 1
		《长安有狭斜行》	谢惠连 1　荀昶 1　沈约 1
		《三妇艳》	刘铄 1　沈约 1
		《塘上行》	谢惠连 1　沈约 1（衍生《江蓠生幽渚》）
		《秋胡行》	谢惠连 2　颜延之 9
瑟调曲	王《录》	《善哉行》	谢灵运 1　江淹 1
		《陇西行》	谢灵运 1　谢惠连 1
		《折杨柳行》	谢灵运 2
		《东门行》	鲍照 1
		《却东西门行》	谢灵运 1　沈约 1
		《顺东西门行》	谢灵运 1　谢惠连 1
		《上留田行》	谢灵运 1
		《艳歌何尝行》	吴迈远 1（衍生《飞来双白鹄》）
		《艳歌行》	刘义恭 1
		《煌煌京洛行》	鲍照 1
		《放歌行》	鲍照 1
		《棹歌行》	孔宁子 1　鲍照 1　吴迈远 1
		《门有车马客行》	鲍照 1
楚调曲	王《录》	《白头吟》	鲍照 1
		《泰山吟》	谢灵运 1
		《梁甫吟》	沈约 1
		《怨诗行》	汤惠休 1
		《东武吟行》	鲍照 1　沈约 1

第三章 刘宋时期——文人拟诗的多元化发展

除张《录》和王《录》记载，其余文人拟作相和歌还有《蒿里》《挽歌》《采桑》《日出东南隅行》《置酒高堂上》《饮马长城窟行》《孤儿行》《门有车马客行》《江南思》，基本来源于前代旧题，继作者不仅有谢灵运、谢惠连、颜延之、沈约等士族文人，也有类似于鲍照的寒庶之士，共计十四人三十四曲六十五首。

当时杂曲歌辞的制作也呈现复兴状态，由于杂曲中有一部分可归于相和[①]，故将其统计如下（见表3-2）：

表3-2

杂曲曲名	文人拟作及数量	来源
《出自蓟北门行》	鲍照1	出自曹植《艳歌行》首句
《君子有所思行》	谢灵运1 谢惠连1 沈约1 鲍照1（作《代陆平原君子有所思行》）	
《悲哉行》	谢灵运1 谢惠连1 沈约1	
《白马篇》	袁淑1 鲍照1 沈约1	
《升天行》	鲍照1	
《松柏篇》	鲍照1	拟傅玄乐府《龟鹤篇》
《齐讴行》	沈约1	
《会吟行》	谢灵运1	
《北风行》	鲍照1	出自《诗经·邶风·北风》
《苦热行》	鲍照1	
《春日行》	鲍照1	鲍照自拟新题
《堂上歌行》	鲍照1	鲍照自拟新题
《前缓声歌》	孔宁子1 谢惠连1	
《缓歌行》	谢灵运1 沈约1	
《结客少年场行》	鲍照1	出自曹植《结客篇》首句
《鸣雁行》	鲍照1	疑出《诗经·邶风·匏有苦叶》
《空城雀》	鲍照1	鲍照自拟新题
《自君之出矣》	宋孝武帝1 刘义恭1 颜师伯1 鲍令晖1	出自徐幹《室思诗》第三章首句"自君之出矣"
《长相思》	吴迈远1	出自《古诗》"客从远方来"
《长离别》	吴迈远1	

[①] 王运熙指出："汉代的杂曲歌词，风格跟相和相同，因其歌辞未被中央乐府机构采习或年代久远等原因，后事不详它们属于何调，故被列入杂曲。"（《乐府诗述论》，第253页）

续表

杂曲曲名	文人拟作及数量	来源
《杞梁妻》	吴迈远 1	
《淫思古意》	颜竣 1	
《行路难》	鲍照 18	

与相和歌辞相比，杂曲歌辞的来源比较复杂，不局限于传统，有前代旧题、旧题衍生新题、模拟前人乐府、化用诗歌首句和文人自拟新题等，共计十二人二十三曲五十六首（含《乐府诗集》所不载的鲍照《代阳春登荆山行》《居边行》《少年至衰老行》《邦街行》①），其中鲍照一人就作有三十五首，占一半以上，且很多曲题为其首创。除鲍照外，出身寒庶的继作者还有刘宋王室成员、吴迈远、袁淑等。士族文人也有作杂曲，但数量较少，如谢灵运、谢惠连相和歌辞分别有十三首和十一首，杂曲歌辞却分别只有四首和三首。

综上所述，刘宋时期文人拟作旧题乐府有以下几个特点：第一，曲题使用上，士、庶文人都作有大量的相和歌辞，且庶族文人更偏向杂曲的创作②，在题材选择上，呈现出士庶分流的情况。第二，普遍对建安文人选辞配乐的乐府诗，如曹操乐府诗，曹植以"拟""当"形式改制的新作不感兴趣③，较多承袭乐府古题古意。第三，主要沿袭陆机乐府亦步亦趋、跟随式的模拟方法，不仅仅重视体制、宗法。还融合汉晋乐府、汉赋和古诗，甚至晋宋山水、行旅诗的艺术技法等。在规步前贤的同时并未受其约束，而是自由驱使传统资源，从中选取适用部分加以改造糅合，追求多层次的复合行文结构，有一定的文本制作程序，多方位继承各种风格，文化渊综广博。

另外，当军事上的胜利带来音乐文化的输入之时，此时学术上也呈现出蓬勃发展之态，特别是谢氏家族引领的对既往文学经典回顾继承的强烈兴趣。例如，谢混及其族子谢灵运、谢瞻等晚辈的"乌衣之游"，谢灵运与族

---

① 有关鲍照这几首逸诗的来源，参见拙文《刘宋新旧乐更替的音乐背景与鲍照代乐府创作——兼论其音乐表演属性》，《中国海洋大学学报》2006 年第 4 期。
② 此点与西晋士族文人陆机非常相似，陆氏拟作相和歌辞 21 曲，杂曲 4 曲。
③ 例如，《乐府解题》载："曹植拟《长歌行》为《鰕䱇》。""曹植拟《苦寒行》为《吁嗟》。""曹植拟《薤露行》为《天地》。""曹植拟《豫章》为'穷达'。""曹植拟《善哉行》为'日苦短'。"以"当"为题的有《当来日大难》《当欲游南山行》《当事君行》《当车已驾行》等。

弟谢惠连、友人何长瑜等组成的"山泽之游"排外小圈子。当时的士族对文化资源有一定的垄断,有较多机会接触古代的抄本、文献。如《新唐书·艺文志》载谢混对作者别集所作的选本,编有六十卷的《集苑》,其《送二王在领军府集诗》(残)曾引用古乐府《从军行》中的一句"苦哉远征人"。谢灵运于426—428年担任秘书监并被委派整理皇家藏书时,曾作《拟魏太子邺中集》。还有出身琅邪王氏的王微,据《宋书·王微传》载,他自称"文好古,贵能连类可悲",其《杂诗》二首也是此期建康高门模拟古风的代表。南平王刘铄亦作有拟乐府、拟古诗,"《拟古》三十余首,时人以为迹亚陆机"。江淹作于刘宋末期的《杂体诗三十首》,模拟汉代至刘宋三十位代表作家、作品。鲍照存诗约二百余首,八十六首为拟乐府,二十五首是对无名氏古诗和阮籍、陶渊明等诗人的拟作,堪称刘宋时期最热衷于模拟的作家。除拟乐府和古诗外,对汉大赋也有不同程度的关注,如谢灵运作于425年前后且自注的《山居赋》,规模宏大,把谢氏庄园媲美皇家园林,其写作手法也是以司马相如《上林赋》为学习对象。可以说,文化士族对文学遗产的占有、学习也是此时期"回顾历史"兴趣产生的重要原因。

二 融合汉晋乐府、汉大赋、文人诗片段的新型书写范式

刘宋文人在规步前贤的同时并未受其约束,而是自由驱使传统资源,从中选取适用部分加以改造糅合,最明显的即有意识糅合汉晋乐府、汉大赋、文人诗等"记忆、文本片段",构建多层次的复合行文结构。可以说,刘宋时期的拟乐府带有诗歌转型的特点,以下分而言之。

首先,刘宋文人普遍不满建安文人选辞配乐的乐府诗,多依古题古意,"踵前人步伐,不能流露性情"[1]。如在语言体式上,除吸收西晋铺排结构、繁缛雕饰,还反映出有意识存留古辞之体的倾向,如谢惠连《鞠歌行》,谢灵运、谢惠连《顺东西门行》使用"三三七"句式,谢灵运《上留田行》"上留田"、《相逢行》"忧来伤人"反复出现,《折杨柳行》其一写弟远行,与兄嫂离别对话,"神情高朗,直逼汉人"[2],颜延之《秋胡行》其五、六首叙述"遇于桑下,秋胡子下车,与之以金也"[3] 等故事片段。相对于西晋傅玄、陆机故事乐府继承汉乐府体式及向其表演艺术功能

---

[1] (清)黄子云:《野鸿诗的》,《清诗话》,第895页。
[2] (明)王夫之:《古诗评选》,第37页。
[3] (清)沈德潜选:《古诗源》,第195页。

的回归①，刘宋诸人的创作无疑也属对此种创作倾向的有意继承。这些乐府诗是否与现实乐曲配合，情况不得而知，但可以看出其自觉靠近汉乐府歌诗产生之际的原生态形态，使"歌"的成分远大于"诗"。

其次，乐府诗中受汉赋程式影响有所发展，有以下几点：第一，对汉赋的铺排结构、辞藻对仗的大量接受和发展。这种创作手法始于曹植《名都》《白马》之作，陆机在此基础上排比铺张，遂开出排偶一家。乐府"尚铺张，凡譬喻多方形容尽致之作，皆乐府遗派"②。"士衡五言，如《赠从兄》、《赠冯文罴》、《代顾彦先妇》等篇，体尚委婉，语尚悠圆，但不尽纯耳。至如《从军行》、《饮马长城窟》、《门有车马客》、《苦寒行》、《前缓声歌》、《齐讴行》等，则体皆敷叙，语皆构结，而更入于俳偶雕刻矣。"③即乐府体比徒诗体更适合事物的铺展。谢灵运在此基础上更进一步，其《长歌行》十联除尾联"幸赊道念戚，且取长歌欢"不对外，其余九联都很工整，其《会吟行》十六联中九联对仗，远高于陆机《吴趋行》。时人不满陆机乐府"间多硬语"（黄子云《野鸿诗的》），即不凝练、口语化的诗句，逐步放弃以散文写诗的方法，而以赋法原理作诗。同时创造性地使用将铺排融合在词语错置的"丫叉句法"之中④，如谢灵运《悲哉行》"差池燕始飞，夭袅桃始荣。灼灼桃悦色，飞飞燕弄声"。二三句相承，一四句呼应，造成应承之次序与起呼之次序相反，取得生新的艺术效果。这种通体用俳的作法以至于铺叙过多，忽于剪裁而被讥为"作体不辨有首尾"⑤者。鲍照在谢灵运基础上"渐入律体"，即许学夷解释的"凡不当对而对者，为渐入律体"⑥。

第二，大量排偶对句使其自身具备完整性和独立审美价值，可从上下文摘取，省略汉赋"劝百讽一"的规谏之言，大大缩短了乐府诗的结构。⑦如《苦寒行》，魏武帝"北上篇"六解，明帝"悠悠篇"五解，谢灵运拟辞仅五言六句。谢灵运《日出东南隅行》五言六句，通体用俳，完全略去

---

① 参见拙文《从拟作角度谈西晋故事乐府对汉乐府体式的复归——兼说汉乐府经典地位的定型》，《内蒙古社会科学》2014 年第 4 期。
② （清）施补华：《岘佣说诗》，《清诗话》，第 1010 页。
③ （明）许学夷：《诗源辩体》，第 88—89 页。
④ 钱锺书：《管锥编》，生活·读书·新知三联书店 2012 年版，第 115 页。
⑤ 《南齐书》，第 624 页。
⑥ （明）许学夷：《诗源辩体》，第 110 页。
⑦ 南朝文人拟辞在结构上普遍有缩短趋势，以五言四句、八句为多，论者多以其受江南体制短小的吴歌西曲影响，如吴大顺《魏晋南北朝乐府歌辞研究》、王志清《晋宋乐府诗研究》等。在此我们认为这种影响也许存在，但不可忽视乐府诗中规谏之语的消失而导致的体制变短。

古辞、陆机有关罗敷采桑的本事,用工笔画手法专咏有限范围(眼前)的美人,实开齐梁咏物一体。由于乐府与汉赋的天然渊源,古辞皆带汉赋讽谏戒惧之义,如陆机《齐讴行》拟左思《三都赋》,《文选》张铣注:"其终篇亦欲使人推分直进,不可苟有所营。"① 颜之推评:"陆机为《齐讴篇》,前叙山川物产风教之盛,后章忽鄙山川之情,殊失厥体。"② 看似失败的写法皆脱胎于汉赋曲终奏雅、"归之于正"的惯常手法。然沈约《齐讴行》八句但赋齐地风土,缺少点睛题旨。再如《相逢行》(一曰《相逢狭路间行》,亦曰《长安有狭邪行》),《乐府解题》:"古辞文意与《鸡鸣曲》同。"《乐府原》解释《鸡鸣曲》:"以桃李相依戒此篇。"③ 陆机《长安有狭斜行》言"世路险狭邪僻,正直之士无所措手足矣"。④ 仍有"义正"之辞。谢惠连诗八句表现贵族生活方式及功业意识,沈约六句仅写贵游之士的奢华生活,皆失"言之助"。

再次,由于与音乐的逐渐疏离,文人将山水诗的手法移植于乐府,如时人继承了陆机乐府如《从军行》《悲哉行》等相对独立的景物描写。谢灵运以山水诗见长,陆机乐府中的景物描写激发了其热情,纷纷将山水诗的手法移植于乐府。相对其以亲身登临的写实手法创作山水诗,其乐府的山水描写主要源于学识和想象构画而成。如谢灵运《泰山吟》,其人生经历从未亲临泰山,可以说其描写全出于想象。谢灵运山水诗常使用与登高相适应的观察方法,建立高位视点,描写的山峦多"有岩石的险峻高山,而且重点描绘的是山顶部分"⑤,且善用双声叠韵字,从视觉、听觉来增强景物的直观感受,《泰山吟》"岝崿既崄巇,触石辄千眠"仅截取泰山高耸入云的顶峰,"岝崿""崄巇"从这些带"山"字旁的联边字的排列和塞擦音就可感受到泰山之巍峨神秘。⑥ 鲍照《代苦热行》被孙月峰评为:"形容苦势处不遗余力,胜士衡《苦寒》,然尚不及魏武。彼就实事写来,神采自溢,此自凿空撰出,安有真味?"⑦ 可知均为想象之作。谢灵运《会

---

① (南朝梁)萧统编,(唐)李善、吕延济、刘良、张铣、吕向、李周翰注:《六臣注文选》,第522页。
② 王利器撰:《颜氏家训集解》(增补本),第327页。
③ (明)徐献忠:《乐府原》,内府藏本,集303。
④ (宋)郭茂倩编:《乐府诗集》,第508页。
⑤ [日]小西升:《谢灵运山水诗考——自然素材的选择与审美意识》,载宋红编译《日韩谢灵运研究译文集》,广西师范大学出版社2001年版,第87页。
⑥ 刘勰《文心雕龙·练字》:"联边者,半字同文者也。状貌山川,古今咸用;施于常文,则龃龉为瑕;如不获免,可至三接,三接之外,其字林乎!"
⑦ 转引自(南朝宋)鲍照著,丁福林、丛玲玲校注《鲍照集校注》,第159页。

吟行》"连峰竞千仞,背流各百里",即运用山水诗一行写山、一行写水的对偶艺术,试图通过诸种细节传达完整的画面。其《苦寒行》只有六句,只沿袭陆机之作的纯写景部分。另外,还将山水游览和乐府中及时行乐、感时物的写法结合起来,用天道四时的推移观照人世的盛衰变化。其实汉乐府中就有类似写法,如《伤歌行》,《乐府解题》曰:"古辞伤日月代谢,年命遒尽,绝离知友,伤而作歌也。"① 只是乐府诗中景物多为阐述题旨的概念化描写,而非实景。时人将晋宋行旅诗的写作模式与乐府感慨时光易逝、亲友分离题旨相结合,如谢灵运《悲哉行》从冬春之变而触物兴怀,陈祚明评为:"感时物而思友生也。"② 谢惠连《塘上行》"沾渥云雨润,葳蕤吐芳馨"近于张协"巧构形似之言"之作。谢惠连、沈约《豫章行》均由行旅写景到友人别离,最后感叹"寿短景驰,容华不久"。

相比于时人山水诗情景分离的三段式结构,其乐府诗有意识糅合汉乐府、赋、文人诗三重成分,在三者转换过程中同样也遵循"杂而不越"的结构方法,具体如下。

第一,如上文所论,时人有意识地使用汉乐府、大赋、文人诗等文本片段,依然按照原文本的写作方法,表现出维护各自文体的倾向。

第二,他们使用的汉乐府、大赋、文人诗等,就其自身而言,都是不完整的甚至是孤立的片段(也是被遗忘的文学传统),但又有易于交叉、重叠的结构,刘宋文人通过叙述、串联将其形成具有逻辑的稳定结构,保证了过去的文学文本在跨历史的共识中被阅读。如鲍照《代阳春登荆山行》首句"旦登荆山头,崎岖道难游",用山水诗的登临模式,中间写景"花木乱平原,桑柘盈平畴。攀条弄紫茎,藉露折芳柔",纯为文人诗写法,结尾"且共倾春酒,长歌登山丘",继承了乐府诗的歌唱传统,从而将晋宋乐府诗与山水诗合二为一。还如颜延之拟西晋傅玄《秋胡行》作同题五言九首,规模宏大,堪称当时最长的叙事诗,比傅玄之作长了两倍多。作品内部呈现一定的写作方式和叙事原则,如第二首以秋胡视角叙述,从"驱车出郊郭,行路正威迟"到第三首结尾"悲哉游宦子,劳此山川路",纯为晋宋山水、行旅诗写法,叙旅途之劳顿及景色之荒凉。何焯评曰:"题是《秋胡诗》,然重在洁妇,今诗中详述秋胡宦游之事,而于桑下拒金一事顾略。体制殊不可解。"③ 即乐府体夹大量行旅诗句,重景物心

---

① (宋)郭茂倩编:《乐府诗集》,第897页。
② (清)陈祚明评选,李金松点校:《采菽堂古诗选》,第520页。
③ (清)何焯著,崔维高点校:《义门读书记》,第894页。

理描写而轻故事情节。① 第四首以秋胡妻为视角，其独守空房，四季变化触发的思君之情，类于张协《杂诗》之作。第五、六首转换为秋胡视角，写桑园相遇。第九首"自昔枉光尘，结言固终始。如何久为别，百行愆诸己。君子失明义，谁与偕没齿？愧彼《行露》诗，甘之长川汜"，转换为第三人称，代妻作责夫语，承袭汉乐府褒贬道德价值的写作模式。九首诗每部分尽量保持各自的独立性，整体追求句式整饬、声律和谐、隶事用典，尽量使叙事雅化，被评为"古诗体"②。值得一提的是《行露》取于《诗经·召南》，写女子反抗欺凌，使用诗题用意于在点明寓意。这种创作手法较早见于汉赋，如司马相如《上林赋》："览观《春秋》之林，射《狸首》，兼《驺虞》，弋玄鹤，舞干戚，载云罕，掩群《雅》，悲《伐檀》。"还有谢灵运《山居赋》："卷《叩弦》之逸曲，感《江南》之哀叹。秦筝倡而溯游往，《唐上》奏而旧受还。"将新兴的江南民歌纳入。时人在诗中时常使用这种手法，如沈约《昭君辞》"始作《阳春曲》，终成《苦寒歌》"，刘铄《拟青青河畔草》"楚楚秋水歌，依依《采菱》弹"，都可见汉赋的影响。这种融合多种传统资源的写法多方位促进了乐府古诗化进程，如鲍照《代陆平原君子有所思行》，除尾句外，写宫阙亭台、声色伎乐全为对句，几乎看不出是乐府体。吴淇将其与陆机原作对比，言"此叙事处，伦次一些不乱，然只是平衍，固是古诗之体"③。

第三，汉乐府、大赋、古诗片段是不稳定和易于变化取舍的。有些片段随着文学思潮、评价模式和作者取舍的变化而变化，以前重要的片段后来不再重要，甚至消失。比如大赋的道德评价模式，在刘宋以后的文人乐府中几乎被抛弃。沈约《江蓠生幽渚》，从陆机《塘上行》首句"江蓠生幽渚"衍生，只在末句"愿回昭阳景，时照长门宫"以陈皇后冷落长门宫比附甄后见弃，稍有古意。主体继承的还是《离骚》写景传统，"扈江离与辟芷兮，纫秋兰以为佩"。以香草象征女主人公的高洁，赋咏铺排江蓠。从题目上脱离乐府写作传统，使诗题与内容相符，以散文式的行文概括，趣味优美文雅，体现了对艺术形式美的追求。

---

① 这一突出特点在陆机乐府中也有展现，如其《从军行》："隆暑固已惨，凉风严且苛。夏条集鲜澡，寒冰结冲波。"《悲哉行》："和风飞清响，鲜云垂薄阴。蕙草饶淑气，时鸟多好音。翩翩鸣鸠羽，喈喈仓庚吟。幽兰盈通谷，长秀被高岑。"
② （清）乔忆《剑谿说诗》言："《秋胡行》，如曹氏父子，乐府体也；傅休奕、颜延年，古诗体也。"《清诗话续编》，第1029页。
③ （清）吴淇著，汪俊、黄进德点校：《六朝选诗定论》，第340页。

三 从书写范式转型看拟乐府之士庶分流

谢灵运等士族的拟乐府不仅融合以往多种风格的文学资源，建构复杂的行文结构，而且从拟作对象的选择、审美取向等方面反映出一种新的乐府类型——士族文人乐府的审美趣味。① 所谓"士族文人乐府"，乃是指在两晋南朝时期出现的由门阀士族文人所创作的乐府诗，此类作品在承继前代乐府诗中的贵族色彩的基础上，表现出鲜明的士族意识②，而与那些出身庶族、平民的文学区别开来。先看两者之关系：

首先，士族的根本文化属性即经典性和仪式性。经典性表现在两个方面，第一，用典繁密。以谢灵运为例，"康乐之诗，合《诗》、《易》、聃、周、《骚》、《辩》、仙、释以成之。……康乐之诗不易识也，徒赏其富艳。"③ 主要针对其山水诗用典富艳，以至"不易识"。实际上，他作乐府诗也遵循同样的用典原则。其《善哉行》"滔滔处乐"用《诗》"武夫滔滔"，"阴灌阳丛"，张来山曰："阴灌阳丛句，非深学《易》者不能达。"④《陇西行》"鸟之栖游，林檀是闲。韶乐牢膳，岂伊攸便"，用老、庄道家之言。《顺东西门行》"挥斤扶木坠虞泉"，出自《离骚》"折若木以拂日兮，聊逍遥以相羊"。《缓歌行》通篇写游仙，等等。贵族由于占有丰富的文化资源，更倾向大量用典表现其阶层的知识修养，在印刷术流行之前的南朝，抄撮、抄撰之风为当时文化的一大特色，帝王之崇文，藏书之丰富，导致了征事、策事之风行，出现了专门的抄撰学士，如《南齐书·沈驎士传》载"宋元嘉末，文帝令尚书仆射何尚之抄撰五经，访举学士，县以驎士应选"⑤。此类群体常以贵族子弟担当，如谢混曾编六十卷的《集苑》。元嘉三年，谢灵运曾为秘书监，"使整理秘阁书，补足遗阙"⑥。"宋元嘉八年，秘书监谢灵运造《四部目录》。"⑦ 他们作为帝王、王府的文翰之士，主要从事整理典籍、治礼撰史、吟诗作赋等。同时刘宋时期士庶关系发生变化，"上升到公认的大族地位的寒人还是极少数，但寒人与皇权

---

① 如胡适《白话文学史》将乐府分为"平民乐府"和"贵族乐府"，萧涤非《汉魏六朝乐府文学史》沿用胡适观念并融合罗根泽《乐府文学史》"文人乐府"分类，将乐府分为贵族、民间、文人三类。
② 孙明君：《两晋士族文学研究》，中华书局2010年版，第111页。
③ 黄节：《谢康乐诗注 鲍参军诗注》，第3页。
④ 黄节：《谢康乐诗注 鲍参军诗注》，第17页。
⑤ 《南齐书》，第943页。
⑥ 《宋书》，第1772页。
⑦ （唐）魏徵等：《隋书》，中华书局1973年版，第906页。

结合的事实毕竟意味着高位被士族垄断的局面已有解冻"①。具备文学才能的寒庶人士,也可跻身权力核心。如徐爰曾领著作郎,撰国史,被归为寒人掌机要的"恩倖"一类。临川王刘义庆曾招庶族东海何长瑜、鲍照等有"词章之美"的士人引为佐吏国臣,何长瑜还与谢氏家族成员有"共游"经历。可见具备较高文化修养的寒庶文人也有机会接触高门文化圈,士庶存在交往、融合,并不尖锐对立。

第二,文学趣味偏向于模拟经典,且在形式上趋同,遵从程式化的写作范式。经典性表现为大量拟作乐府旧题,"沿袭古题,唱和重复"。特别是相和三调,汉魏相和歌辞或歌咏大众的普遍心理,或宣传个体独特的情怀,后人拟袭积累了许多题材资源和文学传统,更符合文人心理、艺术需求,在刘宋早已被官方视为"正声"。相比于士族,庶族文人则表现出对杂曲歌辞的浓厚兴趣。如鲍照拟旧题乐府三十七首,除少量为琴曲、舞曲歌辞,杂曲歌辞有十九首,占一半以上。杂曲歌辞"亡失既多,声辞不具",缺乏文学传统。时人对脱离传统的建安乐府不感兴趣,鲍照却从其中衍生新题,如《代堂上歌行》拟曹叡《堂上行》,《代苦热行》《代升天行》《代陈思王白马篇》直接模拟曹植,《代出自蓟北门行》《代结客少年场》分别化用曹植《燕歌行》《结客篇》首句。还有出于《诗经》中某些诗句,如《代鸣雁行》出自《邶风·匏有苦叶》"雍雍鸣雁,旭日始旦",《代北风凉行》出自《邶风·北风》"北风其凉,雨雪其雱",无本事、曲调、题材传统。其余若《代阳春登荆山行》《代居边行》《代少年至衰老行》《代邦街行》,因过于脱离乐府传统为《乐府诗集》所不收。同为庶族的吴迈远,其《长相思》《长离别》题目、内容取自《古诗十九首》之《客从远方来》"著以长相思,缘以结不解",仅用其相思绵绵之意,缺乏乐府因素。汤惠休乐府虽多用相和歌辞,但体式上明显受流行音乐的影响,被颜延之讥为"委巷歌谣",实为宫体描写女性之先导。还有,出身武力强宗的刘宋王室还创作了两个影响较大的乐府新题——孝武帝刘骏《自君出之矣》和刘铄《三妇艳》,前者属杂曲歌辞,出自徐幹《室思诗》之第三章首句,《三妇艳》出于《相逢狭路间》,两者同属"摘句法"新制,有明显的艳情倾向,显然也是新声影响下的产物。

再看仪式性,主要表现为文本形式上的一致性,受制于规范。即"拟遗迹于成规,咏新曲于故声"(陆机《遂志赋》),涵盖了士族乐府的两种

---

① 葛晓音:《八代诗史》,中华书局2007年版,第150—151页。

主要创作方法——形式上的重复和差异。先看重复，如沈约《梁甫吟》拟陆机，同为五言二十句，陆诗"蒸""青"换韵，沈诗通押"青"韵，以下用加粗将趋同语标出，以见模拟情形：

陆：**四运循环转**，寒暑自相承。沈：**星钥亟回变**，气化坐盈侵。

陆：**冉冉**年时暮，**迢迢**天路征。沈：寒光稍**眇眇**，秋塞日**沉沉**。

（按，此二句有意颠倒词序并有意用对仗法模拟。）

陆：**悲风**无绝响，玄云互相仍。沈：**飚风**折暮草，惊竿贯层林。

陆：年命时**相逝**，庆云鲜克乘。沈：奔枢岂**易纽**，珠庭**不可临**。

陆：**履信**多愆期，**思顺**焉足凭。沈：**怀仁**每多意，**履顺**孰能禁。

陆：**哀吟梁甫**巅，慷慨独拊膺。沈：**哀歌步梁甫**，叹绝有遗音。

可见沈约对陆机步趋如一的模拟，包含了反复和不断使用的文本。再如鲍照《代陆平原君子有所思行》《悲哉行》均模拟陆氏，在题目、内容、修辞、押韵方面完全一致。士族将古典资源、繁文绮合的文本制作程序与个人、家族情怀构筑起"杂而不越"的复合文本，作为主流文学样式。庶族文人要想成为文化士族，须小心翼翼地模仿贴近，鲍照的跟随模式就是士族文学传统巨大影响力的反映，并且，他还开创了一种更加严格的"限定性文学"范式，如其在《松柏篇》序文中明确表明模拟傅玄《龟鹤篇》；其《代陆平原君子有所思行》《代陈思王白马篇》以具体作家、作品为拟作范本。这意味着唤起了具体语境中拟作者的共鸣，对原作传递信息的充分接受，拟作过程中对体制、措辞、声律等都要以"得体"为原则。士族制作的文学文本如合同一样具有约束力，意味着"无条件地向高难度看齐"，需在制约的基础上施展才华，因而在文本制作上提出更高要求，更需继作者在学识积累、诗学技巧的长期磨炼，即"摹体以定习，因性以练才"，才能"得其环中"，这种拟作方法被誉为"文之司南"（《文心雕龙·体性》）。王夫之评价陆机拟古为"步趋如一，然当其一致而成，便尔独抒高调。一致则净，净则文"[1]，即追求一致凸显了对文学形式的追求。同时，文本的一致性也允许、鼓励差异性

---

[1] （明）王夫之：《古诗评选》，第74页。

的存在。文本在传统延续过程中，有些文本不免被抛弃、遗忘，新产生的文本不得不与旧文本一较高低，那些"存留"下来的文本被视为更悠久、珍贵、权威的文献，继作者在原作、文学传统面前，有一种担心名声、作品不被人传颂的焦虑。他们一方面不得不将自己和作品纳入"传统之流"，另一方面试图使作品以奇特、新颖的形式成为新奇、陌生的东西，与耳熟能详的传统并驾齐驱，甚至一较高下，因而绝对不能重复别人已说过的话。如沈约对陆机的模拟，将其句式颠倒、用更高级的词汇等等。可以说，重复性、差异性的模式化写作并不妨碍文学的呈现，反而可充分调动继作者的积极性，使得文本向深度开掘，具有强大的衍生能力，成为文化结构、知识得以传承的"桥梁"。曹操的乐府诗及曹植以"拟""当"形式改制的新作由于背离汉乐府传统而被南朝人抛弃。从这个意义讲，南朝人对"步步蹈袭"的作品不仅不排斥，还给予极高的评价。①

其次，在描写女性上，庶族文人发挥乐府艳情一脉的传统，士族文人则试图在文学创作与士族礼法之间寻找折中的平衡点，向往伦理和审美协调的美学。汉乐府《陌上桑》本身就存留描摹女色一脉，庶族诗人拟作时将其作为描写重心，且日趋艳情化。比如鲍照《采桑》，描写采桑女子冶容外，"采桑淇澳间，还戏上宫阁""卫风古愉艳，郑俗旧浮薄"借用《诗经》"桑间濮上，男女相悦""淫奔"的典故，将其引入艳情。陆机《日出东南隅行》虽在女色描写上不遗余力，但仍有"悲歌吐清响，雅舞播《幽兰》。丹唇含九秋，妍迹陵七盘"之句，描写丽人表演七盘舞，是歌颂西晋盛世安宁的郊庙朝飨的大型雅舞，透露着贵族奢华生活及其"雅而艳"的欣赏趣味。再如傅玄《有女篇》，"容华既已艳，志节拟秋霜。徽音冠青云，声响流四方。妙哉英媛德，宜配侯与王"。以女性坚贞相配公侯。其《秋胡行》《秦休女行》亦大肆宣扬伦理道德。此种写法对南朝士族影响极大，一方面重视女性姿容刻画，另一方面将儒家礼法进行融合调节，竭力刻画美貌端庄、贤良贞洁的女子，是他们为文学发展开辟新的途辙。如谢灵运《日出东南隅行》的女子"怀兰秀瑶璠"，笔下的女子不仅外表美，还有"皎洁秋松气，淑德春景暄"的美德。谢惠连《捣衣诗》"美人戒裳服，端饰相招携"，深夜思念良人的美女仍严装正服。颜竣《淫思古意》亦曰"贞洁寄君子"。需要指出，庶族诗人也有许多重情描写，

---

① 如《金楼子·立言篇》评价陆机为"辞致侧密，事语坚明，意匠有序，遣言无失"。称赞其才华横溢而"不逾矩"。

如鲍令晖《古意赠今人》"容华一朝尽，惟余心不变"、吴迈远《长别离》"蕙华每摇荡，妾心空自持"，主要继承《古诗十九首》、汉魏古诗在人性而非伦理道德角度。

更重要的是，由陆机提倡"雅而艳"士族审美理想，经过"淡乎寡味"的玄言诗特质的浸染，改变了东晋、南朝士族的审美追求。他们没有西晋士族所追求的那般浓烈，他们喜爱的是一种"简""淡"，透露着高雅趣味的美，即谢灵运《山居赋序》所谓"览者废张、左之艳辞，寻台、皓之深意，去饰取素"，将富艳之辞与寡淡折中调和。这是对孔子"绘事后素"儒家美学思想的变相继承，且要加上"礼后"的约束。以《三妇艳》为例，其变化反映了士庶阶层的审美差别。《三妇艳》为军功出身的刘铄首创，"丈人且徘徊，临风伤流霰"，写丈人与儿媳在庭中享乐，有些不伦。其后王融、沈约、萧统将"丈人"改为"丈夫""良人"，去掉了暧昧的意味。很多乐府诗中涉及的女子，即便冶艳充满性挑逗，最后也尽量归于守礼持正，以礼节情，即"始荡以思虑，而终归闲正"（陶渊明《闲情赋序》）。

最后，乐府诗反映的士族功名意识，多与贵族生活方式及家族荣誉相关。如陆机《长安有狭邪行》"轻盖承华景，腾步蹑飞尘……倾盖承芳讯，欲鸣当及晨"，将古辞改为贵族的奢华生活。谢惠连拟作缩短为八句，"帝帝雕轮驰，轩轩翠盖舒。撰策之五尹，振辔从三闾。推剑凭前轼，鸣佩专后舆"，仅保留贵族的生活方式和功业意识。沈约四句只写炫富的贵游子弟。有些也透露其处事心态和家族传统，谢灵运《折杨柳行》其二"否桑未易系，泰茅难重拔。桑茅迭生运，语默寄前哲"，用《易》典，《否卦·九五爻辞》："九五，休否，大人吉。其亡其亡，系于苞桑。"又："泰初九，拔茅茹，以其汇，征吉。"又："君子之道，或出或处，或语或默。"包含其对人生出处进退的思考。若遇"否卦"（时运蹇劣），虽有"休否，大人吉"（停止行动，对贵人来说，仍可得吉利），却并无把握；遇上"泰卦"（时运顺利），也未必能"征吉"。他在出处选择的犹豫之中，始终在归隐和庙堂之间徘徊。其《善哉行》"善哉达士，滔滔处乐"，将古辞游仙转变为隐居以求其乐。谢氏一族有着家族隐遁的传统，谢灵运《述祖德诗序》："逮贤相徂谢，君子道消。拂衣蕃岳，考卜东山。事同乐生之时，志期范蠡之举。"赞美谢安隐遁东归的高情远志。心中的"达士"即"达人贵自我，高情属天云。兼抱济物性，而不缨垢氛"（《述祖德诗》其一），他们对现实持父祖"贵自我""济物性"的清高式生活态度。面对无法改变的命运，他们也不像鲍照等庶族文人那样不平则鸣，而倾向老庄守静自遣，如谢惠连《顺东西门行》"哀朝菌，闵颓力，迁化常然焉肯息；及壮齿，遇世直，酌酪华堂集亲识。舒情尽欢遣凄恻"，强调门阀士族的感情节制和抒情品格。与之相反，庶族文人更多是将文化作为社会问题来对待，作品多反映下层民众生活，格调哀怨悲凉。如鲍照多采用汉乐府中描写底层民众苦难生活的题材，如《代东武吟》艰苦战斗的老兵、《代东门行》被迫分离的贫贱夫妻。其自创新题《代贫贱苦愁行》，不遗余力赋写人世苦难——贫、贱、苦、愁。陆机、孔宁子、鲍照、吴迈远同题拟作《棹歌行》，陆、孔用宏大场面应制颂赞，鲍、吴赋写孤苦沮丧的行役旅程等，充满了"贫穷和死亡的主题"[①]。他们从自身生存的困境出发，发出更强的呐喊和抗争，并将其作为反映社会现实的文学艺术。更重要的是，士族文本要求的约束力，使某一个特定的乐府古题展现出普遍性的题材传统，即元稹《乐府古题序》所谓"沿袭古题，唱和重复。于文或有短长，于义咸为赘剩"[②]，而与具体事件的偶然性差别较大。当文人遵从这种原则，意味着他必须放弃个人情事的权利，必然忽视叙事内容的充实与创新，刘宋文人拟乐府被评为"踵前人步伐，不能流露性情"的原因正在于此。与按古题古意索骥不同，庶族阶层多反映真实的个人行踪和志向等，表达对现实的看法，蕴含着自身的切肤体验，也就是以往文学史评价极高的"内容充实、感情真挚"。除鲍照外，庶族如孔欣、袁淑等人，其乐府灌注着深厚的情感，努力使其反映现实。袁淑《白马篇》虽效仿曹植，但多流露个人胸襟，"嗟此务远图，心为四海悬。但营身意遂，岂校耳目前"，刚正不阿、忧心国事的形象跃然纸上。孔欣《相逢狭路间》写归隐志向，是当时为数不多的抒发自我情志的乐府，"此诗高趣，可并渊明。欣早岁辞荣，不负其言矣"[③]。总之，以鲍照为代表的庶族乐府内容充实、感情真挚，备受后代评论家的赞誉，如刘熙载言："明远长句，慷慨任气，嘉落使才，在当时不可无一，不能有二。"[④] 然而在当时，其代表的寒庶"险俗"诗风，不符合士族推重的受制于前代规范、雍容典雅的一派，虞炎在编集的序文中评其"虽乏精典"，萧子显也评其为"雕藻淫艳，倾炫心魂。亦犹五色之有红紫，八音之有郑

---

① 苏瑞隆：《鲍照诗文研究》，中华书局2006年版，第146页。
② （唐）元稹著，冀勤点校：《元稹集》（修订本），中华书局2021年版，第292页。
③ （明）杨慎：《升庵集》卷五五"孔欣诗"条，文渊阁四库全书本。
④ （清）刘熙载撰，袁津琥校注：《艺概注稿》，第268页。

卫"①。可谓毁誉参半。② 他们在文学传统之外，尽情表达本人情感③，仅此一点，也迥异于诗歌主流。当时鲍照派的流行，也主要是其中"雕藻淫艳"的一类，其拟古诗和拟旧题乐府，并无太大影响力，其虽汲汲于主流诗风、功名富贵，但实际上并未得到主流的认可。

四 余论：此种拟作范式转型之社会动力

上文已详细论述了刘宋时期拟乐府的转型是士族对文化资源的垄断，企图驱使各种传统资源，从中选取适用部分加以改造糅合，追求多层次的复合行文结构，多方位继承各种风格、文化导致的。士庶乐府在当时树立了典范，庶族的写作方式既有贴近士族的一面，同时也保持了一定的独立性。这种转型的内在动力无疑来源于当时社会阶层的变动④，以下简要对其进行探讨。

众所周知，人类的精神文化生活取决于经济、政治地位。魏晋以后，形成以血缘关系为载体的门阀士族，其社会地位急速上升。其经济地位依靠大田庄产业，主要是山川与耕地相关联的多种经营。且许多士族占山护泽以图发展，要分割山泽之内的本属朝廷的自耕农民户口，经济上的矛盾一直存在。⑤ 经济地位的霸权，相应必然追求学术文化方面的优势。何况，不注重文化修养必然为世所轻，地位难保。魏晋南北朝的士族阶层在社会的比例较小，在印刷术流行之前，其掌握、垄断着政治、经济、文化、法律、宗教、道德等各项特权，同时运用掌握的知识、文化对社会加以管理、统治。这在知识精英和广大劳动人民之间形成了一道不可逾越的鸿沟。这道鸿沟导致的社会分层，从不同阶层以及同一阶层内部两个方向发展。

先看前者，将受过教育的上层与没有文化的普通民众区别开来，贵族制定了与庶民隔绝的种种规矩作为游戏规则，使文学成为表现其知识、身份、修养的礼仪文学，通过高难度的用典、精致复杂的对偶等技巧，对形式美的追求，将其与文学能力粗糙、浅薄的庶民文学区分开来。由于精英

---

① 《南齐书》，第908页。
② "郑卫"即淫辞，"红紫"，朱熹解释为"红紫，间色不正，且近于女子之服也"。以喻其非主流。
③ 当时拟乐府主流约为二端：一为受制于文学传统，遵从古题古意；二为部分挣脱于传统，发出不同于前代的声音，而绝非"表达本人情感"的声音。
④ 有关社会动力的概念，本节主要取其"多元协调论"部分，即社会发展是诸多动力因素合力构成的，特别是人口、血缘关系是制约社会发展的重要动力。
⑤ 田余庆：《东晋门阀政治》，北京大学出版社2012年版，第336页。

文化向底层渗透力很弱①，形成了两种截然不同的文学分层——贵族说话、写作必定文雅高尚、引经据典；庶民则发言通俗、言之无文。庶族想要追求更高层次的文化，必须小心翼翼地贴近、模仿，而且自身原本文化形态的"鄙野"也必须抛弃。

精英文化的特点之一在于能够促进身份的认同，那些文本的约束力、规则、价值取向能够维持和助长特定的、集体的身份认同，形成集体的"心照不宣"。本来追求本文一致性只是一种"中性"的写作模式，但此时却变成了强化身份认同并显示优越性的充分条件。规范性的文本教导人们判别是非、做正确的选择，同时也传承着未来知识、文化的发展方向。这种新的"文化一致性"即通过集体反思而形成对某种文化的绝对信仰。这种文化的信仰、价值观的形成，导致的结果是其掌握者也会被推上神坛。更重要的是，精英文化掌握者并不认为自身拥有的是一种"特殊""代表性"的文化，而认为自己是普遍意义上的文化承载者，承载着"整个"文化，如王、谢等世家大族，将其锋芒不仅剑指一般士人，甚至是刘宋王室。从这个意义讲，精英文化已不单纯是上层文化，而通过纵向上的团结、一致，试图越过自身导致的鸿沟而实现"一体化"。这种"一体化"也产生了文化的"归属"意识——通过共同的价值观监督、管理个体化的倾向，个人也通过群体的认同、在群体中扮演的角色来确立身份、实现自我。

对于后者而言，"一体化"的文化"归属"意识，也在不断消解纵向的社会阶层，代表如鲍照、何长瑜，包括梁代何逊、吴均等出身底层的士人可以凭借后天的学习、修养跻身贵族文化圈，两者之间相处融洽，并不存在尖锐对立。底层人士习得这种贵族文学技巧需付出极大的努力，用富艳的辞藻、典故组织成文，在句数、句法、押韵、修辞上极尽能事，甚至比贵族阶层的文学要求更高。只有这样，贵族文学圈才会对其敞开阀门，他们才能名正言顺地成为文化上的高等阶层。如出身北府兵将领的刘宋王室凭借军功夺取皇权，但文化上并不占优势。他们"颇慕时流"，仰慕世家的文化威仪，逐渐成为具备文化修养的次等士族。整个社会士庶阶层进一步转化、分层。值得注意的是，这种文化的排他性不仅针对下层的寒庶人士，也包括不能遵从"贵族性"写作的贵族。② 从

---

① 为了保持士族门风、文化的独立，南北朝普遍采用"分别士庶，不另杂居"的制度。
② 如《颜氏家训·勉学》载："自荒乱已来，诸见俘虏，虽百世小人，知读《论语》、《孝经》者，尚为人师；虽千载冠冕，不晓书记者，莫不耕田养马。……若能常保数百卷书，千载终不为小人也。"王利器撰：《颜氏家训集解》（增订本），第178页。

这个角度说，精英阶层能够不断吸纳符合要求的底层士林进入，士庶之间不断融合，界限也越来越模糊，贵族阶层随着历史而消亡也成了必然趋势。再从庶族角度看，他们不仅努力接近士族文学，还在很大程度上保留自身寒庶写作方式，形成了一股"反经典"力量，从写作方式、审美取向等不同方面对经典反叛、背离，然而并非是对"公共经典"的颠覆和取代，"经典和反经典的'正反'关系，成为对经典的必要补充，形成'合力'"①，丰富了当时的文学样式，顺应人们新的审美需求，也形成了后代经典与反经典的兴替往复。如当时不被主流接受的鲍照"代乐府"，但在萧统时代，编选《文选》"乐府"类收录其作八首，成为陆机之外收录作品数量最多的作家。其乐府诗不仅成为士族乐府的补充，而且也升任"新的经典"。

总之，王、谢等世家大族将以往的文化资源、多层次的复合行文结构、具体情事和王朝话语权力结合起来，企图凭借文化的规范性、礼仪性来维护家族门户的地位，在当时的士庶文化圈中产生了广泛影响。刘宋树立了皇权政治，严格意义上的门阀士族已不复存在，但其经济实力依然存在，相应的在政治上，他们并不自动隐退，企图将这种贵族写作模式保留下来，仍旧在学术、文化方面占据上层，并凭借文化优势反过来巩固其岌岌可危的政治地位。同时，为了保持稳定，刘宋的皇权政治也离不开世家大族的支持，一方面学习士族的文本写作来保持某种政治平衡，另一方面积极发展代表自身喜好的趣味，并将其纳入主流文坛，重建新的文化模式。可以说，齐梁以后士庶文学的分流和融合就是这几种力量的综合结果，这与后世诸如齐梁诗歌的新变、宫体诗的出现也有必然的源流关系。

第三节 鲍照"代"乐府体
——兼论"代"非"拟"之意

一 "代"字题名

所谓"代"，《说文》云："代，更也。"段玉裁注曰："更者，改也。……凡以此易彼谓之代，次第相易谓之递代，凡以异语相易谓之代

---

① 吴承学、沙红兵：《中国古代文学的经典与反经典》，《文史哲》2010年第2期。

语。"① 即以不同的言辞替换之意。涉及以"代"命名的有两类诗作,第一类以曹丕、曹植兄弟《代刘勋妻王氏杂诗》、鲍令晖《代葛沙门妻郭小玉作》二首为代表,性质为假托原作者身份为其代言,作者将自身与被替代者情感互换,有"代人立言"的性质,类似于"角色诗"。有时又因受人请托,代为言之,相当于"为",如王粲《为潘文则作思亲诗》、徐干《为挽船士与新婚妻别诗》。又沈德潜《古诗源》释《代东门行》曰:"代,犹拟也。"② 另一类观点认为"代"如"学""效""绍"一样,为"拟"的一种形式,如谢惠连《代古诗》,一作"拟客从远方来",《古诗笺》收《代东门行》,闻人倓注曰:"代,犹拟也。"③《沧浪诗话·诗体》有"拟古"一体,郭绍虞曰:"拟古之作,'效',或称'代',或称'学',或称'绍'。"④ 余冠英注鲍照《代东武吟》谓代犹拟。⑤ 可见均认为鲍照"代"乐府属于拟作的一种。有关鲍照乐府题名"代"字是否为作者自著,笔者将较有代表性的总集、类书中的著录情况列表(见表3-3):

表3-3

宋代	梁代	陈代	唐代	宋代	明代	明代	清代
乐府诗集	文选	玉台新咏	艺文类聚	太平御览	古诗纪	广文选	鲍氏集(四库全书)
蒿里	无	无	无	无	代蒿里行	无	代蒿里行
挽歌	无	无	无	无	代挽歌	代挽歌	代挽歌
东门行	东门行	东门行	驱马上东门	无	代东门行	无	代东门行
放歌行	放歌行	无	放歌行	无	代放歌行	无	代放歌行
煌煌京洛行	无	代京洛篇	代京洛篇	无	代陈思王京洛篇	煌煌京洛行	代陈思王京洛篇
门有车马客行	无	无	无	无	代门有车马客行	门有车马客行	代门有车马客行
棹歌行	无	无	无	无	代棹歌行	无	代棹歌行
白头吟	无	拟乐府白头吟	白头行吟	无	代白头吟	无	代白头吟
东武吟行	东武吟	无	东武吟行	东武吟	代东武吟	无	代东武吟

---

① (汉)许慎撰,(清)段玉裁注:《说文解字注》,第375页。
② (清)沈德潜选:《古诗源》,第211页。
③ (清)王士禛选,(清)闻人倓笺:《古诗笺》,上海古籍出版社2012年版,第230页。
④ (宋)严羽著,郭绍虞校释:《沧浪诗话校释》,人民文学出版社2012年版,第93页。
⑤ 余冠英选注:《汉魏六朝诗选》,第101页。

续表

宋代	梁代	陈代	唐代	宋代	明代	明代	清代
乐府诗集	文选	玉台新咏	艺文类聚	太平御览	古诗纪	广文选	鲍氏集（四库全书）
淮南王	无	代淮南王	淮南王	无	代淮南王	代淮南王	代淮南王
白纻歌（六首）	无	代白纻歌辞（二首）	白纻歌辞（《代白纻歌辞》二首和《白纻歌》之"桂宫柏寝拟天居"合为一题）	无	代白纻舞歌辞	白纻歌	代白纻舞歌辞（四首）代白纻曲（二首）
雉朝飞操	无	无	无	无	无	无	代雉朝飞操
别鹤操	无	无	无	无	代别鹤操	无	代别鹤操
升天行	升天行	无	升天行	无	代升天行	无	代升天行
白马篇	无	无	代陈王白马篇	无	代陈思王白马篇	白马篇	代陈思王白马篇
北风行	无	北风行	无	无	代北风凉行	无	代北风凉行
出自蓟北门行	出自蓟北门行	无	出自蓟北门行	无	无	无	代出自蓟北门行
君子有所思行	代君子有所思行	无	代陆平原君子有所思行	无	代陆平原君子有所思	君子有所思行	代陆平原君子有所思行
苦热行	苦热行	无	苦热行	苦热行	代苦热行	代苦热行	代苦热行
春日行	无	无	无	无	无	无	代春日行
朗月行	无	朗月行	无	无	代朗月行	代朗月行	代朗月行
堂上歌行	无	无	无	无	代堂上歌行	无	代堂上歌行
结客少年场行	结客少年场行	无	结客少年场行	无	无	无	代结客少年场行
鸣雁行	无	无	无	无	代鸣雁行	无	代鸣雁行
空城雀	无	无	空城雀操	无	代空城雀操	空城雀	代空城雀操
夜坐吟	无	无	无	无	无	无	无
悲哉行（《乐府诗集》作谢惠连）	无	无	无	无	代悲哉行	无	代悲哉行
无	无	无	无	无	代少年至衰老行	无	代少年至衰老行
无	无	无	无	无	代阳春登荆山行	无	代阳春登荆山行
无	无	无	无	无	代贫贱苦愁行	无	代贫贱苦愁行

续表

宋代	梁代	陈代	唐代	宋代	明代	明代	清代
乐府诗集	文选	玉台新咏	艺文类聚	太平御览	古诗纪	广文选	鲍氏集（四库全书）
无	无	无	无	无	代邦街行	无	代邦街行
无	无	无	无	无	代边居行	无	代边居行

注：本表先将《乐府诗集》所录鲍照乐府诗题目列出作为参照，以时间为顺序将梁、陈、唐、宋、明、清较有代表性的总集、类书等选编的鲍照乐府诗列于其后，没有收录的标注"无"。鲍照的"代"乐府承袭汉魏旧题乐府，主要集中在相和歌辞（《代蒿里行》《代挽歌》《代东门行》《代放歌行》《代陈思王京洛篇》《代门有车马客行》《代棹歌行》《代白头吟》《代东武吟》），杂曲歌辞（《代升天行》《代陈思王白马篇》《代出自蓟北门行》《代陆平原君子有所思行》《代苦热行》《代春日行》《代朗月行》《代堂上歌行》《代结客少年场行》《代鸣雁行》《代空城雀操》《代悲哉行》），少量为琴曲歌辞和舞曲歌辞。自作的新题乐府，如《采菱歌》《吴歌》等清商曲辞则全部不用"代"字，表中暂不收录。

所列唐前《文选》《玉台新咏》已经部分标记有"代"字，但数量较少，只有《代京洛篇》《代淮南王》《代白纻歌辞》（二首）《代陈思王白马篇》《代君子有所思行》（《代陆平原君子有所思行》），大部分标有"代"字的乐府歌辞始于明《古诗纪》，而且还首次出现了《乐府诗集》所不录的《代少年至衰老行》《代阳春登荆山行》《代贫贱苦愁行》《代邦街行》《代边居行》。据现存文献，六朝时期最早在乐府诗题目前加"代"当属嵇康《代秋胡歌诗》七首，此诗没有较强的版本依据，《古诗纪》《文章正宗》都没有"代"字。还有谢惠连《代古诗》（《玉台新咏》作《代古》），刘铄《代收泪就长路》，王融《拟古诗》（《太平御览》作《代藁砧诗》）、《代五杂组诗》，萧子显《代美女篇》，萧纲《代乐府三首》。

上述分析可知，鲍照乐府诗以"代"命题的现象确实存在，而且以"代"字命题已经不是一种个人行为。《乐府诗集》收鲍照乐府诗三十二首，全部不标"代"字，这与《乐府诗集》的编纂体例有关，所收录的乐府诗均没有以"代"字冠题的。有关"代"字的确切含义，吴淇释《代君子有所思》云："此虽用乐府题，而体则古诗，故不用'行'，却与题上添以'代'字，言当今之世并无君子，故代为之辞。"[1] 将"代"字实指，这是从诗意角度。如若从鲍照所有"代"乐府范围考察，显然与实际

---

[1]（清）吴淇著，汪俊、黄进德点校：《六朝选诗定论》，第339页。

不符。今考鲍照集版本系统，据《隋书·经籍志》载："宋征虏记室参军《鲍照集》十卷，梁六卷。"《四库全书总目提要》曰："《隋书·经籍志》著录十卷，而注曰'梁六卷'，然则后人又续增矣。"① 一是宋本系统：《鲍氏集》十卷，清初毛氏汲古阁影宋抄本，比较有代表性的是《四部丛刊》影印毛扆据松本校刊的《鲍氏集》十卷，收录鲍照乐府诗几乎都有"代"字。但卷三目录下注曰："一本下并无代字。"《代邦街行》，题下注云："一本作《去邪行》。"可见旧本题目无"代"字，宋本应有数种且差异明显。明本系统较多：明张溥《汉魏六朝百三家集》有《鲍参军集》二卷；明汪士贤校本《鲍明远集》十卷；《四库全书》所收《鲍参军集》十卷通行本，为明人都穆所辑，明本系统中大部分乐府诗标有"代"字。明梅鼎祚《古乐苑》收鲍照乐府诗，"代"字几乎不存，卷三四《代堂上歌行》云："按《鲍照集》题云《代堂上歌行》，凡照乐府并有代字，盖拟作也。"② 对"代"字的分析评价应是受当时通行本影响。

　　总集、选集里出现的"代"字有许多互相抵牾的地方，似乎古人在编类书和总集时并没有在意"代"字有何特殊性，就连鲍照本人对"代"字的态度也比较含糊，如鲍照《奉始兴王命作白纻舞曲启》曰："侍郎臣鲍照启：被教作《白纻舞歌辞》，谨竭庸陋，裁为四曲，附启上呈。"③ 但在《玉台新咏》和《艺文类聚》中分别标为《代白纻歌辞》及《白纻歌辞》。后代诗论家对"代"字是否存在随意性很大，如沈德潜《古诗源》载鲍照乐府全都有"代"字：《代东门行》《代放歌行》《代白头吟》《代东武吟》《代出自蓟北门行》《代鸣雁行》《代淮南王》《代春日行》《代白纻舞歌辞》。沈氏以《古诗纪》为主要依据，故将"代"全部收入。方东树《昭昧詹言》部分著有"代"字，如《代东门行》《代陈思王京洛篇》《代出自蓟北门行》《结客少年场》《苦热行》《白头吟》《升天行》《放歌行》。张玉榖《古诗赏析》载《放歌行》《白头吟》《东武吟》《淮南王》《出自蓟北门行》《鸣雁行》《春日行》，均无"代"字。明以后大量出现的"代"字与《古诗纪》有关，由于冯惟讷在编纂《古诗纪》时值明中期且所录各诗均不注明出处，无法判断其题名的确切来源，所以有必要弄清其收录依据。

---

① （清）永瑢等：《四库全书总目提要》，中华书局2016年版，第1274页。
② （明）梅鼎祚编：《古乐苑》，文渊阁四库全书本。
③ （南朝宋）鲍照著，丁福林、丛玲玲校注：《鲍照集校注》，第286页。本节所有鲍照诗文，均引自此书，概不详注。

第三章 刘宋时期——文人拟诗的多元化发展 115

翻检明初无名氏所编纂大型类书《诗渊》（残本）① 收录的鲍照诗有：《放歌行》（宋谢灵运），误，应为鲍照；《升天行》（宋谢灵运），误，应为鲍照；《代蒿里行》（鲍照）；《代白纻曲》二首（齐鲍照），误，齐应为宋；《代陈思王白马篇》（齐鲍照）；《代雉朝飞》（齐鲍照）。《代堂上歌行》《代北风凉行》《代鸿雁行》《代悲哉行》《代门有车马客行》《代櫂歌行》这些明确载于《乐府诗集》题为鲍照的，只模糊称为"前人"，应是《诗渊》有误。另外像《代贫贱苦愁行》《代少年至衰老行》《代邽街行》《代边居行》（无《阳春登荆山行》），《乐府诗集》及以前总集、类书所不收的作品，也笼统称为"前人"，与上述鲍照其他诗作放置在一起。《古诗纪》以"上薄古初，下迄六代，有韵之作，无不兼收"为收录原则，将《乐府诗集》所不录的几首归为鲍照之作应是受《诗渊》的影响，也说明在《古诗纪》之前，鲍照乐府就有大规模以"代"冠题的现象。总而言之，有"代"与否，不同时期不同底本差别较大。

学界对鲍照"代"乐府的评价主要集中于鲍照作古乐府有意识的创新② 或是单纯的模拟之意③，主要是从文学角度对"代"乐府进行静态的文本分析，有关乐府诗作为音乐歌辞表演的属性，尚未得到充分注意，《乐府诗集》引《古今乐录》保存的张永《元嘉正声技录》以及王僧虔《大明三年宴乐技录》保留了一部分刘宋时期汉魏旧曲的演奏情况，因而有必要将鲍照"代"乐府所涉及的旧曲与刘宋时期的实际演奏状况进行对比：

> 《古今乐录》曰：张永《元嘉技录》：相和有十五曲，一曰《气出唱》，二曰《精列》，三曰《江南》，四曰《度关山》，五曰《东光》，六曰《十五》，七曰《薤露》，八曰《蒿里》，九曰《觐歌》，十曰《对酒》，十一曰《鸡鸣》，十二曰《乌生》，十三曰《平陵东》，十四曰《东门》，十五曰《陌上桑》。（卷二六）④

根据张永的记载，说明元嘉时期相和曲大约还有十五曲仍可歌唱。还有：

---

① 《诗渊》（残本）今存为手稿本，现收藏于北京图书馆。
② 如葛晓音认为："冠有'代'字的五言乐府。可以见出这些诗都寄托了鲍照的身世之感，而且继承了汉魏乐府的遗意。大体上可以分作两类：一类是就旧题转出新意，借古题以裁己意；一类是自立新题而融入古意。"参见《鲍照"代"乐府体探析——兼论汉魏乐府创作传统的特征》，《上海大学学报》2009 年第 2 期。
③ 王志清《晋宋乐府诗研究》有关"鲍照乐府题名的来源、方式"一节，河北大学出版社 2007 年版。
④ （宋）郭茂倩编：《乐府诗集》，第 382 页。

《古今乐录》曰：王僧虔《技录》，瑟调曲有《善哉行》《陇西行》《折杨柳行》《西门行》《东门行》《东西门行》《却东西门行》《顺东西门行》《饮马行》《上留田行》《新成安乐宫行》《妇病行》《孤子生行》《放歌行》《大墙上蒿行》《野田黄爵行》《钓竿行》《临高台行》《长安城西行》《武舍之中行》《雁门太守行》《艳歌何尝行》《艳歌福钟行》《艳歌双鸿行》《煌煌京洛行》《帝王所居行》《门有车马客行》《墙上难用趋行》《日重光行》《蜀道难行》《棹歌行》《有所思行》《蒲坂行》《采梨橘行》《白杨行》《胡无人行》《青龙行》《公无渡河行》。(卷三六)①

《古今乐录》曰："王僧虔《技录》云：'《东门行》歌古东门一篇，今不歌。'"(卷三七)②

《古今乐录》曰："王僧虔《技录》云：'《煌煌京洛行》，歌文帝园桃一篇。'"(卷三九)③

《古今乐录》曰："王僧虔《技录》云：《棹歌行》，歌明帝'王者布大化'一篇，或云左延年作。今不歌。"(卷四〇)④

《古今乐录》曰："王僧虔《技录》云：'《门有车马客行》歌东阿王置酒一篇。'"(卷四〇)⑤

《古今乐录》曰："王僧虔《技录》曰：《白头吟行》歌古'皑如山上雪'篇。"(卷四一)⑥

《古今乐录》曰："王僧虔《技录》有《东武吟行》，今不

---

① （宋）郭茂倩编：《乐府诗集》，第534—535页。
② （宋）郭茂倩编：《乐府诗集》，第550页。
③ （宋）郭茂倩编：《乐府诗集》，第582页。
④ （宋）郭茂倩编：《乐府诗集》，第592页。
⑤ （宋）郭茂倩编：《乐府诗集》，第585页。
⑥ （宋）郭茂倩编：《乐府诗集》，第599页。

歌。"（卷四一）①

　　《古今乐录》曰："王僧虔《技录》：楚调曲有《白头吟行》《泰山吟行》《梁甫吟行》《东武琵琶吟行》《怨诗行》。其器有笙、笛弄、节、琴、筝、琵琶、瑟七种。"（卷四一）②

　　王僧虔《技录》云："《明君》有间弦及契注声，又有送声。"（卷二九）③

根据《古今乐录》保留的张、王二人的记载，相和旧曲仍有相当一部分可以歌唱且有演奏的外部环境。

　　先看鲍照的相和歌辞，《代蒿里行》、《代挽歌》、《代东门行》、《代放歌行》、《代陈思王京洛篇》（《煌煌京洛行》）、《代门有车马客行》、《代棹歌行》、《代白头吟》、《代东武吟》以及《王昭君》，在当时仍可配乐器而歌且有演奏的外部环境。有些直到陈代才"不歌"（歌谱虽存而无人演唱）。在原曲调尚存的情况下，文人自作新辞以配乐，以"代"古辞，鲍照"代乐府"就属于这种创作范式。这种乐府歌辞的范式最早可追溯到曹植，有《当墙欲高行》《当欲游南山行》《当事君行》《当车已驾行》，另外还有《圣皇篇》以当《章和二年中》，《灵芝篇》以当《殿前生桂树》，《大魏篇》以当汉吉昌，《精微篇》以当《关中有贤女》，《孟冬篇》以当狡兔。萧涤非《汉魏六朝乐府文学史》指出："'当'为乐府诗中是术语，有时用'代'，其意则一。"④ 说明了"代"与"当"属同种用法，曹植、鲍照乐府歌辞依据旧曲，以新辞"当""代"古辞。又如《李太白集》中有少量乐府题用"代"字，《司马将军歌》原注："代陇上健儿陈安。"《东海有勇妇》原注："代关中有贞女。"同样采用的也是这种创作方法。

　　其次，有关鲍照的琴曲歌辞，如《代别鹤操》《代雉朝飞操》和舞曲歌辞，如《代淮南王》二首、《代白纻歌辞》二首和《代白纻舞歌辞》四首，也有入乐演奏的痕迹。如《代雉朝飞操》通篇句式用"三三七"体，属于乐府古辞⑤的常见句式，将三言置于开头，后放七言，声音先急而后

---

① （宋）郭茂倩编：《乐府诗集》，第608页。
② （宋）郭茂倩编：《乐府诗集》，第599页。
③ （宋）郭茂倩编：《乐府诗集》，第425页。
④ 萧涤非：《汉魏六朝乐府文学史》，第164页。
⑤ 如出自《楚辞钞》的《陌上桑》和曹操《气出倡》三首均为"三三七"体。

缓，有流畅的音乐节奏。王融《阳翟新声》"耻为飞雉曲，好作鹍鸡鸣"，即永明年间旧曲《雉朝飞操》的演奏情况。又如《代白纻舞歌辞》四首，是奉王命作的舞歌辞，《白纻歌》原为晋舞曲，宋有《白纻舞歌诗》，《乐府诗集》引《宋书·乐志》曰："《白纻舞歌诗》，旧新合三篇，二篇与晋辞同，其一篇异。"① 即用曲而改其辞，梁武帝命沈约改为《四时白纻歌》亦同。

最后，有关鲍照拟作杂曲歌辞，数量最多。此时期杂曲歌辞的流传，情况非常复杂。据《乐府诗集》卷六一曰："自秦、汉已来，数千百岁，文人才士，作者非一。干戈之后，丧乱之余，亡失既多，声辞不具，固有名存义亡，不见所起，而有古辞可考者，则若《伤歌行》《生别离》《长相思》《枣下何纂纂》之类是也。复有不见古辞，而后人继有拟述，可以概见其义者，则若《出自蓟北门》《结客少年场》《秦王卷衣》《半渡溪》《空城雀》《齐讴》《吴趋》《会吟》《悲哉》之类是也。又如汉阮瑀之《驾出北郭门》，曹植之《惟汉》《苦思》《欲游南山》《事君》《车已驾》《桂之树》等行，《磐石》《驱车》《浮萍》《种葛》《吁嗟》《鰕䱇》等篇……陆机之《置酒》，谢惠连之《晨风》，鲍照之《鸿雁》，如此之类，其名甚多，或因意命题，或学古叙事，其辞具在，故不复备论。"② 由于诸多原因，许多原始曲辞已经亡佚了。在原曲不存的环境下，文人拟作乐府歌辞灵活自由度更大，甚至可自度新曲。鲍照另有《代北风凉行》《代少年至衰老行》《代阳春登荆山行》《代贫贱苦愁行》《代邦街行》《代边居行》几首并无乐类归属，但有着强烈的节奏和入乐的旋律，当时也应该可歌，属于无旧曲而自作新曲的创作成果，"代"有更替曲辞的意思。

值得注意的是，有关曹植、鲍照的歌辞记载均没有"当""代"字，原因在于若从拟作歌辞配乐以"代"旧曲的角度，会以"当"某某的形式，若专从文本角度，"当"则可省却，"代乐府"亦同。吴兢《乐府古题要解》（下文简称《要解》）有关鲍照乐府的记载即可证明③：

  《东门行》，右古词云："出东门，不顾归。"……若鲍照"伤禽恶弦惊"，但伤离别而已。（卷上）④

---

① （宋）郭茂倩编：《乐府诗集》，第 799 页。
② （宋）郭茂倩编：《乐府诗集》，第 885 页。
③ 在此需要说明，《要解》所录的鲍照歌辞，均属于相和歌辞，而非杂曲，但使用的拟作范式并无差别。
④ （唐）吴兢：《乐府古题要解》，《历代诗话续编》，第 30 页。

《煌煌京洛行》，右晋乐奏魏文帝"夭夭桃园，无子空长"……若宋鲍照"凤楼二十重"……始则盛夸帝京之美，而末言君恩歇薄，有怨旷沉沦之叹也。（卷上）①

《白头吟》，右古词："皑如山上雪，皎若云间月。"……若宋鲍照"直如朱丝绳"……皆自伤清直芬馥，而遭铄金点玉之谤，君恩似薄，与古文近焉。（卷上）②

《要解》以题旨的诠释为主，所列鲍照乐府全都没有"代"字，且《要解》先列古题古辞，后以时间为序附文人歌辞，暗指文人拟作歌辞可替换古辞或前人歌辞。与此相似，《乐府诗集》中收录的鲍照乐府诗，也全都不加"代"字。从《文选》《玉台新咏》到《乐府诗集》等总集、类书的编纂，偏重歌辞供文人案头研究之用，一般不重视其音乐要素，关注点在于歌辞文本承担的文学意义。郑樵《通志·乐略》之《乐府总序》曰："今乐府之行于世者，章句虽存，声乐无用。崔豹之徒以义说名，吴兢之徒以事解目。盖声失则义起，其与齐鲁韩毛之言诗无以异也，乐府之道或几乎息矣。"③后世声乐亡佚的情况下，重视乐府歌辞的内容成为必然趋势。这也是鲍照乐府诗在许多类书、总集中不加"代"的重要原因。至明代，旧版别集只有嵇康、陆云、陶渊明、鲍照等少数的几家，《诗渊》《古诗纪》保存的鲍照"代"乐府，应是遵从作者原意，即鲍照坚守乐府音乐性的立场。由于后代文人大多关注歌辞的文学意蕴，时间久远确实也不能分辨当时是否可入乐或具表演属性，这是造成后代文人对"代"字著录多有抵牾的重要原因。

综上所述，鲍照"代"乐府应是作者自著，原曲仍存的情况可直接替换歌辞，原曲、辞不存也自度新曲。"代"没有实指意义，"代"与"拟"不同，"拟"主要是对原作字句角度进行仿拟，"代"则依曲调更换曲辞，既有旧曲及歌辞的衍生又有失传曲辞的再造。与原作不构成文本层面的对应关系，仅与乐府古辞或较早的文人拟作（古辞不存）在主题上保持或隐或现的关联，灵活自由度更大。

---

① （唐）吴兢：《乐府古题要解》，《历代诗话续编》，第30页。
② （唐）吴兢：《乐府古题要解》，《历代诗话续编》，第33页。
③ （宋）郑樵：《通志》，中华书局1987年版，第625页。

二 有关"代"乐府的音乐属性

上文已经谈到鲍照"代"乐府创作与当时音乐活动紧密相关,属于入乐歌辞,仍旧可配乐演唱。《南齐书·文学传论》评鲍照乐府曰:"发唱惊挺,操调险急,雕藻淫艳,倾炫心魂。"均从其音乐演唱角度着眼。萧子显将鲍照与谢灵运、颜延之并列为当时"三体"之一,可见其在当时的影响之大。有关鲍照"代"乐府与音乐的关系问题,以往学界关注的较少,因而有必要给予补充说明。

首先,鲍照的乐府之作承袭了乐府诗的音乐表述方式,除了取材于民间的清商曲辞如《吴歌》《采菱曲》与音乐关系密切外,其"代"乐府也部分恢复了乐府诗的音乐职能。像《代东武吟》"主人且勿喧,贱子歌一言",《代堂上歌行》"四坐且莫喧,听我堂上歌"等开场起唱套语,明显是模拟《古诗》"四座且勿喧,愿听歌一言"、陆机《挽歌》"闹中且勿喧,听我《薤露》诗",有着厅堂说唱表演的痕迹,体现了对乐府说唱表演传统的认同和继承。鲍照有长期藩王幕僚的生活体验,对当时宫廷盛行歌舞娱乐、蓄伎成风的习气应有较多体会。即便有些曲调失传后,乐府诗也并未完全和音乐脱离关系。乐府诗本身就起源于音乐,其语言的音乐性比较强且受原歌辞内容、体制的制约,使得拟歌辞在内容、风格、表述方式等方面保留了下来。同时,鲍照"代"乐府诗继承了汉乐府传统的第一人称叙述视角,乐府诗中"我"的形象鲜明突出,如《代结客少年场行》"今我独何为?坎壈怀百忧",《代蒿里行》"赍我长恨意,归为狐兔尘",《代门有车马客行》"嘶声盈我口,谈言在君耳",《代邦街行》"念我舍乡俗,亲好久违乖",《代陈思王白马篇》"但令塞上儿,知我独为雄"。① 由于汉乐府是一种集说唱、表演为一体原创性综合艺术,歌唱者以抒情诗中主人公的身份来进行演唱,主人公和歌唱者是合二为一的,也就是"我"。鲍照有别于其他文人乐府"主人公缺失"(第三人称)的写法,以第一人称向听众对话歌唱,增强了作品的真实性和情感表现力。

其次,鲍照"代"乐府在歌辞内容上表现的音乐行为较多,如《代朗月行》"为君歌一曲,当作朗月篇",《代门有车马客行》"辞端竟未究,忽唱分途始",《代少年时至衰老行》"歌唱青齐女,弹筝燕赵人",《代淮

---

① 葛晓音在《鲍照"代"乐府体探析——兼论汉魏乐府创作传统的特征》一文指出:"这些诗全部用第三人称的视角,而不是直接由作者自己以第一人称的视角担任抒情主人公。"似可商榷。

南王》之一"紫房彩女弄明珰，鸾歌凤舞断君肠"，《代白纻曲》其一"古称渌水今白纻，催弦急管为君舞"，《代出自蓟北门行》"箫鼓流汉思，旌甲被胡霜"，《代升天行》"凤台无还驾，箫管有遗声"，《代东门行》"丝竹徒满坐，忧人不解颜。长歌欲自慰，弥起长恨端"，钟惺、谭元春评其："促节厉响。"① 陆时雍评《代北风凉行》言："哀音急节，苦语深。"② 陈祚明评《代白纻曲》其一曰："清亮流逸。"③ 沈德潜言："鲍明远乐府，抗音吐怀，每成亮节。"④ 都是从其歌唱角度进行评价。

再次，鲍照精通音律，其"代"乐府在叠句、声辞、声调等的使用上也体现了音乐表演的程式化因素。如《代淮南王》属"舞曲歌辞"，黄节补注："晋《拂舞歌》诗有《淮南王》篇，明远此篇所由拟也。"⑤ 中间"入君怀，结君佩，怨君恨君恃君爱"运用民歌顶针式句法，"这种互相联系的重复字造成一种连绵不断的感觉，有助于歌唱时记忆歌词"⑥。拟作在章句、顶针式叠句等方面与原作全同，原辞为入乐而作，可见《代淮南王》也有很强的音乐表演性。清张玉穀评曰："后二突插喻意，收出盛衰莫弃之旨。节拍入古。"⑦《代放歌行》《代出自蓟北门行》展示了深刻的社会矛盾和作者的愤懑心情，有着慷慨激昂的节奏，沈约曾称赞鲍照古乐府"文甚遒丽"。《代结客少年场行》"骢马金络头，锦带佩吴钩"首句即交代出场人物，中间"去乡三十载，复得还旧丘。升高临四关，表里望皇州。九涂平若水，双阙似云浮。扶宫罗将相，夹道列王侯。日中市朝满，车马若川流"。极尽描写皇城的气象以及权贵的气焰，令人产生艳羡之感，最后则以"今我独何为，坎壈怀百忧！"急转直下，以意想不到的忧惧之情终结，萧子显评其乐府诗为"发唱惊挺，操调险急"，即音乐缺乏平和之美。但却取得了陡然翻转、出人意料的艺术效果。其杂曲歌辞《代春日行》"献岁发，吾将行。春山茂，春日明。园中鸟，多嘉声。梅始发，桃始青。泛舟舻，齐棹惊。奏采菱，歌鹿鸣……"通篇用三言，音节短促，节奏明快，语言清丽，展现了春日男女嬉戏之声情跌宕。另外像《代北风凉行》《代夜坐吟》等都是音乐感特别强烈的诗歌。

---

① （明）钟惺、谭元春撰：《古诗归》，明万历四十五年闵氏三色套印本。
② （明）陆时雍选评，任文京、赵东岚点校：《诗镜》，第147页。
③ （清）陈祚明评选，李金松点校：《采菽堂古诗选》，第575页。
④ （清）沈德潜撰，王宏林笺注：《说诗晬语笺注》，中华书局2013年版，第133页。
⑤ 黄节：《谢康乐诗注 鲍参军诗注》，第273页。
⑥ 苏瑞隆：《鲍照诗文研究》，第154页。
⑦ （清）张玉穀著，许逸民点校：《古诗赏析》，第418页。

在此需要说明的是有关鲍照乐府诗可否入乐的问题,范文澜曾言,"《文选》所载自陈思王以下至《名都篇》,陆士衡乐府十七首,谢灵运一首,鲍明远八首……皆非乐府所奏,将以乐音有定,以诗入乐,需加增损,伶人畏难,故虽有佳篇,而事谢丝管"[1],认为其不能入乐。从曹植开始,文人乐府开始逐渐脱离音乐向着文本、案头化方向发展,但纵观晋宋乐府演变轨迹,如陆机《前缓声歌》《鞠歌行》《挽歌》等仍有相当一部分与音乐关系紧密,有配乐演唱痕迹。刘宋的官方音乐文化,一方面吸取吴歌、西曲进入宫廷,另一面又积极重建汉魏传统正声的音乐体系。据《隋书·音乐志》的相关记载,虽经永嘉之乱,礼乐坠失,但东晋末年刘裕平定关中,又将其引回南方,汉魏以来的旧乐传统在南朝得以延续,鲍照乐府正逢其时。钱志熙指出:"通过鲍照,诗歌艺术重新与音乐发生关系,再次接受音乐的良好影响。"[2]

最后,鲍照乐府诗反映了当时乐府古诗化的趋势,兼有"一篇两体"的性质。如《代阳春登荆山行》仍为元嘉山水游览诗的写法,从早上登游开始到登高远眺,中间是铺陈都城之繁华及春日美景,只有最后"且共倾春酒,长歌登山丘"有回归乐府本色的倾向。如果去掉"代""行"等乐府术语,这首诗完全可等同鲍照的游览诗。此诗约可等于"《阳春曲》+《登荆山》"的组合。有关《阳春曲》,《乐府诗集》引《古今乐录》曰"(魏)武帝有《阳春篇》",属于相和曲。沈约《王昭君》曰:"始作《阳春曲》,终成《苦寒歌》。"曹操作相和歌辞《苦寒行》,将其与《阳春篇》对比,意指《阳春曲》应有描摹春日风光的主题且同属相和歌辞。刘宋吴迈远《阳春歌》曰:"百里望咸阳,知是帝京城。绿树摇云光,春城起风色。佳人爱华景,流靡园塘侧。妍姿艳月映,罗衣飘蝉翼。宋玉歌阳春,巴人长叹息。雅郑不同赏,那令君怆恻。生平受惠轻,私自怜何极。"属清商曲辞,在继承景致描摹的基础上又加入江南世俗生活的新主题。《代阳春登荆山行》也采用同样的写法,只是加上了鲍照擅长的登游题材。此诗为《乐府诗集》所不收,游览山水题材占压倒性比重,乐府风味相对缺失是重要原因。这是诗歌题材和风格的双重性质。另外,此诗在乐类归属上也有"一篇两体"的特性,《阳春曲》原属于相和旧曲,受江南新兴的吴歌西曲的影响,使部分旧曲有新声化的倾向。郭茂倩将吴迈远《阳春歌》置于《江南弄》后,《江南弄》是梁武帝改制西曲后的乐歌,意指

---

[1] (南朝梁)刘勰著,范文澜注:《文心雕龙注》,第115—116页。
[2] 钱志熙:《魏晋南北朝诗歌史述》,第140页。

《阳春歌》也属于受西曲影响的乐歌。鲍照此诗于荆州时所作,荆楚之地为西曲的流行地域,音乐上的交叉影响在所难免,更多带有西曲的某些特点,体式上更接近新声的艺术风貌。又如在曹植、鲍照手中仍旧保持乐府歌行风味的《苦热行》,到梁简文帝、何逊、任昉那里则变成了完全描摹苦热情状的徒诗——《苦热诗》,却依旧保留浓厚的乐府风味。有关南朝乐府与诗歌的混融情况,可以追溯到汉代古诗与乐府的密切关系。梁启超曾说:"广义的乐府,也可以说和普通诗没有多大分别,有许多汉魏间的五言乐府和同时代的五言诗很难划分界限标准。所以后此总集选本,一篇而两体互收者很不少。"①

三 余论:鲍照"代"乐府的创作动机

综上所述,鲍照"代"乐府基本为鲍照自著,当时许多汉魏旧曲仍可歌唱,属于自作新辞以配乐,以"代"古辞;同时在旧曲丢失的情况下,自度新曲以配乐,有音乐表演属性,抑或其声丢失,只是单纯地作辞。"代"与"拟"不同,属于乐府歌辞内部更替,灵活自由度大,与单纯的拟徒诗追求文本字句的相似对应不属同一范畴。

鲍照绝大多数"代"乐府作于元嘉年间,这一时期出现了大规模的新旧乐更替,原因是多方面的。一方面,永嘉南渡,导致中原旧乐"多所沦胥",加之东晋时期官方音乐系统重建缓慢,文人乐府歌辞的创作数量较少。从刘宋开始,官方大规模重建汉魏传统正声的音乐系统,张永《元嘉正声技录》、王僧虔《大明三年宴乐技录》记载当时音乐的实际表演状况,汉魏旧曲仍是当时宫廷的主要娱乐音乐,表明对前代旧乐的保存与推崇。同时,汉魏旧乐又逐渐衰落,许多曲辞丢失近一半以上,旧乐系统的文学遗产如何得到有效保存显得尤为重要。"代"乐府的出现,既可在原有旧曲尚存的前提下实现曲辞更替,同时又可自铸伟词,对失传曲辞进行全面更新,显示了当时文人对保存旧乐的积极态度。在刘宋时期新旧音乐系统交替之际,鲍照"代"乐府有着文学和音乐的双重属性,对旧音乐系统中的文学遗产如何得到有效保存有着示范过渡的作用。

另一方面,鲍照出身庶族,一生大部分处于宋文帝和孝武帝时期,其"代"乐府的创作也有鲍照企图以创作干谒帝王,以求仕进的心态。《南史·宋临川武王道规传》载其年轻时贡诗言志,以此得到刘义庆的赏识。刘宋边境战事不断,文帝欣赏的是带有征战色彩的边塞乐府,鲍照此时创

---

① 梁启超:《中国之美文及其历史》,东方出版中心1996年版,第182页。

作了《代结客少年场行》《代出自蓟北门行》等旧题边塞乐府,无疑有迎合统治者口味的意图。孝武帝喜爱流行的新声杂曲,鲍照作《采菱歌》《吴歌》《中兴歌》等,"代"乐府创作完全退居次要地位。明张溥称:"临川好文,明远自耻燕雀,贡诗言志。文帝惊才,又自贬下就之。相时投主,善周其长,非祢正平杨德祖流也。"①暗讽鲍照投机钻营作风的同时,也认识到其逞才炫技的创作倾向,风格激越、想象力夸张、语言形式的变化多样,即《南齐书》所谓的"发唱惊挺,操调险急,雕藻淫艳,倾炫心魂","代"乐府体现了他有意识地于元嘉主流诗风之外另辟蹊径的创作意图,当然也有以此炫博以谋求上层关注的心理。

鲍照"代"乐府在很大程度上继承恢复了汉魏乐府的艺术精神,是刘宋音乐更替之际的产物。自鲍照后,这种乐府歌辞的创作方式逐渐衰落,"拟赋古题"是齐梁文人拟作旧题乐府的首选,即"专就古题曲名的题面之意来赋写的作法,抛弃了旧篇章及旧的题材和主题"②,代表有《芳树》《有所思》《临高台》《巫山高》等。在追求乐府艺术技巧新变的同时断裂了汉魏乐府反映现实、追求兴寄的内在艺术精神,这也是齐梁"代"乐府衰落的原因所在。

第四节 从文人拟作吴声西曲看宋齐雅俗沿革

一 雅俗沿革时期的音乐环境

永嘉南渡之后,东晋官方音乐系统的建设过程艰难缓慢,从建国之初"无雅乐伶人",至永和年后,庾亮、谢尚等"采拾乐人,并制石磬,以备太乐。江表有钟石之乐,自尚始也"③。孝武帝淝水之战后,乐人南下,开始具备四厢金石之乐。虽对中朝旧乐加以采掇,但仍"多所沦胥"。除了南渡遗音之外,对原有东吴乐制多所吸纳。何承天曰:"世咸传吴朝无雅乐。"沈约也认为:"孙皓迎父丧明陵,唯云倡伎昼夜不息,则无金石登哥可知矣。"④可见东吴雅乐之简陋。不仅雅乐重建举步维艰,就连音乐官署

---

① (明)张溥著,殷孟伦注:《汉魏六朝百三家集题辞注》,第227页。
② 钱志熙:《齐梁拟乐府诗赋题法初探——兼论乐府诗写作方法之流变》,《北京大学学报》1995年第4期。
③ 《晋书·谢尚传》,第2071页。
④ 《宋书·乐志》,第541页。

的建设也不完备,《唐六典》卷一四"鼓吹署"曰:"元帝省太乐,并于鼓吹;哀帝又省鼓吹而存太乐。宋、齐并无其官。"① 官方的音乐活动较少且经常简化仪式,东晋雅乐从建立之初就蒙上了雅乐不正的阴影。

不同于东晋门阀士族社会,刘宋皇族以军功起家,出身寒微,他们对民间的"俗"文化持有浓厚兴趣,唐长孺指出:"南朝流行的民歌,所谓吴歌与西曲一般是反映城市生活而以爱情为主的歌谣……在皇室中流行起于宋代,而这个时期恰恰是寒人掌机要的开始。"② 为了弥补文化上的劣势,一方面,他们努力提升自身的文化修养,且大规模招收文学之士充当幕僚。元嘉年间,刘宋诸王相继镇守荆州,幕僚文人大规模地拟作西曲,使得西曲较快发展。另一方面,大规模重建官方雅乐系统,宋文帝于元嘉九年(432)、十四年(437)两次更调金石以及遣乐师杨观就宗炳学习已濒临灭绝的《金石弄》,反映了文帝在雅乐上的积极作为态度。东晋太乐兼管清商和杂乐,刘宋的雅乐系统承袭东晋而来,据《宋书·百官志上》载:"太乐令,一人。丞一人。掌凡诸乐事。"③《南齐书》载崔祖思上齐太祖表云:"(宋后废帝)户口不能百万,而太乐雅、郑,元徽时校试千有余人。后堂杂伎,不在其数。"④ 可知刘宋的雅乐系统一开始就带有雅俗混淆的状况。

宋少帝曾因"征召乐府,鸠集伶官,优倡管弘,靡不备奏"被废,他还根据《懊侬歌》更制新歌三十六曲,说明对吴歌的喜爱。宋文帝崇尚节俭且一生致力于北伐,所以其欣赏的无疑是带有征战色彩的旧题乐府创作,如《南史·颜延之传》载:"文帝尝各敕拟乐府《北上篇》,延之受诏便成,灵运久之乃就。"⑤ 即模拟曹操北征乌桓所作乐府。鲍照在文帝时期创作了大量的边塞征战乐府,如《代出蓟北门行》《代苦热行》等,与统治者的喜好相近。汤惠休喜用民歌体,作为文坛盟主的颜延之曾批评道:"委巷歌中谣耳,方当误后生。"(《南史·颜延之传》)可见民歌仍未上升到主流文坛中。这时期的吴声、西曲的接受仍主要停留在诸王的藩镇和幕僚中,以内部自足的形式发展。值得注意的是,除了幕僚文人,刘宋诸王也有学习、拟作民歌的情况,如刘义庆为南兖州刺史时作《乌夜啼》,刘铄为豫州刺史时作《寿阳乐》等,吴声、西曲的接受和拟作已经开始部

---

① (唐)李林甫等撰,陈仲夫点校:《唐六典》,中华书局1992年版,第406页。
② 唐长孺:《南朝寒人的兴起》,《唐长孺文存》,上海古籍出版社2006年版,第302页。
③ 《宋书》,第1229页。
④ 《南齐书》,第519页。
⑤ 《南史》,第881页。

分进入上层。

孝武帝刘骏是刘宋时期乐府创作发展、转变的关键人物。史籍称其雅爱文义，喜爱郑卫之音，雄猜多忌，用人多"士庶杂选"，使得下层文人大规模进入权力中心，相应的，必然导致了当时的音乐系统发生变化。孝建二年（455），荀万秋奏郊庙设备乐，"于是使内外博议。骠骑大将军竟陵王诞等五十一人并同万秋议"。建平王刘宏认为东晋乐制并不完备，应当恢复汉魏正统乐制，颜竣则认为雅乐要根据时代变化而"适时之变"。① 颜竣的观点代表了一部分人变更雅乐的主张，直接影响到以后雅乐的建设，如：

> 自宋大明以来，声伎所尚，多郑、卫，而雅乐正声鲜有好者。②

> 孝武大明中，以《鞞》、《拂》、杂舞合之钟石，施于殿庭。③

又西曲像《襄阳乐》《寿阳乐》《西乌夜飞哥曲》"并列于乐官。哥词多淫哇不典正"。④

伴随着吴歌、西曲的宫廷化，经动乱丢失严重的相和三调依旧在传唱，根据张永《元嘉正声技录》、王僧虔《大明三年宴乐技录》的统计，刘宋时期还能歌唱的"相和三调"歌曲曲调大致有：相和六引四曲、吟叹曲四曲、四弦曲一曲、平调曲三曲、清调六曲、瑟调十八曲、楚调二曲，共三十八曲。加上有些不能明确判定是否可歌者，大概有近四十曲相和歌曲在刘宋时期尚能歌唱。⑤ "正声"表明对汉魏旧乐的尊崇。三调正声在传唱的同时又逐渐衰落，许多曲调、曲辞失传近一半以上。顺帝升明二年（478），尚书令王僧虔请求整理旧声上表：

> 夫钟县之器，以雅为用，凯容之制，八佾为体。……今总章旧伎二八之流，袿服既殊，曲律亦异，推今校古，皎然可知。又哥钟一肆，克谐女乐，以哥为称，非雅器也。大明中，即以宫县合和《鞞》、《拂》，节数虽会，虑乖雅体。将来知音，或讥圣世。若谓钟舞已谐，

---

① 《宋书·乐志》，第541—544页。
② 《南史·萧惠基传》，第499页。
③ 《宋书·乐志》，第552页。
④ 《宋书·乐志》，第552页。
⑤ 吴大顺：《魏晋南北朝乐府歌辞研究》，上海古籍出版社2009年版，第342页。

不欲废罢，别立哥钟，以调羽偹，止于别宴，不关朝享。四县所奏，谨依雅则。斯则旧乐前典，不坠于地。臣昔已制哥磬，犹在乐官，具以副钟，配成一部，即义沿理，如或可安。又今之《清商》，实由铜雀，魏氏三祖，风流可怀。京、洛相高，江左弥重。谅以金县干戚，事绝于斯，而情变听改，稍复零落。十数年间，亡者将半。自顷家竞新哇，人尚谣俗，务在嗤危，不顾律纪。流宕无涯，未知所极，排斥典正，崇长烦淫。①

针对雅乐不正和雅俗混淆的乱象，王僧虔清楚地认识到音乐发展的现状和大势所趋，提出"别立哥钟，以调羽偹，止于别宴，不关朝享"以使雅乐不坠、雅俗分开，坚持正统的同时对俗乐也表现出较为通达的态度。雅俗兼具的音乐文化对当时的文人的欣赏趣味产生了一定影响，如《南史·范晔传》载："（范）晔长不满七尺，肥黑，秃眉鬓，善弹琵琶，能为新声。"② 欣赏的是娱乐性强的俗乐，其《狱中与诸甥侄书》言："吾于音乐，听功不及自挥，但所精非雅声为可恨，然至于一绝处，亦复何异邪。"③ 虽以不精雅声为恨，但认为对俗乐的精通也可弥补缺憾。

总之，刘宋乐府的主要特点：一方面是原有的相和三调和杂曲为主的文人乐府诗，另一方面是吴歌、西曲为代表的流行乐歌开始进入宫廷，二者并存发展，呈现出对立、不可调和的状态。

二　雅俗环境下文人拟作乐府歌辞之变

刘宋雅俗兼具的音乐性质，反映在文人拟制乐府歌辞上，原有相和三调的衰落、丢失以及受到吴歌、西曲的浸染而发生重大变化，主要体现在以下几个方面。

首先，文人拟作旧曲开始抛弃原有规模宏大的结构，采用吴声、西曲的短小体式。此点前人论之甚详，概不一一赘述。需要说明的是，有关吴民歌五言四句体式，王运熙认为："汉魏古辞的'解'与吴声、西曲的'曲'在音乐上地位相等，相和旧曲与清商新声中间有承递关系。"④ 属于对旧曲的精简和部分摘唱。五言四句体式部分受到相和旧曲音乐体制的影响，但乐器的简单化也是重要原因。据《古今乐录》载有关吴声、西曲的

---

① 《宋书·乐志》，第553页。
② 《南史》，第849页。
③ 《南史》，第855页。
④ 王运熙：《乐府诗述论》（增补本），第37页。

乐器：如吴声歌，旧器有箎、箜篌、琵琶，今有笙、筝。于西曲的倚歌仅云：凡倚歌，悉用铃鼓，无弦有吹。相和旧曲的乐器有笙、笛、节、歌、琴、瑟、琵琶、筝、筑、箎等，比吴歌、西曲要复杂得多。《子夜四时歌》之《冬歌》十四"何必丝与竹，山水有清音"，咏叹自然的同时也间接反映了对乐器的轻视态度。另外，吴声、西曲的流行与江南商业经济的发展有密切关系，其中许多为往来长江中下游商旅内心独白的吟唱，即左思《吴都赋》所谓"水浮陆行，方舟结驷，唱棹转毂，昧旦永日"。吴声、西曲很多属于男女即兴对唱，男女之间赠答以两首为一个单元，体制短小、语言通俗，情思集中于一点，重在描摹瞬间心理变化的感受。这些都是吴声、西曲不能适应演奏体制宏大、带有故事连贯性的乐曲，只能侧重于短小简洁的篇章的重要原因。

其次，部分旧曲有吴声化的趋势。如《王明君》本为汉曲，石崇自制新歌。《乐府诗集》曰："王僧虔《技录》云：'《明君》有间弦及契注声，又有送声。'谢希逸《琴论》曰：'平调《明君》三十六拍，胡笳《明君》三十六拍，清调《明君》十三拍，间弦《明君》九拍，蜀调《明君》十二拍，吴调《明君》十四拍，杜琼《明君》二十一拍，凡有七曲。'……按琴曲有《昭君怨》，亦与此同。"①"送声"是吴声常用的技巧，刘宋已经衍生出"吴调《明君》十四拍"，《王明君》此时已有吴声一类的唱法。石崇辞以第一人称独唱为主，对昭君辞汉、入胡、再嫁、望乡、悔恨几个阶段有详细的叙述，曲辞较长，继承了汉魏乐府繁复连贯的表演特性。鲍照《王昭君》就只有五言四句，"既事转蓬远，心随雁路绝。霜鞞旦夕惊，边笳中夜咽"。摒弃了汉乐府的长篇叙事功能，代之以静态的心理描摹。而且有些乐曲的乐类归属已经很难分辨，如鲍照《采菱歌》，《文选》卷三三《招魂》："《涉江》《采菱》，发《扬荷》些。"张铣注："《涉江》《采菱》《阳阿》，皆楚歌曲名。"②王融《采菱曲》"荆姬采菱曲，越女江南讴"，谢朓《江上曲》"江上可采菱，清歌共南楚"，可见《采菱》为非常古老的楚歌。谢灵运《山居赋》曰："卷扣弦之逸曲，感《江南》之哀叹。秦筝倡而溯游往，《唐上》奏而旧爱还。"自注："搴出《离骚》，敏弦是《采菱歌》，《江南》是《相和曲》，云江南采莲。秦筝倡《蒹笳篇》，唐上奏《蒲生》诗，皆感物致赋。"③将《采菱歌》与《江南》并列，暗

---

① （宋）郭茂倩编：《乐府诗集》，第425—426页。
② （南朝梁）萧统编，（唐）李善、吕延济、刘良、张铣、吕向、李周翰注：《六臣注文选》，第631页。
③ （清）严可均辑：《全宋文》，商务印书馆1999年版，第300—301页。

指《采菱歌》属于相和曲。《尔雅翼·释草》曰:"吴楚之风俗,当菱熟时,仕女相与采之,故有采菱之歌以相和……"即《采菱》使用相和的演唱方式。有关与楚歌《采菱》的关系,时代久远且音乐丢失,难以判别。鲍照歌辞为五言四句,体式上当受新声影响,郭茂倩将其置于《江南弄》之后,《江南弄》是梁武帝改制西曲后的乐歌,意指《采菱歌》也属于受西曲影响的乐歌。但与鲍照《吴歌》三首对比,声辞文雅,如陈祚明评其:"《采菱歌》三首生态亦不似《子夜》之流,要自古劲。"① 有研究者认为鲍照《采菱歌》是吴声化的相和旧曲,郭茂倩将其置于"清商曲辞"中有误。② 笔者认为也许并非郭氏之误,即便《采菱歌》原属相和旧曲,其流行地区为荆楚之地,与西曲流行地区相合,其体式、音乐上的交叉融合在所难免,已经带有西曲的某些特点,在"雅俗混杂"的音乐环境下乐类归属已经很难分辨,形式上更接近新声的艺术风貌。

最后,将相和旧曲中描摹女性题材进一步引向女色、艳情和闺怨。如汉乐府《陌上桑》以罗敷夸夫为主题,傅玄《艳歌行》仍然继承其叙事本色。陆机《日出东南隅行》"但歌美人好合",通篇静态描摹罗敷之姿容,但离艳情仍有一步之遥。鲍照《采桑》始开"采桑"主题,"采桑淇澳间,还戏上宫阁""卫风古愉艳,郑俗旧浮薄"脱胎于《诗经》"桑间濮上""男女相悦"传统,梁简文帝《采桑》"连珂往淇上,接幰至丛台"也属同一系统创作,将单纯歌咏健康、真率的罗敷女引向男女之情的隐秘联想。又如刘铄首创《三妇艳》,采用"摘句法"新制此曲,古辞着重表现三妇的勤俭持家,三子和父亲共享天伦之乐。刘铄专取古辞后六句拟作,"大妇裁雾縠,中妇牒冰练。小妇端清景,含歌登玉殿。丈人且徘徊,临风伤流霰"。"《三妇艳》里的'丈人',也因为'三子'的退出,而失去了原作中的中心地位,转而沦为'三妇'的陪衬,甚至因为其与三妇特殊的翁媳关系,让读者产生一种微妙而暧昧的联想。"③ 并且不少旧曲也有融合闺怨的倾向,如汤惠休《怨诗行》"巷中情思满,断绝孤妾肠。悲风荡帷帐,瑶翠坐自伤。妾心依天末,思与浮云齐",学习曹植乐府风情韵味,又保留其诗风的相思幽怨,被颜延之评为"委巷歌谣",趋俗的一面比较突出。

---

① (清)陈祚明评选,李金松点校:《采菽堂古诗选》,第573页。
② 王志清:《晋宋乐府诗研究》,第40页。
③ 郭建勋:《从〈长安有狭斜行〉到〈三妇艳〉的演变》,《文学遗产》2007年第5期。

三 文人积极调和雅俗的尝试

上文已经指出在雅俗并存的音乐环境下,文人拟作乐府歌辞首先产生的变化,呈现出由"雅"趋"俗"的倾向。而文人创作五言诗与拟作乐府歌辞属于不同范畴,此时五言诗受新声的影响比较有限,像谢灵运《东阳溪中问答》二首、鲍照《可爱》等显示了对新声乐府的接受,然而只是文士偶一为之,并不构成创作主体。鲍照《吴歌》《采菱歌》《中兴歌》等新声乐府并不影响其游览、咏物诗的创作。在"大明、泰始中,鲍、休美文,殊已动俗"的音乐背景下,主流文坛充斥的仍是"文章殆同书抄"的元嘉诗风。由于宋齐之际文人对清商新声的接受相当有限,五言诗受音乐的影响也比较滞后,与乐府歌辞的变创并不同步,存在着歌辞创作与诗歌创作分开的现象。五言诗受音乐影响不大,反而是成熟的文人诗多以"挪用前人诗句""化用前人诗意""袭用前人成词"等方式植入尚属起步阶段的吴声、西曲等。① 以往学界多认为"宋孝武帝、明帝大明、泰始中,文风大变,是元嘉文风向永明文风转变的重要过渡阶段"②,是不够准确的。所谓的"雅俗之变",主要是从音乐以及文人拟作乐府歌辞角度而言,乐府新声真正渗透到徒诗中,则要到永明以后。

另外需要指明,雅和俗是一组相对、变动的历史概念。汉代被大儒扬雄、班固讥刺的民间歌谣和俗曲,经过魏氏三祖的改作已经带有贵族文学的性质,西晋荀勖对古乐加以整理改造,将清商三调在声调上称作正声、下徵、清角,总称正声。刘宋张永《元嘉正声技录》所录的主体即相和三调歌辞,也是王僧虔上表请求恢复的已经"曲高和寡"的雅乐正声。这个过程显示了清商曲从俗到雅,从民间到贵族的发展脉络。所谓"雅俗沿革之际","雅"指张永、王僧虔所提倡的已经衰落的相和三调歌辞,"俗"虽指以吴声、西曲为代表的江南民歌,但已经不是流行于里巷、民间的俚俗歌谣,而是为了迎合士大夫审美口味而不断润色、雅化的乐府歌辞。刘宋底层流行的许多原生态的杂歌谣辞,如童谣、谚语等仍以内部自足的方式发展,与当时文人、贵族的拟作基本无关涉,也不存在向上层渗透的趋向。经过文人雅化的歌辞,对于底层歌谣来说,是"文雅"的;但对"正声"来说,无疑又是"俗化"的。

面对音乐环境的变动带来的雅俗对立,日趋俗化等一系列矛盾,宋末

---

① 参见翁其斌《"吴歌""西曲"文人拟作考》,《上海师范大学学报》1996年第3期。
② 曹道衡、刘跃进:《南北朝文学编年史》,人民文学出版社2000年版,第213页。

从上层开始有意识地调和雅俗,在音乐不可避免趋俗的情况下,并未放弃对"雅乐""正声"的追求。

创作上,由宋明帝、虞龢制作的朝廷所用舞曲《宋泰始歌舞曲辞》十二曲,虽属"杂舞",实则为雅、俗混合之舞曲。特别是《白纻篇大雅》,其辞曰:

> 在心曰志发言诗,声成于文被管丝。手舞足蹈欣泰时,移风易俗王化基。琴角挥韵白云舒,《萧韶》协音神凤来。拊击和节咏在初,章曲乍毕情有余。文同轨一道德行,国靖民和礼乐成。四县庭响美勋英,八列陛唱贵人声。舞饰丽华乐容工,罗裳映日袂随风。金翠列辉蕙麝丰,淑姿秀体允帝衷。①

歌辞以"四县庭响美勋英,八列陛唱贵人声"可截然分为两部分。前半部分源于《毛诗序》"在心为志,发言为诗"正统的乐观,后半部分承袭鲍照、汤惠休《白纻歌》描写杂舞之摇曳多姿,可谓统治者调和雅俗的最直接创作成果。

当时文士拟作歌辞趋新的同时也不放弃对"雅正"的追求,如鲍照作《中兴歌》十首以颂,其四"白日照前窗,玲珑绮罗中。美人掩轻扇,含思歌春风",王夫之评曰:"居然是《中兴歌》!"②对朝廷用乐混入男女情事感到不解。陈祚明评,"今此作《中兴歌》,皆是当时乐府采民间儿女子之音,被诸管弦,咏于朝庙。固自有此一体,语每不伦也"③,认为朝庙歌辞杂入民歌为当时"一体"。其二"中兴太平运,化清四海乐",其八"穷泰已有分,寿夭复属天",显示了鲍照的雅化努力。其九"襄阳是小地,寿阳非帝城,今日中兴乐,遥冶在上京",曹道衡指出,《中兴歌》有意识地用帝都来压倒刘诞、刘铄所造的《襄阳乐》和《寿阳乐》。④显然以文辞雅正相竞,打压藩国之陋乐。同样以"淫靡"著称的汤惠休,作相和歌《江南思》"幽客海阴路,留戍淮阳津。垂情向春草,知是故乡人",在艺术上带有惠休乐府的风格,却放弃了《江南》隐喻男女情爱的主题,代之以戍边之思。联系刘宋边境战事不断,歌辞有一定的现实意义,在一

---

① (宋)郭茂倩编:《乐府诗集》,第812页。
② (明)王夫之:《古诗评选》,第115页。
③ (清)陈祚明评选,李金松点校:《采菽堂古诗选》,第1393页。
④ 曹道衡:《鲍照几篇诗文的写作时间》,《中古文学史论文集》,中华书局2002年版,第426页。

定程度上反映了文人避"俗"的倾向。

政策上，面对王僧虔的上表，宋顺帝诏曰："僧虔表如此。夫钟鼓既陈，《雅》《颂》斯辨，所以惠感人祇，化动翔泳。顷自金篽弛韵，羽佾未凝，正俗移风，良在兹日。昔阮咸清识，王度昭奇，乐绪增修，异世同功矣。便可付外遵详。"① 表明顺帝的支持态度。

齐初帝王在创作上也表现出俚俗不废雅正的倾向。高帝萧道成出身部伍，作有民歌《群鹤咏》。登祚之后，武陵王萧晔学谢灵运作短句，评其言："康乐放荡，作体不辨有首尾，安仁、士衡深可宗尚，颜延之抑其次也。"② 萧道成早年从雷次宗在鸡笼山学习儒家经典，可能受颜延之典雅稳重诗风的影响。武帝萧赜在位时，据《乐府诗集》载：

> 南齐时，朱硕仙善歌吴声《读曲》。武帝出游钟山，幸何美人墓。硕仙歌曰："一忆所欢时，缘山破荮荏。山神感侬意，盘石锐锋动。"帝神色不悦，曰："小人不逊，弄我。"时朱子尚亦善歌，复为一曲云："暖暖日欲冥，观骑立蜘蟵。太阳犹尚可，且愿停须臾。"于是俱蒙厚赉。③

朱硕仙曲辞俚俗，武帝不满曰："小人不逊，弄我。"相对而言，朱子尚所作曲辞比较文雅，受到嘉奖。武帝曾自制《估客乐》："昔经樊邓役，阻潮梅根渚。感忆追往事，意满辞不叙。"诗化现象严重。令释宝月被之管弦，宝月又上两曲四章，其一："郎作十里行，侬作九里送。拔侬头上钗，与郎资路用。"仍使用"郎""侬"等民歌口语。其四："初发扬州时，船出平津泊。五两如竹林，何处相寻博。"比较文士化。释宝月对帝王之意心领神会，其曲辞也表现出雅俗并济的倾向，表明时人对两种风格的兼济、通达的态度。

此时文士延续刘宋进一步滑向艳情的倾向，但又表现出对正常伦理道德的回归。王融、沈约承袭刘铄《三妇艳》，最后两句为"丈夫且安坐，调弦讵未央""良人且安卧，夜长方自私"，改"丈人"为"丈夫""良人"，颜之推曰："近代文士颇作三妇诗，乃为匹嫡并耦己之群妻之意，又加郑卫之辞，大雅君子，何其谬乎！"④ 对其大开艳情之门甚为不满。"丈

---

① 《宋书》，第553—554页。
② 《南齐书》，第625页。
③ （宋）郭茂倩编：《乐府诗集》，第671页。
④ 王利器撰：《颜氏家训集解》（增补本），第574页。

夫""良人"尚属正常伦理，从侧面反映了文人向雅正复归的努力。

政策上，建元二年（480），"有奏撰立郊庙歌，敕司徒褚渊、侍中谢朏、散骑侍郎孔稚圭、太学博士王咺之、总明学士刘融、何法冏、何昙秀十人并作，超宗辞独见用"①。"超宗所撰，多删颜延之、谢庄辞以为新曲，被改乐名。永明二年，太子步兵校尉伏曼容上表，宜集英儒，删纂雅乐，诏付外详，竟不行。"② 文人虽有意引俗删雅，却无法施行。

四 由雅俗沿革反映的文学理论的变化

面对雅乐的不断衰落和俗乐的兴起，反映在文论上，南朝诗评家对文学创作中如何正确处理雅俗之间的矛盾进行了一系列的总结、反思。

南朝批评家对俗文学、俗乐的观点首先反映在对单个作家的诗文整理和评价上。鲍照是南朝大规模运用乐府新声的第一个重要诗人，南齐虞炎奉文惠太子萧长懋之命编纂《鲍照集》，其序曰："照所赋述，虽乏精典，而有超丽。"③ 认为鲍照诗文典雅不足，却有"超丽"。"超丽"即《南齐书·文学传论》所谓的"发唱惊挺，操调险急，雕藻淫艳，倾炫心魂"。有"俗丽""淫丽"之美。在批评的同时也流露出欣赏之态。虞炎属文惠太子幕僚文人，奉王命搜集鲍照遗文，对鲍照的评价也反映了文惠太子及其文人集团的批评观。

其次，集中出现了针对宋齐"雅俗之变"的理论思考和创作实践。如江淹《杂体诗三十首·序》曰："譬犹蓝朱成彩，杂错之变无穷；宫商为音，靡曼之态不极。故蛾眉讵同貌，而俱动于魄；芳草宁共气，而皆悦于魂，不其然欤？"④ 针对新声俗乐对当时的冲击及时人"贵远贱今""好甘忌辛"等不良风气，提出"通方广恕""好远兼爱"的批评观。创作上以汉代到刘宋三十位作家作为模拟对象，将鲍照、汤惠休列入古今一流诗人之林，体现了对不同音乐、文学类型的通达、包容态度。又如沈约《宋书·谢灵运传》曰："自建武暨乎义熙，历载将百，虽缀响联辞，波属云委，莫不寄言上德，托意玄珠。遒丽之辞，无闻焉尔。"⑤ 推崇"遒丽"之风，"遒"即雅文学代表的内在情志和骨力，"丽"即俗文学音韵、辞

---

① 《南齐书》，第 636 页。
② 《南齐书》，第 167 页。
③ （南朝宋）鲍照著，丁福林、丛玲玲校注：《鲍照集校注》，第 1 页。
④ （南朝梁）江淹著，（明）胡之骥注，李长路、赵威点校：《江文通集汇注》，中华书局 2006 年版，第 136 页。
⑤ 《宋书》，第 1778 页。

藻之美。在《刘义庆传》附《鲍照传》中对鲍照评曰"文辞赡逸,尝为古乐府,文甚遒丽"①,多溢美之词。在《谢灵运传》中进而提出理想的文学样式为"五色相宣,八音协畅,由乎玄黄律吕,各适物宜",即折中调和使其"各适物宜",也是"永明体"的创作实践准则。

更重要的是出现了像刘勰《文心雕龙》从理论上对宋齐雅俗之变作出全面评价的巨著。其中《乐府》生动地描绘了世俗对雅乐"欠伸鱼睨",对俗乐则"拊髀雀跃"的不同情状。《通变》曰:"榷而论之,则黄唐淳而质,虞夏质而辨,商周丽而雅,楚汉侈而艳,魏晋浅而绮,宋初讹而新。从质及讹,弥近弥淡,何则?竞今疏古,风味气衰也。今才颖之士,刻意学文,多略汉篇,师范宋集,盖古今备阅,然近附而远疏矣。"对刘宋文学求"丽"而丧"雅"多有批判。《通变》又曰:"故练青濯绛,必归蓝蒨;矫讹翻浅,还宗经诰。斯斟酌乎质文之间,而隐括乎雅俗之际,可与言通变矣。"②可见刘勰认为吸收俗文学等新声是达成"通变"的必要条件,但又要"宗经",才能"隐括乎雅俗之际"。刘勰对前代文学采取折中态度,即便楚辞,《辨骚》仅赞其"惊采绝艳",认为有害儒家雅颂之义,企图以儒家传统诗教矫正当时的文风。

评论家在总结以往文学特点的基础上的阐发,体现了他们对历代文学之变的认识,指出宋齐文学在发展演变上有一种"适中"的性质,即"通变",在"通"中以求"变",在求新中亦借鉴于古。相对于梁大同以后淫靡至极的宫体诗风,宋齐雅俗沿革之际仍较多保留了士大夫尚雅的文学趣味,有其"折中调和"的特点。由于雅乐的衰落已成不可挽回之势,怎样正确处理雅俗关系直到萧子显才作出明确的理论表述:

> 今之文章,作者虽众,总而为论,略有三体。一则启心闲绎,托辞华旷,虽存巧绮,终致迂回。宜登公宴,本非准的。而疏慢阐缓,膏肓之病,典正可采,酷不入情。此体之源,出灵运而成也。次则缉事比类,非对不发,博物可嘉,职成拘制。或全借古语,用申今情,崎岖牵引,直为偶说,唯睹事例,顿失清采。此则傅咸《五经》,应璩指事,虽不全似,可以类从。次则发唱惊挺,操调险急,雕藻淫艳,倾炫心魂。亦犹五色之有红紫,八音之有郑卫。斯鲍照之遗烈也。三体之外,请试妄谈:若夫委自天机,参之史传,应思悱来,勿

---

① 《宋书》,第1477页。
② (南朝梁)刘勰著,范文澜注:《文心雕龙注》,第520页。

先构聚。言尚易了，文憎过意，吐石含金，滋润婉切。杂以风谣，轻唇利吻，不雅不俗，独中胸怀。(《南齐书·文学传论》)①

萧子显认为宋齐文坛有三种创作倾向：一派学谢灵运，"典正可采"但"酷不入情"；一派学颜延之、谢庄，"非对不发，博物可嘉"但"唯睹事例，顿失清采"；一派学鲍照"发唱惊挺，操调险急"却难免有郑卫之讥。为此他提出处理雅俗的方法"若夫委自天机，参之史传，应思悱来，勿先构聚。言尚易了，文憎过意，吐石含金，滋润婉切。杂以风谣，轻唇利吻，不雅不俗，独中胸怀"，即拥有异常禀赋且学识渊博，作诗应"为情而造"，讲求声律之美，不应过分雕琢、文辞艰深，还要杂以民间歌谣声调婉转流畅的特点，这样才能达到"不雅不俗，独中胸怀"的完美境界。

表面上，萧子显同刘勰等皆持雅俗不可偏废的观点。但他首次将"才秀人微，史不立传"的鲍照列入与谢、颜一流作家等并列的"三体"之一，公开为俗文学张目。历数以往文学发展变化后，他提出"习玩为理，事久则渎，在乎文章，弥患凡旧。若无新变，不能代雄"(《南齐书·文学传论》)的观点。参之同时期张融《临终戒子书》自称"吾文体英绝，变而屡奇"，《门律自序》"且中代之文，道体阙变，尺寸相资，弥缝旧物"，可见，追求"新变"是普遍时风，求变于俗尚之中。且宋齐之际处南朝之"中代"，是"通变"趋向"新变"的过渡时期，对俗文学的逐步重视是导致变化的关键。

五 余论：刘宋以后的雅俗合流

所谓宋齐之际"雅俗沿革"，指流行音乐的环境发生了新变，主要体现在相和三调的衰落和以吴声、西曲为代表的新声的兴起，并使文人拟作三调歌辞受到吴声、西曲的浸染而发生重大变化，音乐上反映出由"雅"入"俗"的趋势。但在长时间内，统治阶层和主流文坛并非废弃"正声""典雅"的观念，使得"雅""俗"同时并存、共同发展。此种情况一直持续到永明末年，官方尚雅的观念也未曾消歇，如"（永明十一年）秋七月，上不豫，徒御延昌殿……上虑朝野忧惶，乃力疾召乐府奏正声伎"②。同时，永明文人对新声乐府的兴趣在拟制《永明乐》中达到高潮，《南齐书·乐志》曰："《永明乐歌》者，竟陵王萧子良与诸文士造奏之。人为

---

① 《南齐书》，第908—909页。
② 《南齐书》，第61页。

十曲。道人释宝月辞颇美,上常被之管弦,而不列于乐官也。"① 即使备受齐武帝喜爱,也不像宋孝武帝那样公然使之"施于殿庭""列于乐官",对乐府新声喜爱并没有导致对文雅曲辞的排斥,只是更在意俚俗曲辞施用的场合罢了。这也是永明新声为何多产生在萧长懋、萧子良等藩邸及幕僚文人中的原因所在,萧子显持"新变"观亦是其藩王身份的产物。即便到了宫体大兴的梁代,雅正的诗风仍未被上层抛弃,"梁武帝大量拟作民歌,但五言诗却是正统的永明风格,即使是选入《玉台新咏》中那些写妇女的作品,大体上还不离'雅正'的范围"②。可见尚雅的理论仍然居重要地位,成为儒家礼乐制度的重要组成部分。

---

① 《南齐书》,第196页。
② 曹道衡、沈玉成:《南北朝文学史》,第242页。

第四章 萧齐时期——文人拟诗的新变

齐代始于萧道成479年逼宋禅位，齐朝国运短祚，只有二十三年，而且皇族内部倾轧激烈。萧道成之子齐武帝萧赜永明年间（483—493）享受了短暂的太平时光。所谓的永明文学不仅指萧赜在位的十一年，而是自刘宋泰始年间（466）下至梁武帝天监十二年沈约去世（513）这一段历史时期[①]，其中从永明年间至梁天监是一段比较完整的时期。这一阶段文学发展的最大特点，文学史上常常用"新变"来概括。尚新变的文学观念较早发生在竟陵王萧子良在西邸组织的文学沙龙中，其中以沈约、王融、谢朓、萧衍、陆倕等人为代表的"竟陵八友"，形成了关系紧密的文人集团。该集团成员对五言诗体式以及声律的探讨持相近的文学理念，并将其应用于文学创作实践。永明声律体最早就使用在文人同题共作的拟乐府之中。例如谢朓《永明乐》十首、王融《永明乐》十首、沈约《永明乐》一首。郭茂倩将其收入《乐府诗集·杂曲歌辞》之中，并引《南齐书·乐志》曰："《永明乐歌》者，竟陵王子良与诸文士造奏之。人为十曲。道人释宝月辞颇美，武帝常被之管弦，而不列于乐官。按此曲永明中造，故曰永明乐。"[②] 这批作品与萧子良唱和或应教而作，写作速度在有限的时间内非常重要，据《南史·王僧儒传》载："竟陵王子良尝夜集学士，刻烛为诗，四韵者则刻一寸，以此为率。（萧）文琰曰：'顿烧一寸烛，而成四韵诗，何难之有。'乃与令楷、江洪等共打铜钵之韵，响灭则诗成，皆可观览。"[③] 有人认为这样的难度不算高，因而制定了更短的时限。这批永明乐歌拟吴声体制为体式短小的五言四句可能也是适应短时间作诗的需求。

此外还有，永明八年（490），谢朓"时为随王文学"，与沈约、范云、王融、刘绘同咏拟作鼓吹曲辞，总题为《同沈右率诸公赋鼓吹曲名先成为

[①] 日本学者网佑次《中国中世文学研究——以南齐永明时为中心》确定研究范围，即"以南齐为中，更及宋末、梁初"。东京：新树社1960年（昭和三十五年）版。

[②] （宋）郭茂倩编：《乐府诗集》，第1062—1063页。

[③] 《南史》，第1463页。

次》，分别为沈约《芳树》、范云《当对酒》、谢朓《临高台》、王融《巫山高》、刘绘《有所思》。永明九年在谢朓离京之前又进行第二轮分题，谢朓《芳树》、王融《芳树》、沈约《临高台》、王融《有所思》、刘绘《巫山高》、范云《巫山高》。汉鼓吹铙歌十八曲，后世除了朝廷典礼用乐外，少有文人拟作。永明文人并非要上承汉乐府精神，仅仅是赋旧曲名，写作五言八句的新声乐府，从咏物、相思离别角度对旧曲进行翻新。

尚新变的另一重表现是，与刘宋相比，这一时期单纯的拟古、效古之作大幅减少，明确作于齐代的似乎只有王融《古意》二首[①]和范云《古意赠王中书》《效古诗》。唐人对王融《古意》评价甚高，皎然《诗式》卷四"有意无意格"言："王元长诗'霜气下孟津，秋风度函谷'，亦何减于建安？"[②] 就是其《古意》其二，皆有高爽之气，认为其成就不亚于建安。然而新变不是完全脱离于俗尚，还是要在求新的同时亦需借鉴于古。他们将汉乐府《饮马长城窟·青青河边草》转韵和顶针手法移用于拟古，王融、萧衍、沈约、何逊等人拟《青青河边/畔草》众篇可见齐梁人尚巧变、中古今，达到唇吻流利的效果。[③] 这些士人既包含王、谢一流高门，又有若何逊等寒庶之辈，在实验共同的文学理念以及娱乐唱和过程中，"以气类相推毂"，彼此结交成为挚友，从而调和、润滑着士庶之间长期的对立和矛盾。实际上，稽诸史籍，围绕在萧子良身边的士人远不止竟陵八友，仅举有姓名者就不下十多人。他们将一己之理念从中央辐射、扩展开去，使其迅速成为从上到下的一股文学思潮，对齐梁以后文学审美的变化、文学思潮的转向也有直接的导向作用。

江淹在刘宋大明、泰始年间登上诗坛，拟古在其创作中占据重要地位，《诗品》评其为"诗体总杂，善于模拟"。其《刘仆射东山集学骚》《应谢主簿骚体》《山中楚辞六首》为学骚之作。江淹尚存诸多拟体之作，如《学魏文帝》《效阮公诗十五首》《杂体诗三十首》等。其中《杂体诗三十首》作于宋末至永明年间，以汉至刘宋三十位代表诗人作为拟作对象，是对刘宋之前五言诗发展、流变的总结，在模拟前人基础上，通过对"当时体"的运用解构了旧诗，预示了新诗风的到来。

[①] 《玉台新咏》卷四题作《古意》，《古文苑》作《和王友德元古意》。
[②] （唐）皎然著，李壮鹰校注：《诗式校注》，第20页。
[③] 仲瑶：《齐梁人对汉乐府古诗的再发现、拟仿及其诗史价值》，《文艺理论研究》2015年第6期。

第一节　从江淹《杂体诗三十首》对原作的因革
　　　　看南朝诗学观念的变迁

　　江淹《杂体诗三十首》是汉魏六朝拟诗的杰出代表，以从汉代到刘宋三十位代表诗人为模拟对象。以往文学史侧重研究其与原作的"似"与"不似"，多认为其与传统的独抒性灵、表现情感相悖，成为因循守旧、创造力僵化的代名词。其实，三十首中有许多是根据原有诗作再作因革，绝非因循抄袭。笔者以其中七首为例，探讨其如何以模拟的方式因革、创新，实现诗体由"复"而"变"的过程。

　　有关《杂体诗三十首》的创作方法，《古离别》李善注曰："江之此制，非直学其体，而亦兼用其文。"① 指出拟作对原作的仿效是以"学其体"和"用其文"为主要模拟方式。虽然在具体拟作中江淹有意识地模拟借鉴前人②，但在写作的过程中，又体现了江淹作为齐梁诗人对原诗的因革、创新。具体表现在以下几个方面。

一　对古诗传统意象的改造

　　《杂体诗三十首》之《古离别》是对古诗的拟作，其中意象的施用对汉代古诗有着明显继承与发展，在拟作中对原有意象的改造使得诗歌的文化意蕴大异其趣。现将全诗著录于下：

　　　　远与君别者，乃至雁门关。黄云蔽千里，游子何时还？送君如昨日，檐前露已团。不惜蕙草晚，所悲道里寒。君在天一涯，妾身长别离。愿见一颜色，不异琼树枝。兔丝及水萍，所寄终不移。③

此首模拟汉末古诗游子思妇的主题，历代对其评价大都很高，以为逼肖古诗之风貌，其创新之在处在于古诗传统意象的改造。具体表现为：

---

① （南朝梁）萧统编，（唐）李善注：《文选》，第1453页。
② 如清宋长白《柳亭诗话》云："江文通《杂体》三十首，自谓无乖商榷。然俳调太多，未是邯郸故步。惟《古离别》一首差近自然。"载宋长白《柳亭诗话》，续修四库全书本，上海古籍出版社1995年版，第407页。
③ （南朝梁）江淹著，（明）胡之骥注，李长路、赵威点校：《江文通集汇注》，第138页。本节所有江淹诗文，均引自此书，概不详注。

第一,"雁门"意象。

汉魏古诗一般泛写离别的地点,着重写离别的情节和场景。而"远与君别者,乃至雁门关",点出了送别的具体地点,此妇人是到边关送别其夫的。《汉书》曰:"雁门郡有楼烦县。边塞,故曰关。"《文选》吕延济注:"雁门,山名。其上置关。"①《宋书·州郡志》载无雁门县。沈约云:"地理参差,其详难举,实由名号骤易……千回百改……若不注置立,史阙也。"② 可见到了沈约之时,雁门地理位置已经难详。江淹这种质实的写法,显然与《古诗十九首》婉转、浑厚之美有别。汉末士人由于亲身感受或者看到他人离别的痛苦,所以他们的写景是无意识的,景物的刻画是为了抒情服务的。在这里不同,江淹有意识地使写景从单纯的"写景"向"造境"方向发展。这是诗人对感受到的审美之境的表达,同时也是六朝诗人审美能力提升的重要标志。

第二,"黄云"意象。

"黄云蔽千里,游子何时还",是对原诗"浮云蔽白日,游子不顾返"(《行行重行行》)的模拟,看上去与原作毫无区别,但是诗人所使用的意象已经偷偷发生了转移。"浮云"的意象在汉魏古诗中经常出现,如"西北有高楼,上与浮云齐"(《西北有高楼》),"仰视浮云驰,奄忽互相逾"(《苏武诗》),"浮云"意象代表了汉末士人离家寻找仕宦、出处无所归依的无奈。纵观古诗,几乎找不到"黄云"的意象,有关"云"的场景都用"浮云"代替。谢灵运的诗歌中,"河洲多沙尘,风悲黄云起"(《拟魏太子邺中集·阮瑀》),出现了"黄云"意象。到了江淹笔下,出现了"黄云蔽千里,游子何时还"的诗句。"黄云"与"浮云"相比,体现了色彩的植入,边关送别,天际黄沙漫漫乌云滚滚。那个动乱的时期,生离有时即意味着死别,更添离愁别恨之感。"黄云"意象的使用有两个意义,一方面使诗中悲伤情绪得以加深,另一方面同类意象的沿革体现了新的时代特色。袁行霈认为:"同一个时代的诗人,由于大的生活环境相同,由于思想上和创作上相互的影响和交流,总有那个时代惯用的一些意象和辞藻。时代改变了,又有新的创造出来。这是不难理解的。"③ 上距江淹不久的元嘉诗风,特别重视声色景致的描绘,《文心雕龙·明诗》即说"俪采

---

① (南朝梁)萧统编,(唐)李善、吕延济、刘良、张铣、吕向、李周翰注:《六臣注文选》,第588页。
② 《宋书》,第1028页。
③ 袁行霈:《中国诗歌艺术研究》,北京大学出版社2009年版,第57页。

百字之偶,争价一句之奇,情必极貌以写物,辞必穷力而追新"①。谢灵运、鲍照等人的山水诗,就是以色彩的调配使用以营造画境的典范。江淹用此意象,极有可能是借鉴了元嘉诗人写物描摹的长处。

二 拟建安诗的"元嘉句法"

公宴诗的大量创作,是汉魏六朝诗坛独特的文学现象。江淹拟诗《魏文帝游宴》《颜特进侍宴》《袁太尉从驾》,均可以视为"公宴诗"或具有"公宴诗"性质。这些拟诗,都体现了江淹的改造和创新。我们先看《魏文帝游宴》:

置酒坐飞阁,逍遥临华池。神飙自远至,左右芙蓉披。绿竹夹清水,秋兰被幽崖。月出照园中,冠珮相追随。客从南楚来,为我吹参差。渊鱼犹伏浦,听者未云疲。高文一何绮?小儒安足为!肃肃广殿阴,雀声愁北林。众宾还城邑,何以慰吾心!

江淹拟制建安时期的公宴诗,往往有一种固定的模式:开篇点明宴会场景,中间铺叙景物,结尾抒怀,形成一种"三段式"的结构。《魏文帝游宴》就是体现。第一句"置酒坐飞阁,逍遥临华池",明显是模仿曹丕《芙蓉池作诗》"乘辇夜行游,逍遥步西园",特别是后句,甚至是达到了字摹句拟的地步。后面几句是写景,最后是抒怀。但是"置酒坐飞阁,逍遥临华池"句,相对于曹丕的诗,则是明显地追求上下句之间的对偶,中间的动词"坐""临",作者有意将其置于句子中心的位置。这种情况,在三十首中的其他几首,也有体现,如《颜特进侍宴》"桂栋留夏飙,兰橑停冬霰。青林结冥濛,丹巘被葱蒨。山云备卿霭,池卉具灵变",三个对偶句连用;《袁太尉从驾》也是如此:"朱棹丽寒渚,金錽映秋山。羽卫蔼流景,彩吹震沉渊。辨诗测京国,履籍鉴都壖。盱谣响玉律,邑颂被丹弦。"这种同一句型连用的情况非常多见,未免让人产生呆板单调的感觉。当时许多诗人都有类似之作,谢灵运《过始宁墅诗》:"剖竹守沧海,枉帆过旧山。山行穷登顿,水涉尽洄沿。岩峭岭稠叠,洲萦渚连绵。"刘骏《四时诗》:"堇茹供春膳,粟浆充夏餐。鲍酱调秋菜,白醝解冬寒。"这一类型对句在元嘉时期诗歌中出现频率很高,反映了诗人们内心情感的日益细腻,观察外物的能力日渐突出,在他们眼中大自然的万物都是"可

---

① (南朝梁)刘勰著,范文澜注:《文心雕龙注》,第67页。

对"的,甚至出现了"为对而对"的倾向,说明当时诗人对这种诗歌表现艺术的掌握已经相当纯熟。针对于此,罗宗强指出:"如果根据王力先生的分类衡量元嘉文学的对句,除干支对、反义连用字对和饮食门之外,其余二十五种对元嘉文学中都已出现。"[1] 明谢榛《四溟诗话》认为:"江淹拟颜延年,辞致典缛,得应制之体,但不变句法。大家或不拘此。"[2] 所谓"不变句法",就是此种情况。而且,这种句型可能还是他刻意为之的,是江淹自觉的诗学追求。究其原因,仍是不能逃出当时诗风的藩篱,即元嘉文学非对偶不成句的作诗技巧。

从建安文学开始重视诗歌表现手法开始,到南朝时期"俪采百字之偶,争价一句之奇"(《文心雕龙·明诗》),"体尽俳偶,语尽雕刻"(许学夷《诗源辩体》),文人们醉心于诗歌艺术形式和技巧的探索,追求辞藻、对偶、字句雕琢,使得南朝诗歌创作在整体上呈现出重视诗歌表现形式的自觉倾向。

三 诗歌由"元嘉体"向"永明体"的过渡

六朝诗风经历了由"绮靡华丽"向"清新明丽"的转变,这在江淹拟诗中也有明显体现。如其拟西晋"二张"(张华、张协)的诗:

张司空离情

秋月映帘栊,悬光入丹墀。佳人抚鸣琴,清夜守空帷。兰径少行迹,玉台生网丝。庭树发红彩,闺草含碧滋。延伫整绫绮,万里赠所思。愿垂湛露惠,信我皎日期。

张黄门苦雨

丹霞蔽阳景,绿泉涌阴渚。水鹳巢层甍,山云润柱础。有弇兴春节,愁霖贯秋序。燮燮凉叶夺,戾戾飔风举。高谈玩四时,索居慕俦侣。青苔日夜黄,芳蕤成宿楚。岁暮百虑交,无以慰延伫。

张华的诗文,《晋书》称其"辞藻温丽",陆云《与兄平原书》认为"张公文无他异,还自清省无烦长",这不仅指诗中之情,也是指诗中之景,以清新雅丽为宗,如"清风动帷帘,晨月照幽房""兰蕙缘清渠,繁华荫

---

[1] 罗宗强:《魏晋南北朝文学思想史》,第 156 页。
[2] (明)谢榛著,宛平校点:《四溟诗话》,第 23 页。

绿渚"（张华《情诗》），以"清风"对"晨月"、"帷帘"对"幽房"、"兰蕙"对"繁华"、"清渠"对"绿渚"。他习惯用一些色彩相近、没有过度浓艳反差的词汇进行创作，营造一种空谷幽兰般的意境，为诗中的哀婉情思做铺垫。《文心雕龙·明诗》称其"茂先凝其清"，《才略》称"张华短章，奕奕清畅"。

张协诗有相似之处，《诗品》称之为"词采葱蒨，音韵铿锵，使人味之亹亹不倦"，如"浮阳映翠林，回飙扇绿竹"（《杂诗》其二），"金风扇素节，丹霞启阴期""寒花发黄采，秋草含绿滋"（《杂诗》其三），开启后世清绮诗风。

江淹在模拟的同时进行了改造。"庭树发红彩，闺草含碧滋""丹霞蔽阳景，绿泉涌阴渚"，以红、绿对举，造成强烈的视觉差。这种情况，在以前的诗歌史上是不常见的。据统计，"红色在江淹诗歌中出现的频率有40多次，而绿色则多达60多次，这两种颜色一共占江淹诗歌总色彩比例的70%"①。形成与"二张"有别的明艳诗风。他这种写法，受鲍照影响不可忽视。鲍照喜欢用强烈的深色，如绛、紫、青、红、金、黛等，众色杂陈。钱志熙认为，鲍照"写景物，颇有乱施丹腰的毛病"②。江淹借鉴了谢灵运注意色彩调和的优点，色差既强烈对比，又具有诗歌清新明丽的画境。这种写法，对于后世也有不小的影响。梁武帝《和萧中庶直石头诗》"翠壁绛霄际，丹楼青霞上"，曹道衡认为："此诗中有的诗句令人想起江淹的某些名句。如此诗中'翠壁'二句，上句'翠'对下句的'丹'，'绛'对下句的'青'，而二句本身的'翠'和'绛'、'丹'和'青'又正好相对，且色彩也相映成趣。江淹亦好使用这种技巧。……梁武帝显然继承了前人的成果又加以发展，一句之中又自以色彩对仗。"③

江淹拟诗的意义尚不止于此，《杂体诗三十首》还体现了永明文学对清新明丽圆融的美的追求。三十首诗中，大量出现"清""丽"等字，而且这些字眼主要是用于风景、景致的描绘，呈现出一种明净秀丽的诗风。今将其录于下，有关"清"字的诗句有：

  悠悠清川水，嘉鲂得所荐。（《李都尉从军》）
  绿竹夹清水，秋兰被幽崖。（《魏文帝游宴》）

---

① 梁晓霞：《江淹诗歌的语言风格考察》，《文史博览》2007年第8期。
② 钱志熙：《魏晋诗歌艺术原论》，第355页。
③ 曹道衡：《兰陵萧氏与南朝文学》，中华书局2004年版，第96页。

从容冰井台，清池映华薄。（《陈思王赠友》）
倚棹泛泾渭，日暮山河清。（《王侍中怀德》）
佳人抚鸣琴，清夜守空帷。（《张司空离情》）
殡宫已肃清，松柏转萧瑟。（《潘黄门述哀》）
马服为赵将，疆场得清谧。（《卢郎中感交》）
亹亹玄思清，胸中去机巧。（《张廷尉杂述》）
极眺清波深，缅映石壁素。（《殷东阳兴瞩》）
重阳集清氛，下辇降玄宴。（《颜特进侍宴》）
清阴往来远，月华散前墀。（《王征君养疾》）
气清知雁引，露华识猿音。（《谢光禄郊游》）

有关"丽"字的诗句有：

眷我二三子，辞义丽金膺。（《陈思王赠友》）
揆日粲书史，相都丽闻见。（《颜特进侍宴》）
朱棹丽寒渚，金鎞映秋山。（《袁太尉从驾》）

有关"秀"字的诗句有：

青松挺秀萼，惠色出乔树。（《殷东阳兴瞩》）
岩崿转奇秀，岑崟还相蔽。（《谢临川游山》）
灵芝望三秀，孤筠情所托。（《谢法曹赠别》）

江淹之后，作为永明文学最高成就的谢朓，就是这种清新明丽诗风的集大成者。钟嵘在沈约诗评中，曾说"于时谢朓未遒，江淹才尽，范云名级故微，故约称独步"①。江淹成名在永明诗人前，对他们也有不小的影响。特别是"谢朓"，一直被看作"清丽"诗风的代表。如清乔亿云："读小谢诗，令人神思清发，昏不假寐。"又云："小谢之清音独绝矣。"② 吴淇《六朝选诗定论》卷一五云："其诗极清丽新警，文字得之苦吟，较之梁，惟江淹仿佛近之。"③ 江淹的诗歌，尽管与谢朓繁华落尽、自然清新、韵味

---

① （南朝梁）钟嵘著，曹旭笺注：《诗品笺注》，第196页。
② （清）乔亿：《剑谿说诗》，《清诗话续编》，第1032页。
③ （清）吴淇著，汪俊、黄进德点校：《六朝选诗定论》，第406页。

天然的诗风还有很大的差距，但是他毕竟摆脱了谢灵运、颜延之追求繁复、雕饰，诸多病累的毛病。从这个角度上讲，《杂体诗三十首》体现了从"元嘉文学"向"永明文学"的过渡。曹道衡即说："江淹兼具两个时代诗人的不同风气。这也许因为他创作活动的全盛时代，正好在宋末，恰当诗风转变之际的缘故吧！在诗歌从元嘉体向永明体的转变中，鲍照发其轫，江淹继其轨，共同推进宋、齐文学的渐次演进。"①

四　宫体诗的雏形

在《杂体诗三十首》中，已经有后代宫体诗的雏形，如《潘黄门述哀》：

> 青春速天机，素秋驰白日。美人归重泉，凄怆无终毕。殡宫已肃清，松柏转萧瑟。俯仰未能弭，寻念非但一。抚衿悼寂寞，恍然若有失。明月入绮窗，仿佛想蕙质。销忧非萱草，永怀寄梦寐。梦寐复冥冥，何由觌尔形。我惭北海术，尔无帝女灵。驾言出远山，徘徊泣松铭。雨绝无还云，花落岂留英？日月方代序，寝兴何时平。

此诗以潘岳最具代表性的诗作《悼亡诗》为模拟对象。潘岳悼念亡妻之作，用语典雅，悲凉情深，十分感人。反观拟诗，有几处具体描写怀念之情的诗句，与原作颇为不类。具体如下：

第一，"美人归重泉，凄怆无终毕"，以美人代表亡妻。而在潘岳诗中，是这样形容的："之子归穷泉，重壤永幽隔。"在潘岳所有的诗中，找不到一处以"美人"形容亡妻。在中国传统文化观念中，美人或是象征，如楚辞中的"香草美人"传统，或是代表歌儿舞女。江淹此处绝无冒犯潘岳亡妻之意，他早年丧妻，对于这种切肤之痛感同身受，如《悼室人》其一："佳人永暮矣，隐忧遂历兹"，以"佳人"形容亡妻。这里可以看出，从"之子"到"美人""佳人"，对妻子称呼的改变，似乎有一点轻佻的意味。

第二，"我惭北海术，尔无帝女灵"，以宋玉《高唐赋》中巫山神女的典故，来表达自己深切的思念。潘岳原作"独无李氏灵，仿佛睹尔容"，以汉武帝怀念李夫人，比附亡妻不可再见。汉武帝对李夫人之情，是封建社会中帝王对后宫之情，在当时是属于正当的伦理关系。而"帝女"却是

---

① 曹道衡：《中古文学史论文集》，第259页。

以巫山神女与楚襄王之间的情爱比拟夫妻之情,在当时有些不伦。

第三,"雨绝无还云,花落岂留英",以"旦为朝云,暮为行雨"指代男女的结合,这里将夫妻之情引向衽席床帏,挑逗的意味就十分明确了。江淹的这种写法,分明有了后来宫体诗的某些因子:以娼妓来写发妻、从重视精神结合到重视床帏之间。梁陈时期的宫体诗,有一种特殊的写法,即以娼妓来比附发妻。如吴均"知君亦荡子,贱妾亦娼家"(《有所思》),萧纲"夫婿恒相伴,莫误是娼家"(《咏内人昼眠》)。闻一多认为:"如果初期作者常用的'古意'、'拟古'一类暧昧的题面,是一种遮羞的手法,那么现在这些人是根本没有羞耻了。"①

《潘黄门述哀》将宫体的因子孕育在"悼亡"这种严肃悲伤的题材和基调里。试想,如果能够在悼亡之作中描写此类情事,那么梁陈时期蔚然大观的宫体诗的出现也在情理之中了。重娱乐、尚轻艳,是南朝诗学思潮的主流。江淹拟作在对原作进行翻新的同时恰好是这种思潮的最直接体现。

五 对声律的自觉追求

南朝诗歌讲究音律,追求文学作品的节奏韵律之美,在江淹拟诗中也有体现,如:

颜特进侍宴

太微凝帝宇,瑶光正神县。揆日粲书史,相都丽闻见。列汉构仙官,开天制宝殿。桂栋留夏飙,兰橑停冬霰。青林结冥濛,丹巘被葱蒨。山云备卿霭,池卉具灵变。重阳集清氛,下辇降玄宴。骛望分寰队,晒旷尽都甸。气生川岳阴,烟灭淮海见。中坐溢朱组,步櫩簉琼弁。礼登佇睿情,乐阕延皇眄。测恩跻逾逸,沿牒懵浮贱。荣重馈兼金,巡华过盈瑱。敢饰舆人咏,方惭绿水荐。

袁太尉从驾

宫庙礼哀敬,枌邑道严玄。恭洁由明祀,肃驾在祈年。诏徒登季月,戒凤藻行川。云斾象汉徙,宸网拟星悬。朱棹丽寒渚,金铩映秋山。羽卫蔼流景,彩吹震沉渊。辨诗测京国,履籍鉴都廛。眈谣响玉律,邑颂被丹弦。文轸薄桂海,声教烛冰天。和惠颁上笏,恩渥浃下

---

① 闻一多:《宫体诗的自赎》,《唐诗杂论》,中华书局2009年版,第11页。

筵。幸侍观洛后,岂慕巡河前。服义方无沫,展歌殊未宣。

拟颜、袁二首,鲜明体现了宋、齐时期公宴诗的特点:篇幅较长、以颂美为主,文辞典雅、多用故实。笔者在此要讨论的是,相对于魏晋时期的公宴诗作,江淹拟诗有一个突出的特点:整首诗通篇押韵。拟颜诗,县、见、殿、霰、蒨、变、宴、甸、见、弁、眄、贱、瑱、荐,押仄声韵。拟袁诗,玄、年、川、悬、山、渊、壖、弦、天、筵、前、宣,押平声韵。此外,拟鲍照《鲍参军戎行》、拟汤惠休《休上人怨别》,也是整首押韵。反观刘宋时期的公宴诗,这种通篇押韵的现象并不突出,有些还带元嘉诗歌转韵的特点。而这样通篇押韵的现象在梁、陈时期十分多见。诗人在宴席上相约赋诗,举定数字为韵,互相分拈,各人就所得之韵赋诗。清代赵翼《陔馀丛考》说:"古人联句,大概先分韵而后成诗。梁武帝光华殿联句,曹景宗后至,诗韵已尽,沈约以'竞''病'二字与之,曰:所余二韵,则分韵之余也。"① 这种现象不始于梁代,早在齐永明年间,就开始了"新变"。《南史·庾肩吾传》载:"齐永明中,王融、谢朓、沈约文章始用四声,以为新变。"② 他们讲求声律之作,大多也是作于宴会或者诗人群体之间的唱和。自永明体以来,讲求诗歌声律美的风气越来越浓烈。江淹这两首拟制,正作于其时,这不能不说是对颜、袁等人诗作的一种因革,而且说明了公宴这种题材,对于后世诗人形成整体的用韵意识的影响。

南朝时期,由于宴会频繁,时人特别重视在集体场合用韵的能力。用韵自如、才思敏捷的诗人最受他人欣赏,有时候宴会主持人(一般也是当权者或文坛领袖)为了使竞争更加激烈,专门让大家用一些难押韵的字去作,如"强韵"。《梁书·王筠传》载:"筠为文能压强韵,每公宴并作,辞必妍美。约常从容启高祖曰:'晚来名家,唯见王筠独步。'"③ "强韵"有"勉强"之意,虽然在这种风气下写出的诗,可能缺乏真情实感,有的甚至称不上好诗,但是它从客观上强化了诗人作诗用韵的自觉意识,对后来五言诗的律化有着积极的意义。

这种集体创作方式体现了南朝诗人娱乐化和游戏化的诗歌观念,使得上下尽欢,君臣和悦,又暗合切磋技艺、一比高下的用意。

综上所述,江淹《杂体诗三十首》成功处理了模拟与创新之间的矛

---

① (清)赵翼著,曹光甫点校:《陔馀丛考》,第 422 页。
② 《南史》,第 1246 页。
③ (唐)姚思廉:《梁书》,中华书局 2006 年版,第 485 页。

盾，体现了作者求新求变的努力。在拟作时取法前人，在体制、声调、语言表现和艺术构思上"自运"，在"诗之矩"内进行自我创造，解构了以往的旧诗体，建构了新体，这体现了中国诗歌体式独特的运行方式——在继承中改造，在拟古中创新。江淹以模拟的方式参与了汉魏六朝文学的演进，体现了诗歌创作以及诗学观念的变化，也预示了文学变革时期的到来。

第二节　贵游子弟的拟作与永明诗风的嬗变

江淹《杂体诗三十首·序》曾这样评价当时诗风："至于世之诸贤，各滞所迷，莫不论甘而忌辛，好丹而非素。岂所谓通广方恕，好远兼爱者哉？……又贵远贱近，人之常情；重耳轻目，俗之恒弊。"[1] 即时人"贵古贱今"的风气。《文心雕龙·通变》曰："今才颖之士，刻意学文，多略汉篇，师范宋集。虽古今备阅，然近附远疏矣。"[2] 又钟嵘《诗品序》曰："今之士俗，斯风炽矣。才能胜衣，甫就小学。必甘心而驰骛焉。于是庸音杂体，人各为容。至使膏腴子弟，耻文不逮，终朝点缀，分夜呻吟。"[3] "次有轻薄之徒，笑曹、刘为古拙，谓鲍照羲皇上人，谢朓今古独步。"描绘了当时贵游少年竞相奔走，吟诵讽咏且有"厚今薄古"的倾向。据丁福林《江淹年谱》考证，《杂体诗三十首》于永明元年已完成。[4]《文心雕龙》论齐末士风，钟嵘于永明初入国子学，《诗品》作于天监年间，与贵游子弟的交往成为《诗品》品评诗风的主要来源。从永明初"贵古贱今"到天监初"厚今薄古"，约二十年间诗坛发生了急剧变化。文学的新变根本在于风气的变化。这中间除了沈约、谢朓等文坛领袖所起的示范作用外，作为诗风的接受和转变者——贵游子弟，这种特殊人群通过模拟，在诗风的嬗变过程中起到了什么作用？这是本节探讨的重点所在。

一　"贵游子弟"及其代表

六朝时期，一大批贵游子弟屡见史籍，如《晋书·卞壸传》载："时贵游子弟多慕王澄、谢鲲为达，壸厉色于朝曰：'悖礼伤教，罪莫斯甚！

---

[1]（南朝梁）江淹著，（明）胡之骥注，李长路、赵威点校：《江文通集汇注》，第136页。
[2]（南朝梁）刘勰著，范文澜注：《文心雕龙注》，第520页。
[3]（南朝梁）钟嵘著，曹旭笺注：《诗品笺注》，第32页。
[4] 丁福林：《江淹年谱》，凤凰出版社2007年版，第164—165页。

中朝倾覆，实由于此。'"①《南史·齐宗室列传》载：（齐）武帝谓王俭曰："衡阳王须文学，当使华实相称，不得止取贵游子弟而已。"诗歌中也时常见到这类人群的身影，如沈约《永明乐》"联翩贵游子，侈靡千金客"，《长安有狭斜行》"青槐金陵陌，丹毂贵游士"，可见在六朝，贵游子弟是一群有着特殊身份、社会地位的群体。所谓"贵游子弟"，顾名思义为官僚贵族子弟，较早见于《周礼·地官·师氏》："掌国中失之事，以教国子弟。凡国之贵游子弟学焉。"郑玄注曰："贵游子弟，王公之子弟。游，无官司者。"贾公彦疏："凡国至学焉，释曰言凡国之贵游子弟，即上国之子弟，言游者，以其未仕而在学，游暇习业。"②即王公子弟在学习业且无官职者。

与先秦相比，本节讨论的"贵游子弟"是六朝门阀学制的产物。两汉时期游学风气日盛，高门子弟多在太学受业，《后汉书·儒林列传序》言："自是游学增盛，至三万余生。然章句渐疏，而多以浮华相尚，儒者之风盖衰矣。"③晋初承袭汉魏制度，置太学，除高门士族子弟外，中小官僚、庶族子弟及家境贫寒者也可入学。由于西晋门阀士族正式形成，士庶之间的等级已经确立，咸宁二年（276），晋武帝下诏于太学外立国子学，专门招收"国之贵游子弟"，目的即"殊其士庶，异其贵贱"。《南齐书·礼志》载："（晋）惠帝时欲辨其泾渭，故元康三年始立国子学，官品第五以上得入国学。"④六品官以下子弟只能入太学。东晋时，《宋书·五行志》载，"晋孝武帝太元十年正月，立国子学"⑤，经过战乱被焚毁的学校开始复兴。东晋是典型的门阀政治时代，形成了以血统高贵与否且不因官位高低、有无的"膏腴之族"特殊阶层。⑥西晋确立以士族子弟作为入学条件在南朝依然延续，如《宋书·礼志》："（宋）太祖元嘉二十年，复立国子学，二十七年废。"⑦《南齐书·礼志》："（齐）建元四年正月，诏立国学，置学生百五十人。其有位乐入者五十人。生年十五以上，二十以

---

① 《晋书》，第1871页。
② 《周礼注疏》，李学勤主编《十三经注疏》，北京大学出版社1999年版，第351页。
③ 《后汉书》，第2547页。
④ 《南齐书》，第145页。
⑤ 《宋书》，第935页。
⑥ 史书对于魏晋南北朝门第称谓多有不同，据毛广汉《两晋南北朝士族政治之研究》指出，共有27种称谓，有指家门贵盛者：高门、门户、门地、门望；有指出身华贵者：膏腴、膏粱、甲族、华侪、贵游；有指权势显赫者：势族、势家、贵势；有指社会地位者：门阀、阀阅；有指家族名声者：名族、高族、高门大族；有指政治、文化者：士族、士流等。
⑦ 《宋书》，第367页。

还，取王公已下至三将、著作郎、廷尉正、太子舍人、领护诸府司马咨议除敕者、诸州别驾治中等、见居官及罢散者子孙。"① 可见，专门招收"高门""华族"子孙的国子学是为贵游子弟开办的最高学府，是其大规模游集的最重要场所。

除了国子学，地方私学以及各种学馆亦多贵游聚集，吕思勉指出："当时就学之徒，实以贵游为众。不独国子、大学，即私家之门，亦复如是。"② 如庾亮在武昌，开馆置学，《宋书·礼志》载曾下教"参佐大将子弟，悉令入学，吾家子弟，亦令受业"。③ 况且国子学时办时停，各种学馆在某种程度上充当了国子学的教育职能，如元嘉十五年（438），国子学未立时置四学馆，即儒学馆、玄学馆、史学馆、文学馆。泰始六年（470），设总明观，《南史·王昙首传》载："是岁，以国学既立，省总明观。"④ 不仅如此，南朝私人讲学兴盛，子弟多务师者虚名，如刘瓛，据《南史》本传载："京师士子贵游，莫不下席受业。当世推其大儒，以比古之曹、郑。"如贵游代表刘绘、范缜、钟岏（钟嵘兄）等均为其弟子。刘瓛死后，萧子隆作《经刘墓下诗》、萧子良《登山望雷居士精舍同沈右卫过刘先生墓下诗》、沈约《奉和竟陵王经刘瓛墓诗》，足见其在士子心中的地位。

魏晋实行的"九品中正制"也助长了士人交游之风，交游成为步入仕途的重要途径。据《三国志·魏书·董昭传》载，当时"毁坏风俗，侵欲滋甚。窃见当今年少，不复以学问为本，专更以交游为业；国士不以孝悌清修为首，乃以趋势游利为先"⑤。尚交游产生了"浮华""华竞"等不良风气，据《晋书·卫瓘传》载其曾向晋武帝上书："尽除中正九品之制，使举善进才，各由乡论。然则下敬其上，人安其教，俗与政俱清，化与法并济。人知善否之教，不在交游，即华竞自息，各求于己矣。"⑥ 然武帝并未采纳建议。降及南朝，这种交游风气愈演愈烈，刘孝标作《广绝交论》将交游分为"势交、贿交、谈交、量交、穷交"五类，论任昉交游曰："见一善则盱衡扼腕，遇一才则扬眉抵掌。雌黄出其唇吻，朱紫由其月旦。于是冠盖辐凑，衣裳云合，辎軿击轊，坐客恒满。蹈其阃阈，若升阙里之

---

① 《南齐书》，第143页。
② 吕思勉：《两晋南北朝史》，上海古籍出版社2005年版，第1211页。
③ 《宋书》，第364页。
④ 《南史》，第595页。
⑤ 《三国志》，第442页。
⑥ 《晋书》，第1058页。

堂；入其隩隅，谓登龙门之阪。"① 可见结交权贵对于仕途的进益。贵游子弟作为当时的官僚储备人才，广泛交游无疑可为将来仕途铺平道路。

以上为贵游子弟生存发展的外部条件，作为南朝特殊的士人阶层，主体为高门官僚子弟，也有部分家境贫寒者。如《梁书·儒林传》载："（范缜）在（刘）瓛门下积年，去来归家，恒芒𫘣布衣，徒行于路，瓛门多车马贵游，缜在其门，聊无耻愧。"② 有些甚至为武将之后，如沈约为征虏将军沈林子之孙，《诗品序》论其："王元长创其首，谢朓、沈约扬其波。三贤或贵公子孙，幼有文辩。"③ 将沈约与王、谢子弟并列且称为"贵公子孙"。柳恽为柳世隆之子，《梁书》本传载："恽立行贞素，以贵公子早有令名，少工篇什。"④ 南朝士族与政权斗争多有牵连，王、谢一等高门的有些支脉在后世也不免没落，其子孙非但不显贵，更无所凭借，如谢朓，只是空有士族头衔，仍需从低级官吏做起。而且南朝以后随着户籍控制的混乱，寒人通过种种途径挤入士族的情况越来越多。⑤ 史书及后世评论家所谓的"贵游子弟"，不仅包含其身份，更多指豪门子弟身上内在的"贵游气质"，即群体性格，主要表现在以下两个方面。

首先，贵游子弟多尚清谈，《南齐书·刘绘传》曰："永明末，京邑人士盛为文章谈义。"⑥ 谈义即谈玄。南渡之后，玄学在义理方面已多无建树，谈玄只是表达不慕荣利、超脱尘世的姿态，如《南齐书·柳世隆传》载其"常自云马槊第一，清谈第二，弹琴第三。在朝不干世务，垂帘鼓琴，风韵清远，甚获世誉"⑦。他们更多关注谈说展示的音辞风采，如《南史·张融传》载"张氏自敷以来，并以理音辞、修仪范为事"⑧。清谈、交游的生活方式助长了浮华迂诞之风，如《抱朴子外篇·刺骄》载"若夫贵门子孙及在位之士，不惜典刑，而皆科头袒体，踞见宾客"。由于九品中正制，士族多看重职闲廪重的"清显之位"，"平流进取，坐至公卿"⑨。他们多不尚世务且鄙视执掌俗务之人，如《梁书·何敬容传》载"自晋、宋以来，宰相皆文义自逸，敬容独勤庶务，为世所嗤鄙。时萧琛子巡者，

---

① （南朝梁）萧统编，（唐）李善注：《文选》，第2377页。
② 《梁书》，第664页。
③ （南朝梁）钟嵘著，曹旭笺注：《诗品笺注》，第207页。
④ 《梁书》，第331页。
⑤ 参见唐长孺《南朝寒人的兴起》，《魏晋南北朝史论丛续编》，中华书局2011年版。
⑥ 《南齐书》，第841页。
⑦ 《南齐书》，第452页。
⑧ 《南史》，第834页。
⑨ 杨明照撰：《抱朴子外篇校笺》，第45页。

颇有轻薄才,因制卦名离合等诗以嘲之"①。孔稚珪"不乐世务,居宅盛营山水,凭机独酌,傍无杂事"②。由此导致其脱离实际且无真才实学。颜之推言:"梁朝全盛之时,贵游子弟,多无学术,至于谚云:'上车不落则著作,体中何如则秘书。'无不熏衣剃面,傅粉施朱,驾长檐车,跟高齿屐,坐棋子方褥,凭斑丝隐囊,列器玩于左右,从容出入,望若神仙。明经求第,则顾人答策;三九公宴,则假手赋诗。当尔之时,亦快士也。"③ 这些不良风气引起了一些士人的担忧,六朝时期家族观念极重,子弟的教育培养关乎家族兴衰。钱穆曾言:"魏晋南北朝时代的一切学术文化,必以当时门第背景作中心而始有其解答。当时学术文化,可谓莫不寄存于门第中,由于门第之护持而得传习不中断,亦因门第之培育,而得有生长有发展。"④ 时人多有《诫子书》《家训》之类,如《南齐书·王僧虔传》载其《诫子书》言:"汝开《老子》卷五尺许,未知辅嗣何所道,平叔何所说,马、郑何所异,《指》《例》何所明,而便盛于麈尾,自呼谈士,此最险事。"⑤ 即告诫子弟学习道理、勿作沽名钓誉之辈。张融《门律自序》、梁武帝《意觉诗赐江革》也劝戒众游生立身严谨、珍惜光阴。

其次,贵游子弟多尚文义。"时膏腴贵游,咸以文学相尚。"⑥ "世家子弟在政治上但求和皇室合作,平流进取加上经济上的稳定,于是自然而然地有更多的精力投入文学创作。"⑦ 裴子野《雕虫论》说当时"自是闾里年少,贵游总角,罔不摈落六艺,吟咏情性"。《诗品序》言:"(嵘)观王公搢绅之士,每博论之余,何尝不以诗为口实。"当时官吏选拔制度也与此有关,《南史·始安王遥光传》称"文义之事,此是士大夫以为伎艺欲求官耳"⑧,《隋书·李谔传》也说"世俗以此相高,朝廷据此擢士。禄利之路既开,爱尚之情愈笃"⑨。可见这种风气与仕途紧密相关。作为官僚预备队的贵游子弟,钻研诗赋技能才能快速获得升迁,如《南齐书·丘灵鞠传》载"宋武帝殷贵妃亡,灵鞠献挽歌诗三首,云:'云横广阶暗,

---

① 《梁书》,第 532 页。
② 《南齐书》,第 840 页。
③ 王利器撰:《颜氏家训集解·勉学》(增补本),第 178 页。
④ 钱穆:《略论魏晋南北朝学术文化与当时门第之关系》,《中国学术思想史论丛》,安徽教育出版社 2004 年版,第 169 页。
⑤ 《南齐书》,第 598 页。
⑥ 《南史·王承传》,第 585 页。
⑦ 曹道衡、沈玉成:《南北朝文学史》,第 4 页。
⑧ 《南史》,第 1040 页。
⑨ 《隋书》,第 1544 页。

霜深高殿寒。'帝摘句嗟赏。除新安王北中郎参军……"① 更重要的是，由于养尊处优且普遍低龄，子弟多追逐流行的新鲜事物，如《西曲歌·翳乐》曰："人言扬州乐，扬州信自乐。总角诸少年，歌舞自相逐。"描绘贵游少年运用流行的西曲表演歌舞。颜延之批评汤惠休乐府为"委巷歌中谣耳，方当误后生"，也暗示新声俗乐对后生的巨大吸引力。

综上所述，谈玄和作诗成为士族身份的显著标志，那么作为群体阶层的"贵游子弟"，具体包括哪些人呢？永明年间，以"竟陵八友"和西邸学士的交往为中心，据《资治通鉴》记萧子良西邸文人云："记室参军范云、萧琛、乐安任昉、法曹参军王融、卫军东阁祭酒萧衍、镇西功曹谢朓、步兵校尉沈约、扬州秀才吴郡陆倕，并以文学尤见亲侍，号称八友。法曹参军柳恽、太学博士王僧孺、南徐州秀才济阳江革、尚书殿中郎范缜、会稽孔休源亦预焉。"②"八友"中沈约、范云，其余如周颙、江淹、孔稚珪、张融、庾杲之年纪较长且早已成名，姑且称为"贵盛人士"。其余若王融、谢朓、任昉、范云、刘绘、柳恽、徐勉、范岫、王僧孺、王僧祐、钟嵘、钟屿、范缜、谢璟、虞羲、虞炎、刘杳、刘显、江洪、丘迟、丘国宾均为子弟代表。梁天监年间，出生于萧齐的一大批子弟成长起来，以萧衍、萧统文学集团为中心，代表如刘孝绰、刘孺、江革、到洽、到沆、殷芸、王筠、张率、陆厥、陆倕、张缅、张缵、张绾、王承、萧映、周弘正等，还包括出身较低的何逊、吴均（因二人身份特殊，与贵游交往甚密，下文再深入考辨）。两代"贵游子弟"③ 有一些共同的求学、仕途经历和近似的士人心态。

首先，王融、徐勉、钟嵘、钟屿、范缜、虞羲、虞炎、江革、江洪、张率、张缅、张缵、王承、萧映、周弘正、丘国宾等都曾在国子学就读，像沈约曾任国子祭酒，周颙、范岫、刘杳等曾任国子博士。据《钟嵘年谱》载："永明三年，钟嵘十五岁，与兄屿为国子生。"④ 王融、虞羲与钟嵘同岁，当年入国学，与钟嵘同学。《诗品序》称轻荡之徒学谢朓，劣得"黄鸟度青枝"的即虞炎代表作《玉阶怨》。其余若谢朓、刘绘、任昉也

---

① 《南齐书》，第889页。
② （宋）司马光编著，（元）胡三省音注：《资治通鉴》，中华书局2011年版，第2013页。
③ 在此需要说明，我们以永明年间和天监年间诗人的年龄和成名时代为分类标准，只是一个大致的区分。有些诗人虽由齐入梁，但在齐代早已成名，我们将其归入第一代"贵游子弟"。时间上两代贵游子弟有所交叉叠合，很多由齐入梁的诗人，如王僧孺、柳恽、任昉等，特别是任昉，永明间虽为"八友"之一，但其真正确立文坛盟主地位却在天监初年。
④ 张伯伟：《钟嵘年谱简编初稿》，刘跃进、范子烨编《六朝作家年谱辑要》，黑龙江教育出版社1999年版。

有与国子生直接交往的记录。范缜与刘绘、钟岏还曾在刘瓛门下受业,孔稚珪、周颙、谢朓与刘瓛有书信往来。

其次,他们大多有任"黄门侍郎"和"中书侍郎"的经历。"黄门侍郎"有任昉、刘绘、徐勉、王僧祐、萧琛、钟嵘、张率、刘孝绰、到洽、陆倕、陆厥等,年长如沈约、张融、庾杲之也曾经担任过此职。刘向《诫子歆书》曰:"今若年少,得黄门侍郎,显处也。"可见是清显之位,侍奉皇帝左右,属近臣一类。南朝伎乐昌盛,《南齐书·王晏传》载,齐武帝于永明年间曾下敕文,曰:"未登黄门郎,不得蓄女伎。"① 以避免新声俗乐对年轻子弟的影响。"中书侍郎"自宋齐以来便为甲族子弟的起家之选,王融、刘绘、丘迟、刘孺、王筠、江淹等曾任此职。《唐六典》载:"中书侍郎掌贰令之职,凡邦国之庶务,朝廷之大政,皆参议焉。"② 可知中书侍郎可直接参与朝廷机要,南朝贵游多涉政权斗争核心,这也是其重要原因。

最后,士人心态上,他们出身甚高但无实权,优游为政,表面以宁静淡泊故作姿态,实则内心汲汲于功名。如张缵《谢东宫赉园启》称其"性爱山泉,颇乐闲旷。虽复伏膺尧门,情存魏阙。至于一丘一壑,自谓出处无辨。常愿卜居幽僻,屏避喧尘。傍山临流,面郊负郭。依林结宇,息桃李之夏荫;对镜开轩,采橘柚之秋实"。王僧孺《詹事徐府君集序》称徐勉"游魏阙而不殊江海,入朝廷而糜异山林"。《梁书·范云传》称其"性颇激励,少威重,有所是非,形于造次,士或以此少之"③。《梁书·刘孝绰传》称其"仗气负才,多所陵忽"④。何逊《刘博士江丞朱从事同顾不值作诗云尔》自称"吾人少拘碍,得性便游逸"。即使出身寒贱如吴均,也被王通与世家子弟孔稚珪并列,其《中说·事君篇》曰:"吴均、孔珪,古之狂者也。"⑤ 集中了贵游子弟的所有特质,文学才能亦是其中的佼佼者。作为文坛宿老的沈约,对子弟性情、才能多有称赏,《怀旧诗》之《伤王融》"元长秉奇调,弱冠慕前踪",《伤庾杲之》"右率馥时誉,秀出冠朋僚",《伤虞炎》"东南既擅美,洛阳复称才",《伤谢朓》"吏部信才杰,文锋振奇响。调与金石谐,思逐风云上"。不仅称赏谢朓文学才能,也表达自身声律观念。萧衍称帝后,多为子弟作鼓励赞赏和赠答游戏

---

① 《南齐书》,第744页。
② (唐)李林甫等撰,陈仲夫点校:《唐六典》,第275页。
③ 《梁书》,第232页。
④ 《梁书》,第483页。
⑤ 张沛:《中说校注》,中华书局2013年版,第79页。

之作，如《赠谢览王暕诗》《赠张率诗》《戏题刘孺手板诗》等。

二 从拟作看第一代贵游子弟与永明诗风的嬗变

齐梁诗坛于永明年间和天监初年，二十多年的时间内发生了两次大的变化。在此过程中，两代"贵游子弟"承担着诗风的转向和传播，引领着文学风气的变革。首先需要说明，贵游子弟在当时是相当大的群体，有诗作存留的仅是很小的一部分，我们只能从史书记载和存诗的状况来判别，先看第一代"贵游子弟"。

第一代子弟以王融、谢朓、任昉、刘绘、徐勉、范岫、王僧孺、王僧祐、柳恽、钟嵘、钟屺、范缜、谢璟、曹景宗、虞羲、虞炎、刘杳、江革、江洪、丘迟等为代表。其中，王融是无可争议的领军人物，身上集中了诸多贵游特质：王融出身琅琊王氏最为显贵的王弘—王僧达一支，《南齐书》本传称："融少而神明警惠，博涉有文才。"① 六朝子弟多早秀，少年成名为进入社交圈增添了资历。清谈使得士人口辩应对能力显著提高，为了彰显国家形象，当时南北互遣使者主要以形象、门第、才学、口辩为选拔对象，日本学者宫崎市定在《九品官人法研究：科举前史》一书中说："一流贵族具有充当外交官的利用价值。他们在全国范围内拥有姻戚，可以不断拓展关系圈。而且，全国各地的情报可以迅速通过亲戚获得。在间谍机关不发达，又没有培育特殊外交官的时期，贵族正是天生的外交官和熟练的情报提供者。"② 王融就曾任外交官一职，"十一年，使王融兼主客，接房使房景高、宋弁。弁见融年少，问主客年几？"所谓"主客"，必为门第才学不可一世者，与对方使者在宴会场合中辩驳、谈论、赋诗作文且取胜。王融的机智回答竟使"弁不能答"。而且，王融出身、才华使其更多带有偶像光环，《太平广记》卷二〇七引《法书要录》："宋末，王融图古今杂体，有六十四书。少年效仿，家藏纸贵。"③ 少年便名扬北朝，北魏《李璧墓志》曰："为中书郎王融，思狎渊云，韵乘琳瑀，气轹江南，声兰岱北，耸调孤远，鉴赏绝伦。"④ 甚至下狱也不减其身价，"融被收，朋友部曲参问北寺，相继于道"。更重要的是，王融身上带有贵游的普遍习气，有很高的自我期许和功名之心，《南齐书》本传称"融自恃人地，

---

① 《南齐书》，第817页。
② [日] 宫崎市定：《九品官人法研究：科举前史》，韩昇、刘建英译，中华书局2008年版，第22页。
③ （宋）李昉等编：《太平广记》，中华书局1960年版，第1585页。
④ 赵万里：《汉魏南北朝墓志集释》，科学出版社1956年版，图版232。

三十内望为公辅"。刘宋以后只有王融等少数几人主张北伐,曾作有《画汉武北伐图上疏》《求自试启》,清王鸣盛说:"文人轻躁急功名,如谢灵运亦有此陈请,王融之类也。"① 孔稚珪《奏劾王融》也说他"立身浮竞,动迹惊群,抗言异类,甚至其遇害也显示了子弟脱离实际、不堪大任的缺陷,当时"太学生②虞羲、丘国宾相谓曰:'竟陵才弱,王中书无断,败在眼中矣。'"③ 总之,在时人眼中,王融无疑更具偶像气质④,其余若谢朓、刘绘、虞羲等也为后进领袖。由于寒人不断涌入士族队伍,导致可提供给士族的官职(如中书侍郎)不断压缩,以王融为代表的士人普遍焦虑轻躁,愈发汲汲于功名富贵。

这一时期由于士族弟子的广泛参与,使得永明诗风带有更多的贵族特质,没有出现像鲍照、汤惠休那样突出的庶族诗人。永明时期,诗坛风气的转变在创作方面,首先从时人学习、拟作乐府诗中体现出来;理论方面,突出表现为永明声律说的创制、普及以及对鲍照文学价值的重新发现,以下分而述之。

创作上,第一,贵游子弟拟作乐府诗的趋新主张,体现在社交游集中的同咏拟作鼓吹曲辞之中。如永明八年(490),诸贵游作《同沈右率诸公赋鼓吹曲名先成为次》,分别为沈约《芳树》、范云《当对酒》、谢朓《临高台》、王融《巫山高》、刘绘《有所思》;九年(491)又进行第二轮分题,为谢朓《芳树》、王融《芳树》、沈约《临高台》、王融《有所思》、刘绘《巫山高》、范云《巫山高》。⑤ 全部是五言八句永明声律体。汉鼓吹铙歌,有《朱鹭》《思悲翁》《艾如张》《上之回》《拥离》《战城南》《巫山高》《上陵》《将进酒》《军马黄》《芳树》《有所思》《雉子斑》《圣人出》《上邪》《临高台》《远如期》《石留》。然而贵游多选取像《芳树》

---

① (清)王鸣盛撰,陈文和、王永平、张连生、孙显军校点:《十七史商榷》,凤凰出版社2008年版,第359页。
② 南朝太学是否真正存在,学界尚有分歧。主流观点认为太学与国子学合一,如"宋、齐以至梁、陈,并不存在一个与国学分立的,具有生员、校舍以及授业课试制度的、作为实体而存在的'太学'",太学生即是国子生。这里的太学生虞羲、丘国宾也是明确见于史书的国子生。参见阎步克《察举制度变迁史稿》,辽宁大学出版社1997年版,第222页。
③ 《南史》,第578页。
④ 也许从今人角度,谢朓代表永明诗风最高成就,但在当时未必有王融这样的号召力,谢朓父祖谢纬、谢述并非谢氏家族繁盛一支,娶出身布衣王敬则之女为妻为清流不齿,且谢朓口讷,与贵游推崇华辩相去甚远,如《南齐书》传载:"郁林王隆昌初,敕尚书殿中郎谢朓使接北使,朓自以口讷,启让,见许。"
⑤ (南朝齐)谢朓著,曹融南校注集说:《谢宣城集校注》,上海古籍出版社1991年版,第160—173页。

《巫山高》《有所思》《临高台》这样优美、令人无限遐想的题目，运用当时流行的语言，制作新体。齐梁士人从私人角度选取题目，运用"拟赋古题法"，即"严格地由题面着笔，按着题面所提示的内容倾向运思庀材"①。思想内容比较平浅，而且从内在精神上也断裂了与汉乐府之间的联系，据《乐府古题要解》载：

  《巫山高》，右其词大略言江淮水深，无梁可度，临水远望，思归而已。若王融"想像巫山高"、梁范云"巫山高不极"，杂以阳台神女之事，无复远望思归之意也。

  《芳树》，右古词，中有云："妒人之子愁杀人，君有他心，乐不可禁。"若王融"相思早春日"、谢朓"早玩华池阴"，但言时暮众芳歇绝而已。

  《有所思》，右其辞大略言"有所思，乃在大海南，何用问遗君？双珠瑇瑁簪。闻君有他心，烧之当风扬其灰。从今已往，勿复相思，而与君绝"也。若齐王融"如何有所思"，梁刘绘"别离安可再"，但言离思而已。

  《临高台》，右古词，大略言："临高台，下有清水清且寒。江有香草目以兰，黄鹄高飞离哉翻。开关弓射鹄，令吾主寿万年。"若齐谢朓"千里常思归"，但言临望伤情而已。②

他们专意从咏物、相思离别角度对旧曲进行全方位翻新。《蔡宽夫诗话》曰："齐梁以来，文士喜为乐府辞，然沿袭之久，往往失其命题本意。《乌将八九子》但咏乌，《雉朝飞》但咏雉，《鸡鸣高树颠》但咏鸡，大抵类此。"③ 有关文士拟作鼓吹曲使用的音乐，《宋书·律志》沈约案曰："今鼓吹铙歌，虽有章曲，乐人传习，口相师祖，所务者声，不先训以义。"④《乐府诗集·鼓吹曲辞》题解曰："宋、齐并用汉曲。"又引《古今乐录》

---

① 钱志熙：《齐梁拟乐府诗赋题法初探——兼论乐府诗写作方法之流变》，《北京大学学报》1995 年第 4 期。
② （唐）吴兢：《乐府古题要解》，《历代诗话续编》，第 37—38 页。
③ （宋）胡仔：《苕溪渔隐丛话·前集》卷一，第 5 页。
④ 《宋书》，第 204 页。

曰："汉鼓吹铙歌十八曲，字多讹误。"① 音乐仍存但歌辞已多不可解，选择这些旧辞难解的乐曲，文人可最大限度地发挥创造力，这些讲究修辞稳切、声律和谐的新体乐府，也有为旧乐补辞的创作倾向。改制的新曲，虽非全篇入律，但出现了一些严整的律句，如王融《临高台》"花飞低不入，鸟散远时来"，《芳树》"相思早春日"，《巫山高》"秋风下庭绿"，沈约《有所思》"葡萄应作花"等，体现了文士创制永明体所进行的文学实验。况且鼓吹乐不像庙堂乐章那么尊崇，有一定的燕娱性质。在集体活动中尝试新的技巧，对新体的定型有促进作用，也使得新体从一开始就更具娱乐属性，更具传播普及价值。同时，《乐府古题要解》的排序方式暗示了王融作为贵游代表引领诗风变革的重要作用。列古辞后，先列王融拟作，最后是诸贵游之作。而且，王融拟作还隐含着宫体艳情的倾向，其《巫山高》"杂以阳台神女之事"，其《芳树》一反萧衍、沈约、丘迟等均咏芳树之繁盛，专咏美人；《拟青青河畔草》沈约忆故人，王融写闺怨；《少年子》"待君送返客，桂钗当自陈"，表现歌妓与客人床笫之欢，诗作中的艳情因素预示了诗坛变革的新方向。刘师培指出："宫体导夫先路者，则永明时之王融也。今之谈宫体者，但知推本简文，而能溯及王融者殆鲜。"②

第二，他们受当时江南民歌影响集体创作雅颂新声，如谢朓《齐随王鼓吹曲》十首、王融《齐明王歌辞》七首。《乐府诗集·齐随王鼓吹曲》题解曰："《钧天》已上三曲颂帝功，《校猎》已上三曲颂藩德。"③ 全为五言十句，多有两句相连，偶对适切，平仄协调的句子，是典型的永明体。《元会曲》《郊祀曲》《钧天曲》典正尊崇，颂圣色彩明显；《入朝曲》《出藩曲》《校猎曲》咏藩王，《从戎曲》《送远曲》《登山曲》《泛水曲》描写景色清新流利，其中《校猎曲》"殪兽华容浦，张乐荆山台"，作于永明八年，谢朓奉镇西随王教于荆州道中，应受西曲影响较大。王融作《齐明王歌辞》七首，原注："应司徒教作。"萧子良于永明五年正位司徒，直到去世一直以司徒为官。歌辞应作于永明后期，风格十分接近谢朓《齐随王鼓吹曲》，两者有明显的沿袭性。其中《明王曲》《圣君曲》极具庙堂乐章气息，《渌水曲》《采菱曲》《清楚引》《长歌引》《散曲》描写景致绮丽雅趣，追求和谐的音乐效果。歌辞均分三解，每一解为五言四句，其中《采菱曲》"荆姬采菱曲，越女江南讴"，《散曲》"楚调《广陵

---

① （宋）郭茂倩编：《乐府诗集》，第224、225页。
② 刘师培：《汉魏六朝专家文研究》，《中国中古文学史讲义》，第154页。
③ （宋）郭茂倩编：《乐府诗集》，第293页。

散》，瑟柱秋风弦"，同样吸收了西曲之风。这些雅颂新声均属永明乐章体，产生于藩邸文人集体应制，将从民间新声中习得技巧运用于乐府歌辞的制作，这也是最初永明体多为乐章的原因所在。同时兼顾雅俗，具备朝廷礼仪用乐和私人宴娱的双重属性。

谢朓于任宣城太守任上，还作《同赋杂曲名·秋竹曲》《曲池之水》，宣城郡文士檀秀才《阳春曲》、江朝请《渌水曲》、陶功曹《采菱曲》、朱孝廉《白雪曲》效法唱和。这些诗均为永明新体，模拟谢朓流丽婉媚之体，可见贵游在游集、唱和活动中引领时风的重要作用。

第三，同咏活动之外，文士个体创作也大致遵循游集活动的拟作原则，他们拟作鼓吹曲，如王僧孺《朱鹭》有寄托但总体用齐梁丽辞咏物；虞羲《巫山高》"云雨丽以佳，阳台千里思"不脱王融窠臼；梁武帝、沈约、丘迟《芳树》均咏树之繁盛，其体式上全为八句、十句，用韵平整，以平声韵为主，少量为仄声韵，可见时人在改造汉乐府时已经形成了约定俗成的模式。拟作新声杂曲，如王融《少年子》、《江皋曲》、《思公子》、《王孙游》、《阳翟新声》、《自君出之矣》二首，谢朓《王孙游》《玉阶怨》，宗夬《荆州乐》三首，虞羲《自君出之矣》，柳恽《起夜来》《独不见》，徐勉《迎客曲》《送客曲》等，写景咏物或离愁别思，全为五言四句或八句，既具有吴声西曲的风情韵味，又深受声律说的影响。可见永明体的出现，与当时流行音乐密切相关，刘跃进指出："四声的发明，不仅肇始于佛经的转读，江南新声杂曲的影响也是不能低估的。"① 清田雯《古欢堂杂著》曰："鼓吹曲辞，歌谣杂体，五色相宣，八音协畅，诗家所必采也。"② 诗家拟作鼓吹曲辞和新声杂体，主要因其文采富丽且音韵和谐流畅。

总之，魏晋到刘宋文人拟乐府虽有创新但在思想精神上一以贯之，齐梁贵游从贵族化的流连光景、吟咏情性的角度改弦更张，其积极意义在于永明诗人趋新的群体创作主张，使得文人乐府的主题、艺术风格发生了创造性革新。但也产生了一些不良影响，如魏晋风骨、格力荡然无存，唐元稹曾言："晋世风概稍存，宋齐之间，教失根本，士以简慢翕习舒徐相尚，文章以风容色泽放旷精清为高，盖吟写性灵、留连光景之文也，意义格力无取焉。"③

---

① 刘跃进：《门阀士族与永明文学》，生活·读书·新知三联书店1996年版，第78页。
② （清）田雯：《古欢堂杂著》卷一，文渊阁四库全书本。
③ （唐）元稹：《唐故工部员外郎杜君墓系铭并序》，《元稹集》（修订本），中华书局2010年版，第690—691页。

除了创作以外，文人有意识在理论上推陈出新。首先，此时期出现了永明声律说。声律说的创制为贵游阶层提供了写作新体的教科书。有关永明声律说的首创，学界主要集中在王融、沈约、沈约与周颙以及周颙等几种观点。《诗品序》曰：

> 齐有王元长者，尝谓余云："宫商与二仪俱生，自古词人不知之。惟颜宪子乃云'律吕音调'，而其实大谬。唯见范晔、谢庄颇识之耳。尝欲进《知音论》，未就。"王元长创其首，谢朓、沈约扬其波。三贤或贵公子孙，幼有文辩，于是士流景慕，务为精密。襞积细微，专相陵架。故使文多拘忌，伤其真美。余谓文制本须讽读，不可蹇碍，但令清浊通流，口吻调利，斯为足矣。至平上去入，则余病未能；蜂腰、鹤膝，闾里已具。①

声律说以王融为首创，这是最早的明确说法，且尝欲造声律理论，惜其未成。据《钟嵘年谱》载："永明六年，王融与钟嵘谈论诗歌声律，谓作诗当用四声制韵；谢朓转王俭东阁祭酒，与钟嵘屡屡论诗；谢朓嗟颂钟嵘同学虞羲诗'齐句清拔'。朓善持论，每论诗声情并茂。刘绘为后进领袖，欲为当世《诗品》，钟嵘亲接其议论。"② 同一年，《南齐书·陆厥传》称："永明末，盛为文章。吴兴沈约、陈郡谢朓、琅邪王融以气类相推毂。汝南周颙善识声韵。约等文皆用宫商，以平上去入为四声，以此制韵，不可增减，世呼为'永明体'。"③ 永明体始兴于此。五音概念来自魏晋，四声后出，钟嵘说，"至平上去入，则余病未能"，可知能辨四声者并不多。四声与五音存在一定的对应关系，如何用四声调配五音，是亟待解决的问题。"王融与钟嵘谈论诗歌声律，谓作诗当用四声制韵。"王融是第一个用四声制韵，以四声调配五音的尝试者。④ 他还作《双声诗》："园蘅眩红葩，湖荇晔黄华。回鹤横淮翰，远越合云霞。"据统计，王融五言诗五十七首，入律五首，约占总数9%，且有两首律诗和一首长律，远高于谢朓、沈约，从创作实践上树立了新体用双声调配的典范。

永明体兴起与当时贵游子弟普遍喜用新兴声律创作且缺乏理论指导有

---

① （南朝梁）钟嵘著，曹旭笺注：《诗品笺注》，第207—208页。
② 张伯伟：《钟嵘年谱简编初稿》，刘跃进、范子烨编《六朝作家年谱辑要》，第265页。
③ 《南齐书》，第898页。
④ 隋刘善经《四声论》、唐元兢《诗髓脑·调声》等力主沈约提出调声论，均晚于王融。只是沈约有明确的声律理论，而王融《知音论》未就而卒，所以后世认为沈约贡献较大。

直接关系。有关声律说的传播,"士流景慕,务为精密。襞积细微,专相凌架"。人工规定声律本就繁琐,子弟为了超越他人,划分得越来越细,伤害了诗歌的"自然英旨"。沈约、谢朓等著名诗人尚不能纯熟使用声律,何况才能普遍不高的贵游子弟。吴相洲指出:"永明声律说的提出的巨大意义在于为那些不擅长音乐的人找到了一种简单的便于合乐的作诗方法,即通过音韵的合理组合便可写出达到合乐要求的诗歌。"① 同时南朝的居住状况也决定了士庶文化的融合,《诗品序》称:"蜂腰、鹤膝,闾里已具。"又《诗品·梁左光禄沈约》称:"见重闾里,诵咏成音。""闾里"即下层庶民聚居地。南渡之后,侨姓士族与江南土著、庶民杂居②,里巷歌谣很容易被年轻人接受。这就产生了矛盾——即贵族阶层如何接受庶民文化。这些底层歌谣本身带有一种调声之法,原是闾里之间通行的口诀,南朝子弟接受时又不加选择,毫无准的。王融、沈约等对这种来源民间的调声之术加以改造,使之成为符合士人身份的声律之法。可以说,永明声律说的创立来源于民间,落脚点又回到了士族。从此,作诗讲究声律成为士族身份的象征,士人纷纷仿效,"及沈约、谢朓永明体出,士争效之"③。永明体兴于六年左右,周颙为国子博士,王融、钟嵘、虞羲为国子学同学,谢朓、刘绘等与国子生也有密切交往。正是由于子弟在国子学游集,能够互相探讨、切磋,针对诸多的创作乱象,直接创立了声律说。

其次,贵游阶层开始发现和重视鲍照的文学地位。鲍照"才秀人微,取湮当代"(《诗品》),死于乱军之中,一直没有编集。虞炎奉文惠太子之命编纂《鲍照集》,"片纸只韵,罔不收集"。其序曰:"照所赋述,虽乏精典,而有超丽"④,认为鲍照诗文"典雅"不足,却有"超丽"。"超丽"即《南齐书·文学传论》所谓的"发唱惊挺,操调险急,雕藻淫艳,倾炫心魂"。有"俗丽""淫丽"之美,在批评的同时也流露出欣赏之态。作为贵游子弟的虞炎属文惠太子幕僚,奉王命搜集鲍照遗文,对鲍照的评价也反映了文惠太子及文人集团的批评观。其后萧子显《南齐书·文学传论》首次将鲍照列于与谢、颜并列的"三体"之一。至此鲍照体及其追随者成为文坛重要一派,"永明、天监之际,鲍体独行,延之、康乐微矣"⑤。

---

① 吴相洲:《永明体与音乐关系研究》,北京大学出版社2006年版,第1页。
② 钟嵘《诗品序》曰:"嵘之今录,庶周游于闾里,均之于谈笑耳。"《诗品》写作目的是希望流传乡里,必然是居住在里巷的士人阶层而非庶民。
③ (宋)叶适:《徐道晖墓志铭》,《水心先生文集》,四部丛刊本。
④ (南朝宋)鲍照著,丁福林、丛玲玲校注:《鲍照集校注》,第1页。
⑤ (清)吴乔:《围炉诗话》,《清诗话续编》,第503页。

《诗品序》:"次有轻薄之徒,笑曹、刘为古拙,谓鲍照羲皇上人。"① 热衷于学习鲍照"日中市朝满"之类,"日中市朝满"出自《代结客少年场行》,该诗被收入《文选》,可见有不小的影响。现存陈张正见有《赋得日中市朝满》一诗,"赋得诗主要在文人集会、宴会中所作,有'赋诗得某题'之意"②。可见贵游子弟尊鲍之甚。鲍照是南朝运用乐府新声的第一个重要诗人,趋新趋俗一面突出,贵游阶层欣赏趣味与此不谋而合。

总之,第一代贵游子弟从拟作实践到理论建设上,引领了永明诗风的第一次嬗变。沈约、周颙、张融等老牌声律专家外,年轻的贵游阶层也开始崭露头角,王融、谢朓、刘绘、柳恽等直接参与永明体的建设,民间谚语有对他们有直接评价,如《南齐书·刘绘传》载:"永明末,京邑人士盛为文章谈义,皆凑竟陵王西邸。绘为后进领袖,机悟多能。时张融、周颙并有言工,融音旨缓韵,颙辞致绮捷,绘之言吐,又顿挫有风气。时人为之语曰:'刘绘贴宅,别开一门。'言在二家之中也。"③ 时人为张周刘三姓语:"三人共宅夹清漳,张南周北刘中央。"《梁书·柳恽传》载,柳恽"既善琴,尝以今声转弃古法,乃著《清调论》,具有条流"④。可见后辈在诗坛不仅有声律著作且开始占据主导地位。

三 第二代贵游子弟与梁初诗坛的嬗变

永明末到梁天监、普通年间,王融、谢朓相继遇害,范云于天监二年(503)去世,沈约亦沉潜于梁代,西邸文人集团作鸟兽散,作为竟陵文人之一的萧衍成功取得皇位。《诗品》中"才能胜衣,甫就小学"之"膏腴子弟"渐渐长大,成了《颜氏家训》中的"今世文士",《颜氏家训·文章》载:他们"一事惬当,一句清巧,神厉九霄,志凌千载,自吟自赏,不觉更有傍人"⑤。第二代子弟以萧衍、萧统文人集团为中心,代表有刘孝绰、刘孺、江革、到洽、到沆、殷芸、王筠、张率、陆倕、张缅、张缵、张绾、王承、萧映、周弘正、吴均、何逊等,其中第一代贵游如王僧孺、柳恽、任昉等,成为跨越朝代的链接人物。学界一般认为梁代前中期"就

---

① (南朝梁)钟嵘著,曹旭笺注:《诗品笺注》,第35页。
② 吴承学、何志军:《诗可以群——从魏晋南北朝诗歌创作形态考察文学观念》,《中国社会科学》2001年第5期。
③ 《南齐书》,第841页。
④ 《梁书》,第332页。
⑤ 王利器撰:《颜氏家训集解》(增补本),第287页。

文学实绩说，既不如齐永明体的辉煌，也不如这之后的宫体诗有影响"①。专在守成而少开创，仍然是永明诗风的延续。实际上，从齐末开始，贵游阶层的构成以及诗风发生了一些变化，在此姑且称之为"后永明文学时代"。我们先看贵游子弟赖以生存的教育制度和官吏选拔体系。

第一，萧衍重儒崇教，恢复了前代时办时停的国子学且开办各类馆学。《南史·梁本纪》载，武帝在位期间"修饰国学，增广生员，立五馆，置五经博士"②。《梁书·武帝本纪》载，其于天监七年下诏曰："建国君民，立教为首……博延胄子，务彼十伦，弘此三德，使陶钧远被，微言载表。"八年又下诏："皇太子及王侯之子，年在从师者，可令入学。"③ 可见国子学已有不小规模且仍为高门占据。史书还记录了武帝多次亲临国子学，策试子弟直接授予官职④，如张缵弟绾，"初为国子生，射策高第。起家长兼秘书郎"⑤。王承七岁通《周易》，选补国子生。"年十五，射策高第，除秘书郎。历太子舍人。"⑥ 此外，武帝还开创了五馆和集雅馆，《南史·儒林传》载："天监四年，乃诏开五馆，建立国学，总以五经教授，置五经博士各一人。于是以平原明山宾、吴郡陆琏、吴兴沈峻、建平严植之、会稽贺玚补博士，各主一馆。馆有数百生，给其饩廪。"⑦ 可见五馆是以教授五经为主，官方建立并资助的有别于国子学的正式馆学。"（天监五年）五月，置集雅馆以招远学。"⑧ 目的即在京城召集远方的学生。在保留国子学博延贵胄的情况下，将五馆用来引进寒门弟子，如《隋书·百官志》载"天监四年，置五经博士各一人。旧国子学生，限以贵贱，帝欲招来后进，五馆生皆引寒门俊才，不限人数"⑨，改变了以往官方办学只收官员子弟的现状，也使大批有志向学的寒门才俊可凭努力跻身上流。

第二，在官吏选拔上，延续前代看重门第身份的要求，同时重视寒门后学的才能。载《隋书·百官志》载，天监六年革选，（梁武帝）诏曰：

---

① 傅刚：《永明文学至宫体文学的嬗变与梁代前期文学状态》，《社会科学战线》1997年第3期。
② 《南史》，第223页。
③ 《梁书》，第50页。
④ 这时期策试文章的质量有了很大提高，《文选》专门设有"策问"的文体，这与当时以策试选拔官吏有直接关系。
⑤ 《梁书》，第503页。
⑥ 《梁书·王承传》，第585页。
⑦ 《南史》，第1730页。
⑧ 《南史》，第189页。
⑨ 《隋书》，第724页。

"在昔晋初,仰惟盛化,常侍、侍中,并奏帷幄,员外常侍,特为清显。"①可见依然推重员外、常侍等清显之官。《梁书·刘孝绰传》载:"(刘孝绰)出为上虞令,还除秘书丞②。高祖谓舍人周舍曰:'第一官当用第一人。'故以孝绰居此职。"③而且强调清官的名门子弟身份。朱铭盘《南朝梁会要·选举》特分"素族士族甲族"和"寒门"两类,说明士庶隔阂依旧存在,"吴均家世寒贱……天监初,柳恽为吴兴,召补主薄"④。说明其为寒门选举起家。作为军功起家的庶族,武帝同样重视寒门后学的才能,《梁书·武帝本纪》载天监五年下诏使"寒门后品,并随才试吏,勿有遗隔"。⑤《南史·儒林传序》载:"天监四年,乃诏开五馆……馆有数百生,给其饩廪其射策通明者,即除官吏。"⑥五馆皆寒门,可见武帝多看重人的实际才能,当然主要是经史和文学之才。

总之,由于武帝的一系列政策,《南史·儒林传》称,"当天监之际,时主方崇儒业,如崔、严、何、伏之徒,前后互见升宠,于时四方学者,靡然向风,斯亦曩时之盛也"⑦,可见梁代学风之盛况。这使得梁代社会结构发生了一些变化,"梁武帝采取'不问士庶,依照德才'选用官吏,既防止无德行教养的寒人一味苟进媚事,又阻止不学无术的贵族子弟尸位素餐……在天监年间整理国政,徐勉、周舍等寒门出身的宰相励以治道"⑧。更多的寒门子弟有机会接受良好教育而跻身上层,寒庶族取得士族资格的人数逐年增长,士庶之间的隔阂越来越小。像宋齐士庶激烈斗争的现象,在梁代史书中就少有见到,像吴均、何逊这样的庶族可以与贵游子弟共同游集唱和就是这种变化的直接结果。更重要的是,士族中不同阶层的消长和作家队伍的变化,又对文学本身的发展起着重要影响。梁代前期文学新变表现为多元交错现象突出,主要表现在以下两个方面。

第一,受武帝影响,梁初永明体受到一些阻碍,有意识地向元嘉雅颂诗风复归,主要是使事用典的流行。武帝曾公开表示不好声律,如《梁书·沈约传》:"(沈约)又撰四声谱,以为在昔词人,累千载而不寤,而独得胸

---

① 《隋书》,第723页。
② 《梁书·张率传》载:"高祖曰:'秘书丞天下清官,东南胃望未有为之者……'"可见秘书丞职位之尊显。
③ 《梁书》,第480页。
④ 《梁书》,第698页。
⑤ 《梁书》,第49页。
⑥ 《南史》,第1730页。
⑦ 《南史》,第1757页。
⑧ [日]宫川尚志:《六朝史研究:政治·社会篇》,日本学术振兴会,1956年,第387页。

衿，穷其妙旨，自谓入神之作，高祖雅不好焉。帝问周舍曰：'何谓四声？'舍曰：'天子圣哲'是也，然帝竟不遵用。"① 其实萧衍并非不懂声律，作为"竟陵八友"之一，早年曾作过不少新体诗，目的是向士族靠拢。他出身庶族，更偏爱注重抒情、语言通俗的寒庶文化。永明体虽有文人使用，但直到徐摛、庾肩吾等宫体诗人才有了一些新发展。此时，诗坛复煽长篇雅正、使事用典的元嘉古体。出于政教弘儒目的，武帝有意采用长篇古体，"会以辞藻明理，俨为玄言之遗风"②。《陈书·沈众传》载："梁武帝制《千字诗》，众为之注解。"③ 另外武帝似乎对使事用典格外偏爱，如武帝曾命群臣各疏有关"锦被"的典故，《南史·刘怀珍传》载："咸言已罄。帝试呼问峻，峻时贫悴冗散，忽请纸笔，疏十余事，坐客皆惊，帝不觉失色。"④ 其中原因，一方面可能与萧衍早年附庸在王俭门下有关。《南史·王摛传》载：王俭广集"才学之士，总校虚实，类物隶之，谓之隶事，自此始也"⑤，属于典型的元嘉诗风。另一方面，当时推崇博学之风，为方便使事用典，聚书、编纂类书成普遍风气。齐梁时聚书风气最为流行，萧绎《金楼子》有《聚书篇》，自称"吾今年四十六岁，自聚书来四十年，得书八万卷。河间之俘汉室，颇谓过之矣"⑥。如刘之遴、沈约、任昉、王僧孺等都为聚书大家。编纂类书上，武帝曾命学士编《华林遍略》，以求压过刘孝标《类苑》。《郡斋读书志》卷一四《同姓名录》载："齐梁间士大夫之俗，喜征事以为其学浅深之候，梁武帝与沈约征栗事是也。类书之起，当在是时。"⑦ 因此，他推重的都是辞义典雅之作，如《敕答陆倕》："太子中舍人陆倕所制石阙铭，辞义典雅，足为佳作。"《敕萧子云撰定郊庙乐辞》："郊庙歌辞，应须典诰大语，不得杂用子史文章浅言。"在武帝干预下，梁初诗风有意识越过永明诗歌短小清丽，向元嘉诗风高古典正靠拢。

第二，代表新进士族欣赏趣味的媚俗侧艳诗风开始流行，同时也部分恢复继承了重抒写个人情志的汉魏寒素文学。曹道衡指出："这些军人出身的士族虽然致身显贵，其生活情趣还是与沿袭魏晋玄风以清谈儒、道二

---

① 《梁书》，第 243 页。
② 钱志熙：《中国诗歌通史·魏晋南北朝卷》，第 456 页。
③ 《陈书》，第 243 页。
④ 《南史》，第 1219 页。
⑤ 《南史》，第 1213 页。
⑥ （南朝梁）萧绎撰，许逸民校笺：《金楼子校笺》，第 517 页。
⑦ （宋）晁公武撰，孙猛校证：《郡斋读书志校证》，上海古籍出版社 2011 年版，第 646 页。

家的玄理为高的中原高门颇有不同。他们更感兴趣的倒是声色之娱及各种玩好……这种风气的转变，归根结底也是和士人中各阶层的兴衰变化分不开。"① 萧衍早年在荆、雍等地仕宦，对绮丽新艳的江南民歌多有仿作，如《子夜歌》《子夜四时歌》《江南弄》《河中之水歌》《东飞伯劳歌》② 等。《江南弄》系武帝改造西曲而来，其中《采菱曲》描写采菱女泛舟江上，对女性体态装扮多有描摹，最后"翳罗袖，望所思"直接表达男女相思，全诗显示了脱胎于民歌的真率直露，又夹杂着贵族玩赏的趣味。王夫之评《河中之水歌》《东飞伯劳歌》曰："托体虽艳，其风神音旨英英遥遥，固已笼罩百代。"③ 指出了风格的"艳"，又不失风神英旨，不至流于艳情绮靡。这些风格侧艳的乐府之作，来源于新兴士族的底层欣赏趣味，与梁后期宫体诗的风靡有直接源流关系。同时也部分恢复继承了抒写个人情志的寒素文学，主要是征战、边塞题材的兴起。现存南朝一百多首边塞诗，多数为梁以后的作品。如武帝《戍边诗》《古意诗》等，写征戍分离之苦，《宴诗》写息兵止杀之意，透露作者的功业理想，直接上承汉魏寒素文学的内在精神。

综上所述，梁初诗坛发生了一些变化，武帝作为老一辈贵游（《武帝集序》称其"爱始贵游"），无疑对贵族子弟的诗歌创作产生了示范作用。我们再看第二代贵游及其对当时诗风的转承作用。

第二代贵游子弟没有出现像王融、谢朓那样名噪一时的人物，他们在前辈面前略显平庸，其中刘孝绰、王筠是相对突出的人物。先看刘孝绰，他是第一代贵游刘绘之子，王融的外甥，身上集中了贵游的颇多特质。他系出名门且少年成名，据《梁书》本传载："孝绰幼聪敏，七岁能属文。舅齐中书王融深赏异之，常与同载适亲友，号曰神童。融每言曰：'天下文章，若无我当归阿士。'阿士，孝绰小字也。绘，齐世掌诏诰。孝绰年未志学，绘常使代草之。父党沈约、任昉、范云等闻其名，并命驾先造焉，昉尤相赏好。"④ 文采为时人、域外所宗，"孝绰辞藻为后进所宗，世重其文，每作一篇，朝成暮遍，好事者咸讽诵传写，流闻绝域"⑤。同王融一样，刘孝绰身上也带有贵族诸多劣根性，最典型的就是"仗气负才，多

---

① 曹道衡：《兰陵萧氏与南朝文学》，第3—4页。
② 有关《河中之水歌》《东飞伯劳歌》等民歌是否为武帝所作学界尚有争议。在此我们倾向多数意见，为武帝拟作民歌而来。
③ （明）王夫之：《古诗评选》，第54页。
④ 《梁书》，第479页。
⑤ 《梁书》，第483页。

所忽陵"，由此得罪了到洽、臧盾等多人，这也是他晚年仕途不顺的重要原因。刘宋以后只有少数几人主张北伐，王融和刘孝绰是其中代表人物，也是其汲汲于功名富贵的心理体现。

王筠出身琅琊王氏，为王僧虔之孙，《梁书》本传载沈约与其语："自谢朓诸贤零落已后，平生意好，殆将都绝，不谓疲暮，复逢于君。""沈约常启高祖曰：'晚来名家，唯见王筠独步。'"①"名家"即晋宋以来的高门士族。"少擅才名，与刘孝绰见重当世。"可贵的是，王筠身上没有贵游的不良习气，"元礼弘厚，聿追祖风，彼贵游之习，为豪华之士沿为傲侮，元礼无一焉。门标龙凤，此其最优也"②。且与寒门士子相处融洽，元洪焱祖之《次韵奉酬孟能静见贻之什》赞其"公生富贵家，披服同寒俊……后生竞传诵，心服非貌敬"。良好的出身、修养让其拥有一批追随者。与孝绰不同，王筠仕途平顺，后人经常把二人作比，如"当日昭明太子爱重文学，元礼、孝绰同被宾遇，执袖抚肩，方之浮丘、洪崖，两贤何相若也。元礼通显，竟至白首，遭乱堕井，非云不寿。孝绰一官屡蹶，少妹贻纠，束绢开讼，秘书长逝，不满六十"③。这与王筠的名家修养密不可分。当时以刘孝绰、王筠等贵游子弟为主，形成了一些庞大的文学集团，如《南史·到溉传》载：（任昉为御史中丞时）"后进皆宗之。时有彭城刘孝绰、刘苞、刘孺，吴郡陆倕、张率，陈郡殷芸，沛国刘显及（到）溉、洽，车轨日至，号曰'兰台聚'，又称'龙门之游'"④。《南史·王锡传》："武帝敕锡与秘书郎张缵使入东宫，不限日数。与太子游狎，情兼师友。又敕陆倕、张率、谢举、王规、王筠、刘孝绰、到洽、张缅为学士，十人尽一时之选。"⑤即"东宫十学士"。他们原本侍奉武帝，后为萧统侍读，也是编纂《文选》的参与者，诸贵游的文学创作和观念实与武帝和昭明太子密切相关。

创作上，第一，发展融合了元嘉、永明诗风，从尚旧典故事到新奇典故。时任昉为文坛盟主，《南史》本传称："晚节转好著诗，欲以倾沈，用事过多，属辞不得流便，自尔都下士子慕之，转为穿凿，于时有才尽之谈

---

① 《梁书》，第485页。
② （明）张燮著，王京州笺注：《七十二家集题辞笺注》之《王詹事集题词》，上海古籍出版社2019年版，第260页。
③ （明）张溥著，殷孟伦注：《汉魏六朝百三家集题辞注·刘秘书集》，第312页。
④ 《南史》，第678页。
⑤ 《南史》，第640—641页。

矣。"①《诗品》评任昉曰："但昉既博学,动辄用事,所以诗不得奇。少年士子,效其如此,弊矣!"② 任昉不善于诗,晚年诗风"遒变"可能由于当时诗风的变化,即使事用典之风流行。少年士子均以任昉"善铨事理,拓体渊雅"诗风为学习对象。但又不同于颜延之、谢庄好用旧典故事,他们多用新奇典故,《诗品序》称:"近任昉、王元长等,词不贵奇,竞须新事,尔来作者,寖以成俗。"③ 贵游诗作也多用新事,如刘孝绰《三日侍华光殿曲水宴诗》《江津寄刘之遴诗》、陆倕《以诗代书别后寄赠诗》等,侍宴赠答之作多用新典。其实诗歌用典并不只是元嘉诗风的专属,永明诗也多用典故,如王融《从武帝琅琊城讲武应诏诗》,五言十四句,句句属对,用典十分繁密。梁初任昉一派实际也是永明王融诗风的延续,只是"词不贵奇",遣词明白易懂,是对"易见事"的继承,陈松雄指出:"但务多学广识,因书立功,缉事比类,持刀以割膏腴,用旧博古,操斧以伐山林。宋之颜、谢,承其流而扬波,齐之任、王,变其本而加厉……非典故无以成章,非博物不足称美。"④ 走的是元嘉融合永明的道路。有关新典的流行,一方面由于子弟爱奇尚异,《诗品序》所谓"竞须新事……拘挛补衲,蠹文已甚",可见后世好新之风。另一方面与聚书风气以及武帝对子弟的培养有关,士人多好聚集奇僻之书,好用新典就与此有关,《梁书·王僧孺传》载:"僧孺好坟籍,聚书至万余卷,率多异本……其文丽逸,多用新事,人所未见者,世重其富。"⑤ 而且武帝也有意识培养子弟博学强志,天监初,曾命到洽抄甲部书(经部),张率抄乙部书(史部)以及丙、丁部书(子部和集部),新典来源于此。可以说,永明年间,诗歌的新变主要体现为声律的一面,梁初则是发展了用典的另一面,是新体在"后永明文学时代"发展平缓的表现,也是贵族的文学欣赏趣味的表现。

第二,发展了永明声律体。一方面他们将声律说植入长篇,遂形成长篇转韵体;另一方面在永明体基础上,形成了新兴的声律体裁。吴小平对梁初何逊、吴均、王筠、刘孝绰有过统计:吴均入律诗歌占3%,王筠2%,基本与永明体入律平均值(3%)持平。何逊入律达7%,以短篇为

---

① 《南史》,第1455页。
② (南朝梁)钟嵘著,曹旭笺注:《诗品笺注》,第192页。
③ (南朝梁)钟嵘著,曹旭笺注:《诗品笺注》,第101页。
④ 陈松雄:《齐梁丽辞衡论》,台北:文史哲出版社1986年版,第114—115页。
⑤ 《梁书》,第474页。

主，刘孝绰入律诗五首，约占总数7%，有长律、律诗多种。① 许学夷《诗源辩体》卷九称："刘长篇有转韵体最工……"② 以短篇制胜的何逊，也有《拟青青河畔草转韵体为人作其人识节工歌》《送韦司马别》这样长篇换韵之作，这是声律体在梁初的新发展。另外，诗人的入律普及远比永明时高，许学夷《诗源辩体》卷九梁评何逊、刘孝绰"二公五言，声多入律"，刘孝威"声愈入律"，吴均"声渐入律"，王筠"声愈入律"，柳恽"声多入律"等，认为远比齐代诗人入律程度高。③ 例如，评谢朓"此变律之渐"，评沈约"休文全集较玄晖声气为优，然殊不工"、"休文论诗，有'八病'之说，此变律之渐。然观其诗，亦不尽如其说，何耶？"④ 而且像柳恽永明间已崭露头角，但在梁初才将声律体发扬光大。从永明王融、沈约开始到梁初，在两代贵游子弟的努力下形成了"齐梁体"⑤，清钱木庵曰："齐永明中，沈约、谢朓、王融创为声病，一时文体骤变。谢玄晖、王元长皆没于当代，沈休文于时作手，何仲言、吴叔庠、刘孝绰等并入梁朝，故谓之齐梁体。"⑥ "齐梁体"不仅"通两朝而言之"，梁初文人对声律的贡献在于创制了既不同于永明体，也非宫体的新体裁。杜晓勤指出："'齐梁体'诗的格律形式有粘对律、粘式律、对式律等形式。"⑦ 相对于永明体多对式律，梁初新体粘式律比重上升，而且出现了合式的声律结构，如刘孝绰《陪徐仆射晚宴》五联，前三联粘式，后二联对式，粘、对并用，对新体诗声律的讲究远超永明诗人，在永明体与律体之间架起了桥梁。而且用韵更加自由灵活，通过随文辨声营造诗歌音乐美。如《梁书·王筠传》："（沈）约制《郊居赋》，构思积时，犹未都毕，乃要（王）筠示其草，筠读至'雌霓（注：五激反）连蜷'，约抚掌欣抃曰：'仆尝恐人呼为霓（注：五鸡反）。'……约曰：'知音者希，真赏殆绝，所以相要，政在此数句耳。'"⑧ 可见文士善于随文辨声，不像永明文人那样机械。

第三，贵游阶层的构成变化导致此期庶族文学有所上升，一方面是恢复了永明一度断裂的抒写个人情志的汉魏寒素文学，另一方面是媚俗侧艳

---

① 吴小平：《中古五言诗研究》，江苏古籍出版社1998年版，第243页。
② （明）许学夷：《诗源辩体》，第126页。
③ （明）许学夷：《诗源辩体》，第123页。
④ （明）许学夷：《诗源辩体》，第125—127页。
⑤ 齐梁体有多重含义，一指声律，即白居易、李商隐、温庭筠集中所言齐梁格；一指风格绮艳和咏物之作。
⑥ （清）钱良择：《唐音审体》，康熙四十年昭质堂刻本。
⑦ 杜晓勤：《齐梁诗歌向盛唐诗歌的嬗变》，北京大学出版社2009年版，第13页。
⑧ 《梁书》，第485页。

的宫体文学的发轫。前者最明显体现在吴均、何逊等出身较低的诗人的崛起。《梁书·吴均传》载其"家世寒贱,至均好学有俊才"①,早年亦曾游集于竟陵西邸,与任昉、王融、柳恽等贵游多有赠答之作,"天监初,柳恽为吴兴,召为主簿,日引与赋诗"。因其好学、交游和寒门选举得以改变命运,《隋唐嘉话》言:"齐吴均为文多慷慨军旅之意,梁武帝被围台城,朝廷问均外御之计,怯惮不知所答,启云:'愚计速降为上计。'"②反映了寒素人士的功名之心。拟乐府多继承汉魏乐府审美趣味,如《战城南》《雉子斑》《梅花落》《从军行》等,多边塞征战之作,斯"鲍照之遗烈"。《梁书》本传称:"均文体清拔有古气,好事者或学之,谓为'吴均体'。"③可见有一定追随者,如纪少瑜《拟吴均体应教诗》,《南史·纪少瑜传》载:"本姓吴,养于纪氏,因而命族。早孤,幼有志节……年十九,始游太学……"④可见属于寒门游学之士。另《梁书·吴均传》后附载当时文学之士,"广陵高爽、济阳江洪、会稽虞骞,并工属文"。⑤可见此派多半出身偏寒。何逊亦出身下层,颜之推批评"每病苦辛,饶贫寒气"⑥,即诗文中的寒贱之气。但其文学创作几乎与贵游密不可分,作品中数量最多的当属与刘孝绰、刘杳、江革、王僧孺、刘孺等贵游的联句、赠答之作,《赠诸游旧》《拟轻薄篇》既艳羡贵游生活,又告诫珍惜光阴。"出身庶族而具有士族的普遍性格;同于士族而又带着庶族文人的心理意绪"⑦,这是典型的何逊心态。不同于吴均多拟古乐府,何逊多继承《古诗十九首》和其他汉魏古诗的传统,如《赠族人秣陵兄弟》"所思不可见,邈若胡与秦。愿子加餐饭,良会在何辰?"用《苏武诗》之一"昔日常相近,邈若胡与秦"和《行行重行行》之"努力加餐饭",《送韦司马别》"弃置勿复陈,重陈相叹息"用曹丕《杂诗》"弃置勿复陈",《聊作百一体》恢复了应璩《百一诗》的创作传统。王夫之评《与苏九德别》:"空中缭绕,随地风华,真《十九首》亲骨血也。"⑧徐世溥《榆溪诗话》曰:"何逊'机杼蘼芜妾,裁缝箧笥人',将《上山采蘼芜》《新裂齐纨素》二首各收

---

① 《梁书》,第698页。
② (唐)刘𫗧著,程毅中点校:《隋唐嘉话·补遗》,中华书局1979年版,第59页。
③ 《梁书》,第698页。
④ 《南史》,第1786页。
⑤ 《梁书》,第699页。
⑥ 王利器撰:《颜氏家训集解·文章》(增补本),第361页。
⑦ 阎采平:《齐梁诗歌研究》,北京大学出版社1994年版,第144页。
⑧ (明)王夫之:《古诗评选》,第259页。

入五字内……"① 另外王筠《和吴主簿》之《春日二首》"于今方滥死，宁须萱草枝""卷葹心未发，蘼芜叶欲齐"等，意象、句法上承汉魏古诗，《刘孝绰元广州景仲座见故姬》《摘安石榴枝赠刘孝威》的诗意，分别出自《上山采蘼芜》和《庭中有奇树》，这种诗风与昭明文学集团以及士庶混合有关，为时风一种。

如果说下层文人拟作汉魏乐府和徒诗主要是侧重其抒情写志功能，而学习江南新声则是侧重对其声色、情欲的描绘，由此导致了宫体诗的发轫。从鲍照、汤惠休到沈约，从俗的诗风从未消歇，但总体宋齐诗坛仍以代表士族情调的文雅诗风为主。随着梁初下层文人地位的上升，代表他们喜好的艳情诗开始兴盛。吴均艳诗多为拟古之艳，如《拟古》其一《陌上桑》以及《和萧洗马子显古意诗》其一"贱妾思不堪"对古辞进行改造，凸显相思之意。同样题材，张率《日出东南隅行》就通篇描摹女色和装饰，纯为宫体之流。其余若《和萧洗马子显古意诗》其二"妾本倡家女"、其三"春草可揽结"、其四"何处报军书"、其五"妾家横塘北"多古色生香之体，描摹女性之容色但主题仍不失言情，也有一些寄托，不至堕入纯粹感官享乐。闻一多即说："初期作者常用的'古意'、'拟古'一类暧昧的题面，是一种遮羞的手法。"② 这也是吴均拔于流俗心态的表现。何逊则与高门子弟一样，其诗少拟古之情，多今事之艳，更接近后来的宫体诗。如《嘲刘谘议》《咏娼妇》《咏照镜》等，将女色作为具有审美特色的"物"，文辞冶艳，多色情描写，为宫体之渐。许梿《六朝文絜》称《为衡山侯与妇书》为"婉娈极艳"的"香奁之作"。③ 这也是何逊士族性格的体现。再看刘孝绰，《古意送沈宏诗》多化用古诗《燕赵多佳丽》语辞，文辞雅正，韵味醇厚，张玉縠评："后八……申前怨伤意也。却不说破，使人言外得之，亦有含蓄。"④ 近于吴均，应同属当时拟古艳一格，但数量较少。其余《爱姬赠主人诗》《遥见邻舟主人投一物众姬争之有客请余为之咏》《咏姬人未肯出诗》等，词旨放荡，格调低下，接近何逊、贵游之作。《玉台新咏》收刘孝绰诗十三首，可见其宫体诗人身份。有学者认为其大量作宫体诗是

---

① （明）胡震亨著，（清）徐世溥撰，（清）宋荦著：《唐诗谈丛 榆溪诗话 漫堂说诗》，商务印书馆1936年版，第20页。
② 闻一多：《宫体诗的自赎》，《唐诗杂论》，第11页。
③ （清）许梿评选，（清）黎经诰笺注，曹明纲点校：《六朝文絜》，上海古籍出版社2020年版，第150页。
④ （清）张玉縠著，许逸民点校：《古诗赏析》，第506页。

由萧统文学集团转入萧纲文学集团之后①，其实是作为贵游子弟私生活放浪②加之文学思潮影响的共同结果。

第二代贵游有些曾为萧统侍读，属昭明文人集团，也是《文选》的重要编纂者③，他们的创作、诗学观念也影响了《文选》的编选理念和当时的诗学思潮。

首先，梁初文学多元交错，萧衍"对于其时各派之文学思想，似乎都可以兼容"④。萧统文学思想与其相近，既推崇雅正尚典，又不排斥俗艳抒情一类，主张"雅而丽"，这与第二代贵游的创作实践是互相影响、互相渗透的。对于用典，同时期的钟嵘反对用典，萧统就不反对。用典大家王筠、殷芸、张缅、张缵等贵游曾为太子侍读，《梁书·昭明太子传》言萧统"引纳才学之士，赏爱无倦。恒自讨论篇籍，或与学士商榷古今；闲则继以文章著述，率以为常"⑤。《文选序》称"事出于沉思"，据朱自清考证，即用典之意。⑥联系到昭明文人集团创作水平既不如永明文人，也不如宫体一派，王世贞评梁武帝父子曰："梁氏帝王，武帝、简文为胜，湘东次之……昭明鉴裁有余，自运不足。"⑦昭明一派特点在于博综群书、讨论篇籍，选诗评诗而非作诗。况且大量用典确实伤害文章"自然英旨"，如萧绎《内典碑铭集林序》曰："存华则失体，从实则无味。或引事虽博，其意犹同……"导致文章过于质实，不能出奇。对于"典而丽"文学观，萧统《答湘东王书》："夫文典则累野，丽则伤浮。能丽而不浮，典而不野，文质彬彬，有君子之致。"刘孝绰《昭明太子集序》称萧统诗"典而不野，远而不放，丽而不淫，约而不俭"。萧纲也在《昭明太子集序》称萧统诗文"丽而不浮"。这些"折中"的文学理论，"要求诸种对立因素在量的方面达到均衡和谐，无过与不及之弊，而此种观点，实亦齐梁人所

---

① 参见秦跃宇《刘孝绰与宫体文学》，《贵州社会科学》2004 年第 2 期。同期王筠也有大量艳诗收入《玉台新咏》中。

② 如《南史·刘孝绰传》："孝绰为廷尉，携妾入廷尉，其母犹停私宅。洽寻为御史中丞，遣令史劾奏之，云：'携少妹于华省，弃老母于下宅。'"何逊《嘲刘谘议》讽其留恋床笫。

③ 除萧统外，《文选》的主要编纂者，还有刘孝绰（见《梁书·刘孝绰传》），有刘勰、王筠、张缅（见《梁书·刘勰传》《梁书·王筠传》《梁书·张缅传》），何逊也可能参与过（宋王应麟《玉海》卷五四引《中兴书目》录《文选》所注"与何逊、刘孝绰等选集"）。

④ 罗宗强：《魏晋南北朝文学思想史》，第 282 页。

⑤ 《梁书》，第 167 页。

⑥ 朱自清：《〈文选序〉"事出于沉思，义归乎翰藻"说》，《朱自清古典文学论文集》，上海古籍出版社 1981 年版。

⑦ （明）王世贞：《艺苑卮言》，《历代诗话续编》，第 997 页。

共有"①。近似中庸的文学理论也存在于萧绎宫体一派,其《内典碑铭集林序》:"能使艳而不华,质而不野,博而不繁,省而不率,文而有质,约而能润……"源于先秦的中和哲学观已转换到纯粹的文学艺术层面,也是齐梁文人对当时文艺理论的贡献。

其次,他们给诗歌增添了一种新的品质,即雍容优雅的诗学追求。所谓"雍容优雅",与"雍容典雅"类似,"指文学作品符合经典,处理好了内在与外形的关系,诗歌表现了主体在差异中悠游从容的愉悦,在质朴的感性和美的超越间保持张力,使艺术文本在结构上简约,具有文外之旨"②。南渡士族经过百年发展到齐梁已经完全成熟了,贵游子弟受名家风气熏陶、培养而形成的优游从容的心态、修养及风操,相应的,反映在文学上形成一种诗美追求。当时虽"何(逊)、刘(孝绰)"并称,但"扬都论者,恨其每病苦辛,饶贫寒气,不及刘孝绰之雍容也"③。可见普遍推崇这种贵族化"雍容"诗风。甚至不看打扮谈吐,只从诗风就可判断其士庶出身,如何逊、范云、刘孝绰共作《拟古三首联句》:"家本青山下,好上青山上。青山不可上,一上一惆怅。"(何逊)"匣中一明镜,好鉴明镜光。明镜不可鉴,一鉴一情伤。"(范云)"少知雅琴曲,好听雅琴声。雅琴不可听,一听一沾缨。"(刘孝绰)④对比可知贵族尚雅的欣赏趣味。陈祚明言:"孝绰诗秀雅优闲,体工才称,如匠石经营,因岩筑基,傍壑疏沼,修廊高馆,迥合林峦,自成幽胜。"⑤秀雅优闲诗风也备受后世推重。王世贞曾言:"何气清而伤促,柳调短而伤凡。吴均起语颇多五言律法,余章绵丽,不堪大雅。"⑥陆时雍《诗镜》评何逊诗"抒写本素,远却世氛","意境清微,幽芳独赏,叙怀述素是其所优"⑦,着眼点也在其寒素诗风上。贵族的文学成就并不一定比寒门士人高,只是这些富贵中人雍容诗风更能与传统士大夫雅致高远情调相吻合,也与齐梁文人普遍追求中和之美有关,"一方面承认诗歌抒发情感的功用,一方面又提倡有所节制。这些原则所构成的诗歌理想,是以'优雅'为其最主要特征的"⑧。

---

① 王运熙、杨明:《魏晋南北朝文学批评史》,上海古籍出版社2007年版,第302页。
② 方锡球:《从"中和"哲学观到"雍容典雅"的诗学追求——有关刘勰〈文心雕龙〉的一个重要贡献》,《求是学刊》2000年第5期。
③ 王利器撰:《颜氏家训集解·文章》(增补本),第361页。
④ (南朝梁)何逊著,李伯齐校注:《何逊集校注》,中华书局2010年版,第43—44页。
⑤ (清)陈祚明评选,李金松点校:《采菽堂古诗选》,第861页。
⑥ (明)王世贞:《艺苑卮言》,《历代诗话续编》,第997页。
⑦ (明)陆时雍选评,任文京、赵东岚点校:《诗镜》,第230页。
⑧ 田晓菲:《烽火与流星——萧梁王朝的文学与文化》,中华书局2010年版,第111页。

四　余论：贵游文学的积极意义

以贵游子弟为主的贵族文学是齐梁文学的主流。《诗经》中《南有嘉鱼》《湛露》以及楚国的宋玉、景差"竞为侈丽闳衍之词，没其风谕之义"（《汉书·艺文志》）的楚辞体创作为贵游文学的雏形，后有司马相如等人"润色鸿业"的汉大赋，以及建安"邺中文人"的游宴活动，文人的游集传统由来已久。但以文人出身和受教育程度为主要选择标准，使这一群体具有排他性的文化精英光环，是齐梁贵游文学的独特之处。客观说，除个别如王融、谢朓外，贵游子弟普遍天分不高，抒发着富贵公子的无病呻吟，诗作的思想社会价值可想而知，不能代表永明诗风的最高成就。但是，这种大规模的集体创作却呈现了另一种文学创作倾向和观念，以下约略言之。

首先，贵游群体写物、景、情，多停留在表象，注重表现艺术的直观感觉，多形似之言，不求深意。《金楼子·立言篇》称："夫今之俗，搢绅稚齿，闾巷小生，学以浮动为贵，用百家则多尚轻侧，涉经记则不通大旨。苟取成张，贵在悦目……"[1] 以"悦目"为标准，他们推崇的"日中市朝满""黄鸟度青枝"，无一不在表现事物的直观感觉，即沈约赞美王筠咏物诗"指物呈形，无假题署"。为了排列感觉，追求形似，多赋法而少比兴，加以雕虫之功。钟嵘从表现艺术感觉入手，《诗品序》言，"故诗有三义焉：一曰兴，二曰比，三曰赋。文已尽而意有余，兴也；因物喻志，比也；直书其事，寓目写物，赋也。……若专用比兴，患在意深，意深则词踬。若但用赋体，患在意浮，意浮则文散"[2]，容易滋生一些不良后果，即元结《箧中集序》所谓"拘限声病，喜尚形似，且以流易为辞"[3]。文人追求感觉形似也有成功之作，如谢朓"鱼戏新荷动，鸟散余花落"，王籍"蝉噪林愈静，鸟鸣山更幽"。但大部分诗歌"兴浮志弱"，也是齐梁诗被诟病的缺乏兴寄的重要原因。为了描摹物象，穷情写物，就要重视声律辞藻、对仗工巧、字斟句酌等写作技巧，魏徵《群书治要序》称："竞采浮艳之词，争驰迂诞之说，骋末学之博闻，饰雕虫之小伎，流宕忘返，殊途同致。"以至当时"人自藻饰，雕虫之艺盛于时"[4]，总体上推动了诗

---

[1] （南朝梁）萧绎撰，许逸民校笺：《金楼子校笺》，第967页。
[2] （南朝梁）钟嵘著，曹旭笺注：《诗品笺注》，第25页。
[3] （唐）元结编：《箧中集》，傅璇琮等编《唐人选唐诗新编》（增订本），中华书局2014年版，第362页。
[4] （唐）魏徵等撰，沈锡麟整理：《群书治要》，中华书局2014年版，第1页。

第四章 萧齐时期——文人拟诗的新变

艺技巧的进步。

其次，发展、繁盛了原有的诗歌体式（联句），也促进了新的诗歌体式——五绝的兴起。联句"六朝以前谓之连句"①，即两人或以上各赋一句或几句连缀而成，起于柏梁体。②其后似乎只有贾充《与妻李夫人联句》、陶渊明《联句》，偶一为之。刘宋稍有增长，如孝武帝《华林都亭曲水联句效柏梁体诗》、鲍照《与谢尚书庄三联句》《在荆州与张使君李居士联句》《月下登楼联句》，体式非一。至永明时期数量激增，王士禛言："联句有人各赋四句，分之自成绝句，合之乃为一篇，谢朓、范云、何逊、江革辈多有此体。"③谢朓有《阻雪》《还涂临渚》《纪功曹中园》《闲坐》《侍筵西堂落日望乡》《祀敬亭山春雨》《往敬亭路中》共七首，作者有沈约、王融、王僧孺、何从事等，均为五言四句，韵脚统一压平声韵。最具代表性的当属何逊与诸贵游联句，有赠答、拟古、咏物等十二首，有些如《照水联句》《折花联句》，诗作风格相似，意脉贯通，"若出一手"④。有些如《往晋陵联句》《赋咏联句》，俨然是不同思想的讨论对话，文义不相连，难为佳作，也是参与者水平、风格差别较大的缘故。有优劣之分，联句便可拆分，谢朓《阻雪》一诗，《古文苑》卷九章樵注："旧本止载江革、王融二首，姓名又差。今添入倡者谢朓、殿后沈约二绝，足成联句一篇。外有王兰陵、谢文、谢绶三首，词意不相殊绝，弗载。"成功的联句可独立成章，讲究对句的粘连、呼应，与后来的五绝有密切关系。长于联句的何逊就有很多成功的五绝之作，如《相送》尤为工巧，俨然五绝，《伤徐主簿》似为截取中间的律绝，全部对仗且合乎平仄。宋人洪迈将《送司马长沙》误收入《万首唐人绝句》中，"亦其声调酷类，遂成后世笑端"⑤。

最后，贵游群体在宴会、游集活动中逞才游艺的诗歌创作，体现了游戏娱情的诗学观念。南朝史书中多有集体创作活动的记载，酒酣耳热之际的创作使得文学少了一份沉重的使命感，多了一份自由轻松。如《艺文类聚》卷五六列联句诗、离合诗、回文诗、建除诗、六甲诗、十二属诗、六

---

① （清）赵翼著，江守义、李成玉校注：《瓯北诗话校注》，人民文学出版社2013年版，第92页。
② 袁枚认为联句始于先秦："联句始《式微》。刘向《列女传》谓：'《毛诗》"泥中""中露"，卫二邑名。《式微》之诗，二人同作。'是联句之始。"参见《随园诗话》，人民文学出版社2006年版，第226页。
③ （清）王士禛著，（清）张宗柟纂集，戴鸿森校点：《带经堂诗话》，人民文学出版社2006年版，第31页。
④ （明）吴讷著，凌郁之疏证：《文章辨体序题疏证》，人民文学出版社2016年版，第312页。
⑤ （明）胡应麟：《诗薮·外编》，第155页。

府诗、两头纤纤诗、藁砧诗、五杂组诗、四气诗、四色诗、迷字诗、道里名诗、数名诗、郡县名诗、县名诗、州名诗、卦名诗、药名诗、姓名诗、相名诗、鸟名诗、兽名诗、歌曲名诗、龟兆名诗、针穴名诗、将军名诗、宫殿名诗、屋名诗、车名诗、船名诗、树名诗、草名诗、八音诗、口字咏等三十多类。①作者以谢灵运、王融、沈约、范云、萧纲、庾信等贵游为主，众多的文字游戏诗体现了游戏娱情的诗学观念。为了让文士竞争高下，当权者或文坛盟主常采取"限时""限韵""同题""分题""联句"等形式，比拼才思的敏捷、用韵的自如，"其间宸游、应制、幽咏、豪吟，各极才情，竞夸博洽，代不乏人"（史起钦《八代诗乘序》）。优胜者常获得褒奖或提携，这样的创作无疑又带有功利色彩。朱光潜说："艺术的乐趣就在于征服这种困难之外还有余裕，还能带有几分游戏态度任意纵横挥扫，使作品显得逸趣横生。这是限制中争得的自由，由规范中溢出的生气。艺术使人留恋的也就在此。"②在集体中相切磋，"江南文制，欲人弹射。知有病累，随即改之"③。文学似乎成了集团不同成员之间相互分享的资源，上下尽欢，君臣和悦，从另一角度诠释了诗是可以"群"的。

另外还需说明，贵游属社会文化精英且情谊深厚，对彼此作品的保存起了重要作用。如虞炎为鲍照收集遗文、编定文集，王僧孺与何逊交往甚密且有诗往还，何逊死后，《梁书》载王僧孺集其文八卷。像刘勰《文心雕龙》这样体大思精之作，如果没有沈约这样的"贵盛人士"延誉，恐怕早已湮灭不闻。

客观讲，贵游子弟的文学成就受益于群体，同时也受制于群体。早年在群体中学习、磨炼诗歌技巧，成熟后却没有跳出时风而独立发展，缺乏创作个性，如齐梁诗人"人人自矜其长，然以数人之作相混一处，不复辨其为谁，千首一律，不知长在何处"④。优秀的诗人往往能超越时风而自成一家，如庾信早年曾为贵游一员，写作了大量宫体诗，入北后诗风发生巨大变化，臻于老练纯熟。多数贵游子弟显然不具备这样的条件，多作"当时体"，也是他们鲜能自立于一流作家之林的重要原因。后人往往批评贵游诗作"风骨兴寄都绝"，更应该看到他们对新的文学创作倾向和思潮的转承、嬗变和文学遗产的保留过程中的努力和贡献。

---

① （唐）欧阳询撰，汪绍楹校：《艺文类聚》，第1002—1012页。
② 朱光潜：《诗论》，生活·读书·新知三联书店1998年版，第45页。
③ 王利器撰：《颜氏家训集解·文章》（增补本），第339页。
④ （清）叶燮著，霍松林校注：《原诗》，人民文学出版社2012年版，第62页。

第五章　梁陈时期——拟诗的变体和总结

梁代王室与南齐同属南兰陵萧氏，皆为萧整的后代。就诗歌史的发展历程而言，梁陈诗歌被认为是南朝士族文学发展的晚期形态，一般将梁陈划分为一体。① 陈代文学的主要作家如阴铿、徐陵、江总等，大多在梁代崭露头角，最后由梁入陈而奠定地位。可以说，陈代文学的兴盛源自梁代。除了宫体诗通论梁陈以外，梁陈诗歌在艺术、审美等诗学精神上也有一脉相承的共同性。就拟诗而言，出现了一些如"古意""赋得"为题的拟诗变体，情况比较复杂，以下分而论之。

首先，梁武帝萧衍称帝之后，随着士庶之间不断融合以及寒素诗人取得士族身份的比例上升，特别是武帝多用寒士，当时重抒写个人情志的汉魏寒素文学的地位有所上升，由此导致诗坛上拟古思潮的复归。寒素文人何逊、吴均的崛起就是这种风气推动的结果。何逊一生沉沦下僚，位不过参军、记室。然而在当时颇有盛名，与沈约、范云、丘迟、刘孝绰、王僧孺等士族唱和赠答，就是梁代士庶之间矛盾缓和的反映。《颜氏家训·文章》所谓"扬都论者"认为何逊诗"每病苦辛，饶贫寒气，不及刘孝绰之雍容"②，批评的就是其寒庶诗风。其拟诗代表作有《学古》三首、《学古赠丘永嘉》、《拟青青河畔草转韵体为人作其人识节工歌》（《玉台新咏》卷四作《学青青河边草》）与范云、刘孝绰的《拟古联句》以及《聊作百一体》。应璩《百一诗》自魏晋时期产生之后，后世较少人模拟，何逊拟《百一诗》显然是底层士人"讥讽""刺时"传统的反映。此时期最具代表性的拟诗作家当属吴均，他是"鲍照之遗烈"在当时的流衍，《梁书》本传称其"家世寒贱"，"文体清拔有古气，好事者或学之，谓为'吴均

---

① 如徐艳将梁陈诗歌与刘宋、萧齐并列，指出梁陈诗歌"以精细、微妙形式为主调以使内容空间深入、曲折"，"琢炼诗歌形式而拓展内容表现的诗歌发展在陈代同样没有停滞"。参见其《关于客观评价南朝诗歌历史价值的几点设想——以对南朝诗歌内容价值的重新体认为中心》，《复旦学报》2010年第5期。

② 王利器撰：《颜氏家训集解》（增补本），第361页。

体'"。他创作了大量"古意"类系列作品,如《和萧洗马子显古意诗》六首、《古意诗》二首,包含边塞和闺怨两种类型。所谓"古意诗"产生于刘宋末,但真正蔚然大观是在梁陈时期,有单纯以"古意"为题的,也有与其他题材兼类的,如何子朗《和虞记室骞古意》、王枢《古意应萧信武教》、徐悱《古意酬到长史溉登琅邪城》等,大多缺少明确的原作范本,属于拟古诗的一种变体。现存模拟吴均体的有纪少瑜《拟吴均体应教》,为典型的闺怨诗,可见闺怨诗应在吴均作品中占据重要地位。

其次,时人不仅有拟古,还有拟今,即模拟同时代人的作品。拟今首先体现在对萧衍称帝之后作品的模拟。萧衍称帝之前,多与"竟陵八友"等人在萧子良西邸交游。南朝宋、齐、梁、陈四代开国君主虽都出身于寒庶,但梁武帝的情况比较特殊,其父萧顺之与齐武帝出于同宗,武帝从小就受到良好的教育,早年曾附庸在以博学著称的王俭门下,早已成为新晋的文化士族。登祚之后,开始大规模改制《江南弄》,对吴歌、西曲进行宫廷化、贵族化的提升。在其影响下,沈约、萧纲等也创作了《江南弄》系列。此外,萧衍还作有乐府《河中之水歌》、《东飞劳伯歌》(《玉台新咏》卷九称其为"古辞"、《文苑英华》卷二〇六作"梁武帝"),《乐府诗集》卷六八录有萧纲同题之作二首、刘孝威一首(《玉台新咏》卷九作《拟古应令》),有可能是其子、臣僚在一次宴会上对帝王诗作的模拟、逢迎。萧纲《拟沈隐侯夜夜曲》是以沈约《夜夜曲》二首为对象,《乐府诗集》卷七六题解曰:"《夜夜曲》,梁沈约所作也。梁《乐府解题》曰:'《夜夜曲》,伤独处也。'"① 可见为沈约首创,其题材符合宫体审美范式而被萧纲青睐。

再次,发源于齐代的"赋得"诗,至梁陈时期已经成为当时另一类拟诗变体。以"赋得"为题的作品,多以前人诗句为题,如张正见《赋得日中市朝满诗》(鲍照句)、《赋得假期竟不归诗》(庾肩吾句)、《赋得岸花临水发诗》(何逊句),孔奂《赋得名都一何绮诗》(陆机句),蔡凝《赋得处处春云生诗》(谢朓句),阮卓《赋得黄鹄一远别诗》(传为苏武句),江总《赋得谒帝承明庐诗》(曹植句)等,大多借用他人诗作一句,与原作无大关联,算不上拟诗。但其中以"赋得+乐府古题"为题的,如刘孝绰《夜听妓赋得乌夜啼》、王泰《赋得巫山高》、李爽《赋得芳树》等,还有以"赋得+乐府诗句"为题(当是省略"赋得"),如萧纲《双桐生空井》用魏明帝《猛虎行》首句"双桐生空井"等。总体看,这些并不占多数,但仍属拟乐府的范畴,虽然已经较多地带有泛咏物化特色。

---

① (宋)郭茂倩编:《乐府诗集》,第1070页。

最后，梁陈时期出现了两部集大成的文学总集《文选》和《玉台新咏》，对拟诗的立名和收录，彰显了时人对拟诗性质的认识与重视。如《文选》"诗类"设"杂拟"类，收录拟诗六十三首，数量位居《文选》"诗类"第三位，并将"杂拟"类与"杂诗"类相对，进而突出拟诗"随文立名""以类相从"的特性。《玉台新咏》对拟徒诗和拟乐府采取分门别类收录，如《青青河畔草》题下有陆机《拟青青河畔草》《拟西北有高楼》等拟古诗七首，刘铄《代青青河畔草》《代行行重行行》等拟古诗四首，鲍令晖《拟青青河畔草》《拟客从远方来》，名下系有拟"青青河畔草"的诗人均以《拟古》组诗形态呈现；同一作者拟《青青河边草》也常伴随着其他拟乐府之作，如傅玄《青青河边草篇》《苦相篇豫章行》等七首，荀昶《拟青青河边草》《拟相逢狭路间》、沈约《拟青青河边草》《拟三妇艳》、何逊《学青青河边草》《拟轻薄篇》、萧衍《拟青青河边草》《拟明月照高楼》，反映了六朝人对拟徒诗和拟乐府分属不同系统的认识。

上文勾勒了梁陈拟诗的大致发展、演变脉络，本章对《文选》"杂拟"类、梁陈宫体诗、古意诗以及"赋得"体进行单独探讨，以下循此论之。

第一节　《文选》"杂拟"类与萧统的诗学观念

《昭明文选》收诗分为二十三类（缺"临终"一类），最后一类"杂拟"，选陆机《拟古诗》十二首至江淹《杂体诗三十首》共十位作家六十三首拟诗（包括拟徒诗和拟乐府两种）。题目上，每首都有"拟""效""依""学""代""杂体"① 字样冠题，其中《杂体诗三十首》还有诗序表明拟作，这种作者在标题或诗序中作了标示的，我们暂且称为"明确的模拟目的"。除"杂诗""赠答"外，"杂拟"是《文选》第三大类，足见萧统的重视程度。据笔者统计，从魏晋到隋，明确以模拟为目的诗作有三百四十七首之多。据《南史·刘铄传》载："铄未弱冠，拟古三十余首，时人以为亚迹陆机。"② 据逯钦立《先秦汉魏晋南北朝诗》，就只有《拟行行重行行》《拟明月何皎皎》《拟孟冬寒气至》《拟青青河边草》四首。拟诗传统悠久，胡应麟言："建安以还，人好拟古，自《三百》、《十九》、

---

① 除此之外，拟诗也有部分以"绍""仿""古意""赋得"为题，《文选》未收。明刘节《广文选》、周应治《广〈广文选〉》部分将其收之。
② 《南史》，第 395 页。

乐府、铙歌，靡不嗣述，几于充栋汗牛。"① "杂拟"的出现是以丰富的创作实践为基础的。学界对拟诗研究主要集中在拟作大家如陆机、谢灵运、江淹等个案上，专门以《文选》杂拟类为对象的整体研究较少②，似乎只有洪顺隆《六朝杂拟诗题材类型论》③和侯素芳《〈文选·诗〉杂拟类刍议——以江淹〈杂体诗三十首〉为例》④，前者立足点主要在六朝杂拟诗的分类，后者仍不脱个案研究窠臼。有关"杂拟"的真实含义，杂拟与杂诗的关系以及杂拟所体现的辨体意识等问题，仍有待挖掘的空间。

一 "杂拟"释义

我们先看"杂拟"的确切含义。所谓"杂拟"，清汪师韩曰："杂拟者，凡拟古、效古诸诗是也。拟古类取往古名篇，规摹其意调，其止一二首者，既直题曰：拟某篇；而其拟作多者，则虽概题曰'拟古'，仍于每篇之前一一标题所拟者为何篇……"⑤ 拟其一二首者，可约等于模拟，"拟作多者"才能算是"杂拟"，而且很多只是"浑言拟古"，并未标题所拟者为何篇。实际上，"杂"与"拟"在当时是分开解释的。据《文选》卷三〇《杂拟》陆士衡《拟古诗》十二首刘良曰："杂，谓非一类；拟，比也，比古志以明今情。"⑥ 许慎《说文》曰："拟，度也。"段玉裁注："今所谓揣度也。"⑦ 拟即比拟、揣度之意。经常与"模"连用，即"模拟"，通过学习，追求形似。"杂"的情况比较多样，《说文》曰："杂，五采相合也。"段玉裁注："所谓五采彰施于五色作服也，引伸为凡参错之称。"⑧ 即各种不同类型的杂错集合。"杂"与"杂诗"密不可分，《文选》卷二九《杂诗》王粲《杂诗》（日暮游西园），李善曰："杂者，不拘流例，遇

---

① （明）胡应麟：《诗薮·外编》，第131页。
② 专著以胡大雷《〈文选〉编纂研究》（广西师范大学出版社2009年版）、《〈文选〉诗研究》（世界图书出版公司2014年版）以及傅刚《〈昭明文选〉研究》（中国社会科学出版社2000年版）为代表。
③ 洪顺隆：《六朝杂拟诗题材类型论》，载南开大学中文系编《魏晋南北朝文学与文化论文集》，南开大学出版社2002年版。
④ 侯素芳：《〈文选·诗〉杂拟类刍议——以江淹〈杂体诗三十首〉为例》，《许昌学院学报》2006年第6期。
⑤ （清）汪师韩：《诗学纂闻》，《清诗话》，第455页。
⑥ （南朝梁）萧统编，（唐）李善、吕延济、刘良、张铣、吕向、李周翰注：《六臣注文选》，第575页。
⑦ （汉）许慎撰，（清）段玉裁注：《说文解字注》，第604页。
⑧ （汉）许慎撰，（清）段玉裁注：《说文解字注》，第395页。

物即言，故云杂也。"李周翰曰："兴致不一，故云杂诗。"① 卷三〇《杂诗》卢谌《时兴诗》，李周翰曰："时兴诗，感时物而兴喻情也，亦杂诗之类。"② 杨伦《杜诗镜铨》引张潜语云："随意所及，为诗不拘一时，不拘一境，不拘一事，故曰杂诗。"③ 诗歌内容上多即兴抒发个人情志、幽思等琐屑、细小的日常情怀。顾炎武曰："六子皆有《杂诗》，而不必同其意，则亦犹之《十九首》也。"④ "杂"有其意不同的意思。《杂诗》涉及咏怀、咏史、咏物、游览、公宴、赠答等多种题材，袁行霈指出："《文选》按文体分为39大类，大类之下再按题材分为若干小类，'杂歌'、'杂诗'、'杂拟'在诗的最后，盖其内容难以列入'补亡'、'述德'、'祖饯'、'游仙'等小类也。"⑤ 题材内容庞杂多样，难以归类、概括。南宋郭茂倩对"杂曲"的定义依然沿用于此，《乐府诗集》卷六一"杂曲歌辞"题解曰："杂曲者，历代有之，或心志之所存，或情思之所感，或宴游欢乐之所发，或忧愁愤怨之所兴，或叙离别悲伤之怀，或言征战行役之苦，或缘于佛老，或出自夷虏。兼收备载，故总谓之杂曲。"⑥

"杂"不仅指诗歌题材，也指体式和文类。《诗品》"古诗"条曰："其外《去者日以疏》四十五首，虽多哀怨，颇为总杂。"⑦ 即徒诗中混入了乐府，体式驳杂不纯。"梁光禄江淹"条又曰："文通诗体总杂，善于模拟。"⑧ 江淹《杂体诗三十首》所拟从汉到刘宋三十位诗人的不同诗歌风格，诸种体式相杂不一。《文心雕龙·杂文》涉及的文体很多，有对问、七体、连珠、典、诰、论、曲、操、弄、引、讽、吟、谣、咏等多种，多娱乐游戏之作，是文人"负文余力，飞靡弄巧"的产物。使用上，"其用不宏"⑨，细小、不正式的文体采纳；命名上，"总括其名，并归杂文之区"⑩。南朝人眼中的"杂"有体式驳杂不纯之意。《隋书·经籍志》收录

---

① （南朝梁）萧统编，（唐）李善、吕延济、刘良、张铣、吕向、李周翰注：《六臣注文选》，第546页。
② （南朝梁）萧统编，（唐）李善、吕延济、刘良、张铣、吕向、李周翰注：《六臣注文选》，第560页。
③ （唐）杜甫著，（清）杨伦笺注：《杜诗镜铨》，上海古籍出版社1980年版，第239页。
④ （清）顾炎武著，（清）黄汝成集释，栾保群、吕宗力校：《日知录集释》，第1170页。
⑤ 袁行霈：《陶渊明集笺注》，第339页。
⑥ （宋）郭茂倩编：《乐府诗集》，第885页。
⑦ （南朝梁）钟嵘著，曹旭笺注：《诗品笺注》，第45页。
⑧ （南朝梁）钟嵘著，曹旭笺注：《诗品笺注》，第184页。
⑨ 张立斋：《文心雕龙注订》，詹锳《文心雕龙义证》引，上海古籍出版社1989年版，第488页。
⑩ （南朝梁）刘勰著，范文澜注：《文心雕龙注》，第256页。

多种以"杂"命名的文体,如"杂文""杂赋""杂论""杂诏""杂赦书""杂祭文""杂檄文""杂集"等。《文选》还立"杂歌"一类,南朝几乎每一种文体都有以"杂"命名的。傅刚指出:"'杂'在魏晋南北朝已被用来辨体。"[1] 如六朝诗人以"杂诗"直接为题的。"杂"虽可用于辨体,但很多情况下"杂"并无一定之体,如《文心雕龙·杂文》没有一种文体以"杂文"命名,江淹《杂体诗三十首》,具体诗题也无"杂体"字样。明吴讷言:"文而谓之杂者何?或评议古今,或详论政教,随所著立名,而无一定之体也。"[2] 将众多细小、难以独立成体或并入各体的不同篇章形态合并(况且六朝还有许多尚未完全定型的文体),使用"类同命名法"[3],以类相从加以集合。"杂"不仅是文体,更接近文类之意。这样看,《文选》既以体式(如杂歌、乐府,体式不同于其他诗作,可配乐演唱)相分,又以文类(如杂拟[4],但杂拟类诗内部又各自有"体";"杂诗"情况复杂,既有"体"的概念,又有文类概念)相区别,有混乱之处。苏轼讥其"编次无法,去取失当"(《东坡志林·仇池笔记》),姚鼐认为"分体杂碎"(《古文辞类纂》),章学诚论其"淆乱芜秽,不可殚诘"(《文史通义·诗教下》)。虽然批评得过于严苛,实际也指出了萧统选文分类的矛盾之处。

还需说明,虽取名曰"杂",并不代表人们对这种文体、文类的轻视[5],如《文心雕龙·杂文》论述了诸多文体,但是将具有讽谏作用的对问、七体、连珠归入,论述也最细致。吴讷言:"(杂)著虽杂,然必择其理之弗杂者则录焉,盖作文必以理为之主也。"[6] 徐师曾言:"然称名虽杂,而其本乎义理,发乎性情,则自有致一之道焉。刘勰所云:

---

[1] 傅刚:《〈昭明文选〉研究》,第271页。
[2] (明)吴讷,(明)徐师曾:《文章辨体序说 文体明辨序说》,人民文学出版社1998年版,第45页。
[3] 所谓"类同命名法",指后人将出于相似行为方式而创作的具有一定功能特征的各种不同名称的文本,合并归类,为之选定一个文体名称。参见郭英德《中国古代文体学论稿》,北京大学出版社2005年版,第142页。
[4] 骆鸿凯云:"赋自'京都'至'情'凡十五类,诗自'补亡'至'杂拟'凡二十三类,所谓'又以类分'也。"可见"杂拟"同时有"文类"之意,参见骆鸿凯《文选学》,中华书局2015年版,第15页。
[5] 有研究者认为杂文、杂诗歌,冠以"杂"字有轻视之意,如马萌《〈文选〉乐府诗选录情况及其乐府观念》(《天津社会科学》2005年第1期)、周振华《〈文心雕龙〉和〈文选〉中"杂文"和"杂诗"的比较》(《安徽农业大学学报》2012年第3期)。
[6] (明)吴讷,(明)徐师曾:《文章辨体序说 文体明辨序说》,第46页。

'并归体要之词,各人讨论之域.'正谓此也."① 体式虽杂,但"其理弗杂",这与下文将要论述的萧统对"杂拟"的态度和排列顺序有密切关系。

据上文,南朝人眼中的"杂"主要指诗歌题材之细小、琐碎、庞杂,而且有体式、文类的含义。所谓"杂拟",也就是对这些的模拟,可以是题材内容,也可以是形式。除此之外,"杂拟"还是诗歌的创作手法,如鲍照《学陶彭泽体》:"长忧非生意,短愿不须多。但使尊酒满,朋旧数相过。秋风七八月,清露润绮罗。提瑟当户坐,叹息望天河。保此无倾动,宁复滞风波。"一共模拟陶渊明《九日闲居》"世短意常多,斯人乐久生",《移居》"过门更相呼,有酒斟酌之",《拟古》"佳人美清夜,达曙酣且歌。歌竟长叹息,持此感人多"。黄节补注:"明远此篇,当时杂拟而成。"② 将不同的诗作进行整合、模拟成一篇。又如江淹《杂体诗三十首》采用"杂拟"的创作手法,将"'不同诗歌题材'、'不同诗歌内容及风格'、'所拟对象的人生经历'、'所拟对象不同心态'看作一个整体,根据自身需要进行模拟再创造。"③ 刘熙载评:"江文通诗,长于杂拟。"④ 也是针对其创作手法而言。

二 《文选》"杂拟"类及其辨体意识

上文已经详论南朝人眼中"杂拟"的确切含义,下面我们具体看《文选》"杂拟"类及其体现的辨体意识。

首先,题材内容上,据中国台湾学者洪顺隆统计:"六朝杂拟诗篇什之'杂',共有咏史诗、狭义叙事诗、征戍诗、游侠诗叙事系统的题材类型;有隐逸诗、田园诗、游仙诗、玄言诗、山水诗、咏物诗、爱情诗、亲情诗、友谊诗、狭义咏怀诗、宫体诗抒情系统的题材类型。"⑤《文选》要兼顾众作,集其菁华,每种题材下诗歌数量相当有限,六十三首拟诗几乎涵盖了上述统计的所有题材,如陆机《拟古诗》十二首(爱情、友谊);张载《拟四愁诗》(咏怀);陶渊明《拟古诗》(咏怀);谢灵运《拟魏太子邺中集》(公宴、咏怀);袁淑《效曹子建乐府白马篇》《效

---

① (明)吴讷,(明)徐师曾:《文章辨体序说 文体明辨序说》,第137页。
② 黄节:《谢灵运诗注 鲍参军诗注》,第357页。
③ 参见拙文《江淹〈杂体诗三十首〉之杂拟手法探论》,《宁夏大学学报》2014年第3期。
④ (清)刘熙载撰,袁津琥校注:《艺概注稿》,第270页。
⑤ 洪顺隆:《六朝杂拟诗题材类型论》,载南开大学中文系编《魏晋南北朝文学与文化论文集》,第72页。

古诗》（游侠、征戍）；刘铄《拟古》二首（爱情）；王僧达《和琅邪王依古》（游侠）；鲍照《拟古诗》三首（游侠、咏史）、《学刘公幹体》（咏物、咏怀）、《代君子有所思》（征戍）；范云《效古》（征戍）；江淹《杂体诗三十首》更是从题目上直接标出题材，如《古离别》（爱情、亲情）、《李都尉从军》（友谊）、《班婕妤咏扇》（咏物、咏怀）、《魏文帝游宴》（公宴、咏怀）、《陈思王赠友》（友谊）、《刘文学感遇》（咏物、咏怀）、《王侍中怀德》（公宴、咏怀）、《嵇中散言志》（咏怀）、《阮步兵咏怀》（咏怀）、《张司空离情》（爱情）、《潘黄门悼亡》（爱情、宫体①）、《陆平原羁宦》（咏怀）、《左记室咏史》（咏史）、《张黄门苦雨》（咏物、咏怀）、《刘太尉伤乱》（咏史、咏怀）、《卢中郎感交》（友谊）、《郭弘农游仙》（游仙）、《孙廷尉杂述》（玄言）、《许征君自序》（玄言）、《殷东阳兴瞩》（玄言、山水）、《谢仆射游览》（山水）、《陶征君田居》（隐逸、田园）、《谢临川游山》（山水）、《颜特进侍宴》（公宴、献诗）、《谢法曹赠别》（友谊）、《王征君养疾》（咏怀）、《袁太尉从驾》（公宴）、《谢光禄郊游》（山水）、《鲍参军戎行》（征戍）、《休上人别怨》（爱情、宫体），很多题材甚至是重叠兼类的。拟诗以"拟""学""代""效""依""杂体"为题，拟某人、拟某诗、拟乐府或拟某种风格而作。胡大雷针对"杂拟类"指出："按众作模拟对象分为：有确切模拟作品的模拟之作、有确切模拟作者的模拟之作、没有确切模拟作品亦无确切模拟作者的模拟之作三类。"②

其次，诗歌体式上，涵盖拟徒诗和拟乐府两种。拟徒诗自不必言，拟乐府有袁淑《效曹子建乐府白马篇》和鲍照《代君子有所思》，江淹《杂体诗三十首》中《古离别》《李都尉从军》《班婕妤咏扇》也是拟前人乐府之作，为《乐府诗集》所收录，此外《鲍参军戎行》《休上人别怨》虽为徒诗，模拟对象的却是鲍照有关边塞征战的旧题乐府和汤惠休有关男女情思的新声艳曲，也有拟乐府的因素。可见南朝人对模拟的理解相当宽泛，并不局限于徒诗体。考虑其音乐因素，《文选》将"郊庙""乐府""挽歌""杂歌"四个子目依次连缀，"郊庙"类仅收颜延之《宋郊祀歌》二首，"乐府"类主要收俗乐歌辞，如鲍照《东武吟》《出自蓟北门行》《结客少年场行》《东门行》《苦热行》《白头吟》《放歌行》《升天行》，

---

① 此诗的写法上已经有梁陈宫体诗的因子，参见拙文《从江淹〈杂体诗三十首〉对原作的因革看南朝诗学观念的变迁》，《内蒙古大学学报》2013 年第 6 期。

② 胡大雷：《〈文选〉诗研究》，第 367—380 页。

谢朓《鼓吹曲》等，体现了萧统重视朝廷雅乐①、区别雅俗的用心。那么，为何将袁淑《效曹子建乐府白马篇》和鲍照《代君子有所思》未置于"乐府"反而置于"杂拟"之中呢？胡大雷说："惟一可解释的原因为：《文选》的编选者以汉魏晋之作为原作，以南朝之作为拟作。"②其实不然，广义上讲，除了原创性的汉乐府，魏晋以下的所有乐府歌辞均为文人拟作，乐府辞无论是否有"代""效"都应该是拟乐府之作，为时人共知。笔者认为，原因约略有二：第一，"乐府"类所有诗作都不以"拟""代""效"等字样为题，"杂拟"类则"无不显然示人，是以谓之拟"，彰显模拟意图。据《艺文类聚》，《代君子有所思》的完整题目应为《代陆平原君子有所思》，与《效曹子建乐府白马篇》一样，都是模拟前人的某具体诗作，追求拟作与原作的对应。其中，《白马篇》为曹植首作，《代君子有所思》，古辞丢失，《乐府古题要解》和《乐府诗集》均列陆机之作为首作，可见萧统认为模拟还需对应始辞。第二，二者属《乐府诗集》之"杂曲歌辞"，是否可以入乐很难判断。笔者曾详细论述过"代"字的使用部分原因是由于其声丢失，只是单纯的作辞。③"乐府"类所收基本仍可配乐演唱，《效曹子建乐府白马篇》和《代君子有所思》可入乐的可能性不大。杨明指出："（南朝）单有乐谱、歌辞，还不能进行演唱，还必须由知音将其配入乐谱才行。"④"代""效"极有可能为歌辞尚存而唱法、唱腔不存而不能演唱。《文心雕龙·乐府》仅收三调、鼓吹、铙歌、挽歌，相对于刘勰强调是否入乐的狭义乐府观，萧统则更加关注音乐环境发生变迁后，乐府诗的内容、艺术性等文学要素，视野比较开阔。至于《古离别》《李都尉从军》《班婕妤咏扇》，由于萧统将组诗，如陆机《拟古诗》十二首、谢灵运《拟魏太子邺中集》均悉数收录，《杂体诗三十首》，作为一个整体，也无法将其分割开来。

以上具体分析了《文选》"杂拟"类的题材和体式，再来看"杂拟"所体现的萧统的辨体意识。

"杂拟"类中大致可分"托古言志"和"规摹意调"两大类，前者如陶

---

① 颜延之《宋郊祀歌》二首，分别为《夕牲歌》《迎送神歌》，元嘉二十二年，受宋文帝诏所造，用于郊祀，严肃典正又不失文采。梁武帝《敕萧子云撰定郊庙乐辞》："郊庙歌辞，应须典诰大语，不得杂用子史文章浅言。而沈约所撰，亦多舛谬。"沈约等人的制作，萧统并未选入。
② 胡大雷：《〈文选〉诗研究》，第404页。
③ 参见拙文《再论鲍照"代"乐府体——兼论"代"非"拟"之意》，《中国海洋大学学报》2016年第4期。
④ 杨明：《〈乐府诗集〉"相和歌辞"题解释读》，《古籍整理研究》2006年第3期。

渊明、鲍照的拟诗，萧统的辨体意识实则主要体现在对"规摹意调"一类的选录上，具体又分两种。第一，严格按照原体进行字句增损、替换的。最早的拟诗自西晋始，以傅玄《拟四愁诗》四首、陆机《拟古诗》十二首、张载《拟四愁诗》四首为代表，《文选》将陆机《拟古诗》十二首和张载《拟四愁诗》其三收录列"杂拟"之首。《四愁诗序》称张衡因"天下渐弊，郁郁不得志"而作。傅玄《拟四愁诗序》："昔张平子作《四愁诗》，体小而俗，七言类也，聊拟而作之。"明确以张衡《四愁诗》为对象，因不满七言"体小而俗"而拟。傅玄、张载无论从句式、结构等都亦步亦趋地对原作进行仿拟，即刘勰所谓"承流而枝附"（《文心雕龙·诸子》），同时又将新兴的五言诗形式与屈骚的表现手法熔铸成一种新的抒情诗体。但是，拟诗比原作出现了增句，多出的主要为铺排形容的描绘①或抒情②，辞藻高级典雅，"遵体"的同时改写"原体"，着眼点在体式上。同样还有刘铄《拟古》二首，采用的也是陆机一派的拟作手法，"将古人机轴语意，自起至讫，句句蹈袭"③。

　　第二，写法上，"拟其大略，不仿形似"④，模拟对象为前人诗歌的总体风貌（style）及时代风格。以谢灵运《拟魏太子邺中集》、鲍照《学刘公幹体》和江淹《杂体诗三十首》为代表，当时还有鲍照《学陶彭泽体》、王素《学阮步兵体》。清何焯评谢灵运拟作为"不在貌似也，拟古变体"⑤。即不追求与原作的对应，着眼点在原作的体式和风格。六朝人精于文体，与写作中的拟古风气有密切联系。写作前，要"先辨古人之体，一一参其性情、声调，拟古成篇"⑥。吴承学解释说："'先'，不仅是时间和逻辑上的，也是价值观上的。'大体''体制''辨体'，主要的功能和目的在于'划界限'和'比高下'，即通过对某一体裁、文类或文体之一定的内在质的规定性掌握，划分各种体裁、文类或文体之间的内外界限，划分各种体裁、文类或文体内部的源流正变的界限，并分别赋予高下优劣的价值判断和价值评价。"⑦ 对前人作品特别是在南朝已定格为经典的如《古诗十九首》；还有像刘桢、阮籍被《诗品》评为"上品"的，进行长

---

① 如陆机《拟古诗》十二首一般比原作多出二到四句。
② 如张载《拟四愁诗》其三多"我之怀矣心忧伤"。
③ （清）贺贻孙：《诗筏》，《清诗话续编》，第143页。
④ （明）许学夷：《诗源辨体》，第52页。
⑤ （清）何焯著，崔维高点校：《义门读书记》，第936页。
⑥ （清）陈祚明评选，李金松点校：《采菽堂古诗选》，第936页。
⑦ 吴承学、沙红兵：《中国古代文体学学科论纲》，《文学遗产》2005年第1期。

时间的研读、揣摩，对其作品体式、体貌的认识不断加深，最终对诗人个体风格全面认知和觉醒，如鲍照《学刘公幹体》《学陶彭泽体》，王素《学阮步兵体》，开始把学习作家之"体"作为创作目的写进诗题。同时，注意到了个体诗风的形成原因及其变化，如谢灵运《拟魏太子邺中集》，以曹丕和邺中七子为对象，囊括诗人由于身世、经历、心态的不同、变化而导致的迥异诗风。① 捕捉到了某一时期诗人所擅长的特定诗体，"魏、晋间人诗，大抵专工一体，如侍宴、从军之类，故后来相与祖习者，亦但因其所长而取之耳，谢灵运《拟邺中七子》与江淹《杂拟》是也"②。清翁方纲也言："《邺中集》之有拟作，江文通之有拟作，丹素甘辛之喻，亦特就其体制而申析之，以为此某家之格制如此。"③ 群体诗人的相近诗风又构建了同一时代风格，"题曰《邺中集八首》，若地之有八维然，然遂成一横局"④。更重要的是，不同时代的诗歌风貌又反映了诗体类型的流变、演进，如《杂体诗三十首》，以汉到刘宋三十位诗人为对象，将个体与时代风格融为一体，"题曰《杂体诗三十首》，若月之有三十日，然遂成一纵局"⑤。拟作从"成一横局"到"成一纵局"，无疑体现了对不同时代风貌变迁的清晰认识。总之，"规摹意调"的两种，少情志的抒写，"多不免客气假象，并非从自家胸臆性真流出"⑥，均是"舍自己之性情，肖他人之笑貌"⑦。

综上所述，"杂拟"类依时代进程而展示的拟作不同体式和演进，先是极力追寻与原作的对应（如陆机），到用模拟抒写自我情志（如陶渊明），到抒情与凸显个体风格并存（如鲍照《拟古诗》三首、《学刘公幹体》），再到拟辞以代乐府（《代君子有所思》《效曹子建乐府白马篇》），最终到个体与时代风格的完全觉醒（如谢灵运《拟魏太子邺中集》、江淹《杂体诗三十首》）。当然，这个过程有所交叉而非直线式的推进，如刘铄仍用陆机拟古之法，鲍照兼抒情、凸显个体风格和拟辞代乐府三类。清邵晋涵曰："诗有杂拟之体，始于建安间人拟苏李《录别》。缪袭因之以代乐府，士衡古诗、灵运邺中诗，最为当时所称，至

---

① 参见拙文《有关谢灵运〈拟魏太子邺中集诗〉的几个问题》，《福建论坛》2014年第8期。
② （宋）叶梦得撰，逯铭昕校注：《石林诗话校注》，人民文学出版社2011年版，第183页。
③ （清）翁方纲：《复初斋文集》卷八《格调论下》，《近代中国史料丛刊》第四十三辑影印清光绪丁丑重校刊本，第337页。
④ （清）吴淇著，汪俊、黄进德点校：《六朝选诗定论》，第379页。
⑤ （清）吴淇著，汪俊、黄进德点校：《六朝选诗定论》，第379页。
⑥ （清）方东树著，汪绍楹校点：《昭昧詹言》，第12页。
⑦ （清）潘德舆著，朱德慈辑校：《养一斋诗话》，中华书局2010年版，第148页。

江文通而其体始备。"① 粗线条勾勒了拟作类型的演变。萧统将"托古言志"和"规摹意调"两类纳入"杂拟",但从选诗的数量、比例而言,真正看重的乃是后者,是其"遵体观"的表现。

三 "杂拟"在《文选》的排列次序与萧统诗文娱情之关系

以上详细论述了"杂拟"作为特定文体所体现的辨体意识,那么,"杂拟"同时作为文类的一种,将"杂拟"作为最末(同时将《杂体诗三十首》置于"杂拟"类最后),将"杂歌""杂诗""杂拟"依次连缀至于《文选》诗类最后,这种特殊编排顺序是否意味着对"杂"文类的轻视?它与萧统文学观念有何关系?这是我们接下来要着力探讨的问题。

众所周知,源于"先后之序"的文化观念,总集类的编纂讲究各种文类的排列顺序,《文选》无疑也是按照一定次序进行编纂。《文选序》曰:"诗者,盖志之所之也,情动于中而形于言。《关雎》《麟趾》,正始之道著;《桑间》《濮上》,亡国之音表。故风雅之道,粲然可观。"身为当朝太子,萧统重视文学美刺讽谏的政治功用。他将"补亡""述德""劝励""献诗""公宴"依次置于前五,是其崇古、重儒思想的体现。②无关乎政教,将以"杂"字冠题的文类的依次连缀至于最后,表面看确有轻视之意。其实不然,"杂诗""杂拟"均分"上""下"两编,是《文选》收诗数量的第一和第三大类,可见萧统的喜爱程度。

先看"杂诗",日僧遍照金刚曰:"'杂诗'者,古人所作,元(无)③有题目,撰入《文选》,《文选》失其题目,古人不详,名曰'杂诗'。"④此说法仅符合部分实际。考之《文选》所收"杂诗",有四种情况。第一种,"杂诗"类本就有诗人以《杂诗》直接作为诗题的,如王粲《杂诗》"日暮游西园",李善注曰:"杂者,不拘流例,遇物即言,故云杂也。"李周翰注:"兴致不一,故云杂诗。"⑤又如张协《杂诗》,被钟嵘评为"上品"。第二种,原来无题目又失作者,如《古诗十九首》,清袁枚曰:

---

① (清)邵晋涵:《沈匏尊诗序》,《南江诗文钞》卷六,续修四库全书影印本。
② 按照萧统的观念,这五类还应加入"郊庙"一类,因其配乐演唱属性和区分雅俗的观念,特将"郊庙"与"乐府"依次并列。
③ 据卢盛江校考,"元",醒甲、仁甲、义演本作"无",载[日]遍照金刚撰,卢盛江校考《文镜秘府论汇校汇考》,第1350页。
④ [日]遍照金刚撰,卢盛江校考:《文镜秘府论汇校汇考》,第1350页。
⑤ (南朝梁)萧统编,(唐)李善、吕延济、刘良、张铣、吕向、李周翰注:《六臣注文选》第546页。

"《古诗十九首》，皆无题之作，后人取其诗中首面之一二字为题。"① 也是萧统将其居"杂诗"类之首的原因。第三种，原有题目，《文选》失其题目，即遍照金刚所谓，如曹丕的《杂诗》"漫漫秋夜长"，本集题为《枹中作》；陶渊明《饮酒》"结庐在人境"，《文选》题为《杂诗》。第四种，有具体诗题和作者，因其涉及文人日常生活、离别、友谊等情怀，《文选》将其选入，但并不改变原题，如谢惠连《七月七日夜咏牛郎织女诗》、谢灵运《斋中读书》等。第一种"杂诗"属文体概念，"即体成用"；后三种属文类范畴。前三种情况多属"杂诗"上，第四种多载"杂诗"下，"杂诗"上所载题目为《杂诗》的远多于"杂诗"下。而且"杂诗"下所载诗题更加具体多样，如游览、赠答、咏物等，有些题目很长，如鲍照《玩月城西门解中》、沈约《冬节后至丞相第诣世子》，在抒情诗题目中融入叙事，也符合西晋后（"杂诗"上、下以晋卢谌《时兴诗》为分界）诗题由短题衍为长题的趋势。② 可见萧统首先遵循原作者之意，同时也根据自己理解的标准，并不以诗题来判定是否为"杂诗"，李士彪指出："体裁分类遇到窘境时的避难所，是对矛盾的暂时搁置。"③ 并不完全符合实际。笔者认为，"杂诗"上收录的诗歌，萧统对其有着理性归类的意识；但"杂诗"下，情况比较复杂，选入的诗内容往往很难归入一定类型范围，部分呈现出"失控"局面，有"越界"的包容和现实性。④

再看"杂拟"类，据现存文献，"杂拟"命名最早为《文选》所取，即"随文立体"。《古诗十九首》《四愁诗》等属"杂诗"类，但《拟古诗》十二首、《拟四愁诗》就属"杂拟"类，主要基于拟作意图而定。但是，"杂诗"与"拟诗"在篇章形态上无大差别，如曹丕、曹植的《杂诗》，郑振铎即说："完全是模拟《古诗十九首》的，不惟风格相类，即情调亦极相似……其实也是'拟诗'之流。"⑤ 还有庾信《拟咏怀》二十七首，余冠英据《艺文类聚》认为无"拟"字，并非模仿阮籍，加"拟"

---

① （清）袁枚著，顾学颉校点：《随园诗话》，第228页。
② 吴承学《论古诗制题制序史》一文对"古代诗题初为短题，后为长题"的发展有详细的论述，载《中国古代文体形态研究》，北京大学出版社2013年版。
③ 李士彪：《魏晋南北朝文体学》，上海古籍出版社2004年版，第33页。
④ 由于人们的活动具有多重目的，很多诗作也具备"兼类""越界"的情况，如"杂诗"下谢朓《和伏武昌登孙权故城》《和王主簿怨情》，既可属"杂诗"范畴，又可属"赠答"。
⑤ 郑振铎：《插图本中国文学史》，人民文学出版社1957年版，第133页。

字是错误的。① 倪璠注曰："子山拟斯作二十七篇，皆在周乡关之思。"②沈德潜认为"不专拟阮"③，而为自抒怀抱，那么"拟"字便无着落。"咏怀"也属于"杂诗"一种，有无"拟"字对于诗歌本意和诗体形式无碍。"杂诗"和"杂拟"在此点的共通性，是萧统将二者归为一起的缘故。更重要的，"杂诗"和"杂拟"除了篇章形态，还在于文体功用的相同："杂诗"和"拟诗"均没有外在的实用价值，却有着明体的自觉性。《文选》前几类均有政教之意义，"杂诗""杂拟"则体现了萧统诗文娱乐、娱情的观念，即《文选序》所称"譬陶匏异器，并为入耳之娱；黼黻不同，俱为悦目之玩"。比如萧统选谢朓诗以杂诗类最多，表明对他的评价主要在"杂诗"上，也是其代表清丽、圆美的永明诗风的审美特质决定的。《文选》编排次序体现了由追求诗歌实用走向抒情的演变，从关注诗歌的美刺讽谏作用到追求内在文本特征。与《文选》前几类只是诗歌功能的不同，而无高下、贵贱之分。本节第一部分论述了以"杂"命名之体，体式虽杂，但"其理弗杂"。同样，"杂诗""杂拟"虽以娱乐、娱情为主，但"六朝杂拟，并是骚客拟辞，思人寄兴，情虽托于儿女，义实本于风人"④。仍以温柔敦厚的精神贯穿始终，并无妖冶、淫荡之体。

另外，因江淹《杂体诗三十首》比较特殊且在"杂拟"类最后，我们还需对其简要说明。《杂体诗三十首》以汉到刘宋三十位诗人的不同题材为拟作对象，反映了"诗史"的流变和浓缩，与《文选》涉及的题材基本相重叠，此点前人论之甚详，不再赘述。那么，萧统将其全盘录入的原因还有哪些呢？据《隋书·经籍志》总集类著录有《江淹拟古》一卷（罗潜注），现存江淹拟诗有《学魏文帝》《效阮公诗十五首》《古意报袁功曹》《杂体诗三十首》共四十七首拟诗。《江淹拟古》当时已别出单行，且有人为之注，与《文选》一样，具备了总集形态。遴选出的三十位杰出代表，也与总集的编纂目的相同，即"网罗放佚，使零章残什并有所归，删汰荒芜，使秀稗咸除，菁华毕出"⑤。清单隆周拟江淹《杂体诗》作《拟选体》二十首，不出江淹的范围，亦拟其小序曰："窃览昔贤仿拟诸咏，规摹悉似而别寓苦心。故作述后先，不嫌并见。近人多于声调字句间

---

① 余冠英选注：《汉魏六朝诗选》，第292页。
② （北周）庾信著，（清）倪璠注，许逸民校点：《庾子山集注》，中华书局1980年版，第229页。
③ （清）沈德潜选：《古诗源》，第302页。
④ （清）章学诚：《文史通义·内篇五·妇学》，上海古籍出版社2008年版，第172页。
⑤ （清）永瑢等：《四库全书总目提要》，第1685页。

剽窃点窜，目为选体，恐非多拟古诗则诗道自进之旨。暇曰取选诗拟之，得二十首。虽未敢方驾古人，亦庶几无乖商榷。"① 将《杂体诗三十首》目为"选体""选诗"，对三十首诗的模拟转化成对"选体""选诗"的模拟。将三十首诗殿后，与萧统对其认识和态度息息相关。

综上所述，《文选》将"杂歌""杂诗""杂拟"（以及《杂体诗三十首》置于"杂拟"最后）置于最后，不是对其轻视，而是在总集的编纂上对决定全文结构的文类、文体有着全局式的把握。此外，还有可能受到《汉书·艺文志》编排顺序的影响，班固在《汉书·艺文志》中列九流十家，把杂家和小说家置于最后，然小说家不预九流。除《文选》外，萧统还对陶集作过整理，将《拟古诗》与《杂诗》放置在最后，与《文选》的编排顺序一致，反映了南朝人对以"杂"冠题文类的普遍处理方法。因为这种诗的内容往往很难归入一定类型范围，诗人对此也只能使用类型化的标题。

四 余论："杂拟"立名的原因

据现存文献，"杂拟"始于萧统首创。黄侃对文体命名的原因言："详夫文体多名，难可拘滞，有沿古以为号，有随宜以立称，有因旧名而质与古异，有创新号而实与古同……"② "杂拟"则属于"随宜以立称"的情况。"杂拟"这种特定的文体、文类源于人们特定的写作方式，这种写作方式大量、反复出现，"杂拟"这种命名方式便应运而生，即"随文立体"，体现了南朝人对新产生以及变化中的文体的关注，有为其立名的意愿。"在六代文章分体近乎随意而琐碎的外表下，包含着中古学术分化中的'立名冲动'即概念明晰化的追求，即对当代文体自觉的一种接受和展示。"③

第二节 从南朝乐府到宫体诗的内部演化机制

以吴声、西曲为主的南朝民歌和宫体诗都以叙写女性及其相关事物为主，采用近似题材和审美范畴。南朝乐府直接孕育了宫体诗，正如刘师培

---

① （清）单隆周：《雪园诗赋》初集卷四，清康熙刻本。
② 黄侃：《文心雕龙札记》，第66页。
③ 汪习波：《隋唐文选学研究》，上海古籍出版社2005年版，第8页。

所言:"'宫体'之名,虽始于梁,然侧艳之词,起源自昔。晋、宋乐府,如《桃叶歌》《碧玉歌》《白纻词》《白铜鞮歌》,均以淫艳哀音,被于江左。迄于萧齐,流风益盛。其以此体施于五言诗者,亦始晋、宋之间,后有鲍照,前有惠休。特至于梁代,其体尤昌。"① 以汤惠休、鲍照为代表的早期文人拟作世俗乐歌,以尊重民谣,还原俗乐为主。② 直到梁代萧氏父子,宫体诗正式形成并大兴于文坛。刘氏之说,虽把晋宋民间歌词与梁陈宫体诗囫囵吞一,但也暗示了二者在题材选取、艺术风格上的相似性以及某种意义上的承继关系。南朝民歌与文人创作为两种不同的文学形态,本不相容。从南朝乐府到宫体诗的生成,应有一个演变、转化的内部机制。民歌中的女性形象如何影响宫体诗中对女性的描写,乃至形成共同的审美范畴?如何客观评价宫体诗?这些都是以往研究还未解决的问题。

一 吴声、西曲——南朝商业化背景下的"都市艳歌"

从东吴立国开始,长江中下游流域的建康、江陵等城市的商业经济得到了长足发展。据《隋书·地理志》载"小人率多商贩,君子资于官禄,市廛列肆,埒于二京"③。经济的发展必然带动消费型城市的繁荣,娱乐业迅速兴起,即"商旅集则货财盛,货财盛则声色凑"④。流行于建康和荆、郢、樊、邓的吴声、西曲根据市场需求随之产生。南方的开放风气有利于产生男欢女爱的歌曲,吴声中有很多反映青年男女两情相悦的原始欲望,如《子夜歌》"气清明月朗,夜与君共嬉。郎歌妙意曲,侬亦吐芳词",描绘了男女对唱的情景,用俚语拙句唱出城市中痴男怨女的情爱。有些甚至已经突破人伦的底线,如《前溪歌》"宁断娇儿乳,不断郎殷勤",反映了大胆热烈的婚外情,"发乎情"但不"止乎礼仪"。更多情况是,吴声中许多女性形象并不是单纯的市井女子,显示出以色、艺娱人的女伎的身份特征,如吴声的作者碧玉、子夜、苏小小等,很多涉及歌舞表演,例如:

> 恃爱如欲进,含羞未肯前。口朱发艳歌,玉指弄娇弦。(《子夜歌》)

---

① 刘师培:《中国中古文学史讲义》,第97页。
② 如鲍照作有《吴歌》三首,汤惠休诗被颜延之评为"委巷中歌谣",陈祚明《采菽堂古诗选》评其《杨花曲》为"有《子夜》之风",与吴声几无二致。
③ 《隋书》,第167页。
④ (清)魏源:《诗古微》,《续修四库全书》第77册,上海古籍出版社2002年版,第187页。

阿那曜姿舞，逶迤唱新歌。翠衣发华洛，回情一见过。(《子夜春歌》)

歌女在宴会中曼声细语，载歌载舞，亦承担着陪酒陪侍的职责，其歌词也极具诱惑性，如《碧玉歌》"杏梁日始照，蕙席欢未极。碧玉奉金杯，绿酒助花色"。酒后歌女往往自荐枕席，如《子夜秋歌》"开窗秋月光，灭烛解罗裙。含笑帷幌里，举体兰蕙香"，充满了性爱气息。由于歌女和男性消费者是建立在买卖基础上的逢场作戏，不涉及婚恋，多露水情缘，并不要求对方的忠贞。面对负心人，吟唱出"侬作北辰星，千年无转移。欢行白日心，朝东暮还西"(《子夜歌》)，相对于汉乐府《上邪》中女子的激烈决绝，吴声中的女子最多也就是不温不火的自叹自怜。

西曲流行于长江中游的荆、雍、樊、邓一带，码头林立，过往商贾极多，如《估客乐》《三洲歌》等，多表现商旅思妇的生活。商人普遍文化水平不高，却腰缠万贯，追求炫耀式消费和及时行乐，不受道德约束，对鄙俗之事趋之若鹜。如果说吴声中还有表现温情脉脉的家庭趣味，那么西曲已基本沦为商业消费的产物。"荆郢樊邓所以成为乐土者，最大的原因，是由于商业繁盛的结果。因为商业繁盛的结果，于是《西曲》差不多就完全成为商业化。"① 当时已经出现了专门职业表演西曲的"西曲娘"，如《夜度娘》："夜来冒霜雪，晨去履风波。虽得叙微情，奈侬身苦何。"② "夜度娘"就是一位职业女伎，冒着风雪前去表演。还有《莫愁乐》中的"莫愁"，《乐府诗集》引《唐书·乐志》曰："石城有女子名莫愁，善歌谣……"③ "艇子打两桨，催送莫愁来"即莫愁应邀坐着小艇前去助兴。此时文人也开始参与歌词的创作，为其招揽顾客，"一些出入歌筵的文士们为歌女们创作歌辞"④，产生了很多依声填词之作。

以吴声、西曲为代表的南朝民歌不仅是"都市之歌"，更是充满着香艳气息，夹杂着市井趣味的都市"艳歌"。毫无节制地炫富、放纵享乐、袒露爱欲、游戏人间，吴声、西曲反映了商人、武将、中下层土豪的原始趣味。如《南史·羊侃传》称："(羊侃)性豪侈，善音律，自造《采莲》

---

① 朱自清：《中国歌谣》，复旦大学出版社2004年版，第83页。
② (宋)郭茂倩编：《乐府诗集》，第698页。
③ (宋)郭茂倩编：《乐府诗集》，第698页。
④ 周啸天：《绝句诗史》，巴蜀书社1999年版，第45页。

《棹歌》两曲，甚有新致。姬妾列侍，穷极奢靡。有弹筝人陆太喜著鹿角爪，长七寸。舞人张净琬腰围一尺六寸，时人咸推能掌上舞。又有孙荆玉能反腰贴地，衔得席上玉簪。敕赉歌人王娥儿，东宫亦赉歌者屈偶之，并妙尽奇曲，一时无对。"① 为了炫耀，他们将女伎作为私人消费品，重金供养。商人狂热的音乐消费冲击着南朝的蓄妓制度②，裴子野《宋略·乐志叙》称："在上班赐宠，臣群从风而靡。王侯将相，歌伎填室，鸿商富贾，舞女成群，竞相夸大，互有争夺……"女伎成为公开争夺的"商品"。

吴声、西曲的俚俗趣味也受到出身行伍、以军功起家的皇族的喜爱。如《乐府诗集》引《古今乐录》曰："《估客乐》者，齐武帝之所制也。帝布衣时，尝游樊、邓。登祚以后，追忆往事而作歌。"③"（齐东昏侯）又于苑中立店肆，模大市，日游市中，杂所货物，与宫人阉竖共为裨贩。以潘妃为市令，自为市吏录事，将斗者就妃罚之。……又开渠立埭，躬自引船，埭上设店，坐而屠肉。于时百姓歌云：'阅武堂，种杨柳，至尊屠肉，潘妃酤酒。'"④ 市井风味的歌曲随着商人进出宫廷，唐长孺即说："宫廷中流行吴歌、西曲的原因之一，正是和模仿市里工商一样由于宫廷中聚集了大批'市里小人'，特别是商人。"⑤ 早在刘宋时期，新声俗乐的泛滥就引起了士大夫的警惕和不满，王僧虔在宋顺帝升明二年（478）上表指出："自顷家竞新哇，人尚谣俗，务在噍危，不顾律纪，流宕无涯，未知所极，排斥典正，崇长烦淫。士有等差，无故不可以去礼；乐有攸序，长幼不可以共闻。故喧丑之制，日盛于廛里；风味之韵，独尽于衣冠。"⑥ 认为新声是"喧丑之制"，士大夫沉溺其中不符合贵族的身份。

二 从南朝乐府到宫体诗的内部演化机制

所谓宫体诗，简言即萧纲入主东宫后，兴起的以女性为吟咏对象，内容"止乎衽席之间""思极闺闱之内"（《隋书·经籍志》），风格轻艳绮靡的新诗体。《玉台新咏》收录的宫体诗许多可以演唱，和"都市艳歌"有着密切渊源，且民歌中对女性的描写、审美意识等也被宫体诗吸收，两者

---

① 《南史》，第 1547 页。
② 《南齐书·王晏传附王诩传》载："六年，敕位未登黄门郎，不得畜女伎。""黄门郎"为南朝贵族子弟起家之清显之官。平民不能染指只有士族才能享有的音乐特权。
③ （宋）郭茂倩编：《乐府诗集》，第 699 页。
④ 《南史》，第 155 页。
⑤ 唐长孺：《魏晋南北朝史论丛续编》，中华书局 2011 年版，第 107 页。
⑥ 《宋书·乐志》，第 553 页。

互相交互、互相影响。然而，作为不同的诗体①，宫体诗不单单是吴歌、西曲的"雅化"成果，两者有着复杂的内部演化机制，其中梁武帝父子的作用至关重要，首先看与民歌最接近的宫体乐府系列②：

梁武帝改制吴声、西曲，对其运用贵族化的审美情趣观照，使其从表现平民生活的城市文学提升为展现贵族的文化世界。萧衍早年在建康、雍州等地仕宦，对流行于此的新声非常熟悉。其与宫廷女乐人王金珠、包明月制"吴声十曲"，使之成为梁代宫廷娱乐表演的大型套曲。如新制《上声歌》"名歌非下里，含笑作《上声》"，透露出远离市井趣味、追求雍容典雅的气息。还有借用诗歌意象，新制《团扇郎》"手中白团扇，净如秋团月"，借谢芳姿所唱之"白团扇"作为爱情坚贞的象征。经武帝改造的作品已脱离原作的民间趣味，较为和雅含蓄，如《子夜冬歌》"一年漏将尽，万里人未归。君志固有在，妾躯乃无依"，被陈祚明评为："梁武帝《子夜》诸曲，并饶雅正之声。语温厚而情深婉，最为妙作。"③ 天监十一年（512），武帝大规模改制《江南弄》，将西曲宫廷化推向了高峰。其一《龙笛曲》"美人绵渺在云堂，雕金镂竹眠玉床"，其三《凤笙曲》"绿耀克碧雕琯笙，朱唇玉指学凤鸣"，描写雍容的宫廷歌舞。用女子精致的妆容、奢华的乐器、生活物品构筑了贵族骄奢的日常生活。其四《采菱曲》"江南稚女珠腕绳，金翠摇首红颜兴"，将采莲劳作与宫廷水上娱乐活动相结合，民间率真的采莲女变成了华艳的贵妇。更多使用华丽词语的雕饰、强烈的色彩对比营造出视觉画面，用诗歌的优美意境代替民歌的直吐情怀。

在武帝的垂范作用下，沈约、萧纲也创作了《江南弄》系列，萧纲《江南曲》"光照衣，景将夕。掷黄金，留上客"，透露出女伎的身份，千金留客，流露出浅俗之气。所谓的"宫体乐府诗"，大致也分两种：其一为俚俗冶艳的讴谣风韵与贵族奢华审美相结合，此类与吴声、西曲最为接近；其二表现为对声色趣味的拒绝和对更高雅的文人趣味的追求，接近"诗化"的艺术品格。两种风格迥异的宫体乐府诗并不存在后者对前者的

---

① 胡大雷《宫体诗的文体特点——兼论与南朝乐府的异同》一文，指出二者"追求纪实与泛咏的不同""男性口吻与女性口吻的不同""故作矜持与热烈奔放的不同""全面描摹与细节刻画的不同"，载《文学遗产》2001年第6期。
② 本书对宫体诗的分类，采用石观海《宫体诗派研究》（武汉大学出版社2004年版）观点，将其分为"乐府""美人""闺怨""咏物"系列，有交叉现象，为论述方便，仍将"乐府"单列为一种系列。
③ （清）陈祚明评选，李金松点校：《采菽堂古诗选》，第685页。

消解，可存在于同一时期、同一诗人身上。如萧纲据《乌夜啼》制《乌栖曲》，原作以"乌啼"意象隐喻女子悲啼，新作"郎今欲渡畏风波""可怜今夜宿倡家""倡家高树乌欲栖"，描写商人夜宿倡家的市井生活，"芙蓉船""七香车"渲染宫廷物品的华美，"罗帷翠被任君低""朱唇玉面灯前出"暗示艳情。徐陵《乌栖曲》"绣帐罗帷隐灯烛，一夜千年犹不足。唯憎无赖汝南鸡，天河未落犹争啼"，显然从《读曲歌》"打杀长鸣鸡，弹去乌臼鸟。愿得连冥不复曙，一年都一晓"衍生，用"绣帐罗帷"、"鸡""啼"暗示春宵苦短。再如如沈约《夜夜曲》"北斗阑干去，夜夜心独伤。月辉横射枕，灯光半隐床"，何逊《铜雀妓》"秋风木叶落，萧瑟管弦清。望陵歌对酒，向帐舞空城。寂寂檐宇旷，飘飘帷幔轻。曲终相顾起，日暮松柏声"，表现为凄冷格调和幻灭的虚无感，色艳因素更加内敛。

再看美人系列，即诗题含有"美人""佳人""妓""娼妇"等关键词，如《夜听妓》《咏佳丽》《美人晨妆》等，以女性姿容、歌舞、生活情态为描摹对象。作者以玩赏态度，客观写实地描摹女性，对其并未赋予任何感情，有"体物"倾向。学界普遍认为这种写法从永明咏物诗沿袭，"咏物诗是宫体诗最直接的源头"①。从具体创作技巧讲，对女性形象、服饰的细致刻画确实得益于前代咏物诗。但从民歌到宫体诗转化过程中，两者有更深层次的因素存在，其中女性的"商品化"特质尤为重要，有以下几点：

第一，歌妓抒发的情感是泛化的，并无特定对象，可指宴会上的任何男性消费者。谁给她钱，谁就是她的"郎""欢"，她们陪酒卖笑、出卖色相，与贵族男性、商人之间多逢场作戏的短暂情感。宫体诗中感情的稀缺、"物化"的女性，就源于现实中她们是真正可以交换、买卖的"商品"，如庾肩吾代表作《爱妾换马》，以被损害的女性为代价，反映的却是当时欣赏的贵族男子潇洒多金、风流倜傥。

第二，为讨好顾客，歌女常做主动引诱姿态，极富挑逗性，给人"性"的暗示，由此形成"宫体诗以画面展示诱惑"②的抒情特征。如萧纪《同萧长史看伎》"回羞出曼脸，送态入嚬蛾。宁殊值行雨，讵减见凌波"，从歌女的娇羞姿态，联想到男女的"行雨"画面。还有，王僧孺《咏宠姬》"玉钗时可挂，罗襦讵难解"，让人想入非非。甚至《陌上桑》

---

① 归青：《论体物潮流对宫体诗成形的影响——宫体诗渊源论之一》，《上海大学学报》2004年第4期。
② 胡大雷：《〈玉台新咏〉编纂研究》，人民文学出版社2013年版，第316页。

中坚贞的秦罗敷，也改造成《万山见采桑人》《至乌林村见采桑者因有赠》中招引陌路人的娼妇。

第三，男子不仅占有她们的肉体，还希望获得其精神上的恋慕和忠贞，满足贵族式的占有欲。如刘孝绰《遥见邻舟主人投一物，众姬争之，有客请余为咏》以贵族式的独占心理，欣赏众女子争风吃醋。相对于与青楼女子的不稳定关系，最忠贞不贰的当属自己的妻子，宫体诗有咏内人的特殊一类，如徐君茜《初春携内人行戏》《共内人夜坐守岁》，特别是萧纲《咏内人昼眠》"梦笑开娇靥，眠鬟压落花。簟文生玉腕，香汗浸红纱"，妻子之媚态无异于倡家、歌女。"夫婿恒相伴，莫误是倡家"一般理解为宫体诗人将妻子比附倡家的特殊写法，其实也是借女子之口宣誓丈夫的"主权"。贵族、富商不仅到青楼、酒馆寻欢作乐，还花重金供养家伎，使其成为私人物品，以此标榜身份地位，如《爱姬赠主人》《咏主人少姬应教》《代陈庆之美人为咏》等。对以色艺讨生活的歌女、家伎来说，任何愤怒、嫉妒、怨恨等不良情绪显然是极不明智的。面对背叛，只能忍受，如《为姬人自伤》《代旧姬有怨》。甚至妻子在对待负心的丈夫时格外大度，如萧绎《半路溪》写女子半路遇见携新欢的丈夫，"摘赠兰泽芳，欲表同心句。先将动旧情，恐君疑妾妒"，反而担心自己激怒丈夫。

由于贵族男子的独占欲望，即便男子长期不归，女子也只能默默守护、等待，由此衍生出宫体诗的闺怨系列。"艳诗有述欢好者，有述怨情者。"[1]反观宫体诗人，抒写怨情之作居多，重点表现女子内心的相思、哀怨和苦闷。如刘孝绰《淇上戏荡子妇示行事》"如何嫁荡子，春夜守空床。不见青丝骑，徒劳红粉妆"，深夜只能按捺住内心的躁动，装扮的意义只是等荡子归来。贵族以玩赏的心理，享受着她们的牵挂。此时咏"七夕"的作品很受宫体诗人青睐，如《七夕》《七夕穿针》《咏织女》《代牵牛答织女》《答唐娘七夕所穿针》等，相比前代数量激增。牛郎、织女受银河阻隔不能相见，最能表现宫体诗人的"闺怨"情节。

综上所述，宫体诗保留了乐府民歌中的"侧艳"成分并加入贵族式的审美情趣，由歌女的"商品"性直接演化为宫体诗中女性的特殊形象，以满足贵族男子的需求——这是南朝乐府到宫体诗内部演化机制。这种转化又与当时的社会哲学思潮密切相关，其中玄学的影响尤为重要：

第一，玄学不避情色，重视女性之美。"在魏晋，其风直至南朝，一

---

[1] （明）谢榛著，宛平校点；（清）王夫之著，舒芜校点：《四溟诗话 姜斋诗话》，第163页。

个名士是要他长得像一个美貌的女子才会被人称赞的。一般士族们也以此相高。"[①] 萧纲的长相就有明显的女性特征,《南史·梁本纪》称其"方颐丰下,须鬓如画,直发委地,双眉翠色……辞藻艳发,博综群言,善谈玄理"[②],贵族子弟以此为风尚,"无不熏衣剃面,傅粉施朱,驾长檐车,跟高齿屐,坐棋子方褥,凭斑丝隐囊,列器玩于左右,从容出入,望若神仙"[③]。最令后人诟病的同性恋题材,如萧纲《娈童》"妙年同小史,姝貌比朝霞。袖裁连璧锦,笺织细穜花。揽裤轻红出,回头双鬓斜。懒眼时含笑,玉手乍攀花",其实并无下流描绘,只是赞其美貌胜过"郑女""燕姬"。

第二,在肯定情色基础上,对宫体诗人影响较大的是王弼在《难何晏圣人无喜怒哀乐论》中提出"应物而不累于物"的观点[④]:"圣人茂于人者神明也,同于人者五情也。神明茂,故能体冲和以通无;五情同,故不能无哀乐以应物。然则圣人之情,应物而无累于物者也。"[⑤] 圣人同常人一样有五情,但圣人用理智超越情欲,"应物而不累于物"。这给宫体诗人如何处理情欲极大的启示。他们承认色、欲等形而下的物质之美,主张非禁欲,但用贵族"恬淡无欲"的修养加以消解,既要表达爱欲、快感,又不能使其过分袒露、"失控"(out of control),具体处理方法如下:

(一)女色作为欲望的象征,宫体诗人为了掩盖其动机并延迟欲望达成,需从中找寻"中介"。女性的身体部件和物品成为欲望的"代理者"。永明咏物诗多集中在咏乐器、灯、席、镜等。宫体诗人则更进一步,咏女性身体部件和饰品,如《咏眼》《咏步摇花》等。王湘绮言:"……宿潋口,读齐、梁、陈诗数卷。古艳诗惟言眉目、脂粉、衣装,至唐而后,及乳胸腿足,至宋明乃至私阴,亦可以知世风之日下也。"[⑥] 避开以女子身体为直接对象,借鉴咏物诗以物为表、以情为里的写法,迂回曲折地达到上述目的。

(二)在展示女性魅力之后,又将这种诱惑亲手摧毁,甚至有自我解嘲的意味。如萧纪《同萧长史看妓》在观赏美女之后联想到床笫之欢,最后"想君愁日暮,应羡鲁阳戈",却声称要跳出情欲,只是尽情欣赏罢了。

[①] 王瑶:《文人与药》,《中古文学史论集》,第13页。
[②] 《南史》,第232页。
[③] 王利器撰:《颜氏家训集解·勉学》(增订本),第178页。
[④] 当时玄学推崇王弼一派,《南齐书·陆澄传》载:"黜郑(玄)置王(弼),意在贵玄。"
[⑤] 《三国志·魏书·钟会传》注引何劭《王弼传》,第795页。
[⑥] (清)王闿运:《湘绮楼说诗》卷二,台北:广文书局1978年版。

王枢《至乌林村见采桑者因有赠》中采桑女"将去复回身，欲语先为笑"，露出娇羞的神态，"空结茉萸带，敢报木兰枝"，为不能交往而遗憾。何思澄《南苑逢美人》"自有狂夫在，空持劳使君"，以男子想入非非又自我解嘲结尾。

（三）拟古。"初期作者常用的'古意''拟古'一类暧昧的题面，是一种遮羞的手法。"① 写他人他事，代古人抒发怨情，使自身抽离于情感的漩涡。如刘孝绰《古意送沈宏》多化用《燕赵多佳丽》语辞，文辞雅正，张玉穀评曰："后八……申前怨伤意也。却不说破，使人言外得之，亦有含蓄。"②

总之，受玄学影响的宫体诗，重情色只是表面现象。美色当前，他们也有情绪波动，正所谓"情之所钟，正在我辈"，但表现为冷处理，否定对情欲的执着追求，即"无累于情色"。从这个角度讲，宫体诗甚至有"反情色"的倾向。

三　宫体诗价值之重新评价

隋唐以后，特别是史官从政教角度，视宫体为"亡国之音"。历代诗论家对其价值的评价，主要集中于题材的"妖淫"，口碑不佳。近些年学界对宫体诗的研究，肯定其在永明体基础上，对诗歌艺术的探索。可见，对宫体诗价值的评价，总是随着不同的时代思潮、审美以及对比不同的参照系而来，不可能亘古不变。本节第二部分详述了宫体诗从新声俗乐演化而来，以至两者形成共同的题材和审美范畴。江南民歌在东晋时就开始流行于上层，直到梁武帝父子手中才转变为宫体。可以说，宫体的产生伴随着当时社会阶层的变化，今以此略作申说，以期为宫体诗之价值评价提供不同视角。

首先，南朝宋、齐、梁、陈四代开国君主虽都出身于寒庶，但梁武帝萧衍的情况比较特殊。③ 其父萧顺之与齐武帝出于同宗，武帝从小就受到良好的教育，早年曾附庸在以博学著称的王俭门下，与沈约、王融、谢朓等名流作为"竟陵八友"之一，早已成为新晋的文化士族。登祚之后，致力于文治，《南史·梁本纪》称："制造礼乐，敦崇儒雅，自江左以来，年

---

① 闻一多：《宫体诗的自赎》，《唐诗杂论》，第11页。
② （清）张玉穀著，许逸民点校：《古诗赏析》，第469页。
③ 南朝早期皇室成员对民歌就有拟作，如刘宋刘义庆《乌夜啼》、随王诞《襄阳乐》等，但缺少文人化意蕴，有还原俗乐的风格特征。

逾二百,文物之盛,独美于兹。"① 俗乐新声适应富商、武将"极滋味声色之娱"的消费方式。萧纲普通四年(523)曾为荆、雍都督,受其影响,作雍州三曲之《南湖》"南湖苔叶浮,复有佳期游"写市井之游,《北渚》"好值城旁人,多逢荡舟妾",《大堤》"出妻工织素,妖姬惯数钱",描写市井繁忙,寻花问柳、酒家买笑。这些艳歌"来源于使用南音(荆艳)的街陌歌曲"②,停留在对世俗的逼真摹写。上流社会醉心于俚情亵语,却又认为其过于鄙俗,难登大雅之堂。③ 萧氏想要凸显与出身市井的土豪、武将之不同,最好的方式就是用更高雅的诗歌语言与其隔离。布尔迪厄认为精英阶层往往拒斥自然享乐活动,倾向于欣赏崇高的、高雅的事物,"纯粹愉悦与感官愉悦的对立,反思、静观式的鉴赏与感官鉴赏(taste of sense)的对立成为文化等级的内在标准,将高雅文化与俗文化区隔开来,并为社会等级结构——精英与俗众的对立提供神圣的参照"④。贵族的精英文化是一种自我抑制而非放纵型的文化。

女性之美,男女之欲最能浮动人心,必须节制。若关于君国大事,就更要谨慎。萧纲、萧绎并非作为储君培养,早年在藩的经历,使他们能够接触这些市井艳歌,进而堂而皇之地仿作。中大通三年(531),萧纲正式入主东宫,其心态也发生了变化,《答徐摛书》首句即引山涛语"东宫养德而已"。《上菩提树颂启》曰:"臣纲言:'臣闻击辕小唱,有慕风雅,巴人浅曲,实仰阳春。'"雅乐终归是更高级、主流的艺术,雅言才能与太子的身份相符。在萧纲的引导下,"宫体"正式获得称号,"春坊尽学之"。其中徐摛作为萧纲的老师和宫体之首倡,其示范作用值得注意。《梁书·徐摛传》载:

> 摛文体既别,春坊尽学之,"宫体"之号,自斯而起。高祖闻之怒,召摛加让,及见,应对明敏,辞义可观,高祖意释。因问《五经》大义,次问历代史及百家杂说,末论释教。摛商较纵横,应答如响。高祖甚加叹异,更被亲狎,宠遇日隆。⑤

---

① 《南史》,第225—226页。
② 石观海:《"艳歌"新论》,《武汉大学学报》2002年第5期。
③ 如梁元帝多拟作民歌,却又称吴声为"鄙曲"(《金楼子·兴王篇》)。
④ 张意:《文化与符号权力:布尔迪厄的文化社会学导论》,中国社会科学出版社2005年版,第159页。
⑤ 《梁书》,第446—447页。

身为太子之师,却大肆写作"艳诗",因而武帝闻之震怒。召见后,发现其擅长的"新体",并不是原本色艳的里巷歌谣,而是经过改造、提升之后的宫体(新变)①,且其做人的原则定在《五经》上②,以至"更被亲狎,宠遇日隆"。从这个背景看萧纲《诫当阳公大心书》那句著名的"立身之道与文章异,立身先须谨重,文章且须放荡",这句话被喻为宫体的理论旗帜,学界对其多有不同看法。③ 其实是萧纲之子萧大心(封号当阳公)年十三出为郢州刺使而诫之。郢州为西曲流行之地,萧纲担心其年少禁不住诱惑,告诫其文章可以表现情色,毫无顾忌;但修身上却要"艳极而有所止",不能"沉迷不反",甚至可用"文章的放荡"来检验"立身"是否谨慎。据史料载,萧氏家族非常注重自身的修养,萧衍"复断房事,不与嫔侍同屋而处,四十余年矣"(《净业赋序》),萧统"远声乐,尚朴素"(《昭明太子集序》),萧绎"不好声色,颇有高名"(《梁书·元帝纪》)。萧氏依靠陈庆之、曹景宗等荆雍中下层豪族取得政权,这个阶层发迹于吴声、西曲流传的地区。相比热衷"俗物"的粗人,势必要持"傲物"态度,需要找一种更高级的语言与之匹配(语言即生活方式),他们把重点放在"超越"(Sublimation)的意义上:把低级世俗的肉身情欲提升为精神上高层次的玩赏、品鉴,这是"宫体"因社会阶层变化而产生的深层原因。倘若贵族一味沉溺声色,时常会引起公愤,如《南史·刘孝绰传》载其被御史劾奏的理由为"携少妹于华省,弃老母于下宅",庶族诗人何逊作《嘲刘谘议》,也讽其留恋床笫。所以宫体极少直接写亲昵之状、性行为,最多就是"诱惑"罢了。士族享受着锦衣玉食的富贵生活,也很少听闻骇世的淫乱行为。

其次,《玉台新咏》作为辑录宫体诗最重要的诗歌总集,也反映了贵族阶层追求的伦理和女色("雅而艳")相协调的审美。徐陵序曰:"虽复投壶玉女,为欢尽于百骁,争博齐姬,心赏穷于六箸。无怡神于暇景,惟属意于新诗",接着说"但往事名篇,当今巧制,分诸麟阁,散在鸿都。

---

① "新变"一词时常出现在南朝史籍中,是时人不断尝试创作新体的表现。学界普遍认为徐摛属文之新变,是在永明体(如声韵格律)基础上有所变化。其实,宫体从俗乐中演化、提升,无疑更是一种"新变"。
② 徐摛"为新安太守。至郡,为治清静,教民礼义,劝课农桑,期月之中,风俗便改"(《梁书·徐摛传》)。
③ 如周勋初《梁代文论三派述要》:"'放荡'指不拘礼法,任性而行,打破束缚。"(《文史探微》,上海古籍出版社1987年版);归青《"文章放荡论"——宫体诗的理论基础》:"它不是指艺术上的笔墨恣放,而是指在文章的内容、感情上打破束缚。"(《南朝宫体诗研究》,上海古籍出版社2006年版)

不及篇章，无由披览"①，似乎是给后宫女子排忧解闷所用。中古时期，由于关涉士族联姻和子弟培养，非常重视对士族女子教育。钱穆云："《隋志》总集之部，有《妇人集》二十卷，注云：梁有《妇人集》三十卷，殷淳撰。又有《妇人集》十一卷亡。别著《妇人集钞》二卷，又《杂文》十六卷，注为妇人作。此则全是妇人作品。盖当时门第既重礼法，又重视文艺，即妇人亦然也。"②后宫女子作为特殊人群，对其德行、文化的教育，形成了所谓的"宫教"。《玉台新咏》就是一本有关"宫教"的读物。序文介绍女子背景后，首先赞其"阅诗敦礼"，将儒家伦理作为衡量女性的首要标准。又称"曾无舔于雅颂，亦靡滥于风人"，所谓"风人"，翟灏《通俗编》卷三八《识馀·风人》载："六朝乐府《子夜》《读曲》等歌，语多双关借意，唐人谓之'风人体'，以本风俗之言也。"③即吴声、西曲中的谐音双关语，产生于民间风俗。徐陵认为收集的宫体就是处于艳情诗（风人）和雅颂中间的位置，"泾渭之间，若斯而已"。诗歌创作不能永远只模仿雅颂，而不能越雷池一步，诗歌品种的丰富需不断地探索、创新。研制出宫体诗，并找到其在诗歌史上合乎"圣人之旨"的合理位置，徐陵对此是颇为得意的。

历代的刊刻、传播者也是这样理解《玉台新咏》：南宋陈玉父本为现存最早的版本，他是从"夫诗者，情之发也"④这个角度对其进行肯定。清康熙五十三年（1714）冯鳌刻本，卷首陈鹏年题记，"今我皇上推崇正学，阐明圣教"⑤，把《玉台》与诗教相联系。纪昀《玉台新咏考异序》曰："郑卫之风，圣人不废，苟心知其意，温柔敦厚之旨亦未尝不见于斯焉。"⑥从"温柔敦厚之旨"找到被正统文学接受的依据。四库馆臣亦曰："犹有讲于温柔敦厚之遗，未可概以淫艳斥之。"⑦与纪昀持相同看法。

既为"新"咏，序文中"奏新声于度曲""新制连篇""惟属意于新诗"，声称为当时最时尚（fashion）的"艳歌"集。如"愁眉歇巧黛，啼妆落艳红"（刘孝胜《妾薄命》），"妖姬堕马髻，未插江南珰"（江总

---

① （南朝陈）徐陵编，（清）吴兆宜注，（清）程琰删补，穆克宏点校：《玉台新咏笺注》，中华书局2007年版，第12页。
② 钱穆：《略论魏晋南北朝学术文化与当时门第之关系》，《中国学术思想史论丛》，第156页。
③ （清）翟灏：《通俗编》，清乾隆十六年翟氏无不宜斋刻本。
④ （南朝陈）徐陵编，（清）吴兆宜注，（清）程琰删补，穆克宏点校：《玉台新咏笺注》，第532页。
⑤ 转引自刘跃进《玉台新咏研究》，中华书局2000年版，第33页。
⑥ （清）纪昀：《玉台新咏考异序》，丛书集成初编本，中华书局1985年版，第1页。
⑦ （清）永瑢等：《四库全书总目提要》，第1687页。

《梅花落》），"愁眉""啼妆""堕马髻"，是当时流行的化妆术，为了凸显女性的"妖态"（诱惑力）。《玉台新咏》是当时流行的时尚教科书，女性从轻松愉快的阅读中，潜移默化地受到教化。同时也展示了贵族男性用"双重标准"要求女性：希望其在总体控制的边缘（伦理）留下野性的痕迹，即"野性的端庄"。

宫体的教化意义还体现在唐代文人的具体评价中，如李康成受《玉台新咏》影响，选编《玉台后集》，言："昔陵在梁世，父子俱事东朝，特见优遇。时承华好文，雅尚宫体，故采西汉以来词人所著乐府艳诗，以备讽览。"① "雅尚宫体""以备讽览"，强调宫体的雅化和讽喻功能。元稹《叙诗寄乐天书》言："又有以干教化者，近世妇人晕淡眉目，绾约头鬓，衣服修广之度，及匹配色泽，尤剧怪艳，因为艳诗百余首。"② 同样认为艳诗有教化功用。在此还需说明，宫体所谓的"明讽刺，示惩戒"的教化意义，经常被题材的"轻薄"掩盖，与汉大赋"劝百讽一"类似，很容易被忽略，宫体被简单误解为"妖淫"的原因也在于此。

四 结语

总之，对宫体的评价，无论是"淫靡"的武断斥责或"《国风》之正宗"③ 的简单褒奖，都是不客观的。宫体虽有教化意义，但对女性之容貌、体态、装饰的"物化"描写，难免陷于轻薄。就风格说，已极大偏离了传统诗歌的"正轨"。宫体诗吸引人们与之趋近，却又与之保持距离——它只是一个审美客体、一首诗，需要在声色犬马的感官享受和优雅得体的束缚之间保持平衡。宫体诗是有节制的。王闿运曾言："凡聚会作诗，苦无寄托。老、庄既嫌数见，山水又必身经，聊引闺房，以敷词藻，既无实指焉有邪谣？世之訾者未知词理耳。"④ 提示时人把宫体诗当作审美客体来阅读、欣赏，并非与实际生活画等号。

宫体代表着传统士大夫对诱惑始终抱有的既爱且惧的矛盾态度，将私密的情感体验作为诗歌的表现方式——情诗"乃是公开向你吐露的私语"（T. S. 艾略特），在自我梳理、审视的诉说中被公众话语所采纳，最适合表现公与私、情与欲、沉溺与觉悟之间的矛盾。同时通过官方教育在贵族、士大夫中传播，形成了固定的话语模式，已经被意识形态化、经典化

---

① （宋）晁公武撰，孙猛校证：《郡斋读书志校证》，第97页。
② （唐）元稹著，冀勤点校：《元稹集》（修订本），第407页。
③ （清）袁枚著，顾学颉校点：《随园诗话》，第302页。
④ （清）王闿运：《湘绮楼诗文集》，岳麓书社1996年版，第2129页。

了。从这个意义上讲，宫体诗属于典型的"宫廷诗"，其创作主体是"集体主义"的士大夫，而非具有独特情趣的个人，因而很少有个人情感、看法的介入。

综上所述，受自然环境、民俗风情等影响产生的吴声、西曲，反映了平民、世俗文学纸醉金迷、放任情感、追求感官享乐的价值观。贵族文人接受其影响，将其改造成具有贵族阶层审美趣味的宫体诗。在此还需指出，两者之间绝非完全隔绝、壁垒分明，而是互相交织、渗透，有时甚至难分彼此，例如萧统曾作《咏弹筝人诗》，为典型的宫体诗。该诗由弹筝之新人联想到旧人，最后两句"还作《三洲曲》，谁念九重泉"。《三洲曲》属于"西曲歌"，《乐府诗集》卷四八引《古今乐录》曰："《三洲歌》者，商旅数游巴陵三江口往还，因共作此歌。其旧辞云：'啼将别共来。'"① 可见是荆楚地区风格哀伤的离别之歌。通过《三洲曲》新旧乐人的更替联想到已赴黄泉的故人，进而追寻终极的生命意义。

宫体诗在南朝文学演进中的作用，体现在文学创作方面，即宫体诗人创制出讲究丽藻、格律、声韵的新体诗；在文学思想层面，不仅反映了南朝文坛"重娱乐、尚轻艳"的文学思潮②，更重要的是，展示了贵族文学崇尚的理性节制的情感美学——试图在宣泄情欲和自我超越之间寻找折中的平衡点，向往伦理与审美协调的风格美学。南朝乐府民歌和宫体诗各自反映了平民和封建士大夫二元对立格局，以及二者在生活、精神领域的鸿沟。拥有政治话语权力的贵族士人面对商业机制、世俗价值观对于精英阶层的侵蚀，试图重构精英文学秩序，使其反映贵族阶层的生活状况和精神渴求，以及对人情、人性意义上的终极叩问、探索等。从这个角度看，宫体诗对于研究江南贵族社会文化的意义也是多方面的。

第三节 论古意诗

南朝时期，出现了一类将"古意"二字标注在诗题上的诗作，即古意诗。据笔者统计，有颜竣《淫思古意》，鲍令晖《古意赠今人》，王融

---

① （宋）郭茂倩编：《乐府诗集》，第707页。
② 罗宗强：《魏晋南北朝文学思想史》，第305页。

《古意诗》二首，萧衍《古意诗》二首，范云《古意赠王中书》，江淹《古意报袁功曹》，沈约《古意诗》，吴均《和萧洗马子显古意诗》六首、《古意诗》二首，王僧孺《古意诗》，徐悱《古意酬到长史溉登琅邪城》，刘孝绰《古意送沈弘》，何子朗《拟古》"故交不可忘"（王夫之《古诗评选》题为《古意》），萧纲《和湘东王古意咏烛》，萧子范《春望古意》，萧绎《古意诗》《古意咏烛诗》，何子朗《和虞记室骞古意》，王枢《古意应萧信武教》，颜之推《古意诗》二首①，共计二十九首，可见当时古意诗创作比较流行，应不在少数。体裁为乐府体和徒诗体两种，题材大致可分为相思闺情和边塞言志之作。除颜竣、鲍令晖为宋末人外，其余均为齐梁人，特别是梁代，以"古意"为题的诗作激增。除诗题外，"古意"一词还常用作诗论，如沈德潜评齐梁诗曰："要其厚重处，古意犹存。"②谢榛评魏晋古体诗用韵曰："魏晋古意犹存，而不泥声韵。"③学界对古意诗的研究，主要停留在历代诗论中"古意"之阐释，如葛晓音《论汉魏五言的"古意"》④，或者单纯认为"所谓'古意'，也就是取古诗的一点意思，只是添加了古诗元素"⑤。有关齐梁时期专门以古意命名诗作，古意诗风行的背景原因，时人心中的"古意"究竟指什么，古意乐府诗与文人拟乐府的关系，古意诗与拟古诗之关系等，这些问题的研究仍有较大欠缺，本节力图从这些方面较为实在地把握这一系列问题。

一 古意诗风行之背景原因

首先，刘宋以后，随着北府兵将领的崛起，中原望族进一步衰落，士庶的融合以及寒素士人取得士族身份比例不断上升，特别是梁武帝多任用寒士，《隋书·百官志》载，"梁用人殊重，简以才能，不限资地"⑥，代表新进士族欣赏趣味的媚俗侧艳诗风开始流行，同时也部分恢复继承了抒写个人情志的汉魏寒素文学。曹道衡指出："这些军人出身的士族虽然致身显贵，其生活情趣还是与沿袭魏晋玄风以清谈儒、道二家的玄理为高的

---

① 这里涉及的古意诗题，以逯钦立《先秦汉魏晋南北朝诗》记录为准。西晋嵇康《兄秀才公穆入军赠诗》其一标题异文作"古意"，情况特殊，下文再论。
② （清）沈德潜撰，王宏林笺注：《说诗晬语笺注》，第128页。
③ （明）谢榛著，宛平校点：《四溟诗话》，《四溟诗话　薑斋诗话》，第31页。
④ 葛晓音：《论汉魏五言的"古意"》，《北京大学学报》2009年第2期。
⑤ 葛晓音：《江淹"杂拟诗"的辨体观念和诗史意义》，《晋阳学刊》2010年第3期。
⑥ 《隋书》，第723页。

中原高门颇有不同。他们更感兴趣的倒是声色之娱及各种玩好……这种风气的转变，归根结底也是和士人中各阶层的兴衰变化分不开。"① 梁代许多闺怨离别的侧艳诗作上承汉乐府和汉魏古诗有关征夫思妇的言情传统，也部分融合鲍照、汤惠休等艳曲新声。同时恢复继承了抒情写志的汉魏寒素文学传统，当时寒庶人士欲上高层，需通过军功或文学才能，诗作多流露功业理想及慷慨磊落之气。由于汉魏文人诗的创作主题和审美趣味的寒素文学色彩，与其自身有着视域契合点，他们有意识地效法汉魏。古意题材中离人思妇和边塞言志两大主题以及追求侧艳媚俗、朴华抒情的诗学风貌无疑是当时寒素文学占据主流文学地位的反映。

其次，古意诗的流行与梁代前中期的文学复古思潮有密切关系。由于治道之需，武帝登基初多尚儒家，儒学在梁代呈现出中兴的局面。《南朝梁会要》设"选举"条"经学"项，载长于经学而入仕之人（宋、齐《会要》不存此项）。其经学著作数量也远高于宋齐两代。反映在文学上，即提倡雅正文风，如《梁书·江革传》载："中兴元年，高祖入石头……乃使（江）革制书与（袁）昂，于坐立成，辞义典雅，高祖深赏叹之，因令与徐勉同掌书记。"② 学界普遍认为梁前中期存在以裴子野等为代表的文学复古思潮③，《梁书·裴子野传》称："子野为文典而速，不尚丽靡之词，其制作多法古，与今文体异，当时或有诋诃者，及其末皆翕然重之。"④ 其余若刘显、刘之遴、殷芸、顾协、韦棱、谢征等"多学古体"，被称为"古体派"，"每讨论坟籍，咸折中于子野焉"，主要是讨论坟籍的学术团体而非纯文学集团。裴子野《雕虫论》曰："其五言为家，则苏李自出，曹刘伟其风力，潘陆固其枝叶。爰及江左，称彼颜谢，箴绣鞶帨，无取庙堂。"推重曹刘古体诗的质朴文风，对颜谢今体暗含批评。其创作方法多"属辞比类"（范缜《以国子博士让裴子野表》），"章句洽悉，训故可传"（《梁书·裴子野传》），尚用典比类且重视文学教化功用。由于这些文人多入侍东宫，对萧统影响自不必言，"远兼邃古，傍暨典坟"（《答湘东王求文集及〈诗苑英华〉书》）。"每钻阅六经，泛滥百氏；研寻物理，顾略清言……而才性有限，思力非常……"（《与何胤书》）靠"博依""破典""钝学累功"来创作。

---

① 曹道衡：《兰陵萧氏与南朝文学》，第3—4页。
② 《梁书》，第523页。
③ 参见周勋初《梁代文论三派述要》，《中华文史论丛》第五辑，中华书局上海编辑所1964年版，第198页。
④ 《梁书》，第443页。

最后，与齐梁人日渐明晰的"古""今"文学意识有关。沈约《宋书·乐志四》录"今鼓吹铙歌词"《上邪曲》四解、《晚芝曲》九解、《艾如张》三解。《宋书·志序》沈约案："今鼓吹铙歌，虽有章曲，乐人传习，口相师祖，所务者声，不先训以义。今乐府铙歌校汉、魏旧曲，曲名时同，文字永异，寻文求义，无一可了。不知今之铙章，何代曲也。"① 已经意识到古今曲词在诸多方面的不同。在《艾如张》三解后列何承天私造《鼓吹铙歌》十五篇，暗指刘宋后曲词为今。陈释智匠《古今乐录》以梁、陈二代宫廷音乐演奏状况为"今"，描述古、今音乐的发展流变。据《隋书·经籍志》的著录，从齐、梁开始，标题中带有"古""今"字样的总集大量出现，如梁昭明太子撰《今诗英》八卷、《古今诗苑英华》十九卷、《古乐府》八卷、《古歌录钞》二卷等。徐陵《玉台新咏》收江淹诗八首，标为"江淹古体四首"和"江淹四首"，以古体区分，暗指江淹作品本身就有古体和今体两种。而且对当时诗风多以古今比对评论，如《南史·何逊传》载范云赞何逊诗曰："顷观文人，质则过儒，丽则伤俗，其能含清浊，中古今，见之何生矣。"② 萧纲《与湘东王书》曰："历方古之才人，远则杨、马、曹、王，近则潘、陆、颜、谢……若以今文为是，则古文为非；若昔贤可称，则今体宜弃。"由于永明体的流行，齐梁诗歌俨然分为古今两流，以"古意"为标题的诗歌反映了他们对古今不同文学风貌的认知。日本学者冈村繁指出："梁代文坛出现了代表当时文艺界主流的'近世'文学之五言诗的重要选集，而在此之前，沈约和丘迟等人又早就将汉魏两晋的'古代'诗文编选成集。"③ 沈约《集钞》十卷，丘迟《集钞》四十卷将东晋以前的"古人"诗文编选成集，萧统撰有《古今诗苑英华》十九卷等。

二　论古意之内涵

古意诗的出现属于梁代特定诗歌思潮的"一体"，那么齐梁人眼中的"古意"究竟指什么？我们首先看古意诗的题材内容。

首先，"古意"之"古"是指诗歌写古之内容、情事。清吴淇评徐悱《古意酬到长史溉登琅邪城》曰："题中'古意'二字，故篇中不用本地

---

① 《宋书》，第204页。
② 《南史》，第871页。
③ ［日］冈村繁：《〈文选〉之研究》，《冈村繁全集》第二卷，上海古籍出版社2009年版，第86页。

名而多借西京古地名为比。"① 如"甘泉""楼兰""上谷""长安""燕山""函谷""霸上"等都为西汉地名,其余古意诗中"孟津""陇北""阴山""陇右""玉门""关右""关西""山西"等,均属汉代边塞地名,与今人今事无关。涉及的人物有古代的侠客、将军或者从军的少年等,均为虚拟假托,这一类诗带有边塞游侠的性质。② 另一类写传统征夫思妇的题材,来源于汉乐府、汉魏古诗中有关男女相思离别一类,如颜竣《淫思古意》、王融《和王友德元古意》其一、沈约《古意诗》等,侧重于抒情,仍属汉魏言情一脉。同时,汉乐府中也存有少量写色的作品,如《陌上桑》《长安有狭斜行》等,描写女色占主导地位。齐梁文人继承汉魏旧曲的同时加入江南新声描摹女色的媚俗一面,少言情多写色,代表有吴均《和萧洗马子显古意诗》其一、萧绎《古意诗》等,"采桑""使君"等事件、意象明显从《陌上桑》中来,"带减连枝绣,发乱凤凰簪。花舞依长薄,蛾飞爱绿潭","妾在成都县,愿作高唐云",流露床帏之间的幻想。闻一多认为这类古意、拟古一类暧昧的题面,是艳情诗的遮羞手法。③ 其实,这类古意与梁陈描写女性、歌舞等活色生香的艳诗还是有较大差别的,稍显雅致庄重,如张玉穀评刘孝绰《古意》言:"使人言外得之,亦有含蓄。"④ 钱志熙指出:"基本差别就是它们保持了一个客观的言情的模式,这是他们采用'古意'为题的用意所在。"⑤ 同时,写边塞征战和征夫思妇这两类"古意"时常有所叠合,如吴均《和萧洗马子显古意诗》其四、其六,学界一般认为宫体闺情对边塞诗的渗透导致。其实,古辞《饮马长城窟行》中就有将征战与思妇融为一体的写法,思妇是边塞的重要组成部分,因为只有征夫才有思妇的成立,显示出男性在诗歌中的自主性和中心地位。

其次,除了题材内容,在诗歌形式上也有意识地仿效汉魏。《文镜秘府论·南卷·论文意》称:"古意者,若非其古意,当何有今意?言其效古人意,斯盖未当拟古。"⑥ 古、今相对并称,只是效其大意,"拟古"专指拟其词而言。《文选》"游览"类收徐悱《古意酬到长史溉登琅邪城》,

---

① (清)吴淇著,汪俊、黄进德点校:《六朝选诗定论》,第449页。
② 在此只能说古意诗带有边塞游侠性质,而非边塞征战诗。与齐梁边塞之作的最大区别在于:边塞诗涉及的人物都是历史上实有其人,如"卫将军""霍嫖姚""飞将军""班定远""张博望"等,多借古喻今地咏怀。
③ 闻一多:《宫体诗的自赎》,《唐诗杂论》,第11页。
④ (清)张玉穀著,许逸民点校:《古诗赏析》,第505页。
⑤ 钱志熙:《论齐梁陈隋时期诗坛的古今分流现象》,《河南师范大学学报》2011年第1期。
⑥ [日]遍照金刚撰,卢盛江校考:《文镜秘府论汇校汇考》,第1350页。

第五章　梁陈时期——拟诗的变体和总结　209

吕向注："古意,作古诗之意也。"①"赠答"类收范云《古意赠王中书》,吕向注："古意,谓象古诗之意也。"②吴淇评："古意不用其词,专效其意。"③即仿古人、古诗之意而非文词形式。钟嵘评齐张永诗曰："张景云虽谢文体,颇有古意。"④今张永诗不存,已无法判断"古意"具体所指。钟氏将"文体"与"古意"对举,似乎意味着"古意"与诗歌形式因素相对。盖古意诗命意高古,不求形似,那么古意诗是否专指其诗歌题材内容而非其形式?我们看古意诗的创作方法。

第一,意象上,"古诗之妙,专求意象"⑤。"汉魏古诗,气象混沌,难以句摘。"⑥古诗的典型意象往往能给人直观感受。古意诗中的"双飞燕""游子""游禽""行人""荡子""芳草""秋雁""飞鸟""松萝""飞蝶""黄鹄""露葵"等意象,几乎全从乐府古辞、《古诗十九首》及其他汉魏古诗意象中来。由于传统意象的指向性,用意象起兴,加以第三人称以及单一场景的片段叙述方式,凸显征夫思妇的主题。用字则借用汉魏古诗、乐府的叠字艺术,如"双双""离离""翩翩""飞飞""脉脉""低低""炯炯""灼灼""戚戚""年年"等,这种源于《诗经》四言诗以及汉魏古诗的口语叠字被齐梁人有意识地继承,"体物叠字,本之风雅,诗所不能无"⑦,通过叠字见古人之当行本色,造成一种轻松流畅的节奏效果。这些都是时人理解"古意"的一些因素。

第二,句式上,多承袭汉魏古诗及乐府的句法,如"谁为道辛苦"(鲍令晖《古意赠今人》)、"此心讵能知"(萧衍《古意诗》其一)、"谁云相去远""此外亦何为"(范云《古意赠王中书》)、"一言凤独立,再说鸾无群""何得晨风起"(江淹《古意报袁功曹》)、"宁知内心伤"(沈约《古意诗》)、"无由报君信"(吴均《和萧洗马子显古意诗》其一)、"愿为飞鹊镜"(《和萧洗马子显古意诗》其三)、"何处报君书"(《和萧洗马子显古意诗》其四)、"谁堪久见此"(《和萧洗马子显古意诗》其五)、"寄言封侯者"(徐悱《古意酬到长史溉登琅邪城》)、"何由得新燕"(王

---

① (南朝梁)萧统编,(唐)李善、吕延济、刘良、张铣、吕向、李周翰注:《六臣注文选》,第418页。
② (南朝梁)萧统编,(唐)李善、吕延济、刘良、张铣、吕向、李周翰注:《六臣注文选》,第488页。
③ (清)吴淇著,汪俊、黄进德点校:《六朝选诗定论》,第443页。
④ (南朝梁)钟嵘著,曹旭笺注:《诗品笺注》,第269页。
⑤ (明)胡震亨:《唐音癸签》,第16页。
⑥ (宋)严羽著,郭绍虞校释:《沧浪诗话校释》,第151页。
⑦ (明)胡震亨:《唐音癸签》,第29页。

枢《古意应萧信武教诗》)。"谁为""谁云""宁知""一言……再说"等用汉魏古诗、乐府的叙述辞和语气词。还如"客从远方来,赠我×××","谁能×××……","愿为×××……"等句法套语,虽有使用永明声律体,但有意识地破骈为散,部分继承了汉魏诗结体散直的体制。

第三,从诗歌体式上借用乐府民歌的体式。萧纲、萧绎兄弟有两首非常独特的古意诗:

> 花中烛,焰焰动帘风。不见来人影,回光持向空。(萧绎《古意咏烛诗》)

> 花中烛,似将人意同。忆啼流膝上,烛焰落花中。(萧纲《和湘东王古意咏烛诗》)

两首诗为兄弟二人的同赋咏烛之作。与其他古意五言不同,为不常见的"三五五五"组合的杂言徒诗,很难看出与"古意"有何关系。其实,早在汉乐府中就有三五组合的杂言诗,如《有所思》"有所思,乃在大海南","摧烧之,当风扬其灰",只是保留下来的文献较少。东晋以后,这种句式的民歌逐渐增多,如"白团扇,辛苦五流连,是郎眼所见"(《团扇郎》其一)。"欢相怜,今去何时来?补裆别去年,不忍见分题。"(《读曲歌》六十五)"欢相怜,题心共饮血。梳头入黄泉,分作两死计。"(《读曲歌》六十六)特别是《读曲歌》两首,已经是标准的"三五五五"型,说明吴声中有此种稳定的体式,且有民歌联章性质。此外,文人拟乐府也有少量这种诗体,如王融《秋夜长》"秋夜长,夜长乐未央。舞袖拂花烛,歌声绕凤梁"。韵脚"央""梁"押"阳"韵,可见经过了文人的改造。徒诗类,如沈约《八咏诗》其一《登台望秋月》:"望秋月,秋月光如练,照曜三爵台,徘徊九华殿。""练""殿"押"先"韵。再看这两首古意诗,"风""空""同""中"全部押"东"韵,是二人同赋唱和的结果,介于"古意"和"新声"之间,继承了民歌的联章属性。萧纲尾句"烛焰落花中"照应首句"花中烛",显然比萧绎更胜一筹,同赋唱和之作便有了游戏争胜的意味。可见,这里的"古意"就与题材内容无关,仅仅是一种"体"或"格"。宋罗大经《鹤林玉露》"文繁简有当"条云:"余谓诗亦有如此者,古《采莲曲》云:'鱼戏荷叶东,鱼戏荷叶西。'杜子美《杜鹃行》:'西川有杜鹃,东川无杜鹃,涪南无杜鹃,云安有杜鹃。'若以省文之法论之,似可裁减,然只如此说,亦为朴赡有古意。"① 认为杜甫用汉乐府《采莲曲》之体，可见"古意"是可作为诗歌体式而言的。

另外，我们再看颜之推两首《古意诗》，与其他古意诗征战、思妇题材不同，是诗人羁旅北方后的言志之作。其一曰："十五好诗书，二十弹冠仕。楚王赐颜色，出入章华里。作赋凌屈原，读书夸左史。数从明月宴，或侍朝云祀。登山摘紫芝，泛江采绿芷。歌舞未终曲，风尘暗天起。吴师破九龙，秦兵割千里。狐兔穴宗庙，霜露沾朝市。璧人邯郸宫，剑去襄城水。未获殉陵墓，独生良足耻。悯悯思旧都，恻恻怀君子。白发窥明镜，忧伤没余齿。"自叙身世兼伤梁朝，明显受左思《咏史》、刘琨《扶风歌》的影响，具体写法上也有拟鲍照《拟古》之"十五讽诗书"的痕迹。一方面西晋诗歌本就上承汉魏，继承的是汉魏抒情言志的传统；另一方面颜之推在反思南朝文风的基础上，提出了"改革体裁"的要求，即"宜以古之制裁为本，今之辞调为末"②，诗作取名古意的原因即在于此。王夫之评："平赡尔雅，杂叙无痕迹，乃似东京人制作。"③ 这里的古意也是作为诗歌体制而言的。

综上所述，我们给古意诗下个定义：古意诗源于齐梁文人将古诗（含汉魏古诗和乐府民歌）作为一种传统，捕捉前人在题材与表现方式上的特色，从题材内容上模写古之内容、情事，且在诗歌形式上追模古人、古诗，以得古人之意义、神韵。在时人眼中，古意不仅指诗歌内容，同样也可是诗歌体制。古人作诗"不由作意"④，"先真实，后文华"（陈绎曾《诗谱》），齐梁人缺乏古人的"深情远意"（胡应麟《诗薮》），只能在创作方式上"先语后意"，力图从文字技巧上恢复了古诗之意蕴。

三　古意诗与拟古诗之关系

清汪师韩曰："今观唐以后诗，凡所谓古风、古意、古兴、古诗，与夫古览、咏古、感古、效古、绍古、依古、讽古、续古、述古者，都不知其所分别。"⑤ 指出了古意与拟古等诸多相似之处，那么，古意诗与拟古之间究竟有何关系？我们先看两者的联系。

---

① （宋）罗大经撰，王瑞来点校：《鹤林玉露》，中华书局1983年版，第291页。
② 王利器撰：《颜氏家训集解·文章》（增补本），第250页。
③ （明）王夫之：《古诗评选》，第274页。
④ （唐）皎然《诗式》"邺中集"条曰："邺中七子，陈王最高……偶或有之，语与兴驱，势逐情起，不由作意。"古人修辞惯例，胡应麟《诗薮》曰："未必古人用意为之。"
⑤ （清）汪师韩：《诗学纂闻》，《清诗话》，第455页。

首先，古意诗与陆机、刘铄一派的《拟古诗》不同，而与陶渊明、鲍照的《拟古》一类同源。笔者曾在《陶渊明〈拟古〉九首：拟〈古诗〉的诗还是"拟古"的诗？——兼论〈拟古〉与拟〈古诗〉的不同》① 一文中详细辨析了拟《古诗》和《拟古》的差别，在此概不赘述。古意诗与陶、鲍《拟古》一派诗学渊源都是汉魏的寒素诗风。最明显的例子，齐梁最大力作古意诗的当属吴均，现存二十九首诗，吴作八首，占总数的四分之一多。《梁书·吴均传》载其"家世寒贱"，属庶族寒门无疑，多次从军参战，后失意于武帝，胡大雷指出："吴均边塞战争诗作一般突出两种情感，或报君恩，或功业无成，或两者兼而有之。"② 其诗作多抑郁不平之气，如"天子既无赏，公卿竟不知"（《赠别新林》），感慨有功不赏；"仆本报恩人，走马救东秦""唯余一死在，留持赠主人"（《咏怀》其一），"长安远如此，无缘得报君"（《至湘州望南岳》）。宋阮阅评其"虽述征虏事，盖亦取（荆）轲感激之意"③。狂夫、游侠也是诗作常出现的形象，"中人坐相望，狂夫终未还"（《和萧洗马子显古意诗》其六），"结客少年归，翩翩骏马肥。报恩杀人竟，贤君赐锦衣"（《结客少年场》）。隋王通《文中子》评其为"古之狂者也"。其诗风亦继承汉魏诗风的骨力、情感深度，如"非独泪成珠，亦见珠成血"（《和萧洗马子显古意诗》其三），戴明说评其"骨法猛，思径险"（《历代诗家二集》），陆时雍评其"粗浅无文，好为杰句，只得俚耳。贫人饰富，识者自知其绽"④，尖锐批评其寒贱诗风。吴均诗在当时有一定的影响，《梁书》本传称"均文体清拔有古气，好事者或学之，谓为'吴均体'"。可知"古意"是形成"古气"的重要因素，"古气"即"古意"+抑郁不平之气。

再来谈谈嵇康《兄秀才公穆入军赠诗》其一，是现存最早的古意诗。此十九首，吴抄本分作两题，第一首于集前总目中题作"五言古风一首"，于此处题作"五言"，下有注云："一本作古意。"墨校改题"五言古意一首"。⑤ 现将其著录于下：

---

① 参见拙文《陶渊明〈拟古〉九首：拟〈古诗〉的诗还是"拟古"的诗？——兼论〈拟古〉与拟〈古诗〉的不同》，《中国诗歌研究》2014 年第 1 辑。
② 胡大雷：《中古诗人抒情方式的演进》，中华书局 2003 年版，第 309 页。
③ （宋）阮阅编，周本淳点校：《诗话总龟》，人民文学出版社 2006 年版，第 80 页。
④ （明）陆时雍选评，任文京、赵东岚点校：《诗镜》，第 227 页。
⑤ 我们暂不考虑此诗的版本依据，叶渭清曰："按《初学记》十八引'双鸾匿景曜'四句作嵇康赠秀才入军诗，《艺文类聚》九十引六句亦作魏嵇叔夜《赠秀才诗》，二书均出唐人，又均引此首，然皆不云古意，必是嵇集旧不如此。"在此姑且认为《赠秀才》可以作《古意》一说。

双鸾匿景曜,戢翼太山崖。抗首嗷朝露,晞阳振羽仪。长鸣戏云中,时下息兰池。自谓绝尘埃,终始永不亏。何意世多艰,虞人来我疑。云网塞四区,高罗正参差。奋迅势不便,六翮无所施。隐姿就长缨,卒为时所羁。单雄翻孤逝,哀吟伤生离。徘徊恋俦侣,慷慨高山陂。鸟尽良弓藏,谋极身必危。吉凶虽在己,世路多崄巇。安得反初服,抱玉宝六奇。逍遥游太清,携手长相随。①

以双鸾作比,一鸾被羁,一鸾哀吟,比喻世事艰难,阐述"鸟尽良弓藏,谋极身必危"的真理,希冀逍遥尘世之外,题材也有借用古辞《艳歌何尝行》《别鹤操》的痕迹。联系诗人所处时代,完全是嵇康处境心态的体现,借所谓"古意"表明心志。同期何晏也有《拟古》二首(《见志诗》),由于惧祸而发"古之幽情",是后世《拟古》的渊源。嵇康与何晏诗作命名不同,但性质上都是抒情言志以自比,从侧面证明了《拟古》与古意诗属于同一诗学渊源。

其次,古意诗与《拟古》在创作方法上有一定的相似之处,都没有具体可拟的范本,只是借古发今人之情怀,即"'拟古'模拟的是一种更广大的东西,一种超越人和特定'古诗'的'古意'"②。本节第二部分和《陶渊明〈拟古〉九首:拟〈古诗〉的诗还是"拟古"的诗?——兼论〈拟古〉与拟〈古诗〉的不同》一文详细介绍了两者的创作方法。它们都是虚拟了一些远离自身现实的"古代"和"虚幻"的场景,人物也是古人而非今人,均为客观事项,通过"以我运古"的方式抒怀。以吴均为例,如"匈奴数欲尽,仆在玉门关","中人坐相望,狂夫终未还"(《和萧洗马子显古意诗》其六),即吴均边塞征战生活和心态的映射。"当何见天子,画地取关西"(《古意诗》其一),完全就是发生在吴均生活中的真实事件,据《谈薮》载:"梁奉朝请吴均有才气,常谓《剑骑》诗云:'何当见天子,画地取关西?'高祖谓曰:"天子今在,关西安在焉?'均默然无答。"③可见,古意诗与《拟古》虽云古,在指向性上仍为今。在具体写法上,若《拟古》兴寄不深,只是单纯地从诗歌形式上追求形似,那么《拟古》即可约等于古意,如《玉台新咏》收何思澄诗一首,题为《拟

---

① (魏)嵇康著,戴明扬校注:《嵇康集校注》,中华书局2014年版,第5页。
② 倪士豪:《陶渊明与他的"拟古"组诗》,南开大学中文系编《魏晋南北朝文学与文化论文集》,第222页。
③ (隋)阳玠撰,黄大宏校笺:《八代谈薮校笺》,中华书局2013年版,第247页。

古》，王夫之《古诗评选》录为《古意》。

以上是古意诗与《拟古》的相似点，下面再看两者的区别。首先，古意诗与《拟古》虽为汉魏寒素诗风的渊源，但古意诗是《拟古》在齐梁的新发展。《拟古》产生于晋宋高门士族文学占主流的时期，大力作《拟古》如陶、鲍等庶族诗人，只是少数，《拟古》在当时虽可称为"一体"，但从诗人、诗作数量上绝不是主流。古意诗大部分产生于齐梁之后，是庶族文学占主流的产物。上到梁王室成员，下到吴均等寒士，且涉及赠答、咏物、登览等多种题材，诗作的覆盖面相当广大，是主流文学的重要一环。但是，《拟古》比较严格地按照"比古志以明今情"创作方法，重比兴，言在此意在彼，重在抒发自我情志；古意诗经过齐梁文人声律、排偶、用典的改造，重在诗歌形式上复古。由于当时诗学思潮的影响，他们眼中的"古意"比较狭隘，多是思妇闺怨一类，不同于古诗"大率逐臣弃妻，朋友阔绝，游子他乡，死生新故之感"[①]的多元人生感悟。除了吴均等少数诗人尚能继承汉魏诗风的抒情言志精神外，大部分诗作终不可避免地走向"古意寖微"。

其次，《拟古》基本属于"杂拟"的范畴，而古意诗的归属情况比较复杂，有多种情况。《文选》"杂拟"类收陶渊明《拟古》之"日暮天无云"一首，收鲍照《拟古》"幽并重骑射""鲁客事楚王""十五讽诗书"三首。明刘节《广文选》录何晏《拟古》其一，陶渊明《拟古》八首，鲍照《拟古》"幽并重骑射"一首，可见《拟古》基本属于比较严格的模拟之作。古意则不然，徐悱《古意酬到长史溉登琅邪城》属《文选》"游览"类，范云《古意赠王中书》属"赠答"类，似乎意味它们不属于模拟范畴。其实不然，第一，这两首诗的重心不在古意，而在"今事"，有纪实成分，"古意"只是在具体写法上依古而已；第二，《文选》选诗下限于大约于天监十二年（513）且不录存者之文，许多古意诗的创作时间属萧统当代或靠后，所以未收也在情理之中了。明周应治辑《广〈广文选〉》将所选诗歌时代扩大，意在补《广文选》所遗，在"杂拟"类中补录了许多古意诗，如吴迈远《古意赠今人》（《玉台新咏》作鲍令晖）、沈约《古意》、吴均《古意》七首、王僧孺《古意》、刘孝绰《古意》、颜之推《古意》二首。这些新收入"杂拟"类的诗作的共同点：除《古意赠今人》外，均为单纯的仿古之作，不与其他诗题材相混，重在复现古诗的意蕴风貌，而《古意赠今人》题目上虽有赠答之意，实际写法上仍属"贵

[①]（清）沈德潜著，王宏林笺注：《说诗晬语笺注》，第102页。

情思而轻事实"的乐府抒情系统。其余未收的古意诗,若江淹《古意报袁功曹》、何子朗《和虞记室骞古意》及王枢《古意应萧信武教》,都属于第一种多纪实成分的"今事"诗,性质应分别属"赠答"和"献诗"。

四 乐府古意诗与文人拟乐府之区别

古意诗从体裁上分为乐府和徒诗两大类,乐府类如颜竣《淫思古意》、鲍令晖《古意赠今人》、江淹《古意报袁功曹》、吴均《和萧洗马子显古意诗》其一"贱妾思不堪",姑且称为"乐府古意诗"。古意诗与拟乐府本就有一定的关系,广义上讲,乐府古意诗属于拟乐府的一种。用古题写古意的作风始于西晋陆机等人,那么,齐梁时期的乐府古意诗与文人拟乐府之间有什么区别?首先看时人用乐府体作古意的原因。

众所周知,早期的五言诗,无论是乐府五言,还是徒诗五言,其渊源都出于古乐府,如"郊祀房中歌颇存古意"[1],"汉乐府鼓吹二十二曲,今所存《朱鹭》已下是也。魏缪袭、吴韦昭、晋傅玄皆拟之,率浅俗无复古意"[2]。古乐府比拟乐府和徒诗更古老,词意高古,最得"古意"。初唐沈佺期《古意》"卢家小妇郁金堂",题材即来源于汉乐府,清乔亿言:"词意之古,无过沈云卿之'卢家少妇'一首。"[3] 即是此类。同时,"古乐府本多托于闺情女思,青莲深于乐府,故亦多征夫惜别伤离之作,然皆含蓄有古意"[4]。指出古乐府与闺情女思的天然联系,"征夫惜别伤离"即是"古意"。《淫思古意》、《古意赠今人》、《和萧洗马子显古意诗》其一"贱妾思不堪"均为此种古意。受时代思潮的影响,梁以后文人多作闺情艳诗,托于乐府之体也是理所当然的了。

再看文人拟乐府与乐府古意诗之区别,吴均有拟乐府《陌上桑》一首,为《乐府诗集》所收录;《和萧洗马子显古意诗》其一"贱妾思不堪",《乐府诗集》作《采桑》,我们可从两者区别一窥究竟。现将两者著录于下:

陌上桑

袅袅陌上桑,荫荫复垂塘。长条映白日,细叶隐鹂黄。蚕饥妾复

---

[1] (明) 熊明遇:《文直行书诗文》,清顺治十七年熊人霖刻本。
[2] (清) 王士禛著,(清) 张宗柟纂集,戴鸿森校点:《带经堂诗话》,第24页。
[3] (清) 乔亿:《剑谿说诗》,《清诗话续编》,第1045页。
[4] (清) 赵翼著,江守义、李成玉校注:《瓯北诗话校注》,第16—17页。

思,拭泪且提筐。故人宁如此,离恨煎人肠。①

采桑

贱妾思不堪,采桑渭城南。带减连枝绣,发乱凤凰簪。花舞依长薄,蛾飞爱绿潭。无由报君信,流涕向春蚕。②

两首均写相思离别之苦。《陌上桑》首句"袅袅陌上桑,荫陌复垂塘",开篇点题,将"陌上桑"作为名物,用其题面意思,化用乐府本事作为典故。同时期及唐代文人也多有同种写法,如王筠《陌上桑》"人传陌上桑",王台卿《陌上桑》四首均以"郁郁陌上桑"为首句,唐代常建《陌上桑》"翳翳陌上桑"。虽然南朝人《陌上桑》不再歌咏乐府本事,但写法上紧扣古辞题目,让人不由联想到"罗敷采桑"本事。再看《采桑》,以"贱妾"自居,"带减连枝绣,发乱凤凰簪。花舞依长薄,蛾飞爱绿潭",以顽艳的笔调赋写女子之美,近宫体笔法。除首句"采桑"事件,很难与古辞挂钩,几乎脱离了传统。《乐府广序》曰:"《陌上桑》歌'日出东南隅',妇人以礼自防也。汉游女之情正,但令不可求而止。《陌上桑》之情亦正,惟言'罗敷自有夫'而止,皆正风也。"③"故人宁如此,离恨煎人肠",对"故人"思念继承了《陌上桑》性情之正的言情传统,虽然微弱但多少受到了乐府本事的影响。

有关《采桑》题解,《乐府诗集》于《陌上桑》题解后,只简单附"又有《采桑》,亦出于此"。无具体题解,只取采桑事件,当由《陌上桑》衍生而来。现存最早以《采桑》为题当属鲍照《采桑》,"采桑淇澳间,还戏上宫阁",简文帝"寄语采桑伴,讶今春日短",吴均"贱妾思不堪,采桑渭城南",只凸显采桑事件,与古辞勾连松散,明朱应登刊本《鲍参军集》把《采桑》放在诗类而非乐府类,可能以为它与《陌上桑》非一类作品,缺乏乐府传统。而且以题为《采桑》的乐府诗,多在表现女子姿色容颜、男欢女爱方面踵事增华,重在写色而非言情。

通过两首对比,大致可以看出,《陌上桑》相对注重对曲调本题的遵循,《采桑》无明确的乐府题解,与古辞勾连松散,从题解和内容上与古辞脱离了传统。为了证明拟乐府与乐府古意诗的差别,再看江淹《古意报

---

① (宋)郭茂倩编:《乐府诗集》,第412页。
② (宋)郭茂倩编:《乐府诗集》,第415页。
③ (清)朱嘉徵:《乐府广序》集385,四库全书存目丛书,齐鲁书社1997年版,第707页。

袁功曹》:

> 从军出陇北,长望阴山云。泾渭各流异,恩情于此分。故人赠宝剑,镂以瑶华文。一言凤独立,再说鸾无群。何得晨风起,悠哉凌翠氛。黄鹄去千里,垂涕为报君。①

《乐府诗集》题为《从军行》,郭茂倩引《古今乐录》曰:"《从军行》,王僧虔云,荀录所载左延年《苦哉》一篇,今不传。"《乐府解题》曰:"《从军行》皆军旅苦辛之辞。"《广题》曰:"左延年辞云:'苦哉边地人,一岁三从军。三子到敦煌,二子诣陇西。五子远斗去,五妇皆怀身。'"陈伏知道又有《从军五更转》。② 可知《从军行》古辞不存,主要写从军之苦辛。解题后附拟作,如陆机《从军行》"苦哉边地人",颜延之"苦哉远征人",均以此句扣题,其余若萧纲、萧绎、沈约、戴嵩、吴均《从军行》均从征战上凸显从军之苦。同时,还附王粲《从军行》五首,写从军之乐,与古辞差别较大。除左延年《苦哉边地人》外,《初学记》卷二二还载一首古乐府左延年《从军诗》:"从军何等乐,一驱乘双驳。鞍马照人白,龙骧自动作。"曹道衡怀疑相传左延年两首《从军行》一首写"苦",一首写"乐"。③ 这些拟乐府均严格遵守古辞之意。

江淹首句"从军出陇北",遵循《从军行》曲题创作套路,但只赋写"从军"之题面。从纪实角度写送别友人的离别之情,是"从军别"而非"从军苦",与古辞差别较大。《广文选》卷一五作《效阮公体》,可能由于多用比兴,诗意含蓄。但阮公体均为徒诗,意指《古意报袁功曹》也应为徒诗?江淹另一首《从军行》,即《杂体诗三十首》之《李都尉从军》,也属徒诗。可见乐府古意诗的词旨与古词不紧密,属于乐府或徒诗界限不明晰。

《古意赠今人》,《乐府诗集》题为《秋风》,《秋风》为三国吴鼓吹曲,《古今乐录》曰:"《秋风》者,言孙权悦以使民,民忘其死也。当汉《拥离》。"④ 盖因其题面优美浪漫而用,与吴鼓吹曲无关联。《淫思古意》收入《乐府诗集》"杂曲歌辞",杂曲是年代久远或干戈丧乱失去了声或辞,只有拟作存留的歌辞,"其名甚多,或因意命题,或学古叙事",《淫

---

① (南朝梁)江淹著,(明)胡之骥注,李长路、赵威点校:《江文通集汇注》,第107页。
② (宋)郭茂倩编:《乐府诗集》,第475页。
③ 曹道衡:《中古文学史论文集续编》,中华书局2011年版,第149页。
④ (宋)郭茂倩编:《乐府诗集》,第271页。

思古意》当属"学古叙事"之作,无古辞、题解、本事,也无他人拟作。初唐沈佺期《古意》也属"杂曲歌辞",因其"谁知含愁独不见,使妾明月照流黄",《乐府诗集》题为"《独不见》",《乐府解题》曰:"《独不见》,伤思而不得见也。"① 表达的只是一种情绪非关事件。吴乔《围炉诗话》曰:"题虽曰《乐府古意》,而实《捣衣曲》之类。"② 一语点出了《古意》的实质。《捣衣曲》"盖言捣素裁衣,缄封寄远也"③。更接近《古意》描写的实际内容。换言之,《独不见》非关诗作题材内涵,任何有关相思不得见的都可以其为题,而《捣衣曲》无疑与诗作更为贴合。

综上所述,拟乐府或多或少受到原题、古辞的制约。乐府古意诗与拟乐府相比,并不严格遵循古题、古辞,与其勾连相对松散,或无古辞、题解、本事可遵循,或只赋写古辞之题面意思,而且题目异名的现象比较普遍,即"拟古乐府是存在曲题渊源或具有明确曲题的'古意诗'"④。有些古意诗甚至由于古题太过松散或大量文人诗写法而与徒诗界限不明。乐府古意诗因其少古辞、题解、本事,比拟乐府更加灵活、自由,可供文人发挥创造力的空间较大。

五 余论:古意诗与昭明太子集团之文学观念

上文详细论述了古意诗的诸多方面,这时期许多诗作题目上虽未有"古意"二字,但其具体创作仍上承汉魏古诗及古乐府,与古意诗写法如出一辙,如刘孝绰《元广州景仲座见故姬》、王筠《摘安石榴枝赠刘孝威》二首的诗意,明显分别出自《上山采蘼芜》和《庭中有奇树》,萧子云《春思》、王筠《和吴主薄》等诗的意象也与汉魏五言诗有关。这种文学创作倾向无疑与昭明文人集团⑤的文学观念密切相关,下面约略言之。

梁代前中期,出现了文学复古思潮以及折中通变的文学思想,古文派文学集团大约形成于天监十年(511)前后。萧统及其文人幕僚虽年少在永明诗风影响下成长,但对于永明诗人所倡导的过于新变的文风有所不满,其《答湘东王求文集及〈诗苑英华〉书》言:"夫文典则累野,丽则

---

① (宋)郭茂倩编:《乐府诗集》,第1066页。
② (清)吴乔:《围炉诗话》,《清诗话续编》,第523页。
③ (宋)郭茂倩编:《乐府诗集》,第1317页。
④ 王志清:《齐梁乐府诗研究》,社会科学文献出版社2013年版,第31页。
⑤ 据统计,萧统文学集团中的"经学之才与文学之才"有:刘孝绰、王筠、殷芸、陆倕、到洽、明山宾、陆襄、张缅、谢举、王规、王锡、张率、刘勰、徐勉、何思澄、刘杳、顾协、钟屿、杜之伟、刘陟、刘苞和庾仲容。参见胡大雷《中古文学集团》,广西师范大学出版社1996年版,第148页。

伤浮，能丽而不浮，典而不野，文质彬彬，有君子之致也。"刘跃进指出："这种观点实本为儒家正统的美学观。""梁代中期文学复古思潮的形成，儒家学说是其核心。"① 有关梁初儒学思潮，王夫之言："六经之教，蔚然兴焉。虽疵而未醇，华而未实，固东汉以下未有之盛也。"② 受萧衍早期崇儒思想影响，创作上，萧统现存诗作多用乐府旧题，如《饮马长城窟行》《相逢狭路间》等，亦多有拟古和撷取汉魏古诗意象之作，如《拟古诗》《咏同心莲诗》"萱草"等意象。由于崇古尚雅，多从古人篇籍选取创作资源，如《长相思》题目即出自《客从远方来》"文采双鸳鸯，裁为合欢被。著以长相思，缘以结不解"，取其相思绵绵之意；《贻明山宾诗》《宴阑思旧诗》几乎句句用典，《饮马长城窟行》《相逢狭路间》完全脱胎于古辞。翁嵩年《采菽堂古诗选序》称"古体之选，莫若昭明矣"。可见萧衍崇古拟古的文学实践。这些脱胎于古诗的典故多为浅典、熟典，如萧子云《春思》"谁能怜故素，终为泣新缣"，"故素""新缣"典故出自《上山采蘼芜》，表被弃之意，且"用事不使人觉"。这里的典故已成为象征性的符号，清赵翼言："诗写性情，原不专恃数典；然古事已成典故，则一典自有一意，作诗者借彼之意，写我之情，自然倍觉深厚，此后代诗人不得不用书卷也。"③ 这类作品有感于对古诗的熟悉、体味和认同，看重典故带来的某种气氛和象征意义，既言简意赅又可引起人们对弦外之音的追寻，有助于诗歌深婉蕴藉之意境的形成。借重古诗"含蓄不尽"之意（陈祚明《采菽堂古诗选》），无疑与萧统"吟咏性灵，岂惟薄伎。属词婉约，缘情绮靡"（王筠《昭明太子哀册文》）古朴典雅的诗学理想相通。

同时，用典在当时文论家眼中还有别的含义，即"事类"，《文心雕龙·事类》专讲用典，刘勰云："事类者，盖文章之外，据事以类义，援古以证今者也。"④ 黄侃云："取古事以托喻，兴之属也。意皆相类，不必语出于我，事苟可信，不必义起乎今，引事引言，凡以达吾之思而已。"⑤ "援古以证今"即用历史事件寄托当今的人、事。朱自清言："'事义'一词，并不专指古事成辞，也可指日常事理。"⑥ 即用古事、古辞来映射现实

---

① 刘跃进：《昭明太子与梁代中期文学复古思潮》，郑州大学古籍所编《中外学者文选学论集》，中华书局1998年版，第455、460页。
② （清）王夫之著，舒士彦点校：《读通鉴论》，中华书局2013年版，第504页。
③ （清）赵翼著，江守义、李成玉校注：《瓯北诗话校注》，第456页。
④ （南朝梁）刘勰著，范文澜注：《文心雕龙注》，第614页。
⑤ 黄侃：《文心雕龙札记》，第172页。
⑥ 朱自清：《〈文选序〉"事出于沉思义归乎翰藻"说》，《朱自清古典文学论文集》，第43页。

或炫博诗才。例如，时人拟作《陌上桑》衍生出"蚕饥"一类的关乎民生的独特写法，如吴均"蚕饥妾复思，拭泪且提筐"，梁无名氏"蚕饥心自急"，刘邈"蚕饥日欲暮，谁为使君留"，萧子范"还忆畏蚕饥"等，武帝末崇佛，农桑之事多有荒废，郭祖深《与榇诣阙上封事》言："陛下昔岁尚学，置立五馆，行吟坐咏，诵声溢境。比来慕法，普天斋戒，人人忏礼，不务农桑，空谈彼岸。"可见有"讥喻"性质，对晚唐陆龟蒙《陌上桑》"邻娃尽著绣裆襦，独自提筐采蚕叶"讥刺现实之作有深远影响。另外，"拟古""古意"不仅是仅存半壁江山的南朝人追慕秦汉强大国力的心理体现，更源于他们对边塞征战生活的浪漫想象。《诗品序》曰："至于楚臣去境，汉妾辞宫，或骨横朔野，或魂逐飞蓬，或负戈外戍，或杀气雄边；塞客衣单，孀闺泪尽……凡斯种种，感荡心灵……"①《周书·王褒传》载王褒曾作《燕歌行》，"妙尽关塞寒苦之状，元帝及诸文士并和之，而竟为凄切之词"②。这些征战、思妇的悲情之作已经成为日常生活之情的重要组成部分。齐梁人大多没有金戈铁马的亲身经历，不免规摹前人，何况凭借史书用典写出边塞意味的诗歌对博览群书的南朝人并不难，陈平原指出："历代文人吟咏侠客的无数诗篇，大都袭用一些基本词汇，正是看中其强烈的视觉效果。只要巧妙地嵌上几个这种词汇，诗篇马上就有一种慷慨悲凉的气氛。"③曹道衡说他们只是抱着一部《汉书》在作诗，由此导致了"齐、梁中诗笔，地理多不审"④。颜之推在《颜氏家训》对误用地名、事件进行了严厉批评。梁陈诗人通过"拟古""古意"的一点历史背景来进行想象、创作，进一步扩大情感的表现空间，与其说是对边塞生活、思妇望远的描写，还不如说是"为文造情"的虚构想象之作。

综上所述，这些"拟古""古意"之作，一方面源于昭明集团追求典雅缘情诗学理想，另一方面也是通过"援古证今"来映射现实或炫博诗才、"为文造情"。同时，古诗倡导的言志、情之正，即"劝诫""丽则"，与萧统"摘讥《闲情》，示戒丽淫，用申绳墨，游于方内"⑤之精神，两者的文学观念是相吻合的。这也是文人作古意虽有言色之体，但与宫体诗之活色生香相比，仍较含蓄内敛，不能不说受到古诗言志、情之正的影响与规诫。

---

① （南朝梁）钟嵘著，曹旭笺注：《诗品笺注》，第28页。
② （唐）令狐德棻等：《周书》，中华书局1971年版，第731页。
③ 陈平原：《千古文人侠客梦——武侠小说类型研究》，人民文学出版社1992年版，第1页。
④ （清）何焯，崔高维点校：《义门读书记》，第900页。
⑤ （明）张溥著，殷孟伦注：《汉魏六朝百三家集题辞注》，第267页。

第四节 论"赋得"诗

"赋得"诗是南朝至唐代独特的诗歌样式。所谓"赋得"诗，即齐梁以后多在宴集场合出现的以"赋得……"、"赋……得……"、"赋……"或"……得……"为题的诗作。① "赋得"内容多为前人诗句（包括乐府诗和徒诗），事物或古人古事，北朝（主要是庾信）和隋也有不少作品，数量有近百首之多，体式多为五言，也有少量七言和杂言。起初，古人制题多随意，"情以物迁，辞以情发"（《文心雕龙·物色》），从来不纠结题目"写什么"；而"赋得"诗却是命题而作，先题后诗，撷取他人诗句，这种"以诗为诗""为文造文"的做法为后代诗论家所不满，清袁枚曰："《三百篇》《古诗十九首》，皆无题之作，后人取其诗中首面之一二字为题，遂独绝千古。汉、魏以下，有题方有诗，性情渐漓。至唐人有五言八韵之试帖，限以格律，而性情愈远。且有'赋得'等名目，以诗为诗，犹之以水洗水，更无意味。从此，诗之道每况愈下矣。"② 这里的"赋得"诗，指唐后试帖诗，其源头仍是齐梁"赋得"诗。有关"赋得"名称的确切含义，古今学者进行了深入研究，如清人俞樾认为"赋"乃赋予之赋，当时以古人诗句分赋众人，使以此为题。③ 后人多从此点进行阐发，如"赋得"是赋诗得到某题的缩称。④ 或认为"赋得"之赋，不是"赋予之赋"，乃是"赋咏之赋"。⑤ 还有，将"赋得"分开解释，"赋"，就是诗，"得"就是"合乎"的意思。⑥ 均有较大分歧。此外，"赋得"诗部分为咏物诗，部分为拟乐府，反映了文人拟乐府在齐梁后的新变；"赋得"诗与当时公宴场合进行的诗歌创作及其诗学观念之关系等问题，仍有可探讨

---

① 有些诗题中没有"赋得"字样，但仍以前人诗句为题，如萧纲《枣下何纂纂》（《古咄唶歌》曰：枣下何纂纂）、《双桐生空井》（出自魏明帝《猛虎行》首句），张正见《秋河曙耿耿》（谢朓诗）、《薄帷鉴明月》（阮籍诗）、《浦狭村烟度》（萧纲诗）等也属于"赋得"体。

② （清）袁枚著，顾学颉校点：《随园诗话》，第 228 页。

③ （清）俞樾撰，贞凡、顾馨、徐敏霞点校：《茶香室丛钞》第四册，中华书局 2006 年版，第 1679 页。

④ 曹道衡、沈玉成：《南北朝文学史》，第 264 页；赵红菊：《南朝咏物诗研究》，上海古籍出版社 2009 年版，第 148 页。

⑤ 张明华：《论唐前赋得诗的特点、地位和影响》，《上海大学学报》2012 年第 1 期。

⑥ 蒋金星：《清代科举试帖诗"得×字"中"×"的位置》，《中国韵文学刊》2007 年第 1 期。

的余地，这也是本节的写作目的。

一 "赋得"之含义及题材分类

"赋得"诗的前身是邺下时期曹丕、植兄弟与文士在南皮、西园的同题共作，《初学记》卷一〇引《魏文帝集》曰："为太子时，北园及东阁讲堂，并赋诗，命王粲、刘桢、阮瑀、应玚等同作。"① 除了大量的同题作诗外，还有同题作赋，反映了统治阶层有意识地在宴会上用诗、赋进行交际。但只是同题，还未有分题。有关"赋得"诗的发展过程，《四库全书总目提要》卷一六五集部别集类一八《须溪四景诗集》提要曰："考晋宋以前，无以古人诗句为题者。沈约始有《江蓠生幽渚》诗，以陆机《塘上行》句为题，是齐梁以后例也。"② 此说值得商榷，西晋傅玄曾作此类诗歌，其《青青河边草》用蔡邕《饮马长城窟行》句，《鸿雁生塞北行》用曹操《却东西门行》句，但只是偶一为之，不构成创作主流。大规模的分题起于永明年间沈约、谢朓、王融等人的同题共赋作品，如《同沈右率诸公赋鼓吹曲名先成为次》，依次为沈约《芳树》、范云《当对酒》、谢朓《临高台》、王融《巫山高》、刘绘《有所思》。大概是意犹未尽，又开始第二轮分题，同前再赋，谢朓《芳树》、王融《芳树》、沈约《临高台》、王融《有所思》、刘绘《巫山高》、范云《巫山高》③，即所谓的"赋题法"④。有同题，也有分题，已经十分接近"赋得"诗，只是所赋为鼓吹曲名而非诗句。后谢朓任宣城太守任上，与檀秀才、江朝请、陶功曹、朱孝廉等同赋杂曲，檀秀才《阳春曲》、江朝请《渌水曲》、陶功曹《采菱曲》、谢朓《秋竹曲》、朱孝廉《白雪曲》⑤，主要是分题。此外，还有沈约、王融、谢朓《同咏乐器》，谢朓、王融、虞炎、柳恽《同咏坐上所见一物》，也都是同题之作。真正从题目上标明"赋得"字样从梁代开始，刘孝绰有《夜听妓赋得乌夜啼》《赋得遗有所思诗》，还有在标题表明侍宴场合，如刘孝威《侍宴赋得龙沙宵月明》、江总《赋得携手上河梁应诏》。还有的显示集体活动中作诗的具体活动和时间，也出现了分韵的创作形态，如庾肩吾《暮游山水应令赋得碛字》、张正见《初春赋得池应

---

① （唐）徐坚等：《初学记》，中华书局2004年版，第230页。
② （清）永瑢等：《四库全书总目提要》，第1410页。
③ （南朝齐）谢朓著，曹融南校注集说：《谢宣城集校注》，第160—172页。
④ 钱志熙：《齐梁拟乐府诗赋题法初探——兼论乐府诗写作方法之流变》，《北京大学学报》1995年第4期。
⑤ （南朝齐）谢朓著，曹融南校注集说：《谢宣城集校注》，第173—178页。

教》、庾信《暮秋野兴赋得倾壶酒》、刘斌《送刘员外同赋陈思王诗得好鸟鸣高枝》，诗题增加了限定语，采用复合形式。诗歌创作分韵在梁代已出现，却在陈代蔚然大观。清赵翼曰："《陈后主集》有《序宣猷堂宴集五言》曰，披钩赋咏，逐韵多少，次第而用。在座有江总、陆瑜、孔范等三人，后主诏得迮、格、白、易、夕、掷、斥、拆、嗒，诸人诗用韵，与所得韵次前后正同，曾不搀乱。"① 在宴会上提前准备好一些韵字，大家根据所分韵字作诗，限韵（还有限时，如刘孝绰《赋得照棋烛诗刻五分成》）也是为了加大难度。

以上简要勾勒了"赋得"诗发展历程，我们再看"赋得"确切含义，俞樾说法较有代表，《茶香室丛钞》卷一三"古人分韵法"条云："所谓赋韵者，非诗赋之赋，乃赋予之赋。《汉书·元帝纪》载：'赋贷种食。'注：'给与也。'《翼奉传》：'赋医药。'注：'分给之。'赋韵者，谓以韵字分给众人也。"又曰："余因此乃悟赋得之义，《困学纪闻》云：'梁元帝《赋得兰泽多芳草》诗，古诗为题见于此。'至今场屋中犹循用之。然所谓'赋得'之义，多习焉而不察，今乃知亦赋予之赋。盖当时以古人诗句分赋众人，使以此为题也。《江总集》中有《赋得谒帝承明庐》《赋得携手上河梁》《赋得泛泛水中凫》《赋得三五明月满》等诗，并是此义。题非一题，人非一人，而已所得此句也，故曰'赋得'。"② "赋得"就是在宴集场合将众题目分赋众人，此说在一定程度上符合实际，主要是"赋……得……"或"……得……"的创作形式，如萧纲《赋乐府得大垂手》、张正见《赋新题得兰生野径》、虞世基《赋昆明池一物得织女石》、虞世南《侍宴应诏得前字》等，"赋……"指总题，"得……"是个人分得题目。许慎《说文》曰："得，行有所导也。"段玉裁注："导，取也。行而有所取，是曰得也。"③ 严羽曰："古人分题，或各赋一物，如云送某人分题得某物也。或曰探题。"④ 强调的是个人所"得"之题，与总题无大关联。甚至将"赋"字省略也不影响意思理解，如张九龄《天津桥东旬宴得歌字》。再如清代各省乡试主考命题，题目统一采取《赋得……得×字》形式⑤，从侧面证明了赋得诗分赋众人由"得"字决定，"赋"并非

---

① （清）赵翼撰，曹光甫点校：《陔餘丛考》，第422页。
② （清）俞樾撰，贞凡、顾馨、徐敏霞点校：《茶香室丛钞》第四册，第1679页。
③ （汉）许慎撰，（清）段玉裁注：《说文解字注》，第77页。
④ （宋）严羽著，郭绍虞校释：《沧浪诗话校释》，第74页。
⑤ 如乾隆三十四年的《赋得河海不择流，得虚字》，源于李斯《谏逐客书》"河海不择细流，故能就其深"。

"赋予之赋"。当时很多诗作以赋咏……得……为题,如阴铿《赋咏得神仙诗》,"赋"若取"赋咏"之意,岂不是重复矛盾?

另一种情况,诗题无"赋得"字样,如萧纲《枣下何纂纂》、张正见《秋河曙耿耿》《浦狭村烟度》等,但仍用前人诗句为题,也应属于"赋得"体,可能是诗人私下练习所作。有些甚至可将"赋得"省去,如李商隐《赋得鸡》,《玉谿生诗详注》题下注:"一本无'赋得'字。"[①] 还有大量赋得乐府诗题,如《赋得芳树》《赋得有所思》《赋得横吹曲长安道》,《乐府诗集》将其收录,均无"赋得"二字,无碍本意。可见"赋"并不等同"赋予"之意。上文已讲"得"为分题之意,有必要将"赋得"分开解释,下面看"赋"。王逸释《楚辞》中"赋"曰:"赋,铺也。"《释名·释典艺》曰:"赋,铺也,敷布其义谓之赋。"即铺陈之义。赋本为《诗》六义之一,朱熹曰:"赋者,直陈其事而直言之。"[②] 孔颖达曰:"言事之道,直陈为正,故《诗经》多赋,在比兴之先。"[③] 同样,汉大赋用的表现手法也是铺陈渲染、直书其事。刘勰《文心雕龙·诠赋》言:"赋者,铺也。铺采摛文,体物写志也。"[④] 钟嵘《诗品序》言:"直书其事,寓言写物,赋也。"[⑤] 赋是"直铺陈""直言之",通过铺排,成为诗歌体物写志的表现手法,注重形式和审美,赋即"赋法"。同时,赋的语义系统里还有交际、应酬的政治功用,刘熙载曰:"故古之君子上下交际,不必有言也,以赋相示而已。"[⑥] 先秦献诗赋诗以讽君主的作法一直沿用,如:

> 江淹之效阮公者,亦因建平王景素,与不逞之徒,日夜构议,淹知祸机将发,赋诗十五首,明性命之理,因以为讽。[⑦]

> 是时,后主尤爱文章,叔慎与衡阳王伯信、新蔡王叔齐等日夕陪侍,每应诏赋诗,恒被嗟赏。[⑧]

---

① (唐)李商隐撰,(清)冯浩订:《玉谿生诗详注》卷一,德聚堂刊本。
② (宋)朱熹集撰,赵长征点校:《诗集传》,中华书局2017年版,第6页。
③ (唐)孔颖达:《毛诗正义》,《十三经注疏》,中华书局影印本1987年版,第271页。
④ (南朝梁)刘勰著,范文澜注:《文心雕龙注》,第134页。
⑤ (南朝梁)钟嵘著,曹旭笺注:《诗品笺注》,第25页。
⑥ (清)刘熙载撰,袁津琥校注:《艺概注稿》,第454页。
⑦ (南朝梁)江淹:《郊阮公诗十五首·序》,(南朝梁)江淹著,(明)胡之骥注,李长路、赵威点校《江文通集汇注》,第121页。
⑧ (唐)姚思廉:《陈书·岳阳王叔慎传》,中华书局1972年版,第371页。

可知，赋即赋诗。宋程大昌言："梁天监中，曹景宗立功还，武帝宴华光殿联句，令沈约赋韵，独景宗不预，固乞求赋诗。韵已尽，惟余'竞''病'二字。景宗操笔而成，所谓'归来笳鼓竞'者是也。初读此，（了）（丁）未晓赋韵韵尽为何等格法，偶阅《陈后主集》，见其《序宣猷堂宴集五言》曰：'披钩赋咏，逐韵多少次第而用。'座有江总、陆瑜、孔范等三人后至，韵得迮、格、白、赫、易、夕、掷、斥、折、喈字，其时用韵次前后正同，曾不搀乱一字，乃知其说是先书韵为钩，坐客均探，各据所得，循序赋之，正后代次韵格也。"① 在分韵诗中，赋就是"赋法"（铺排），是一种创作方法。可见，从内容形式到交际功能，南朝"赋得"诗继承的是"赋"的传统意义，为诗法之"赋"，以赋的写法来创作诗歌。

以上我们对"赋得"二字的含义进行了阐释，有关唐前"赋得"诗的题材类型，可大致分为以下三种。

首先，以前人诗题、诗句（包括乐府诗和徒诗）为题，第一种情况，以"赋得+乐府古题"为题的，如刘孝绰《夜听妓赋得乌夜啼》（《乐府诗集》作《乌夜啼》）、王泰《赋得巫山高》（《乐府诗集》作《巫山高》）、李爽《赋得芳树》（《乐府诗集》作《芳树》）、萧纲《赋乐府得大垂手》（《乐府诗集》作吴均《大垂手》）等，同样也为乐府体。由于汉代鼓吹曲失命题之意，赋咏鼓吹曲题从永明文人起就成为突出现象，而且对后来文人拟赋乐府古题起了示范作用：多赋写题目表面意思，带有泛咏物化特色。《乐府古题要解·序》对赋咏古题概括为："或不睹于本章，便断题取义。赠夫利涉，则述《公无渡河》；庆彼载诞，乃引《乌生八九子》；赋雉斑者，但美绣颈锦臆；歌天马者，唯叙骄驰乱蹋。"② 梁陈文人对永明文人以拟赋乐府古题进行创作的方式了然于心，他们在诗题上加上"赋得"，以求从创作意识、手法上更加明确。第二种情况，"赋得+乐府诗句"为题但仍为乐府体，如萧纲《双桐生空井》（当是省略"赋得"），用魏明帝《猛虎行》首句"双桐生空井"，又如萧绎《赋得涉江采芙蓉》（《乐府诗集》作吴均《采莲曲》）③。总体看，这类并不占多数。前两类虽然已经较多地带有咏物色彩，但仍属拟乐府的范畴。第三种情况，是虽用乐府诗句，但实际已是徒诗体，如张正见《赋得日中市朝满》（取自鲍照

---

① （宋）程大昌撰，刘尚荣校证：《考古编 续考古编》，中华书局2008年版，第110页。
② （唐）吴兢：《乐府古题要解》，《历代诗话续编》，第24页。
③ 从侧面证明了古诗《涉江采芙蓉》最初可能是乐府歌辞。

《结客少年场》"日中市朝满"），贺循、周弘让《赋得长笛吐清气》（取自魏文帝《善哉行》"长笛吐清气"）等，所赋为乐府诗的一句，从诗题、本事、风格、创作手法等方面已经脱离乐府传统，因此郭茂倩并未将其收录。第四种情况，以他人诗句为题（主要是徒诗），如阳慎《赋得处处春云生》（取自谢朓《和刘西曹望海台诗》"处处春云生"）、张正见《赋得落落穷巷士》（取自左思《咏史诗》"落落穷巷士"）、王由礼《赋得岩穴无结构》（取自左思《招隐诗》"岩穴无结构"）等。此类中还有一种比较特殊，如萧诠《赋得婀娜当轩织》、贺循《赋得庭中有奇树》和阮卓《赋得黄鹄一远别》为七言歌行，梁陈七言多为歌曲，这些均为徒诗体，说明此时脱离乐调的七言体已经初步确立。

其次，以所见之物为题，非常接近咏物诗，胡大雷指出："从齐代，咏物诗的情况有了较大变化，以咏静物为最新时尚。"① "赋得"诗中就有很多赋咏静态物的，如萧纲《赋得蔷薇》、萧绎《赋得竹》、庾信《赋得荷》、江总《赋得琴》等，以身边琐屑、细小物象为描摹对象，刻画细致入微。同时，由于动态景物更能锻炼诗人捕捉、描摹变化的能力，难度更大，所以写动态物的诗作也日益兴盛，如萧纲《赋得舞鹤》《赋得入阶雨》，张正见《赋得鱼跃水花生》《赋得风生翠竹里应教》，江总《赋得谒帝承明庐》等。这类诗作去掉"赋得"，亦不影响诗歌理解。由于这种咏物诗常作于宴会，梁陈以后的咏物诗产生了新的变化：公宴咏物诗，而且形成了一定的创作程式、类型化。有关"赋得"为何与咏物类结合，下文将详释。

最后，还有一种赋咏古人古事，数量不多但自成一类，如庾肩吾《赋得嵇叔夜》，周弘直、阳缙《赋得荆轲》，张正见《赋得韩信》，陈暄《赋得司马相如》，刘删《赋得苏武》。这类诗广义上也属咏物，只是所咏之物为历史上的真人真事。诗歌开头一般介绍、铺陈所咏人物，如周弘直《赋得荆轲》"荆卿欲报燕，衔恩弃百年"，中间写具体行刺事件，"市中倾别酒，水上击离弦。匕首光凌日，长虹气烛天"，结尾往往发咏叹之感，如张正见《赋得韩信》"所悲云梦泽，空伤狡兔情"。这种赋咏古人古事的诗作，又有类似于咏史诗的特质。

二 由"赋得"诗看梁陈诗歌的创作手法和诗学观念

以"赋得"为题的梁陈诗歌在创作方面主要上承永明赋题法而有所

---

① 胡大雷：《宫体诗研究》，商务印书馆2004年版，第96页。

"新变"，其中反映的梁陈诗歌的创作手法和诗学观念，亦值得进一步挖掘。

首先，对于拟乐府而言，梁陈文人对永明文人以拟赋乐府古题的创作方式了然于心，在诗题上加上"赋得"字样，力求从创作意识、手法上更加明晰化。

本来，文人拟作乐府诗在汉魏旧曲大量丢失的永明时期就已陷入困境，沈约、谢朓等人开创了从题面意思着手赋写乐府古题的作法，目的就是"继乐府"①。梁陈文人从此点出发，不仅继承了由永明诗人开创的赋咏乐府古题一类，还将赋写古题发展为赋写诗句，用繁复的语言对诗句进行铺写。赋写古题还需与古题对应，但赋写前人诗句就可"断章取义"，因为句是一个相对独立的表意单元，诗人可从其中一点或几点出发进行模拟、敷衍成篇，视角自如，更具创新性。这样，就从别人的诗作中产生新题、新诗，如张正见《赋新题得野径》《赋新题得寒树晚蝉疏》等，还有萧纲《双桐生空井》，用魏明帝《猛虎行》首句"双桐生空井"。梧桐与井和古人生活密切相关，《周礼·秋官·野庐氏》载："宿息井树。"凿井之地最好选在树木茂盛之地，明文震亨《长物志·凿井》曰："凿井须于竹树之下，深见泉脉。"② 此首应是咏即目所见之物，拟作与《猛虎行》毫无关涉，几乎都在刻画"双桐"："季月对桐井，新枝杂旧株。晚叶藏栖凤，朝花拂曙乌。"末句"还看稚子照，银床系辘轳"象征家园。新题衍生了新的意象和诗意，对后世产生了深远影响，如宋人范亨《苦热怀楚下》："我家百丈下，井上双梧桐……自从别家来，江海信不通。"可见《双桐生空井》与游子思归结合，已经超越原作《猛虎行》的影响力。还有《赋得横吹曲长安道》改自汉横吹曲《长安道》，但原辞已丢失，用赋题形式自创、改造新题，萧纲、庾肩吾、陈后主均有此曲，多写长安道上的景象。这种创作手法为此时拟乐府发展、转型创造了良方。从赋句衍生的新题、新诗也导致与古辞完全脱节，很多赋写乐府诗句的诗作已不具备乐府属性，造成了虽用乐府诗句，但实际已是徒诗（上文已述，第三种情况）。还有，以赋得徒诗诗句为题的，多为写景佳句，形成了一些情景题目，如《赋得岸花临水发》，以何逊《赠诸游旧》"岸花临水发，江燕绕樯飞"为题，原作告诫贵游珍

---

① 《乐府原》"汉铙歌总原"曰："六朝有唐诸学士，无不拟铙歌鼓吹之作，以为能继乐府……"《乐府原》集303，四库全书存目丛书，齐鲁书社1997年版，第738页。

② （明）文震亨：《长物志》，中华书局1985年版，第20页。

惜光阴，抒发思乡情怀，所赋诗句无关主题，可见诗人有意识选取意境优美的细小片段，让诗的范围变得更小，"这就将新体诗情思和立意集中于一点的创作原理发挥到极致。从这个意义上说，赋得体正是新体诗体调愈趋纤巧的产物"①。

其次，咏物诗方面，将赋法植入，将诗与赋结合进行革新。本来元嘉文人就以赋为诗，学习汉大赋的写景技巧，穷形尽象描摹登览所见的山水景物来变创玄言诗，梁陈诗人再次用赋法铺写纤巧、琐屑之物，表现日常生活的小意趣。有关赋得咏物诗，实导源于汉代中后期兴起的咏物小赋，重心即在铺陈、状物方面。诗赋同源来源于汉代人对赋的诠释，班固《两都赋序》曰："赋者，古诗之流也。"②挚虞《文章流别论》进一步引申："赋者，敷陈之称，古诗之流也。"章学诚言："古赋家者流，原本《诗》《骚》，出入战国诸子……"③更何况赋"体兼众制，文备多方"，郭绍虞指出："它（赋）是文学中的两栖类。文的总集中可有赋，诗的总集中也可有赋。赋之为体，非诗非文，亦诗亦文。"④"风雅道变，而诗又几为赋。"（章太炎《国故论衡·辨诗》卷中）可见，赋的文体界限并不明晰。诗、赋二者有相似的写作要求，如南朝赋中系诗、诗赋同题、诗赋交叉应酬等。这里涉及建安以后诗歌的赋化问题，徐公持指出："诗歌吸取赋的'铺张扬厉''品物毕图'的艺术特长，用以强化诗歌的描写能力。"⑤赋得诗是梁陈时期在诗的赋化发展过程中的极致体现。程章灿指出："'赋体'可以说是以'赋得'体作赋，如果把其中的虚字省去，并稍作句式改动，赋体很快就变成一首五言诗。"⑥点出了传统意义上的赋与"赋得"诗的关系，诗赋互相影响、渗透。⑦南朝诗论家（刘勰、钟嵘）将赋的手法引入诗歌创作理念，与咏物诗结合得更紧密，清陈仅曰："古人之咏物，

---

① 葛晓音：《南朝五言诗体调的"古""近"之变》，《中国社会科学》2010年第3期。
② （南朝梁）萧统编，（唐）李善注：《文选》，第1页。
③ （清）章学诚著，王重民通解：《校雠通义通解》，上海古籍出版社2008年版，第64页。
④ 陶秋英：《汉赋之史的研究》，中华书局1939年版，"序"第3页。
⑤ 徐公持：《诗的赋化和赋的诗化——两汉魏晋诗赋关系之寻踪》，《文学遗产》1992年第1期。
⑥ 程章灿：《魏晋南北朝赋史》，江苏古籍出版社2001年版，第240页。
⑦ 沈约《八咏》组诗是由八个诗题组合起来成为一首完整的五言八句，"登台望秋月，会圃临春风。岁暮愍衰草，霜来悲落桐。夕行闻夜鹤，晨征听晓鸿。解佩去朝市，被褐守山东"。以诸句为题，是梁陈"赋得"诗前身，《八咏》作为"诗"身份无疑，但《艺文类聚》又将其置于"赋"类，说明《八咏》也有赋的特质，其篇幅很长，是中古规模最大的组诗，描摹刻画上显示赋的铺陈特点，可见当时诗、赋之间确实存有中间地带，可供文人进行文体革新。此处也为上文释"赋得"之原义提供了又一力证。

兴也；后人之咏物，赋也。"① 李重华亦曰："咏物一体，就题言之，则赋也。"② 赋更多为南朝咏物诗采用，更适合对物的外观、形态进行刻画并淋漓尽致地表现，即"赋体物而浏亮"（《文赋》），"赋一物则究此物之情状"③，这也是赋更容易为咏物诗采用的原因。以"指物呈形，无假题署"（《梁书·王筠传》）为艺术原则，追求形似的写法也使得时代风气向"直陈其事"回归，即"魏晋以降，多工赋体"④。梁陈文人大规模写作"赋得"诗，原因即在于赋需铺采摛文，是最能展示作者才华的文体。胡大雷指出："这也与时代风气有关，时代已不很欣赏，也不很习惯诗歌创作'比兴'手法的运用。"⑤ 实际上，当时文人强化了"赋"的直陈和"比"的类物，却抛弃了寄情之"兴"。诗歌中铺排的成分要远大于个人情志的抒发。

以上探讨了"赋得"诗的相关创作问题，梁陈诗人把如何创作"赋得"诗明确地彰显在实际创作中。相比之下，"赋得"诗与当时诗学观念之关系则比较隐性，因而有必要对其进行阐述。

首先，对"诗缘情"观念的背离与回归。表面看，在普遍带有泛咏物色彩的"赋得"诗中，情的成分比较稀少，只注重形态的描绘而不涉及感情的抒发，所以很多诗作显得"酷不入情"。还有许多涉及宴集活动的交际、应酬诗作更是多无感而发的无聊之作，情在其中显示出蜕化和背离的倾向。"赋得咏物诗则往往以刻画物态精细入微取胜，更着重在描绘、刻画事物本身情态，其特点更类似赋体穷形尽相的'体物'，而少了诗歌'缘情'的创作冲动。"⑥ 其实不然，以赋韵诗说，如庾肩吾《暮游山水应令赋得碛字》，只是要求用某个字（碛）作韵脚，并不能限制诗歌本身的思想内容。再如《赋得春荻》《赋得莲下游鱼》《赋得蝶依草应令》《赋得阶前嫩竹》等，其中很多是意境优美又动感纤巧的题目，显示了诗人沉溺于富贵冶情生活之中的小情趣。宫廷诗人视野虽狭小，却有"发现美的眼睛"，葛晓音指出："从生活面来说，固是前所未有的狭窄，但从题材范围来看，却又是前所未有的广泛。"⑦ 如张正见《赋得

---

① （清）陈仅：《竹林答问》，《清诗话续编》，第2123页。
② （清）李重华：《贞一斋诗说》，《清诗话》，第965页。
③ （清）孙梅著，李金松校点：《四六丛话》，人民文学出版社2010年版，第69页。
④ （清）吴乔：《围炉诗话》，《清诗话续编》，第574页。
⑤ 胡大雷：《〈玉台新咏〉编纂研究》，第125页。
⑥ 吴承学、何志军：《诗可以群——从魏晋南北朝诗歌创作形态考察其文学观念》，《中国社会科学》2001年第5期。
⑦ 葛晓音：《汉唐文学的嬗变》，第70页。

风生翠竹里》,全诗只写风吹翠竹一刹那的动态,诗人情感虽未外露,但却隐含对细腻感受的赏爱,这也是向"诗缘情"的回归,只是这种"缘情"多世俗化、私人化的特点,多为个人的细腻感受和体验,也使得诗作向精致方向发展。

再看公宴咏物诗,历来应酬诗多为诗论家不喜,清朱庭珍曰:"诗家以不登应酬作为妙。此是正论。……所谓应酬者,或上高位,或投泛交,既无功德可颂,又无交情可言,徒以慕势希荣,逐利求知,屈意颂扬,违心谀媚,有文无情,多词少意,心浮而伪,志躁以卑。以及祝寿贺喜,述德感恩,谢馈赠,叙寒暄,征逐酒食,流连谦游,题图赞像,和韵叠章。诸如此类,岂非词坛干进之媒,雅道趋炎之径。"[1]认为多无真情实感。其实也不尽然,沈德潜曰:"应酬诗,前人亦不尽废也。然必所赠之人何人,所往之地何地,一一按切,而复以己之情性流露于中,自然可咏可歌……"[2]正如叶燮称应酬诗是"我去应酬他,不是人人可将去应酬他"[3],应酬诗也是有感情的,如萧诠《赋得往往孤山映诗》写青山照落晖的美景,最后"共君临水别,劳此送将归"点明送别友人,虽为应酬诗,但其中的情谊的感人温馨,只是这类情景交融的成功之作在梁陈较少。由于唐人视野的极大开阔,融情于景处理得更加和谐,如高适《送刘评事充朔方判官赋得征马嘶》"征马向边州,萧萧嘶不休。思深应带别,声断为兼秋。歧路风将远,关山月共愁。赠君从此去,何日大刀头",将赠别与边塞结合,中间写景,于悲凉苍茫之中表达对友人的深切思念。俞陛云评曰:"高诗送友赴朔方,故赋得征马。皆于结句始说明送别……高诗则中四句皆征马与送友,两面夹写,有手挥目送之妙。"[4]韩愈言:"欢愉之辞难工,而穷苦之言易好。"(《荆潭唱和诗序》)诗论家往往强调那些郁结在心、不得不发的"穷苦之言"。由于赋得诗本身脱胎于公宴诗,又承袭了汉赋的颂美成分,可以说,赋得诗多是"欢愉之辞",我们看陈子昂《晦日宴高氏林亭并序》:

> 夫天下良辰美景,园林池观,古来游宴欢娱众矣。然而地或幽偏,未睹皇居之盛;时终交丧,多阻升平之道。岂如光华启旦,朝野

---

[1] (清)朱庭珍:《筱园诗话》,《清诗话续编》,第2273—2274页。
[2] (清)沈德潜撰,王宏林笺注:《说诗晬语笺注》,第388页。
[3] (清)叶燮著,霍松林校注;(清)薛雪著,杜维沫校注;(清)沈德潜著,霍松林校注:《原诗 一瓢诗话 说诗晬语》,人民文学出版社1979年版,第69页。
[4] 俞陛云:《诗境浅说》,中华书局2010年版,第17页。

资欢。……列珍羞于绮席,珠翠琅玕;奏丝管于芳园,秦筝赵瑟。冠缨济济,多延戚里之宾;鸾凤锵锵,自有文雄之客。……淹留自乐,玩花鸟以忘归;欢赏不疲,对林泉而独得,伟矣!信皇州之盛观也。岂可使晋京才子,孤标洛下之游;魏氏群公,独擅邺中之会。盍各言志,以记芳游。同探一字,以华为韵。①

谁能说产生于这样的良辰美景的赋韵诗,不是诗人真正享受其中的愉悦之情?这些诗作尽可能地展示了诗歌娱情的一面。再如唐张说《晦日诏宴永穆公主亭子赋得流字》:"堂邑山林美,朝恩晦日游。园亭含淑气,竹树绕春流。舞席千花妓,歌船五彩楼。群欢与王泽,岁岁满皇州。"直写其事,表达颂美之情、盛世气象,也很真挚。

其次,体现了逞才游艺、重娱乐诗学思潮。宴会主持人(一般是当权者或文坛盟主)在集体场合倡导限定作诗,用以比拼高下。如陈后主集中,有许多同题共赋之作,往往标明座下有几人,如《立春日泛舟玄圃各赋一字六韵成篇》题下注:座有张式、陆琼、顾野王、谢伸、褚玠、王绥、傅縡、陆瑜、姚察等九人上。《七夕宴重咏牛女各为五韵诗》题下注:座有刘胐、安远侯方华、张式、陆琼、顾野王、褚玠、谢伸、周㻅、傅𬘘、陆瑜、柳庄、王瑳等十三人上,共赋"灰"韵。为了得到嘉奖,他们经常私下习练、切磋(很多"赋得"诗或不加"赋得"字样的赋句诗就可能产生于此),以求"擅场"②:经过评比,选出大家共同认可的诗作。产生的创作结果就是"主要以描写精细巧妙见长,逞词使才的色彩很重,甚至令人感到文士们撰写这些作品,是在互相比赛技巧和辞采"③。为了取胜,诗人便不得不在难度上下功夫,最典型的要属压(赋)强韵,宋叶梦得言"古诗之工,初不在韵,上盖欲自出奇,后遂为格……"④ "剧韵新篇至,因难始见能"(刘禹锡《牛相公见示新什谨以韵次用以抒下情》),强化了用韵技巧。而且,同咏、同赋不仅与同时代人横向比拼、竞争,那些"赋得"前人诗句的还有和古人纵向比较的意图。

诗人长期"群居相切磋""以文会友"增强了彼此的情谊,将诗歌创

---

① (唐)陈子昂著,彭庆生注释:《陈子昂诗注》,四川人民出版社1981年版,第81—82页。
② (元)辛文房《唐才子传·钱起传》载:"凡唐人燕集祖送,必探题分韵赋诗,于众中推一人擅场者。刘相巡察江淮,诗人满座,而起擅场,郭暧尚主盛会,李端擅场。"参见孙映逵校注《唐才子传校注》,中国社会科学出版社2013年版,第241页。
③ 徐公持:《魏晋文学史》,第10页。
④ (宋)叶梦得撰:《玉涧杂书》,四库全书本。

作作为文士间的游戏，反映了此时遣兴娱乐的诗学思潮。以江总、孔范、陈暄、王瑳等"座下人"组成了陈后主"狎客文人集团"，所谓"狎客"，据《陈书·张贵妃传》载：

> 后主每引宾客对贵妃等游宴，则使诸贵人及女学士与狎客共赋新诗，互相赠答，采其尤艳丽者以为曲调，被以新声，选宫女有容色者以千百数，令习而歌之，分部迭进，持以相乐。①

长期赋诗、交往活动使得上下尽欢，君臣亲密无间，不遵礼节，文人已经彻底沦为"倡优弄臣"一样的"狎客"，显然"赋得"诗和拟乐府是其最喜爱的体裁，"以诗为戏"。陈后主《与江总书悼陆瑜》曰："吾监抚之暇，事隙之辰，颇用谈笑娱情，琴樽间作，雅篇艳什，迭互锋起……促膝举觞，连情发藻，且代琢磨，间以嘲谑，俱怡耳目，并留情致。"② 就是其诗歌娱情观念的体现。这种环境下产生的诗作离现实愈来愈远，很多作品庸俗无聊、品格低下，"为文造情""为文造文"，从思想内容上无甚可取。但对诗歌艺术形式的促进，起了重要的推动作用。

第一，促进了五言八句诗歌体式的定型。产生在集体场合的公宴咏物诗，即兴作诗、逞才心理、集体创作方式使得咏物诗体制日趋短小，由此形成了共同的写作规范和美学法则，形成了一种结构模式：开篇点题，中间属对精工，最后照应扣题。再加上南朝文人多博学尚典，其间点缀一些物象铺陈，重视炼字炼句，"竞一韵之奇，争一字之巧"（李谔《上隋高祖革文华书》），强调语言技巧远甚于立意构思。王夫之言："咏物诗，齐梁始多有之。其标格高下，犹画之有匠作，有士气。……李峤称'大手笔'，咏物尤其属意之作，裁剪整齐而生意索然，亦匠笔也。"③ 所谓"匠笔"，即锻炼诗歌写作技巧。这些形式技巧一旦熟练掌握后就能短期内成诗，如刘孝绰《赋得照棋烛诗刻五分成》即"刻烛为诗"的速成之作，类似于"文字游戏"。这样的诗作多类型化，个体风格不明晰，如出一手。据统计，"梁陈公宴诗中，五言八句诗有107首之多，占全部五言八句公宴诗的59%，其中'赋得'体公宴诗就有67首"。④ 梁陈诗人与元嘉、永明诗人虽同样"以赋为诗"，但他们有着不同的尝试，形式上四韵八句，

---

① 《陈书》，第132页。
② 《陈书·陆瑜传》，第464页。
③ （清）王夫之著，舒芜校点：《薑斋诗话》，《四溟诗话　薑斋诗话》，第165页。
④ 黄亚卓：《汉魏六朝公宴诗研究》，华东师范大学出版社2007年版，第93页。

显示出对永明体的进一步规范化，努力点在于"以赋为诗"作短篇。

第二，促进了五言诗的律化。许学夷《诗源辩体》载，王褒、张正见、陈后主、江总等五言"声尽入律"，很多诗作（如张正见《雨雪曲》《从军行》）已"近于初唐"。"这种强制性的要求，还能激发诗人'因文生情'，获得新的意思和新的独创，如果没有这种冲击，新的东西就不会来。"① 五言诗的律化经历了曹魏、西晋、刘宋、齐代、梁代的"五变"②，"赋得"诗就是在强制性的要求下，几乎是一下子实现诗歌的律化，如阴铿《侍宴赋得夹池竹》："夹池一丛竹，垂翠不惊寒。叶酘宜城酒，皮裁薛县冠。湘川染别泪，衡岭拂仙坛。欲见葳蕤色，当来菟苑看。"全诗平仄为"仄平仄平仄，平仄仄平平。仄仄仄平仄，平平仄仄平。平平仄仄仄，平仄仄平平。仄仄平平仄，平平仄仄平"。据《文镜秘府论》所载"八病"中犯了"小韵"。胡应麟言："阴又有《夹池竹》四韵云：……于沈（约）法亦皆谐合，惟起句及五句拗二字，而非唐律所忌。"③ 与五律十分接近。总体看，"在标明'赋得'字样的诗作中，押平声韵的作品在全部赋得诗中所占的比例超过90%。押仄声韵的赋得诗不多，共有11首，不到总数的10%"。④ 只有少数换韵、转韵之作。明胡震亨曰："自古诗渐作偶对，音节亦渐叶而谐。宫体而降，其风弥盛。徐、庾、阴、何，以及张正见、江总持之流，或数联独调，或全篇通稳，虽未有律之名，已寖具律之体。"⑤ 可见梁陈文人的诗作已经具备律诗之体了。

三　余论：对后代"试帖诗"的影响

"赋得"诗咏物多无寄托，清施补华《岘佣说诗》曰："咏物必有寄托，如《观打鱼歌》'众鱼常才尽却弃，赤鲤腾跃如有神。潜龙无声老蛟怒，回风飒飒吹沙尘'，见贤才被困，愤懑无聊光景"，"咏物诗必须有寄托，无寄托而咏物，试帖体也"。⑥ 试帖诗（又曰"应试诗"）是清代科举取士的产物。唐代科举试题经常在题目前加"赋得"二字，多以前人诗句或咏物写景为题，只需扣题、细腻赋写题面意思，不强调寄托，显然是继承梁陈"赋得"诗而来。由于同题共作更容易显优劣，而与南朝"赋得"

---

① ［德］黑格尔：《美学》第三卷下册，朱光潜译，商务印书馆1981年版，第70页。
② （明）许学夷：《诗源辩体》，第71—125页。
③ （明）胡应麟：《诗薮》，第62页。
④ 张明华：《论唐前赋得诗的特点、地位和影响》，《上海大学学报》2012年第1期。
⑤ （明）胡震亨：《唐音癸签》，第3页。
⑥ （清）施补华：《岘佣说诗》，《清诗话》，第1022、1010页。

诗采用的"题非一题,人非一人"有所不同。应试之作限时限韵,强调规范性,如唐开成二年(837)省试以《霓裳羽衣曲诗》为题,要求"诗赋则准常规,诗则依齐梁体格"①。可见梁陈"赋得"诗对后代试帖诗的影响。由于"赋得"诗对省试诗和应制诗的影响,已有很多先期研究成果,本节拟就其他方面给予补充。

首先,唐代应试诗题目很多来自如《文选》之类的先唐典籍,正如闻一多所说:"唐初人的诗,离诗的真谛是这样远,所以,我要说唐初是个大规模征集词藻的时期,我所谓征集词藻者,实在不但指类书的纂辑,连诗的制造也是应属于那个范围里的。"②唐代文人"以为学者式"的作法,加上齐梁公宴诗的结构模式,导致了应试诗特定的模式化,宋葛立方云:"省题诗自成一家,非他诗比也。首韵拘于见题,则易于牵合,中联缚于法律,则易于骈对,非若游戏于烟云月露之形,可以纵横在我者也。"③首韵扣题,中联属对,同时加入诗人自我情感,纵横其间,这就比梁陈赋得诗"但见文字,不睹性情"的作法前进了一大步。清毛奇龄《唐人试帖》在所选每首诗后时常在诗句中进行批注,常以"破题""承题""中比""后比"等字样来提挈章法。唐诗的兴盛与以诗赋取士密不可分,从"赋得"诗中产生的用于科举考试的省试诗锻炼了诗艺,虽然在考场限时限韵的紧张情况下,佳作难出,但在如离别等私人场合,将个人情志植入,这对形成盛唐诗气骨兼备的美学风格无疑有着重要影响。更重要的是,试帖诗对唐律形成也有重要的促进作用,清毛奇龄称:"今之诗,非《风》、《雅》、《颂》也,非汉魏六朝所谓乐府古诗也,律也。律者专为试而设。唐以前诗,几有所谓四韵、六韵、八韵者,而试始有之。唐以前诗,何尝限以五声、四声、三十部、一百七部之官韵,而试始限之。是今之所为诗律也,试诗也。"④认为律诗起源于应试诗,此观点虽不正确,但是科考试律,将诗歌创作与政治仕途挂钩,无疑使得士人集中学习、采用以及完善律体。

其次,赋韵诗的韵脚位置以及韵部设定对后代应试诗也有一定影响。庾肩吾《暮游山水应令赋得碛字》:"余春属清夜,西园恣游历。入径转金舆,开桥通画鹢。细藤初上楥,新流渐涵碛。云峰没城柳,电影开岩壁。"为五言八句,韵脚为"碛",在第六句末尾。清代科举试帖诗一般也为五

---

① (清)徐松:《登科记考》,中华书局1984年版,第767页。
② 闻一多:《类书与诗》,《唐诗杂论》,第7页。
③ (宋)葛立方:《韵语阳秋》,《历代诗话》,第508页。
④ (清)毛奇龄:《唐人试帖序》,《西河文集》卷五二,商务印书馆1937年版。

言八韵，据《清代朱卷集成》，"得……"韵所处的位置可以在第二、四、六、八、十、十二、十四、十六句末尾。[1] 一般为偶数句末尾。由此可知设置韵脚的位置在梁陈时期就有了雏形。而且愈到后期，限韵由原来的考察诗文出处向单纯的韵部限定靠拢，无疑对士子提出了更高写作技巧的要求。

总之，"赋得"诗具有明显的应酬性质，钱锺书即说："从六朝到清代这个长时期里，诗歌愈来愈变成社交必需品，贺喜吊丧，迎来送往，都用得着，所谓'牵率应酬'。"[2] 高明的诗人往往可以使其成为抒发性灵的雅品，平庸之作虽多，但客观上也促进了文人间的和谐相处和诗作的繁荣，是"诗可以群"观念的集中反映。古今论者对这类诗作评价普遍不高，但这些以"文"代"情"的作品不仅提高了写作技巧，且真正构成了文人日常生活"不可无诗"的情状。

---

[1] 参见蒋金星《清代科举试帖诗"得×字"中"×"的位置》，《中国韵文学刊》2007年第1期。

[2] 钱锺书：《宋诗选注》，生活·读书·新知三联书店2014年版，第66页。

第六章　北朝拟诗述论

第一节　北朝拟诗概况

同一时期的北朝拟诗与南朝拟诗相比，北朝并没有表现出一个足够清晰的发展脉络，除了一些文人拟乐府外，以现存文献为依据，若以"拟""学""效""代"等字眼为判断依据，北朝拟诗的数量极少，现存完整的似乎只有北周庾信《拟咏怀》二十七首和北齐颜之推《古意诗》二首，均为由南入北的文人所作，可见北方并未形成稳定的拟诗创作传统。[①] 正如《周书·王褒庾信传论》所言"皆迫于仓卒，牵于战争，章奏符檄，则粲然可观；体物缘情，则寂寥于世。非其才有优劣，时运然也"[②]。由八王之乱、西晋灭亡导致的京华荡覆，北朝诗歌存留下来的数量相对较少。如果再以此标准划分拟诗，显然不够全面，我们有必要将其范围扩大，尝试对北朝拟诗状况进行一下粗线条的勾勒和综论。

一　五胡十六国时期的拟诗概况

历史上的"南北朝"，自宋武帝代晋建宋（420）开始，至隋文帝杨坚平陈（589）结束。西晋末叶，匈奴、鲜卑、氐、羌、羯等民族趁机占据中原，出现了"十六国"政权[③]，直到北魏太武帝拓跋焘太延五年（439）灭北凉重新统一北方，前后约124年，南北对峙局面才正式形成。然而北

[①] 北魏、北齐和北周存世最多的是郊庙、燕射等仪式类作品，不属于偏重抒情娱乐的文人拟乐府范畴。

[②] 《周书》，第743页。

[③] 据《中国大百科全书》（历史卷）"十六国"条载，这些政权以淝水之战（383）为界，分为前后两期，前期有成汉、前赵、后赵、前燕、前秦、前凉六国，代国和冉魏不入十六国之列；后期政权有后秦、后燕、南燕、北燕、后凉、南凉、西凉、北凉、西秦、大夏，另有西燕不入十六国之列。中国大百科全书出版社1992年版，第923页。

朝文学的断限当以西晋灭亡为标志。建兴四年（316），西晋灭亡，史称永嘉之乱。北方进入了五胡十六国割据状态。刘跃进指出："北方文学的情况及其与南方文学的差别，不能不从西晋覆亡时说起，因为当时所谓南北学风和文风的差异正是由这一政治形势造成的。"①

北朝文学的第一个阶段是五胡十六国时期（西晋灭亡316—北魏拓跋焘灭北凉439），"八王之乱"造成的浩劫，中断了西晋"人才实盛"的局面，使上层文学精英聚集的京、洛成为"芜城"。除了部分南渡士人，张华、裴頠、潘岳、石崇、欧阳建、陆机、陆云、孙拯、嵇绍、嵇含、牵秀、曹摅、阮修、杜育、枣嵩、刘琨、卢谌等皆死于非命，张载、张协、左思、潘尼等皆避居乡里，缺少诗赋大家必然导致此时期文学的黯淡无光。这一时期的文学家，曹道衡钩稽只有六十九位②，而且作品多不传世，不仅是由于战乱导致，更深层次的原因在于魏晋时期士人阶层的变化，新兴的中下等士族开始崛起，身份的制约使其无法融入盛世时期洛阳、邺下的精英文学圈，自然无法掌握先进的五言诗、赋等纯文学"专门之艺"③，"西晋以来在上层社会所实现的思想之发展，还未来得及渗透到中下层阶级前，就已经南渡或者在北方被中下层阶级思想包围以至于消亡……这使得这一时期的十六国文学似乎并没有完全沿着西晋时期文学发展的道路继续前进，而是出现了基于自身社会特点的回溯现象"④，因此更多地保留底层文化的特质。

分裂时期前代政权的音乐迁移、传承决定了后代政权的礼乐建设及其乐府创作之风貌。五胡之乱爆发后，大部分西晋音乐流入前赵、后赵政权。据《晋书·乐志下》载："永嘉之乱，海内分崩，伶官乐器，皆没于刘、石"⑤，故前赵设"太常"内统太乐、鼓吹等令，又置乐府，行原汉族政府的礼乐制度。《晋书·刘曜载记》曾云曜平陈安后，闻陇上人歌陈安的"壮士之歌"而嘉伤，"命乐府歌之"。又赠其大司马刘雅"前后鼓

---

① 刘跃进：《中国古代文学通论》（魏晋南北朝卷），辽宁人民出版社2005年版，第270页。
② 曹道衡：《十六国文学家考略》，《中古文学史论文集》，第328—392页。刘跃进在曹文基础上补入宋繇、段成根、阚骃、赵柔、索敞、阴仲达、祈嘉、索袭、郭荷，以及《周书》《北史》论及的文人鲁徵（徽）、徐广等，参见刘跃进《十六国诗文研究文献》，《文史知识》2021年第1期。
③ 魏晋诗风的繁盛主要得益于邺下和洛阳上层文人聚集形成的文化圈，曹植、陆机、陆云、张华等人诗作仍属"专家诗"范畴。当时先进的五言诗技法普及面很窄，由少数文学精英掌握，很难向下渗透。
④ 蔡丹君：《"乡论"社会与十六国文学的基本价值观念》，《文艺理论研究》2014年第5期。
⑤ 《晋书》，第697页。

吹各二部"等。战乱导致的中朝旧乐在各割据政权之间辗转，诸如：

> （石）勒焚平阳宫室，使裴宪、石会修复元海、聪二墓，收刘粲已下百余尸葬之，徙浑仪、乐器于襄国。①

> 咸和中，成帝乃复置太乐官，鸠集遗逸，而尚未有金石也。庾亮为荆州，与谢尚修复雅乐，未具而亮薨。庾翼、桓温专事军旅，乐器在库，遂至朽坏焉。及慕容儁平冉闵，兵戈之际，而邺下乐人亦颇有来者。永和十一年，谢尚镇寿阳，于是采拾乐人，以备太乐，并制石磬，雅乐始颇具。而王猛平邺，慕容氏所得乐声又入关右。太元中，破苻坚，又获其乐工杨蜀等，闲习旧乐，于是四厢金石始备焉。②

音乐、乐器的流动对文学、文人乐府的影响始终较小，究其原因，主要是各少数民族政权忙于互相攻伐，由此导致的区域辐裂以及割据者以邻为壑，很难有稳定的环境和对文学的持续兴趣，统治者看重的也是诏令、檄文、符命等实用文体。虽有一些部落首领如苻坚，出于个人兴趣爱好，组织过一些大规模的文学活动，但并没有流传下来。③ 现存少量的十六国文人乐府零星分散在各割据政权内部，其中一些较有时代特色。

由氐族苻氏建立的前秦政权有较高的文化素养，后一度统一北方，与东晋政权形成对峙。在各割据政权之中，前秦的拟作风气比较浓厚。出土文献中，出现在吐鲁番高昌郡时代的上揭《前秦拟古诗》残本（Dx·11414+Dx·02947）是苻坚殿前的秘书监朱彤、中书侍郎韦谭、阙名秘书郎模仿曹丕《见挽船士兄弟辞别诗》而作的五言诗。可能是政权稳定时期，群臣举行的一次文学聚会的集体作品，"是魏晋拟古诗风在前秦的延续"④。苻坚之弟苻融，据《晋书·苻坚载记下》附苻融传曰："融聪辩明慧，下笔成章，至于谈玄论道，虽道安无以出之。耳闻则诵，过目不忘，时人拟之王粲。尝著《浮图赋》，壮丽清赡，世咸珍之。未有升高不赋，

---

① 《晋书·石勒载记》，第 2728 页。
② 《晋书·乐志》，第 697—698 页。
③ 据《晋书·刘聪载记》载刘渊其子刘聪曾著"《述怀诗》百余篇、赋颂五十余篇"，《晋书·苻坚载记》载苻坚"乃命群臣作《止马诗》而遣之，示无欲也。其下以为盛德之事，远同汉文，于是献诗者四百余人"，如此大规模的诗赋没有流传下来，恐怕并非文学价值的原因，长期战乱是主要因素。
④ 徐俊：《俄藏 Dx·11414+Dx·02947 前秦拟古诗残本研究：兼论背面券契文书的地域和时代》，《敦煌吐鲁番研究》第 6 卷，北京大学出版社 2016 年版，第 216 页。

临丧不谍,朱彤、赵整等推其妙速。"① 今传《企喻歌》最后一首为苻融所作,"男儿可怜虫,出门怀死忧。尸丧狭谷中,白骨无人收"。《乐府诗集》卷二五引《古今乐录》曰:"最后'男儿可怜虫'一曲是苻融诗,本云'深山解谷口,把骨无人收'。"此外,赵整常以歌讽谏苻坚,现存五言《琴歌》二首,《乐府诗集》卷六〇引《晋书》曰:"苻坚末年,怠于为政,赵整援琴作歌二章以讽。"② 还作有一首三、七杂言《琴歌》,均是针对苻坚宠幸鲜卑、怠于政事而作。据《高僧传》卷一《赵整传》记载,赵整"情度敏达,学兼内外,性好讥谏,无所回避"③,历任著作郎、黄门侍郎、武威太守,对这种文学样式的偏爱与个人的性格、职官有一定关系。实际上,通过文学以讽的作法就源于底层重实用、强调文学作品的现实功用的风气,即《毛诗序》所谓"风教"。这种文学风气普遍存在于各割据政权之中,如《晋书·李寿载记》载,成汉政权的李寿"好学爱士",时有文士龚壮,"作诗七篇,托言应璩以讽寿。寿报曰:'省诗知意。若今人所作,贤哲之话言也。古人所作,死鬼之常辞耳!'"④ 此条在《资治通鉴》卷九六《晋纪一八》作"舍人杜袭作诗十篇,托言应璩以讽谏"⑤。应是模拟应璩《百一诗》之类的作品,比古志以明今情。

公元4—5世纪,正当黄河流域因战乱而致文化陷入低谷时,河西地区却峰回路转地迎来了生机,当时正值前凉、后凉、南凉、西凉、北凉割据时期。前凉的开创者张轨自西晋就以封疆大吏的身份经营河西,从八王之乱到永嘉之乱,大批流民涌入河西,据《资治通鉴》卷一二三《宋纪五》载:"凉州自张氏以来,号为多士。"胡三省注曰:"永嘉之乱,中州之士避地河西,张氏礼而用之,子孙相承,衣冠不坠,故凉州号称多士。"⑥ 张轨上表西晋政府,安置西晋流民、弘扬文教。因此《魏书·胡叟传》说:"凉州虽地处戎域,然自张氏以来,号有华风。"⑦ 凉州地理位置远离华北、关中,西晋灭亡后,孤悬于西陲,从张轨之子张寔起,前凉就成为割据政权,步入十六国之列,张轨之孙张骏曾作《薤露行》《东门行》,其中《薤露行》模拟曹操同题之作:

---

① 《晋书》,第2934页。
② (宋)郭茂倩编:《乐府诗集》,第362—363页。
③ (南朝梁)慧皎撰,富世平点校:《高僧传》,中华书局2023年版,第40页。
④ 《晋书》,第3046页。
⑤ (宋)司马光编著,(元)胡三省音注:《资治通鉴》,第3085页。
⑥ (宋)司马光编著,(元)胡三省音注:《资治通鉴》,第3942页。
⑦ (北齐)魏收:《魏书》,中华书局1974年版,第1150页。

> 在晋之二世，皇道昧不明。主暗无良臣，艰乱起朝庭。七柄失其所，权纲丧典刑。愚猾窥神器，牝鸡又晨鸣。哲妇逞幽虐，宗祀一朝倾。储君缢新昌，帝执金墉城。祸衅萌宫掖，胡马动北坰。三方风尘起，玁狁窃上京。义士扼素腕，感慨怀愤盈。誓心荡众狄，积诚彻昊灵。①

以此题赋晋室覆亡、义士怀愤等重大历史事件，曹道衡、刘跃进将其系于晋成帝咸和九年（334）前后。②据《晋书·张轨附张骏传》载："时骏尽有陇西之地，士马强盛，虽称臣于晋，而不行中兴正朔"③，张氏家族对外宣称心系晋室，实际目的在于继承西晋血胤、正朔，张骏诗作远效曹操，与其割据身份相符。其《东门行》一作《游春诗》，开篇歌咏春日的种种美好，可能是春天在姑臧郊游有感而作，结尾"休否有终极，落叶思本茎。临川悲逝者，节变动中情"，稍杂玄风。张骏一直生活在河西，其创作风格却近于张协、刘琨等人，可见凉地受西晋诗风的影响。《文心雕龙·熔裁》称："昔谢艾、王济，西河文士，张骏以为艾繁而不可删，济略而不可益，若二子者，可谓练熔裁而晓繁略矣。"④谢艾、王济作品今已不存。刘勰对北方文士评价较少，却对张骏、谢艾等表现出相当重视的态度，可见其在当时的文学影响力。

凉州不仅是保持中原文化的据点，也是当时中外文化交流的重要通道。五凉时期，河西乐舞传入河西，通过加工改造，形成了具有地域特色的音乐形式——"西凉乐"。据《隋书·音乐志》载："西凉者，起苻氏之末。吕光、沮渠蒙逊等，据有凉州，变龟兹声为之，号为'秦汉伎'。魏太武既平河西得之，谓之西凉乐。至魏、周之际，遂谓之国伎。"⑤ 可知西凉乐大约出现于苻坚末年，与吕光建立的后凉（386—403）、沮渠蒙逊建立的北凉（401—439）均有关系。据任半塘、黎国韬等研究，西凉乐是由"凉人所传中国旧乐"结合"羌胡之声"而产生的一种新型音乐。其中"羌胡之声"以龟兹乐为主要成分，"中国旧乐"的主要成分即"魏晋清

---

① 逯钦立辑校：《先秦汉魏晋南北朝诗》，第876—877页。
② 曹道衡、刘跃进：《南北朝文学编年史》，第15页。
③ 《晋书》，第2237页。
④ （南朝梁）刘勰著，范文澜注：《文心雕龙注》，第544页。
⑤ 《隋书》，第378页。

商旧乐"。① 由于晋末动乱，清商旧乐不复存于中原，却在凉州意外得以保存。西凉乐出现之后，在北魏、北齐、北周、隋、唐各代广为流传，据《旧唐书·音乐志》载："自周、隋以来，管弦杂曲将数百曲，多用西凉乐，鼓舞曲多用龟兹乐。"② 《通典》卷一四二载，"屈茨（龟兹）琵琶、五弦、箜篌、胡笛、胡鼓、铜钹、打沙罗、胡舞，铿锵镗鞳，洪心骇耳，抚筝新靡绝丽，歌音全似吟哭，听之者无不凄怆"③，具备感人至深的音乐魅力。

二 北魏时期的拟诗概况

北魏（386—534）存续了149年，"如果加上北魏前身'代'国（338—376），北魏的历史应该是186年"④，是北朝历时最长的王朝。宋叶适言："刘、石、慕容、苻、姚皆世居中国，虽族类不同，而其豪杰好恶之情，犹与中原不甚异；独拓跋以真匈奴入据诸夏，纯用胡俗强变华人。"⑤ 五胡民族在汉代就与汉族杂居在黄河中下游、太行山两侧，汉化水平相对较高，而北魏则是从塞外远徙而来的入塞部族。拓跋氏早期曾被前秦征服过，在两晋之交还未形成稳定的政权，在太武帝拓跋焘统一北方之前，据《北史·魏本纪》载，"统幽都之北，广漠之野，畜牧迁徙，射猎为业，淳朴为俗，简易为化，不为文字，刻木结绳而已"⑥，还处于蛮荒的部落时代。因此有研究者认为"北魏前期文学在发展过程中不仅是停顿，而且有一种倒退的倾向"⑦，就是当时统治者文化水平较低导致。拓跋鲜卑皇室早期的代表作当属《真人代歌》，据《魏书·乐志》载，"凡乐者乐其所自生，礼不忘其本，掖庭中歌《真人代歌》，上叙祖宗开基所由，下及君臣废兴之迹，凡一百五十章，昏晨歌之，时与丝竹合奏。郊庙宴飨亦用之"⑧，是记录拓跋族兴起的大型史诗。有关其产生时间，《旧唐书》《新唐书》均认为是"燕、魏之际鲜卑歌也"，即道武帝皇始元年（396）建天子旌旗，取并州、夺中山，至天兴元年（398）克邺、灭后燕、定都

---

① 参见任半塘《唐戏弄》，第389—390页；黎国韬、陈佳宁《西凉乐源流考》，《文化遗产》2019年第1期。
② 《旧唐书》，第1068页。
③ （唐）杜佑撰，王文锦等点校：《通典》，中华书局1988年版，第3614页。
④ 周建江：《北朝文学史》，中国社会科学出版社1997年版，第69页。
⑤ （宋）叶适：《习学记言序目》，中华书局1977年版，第468页。
⑥ （唐）李延寿：《北史》，中华书局1974年版，第1页。
⑦ 周建江：《北朝文学史》，第95页。
⑧ 《魏书》，第2828页。

平城这一时期。田余庆考证，《真人代歌》系道武帝时代的作品，"真人自来就是道家方士一类人物时常提及的称谓。……可见代歌冠以真人二字作为正式名称，具有道武帝的时代特征"①。惜其歌辞散失殆尽。

有关北魏前期文学，据《北史·文苑传》载："洎乎有魏，定鼎沙朔。南包河、淮，西吞关、陇。当时之士，有许谦、崔宏、宏子浩、高允、高闾、游雅等，先后之间，声实俱茂，词义典正，有永嘉之遗烈焉。"② 前期代表作家以许谦、崔宏、崔浩、高允、高闾、游雅等为代表，"声实俱茂，词义典正"，慷慨悲凉，"有永嘉之遗烈"。其中高允的音乐、文学才能较高，据《魏书》本传载其"兴好音乐，每至伶人弦歌鼓舞，常击节称善"，太和三年（479），孝文帝《令乐部五日一诣高允诏》曰："可令乐部丝竹十人，五日一诣允，以娱其志"，当时高允已经是年逾九旬的垂暮老人了。他作有拟乐府《罗敷行》《王子乔》，其中《罗敷行》不袭《陌上桑》本事，通篇描写罗敷美貌，有研究者认为"这是学了南方的歌咏"③，或是受当时（宋齐）文学思潮影响的拟代诗④。实际上，相对于《陌上桑》歌"妇人以礼自防"，以"罗敷自有夫"结束，《罗敷行》末句"王侯为之顾，驷马自踟蹰"，重点在观看罗敷美貌的王侯、士人，"发乎情止乎礼义"的美德。相对保守、严肃，注重儒家伦理道德和修身——这是北魏前期与南方文学最大的不同。此外，高允还曾作《代都赋》因以规讽，"亦《二京》之流也"，可见模拟前人的京都大赋而成，今已不存。

北魏孝文帝拓跋宏在位其间实施了一系列的重大改革措施。特别是太和十八年（494）迁都洛阳以后，孝文帝身体力行、不遗余力地推进汉化。清赵翼《廿二史札记》"魏孝文帝文学"条称："古今帝王以才学著者，以曹魏父子、萧梁父子为最，然自生自中土"，"惟孝文帝，生于北俗"⑤，尤为难得。孝文帝时期是北魏文学的转折点，据《北史·文苑传》载：

> 及太和在运，锐情文学，固以颉颃汉彻，跨蹑曹丕，气韵高远，艳藻独构。衣冠仰止，咸慕新风，律调颇殊，曲度遂改。辞罕泉源，

---

① 田余庆：《〈代歌〉〈代记〉和北魏国史》，《拓跋史探》，生活·读书·新知三联书店2003年版，第224页。
② 《北史》，第2779页。
③ ［日］兴膳宏：《北朝文学的先驱者——高允》，《六朝文学论稿》，彭恩华译，岳麓书社1986年版，第372—373页。
④ 柏俊才：《北魏士人迁徙与文学演进》，中华书局2019年版，第373页。
⑤ （清）赵翼著，王树民校证：《廿二史札记校正》（订补本），中华书局1984年版，第308页。

言多胸臆，润古雕今，有所未遇。是故雅言丽则之奇，绮合绣联之美，眇历岁年，未闻独得。既而陈郡袁翻、河内常景，晚拔畴类，稍革其风。及明皇御历，文雅大盛，学者如牛毛，成者如麟角。孔子曰："才难。"不其然也？于时陈郡袁翻、翻弟跃、河东裴敬宪、弟庄伯、庄伯族弟伯茂、范阳卢观、弟仲宣、顿丘李谐、渤海高肃、河间邢臧、赵国李骞，雕琢琼瑶，刻削杞梓，并为龙光，俱称鸿翼。乐安孙彦举、济阴温子昇，并自孤寒，郁然特起。咸能综采繁缛，兴属清华。比于建安之徐、陈、应、刘，元康之潘、张、左、束，各一时也。①

其中常景较多模拟前人作品，据《魏书·常景传》载，曾出塞"经涉山水，怅然怀古，乃拟刘琨《扶风歌》十二首"②，今已佚，仍是西晋诗风的延续。常景今存《赞四君诗》四首，赞美司马相如、王褒、严君平、扬雄四君子，明显模拟鲍照《蜀四贤咏》和颜延之《五君咏》，说明受当时南朝诗风的影响。当时南北之间的文学交往有相当一部分依靠奔北文人，如王肃奔魏，用南方民歌"3—5—5—5"形式作《悲平城》，"悲平城，驱马入云中。阴山常晦雪，荒松无罢风"。聂石樵指出："北人采用民间乐曲创作，多模拟南朝乐府之形式与技巧，形成一种具有南方风致之歌曲，与北方之'词义贞刚，重乎气质'者不同。"③彭城王元勰仿王肃《悲平城》作《问松林》、祖莹仿王肃作《悲彭城》，这种同题拟作是在文人聚会、竞争中产生，据《北史·彭城王元勰传》："后从幸代都，次于上党之铜鞮山，路傍有大松树十数根。时帝进伞，遂行而赋诗，令示勰曰：'吾作诗虽不七步，亦不言远。汝可作之。比至吾间，令就也。'时勰去帝十步。遂且行且作，未至帝所而就。诗曰：'问松林，松林经几冬？山川何如昔？风云与古同？'高祖大笑曰：'汝此诗亦调责吾耳！'"④又《魏书·祖莹传》曰："尚书令王肃曾于省中咏《悲平城诗》……彭城王勰甚嗟其美，欲使肃更咏，乃失语云：'王公吟咏情性，声律殊佳，可更为诵《悲彭城诗》。'肃因戏勰云：'何意《悲平城》为《悲彭城》也？'勰有惭色。莹在座，即云：'所有《悲彭城》，王公自未见耳。'肃云：'可为诵之。'莹应声云：'悲彭城，楚歌四面起；尸积石梁亭，血流睢水里。'肃甚嗟赏

---

① 《北史》，第2779页。
② 《魏书》，第1084页。
③ 聂石樵：《魏晋南北朝文学史》，中华书局2007年版，第341页。
④ 《北史》，第702页。

之。飙亦大悦,退谓莹曰:'即定是神口。今日若不得卿,几为吴子所屈。'"① 祖莹还从理论上对模拟形成了一定见解,据《魏书·祖莹传》载:"莹以文学见重,常语人云:'文章须自出机杼,成一家风骨,何能共人同生活也。'盖讥世人好偷窃他文,以为己用。"② 坚持自抒机杼,反对因袭模拟他人。但在实际创作中,又不免受南方民间文学形式的影响,可见其理论和创作实践之间的矛盾。明帝以后,文人拟作乐府,成就较高的有温子昇,作《白鼻䮲》、《结袜子》、《安定侯曲》、《敦煌乐》、《凉州乐歌》二首等,其中《白鼻䮲》属横吹曲辞,系从《高阳乐人歌》翻出,《乐府诗集》卷二五引《古今乐录》曰:"魏高阳王乐人所作也,又有《白鼻䮲》,盖出于此。"③《敦煌乐》"自有敦煌乐,不减安陵调",从题目可知应来源于西凉乐。

值得注意的是《古诗类苑》载王容《大堤女》、王德《春词》、周南《晚妆诗》④,这几位作者身份不详,《古诗纪》将其列入北魏,当有所依据。其中王容《大堤女》、王德《春词》可能受萧纲、萧绎兄弟早年诗作的影响。王容《大堤女》"大堤诸女儿,一一皆春态"可能模拟萧纲《雍州曲》三首之《大堤》,其中"出妻工织素,妖姬惯数钱",表现大堤女的世俗生活。王德《春词》"春花绮绣色,春鸟弦歌声。春风复荡漾,春女亦多情"很明显受萧绎《春日诗》以"春"字勾连全篇写法的影响。这几首诗作可能属于北魏末期的作品,可见南方文学的不断北侵,促进了北方文学在技巧、形式上的进步。

三 东魏、西魏拟诗概况

534 年,北魏孝武帝元修西奔长安以后,北方出现了东魏、西魏两个政权。549 年,高洋即位称齐,东魏亡。东魏存在十六年。577 年,北周攻陷邺城,北齐亡。北齐存在二十八年,东魏、北齐,前后总计四十四年。东魏、北齐占据文化底蕴最浓厚的黄河中下游地区,东魏与梁朝交好,时有使臣互聘进行文化交流,最初避难江南的文人更愿意逃亡到邺下,如萧放、萧悫、颜之推、徐之才等,促进了北齐文学的繁荣。《北齐书·文苑传序》曰:

---

① 《魏书》,第 1799 页。
② 《魏书》,第 1800 页。
③ (宋)郭茂倩编:《乐府诗集》,第 371 页。
④ (明)张之象编:《古诗类苑》卷九三、九四,日本中岛敏夫整理内阁文库藏本,上海古籍出版社 2006 年版。

有齐自霸图云启,广延髦俊,开四门以纳之,举八纮以掩之,邺京之下,烟霏雾集,河间邢子才、巨鹿魏伯起、范阳卢元明、巨鹿魏季景、清河崔长儒、河间邢子明、范阳祖孝徵、乐安孙彦举、中山杜辅玄、北平阳子烈并其流也。复有范阳祖鸿勋亦参文士之列。天保中,李愔、陆卬、崔瞻、陆元规并在中书,参掌纶诰。其李广、樊逊、李德林、卢询祖、卢思道始以文章著名。皇建之朝,常侍王晞独擅其美。河清、天统之辰,杜台卿、刘逖、魏骞亦参知诏敕。自愔以下,在省唯撰述除官诏旨,其关涉军国文翰,多是魏收作之。及在武平,李若、荀士逊、李德林、薛道衡为中书侍郎,诸军国文书及大诏诰俱是德林之笔,道衡诸人皆不预也。

后主虽溺于群小,然颇好讽咏,幼稚时,曾读诗赋,语人云:"终有解作此理不?"及长亦少留意。初因画屏风,敕通直郎兰陵萧放及晋陵王孝式录古名贤烈士及近代轻艳诸诗以充图画,帝弥重之。后复追齐州录事参军萧悫、赵州功曹参军颜之推同入撰次,犹依霸朝,谓之馆客。放及之推意欲更广其事,又祖珽辅政,爱重之推,又托邓长颙渐说后主,属意斯文。三年,祖珽奏立文林馆,于是更召引文学士,谓之待诏文林馆焉。珽又奏撰《御览》,诏珽及特进魏收、太子太师徐之才、中书令崔劼、散骑常侍张雕、中书监阳休之监撰。珽等奏追通直散骑侍郎韦道逊、陆乂、太子舍人王劭、卫尉丞李孝基、殿中侍御史魏澹、中散大夫刘仲威、袁奭、国子博士朱才、奉车都尉眭道闲、考功郎中崔子枢、左外兵郎薛道衡、并省主客郎中卢思道、司空东阁祭酒崔德、太学博士诸葛汉、奉朝请郑公超、殿中侍御史郑子信等入馆撰书,并敕放、悫、之推等同入撰例。复令散骑常侍封孝琰、前乐陵太守郑元礼、卫尉少卿杜台卿、通直散骑常侍王训、前南兖州长史羊肃、通直散骑常侍马元熙、并省三公郎中刘珉、开府行参军李师上、温君悠入馆,亦令撰书。复命特进崔季舒、前仁州刺史刘逖、散骑常侍李孝贞、中书侍郎李德林续入待诏。寻又诏诸人各举所知,又有前济州长史李鹥、前广武太守魏骞、前西兖州司马萧溉、前幽州长史陆仁惠、郑州司马江旰、前通直散骑侍郎辛德源、陆开明、通直郎封孝謇、太尉掾张德冲、并省右民郎高行恭、司徒户曹参军古道子、前司空功曹参军刘颙、获嘉令崔德儒、给事中李元楷、晋州治中阳师孝、太尉中兵参军刘儒行、司空祭酒阳辟疆、司空士曹参军卢公顺、司徒中兵参军周子深、开府参军王友伯、崔君洽、魏师謇并入馆待诏。又敕右仆射段孝言亦入焉。《御览》成后，所撰录人亦有不时待诏，付所司处分者。凡此诸人，亦有文学肤浅，附会亲识，妄相推荐者十三四焉。虽然，当时操笔之徒，搜求略尽。其外如广平宋孝王、信都刘善经辈三数人，论其才性，入馆诸贤亦十三四不逮之也。①

这段记录要远远多于北朝其他时代的文苑传，足见北齐文学之盛，涉及的文人有邢邵、魏收、卢元明、魏季景、崔䴭、邢昕、杜弼、阳休之、祖鸿勋、孙搴、李愔、陆卭、崔瞻、陆元规、李广、樊逊、李德林、卢询祖、卢思道、王晞、杜台卿、刘逖、魏骞、李若、荀士逊、薛道衡、萧放、萧悫、颜之推、祖珽、邓长颙、徐之才、崔劼、张雕、韦道逊、陆乂、王劭、李孝基、魏澹、刘仲威、袁奭、朱才、眭豫、崔子枢、崔德立、崔儦、诸葛汉、郑公超、郑抗、封孝琰、郑元礼、王训、羊肃、马元熙、刘珉、李师上、温君悠、崔季舒、李孝贞、李蘦、萧溉、陆宽、江旰、辛德源、陆爽、封孝骞、张德冲、元行恭、古道子、刘颉、崔德儒、李元楷、阳师孝、刘儒行、阳辟疆、卢公顺、周子深、王友伯、崔液、魏师謇、段孝言、宋孝王、刘善经等。

就现有拟诗而言，除了颜之推《古意诗》二首以外，其余全为乐府诗，有卢祖询《中妇织流黄》，裴让之《有所思》，荀仲举《铜雀台》，邢邵《思公子》，魏收《美女篇》二首、《永世乐》、《挟琴歌》、《棹歌行》，萧悫《临高台》《上之回》《飞龙引》，萧毂《野田黄雀行》。

其中以邢邵和魏收较有代表性，邢邵早有才名，与前辈温子昇并称"温、邢"，其在《萧仁祖集序》说："萧仁祖之文，可谓雕章间出。昔潘、陆齐轨，不袭建安之风；颜、谢同声，遂革太原之气。自汉逮晋，情赏犹自不谐，江北江南，意制本应相诡。"已经认识到南北文学的诸多不同，对本土文学有一种自豪感，认为不必尽学南朝。然而在具体的创作实践上又不免模仿南人，其诗推崇沈约而轻任昉，《颜氏家训·文章》称邢邵赞扬沈约"用事不使人觉，若胸臆语"，写作诗文要平易流畅、反对使用僻典。魏收比邢邵小十岁，《北齐书》本传载："始收比温子昇、邢邵稍为后进，邵既被疏出，子昇以罪幽死，收遂大被任用，独步一时。议论更相訾毁，各有朋党。收每议陋邢邵文。邵又云：'江南任昉，文体本疏，魏收非直模拟，亦大偷窃。'收闻乃曰：'伊常于《沈约集》中作贼，何意道我偷任昉。'任、沈俱有重名，邢、魏各有所好。武平中，黄门郎颜

---

① （唐）李百药：《北齐书》，中华书局1972年版，第602—604页。

之推以二公意问仆射祖珽,珽答曰:'见邢、魏之臧否,即是任、沈之优劣。'"① 邢、魏争胜之事,曹道衡、沈玉成将其系于北齐文宣天保年间。② 二人模拟沈约、任昉已经到了偷窃、做贼的地步,而且各自身边聚集了为数众多的朋党,可见当时对于南方文风的热衷。

就拟乐府而言,二人也有一些不同。邢邵《思公子》"绮罗日减带,桃李无颜色。思君君未归,归来岂相识",女子对情人的思念,感情浓郁真挚,格调较高,"雅道尤存",是典型的永明体。除《棹歌行》为写景之作以外,魏收现存的拟乐府都与女色有关,《北齐书》本传云:"收昔在京、洛,轻薄尤甚。人号云'魏收惊蛱蝶'。"可见其品行。他曾与王昕出使梁朝,《北史·王昕传》载其"伪赏宾郎之味,好咏轻薄之篇,自谓模拟伧楚,曲尽风制"③,二人目睹宫体诗的盛况,加上本性难移,必然受其影响。魏收《美女篇》其一"楚襄游梦去,陈思朝洛归",《挟琴歌》"白马金鞍去未返,红妆玉箸下成行",都是比较香艳的作品,这在北齐诗坛也是比较少见的现象。此时期南北交流由于聘使而更加频繁,徐陵于梁武帝太清二年(548)第一次出使东魏,于梁敬帝绍泰二年(556)出使北齐,前后在北方逗留长达五六年之久。其间与北方文人多有往来、唱和,亦为时人所拟,李那《答徐陵书》这样评价:"调移齐右之音,韵改河西之俗。岂直扬云藻翰,独留千金;嗣宗文雅,惟传好事。"据《陈书·徐陵传》载:"其文颇变旧体,缉裁巧密,多有新意。每一文出手,好事者已传写成诵,遂被之华夷,家藏其本。"④ 可惜时人的模拟之作已不可见。

北齐同曹魏一样定都邺城,因此出现了很多模拟汉魏的作品。如萧毂《野田黄雀行》和荀仲举《铜雀台》。其中《野田黄雀行》为曹植首创,唐吴兢《乐府古题要解》言:"晋乐奏曹植'置酒高殿上',始言丰膳乐饮,盛宾主之献酬;中言欢乐极而悲,嗟盛时不再;终归于知命而不复忧焉。"⑤ 晋乐所奏"置酒高殿上",宴飨亲友的主题为后人赏爱,孔欣、张正见、江总均有拟作。反而本辞《野田黄雀行》"高树多悲风"表达曹植后期的忧惧心理,唐前未见人模拟,曲题逐渐被抛弃。萧毂其人不详,

---

① 《北齐书》,第491—492页。
② 曹道衡、沈玉成:《邢邵、魏收争胜》,《中古文学史料丛考》,载《曹道衡文集》,中州古籍出版社2018年版,第784页。
③ 《北史》,第884页。
④ 《陈书》,第335页。
⑤ (唐)吴兢:《乐府古题要解》,《历代诗话续编》,第31页。

《古诗纪》引《乐府英华》作萧毂、《苑诗类选》作萧悫。同时代稍后的胡应麟持否定态度,《诗薮·杂编》卷三言:"《诗纪》有卢询《中妇织流黄》诗一首,萧毂《野田黄雀行》一首。二人绝无可考。盖询即询祖,毂即萧毂也。古今同姓名者最众,然北朝词客素寡,安得一人偶同如此,又绝不见于他书耶?冯慎于阙疑,故并存之。"①萧毂可能与萧悫、萧放、萧祇一样,为南梁北奔宗室。《乐府诗集》作"隋萧毂",可见经历了北齐、北周最后入隋。几经易代,屡为"亡国之余",其诗"空城旧侣绝,沧海故交分。宁死明珠弹,且避鹰将军","避鹰"的黄雀就是诗人内心忧惧不安的写照。

邺城是曹操实际意义上的都城。210年,曹操于邺城建铜雀台,周围殿屋一百二十间,铸大孔雀置于楼顶,舒翼奋尾,势若飞动,故名铜雀台。故址载今河北省临漳县西南古邺城的西北隅,与金虎、冰井台并称三台。335年,后赵君主石虎迁都于邺,重修了晋末荒废的邺城三台。嗣后,邺城几经战火,357年,前燕君主慕容儁定都邺城,下令重修铜雀台,但邺城很快被苻坚攻陷。后来,邺城成为北魏和北齐的都城,据《北齐书》所载,当时共有三十万人参与邺中三台的修复,整个工程于北齐558年完成。北齐是最后一个建都邺城的王朝,据现存文献,荀仲举《铜雀台》可能是北人第一首也是最后一首以《铜雀台》为题的乐府诗,遂成为北齐历史之绝唱。②

四 西魏、北周拟诗概况

西魏文帝元宝炬大统元年(535),西魏正式建国,改元大统。西魏恭帝元廓三年(556),宇文护废元廓,西魏亡。西魏政权前后存在二十二年。北周纪年从孝闵帝宇文觉元年(557)开始,至北周静帝大定元年(581)杨坚代周为止,北周政权共存在二十五年。西魏、北周历时四十八年,实际统治者均为鲜卑人宇文氏。他们在政治、军事上依靠孝文帝推行汉化政策以后压制的六镇鲜卑③,这个阶层文化上比较落后,再加上北魏

---

① (明)胡应麟:《诗薮》,第287页。
② 《铜雀台》又名《铜雀妓》,南朝人多有拟作。《文选》收谢朓咏物诗《同谢谘议咏铜雀台》,被《乐府诗集》误收为曲辞,题为《铜雀妓》,此外《乐府诗集》还收何逊、刘孝绰、江淹等人所作的曲辞《铜雀妓》。曲题为《铜雀台》的似乎只有张正见和荀仲举,荀仲举生卒年不详,约北齐文宣帝天保初年前后在世,要早于张正见(527—575?),郭茂倩误将其置于张正见之前,《铜雀台》曲题是荀仲举所开创。
③ 陈寅恪:《宇文氏之府兵及关陇集团》,参见万绳楠整理《魏晋南北朝史讲演录》。

后期的文学人才大都东迁至邺,因此也导致了西魏、北周文学的落后局面。《周书》没有《文苑传》或《文学传》,仅在《周书·王褒庾信传论》论及西魏北周文学,实际说明了除王褒、庾信等南来之臣以外,其余诸人无甚可取:

>周氏创业,运属陵夷。纂遗文于既丧,聘奇士如弗及。是以苏亮、苏绰、卢柔、唐瑾、元伟、李昶之徒,咸奋鳞翼,自致青紫。然绰建言务存质朴,遂糠粃魏、晋,宪章虞、夏。虽属词有师古之美,矫枉非适时之用,故莫能常行焉。既而革车电迈,渚宫云撤。尔其荆、衡杞梓,东南竹箭,备器用于庙堂者众矣。唯王褒、庾信奇才秀出,牢笼于一代。是时,世宗雅词云委,滕、赵二王雕章间发。咸筑宫虚馆,有如布衣之交。由是朝廷之人,闾阎之士,莫不忘味于遗韵,眩精于末光。犹丘陵之仰嵩、岱,川流之宗溟、渤也。①

涉及的文人有苏亮、苏绰、卢柔、唐瑾、元伟、李昶、滕王、赵王、王褒、庾信十人。北周灭齐,阳休之等文士迁入关陇。《北齐书·阳休之传》载:"周武平齐,与吏部尚书袁聿修、卫尉卿李祖钦、度支尚书元修伯、大理卿司马幼之、司农卿崔达拏、秘书监源文宗、散骑常侍兼中书侍郎李若、散骑常侍给事黄门侍郎李孝贞、给事黄门侍郎卢思道、给事黄门侍郎颜之推、通直散骑常侍兼中书侍郎李德林、通直散骑常侍兼中书舍人陆乂、中书侍郎薛道衡、中书舍人高行恭、辛德源、王劭、陆开明十八人同征,令随驾后赴长安。卢思道有所撰录,止云休之与孝贞、思道同被召者是其诬罔焉。"② 有卢思道、颜之推、李德林、薛道衡、辛德源、王劭、陆开明、李若、袁聿修、司马幼之、源彪(字文宗)、李孝贞等入隋。西魏、北周收归了由南入北和由西入东的文人,其文学在此基础上发展起来,就拟作而言,庾信有《拟咏怀》二十七首,余冠英根据《艺文类聚》所载认为并无"拟"字,只是咏怀。根据所写内容,其一"步兵未饮酒,中散未弹琴",其四"唯彼穷途恸,知余行路难",明显模拟阮籍,是易代之际对汉魏诗风的继承。他还作《拟连珠》四十四首,明确有"拟"字无疑,滕王宇文逌为庾信文集作序,称"箴似扬雄,书同阮籍"。可见庾信原作应有"拟"字。此外,庾信、王褒、萧㧑、宇文招、周宣帝宇文赟、尚法

---

① 《周书》,第 744 页。
② 《北齐书》,第 563—564 页。

师、卢思道、薛道衡等有拟乐府若干或残句。

庾信与王褒前半生在南方生活,其拟乐府的创作时间不明,二人同题之作《燕歌行》,今人将其系于554年四月以前①,据《周书·王褒传》载:"褒曾作《燕歌行》,妙尽关塞寒苦之状,元帝及诸文士并和之,而竞为凄切之词。"② 侯景之乱以后,二人在江陵与萧绎唱和所作。此外,像王褒《从军行》二首、《入塞》、《出塞》、《关山月》、《长安道》、《饮马长城窟行》等,描写北地边塞景物、风光。笔者认同学界的主流观点,这些可能并非入北后的作品,而是表现南方诗人的想象之作以及乐府传统。③ 庾信的拟乐府情况比较复杂,现存作品有《对酒》、《王昭君》、《昭君辞应诏》、《结客少年场行》、《怨歌行》、《乌夜啼》(五、七言各一首)、《舞媚娘》、《燕歌行》、《杨柳歌》。其中《乌夜啼》(七言)"促柱繁弦非《子夜》,歌声舞态异《前溪》",可能是庾信仕梁所作,其前期所作《荡子赋》云:"新歌《子夜》,旧舞《前溪》",简文帝萧纲也有同题七言之作,"羞言独眠枕下泪,托道单栖城上乌",格调相近,可能为二人的唱和之作。刘文忠依据明刻本《玉台新咏》认为《王昭君》《明君辞应诏》《结客少年场行》《对酒》《看妓》《春日题屏风》《燕歌行》《乌夜啼》《怨歌行》《舞媚娘》几首,其内容并无入北之后创作的痕迹。④ 其中有一些值得商榷,如《怨歌行》"家住金陵县前,嫁得长安少年",明为庾信本人写照,恐难解释入北前作。《王昭君》"围腰无一尺,垂泪有千行""别曲真多恨,哀弦须更张",有乡关之思。《昭君辞应诏》"冰河牵马渡,雪路抱鞍行。胡风入骨冷,夜月照心明",清陈祚明评为,"写的荒寒,固非咏古"⑤,其实就是庾信在北上途中的真实体会。王褒在被押解近长安作《赠周处士》,"崤曲三危岨,关重九折难""云生陇坻黑,桑疏蓟北寒",这些有着诗人的切身体会,与其在南方出于单纯的想象之作有很大不同。其他如王褒《高丽句》(六言)"萧萧易水生波"、庾信《舞媚娘》(六言)"朝来户前照镜",这种六言乐府南方罕有作品,只有北周燕射歌辞羽调曲用六言,而庾信恰为北周郊庙歌辞的重要撰制者,当是受北方诗风的影响。

---

① 牛贵琥:《王褒年谱》,《王褒集校注》,中华书局2021年版,第315页。
② 《周书》,第731页。
③ 参见曹道衡《南北朝文学史》之"王褒和北周文学",人民文学出版社2000年版;钱志熙《中国诗歌通史·魏晋南北朝卷》之"北朝及隋代诗风",人民文学出版社2012年版。
④ 刘文忠:《庾信前期作品考辨》,《文史》第27辑,中华书局1986年版。
⑤ (清)陈祚明评选,李金松点校:《采菽堂古诗选》,第1028页。

在大批入北南人的影响下，北周刮起了一阵诗学庾信的旋风，如赵王宇文招《从军行》"辽东烽火照甘泉，蓟北亭障接燕然。水冻菖蒲未生节，关寒榆荚不成钱"，可能庾信后期也有一些边塞从军之作，然具体作品已不可考。卢思道、薛道衡由北齐入周，最后入隋继续从事创作。他们作为北朝本土文人，在学习、超越南朝诗风的基础上，促进了北朝诗风的成熟。唐张说《齐黄门侍郎卢思道碑》云："北齐有温、邢、卢、薛，皆应世翰林之秀者也。吟咏性情，纪述事业，润色王道，发挥圣门，天下之人谓之文伯。"卢思道与卢祖询同为北齐望族范阳卢氏之后，曾与薛道衡待诏文林馆。其在北齐诗坛就崭露头角，一些乐府诗明显作于北齐，如《河曲游》"邺下盛风流，河曲有名游。应徐托后乘，车马践芳洲"，《城南隅宴》"城南气初新，才王邀故人"，追慕邺下后园曲宴之会。其余若《美女篇》《升天行》《神仙篇》等，也是学曹植风格。薛道衡有拟旧题乐府如《出塞》二首、《昭君辞》、《豫章行》等，也有拟新声乐府如《昔昔盐》，《乐府诗集》将其收入"近代曲辞"之中，可见是入隋以后之作。唐赵碬将其原有的二十句，广而演之为二十章的大型组诗。

以上为北朝拟诗情况及发展脉络的大致勾勒，以下仍分专题进行单独介绍。

第二节　南北朝多元文化交流中的"梁鼓角横吹曲"

一　"梁鼓角横吹曲"概念辨析

"梁鼓角横吹曲"始见于陈释智匠的《古今乐录》，郭茂倩《乐府诗集》引《古今乐录》曰：

> 梁鼓角横吹曲有《企喻》《琅琊王》《钜鹿公主》《紫骝马》《黄淡思》《地驱乐》《雀劳利》《慕容垂》《陇头流水》等歌三十六曲。二十五曲有歌有声，十一曲有歌。是时乐府胡吹旧曲有《大白净皇太子》《小白净皇太子》《雍台》《揗台》《胡遵》《利豨女》《淳于王》《捉搦》《东平刘生》《单迪历》《鲁爽》《半和企喻》《比敦》《胡度来》十四曲。三曲有歌，十一曲亡。又有《隔谷》《地驱乐》《紫骝马》《折杨柳》《幽州马客吟》《慕容家自鲁企由谷》《陇头》《魏高

阳王乐人》等歌二十七曲，合前三曲，凡三十曲，总六十六曲。①

由此可知，"梁鼓角横吹曲"有《企喻》《琅琊王》《钜鹿公主》《紫骝马》《黄淡思》《地驱乐》《雀劳利》《慕容垂》《陇头流水》等歌三十六曲。此外，还记录了"是时乐府胡吹旧曲"三曲以及"又有《隔谷》"等二十七曲（郭茂倩认为"又有《隔谷》"部分也属于"是时乐府胡吹旧曲"②），三者不同但可合并，共六十六曲。所谓"是时乐府胡吹旧曲"最早见于唐杜佑《通典》：

> 北狄三国，鲜卑、吐谷浑、部落稽。北狄乐，皆为马上乐也。……后魏乐府始有北歌，即魏《真人歌》是也。代都时，命掖庭宫女晨夕歌之。周、隋代，与西凉乐杂奏。今存者五十三章，其名目可解者六章：《慕容可汗》《吐谷浑》《部落稽》《钜鹿公主》《白净王太子》《企俞》也。其余不可解，咸多可汗之词。按今大角，即后魏代《簸逻回》是也，其曲亦多可汗之词。北虏之俗，皆呼主为可汗。吐谷浑又慕容别种，如此歌是燕、魏之际鲜卑歌，其词虏音，不可晓。梁有《钜鹿公主歌词》，似是姚苌时歌，其词华音，与北歌不同。梁乐府鼓吹又有《大白净太皇子》、《小白净皇太子》、《企俞》等曲。隋鼓吹有《白净王太子》曲，与北歌校之，其音皆异。③

可知"是时乐府胡吹旧曲"即梁胡吹旧曲。《通典》还记录了另一种"北歌"，即北魏《真人代歌》，是歌颂祖先、英雄，记录王朝历史的大型拓跋诗史。至唐名目可解者有六章：《慕容可汗》《吐谷浑》《部落稽》《钜鹿公主》《白净王太子》《企俞》。《吐谷浑》即《阿干之歌》，用鲜卑语记录慕容廆追思其庶兄吐谷浑。《慕容可汗》《钜鹿公主》《白净王太子》《企俞》与梁鼓角横吹曲题名亦多相似。那么，两者是否为相同曲目呢？学界的普遍看法认为"梁鼓角横吹曲"系从鲜卑语翻译而来，或十六国时期前秦、北燕等国，汉化程度较高，完全可用汉语制辞。先看新、旧《唐书》的相关记载：

---

① （宋）郭茂倩编：《乐府诗集》，第362页。
② 《乐府诗集》卷二一"横吹曲辞"题解言："乐府胡吹旧曲又有《隔谷》等歌三十曲。"第309页。
③ （唐）杜佑撰，王文锦等点校：《通典》，第3725页。

后魏乐府始有北歌，即《魏史》所谓《真人代歌》是也。代都时，命掖庭官女晨夕歌之。周、隋世，与西凉乐杂奏。今存者五十三章，其名目可解者六章：《慕容可汗》、《吐谷浑》、《部落稽》、《钜鹿公主》、《白净王太子》、《企喻》也。其不可解者，咸多可汗之辞。按今大角，此即后魏世所谓《簸逻回》者是也，其曲亦多可汗之辞。北虏之俗，呼主为可汗。吐谷浑又慕容别种，知此歌是燕、魏之际鲜卑歌，歌辞虏音，竟不可晓。梁有《钜鹿公主歌辞》，似是姚苌时歌，其辞华音，与北歌不同。梁乐府鼓吹又有《大白净皇太子》、《小白净皇太子》、《企喻》等曲。隋鼓吹有《白净皇太子》曲，与北歌校之，其音皆异。①

后魏乐府初有北歌，亦曰《真人歌》，都代时，命宫人朝夕歌之。周、隋始与西凉乐杂奏。至唐存者五十三章，而名可解者六章而已。一曰《慕容可汗》，二曰《吐谷浑》，三曰《部落稽》，四曰《钜鹿公主》，五曰《白净王》，六曰《太子企喻》也。其余辞多可汗之称，盖燕、魏之际鲜卑歌也。隋鼓吹有其曲而不同。②

《新唐书》将《白净王太子》《企喻》误断为《白净王》《太子企喻》。据《通典》《旧唐书》，名目可解的六章属"北歌"，与梁、隋乐府最大区别在于语言的不同。名目可解，不代表曲辞可解，如《通典》称"吐谷浑又慕容别种，如此歌是燕、魏之际鲜卑歌，其词虏音，不可晓"。而《新唐书》则认为名目可解的有六章，其余的《真人歌》乃鲜卑语，不可解。《新唐书》显然错误。由此观之，《新唐书》对《旧唐书》的误断，导致后人理解的偏差。③尽管在音乐上也许有渊源，但据《通典》《旧唐书》将两者区分且分而叙述看，区别是最主要的。清毛奇龄曰："梁有《企喻》《琅琊王》《钜鹿公主》《慕容》《捉搦》诸词多用北调。故唐时军中乐，承北魏北歌名《真人歌》，皆马上之声，取其雄悍。其乐章名有曰《慕容可汗》《吐谷浑》《部落稽》《钜鹿公主》《白净王太子》《企喻》类，多本六朝而词不甚传。"④两者确为不同本，孙楷第即说："北朝虏歌据《唐

---

① 《旧唐书·音乐志》，第1071—1072页。
② （宋）欧阳修等：《新唐书·礼乐志》，中华书局1975年版，第479页。
③ 学界很多认为两者为二而一的东西，从现存"梁鼓角横吹曲"反推《真人代歌》中缺失部分，如曾智安《梁鼓角横吹曲杂考》，《乐府学》，2008年。
④ （清）毛奇龄撰：《西河文集》，第54页。

志》所记有二本：一原文本，其词虏音不可晓。一梁乐府本，如《钜鹿公主》歌已译为华言。原文本盖周齐本，为隋唐乐工承用者。梁乐府本则是陈本。隋平陈得其乐，并得其本。此二本唐史官修史时并见之，故言之明白如此。"① 而且"梁鼓角横吹曲"也不可能为《真人代歌》翻译而来。据旧、新《唐书》记载，贞观中，侯贵昌及其弟子元忠"世习北歌"，"以声教乐府"，但当时"虽译者亦不能通知其辞，盖年岁久远，失其真矣"②。唐初北歌（《真人代歌》）仍以鲜卑语形态流传，属"以歌存辞"的形式，已失其译。可以说，《真人代歌》中的乐府诸作，除名目可知外，实等于零。

当时音乐出现了一种特殊的汉胡杂糅的倾向，据《南齐书·魏虏传》："佛狸已来，稍僭华典，胡风国俗，杂相糅乱。"③《魏书·乐志》载魏初宫廷音乐是将"燕、赵、秦、吴之音，五方殊俗之曲"④与《真人代歌》合奏，即将鲜卑、匈奴、氐族、江南等音乐杂糅。还出现了汉胡杂写的歌辞，上文列举的《真人代歌》中名目可解的六章即是。《隋书·经籍志》录"《国语真歌》十卷"，可能为《真人代歌》。"国语"即鲜卑语。"代歌是用汉语写鲜卑音而成。"⑤还有"梁鼓角横吹曲"中《慕容家自鲁企（由）谷歌》，题名为鲜卑语，歌辞却是汉语。可以说，《慕容可汗》《吐谷浑》《部落稽》《钜鹿公主》《白净王太子》《企喻》实为拓跋氏、氐、羌等族与汉族多元一体的杂合形态。《慕容可汗》指慕容可汗和拓跋可汗⑥，而非"梁鼓角横吹曲"中的慕容垂。田余庆也曾指出"梁曲中的《企喻》与《代歌》中的《企喻》无关"。⑦

综上所述，《真人代歌》中的《慕容可汗》《吐谷浑》《部落稽》《钜鹿公主》《白净王太子》《企喻》实与"梁鼓角横吹曲"所载汉语歌辞有本质的不同，后者不可能由前者翻译而来。既不能以"北歌（《真人代歌》）"之名涵盖"梁鼓角横吹曲"，也不能根据"梁鼓角横吹曲"的记载曲名来衡量《真人代歌》。

---

① 孙楷第：《梁鼓角横吹曲用北歌解》，《沧州集》，中华书局2009年版，第489页。
② 《旧唐书》，第1072页。
③ 《南齐书》，第990页。
④ 《魏书》，第2828页。
⑤ 张树国：《汉至唐郊祀制度沿革与郊祀歌辞研究》，《陕西师范大学学报》2008年第1期。
⑥ 黎虎、金成淑：《慕容鲜卑音乐史论》，《中国史研究》2000年第2期。
⑦ 田余庆：《拓跋史探》，第204页。

二 "梁鼓角横吹曲"体现的南北诗风之融合

目前学界已较多论述了"梁鼓角横吹曲"受到梁陈乐府的加工、改造。那么，作为南北诗乐结合的新声，反映在具体曲辞上，如何体现南北诗风的融合？还有对有些曲辞的理解仍存误区，本节就此，拟从多个角度进行探讨。

《企喻》，《乐府诗集》引《古今乐录》曰："《企喻歌》四曲，或云后又有二句'头毛堕落魄，飞扬百草头'。最后'男儿可怜虫'一曲是苻融诗，本云'深山解谷口，把骨无人收'。"①

《琅琊王歌辞》，《乐府诗集》引《古今乐录》曰："琅琊王歌八曲，或云'阴凉'下又有二句云：'盛冬十一月，就女觅冻浆。'最后云'谁能骑此马，唯有广平公'。"② 表明经过乐工加工，两曲在具体演奏时，有不同版本。王运熙认为两者分属氐族、羌族歌曲。③ 问题在于，我们并不知道表明作者身份的几句歌辞，来源于本族制作，还是南朝人的配曲、加工。④ 可以确定的是，"梁鼓角横吹曲"保存在梁陈乐府，歌曲反映了南人演奏、保存和传播的态度。十六国时期，氐族苻氏和羌族姚氏的汉化程度较高，苻融为苻坚之弟，"谈玄论道，下笔成章"。《晋书·苻坚载记》言赵逸称苻坚为"贤主"。《世说新语·企羡》载："郗嘉宾得人以己比苻坚，大喜。"⑤ 郗氏属东晋一等高门，然把自己比于苻坚为荣，可见汉人士大夫对苻氏之态度。《企喻》最后"男儿可怜虫"一曲，格调哀怨，与前三首勇武之风不类，更像汉族人同情苻氏的悲惨遭遇。至于广平公姚弼之兄——姚泓，《晋书·姚泓载记》称其"博学善谈论，尤好诗咏"⑥。据《晋书·姚泓载记》和《太平广记》引《逸史》等对后秦之亡的记载，都表明汉人对其如苻氏一样，并无恶感。

在此还需补充，《琅琊王歌辞》最后一句"憿马高缠鬃，遥知身是龙。谁能骑此马，唯有广平公"⑦，历来认为是赞美广平公姚弼之英勇、豪爽。其实此曲实乃预示主人公结局失败、悲惨的讖谣。据《资治通鉴》载：

---

① （宋）郭茂倩编：《乐府诗集》，第362—363页。
② （宋）郭茂倩编：《乐府诗集》，第364页。
③ 王运熙：《梁鼓角横吹曲杂谈》，《乐府诗述论》，第471页。
④ 据史料载，前赵匈奴刘氏、前秦氐族苻氏、前燕鲜卑人慕容氏等政权都设有乐府机构。
⑤ 徐震堮：《世说新语校笺》，第347页。
⑥ 《晋书》，第3007页。
⑦ （宋）郭茂倩编：《乐府诗集》，第364页。

"秦广平公弼有宠于秦王兴……弼遂倾身结纳朝士，收采名势，以倾东宫；国人恶之。"① 义熙十一、十二年（415、416）两次谋反，终被姚兴赐死。国人对身骑龙马、不可一世的描述，暗示广平公不甘人臣之志。南人保存、演唱不仅同情其遭遇，也是用其箴戒性。

《紫骝马歌辞》《紫骝马歌》分属"梁鼓角横吹曲"和"又有《隔谷》"部分。在《紫骝马歌辞》后，列《紫骝马歌》，《乐府诗集》引《古今乐录》曰"与前曲不同"，以示二者区别。先看前者，《古今乐录》曰："《十五从军征》以下是古诗。"② 为北方民歌"烧火烧野田"和汉古辞拼接而成。后者"独柯不成树，独树不成林。念郎锦裲裆，恒长不忘心"③，为典型的南朝风味。"裲裆"时见于吴声、西曲，《读曲歌》之"裲裆别去年，不忍见分题"，吴兆宜注："《尔雅》：裲裆谓之袩复。杨慎《韵藻》袩腹，即今之裹肚。"④ 用"裲裆"双关男女之情，是吴声、西曲常见的手法。郭茂倩注简文帝《紫骝马》称此首为"梁曲"，可见《紫骝马歌》并非北方传来，而是梁人拟作的"新曲"。

《黄淡思歌辞》，《古今乐录》怀疑为汉横吹之《黄覃子》。名称差别较大，恐非。明人方以智认为是《估客乐》："《黄淡思》，《估客乐》也。乐府有《黄淡思》，《古今乐录》但释思为相思之思，引李延年横吹有《黄覃子》，此非也。智按：齐武帝作《估客乐》，使释宝月被之管弦，数乘龙舟游江中，以红越布为帆，绿彩为帆纤，鍮石为篙足，篙榜者悉著郁林布，作淡黄袴舞。此曲用十六人，今《黄淡思》曲有曰：'江外何郁拂，龙舟广州出。象牙作帆樯，绿系作帏绅。'正相符合。"⑤ 释宝乐《估客乐》"有信数寄书，无信心相忆。莫作瓶落井，一去无消息"，与此歌思念出江经商之人相符。《旧唐书·音乐志》载："梁改其名为《商旅行》。"⑥《黄淡思》实乃《商旅行》，孙楷第认为此歌为"中国人作，缘行于北，遂为北歌。复展转流入江南也"⑦。笔者据此拟测，《估客乐》入北再入南后，极有可能为南人拟作、加工后改为《商旅行》。

《地驱乐歌辞》《地驱乐歌》分属"梁鼓角横吹曲"和"又有《隔

---

① （宋）司马光编著，（元）胡三省音注：《资治通鉴》，第3642页。
② （宋）郭茂倩编：《乐府诗集》，第365页。
③ （宋）郭茂倩编：《乐府诗集》，第366页。
④ （南朝陈）徐陵编，（清）吴兆宜注，（清）程琰删补，穆克宏点校：《玉台新咏笺注》，第436页。
⑤ （明）方以智：《通雅》卷二九，景印文渊阁四库全书本，第570页。
⑥ 《旧唐书》，第1066页。
⑦ 孙楷第：《梁鼓角横吹曲用北歌解》，《沧州集》，第490页。

谷》"部分。《地驱乐歌辞》,《古今乐录》曰:"'侧侧力力'以下八句,是今歌有此曲。最后云'不可与力',或云'各自努力'。"① 陈乐府加工成不同版本演唱,属于"新曲"。与前面北方乐歌不同,"侧侧力力"为典型的南朝风味,有拼接痕迹。"侧侧力力"以下八句为一曲,韵部相同,属《广韵》入声二十四"职"韵。可见实为适应演唱而来。《地驱乐歌》,《古今乐录》曰:"与前曲不同",考虑到两曲与《紫骝马歌辞》《紫骝马歌》同类型,此曲非北方民歌,而属南朝乐曲,曹道衡曾指出"恐亦出于南方乐工拟作"②。

《陇头流水歌辞》《陇头歌辞》分属"梁鼓角横吹曲"和"又有《隔谷》"部分。《陇头流水歌辞》,《乐府诗集》引《古今乐录》曰:"乐府有此歌曲,解多于此。"③ 应指《陇头歌辞》,第三曲多出两解,在陈代仍在演唱,也属"新曲"。《陇头流水歌辞》:"山高谷深,不觉脚酸。手攀弱枝,足逾弱泥。"④ 相比于《陇头歌辞》:"陇头流水,鸣声幽咽。遥望秦川,心肝断绝。"⑤ 显得质朴、口语化。后者在前者基础上加工,属前者之变曲,两者同在梁陈乐府机构中演唱。

《隔谷歌》,《乐府诗集》引《古今乐录》曰:"前云无辞,乐工有辞如此。"⑥ 可见此歌直到陈代乐府才出现。描写战争中兄弟的不同遭遇,第一首"兄在城中弟在外,弓无弦,箭无括",弹尽粮绝后,兄向弟发出"救我来!救我来!"的呼唤。第二首题为"古辞","兄为俘虏受困辱,骨露力疲食不足。弟为官吏马食粟,何惜钱刀来我赎"⑦。相比"古辞",反而前者明显口语化,缺乏人工痕迹。问题在于,为何陈代乐府机关还要制作、演唱如此粗糙、朴野的歌曲?这里涉及南人对北方的想象和价值观。在他们眼中,北方文化无疑是单调、质朴甚至粗野的(nature),以此凸显南方之文明,以"正朔"自居。值得注意,《乐府诗集》注此歌原列《捉搦歌》后,今移前。两曲被合为一曲。根据王僧虔"志尽于诗,音尽于曲"的制曲原则,可能为补《捉搦歌》未尽之曲。我们据此来解析《捉搦歌》之曲意。其一第三四句"男儿千凶饱人手,老女不嫁只生口",对

---

① (宋) 郭茂倩编:《乐府诗集》,第366页。
② 曹道衡:《关于北朝乐府民歌》,《学习与思考》1982年第1期。
③ (宋) 郭茂倩编:《乐府诗集》,第368页。
④ (宋) 郭茂倩编:《乐府诗集》,第368页。
⑤ (宋) 郭茂倩编:《乐府诗集》,第371页。
⑥ (宋) 郭茂倩编:《乐府诗集》,第368页。
⑦ (宋) 郭茂倩编:《乐府诗集》,第368页。

此句理解，各有不同说法，如"男儿千凶饱人手"当为其时民间俗语，现不知所指，第四句是对未嫁老女受人奴役的嘲讽。"生口"即"牲口"之同音。① 在此笔者认为"只生口"可能为吃白饭意思，"男儿千凶"应指游牧民族男子多凶残、野蛮，"饱人手"有注解为"指能够使人吃饱，免于饥饿"②。笔者认为根据《隔谷》描述，意为家族从军出力增添人手。老女既不能成为父兄的左膀右臂，不嫁又不能生育子嗣，只能吃白饭。特别在天灾频繁的北朝，如北魏太安五年（459）、太和二年（478）等"年谷不收"的大灾年份，老女的地位更加悲惨。北人比南人更崇实际，《捉搦歌》反映了北朝当时重男轻女思想。

《折杨柳歌辞》《折杨柳枝歌》，《乐府诗集》收两首，但"又有《隔谷》"部分只载一首，与《紫骝马》《地驱乐》等不同。《乐府诗集》梁元帝《折杨柳》题解引《唐书·乐志》曰："梁乐府有胡吹歌云：'上马不捉鞭，反拗杨柳枝。下马吹横笛，愁杀行客儿。'此歌辞元出北国，即鼓角横吹曲《折杨柳枝》是也。"③ 即《隔谷》部分所载为《折杨柳枝歌》。《折杨柳歌辞》《折杨柳枝歌》各为五曲四解、四曲四解，一句一解，为北方歌曲结构。两曲第一首"上马不捉鞭，反折（拗）杨柳枝。蹀座（下马）吹长笛，愁杀行客儿"④ 几乎相同，可能为古辞，两曲应在此基础上改作。王汝弼认为"（《折杨柳枝歌》）第一首与后三首没什么联系，这一点和《折杨柳歌辞》不同，可能是《折杨柳歌辞》的写作稍微靠前，所以这篇有剪裁拼合前诗的痕迹"⑤，极有道理。清胡文英言："拗，音凹，上声。梁乐府'上马不捉鞭，反拗杨柳枝。'案：拗，折也。吴中谓折枝为拗。"⑥ 说明《折杨柳枝歌》传入南方后可能经过吴地语言的加工、改造，也属"新曲"。

《幽州马客吟歌辞》，《艺文类聚》引《陈武别传》曰："陈武，字国本，休屠胡人……或有知歌谣者，武遂学《太山》、《梁父吟》、《幽州马客吟》及《行路难》之属。"⑦ 此曲为北方少数民族歌曲。其一"憎马常苦瘦，剿儿常苦贫。黄禾起嬴马，有钱始作人"⑧，揭露残酷的社会现实，

---

① 高人雄：《北朝民族文学绪论》，中华书局2009年版，第55页。
② 王青、李敦庆：《两汉魏晋南北朝民歌集》，南京师范大学出版社2012年版，第341页。
③ （宋）郭茂倩编：《乐府诗集》，第328页。
④ （宋）郭茂倩编：《乐府诗集》，第369—370页。
⑤ 王汝弼：《乐府散论》，陕西人民出版社1984年版，第28页。
⑥ （清）胡文英：《吴下方言考》，续修四库全书本，第61页。
⑦ （唐）欧阳询撰，汪绍楹校：《艺文类聚》，第352页。
⑧ （宋）郭茂倩编：《乐府诗集》，第370页。

延续北方民歌尚实际的传统。其三至五曲："南山自言高，只与北山齐。女儿自言好，故入郎君怀。""郎著紫袴褶，女著彩袂裙。男女共燕游，黄花生后园。""黄花郁金色，绿蛇衔珠丹。辞谢床上女，还我十指环。"① 其运用江南流行的交叉互文手法，历来认为是南方乐府之拼接。其实，这些饱含江南情调的歌辞描写的确是北方民族的男女。笔者拟测或为后赵羯族人之作，"袴褶"最早来自北方游牧民族，是当时后赵非常流行的胡服着装，如"（石）勒授记室参军光春耕服介帻、青缣袴褶"②。据《邺中记》载："皇后出女骑一千为卤簿，冬月皆著紫衣巾、蜀锦袴褶。"③ 在其倡导下，袴褶为当时羯族男女流行服饰。此曲可能是北方民族主动接受江南华乐之典型，后流传至南方。

《东平刘生》，"汉横吹曲"有《刘生》，《乐府诗集》："《乐府解题》曰：'刘生不知何代人，齐梁已来为《刘生》辞者，皆称其任侠豪放，周游五陵三秦之地。或云抱剑专征，为符节官所未详也。'（郭茂倩）按《古今乐录》曰：'梁鼓角横吹曲，有《东平刘生歌》，疑即此《刘生》也。'"④ 疑二者为一。梁陈后拟作，如梁元帝"任侠有刘生"、陈后主"游侠长安中"、隋弘执泰"游侠五都内，去来三秦中"、唐卢照邻"刘生气不平，抱剑欲专征"等，均属《乐府解题》所载之题材，是《刘生》在梁陈后衍生的新题。郑樵《通志·乐略》将《豪侠行》归为"鼓角横吹曲"，马端临《文献通考·乐考》亦将《豪侠行》《古剑行》《洛阳公子行》归为"鼓角横吹曲"，说明《刘生》在魏晋以后流传曾受到北方影响。不仅如此，"东平"本为汉宣帝设置，东晋改为东平郡，南北朝时一分为二，为兵家必争之地。东平刘氏为望族，其族人于南北政权皆有参与，如《宋书》载"东平刘轨"以骁勇应选"北府兵"。可以说，《刘生》发展到梁陈，不仅增加了优游公子的贵游生活题材内容（《洛阳公子行》），还衍生了《豪侠行》《古剑行》等南北征战之重要题材。

《鲁爽》，属《古今乐录》"是时""胡吹旧曲"所载的部分，曲辞失传，但史书有其传记。鲁爽为武将，祖父鲁宗之，东晋雍州刺使，后北奔，为北魏荆州刺使。父鲁轨、鲁爽继荆州刺使。《宋书》本传载其"幼

---

① （宋）郭茂倩编：《乐府诗集》，第370—371页。
② （北魏）崔鸿：《十六国春秋》卷二二《后赵录》十二，载（宋）李昉《太平御览》，中华书局1960年版，第3104页。
③ （晋）陆翙：《邺中记》，中华书局1985年版，第7页。
④ （宋）郭茂倩编：《乐府诗集》，第359页。

染殊俗,无复华风"①,已被鲜卑族同化。后因得罪魏太武帝,于元嘉二十八年(451)奔宋,为司州刺使。《鲁爽》与《东平刘生》都反映了南北征战的时代特色。

综上,"《隔谷》部分"所载曲辞,《紫骝马歌》《地驱乐歌》《陇头歌辞》《折杨柳枝歌》与梁"胡吹旧曲"所载同题曲辞有较大不同,属梁陈改作、拟制的"新曲"。郭茂倩将这部分归入"旧曲",可能不妥。《古今乐录》作于陈代,是根据流行编录歌曲,有些曲目曾著录于当时的乐府官署。"梁鼓角横吹曲"鲜明反映了南北诗风的交融和时代特色。

三 北乐南传的具体路径及民间音乐的交流

有关"梁鼓角横吹曲"的入南途径,孙楷第言:"余谓北歌入南,必在南北用兵南师胜之时。"② 在此基础上,吴大顺指出途径有三,"南北征战中作为战利品传入""双方使节的交往""乐人流动"。③ 葛晓音提出为北魏孝文帝采诗制度保存④,均通过上层官方途径,集体大宗输入。有关南传具体路径以及民间音乐的交流等,学界关注较少,本节就此予以补充。

有关南传的具体路径,据江淹《横吹赋》言:"韵起西国,响流东都。浮江绕泗,历楚传吴。"⑤ 南朝的都城一直都在建康,西北异族乐曲流传至江东,需历经湖北荆楚上游,沿长江、绕泗水而下。当时南北多在荆州、寿阳一带交战,北音较早在长江中游传播,如:

> 咸和中,成帝乃复置太乐官,鸠集遗逸,而尚未有金石也。庾亮为荆州,与谢尚修复雅乐,未具而亮薨。庾翼、桓温专事军旅,乐器在库,遂至朽坏焉。及慕容儁平冉闵,兵戈之际,而邺下乐人亦颇有来者。⑥

> 时魏降人王足陈计,求堰淮水以灌寿阳。足引北方童谣曰:"荆山为上格,浮山为下格,潼沱为激沟,并灌钜野泽。"高祖以为然,使水工陈承伯、材官将军祖晅视地形,咸谓淮内沙土漂轻,不坚实,

---

① 《宋书》,第1922页。
② 孙楷第:《梁鼓角横吹曲用北歌解》,《沧州集》,第490页。
③ 吴大顺:《北狄乐考论》,《魏晋南北朝乐府歌辞研究》,第550—564页。
④ 葛晓音:《北朝诗歌的演进》,《八代诗史》,第227页。
⑤ (南朝梁)江淹著,(明)胡之骥注,李长路、赵威点校:《江文通集汇注》,第63页。
⑥ 《晋书·乐志》,第697—698页。

其功不可就。高祖弗纳,发徐、扬人,率二十户取五丁以筑之。①

"泗水",据《水经注》卷二五"泗水"条载:"泗水出鲁汴县北山,西南过鲁县北,又西过瑕丘县东,屈从县东南流,漷水从东来注之。又南过平阳县西,又南过高平县西,洸水从西北来流注之。又南过方舆县东,菏水从西来注之。又屈东南,过湖陆县南,涓涓水从东北来流注之。又东过沛县东,又东南过彭城县东北,又东南过吕县南,又东南过下邳县西,又东南入于淮。"② 此期边界虽屡有变动,但基本维持在秦岭、淮河一线。"这一地带以秦岭、淮河为中线在南北间推移,但北不过黄河,南不过长江,被称作中间地带。"③ 淮水流域连结南北,是当时最重要的战略区域。北方可循汝、颍、泗、沂等水路,通过江淮地区,顺势而及长江,进入江南腹地。当时南北使节往来线路亦多循此路,如北魏前期:建康—琅邪城—(渡瓜步江)—广陵—淮阴(北兖州)—宿豫—武州(下邳)—徐州(彭城)—薛城……平城。迁都后:建康—琅邪城—(渡瓜步江)—广陵—淮阴(北兖州)—宿豫—武州(下邳)—徐州(彭城)……邺。④ 可见,多与泗水、淮河流经范围相重合,同样也是横吹曲南传的线路。除征战、使节外,边民亦可通婚、互市、商贸往来。横吹曲也可跟随此类活动,在民间流传。如北魏咸阳王元禧被赐死后:

其宫人歌曰:"可怜咸阳王,奈何作事误。金床玉几不能眠,夜蹋霜与露。洛水湛湛弥岸长,行人那得渡。"其歌遂流至江表,北人在南者,虽富贵,弦管奏之,莫不洒泣。⑤

生活在南方的富裕北人,多以经商为业。横吹曲通过随商贸活动流传,只是这类歌曲较少著录于当时的乐府官署。还有通过乐人进行民间音乐交流,如《洛阳伽蓝记》卷四"开善寺"条:

而河间王琛最为豪首,常与高阳争衡,造文柏堂,形如徽音殿。置玉井金罐,以金五色绩为绳。妓女三百人,尽皆国色。有婢朝云,

---

① 《梁书》,第291页。
② (北魏)郦道元著,陈桥驿校证:《水经注校证》,中华书局2014年版,第591—603页。
③ 陈金凤:《魏晋南北朝时期中间地带略论》,《江汉论坛》2000年第3期。
④ 蔡宗宪:《南北朝交聘使节行进线路考》,《中国历史地理论丛》2005年第20卷第4期。
⑤ 《魏书》,第539页。

善吹箎，能为《团扇歌》、《垄（陇）上声》。①

《团扇歌》即东晋中书令王珉与嫂婢谢芳姿所制之吴声歌曲，可见南曲亦有入北者。《垄（陇）上声》，范祥雍谓其为西晋末《陇上歌》②，周祖谟谓"盖即《陇头流水》《陇上歌》之类"③。还有一些乐人在经历变故后，流落民间，歌曲在社会底层流传。如《洛阳伽蓝记》卷三"高阳王寺"条载高阳王元雍遇害后，其美人徐月华曾流落洛阳街头。《魏高阳王乐人歌》很可能通过民间传入南方，后由释智匠所收录。

除此之外的途径还有西北诸国的正常的外交往来，以及北魏南奔江左的元魏宗室、失势贵族等，也并非双方用兵导致，而是因北魏政治因素、内乱中主动南迁，如元嘉二十八年得罪太武帝而奔宋的鲁爽。还有北魏后期，尔朱荣举兵时，入南北人李志，《魏书·李彪传》载："（李）志，字泓道，博学有才干。年十余岁，便能属文……建义初，叛入萧衍。"④ 还有《北史·恩幸传》："（徐）纥虑不免，说侃请乞师于萧衍，侃信之，遂奔衍。文笔驳论十卷，多有遗落，时或存于世焉。"⑤ 此类人群入南，也会带来相应的文学作品与音乐歌曲。

四 从"梁鼓角横吹曲"看南北朝时期多元民族的文化交流

上文对"梁鼓角横吹曲"具体篇目和南传路径等论述，可知南北朝时期北方民族之间、少数民族与汉民族之间进行着多方文化交流。主要表现在：一是各少数民族之间的双向互动交流，二是少数民族与汉族的双向交流、影响。据《魏书·乐志五》：

> 永嘉已下，海内分崩，伶官乐器，皆为刘聪、石勒所获，慕容儁平冉闵，遂克之。王猛平邺，入于关右。苻坚既败，长安纷扰，慕容永之东也，礼乐器用多归长子，及垂平永，并入中山。自始祖内和魏晋，二代更致音伎；穆帝为代王，愍帝又进以乐物；金石之器虽有未

---

① （北魏）杨衒之撰，范祥雍校注：《洛阳伽蓝记校注》，上海古籍出版社2009年版，第206页。
② （北魏）杨衒之撰，范祥雍校注：《洛阳伽蓝记校注》，第206页。
③ （北魏）杨衒之撰，周祖谟校释：《洛阳伽蓝记校释》，中华书局2010年版，第164页。
④ 《魏书》，第1399页。
⑤ 《北史》，第3029页。

周，而弦管具矣。①

西晋的"伶官乐器"（中原雅乐）在匈奴、羯族、氐族、鲜卑等多民族之间辗转，最后为北魏政权所获。魏初庙飨音乐建设就是将"燕、赵、秦、吴之音五方殊俗之曲"与《真人代歌》合奏，即将鲜卑、匈奴、氐族、江南音乐杂糅。据《魏书·乐志》载："世祖破赫连昌，获古雅乐，及平凉州，得其伶人、器服，并择而存之。后通西域，又以悦般国鼓舞设于乐署。"②"太和初，高祖垂心雅古，务正音声……然方乐之制及四夷歌舞，稍增列于太乐。"③可见，北魏的官方音乐建设一直采用"戎华兼采"策略，不仅有本民族的《代歌》，还保存了燕、赵、秦、吴之音五方殊俗以及西域悦般国鼓舞。多民族的音乐文化成为北魏音乐文化的精华来源。异质文化的交流是双向、互动的，而非一方对另一方的单向影响。民族语言的转化、辞乐配合技巧、外族乐器的学习等需要长时间实践、配合，以适合本民族语言、风俗习惯。在这一过程中，其自身面貌也不免被同化。比如，"梁鼓角横吹曲"中很多曲辞已不纯为单一民族所作，而是经过多民族融合的产物，当然，这种融合也是以双方接受为前提。

再看少数民族与汉族的双向交流和影响。本节第二部分详述"梁鼓角横吹曲"之《紫骝马歌》《黄淡思歌辞》《地驱乐歌》等多都出于南朝人的改作、拟制。《幽州马客吟歌辞》为羯族主动接受江南华乐的典型，《慕容家自鲁企（由）谷歌》为鲜卑与汉族混写的"新声"等。南方政权大宗引进北方乐歌，不仅为满足统治阶层猎奇、娱乐的心理，也绝非简单彰显南方之优越，更重要的是对南方音乐文化的必要补充，如王僧虔曾要求使者获取北方音乐以补南方之不足，据《南齐书·王僧虔传》载：

> 僧虔留意雅乐，升明中所奏，虽微有厘改，尚多遗失。是时上始欲通使，僧虔与兄子俭书曰："古语云'中国失礼，问之四夷。'计乐亦如。苻坚败后，东晋始备金石乐，故知不可全诬也。北国或有遗乐，诚未可便以补中夏之阙，且得知其存亡，亦一理也。但《鼓吹》旧有二十一曲，今所能者十一而已，意谓北使会有散役，得今乐署一人粗别同异者，充此使限。虽复延州难追，其得知所知，亦当不同。

---

① 《魏书》，第2827页。
② 《魏书》，第2828页。
③ 《魏书》，第2828页。

若谓有此理者,可得申吾意上闻否?试为思之。"事竟不行。①

这里涉及永嘉后汉族士人对北方民族态度的转变。西晋时少数民族不断内迁,民族矛盾尖锐,江统于元康九年(299)上表《徙戎论》,提出"戎晋不杂"主张,"非我族类,其心必异"。不到十年,匈奴、鲜卑、氐、羯、羌等族开始大举进军中原,即"五胡乱华"。战乱也使汉族士人不断反思华夷界限,很多士人心中,华夷分别已不再是"种类乖殊",而是文化认同。比如东晋第二任皇帝司马绍,据《晋书·明帝纪》载,"帝母荀氏,燕代人,帝状类外氏,须黄"②,可见更接近鲜卑族的外貌特征。其以外族血统却能成为皇帝,可见汉族士人对鲜卑人并不歧视。同时,各民族在斗争、碰撞中,民族融合也在不断加快。宋叶适言:"刘、石慕容、苻、姚皆世居中国,虽族类不同,而其豪杰好恶之情,犹与中国不甚异。"③《企喻》《琅琊王歌辞》都反映了汉人对文化水平较高的少数民族首领的赞美与同情。

对少数民族而言,接受汉族文化,除了向较高文化民族学习外,还有他们对正统的追求以及对"中国"文化的认同。南北朝时期,双方都标榜自己为"正朝"所在,均以"中国"自居。北魏占据中原正统之地,《魏书·世祖纪下》载"魏所受汉传国玺"④,北方民族第一次获得正统称谓。由于血缘不同,他们更重视对儒家文化的学习,研习《周礼》《礼记》《论语》《汉书》等经史典籍,兴办儒学教育。在文化制度上积极构建华夏礼乐制度,认同华夏文化。如北魏邓渊为汉族人,其构建的宫廷音乐的基本框架就是模拟汉魏,据《魏书·乐志》载:"乃命闰广程儒林,究论古乐,依据六经,参诸国志,错综阴阳,以制声律。"⑤ 孝文帝大规模的汉化政策,"断诸北语,一从正音"⑥。北魏统治者认同中国文化的程度不断加深。直到南人感叹:"吾始以为大江以北皆戎狄之乡,比至洛阳,乃知衣冠人物尽在中原,非江东所及也。"⑦ 可以说,北方少数民族政权对"中国""华夏文化"的认同正是此期民族融合的重要成果。

---

① 《南齐书》,第595—596页。
② 《晋书》,第161页。
③ (宋)叶适:《习学记言序目》,第468页。
④ 《魏书》,第101页。
⑤ 《魏书》,第2831页。
⑥ 《魏书》,第536页。
⑦ (宋)司马光编著,(元)胡三省音注:《资治通鉴》,第4766页。

第三节　庾信《拟咏怀》二十七首与易代之际的记忆建构

太清二年（548）八月，侯景被武帝接纳仅一年后便发动叛乱，次年三月攻陷台城。陈寅恪曾言："侯景之乱，不仅于南朝政治为巨变，并在江东社会上，亦为一划分之大事。"[①] 承圣元年（552）三月，侯景之乱平。十一月，萧绎即位江陵，改元承圣。梁朝政局早已是分崩离析、内忧外患。诸王各自为政，萧纪割据于蜀而称帝；萧詧盘踞襄阳，称藩于西魏；萧勃固守岭南。北齐（东魏）和西魏趁乱占据了大量南方土地，早有侵逼江陵之意。巨大的国族灾难彻底改变了梁朝士人的命运，"衣冠士族，四出奔散"。据正史记载，萧氏家族中战死、被侯景所杀、兄弟自相残杀、病饿死的就有三十六人之多。徐摛、庾肩吾、谢举、伏挺、王筠、羊侃等殒命于侯景之乱、江陵之变。阴铿、张正见、江总、周弘正、沈炯、徐陵、萧子云、陆琼等流寓他乡或滞留北方，有些后入仕陈朝。萧悫、袁奭、朱才、颜之推、颜之仪等相继进入北齐，庾信、王褒、王克、殷不害、宗懔等数十人被俘至长安。

面对异族入侵，对历史的追忆和反思最早是由南入北的文人分别在长安、邺下进行的。其中以庾信为代表，《哀江南赋》有"赋史"之称，从梁建国后写起，叙侯景之乱和江陵之陷。《拟连珠》前二十首迄自梁武帝承平年间至陈霸先代梁，落笔比《哀江南赋》更远，都是按照井然有序的时间线索叙"一国之所以兴衰，一人之所以变迁"。《拟咏怀》呈现西魏攻陷江陵之事，所叙片段东鳞西爪、零散杂乱。学界对《拟咏怀》的研究大多集中于庾信后期的心态转变以及诗歌体式对阮籍的承继等方面。其实，庾信在江陵、长安和小园三重时空中描绘整个动乱历史的全过程，交错着故国和他乡的复杂情感。作为这场灾难的经历者和见证人，在反思和深省中书写离乱，对这一过程的考察，将有助于我们对《拟咏怀诗》生成机制的理解。

一　江陵、长安和小园：《拟咏怀》书写的三重时空

入北文士的作品中，庾信笔下所追忆的历史图景最为丰富。这些历史图景与作者的生平遭际密切相关，也与萧梁王室的命运捆绑在一起。其父

---

① 陈寅恪：《金明馆丛稿初编》，生活·读书·新知三联书店2001年版，第113页。

庾肩吾曾为梁散骑常侍、中书令。庾信在《哀江南赋》自云,"王子洛滨之岁,兰成射策之年"①,即十五岁时射策高第。萧纲入主东宫后,将父子等人立为东宫学士,出入禁闼,恩礼莫与比隆。②入北的若干年后,庾信以流亡者身份书写幸存者回忆录,常常回望这段往事,在不同的时空中,拼接出波澜壮阔的历史画卷。

江陵之陷,是《拟咏怀》描写的第一重时空。承圣三年(554)十一月,西魏大军南伐。江陵作为南北交战的主战场,也是庾信写作设置的坐标轴。五言诗篇幅短小,不适合大面积铺叙,无法同时容纳纷繁复杂的历史事件。庾信在谋篇布局上,采用联章体组诗围绕江陵城陷的主题,把战争中各种不相关的事件分别嵌在各短篇之中,如《拟咏怀》其八、十、十一、十二、十三、十五、十七、二十三、二十六、二十七,类似于大时空下并置的一个个小空间。通过选择、剪辑而成跳跃式的片段,注重事与事之间的空间铺排。所叙事件"隔年涉月""事为之碎",组诗中的片段需彼此相参,才能最大程度了解整个历史进程。为了强化组诗内部的逻辑性,庾信使用"互见法"使之前后照应,其八"长坂初垂翼,鸿沟遂倒戈",十二"梯冲已鹤列,冀马忽云屯",均写萧绎、萧詧兄弟阋墙,导致西魏来伐。其六"悲伤刘孺子,凄怆史皇孙",影射简文帝、元帝被屠戮,与二十三"徒劳铜爵妓,遥望西陵松"、二十七"出门车轴折,吾王不复回",皆伤元帝之死。通过各个事件相参而形成不同的主题,其三"俎豆非所习,帷幄复无谋",国家的动乱导致朱雀航事件,庾信望敌先奔。十五"始知千载内,无复有申包",把自己比作申包胥逃往江陵乞援,为自身开脱。既是对诗人遭际的深刻记叙,同时又将这种记叙置于国家动乱的历史中勾连、展开。

庾信并未亲身经历江陵陷落,早在承圣三年夏四月丙寅,元帝派其出使西魏,当他到达长安尚未完成任务时,恰逢西魏十二月攻陷江陵,至此羁留北方。《拟咏怀》冷静陈述的战争过程及结果,可能源于梁朝故臣的讲述,《哀江南赋》"楚老相逢,泣将何及",入北的梁朝故臣,重晤叙旧,哀伤故国。又或许是庾信追忆侯景之乱引发的文学想象,是一种想象的真实。主要表现在:(一)交代江陵城陷前因后果、详述战争本末。其八"白马向清波,乘冰始渡河。置兵须近水,移营喜灶多。长坂初垂翼,

---

① (北周)庾信撰,(清)倪璠注,许逸民校点:《庾子山集注》,第108页。本节有关庾信的所有诗文均出自此书,概不详注。
② 庾信及家族的生平经历,参见鲁同群《庾信年谱汇考》,载范子烨编《中古作家年谱汇考辑要》(卷三),世界图书出版公司2014年版。

鸿沟遂倒戈。的卢于此去，虞兮奈若何"，元帝承制江陵，王僧辩讨平侯景，中兴有望，然萧詧勾结西魏倒戈相向，元帝被魏人所弑。十二"周王逢郑忿，楚后值秦冤。梯冲已鹤列，冀马忽云屯。武安檐瓦振，昆阳猛兽奔。流星夕照镜，烽火夜烧原"，萧绎与萧詧结仇导致西魏来伐，写魏师攻城之急、军容之盛。（二）注重战争场面的现场性描写，把江陵作为一系列正在发生事件的动态地理空间。二十三"斗麟能食日，战水定惊龙"、二十七"罗梁犹下礌，扬排久飞灰"，"食""定""下""飞"这些动词形成强烈的视觉冲击，风起云涌战争场面的交织、切换，如同连续不断动态画面的延伸，将情节推向高潮。特别是"持续性的画面"的呈现，十七"阵云平不动，秋蓬卷欲飞"，兵阵像凝固在水平线上的乌云，空气的静止导致了秋蓬的停滞与欲飞。"闻道楼战船，今年不解围"，战争早已结束，"今年"暗示当下依旧胜负难分。"过去进行时"的画面混淆打破了时空界限，使时代氛围自然过渡至当下。

这一时空中的江陵图景描绘的还有满城风雨的飘摇。太清三年（549）三月，侯景攻破台城，城中士人相继逃往江陵。阴铿从建康逃往江陵，《南史》本传称"及侯景之乱，（阴）铿尝为贼擒，或救之活获免"①。舟行途中作《晚泊五洲》，"戍楼因崦险，村路入江穷"②，一个"险"字，不仅是矶崖之险，更是生命之险，景语中表现了这种"担惊受怕"和"惊魂甫定"。大宝元年（550），庾肩吾逃至建昌界藏匿，作《乱后经夏禹庙》《乱后行经吴邮亭诗》③，后者云："泣血悲东走，横戈念北奔。"庾信于551年往江陵途中遇侯景之兵，"屈于七泽，滨于十死"（《哀江南赋》），在江夏（今武昌）藏身数月。有关被迫北上、入仕的经历，其五"吴起尝辞魏，韩非遂入秦"、其七"胡笳落泪曲，羌笛断肠歌"、其十"李陵从此去，荆卿不复还"、二十六"秋风苏武别，寒水送荆轲"，指代去国离家的共同遭际。被西魏羁押的士人除王褒、王克、刘毅、宗懔、沈炯、颜之推等，还有一国的君主——梁元帝。江陵城破后，元帝被萧詧所执，十二月辛未，被魏人所弑，临终前作《幽逼诗》四首，其一"南风且绝唱，西陵最可悲"。《拟咏怀》中记载了这段史实，二十三"鼓鞞喧七萃，风尘乱九重"，天子出降，为萧詧所诘辱。"徒劳铜爵妓，遥望西陵松"。庾信没有目睹元帝遇害，使用了"互文性"的典故遥寄哀思。

---

① 《南史》，第1556页。
② （南朝陈）阴铿著，杨晓斌整理：《阴铿诗集》，中华书局2019年版，第48页。
③ 曹道衡、刘跃进：《南北朝文学编年史》，第560页。

江陵发生的种种，是庾信不愿回望的过往，《伤心赋序》自云在丧乱中失去了二子一女，记忆深处的伤痕和梦魇不曾远离。用典故直陈时事，保持一定隔绝、距离，避免对其有巨大心理伤害的情景重现。

长安是《拟咏怀》书写的第二重时空，庾信随使臣北上，至此羁留北方。诗人不试图回到历史现场的另一重表现是反复强调立足长安，二十二"不言登陇首，惟得望长安"，还有使用地名、典故代替长安、北国，其二之"渭川"、其五之"华阴""关外"、其六之"灞陵园"、二十二之"平乐"、二十四之"东陵侯（瓜）"等。北国的自然环境与故国有天壤之别，加上心境颓唐，庾信笔下的"长安"不再是贵游子弟唱和的浪漫"时空坐标"，而是荒寒、惨淡、真实的存在。其十"遥看塞北云，悬想关山雪"、十七"日晚荒城上，苍茫余落晖"、二十六"萧条亭障远，凄惨风尘多"，描写的时节大多为秋冬，长天寥落、塞北雪深、亭障相属，风尘蔽日，一派萧条景象。其《昭君辞应诏》"冰河牵马渡，雪路抱鞍行。胡风入骨冷，夜月照心明"，清陈祚明评曰，"写的荒寒，固非咏古"①，其实就是庾信在北上途中的真实体会。王褒在被押解近长安作《赠周处士》，"崤曲三危岨，关重九折难""云生陇坻黑，桑疏蓟北寒"②，不仅是崤山、函谷关曲折险绝，更是作者去国离乡不安情绪的写照。入长安后为昔日被俘同僚刘毅送葬而撰《送刘中书葬》，"塞近边云黑，尘昏野日黄"③，入北南人眼中的长安，永远是低沉、阴霾，充满着压抑的"谶景"④。

小园作为《拟咏怀》的第三重时空，其实是嵌套在第二重时空之中。长安是庾信的居住地，它并不是避风港，而是痛苦、堕落的开始。就现存诗赋看，他在长安周边，营建与城市府第相对的别业。十六"野老披荷叶，家童扫栗跗。竹林千户封，甘橘万头奴"、十八"琴声遍屋里，书卷满床头""露泣连珠下，萤飘碎火流"、二十五"由来千种意，并是桃花源。穀皮两书帙，壶卢一酒樽"。庾信继承了传统的隐逸观念，将小园塑造成"避秦"的桃花源。小园（家）是一个地理空间存在，也是安身立命之所。家与国密不可分，抒情人对家的情感自然延伸至国。理想中的家国只存于全盛时期的南梁，而非陈霸先建立的陈朝。失去以家为基点的地理

---

① （清）陈祚明评选，李金松点校：《采菽堂古诗选》，第1082页。
② （北周）王褒著，牛贵琥校注：《王褒集校注》，第66页。
③ （北周）王褒著，牛贵琥校注：《王褒集校注》，第96页。
④ 所谓"谶景"，"正如异兆对于主政者接触社会的情势一样，世界的谶景是被诗人感受到当下的真实景象。这些谶景不是预兆，它们是当下这个结构的潜在标示"。参见［美］宇文所安《世界之谶：中国抒情诗中的意义》，威斯康星大学出版社1985年版，第44页。

空间，也就意味着身份的丧失。① 庾信有意将隔绝、封闭的隐居环境建构为一个安顿身心、消解耻辱的"心理空间"，着力将自己打造成一个"隐士"，刻画小园内的琴棋书画、园林山水以及清冷的隐居色调，"有意在景物描写上造成隐居环境的封闭之感"②。理想中的"桃花源"仍不能抵挡外界的摧残，二十"其面虽可热，其心长自寒"、二十四"无闷无不闷，有待何可待。昏昏如坐雾，漫漫疑行海"。十六"君见愚公谷，真言此谷愚"，清闻人倓言："伤其屈体魏周，愿为归隐而不得，徒于山斋筑室，真为愚也。"③ 小园为其提供了缓解"从宦不宦，归田不归"（庾信《伤心赋》）尴尬处境的隐居方式。

诗人通过"双线并列"的结构将历史（江陵）和当下（长安/小园）进行编排配置，使两者既各自独立，又互相联系，共同形成一个纵横交错的网状结构。庾信记录发生在江陵的大事时，有意增加了一条辅线，汇聚小园生活的点滴、所思。真实的生活琐屑、无序堆积，是诗人遇有见闻，随手记录的产物。这些描绘日常琐事的诗句，拥有了记录生活痕迹的叙事意义。两条线索时而平行，时而相交，时而形成对峙。比如在江陵事变中对家国的回忆和眷恋，也出现在长安或小园之中，把宏大的历史叙事拉向一个平凡、现实的土地上，也隐藏着诗歌风格从严肃、悲愤到现实、平和的转换。庾信发明的"双线并列"的结构，有了更加深刻的意义——既可以全方位展示社会的风貌图景，同时又把身不由己陷入其中的个人苦难、生存状态作为表现的中心。

二 悲痛、眷恋与无奈：《拟咏怀》书写的情感脉络

江陵、长安和小园，三重时空对应着三种身份和心境。不同的时空图景的衔接和照应，拼接出一幅离乱之中的芸芸众生相。易代之际遗民的情感状态，其实就是一种"时空知觉"④。三种情感在时空中错综交织，令庾信笔下的《拟咏怀》拥有了丰富复杂的情感脉络。

（一）亡国悲痛，是庾信书写《拟咏怀》的第一条情感脉络。建康和江陵作为庾信的故乡，当这些熟悉的故国风景因战乱而发生巨大改变，这种悲痛之情最为强烈，其九"怀秋独悲此，平生何谓平"、二十三"鼎湖去无返，苍梧悲不从"。元帝之死将这种情绪推向高潮，二十七"出门车

---

① 宇文迪《〈庾信集〉序》称庾信在北被达官贵族呼为"南人羁士"，就是对其身份的歧视。
② 葛晓音：《山水田园诗派研究》，辽宁大学出版 1993 年版，第 96 页。
③ （清）王士禛选，闻人倓笺：《古诗笺》，第 430 页。
④ 赵园：《明清之际士大夫研究》，北京大学出版社 2014 年版，第 244 页。

轴折，吾王不复回"，十二月辛未，元帝为魏人所弑。萧詧使以布帕缠尸，束以百茅，葬于津阳门外，一国之君竟遭此厄。作为组诗的最后一句，诗人殇元帝之死，似乎还有更多的感情可以表达，却戛然而止，定格在诗人的惊悸与悲恸的镜头下。

对于南朝人来说，梁朝国祚灭亡，失去的不仅是王室朝代。萧梁（502—557）是南朝享国最久的朝代，武帝早年励精图治，崇儒重教，江南一带的政治、经济、文化达到整个南朝时期的顶峰。据《北齐书·杜弼传》载，北齐高欢曾说："江东复有一吴儿老翁萧衍者，专事衣冠礼乐，中原士大夫望之以正朔所在。"① 庾信《哀江南赋》也称，"朝野欢娱，池台钟鼓。里为冠盖，门成邹鲁"，把江南比作孔孟的故乡邹、鲁。文教昌盛之地在数十年不识干戈的情况下迅速分崩瓦解，无论是罪魁祸首侯景还是拓跋氏政权，都代表着野蛮与落后，正是他们摧毁了代表正朔的华夏文明。颜之推《观我生赋》斥侯景为"傅翼之飞兽""贪心之野狼""绝域之犬羊"，《梁书》《陈书》等史书称其为"獯丑"。庾肩吾《乱后行经吴御亭》"獯戎鲠伊洛，杂种乱轩辕。辇道同关塞，王城似太原"，侯景就像古代的獯戎（匈奴），闯进建康王城（洛阳边的伊、洛二水），建康而今成为《诗·小雅·六月》中的"太原"。昔日的衣冠之邦成为野蛮之地，令人不忍回望。

（二）故国眷恋，是庾信书写《拟咏怀》的又一条情感脉络。入北羁客用诗笔书写故国胜朝，惯用"伯夷叔齐""钟仪""申包胥""苏武""刘琨"等身陷异国而保持名节的历史人物。此外，还特别喜欢使用有关"南"的方位、典故，通过地理空间与故国发生链接，让语言修辞表达内心对故国至深的眷恋。二十二"南国美人去，东家枣树完"，《重别周尚书》"惟有河边雁，秋来南向飞"。其中"南冠""南风""南云"的使用频率较高，如庾信《率而成咏》"南冠今别楚，荆玉遂游秦"，用"钟仪南冠"之典昭证自我气节。其为故国忠烈吴明彻所撰《周大将军怀德公吴明彻墓志铭》也说"天道在北，南风不竞"。诗歌中较早写作"思南"之音的是《行行重行行》，"胡马依北风，越鸟巢南枝"。文人大量使用有关意象的当属同样国破家亡、被迫北上的陆机。据《升庵诗话》"南云"条载："诗人多用'南云'字，不知所出，或以江总'心逐南云去，身随北雁来'为始，非也。陆机《思亲赋》云：'指南云以寄钦，望归风而效

---

① 《北齐书》，第347页。

诚。'陆机《九愍》云：'眷南云以兴悲，蒙东雨而涕零。'盖又先于江总矣。"① 江总于乱离之际流寓岭南数年，陈灭后北上，遭际的变化致其诗文常有"南归"之愿。

（三）无奈入仕，是庾信书写《拟咏怀》的第三条情感脉络。当南归的愿望已无法实现，出仕还是隐居成为摆在入北士人面前的共同问题。作为深受儒家思想影响的士人，为了强化自我气节和身份，不断在诗文中使用"伯夷叔齐""钟仪""苏武""申包胥""刘琨"等典故符号。然而面对严酷的政治环境，又不得不成为"李陵""王粲""阮籍""陆机"等失节之士。个体身份的丧失是庾信和其他南人共同的处境，时常陷入自怨自恋、孤苦无依的精神状态，庾信《伤王司徒褒》"昔为人所羡，今为人所怜"，颜之推《古意诗》其二"昔为时所重，今为人所轻"，为此不惜给两个儿子起名"思鲁""愍楚"，"概不忘本也"。如何通过写作寻回自我身份？庾信通过开创新典——枯树（木），将其作为共同的"名字"。《拟咏怀》二十一"独怜生意尽，空惊槐树衰"、《北园射堂新藤》"空心不死树，无叶未枯藤"、《别庾七入蜀》"山长半股折，树老半心枯"，内心痛苦、虽生如死的枯树即是庾信无奈入仕新朝的精神写照。由梁入周的刘臻《河边枯树诗》"奇树临芳渚，半死若龙门"，由齐入周的孙万寿作《庭前枯树诗》，表达移根北方后半死不活的状态和漂泊之感。唐人将其升级为一种特殊象征物，如卢照邻《行路难》"君不见长安城北渭桥边，枯木横槎卧古田"，杜甫曾作《枯楠》《枯棕》，"睹木兴叹"遂成为相沿以生、代代相传的文人写作传统。②

三 见证、追忆与反思：《拟咏怀》的"心史"性质

易代士人身处鼎革之变，出于自我昭正气节或防止被后人遗忘等考虑，士人"存史"意识比较自觉。据《隋书·经籍志》载，反思侯景之乱和梁亡历史的史著有何之元《梁典》、萧韶《梁太清纪》、萧世怡《淮海乱离志》、刘仲威《梁承圣中兴略》、谢吴《梁皇帝实录》等，这些著作大多亡逸，仍是其遗民情结的体现。反映在诗学上，诗人"以诗存史"的创作观念比较突出，《拟咏怀》的独特之处不仅在于通过个人创作记录家国事变，更在于时代历史触发了诗人心灵的悸动，展现诗人心路历程的转轨，凸显了咏怀诗的"心史"性质。

---

① （明）杨慎：《升庵诗话》，《历代诗话续编》，第772页。
② 如宋人吴开《优古堂诗话》有"睹木兴叹"条，《历代诗话续编》，第234页。

见证，是《拟咏怀》书写的第一重维度。生逢易代之际，庾信亲眼看到并体尝了巨大的民族灾难给个人、家族带来的创伤，诗文中多次出现"信""我""尔""余""自""兰成"等第一人称，以近乎实录的态度和直笔手法记述了改朝换代等重大时事。作为一名见证者，立足当下眺望逝去的历史。以更高的视角、悲悯的情怀，找寻在"历史现场"看不到的东西。

（一）战争给梁朝上至王公贵族、下至平民百姓，带来的灭顶之灾。十一"啼枯湘水竹，哭坏杞梁城"，用二妃哭舜、杞梁妻哭倒杞城喻君臣被戮、百姓被俘北上。"直虹朝映垒，长星夜落营"，据《晋书·天文志》，长虹照耀营垒，是流血之象。十二"古狱饶冤气，空亭多枉魂"，血流遍地、冤魂众多。西魏于十二月攻陷江陵后，进行了屠杀、掳掠，据《周书·萧詧传》载："阖城长幼，被虏入关。"① 据今人考证，这个数字当在十余万之间。② 发生在江陵的诸多大事，庾信并未亲身经历，叙写离乱的文学经验，可能源于刚结束的侯景之乱。其七"胡笳落泪曲，羌笛断肠歌"、《昭君辞应诏》"片片红颜落，双双泪眼生"，记录梁朝女子被侯景所辱之时事。《颜氏家训·养生》载："侯景之乱，王公将相，多被戮侮，妃主姬妾，略无全者。"刘盼遂以颜证颜说："之推《观我生赋》：'畴百家之或在，覆五宗而剪焉，独昭君之哀奏，唯翁主之悲弦。'自注：'公主子女，见辱见雠。'皆谓此事。"③ 据《资治通鉴》《通典》《太平御览》等正史、类书记载，侯景曾纳简文帝溧阳公主、羊侃女为妃，占据东宫后，将妓女数百人分给军士，被侯景及部下所虏、侮辱者不计其数。

（二）作为君主，梁元帝在战争中政策、用人等方面的失误。庾信在《哀江南赋》《拟连珠》中比较武帝、简文帝、元帝三位帝王的功过得失。《拟咏怀》不再顾念元帝平侯景之功，直陈其在江陵败亡中应负之责。十三"绿林多散卒，清波有败军"，元帝用人失策，用任约、谢答仁等侯景旧党平乱。其八"长坂初垂翼，鸿沟遂倒戈"、十二"周王逢郑忿，楚后值秦冤"，元帝与萧詧结仇，詧倒戈导致西魏来伐。十五"六国始咆哮，纵横未定交。欲竞连城玉，翻征缩酒茅"，暗指萧绎、萧詧、萧纪等宗室争斗不休，与西魏时而开战、时而通好。庾信作为文士的历史感与史官的理性认识常常一致，史臣言："不急莽、卓之诛，先行昆弟之戮。"④《通

---

① 《周书》，第860页。
② 杜志强：《颜之推〈观我生赋〉的史料价值释证》，《中国典籍与文化》2008年第4期。
③ 王利器撰：《颜氏家训集解》（增补本），第439页。
④ 《梁书·敬帝本纪》，第151页。

鉴札记》卷一〇"元帝骨肉相残"云:"江陵亡国之祸,而其戎首罪魁,则梁元帝是已。"① 都将国祚灭亡的原因归于萧绎。

诗人不惑于当下具体的人、事,而是立足今日眺望历史的远景,对记忆的回溯比附历史——"其指南梁,则以楚事为辞;言西魏,多以秦人为喻"②,以战国时期的秦楚战争及秦末的楚汉之争,比附西魏(秦)伐江陵(楚)。其二"既无六国印,翻思二顷田"、十二"周王逢郑忿,楚后值秦冤",引秦事以比魏、周。二十六"谁言气盖世,晨起帐中歌"、二十七"《鸡鸣》楚地尽,鹤唳秦军来",用四面楚歌暗示梁朝兵败的必然结局。以古证今、以人喻己是为了证明当下,"历史是一种讽喻,各种人物在机械地重复或重新上演着当下的情感或事件"③,从古今同构的历史事件找寻背后的普遍意义。

追忆,是《拟咏怀》书写的第二重维度。这一书写方式依然是以长安/小园的具体地点为依托。追忆,是对往事的回溯、唤醒。庾信在《哀江南赋序》称,"追为此赋,聊以记言",即通过追忆,对以往的人事再度体认。在《拟咏怀》中,当事人常常会将记忆中的过去携带到当下的情节中,过去参与对当下的感知。庾信心心念念的往事,主要是前半生在南梁的辉煌家族史和南方的贵族文化。其六"畴昔国士遇,生平知己恩",父子出入禁闼,深得武帝、简文帝的宠信。通过对比,凸显往昔与今日的落差;其五"惟忠且惟孝,为子复为臣。一朝人事尽,身名不足亲",庾氏家族深受圣恩,入北之后却只剩下人事既尽、身存名灭。将"昔""今""如""似"等词汇勾连,"眼前事"与"往事"相叠加,形成今昔渗透的效果,其九"昔尝游令尹,今时事客卿"、《伤王司徒褒》"昔为人所羡,今为人所怜",感慨境遇变化导致的人生错位,以及强烈的失落感。诗人感慨之余,希望通过追忆,唤起人们对南梁昔日的荣耀记忆。抑或通过今昔景致的重合,表现人生的困顿感,十八"残月如初月,新秋似旧秋",往昔与今日,通过具体的节令联系在一起,表现双倍的苦痛。庾信有意打乱情节的连续性,将这些今昔对比的语句从旁插入,创新了这种重叠性的时间结构,使记忆更加清晰、深刻,反映出诗人对家国巨变、人生沧桑的深刻体认。

---

① (明)刘体仁:《通鉴札记》,北京图书馆出版社2004年版,第326页。
② (清)倪璠:《注释庾集题辞》,(北周)庾信撰,(清)倪璠注,许逸民校点《庾子山集注》,第4页。
③ [美]汉斯·凯尔纳:《语言和历史描写——曲解故事》,韩震、吴玉军等译,大象出版社、北京出版社2010年版,第125页。

《拟咏怀》书写的第三重维度，是反思。诗人在唤起以往记忆的同时，也唤醒了自我批判意识。在具体写法上，通过模拟阮籍表达对国家覆亡、个人应负之责的深刻思考。

庾信之所以选择阮籍，主要在于情感的共鸣。① 其一开篇"步兵未饮酒，中散未弹琴。索索无真气，昏昏有俗心"，与蔑弃世俗的名士形象大相径庭，庾信将其建构为一个清醒的、为魏晋易代担忧的士大夫，并且绝口不提他用以遁世的酒。有诗论者认为："庾信论其未饮酒反无真气。"② "无真气"实则说明庾信笔下的阮籍之"世俗气"，十六"对君俗人眼"反用阮籍"青白眼"之典。十八"寻思万户侯，中夜忽然愁"，亦反用阮籍《咏怀诗》其一"夜中不能寐……忧思独伤心"，将阮籍夜不能寐归因于其用世之心。易位之后的阮籍形象在《拟咏怀》中偏离了原文本中的意义，呈现出"反用"倾向。庾信使用了一种非常特殊的模拟方法——反仿。"模仿有正有负，亦步亦趋是模仿，反其道以行也是一种模仿。"③ 从被模仿对象的反面而进行的仿作的特殊转换手法，是一种"否定性"的模仿。④ 通过对阮籍形象的反仿，以看似冷静的笔触注入个人的深醒。

整个国家谈玄成风，不习武事。士大夫"居承平之世，不知有丧乱之祸；处庙堂之下，不知有战阵之急"⑤。据《南史·陶弘景传》载，弘景逆知梁祚覆灭，预制诗云："夷甫任散诞，平叔坐论空。岂误朝阳殿，遂作单于宫。"⑥ 侯景之乱很大程度上由于士人竞谈玄理，缺乏事务能力。在朱雀航事件中，庾信望敌先奔，这段人生污点仅在《拟咏怀》其三轻描淡写来了句"俎豆非所习，帷握复无谋"，责任在于简文帝用人失当，为自身辩护。玄风影响下皆崇虚诞的风气与西晋年间何其相似？国家败亡后士人的反思都是从否定"阮籍"开始，刘琨《答卢谌诗并书》"知聘周之为虚诞，嗣宗之为妄作"、干宝《晋纪总论》"故观阮籍之行，而觉礼教崩

---

① 这是庾信后期作品在选择模拟对象上的共同点，除了阮籍，还有拟陆机《演连珠》作《拟连珠》、拟向秀《思旧赋》作《思旧铭》。
② （清）宋大樽：《茗香诗论》，《清诗话》，第109页。
③ 参见列许登堡《隽语·散文·书信》，转引自钱锺书《中国诗与中国画》，《七缀集》，生活·读书·新知三联书店2002年版，第1—2页。
④ 较早使用反仿可追溯到扬雄拟《离骚》而作《反离骚》。诗歌中反仿手法更为常见，范云《赠沈左卫》"越鸟憎北树，胡马畏南风"是《古诗十九首》"胡马依北风，越鸟巢南枝"的反仿，钱锺书评为"此诗家'反仿'古例之尤佳者"。参见钱锺书《谈艺录》，生活·读书·新知三联书店2002年版，第700页。
⑤ 王利器撰：《颜氏家训集解·涉务》（增补本），第384页。
⑥ 《南史》，第1897页。

弛之所由"。每个人都有不可推卸的责任，既是社会动乱的受害者，又是国家败亡的推动者。作为梁朝全盛时期成长的贵族子弟，庾信早年与阮籍一样任诞不羁。在世运升降的关头，认识到学问空疏、世风堕落之于国家覆亡的罪责，通过"反阮籍"忏悔、否定自己的前半生：阮籍崇虚诞、不涉事务，庾信对待工作尽职尽责、恪尽职守。作司水下大夫，有督治渭桥之功，为弘农太守兢兢业业，任麟趾学士努力校书，当洛州刺史"为政简静，吏人安之"（《北史·庾信传》）。反仿在原本与摹本之间制造出的强烈对立，诗歌具备了类似史著"春秋笔法"那样评判褒贬的功能。

　　庾信模拟阮籍的另一种方式是借他人之故事自叙生平。其一"步兵未饮酒，中散未弹琴"，近于咏史诗中的人物小传，透露了旁观者的叙事视角。诗人化身为阮籍，代他人发声，而非仅以诗人自我为中心，抒一己之情。其四"惟彼穷途恸，知余行路难"，用第一人称"余"介入阮籍"穷途而哭"之事，借阮籍口吻表达两人相同的处境和无奈——走投无路、极度苦闷又不得不与当权者合作。入北羁客诗文多次使用此典，王褒《与周弘让书》"嗣宗穷途，杨朱歧路。征蓬长逝，流水不归"，面对昔日的故友，怀思的故国早已不存，归乡的愿望成了真正的"穷途"。《拟咏怀》十六"对君俗人眼"，作为他乡之羁客，处处谨小慎微，哪里还敢展露"青白眼"？十八"寻思万户侯，中夜忽然愁"，阮籍的用世之心是庾信不能忘俗的体现，也是其试图融入北方政局的心态变化。"诗人进入角色叙述，有助于突出作品的摹仿性。"① 移情成为他人，有着浓郁的自传色彩，这种拟作方法显然更加高明。通过叙事的灵活转换，让他人的经历凸显自身的不同侧面，其笔下的自我形象也日渐成熟：从任诞的贵族发展为顺应时势、有责任担当的士大夫，以及在从宦和归隐两种极端的人生态度之间的折中调和。

四　情、景、事：《拟咏怀》的文学生成

　　通过以上分析，我们可以大致了解《拟咏怀》的生成方式。三重不同的时空景象、多种复杂感情穿梭其间、当事人深邃的理性反思，三者紧密结合，通过多维度的书写来完成，生成独具魅力的诗作。庾信作为"一生而三化"的诗人，以其阅尽人世兴亡的眼光、饱蘸历史风云的笔墨，于诗歌中呈现出一幅幅各具特色且前后照应的记忆图景。《拟咏怀》通过不同时空下跳跃的历史事件、生活图景，重重叠叠地并列在读者面前，从而形

---

① ［古希腊］亚里士多德：《诗学》，陈中梅译，商务印书馆1997年版，第24页。

成事与景并置、交融的境界。同时作为"以诗纪史"的抒情诗，庾信将叙事与抒情并列、合作，或让抒情建立在叙事的基础之上，与叙事深度融合，使两者之间保持平衡、协调的文学样态。

庾信在《拟咏怀》中惯用转折顿挫的结构方式，每首诗中所叙之事往往点到辄止，并不打算就此铺开，进而转向抒情（议论或咏怀），让诗中的叙事与抒情呈并列关系，具体表现在：（一）有些诗作中集中展现动乱的全过程，叙述事件本末和发展，基本采用顺序的叙述模式，保持相对清晰的叙事线索，仅在结尾处一两句抒怀、议论，呈现"先叙后抒"的倾向。十一"眼前一杯酒，谁论身后名"、十二"天道或可问，微兮不忍言"、十九"天下有情人，居然性灵夭"等议论、感慨，类似于史书中的赞论。从文学表达上又是倾诉式的，"诗人充当了历史家的角色，或者从另一角度说，是怀着诗人的多情善感在诉说的历史家"[①]。有时这种议论、感慨也出现在诗作前面、中间等其他位置，呈现"在叙中抒"的倾向，十九"惨惨天公晓，精神殊乏少"、二十四"千年水未清，一代人先改"。破碎、跳跃的论断与叙事主线结合得并不紧密，就像空间画面的并置。诗人将自己置身于历史事件之中，直接插入强烈的情感评价和道德判断，这种史家之褒贬、诗人之美刺，正是庾信士大夫"权力意识"的支撑，也是诗人内心不平之气的抗争。

（二）一些诗作并不以历时性的叙事为主，所叙之事若隐若现或间或一两句，事件的历时性进程很不充分。十一"天亡遭愤战，日蹙值愁兵"、二十三"鼓鞞喧七萃，风尘乱九重""徒劳铜爵妓，遥望西陵松"，其中的事更像一个场景的横断面，并不追求完整。以二十一为例，全诗如下：

  倏忽市朝变，苍茫人事非。避谗犹采葛，忘情遂食薇。怀愁正摇落，中心怆有违。独怜生意尽，空惊槐树衰。

第一句"倏忽市朝变，苍茫人事非"，开门见山点出江陵之变导致的改朝换代，为一时之事。其叙事还未完全展开便快速过渡到"避谗犹采葛，忘情遂食薇"，诉说在北已食周粟的现实。违心仕周的无奈、痛苦，如同婆娑的槐树一样半死不活、永远哀伤。所叙之事再度被"抒情、议论"等因素阻断，为情绪所裹挟。短短四十字的诗作构筑出一时/事/情，通过"一

[①] 王靖献：《唐诗的叙事性》，[美] 倪豪士编选《美国学者论唐代文学》，黄宝华等译，上海古籍出版社1994年版，第317—318页。

时一事"使"情"有不竭不尽之感,展现出超越时间、空间的无限开阔境界。这类诗作中,"事"的成分占比不多,关注点在于通过"事"来传"情"。情、景、事等诗歌组成部分才可"合成一片,无不绮丽绝世"①,达到完美的诗境。

庾信《拟咏怀》在国破家亡的历史条件下,在北国以一己之力树立并发展了"诗史"写作传统:将过去的事件、行为,通过追忆展现为富于传记意义的历史图景,并与当下自我的反思和深省并置、协调,让历史记忆与文学创作深度结合。这是庾信的独特贡献。也为后代遗民诗人历史记忆的书写提供了宝贵经验,如汪元量在南宋灭亡后对古都临安的追忆、摹写,明清易代的王夫之沿着阮籍、庾信的道路撰写《咏怀诗》,等等。对于易代世变的士人来说,他们所经历的不仅是单纯的王朝更迭,而且是文化的断裂。以诗存史之"史"与以诗补史之阙之"史"显然并非指作为专门学问之"史",而应是一种记忆的责任。易代之际,诗歌承担的记录官修史书因话语权力的丧失而无法记录史实的责任,实践了"史"的真正意义,成为一个民族历经劫难而得以存活下来的精神支柱。

---

① (明)王夫之:《船山全书》,岳麓书社2011年版,第902页。

附 录

中古士人的拟诗与《古诗十九首》的经典化

无名氏"古诗"自汉末产生以来[①]，其经典化过程逐渐开始，直到梁昭明太子萧统编选《文选》，选录了十九首"古诗"，并赋予其一个固定名称——《古诗十九首》（以下简称《十九首》），是其经典地位奠定的重要标志。《十九首》之所以能够成为经典，固然由于其内在艺术价值穿行于不同时空，散发出持久的生命力和感染力。更重要的是，《十九首》的接受过程伴随着历代文人不间断的重读、理解和模拟，以至清延寿君有言："从前偶见前朝人文集，开卷即有《拟古诗十九首》者。"[②] 后人服膺《十九首》的艺术成就，拟其篇章，效其体式，成为与《十九首》密不可分的文学传统。换言之，《十九首》成为典范是经过后世拟习而成为经典，是历时性完成的。倘从此点出发，《十九首》及其拟诗系列就是一部微型诗歌史，它细致入微地展现了拟诗参与经典生成的过程和方式。在历次的模拟过程中，文本经典的地位得到社会共识，经典效应不断延续乃至增值。在不同的历史语境中，士人阶层的变化以及诸多社会文化力量的博弈参与其中，呈现出一种颇为复杂的格局。相对于静态的文本研究，以中古士人动态多元的拟诗考查《十九首》的经典化，应该具有典型意义。

一 陆机《拟古诗》与《十九首》经典地位的初步"建构"

拟诗是中古诗歌创作的普遍风气。清吴淇言："拟诗始于士衡。大抵拟

[①] 《十九首》之类"古诗"的产生时间和作者自六朝时就成为历史遗案。主要有西汉说、东汉说和建安说三种，其中梁启超提出"《十九首》为东汉安、顺、桓、灵间作品"，为多数人接受。参见梁启超《中国之美文及其历史》，东方出版社1996年版，第131页。
[②] （清）延寿君：《老生常谈》，《清诗话续编》，第1709页。

诗如临帖然。"① "古诗"产生以后，建安、黄初年间便获得了普遍关注，曹植、王粲、刘桢、阮籍等创作袭用"古诗"和《苏李诗》等，形迹斑斑可考。吴淇所谓陆机是拟诗的开创者指在诗题前明确标明"拟××"。②《文选》收录陆机拟诗，其中十一首拟《十九首》，一首拟《兰若生春阳》(《玉台新咏》卷一作枚乘《杂诗》其六)，总题为《拟古诗》十二首，又有《拟行行重行行》《拟今日良宴会》《拟迢迢牵牛星》等分题。"古诗"原为无题诗或失题诗，陆机《拟古诗》使《十九首》确立了以各自首句作为诗题的命名方式。拟诗受到钟嵘、萧统的高度评价，明清以来却屡遭非议，陈祚明、许学夷、黄子云、贺贻孙等诗论家大抵认为其亦步亦趋、缺乏创新，"皮毛之学，儿童之为也"③，致使学界对拟诗乃陆机早年模拟实习之作和入洛之后的正式创作之争④。其实两说并不矛盾，拟诗是初学者学习属文之法，但并非陆机本人的习练之作，而是通过模拟，为西晋五言诗初学者示范学诗法则。回归文本历史语境，就可看出陆机开风气之先的原因。

西晋文坛存在着崇古思潮，拟古现象普遍，诗、赋各文类均有不少拟作。然而尊经拟经的整体氛围并不构成陆机拟古的绝对因素。五言徒诗体制的真正确立得益于曹丕、曹植和以七子为代表的邺下专家诗风，然而当此诗人群体相继离世后，"五言腾跃"的局面旋即陷入低谷。代魏而起的河内司马氏是崇尚儒术的世家大族，秉承传统经学的学者和玄学名士对五言诗缺乏集体认同，写作主体多由出身寒微、文史博物进身的寒素士人构成。⑤ 新兴的五言诗地位不高，挚虞《文章流别论》称"于俳谐倡乐多用之"，即世俗在公开场合演唱的歌辞。五言诗还没有成为门阀士族的文化标志，诗坛流行的仍是典正的四言体。四言诗写法简单，"取效《风》《骚》，便可多得"⑥，五言则需要专门的造诣。陆云作为江东士林文学领袖尚且"不便五言诗"，只有傅玄、张华等少数出身寒微的士人所喜爱。二陆等孙吴显贵在西晋沦为"无世祚之资"的"亡国之余"，为北士所轻，入洛后想通过文学建立声誉。陆云《与兄平原书》中抱怨陆机没有模仿前人京都赋，让寒素士人左思写成

---

① （清）吴淇著，汪俊、黄进德点校：《六朝选诗定论》，第245页。
② 傅刚认为拟诗当属傅玄、张华为最早，但二人的拟诗都只剩残篇，"可靠、完整的拟诗，只能是陆机的《拟古》十四首（今存十二首）"。参见傅刚《论陆机诗歌创作的艺术特色》，《上海师范大学学报》1989年第2期。
③ （清）吴乔：《围炉诗话》，《清诗话续编》，第498页。
④ 前者如毛庆《怎样评价陆机的拟古诗》，《中州学刊》1987年第1期；后者如刘运好、陈骁《陆机拟古诗论》，《安徽师范大学学报》2021年第1期。
⑤ 钱志熙：《中国诗歌通史·魏晋南北朝卷》，绪言，第25页。
⑥ （南朝梁）钟嵘著，曹旭集注：《诗品集注》，上海古籍出版社2011年版，第43页。

《三都赋》占得先机。其中原因，除了自愧不如以外，可能他认为赋这种高度成熟的文体发展已至尽头，因此将目光瞄准尚未发展成熟的五言诗上。

在时人眼中，曹植作为诗坛上一位众望所归的领袖，他与陆机诗风相近，而且都是年少成名。陆机想要摆脱"影响的焦虑"，和心仪的前辈竞争，他选取更久远的无名氏古诗作为范本。陆云《与兄平原书》云："一日见正叔，与兄读古五言诗，此生叹息欲得之。"① 这是《十九首》之类的"古诗"最早的书信记载。时人叹赏"古诗"的艺术成就，又惜其传播不广。②"古诗"作为稀缺文化资源成为陆机迈向权力场的重要方式。陆机从众多"古诗"中遴选出有关怨别思乡、亲朋聚散、怀才不遇等人所共情的十四首，用选编者的眼光在对传统诗学内容的取舍中找到适合初学者学诗的模型，并将这些具有典范意义的诗歌整合成大型组诗。建安时期，王粲、曹植、刘桢就已使用组诗体，数量不过几首，大型组诗标志着诗人诗艺的成熟，有自信与前人较艺，呈现非凡的创作能力。可以说，拟诗奠定了《十九首》以及后代拟古诗最终呈现的组诗形态，从陆机遴选开始，《十九首》的经典化历程便已悄然开始。

此外，陆机还在技术层面上亲自示范拟古之法，即郝立权《陆士衡诗注·序》所谓的"轨范曩篇，调辞务似"③。将拟诗视为诗歌写作的入门教程，那么被诟病的缺乏创新等问题就随之消解。诗论家常将拟诗比作"摹帖""临画"，实则反映陆机是以"实用性"作为写作目的，为初学者提供规矩、稳妥的教习法则，刘师培《汉魏六朝专家文研究》言"士衡文备各体，示法甚多"④，此虽论文，实足以概诗，陆机通过模拟确立可供学习的诗法范式，自出机杼、独抒怀抱的作法反而让人无法度可学。拟诗追求与原作在意象、句子上的一一对应，以下略举几例，如拟"涉江采芙蓉"为"上山采琼蕊"，拟"青青河畔草"为"靡靡江蓠草"、拟"青青陵上柏"为"冉冉高陵蘋"等。其中《拟行行重行行》"王鲔怀河岫，晨风思北林"拟"胡马依北风，越鸟巢南枝"二句，在保留原作句式和主旨的基础上"用修辞格更高的语言逐句重写原作"⑤。末句"安处抚清琴"替换"努力加餐饭"，用典雅的士大夫情趣代替庶民生活。在技术层面上，

---

① （西晋）陆云著，刘运好校注整理：《陆士龙文集校注》，第1047页。
② 俞士玲推测"古诗"保存在西晋秘阁，陆机元康八年（298）始为秘书郎，才接触到秘阁所藏"古诗"。参见俞士玲《陆机〈拟古诗〉十四首考》，《古典文献研究》2004年第1辑。
③ （晋）陆机著，郝立权注：《陆士衡诗注》，人民文学出版社1958年版，"序"第1页。
④ 刘师培：《汉魏六朝专家文研究》，《中国中古文学史讲义》，第19页。
⑤ ［美］宇文所安：《中国早期古典诗歌的生成》，胡秋蕾等译，第311页。

学诗成为按照固定模板的"填写",能够落实到诗行和字、词、典故等最小单位上。即便是创新的"骈俪化"写法也没有背离原作,如将《十九首》(东城高且长)"当户理清曲。音响一何悲,弦急知柱促"三句衍为"闲夜抚鸣琴,惠音清且悲。长歌赴促节,哀响逐高徽。一唱万夫叹。再唱梁尘飞"六句,所谓"拟以成其变化"是在缘题续写中完成句子结构的调整和意象的延伸性替换。想要后来居上,就要超越时空限制,把自己与前作捆绑在一起。拟诗不再是独立的文本,而成为与《十九首》互文、呼应的关系。《诗品》"古诗"条不像安排其他评语那样,对"古诗"单独评价,而是附在"陆机所拟十四首"题下的评语后。可以说,正是模拟赋予陆机无可取代的地位,使拟诗成功地代替了原作。

曹植作为陆机的前辈诗人,时间上的优先位置并不能保证其作品的完美无缺。陆机选择从曹植的缺陷处下手改进,他与曹植的竞争就体现在其《拟明月何皎皎》和曹植《七哀》的互文关系中,前者如下:

安寝北堂上,明月入我牖。照之有余辉,揽之不盈手。凉风绕曲房,寒蝉鸣高柳。踟蹰感节物,我行永已久。游宦会无成,离思难常守。①

宋林希逸言:"自五言既兴,子建咏于前,士衡继于后。而后有谢庄之赋'流光徘徊,赋之高楼''照有余辉,揽不盈手',语粹而味深,殆为古今绝唱。"② "流光徘徊,赋之高楼"指曹植《七哀》"明月照高楼","照有余辉,揽不盈手"指陆机《拟明月何皎皎》,正好说明陆机拟古从曹植化出并企图超越的意图。《七哀》的另一版本为《宋书·乐志》"晋乐所奏",题为《明月》,后有"我欲竟此曲,此曲悲且长。今日乐相乐,别后莫相忘"③ 的套语。桀溺指出《乐府诗集》将《七哀》定为"本辞"有误,应是该版本被删改为《七哀》后,套语被删除。④ 汉魏五言歌诗以口传性为主要特征,多杂口语、俗语和套语,"文采缤纷,而不能离间里歌谣之质"⑤,仍以配乐演唱作为首要考虑。《十九首》和汉魏歌诗并非运用书面文本的创作方法,保存着群体共享的口传属性。口传文本在传播中会造成一些问题,如创作态

---

① (晋)陆机著,刘运好校注整理:《陆士衡文集校注》,第458页。
② (宋)林希逸:《鬳斋续集》,景印文渊阁四库全书,台湾商务印书馆1986年版,第663页。
③ 《宋书》,第676页。
④ 桀溺:《七哀——关于署名曹植的所谓"本辞"与"晋乐所奏"两首乐府诗的研究》,钱林森编《牧女与蚕娘》,上海古籍出版社1990年版,第229—441页。
⑤ 黄侃:《文心雕龙札记》,第27页。

度多不严肃、不同作品间常用语句的重复、多失作者名字等。加达默尔说："谁要模仿,谁就要删去一些东西和突出一些东西。"① 陆机最看重陆氏家族的荣耀及其士族身份,在文学上,他将五言诗提升为表现士族阶层的知识修养、写作书面文本区隔寒门重口传文化的隐形屏障。以此首为例,《七哀》"愿为西南风,长逝入君怀。君怀良不开,贱妾当何依",陆机摒弃了"愿为××"之类的汉代句法以及顶针勾连的民歌修辞。此外,还替换了作为入乐标志的"明月照高楼"。《诗品序》言:"若'置酒高殿上'、'明月照高楼',为韵之首。故三祖之辞,文或不工,而韵入歌唱。"② "置酒高殿上""明月照高楼"作为曹植《箜篌引》《七哀》的首句,起调警策高唱,有入乐演唱的痕迹。阮瑀《杂诗》其二"我行自凛秋,季冬乃来归。置酒高堂上,友朋集光辉",更改韵首、直接袭用来写作五言诗。陆机"明月入我牖"显然有意识避免重复,"照之有余辉,揽之不盈手",比曹植多出赋咏月光二句,运思精巧,追求平仄抑扬之美。明黄省曾言:"予诵至'照之有余辉,揽之不盈手',神会意灵,虽士衡亦不知其何缘得此。"③ 可见作诗需要苦思,好诗是诗人苦心孤诣的结果。前作不仅带来了焦虑,也刺激了灵感,在逞才竞技中开创新诗境。明卢之颐重订本《文选纂注》引胡应麟云:"此章(《拟明月何皎皎》)大有建安之风。"④ 仿佛想要证明即使同样的写法,他也能在曹植之上有所精进。

陆机认为古诗"未能一于雅正"以及曹植诗拖着儒家说教的尾巴⑤,都不符合士族的艺术趣味,对诗作道德层面的提升不是真正颠覆原作或改弦易辙,而是凭借圆融的技艺,保持与原作貌似的同时对内在理路和核心意蕴的调整。如《拟青青河畔草》以"织妇"替换"倡家女",改"空床独难守"为"中夜起叹息",吴淇言:"原诗是刺,此诗是美……就此一声叹息,也只在空房无人之处也,也只在中夜无人之时,与良人之举止

---

① [德]加达默尔:《艺术作品的本体论及其诠释学的意义》,见《二十世纪西方美学经典文本》(第三卷),复旦大学出版社2001年版,第612页。
② 曹旭《诗品集注》认为原文("置酒高堂上")当作"置酒高殿上","高堂"为"高殿"传写之误。实际上这是由入乐时乐工增损导致的,毛先舒《诗辨坻》卷一言:"又若'置酒高殿上',章句小差……盖文士属兴操觚,叶律恐疵,故递有增损云尔。"胡应麟《诗薮》也称"陈思'置酒高殿上',题曰《箜篌引》,一作《野田黄雀行》"。刘宋孔欣拟乐府也作《置酒高堂上》,"高堂"并非"高殿"传写之误。
③ (明)黄省曾:《五岳山人集》,四库全书存目丛书,齐鲁社1997年版,第755页。
④ 黄霖、陈维昭、周兴陆主编,赵俊玲辑校:《文选汇评》,凤凰出版社2017年版,第1008页。
⑤ 蔡宗齐:《汉魏五言诗的演变》第四章《曹植诗:抒情模式的发展》,陈婧译,北京大学出版社2015年版,第107—124页。

也。"①《拟兰若生朝阳》"引领望天末,譬彼向阳翘"一改《兰若生春阳》"谁谓我无忧?积念发狂痴","原诗末句'续念发狂',已是鲁有矢之末。此诗'引领'云云,从高旷而来,犹自余劲矫矫。此《选》之所以独存拟诗也"②,以此表明《文选》选拟诗而略原作的理由。

陆机《拟古诗》取得了"名重当世"③的轰动效应,为时人提供了写作五言诗的"教科书",体现在以下几个方面:作品篇幅的加长,作品内部用典、对偶规则以及作品思想的雅正。使得诗歌不仅是今日观念中用于表现自我情感,而且是一种标榜"阶级身份"及其审美趣味的文学样式。《十九首》中陆机所拟部分典范地位的初步确立,使得五言诗摆脱了"俗体""流调"之称,赢得了士族群体的文体认同和积极参与。如东晋谢道韫《拟嵇中散咏松诗》,实为拟嵇康《代秋胡歌诗》其六之前八句,意思字句都雷同,采取陆机的拟古之法。谢氏作为中古时期的一流高门,阶级属性塑造着家族成员的风貌,然而个人的文学风貌又反过来维护着这种阶级属性。西晋时期,后世绵延数百年的门阀士族正式形成。陆机所开创的拟古之法正是中古士族文学潮流中的重要产物,使其表现士族阶层的知识、修养,与门阀社会的运作机制密切配合,并以此与寒门划清界限。在此过程中,《十九首》的优美特质被挖掘和认知,拟诗作为"学习属文的方法""与前人一较短长"④,遂开后世拟古之风。

二、陶渊明、鲍照《拟古》对《十九首》经典地位的"解构"

东晋玄言诗取得了独尊地位,诗坛上拟古之风消歇。除了谢道韫《拟嵇中散咏松诗》,袁宏《拟古诗》仅存"高馆百余仞,迢递虚中亭。文幌曜琼扇,碧疏映绮棂",应是拟《西北有高楼》。值得注意的是《世说新语》中王孝伯与其弟的对话,激赏《回车驾言迈》之"所遇无故物,焉得不速老"二句,吟咏的"古诗"比陆机所拟多出一首。宇文所安据此认为"'古诗'已经作为一组特定的作品已为人们所知",进而推断《十九首》为代表的"古诗"在当时是以文集形式流传的。⑤

刘宋诗运转关之际,拟古诗再度风行,其中江夏王刘义恭作《拟陆士

---

① (清)吴淇著,汪俊、黄进德点校:《六朝选诗定论》,第248页。
② (清)吴淇著,汪俊、黄进德点校:《六朝选诗定论》,第249页。
③ (清)李重华:《贞一斋诗说》,《清诗话》,第970页。
④ 王瑶:《拟古与作伪》,《中古文学史论》,第200—203页。
⑤ [美]宇文所安:《中国早期古典诗歌的生成》,胡秋蕾等译,第37—41页。

衡诗》(残)、南平王刘铄"《拟古》三十余首,时人以为亚迹陆机"①,出身北府兵将领的刘宋王室以寒族身份登上政权顶峰,他们仰慕世家的文化威仪,"拟迹"即追随前人的足迹,陆机《拟古诗》在此时已升格为经典。文本的经典化最初有赖于文本的实用性,最终却要能够脱离这种实用性,衡量其经典地位的奠定应是文本脱离实用性后,人们对其价值的认可和推重。刘宋时期,文人写作辞藻华美的五言诗已不再是难题,刘铄《拟古》并非"寸寸模仿",而是"字句之间,可以出入,凭我自运"②。萧绎则认为刘铄"《拟古》胜乎士衡矣"③,想要摆脱"影响的焦虑",刘铄选择在陆机所拟之外继续扩大篇目,《拟古》三十余首至今仍存《拟行行重行行》《拟青青河畔草》《拟明月何皎皎》《拟孟冬寒气至》四首,前三首与陆机所拟重合,《拟孟冬寒气至》不在陆作之中。这样一来,拟诗与陆诗之间就不仅是对话、呼应,还有补完关系。

　　以上说明晋宋时期"古诗"的接受主体仍为上层贵盛人士,当时还出现了陶渊明《拟古》九首、鲍照《拟古》八首没有明确标明模拟对象的拟古诗,清汪师韩言:"未尝明言所拟何诗,然题曰《拟古》,必非若后人漫然为之者矣。"④陶渊明所拟的样本可能有曹植、阮籍、郦炎、繁钦等⑤,但多数在主题、风格、语辞上取法《十九首》,如清陈祚明评"《拟古》九章往往邻《十九首》",并逐一对其与《十九首》进行对比⑥。"非专拟一人",其意不在与前人争胜,而是根据自己的需求、立场对前代作品进行解构或推衍,即刘良注《文选》"杂拟"类所谓的"比古志以明今情"⑦。清温汝能言:"《拟古》九首大抵遭逢易代,感时事之多变,叹交情之不终,抚时度世,实所难言,追昔伤今,惟发诸慨。"⑧如《拟古》其一"不忠厚的诸少年",其二利禄之徒"狂驰子",其五理想中的"东方之士",其六"但畏人我欺"、其八伯牙、庄周"难再得"等。实际这类主题也存于《十九首》,如《明月皎夜

---

① 《南史》,第395页。
② (清)吴淇著,汪俊、黄进德点校:《六朝选诗定论》,第331页。
③ (南朝梁)萧绎著,许逸民校笺:《金楼子校笺》,第654页。
④ (清)汪师韩:《诗学纂闻》,《清诗话》,第456页。
⑤ 如《拟古》其一、其二、其四与曹植、阮籍诗的关系,参见袁行霈《陶渊明集笺注》,中华书局2018年版,第309—321页。其九"种桑长江边",田晓菲认为其文学样板是郦炎《见志诗》和繁钦《咏蕙诗》,参见田晓菲《尘几录——陶渊明与手抄本文化研究》,第320页。
⑥ (清)陈祚明评选,李金松点校:《采菽堂古诗选》,第422—425页。
⑦ (南朝梁)萧统编,(唐)李善、吕延济、刘良、张铣、吕向、李周翰注:《六臣注文选》,第575页。
⑧ (清)温汝能:《陶诗汇评》卷四,台北:新文丰出版公司1980年版,第99页。

光》"昔我同门友,高举振六翮。不念携手好,弃我如遗迹"、《凛凛岁云暮》"同袍与我违",其源头为汉魏底层的寒素诗风,其中以郭泰机《答傅咸》为代表,郭泰机为西晋寒素后门之士,诗中以"寒女"喻"寒士","衣工秉刀尺,弃我忽若遗",埋怨旧知傅咸身居高位而不愿举荐自己,反映了尖锐的士庶对立。钟嵘称"泰机'寒女'之制,孤怨宜恨"①,可算作对寒素诗风的总体评价,脱离了儒家"怨而不怒"的诗教传统。

晋宋时期寒素士人由于仕途无望、社会出路狭窄,大体上可有两种选择:一是躬身亲耕,著书立说;二是入幕。前者以陶渊明为代表,躬身亲耕是一种主动的生活选择,而非生活所迫。读书、著述对其而言,远重于耕耘。陶渊明处在"真风告逝,大伪斯兴"的时代,一些所谓的"隐士"把隐居作为追名逐利的手段,如作为"充隐"的皇甫希之被桓玄"雇佣"扮演隐士角色,同为"浔阳三隐"之一的周续之也进入刘裕为其建造的书馆,陶渊明的失望、孤独可想而知,诗文中常自比"孤松""孤云"。《拟古》其九"种桑长江边""忽值山河改"似指晋宋易代,陶渊明一度曾为桓玄、刘裕幕僚,历史重复上演以禅让代替篡位的闹剧,归隐并非忠于一姓之兴亡,而是厌恶上层社会虚伪、狡诈的风气,时人的善变与趋时。由于无心仕宦,心态上追求人格独立,他可以完全根据自己的兴趣来写作,选择"古诗"中上层士人所忽视的节义的部分②,《拟古》九首专门对此片段进行模拟、扩大,使拟作呈现出与原作大相径庭的面貌,叹友情之不忠、对知音的渴求,使其成为对《十九首》推衍、解构,即"去经典化"。

第二类以鲍照为代表,由于经济困窘、入仕无望而辗转于刘宋诸王幕僚。一旦社会发生动荡或无法实现个人抱负,便会对朝廷心生怨恨,甚至通过文学手段抗争。其《拟古》八首呈现出与《十九首》更加疏离的态度,熔铸了对门阀社会的不公、怀才不遇的愤懑。士族阶层重视久远的文化传统,选择忽视当下、鲜活的文化生态,陆机对"古诗"的采撷使不符合儒家道德和士族审美的作品,被屏蔽在接受范围之外,悄然改变了"古诗"的多元化构成,一些作品的经典化必然伴随着另一些的"去经典化"。后代类书中还可见零散、不成系统的"古诗",如《艺文类聚》卷八二"草部":"《古诗》,采葵莫伤根,伤根葵不生。结友莫羞贫,羞贫友不成。"③《太平御览》卷九七八"瓜部":"《古诗》,甘瓜抱苦蒂,美枣生

---

① (南朝梁)钟嵘著,曹旭集注:《诗品集注》,第330页。
② 陆机对"古诗"中此种主题有所关注,《拟明月皎夜光》"畴昔同宴友,翰飞戾高冥。服美改声听,居愉遗旧情",企图以儒家温婉的诗教观化解原作的怨愤。
③ (唐)欧阳询撰,汪绍楹校:《艺文类聚》,第1417页。

荆棘。利旁有倚刀，贪人还自贼。"① 应璩《百一诗》广义上也属此类，如"司隶鹰扬吏，爪牙徒擢空""孝廉经述通，谁能应此举"，有借古讽今之意。这些作品生长在民间乃至更底层的灰色地带，关注低端社会阶层的生存际遇和时代痼疾，长期处于被遮蔽和被排斥的状态②，鲍照《拟古》八首的样本可能就源于此。鲍照早年"垦畛剿芿，牧鸡圈豕，以给征赋"③的经历，对民生疾苦有着深切体会，如《拟古》其四"凿井北陵隈"，"空谤齐景非，徒称夷叔贤"，余冠英言："引古事证贤愚同尽，毁誉也无所谓。这都是愤词。"④ 其六"束薪幽篁里"，"岁暮井赋讫，程课相追寻""笞击官有罚，呵辱吏见侵"，清方东树评："极贱吏之事，以寄慨不得展志大用于世也。"⑤ 其五"伊昔不治业"，"管仲死已久，墓在西北隅。后面崔嵬者，桓公旧冢庐。君来诚既晚，不睹崇明初。玉琬徒见传，交友义渐疏"，感慨贤人统治的时代早已远去，想象中的游历表达对现实的失望，王闿运评其"微似渊明"⑥，反映了鲍照对陶诗的熟稔，实际也是寒素士人对时代、个体共同生存感受构筑的诗歌话语共同体。

　　长久以来，如何阐释、改造经典只是少数精英的事，与广大寒素士人无关。陶渊明、鲍照《拟古》使长期被忽视、被压抑的作品构建"反经典"，对经典生成话语权的争夺，其背后延续的依然是长期以来士庶之间话语权的争夺。文学经典化实际指文学经典建构过程中某个社会群体对"他者"的征服，隐藏的那些反对或消解的力量在当时只是趋于衰落，并未彻底消亡。刘宋时期，高位被士族垄断的局面有所松动，文化上呈现出从士族向庶族下移的趋势。不同阶层、群体必然追求自身的话语权和价值评判标准，这其中自然包括对文学"经典"的筛选和认同。庶民、寒士由于社会出路狭窄，别无一技之长，即谢灵运《登池上楼》所谓"进德智所拙，退耕力不任"，既无法侧身上流，又不甘沦落到"劳力者"行列。因此改变自身命运、跻身上层的意愿就更强烈。上文提到的袁宏，其父祖都做过中级官吏，但到他这一辈，已经要以卖苦力为生。《世说新语·文学》载其模拟寒士左思《咏史

---

① （宋）李昉等撰：《太平御览》，第 4336 页。
② 《文选》李善注引张方贤《楚国先贤传》曰："汝南应休琏作《百一篇诗》，讥切时事，遍以示在事者，咸皆怪愕。或以为应焚弃之。何晏独无怪也。"或可认为是这类诗作长期的生存状态。（南朝梁）萧统编，（唐）李善、吕延济、刘良、张铣、吕向、李周翰注：《六臣注文选》，第 398 页。
③ （南朝宋）鲍照著，丁福林、丛玲玲校注：《鲍照集校注》，第 850 页。
④ 余冠英选注：《汉魏六朝诗选》，第 233—234 页。
⑤ （清）方东树著，汪绍楹校点：《昭昧詹言》，第 183 页。
⑥ （清）王闿运：《湘绮楼说诗》卷六，台北：广文书局 1978 年版。

诗》而被谢尚激赏，从而引入幕府任职。《晋书·文苑传》又载其故技重施，以事先排练好的文句引起桓玄注意。其模仿《西北有高楼》的《拟古诗》应该也是为迎合上层欣赏趣味而作。鲍照情况与之类似，《宋书·刘义庆传》载其曾以诗干谒临川王刘义庆，不得不讨好幕主，委曲求全。除《拟古》八首外，他还有《拟青青陵上柏》《拟客从远方来》（《玉台新咏》卷三作谢惠连《代古》）。陆机、刘铄《拟古》确立的高难度的用典、精致的骈偶，成为上流社会的门槛，吸引着渴望跻身进入的底层士林。鲍照对《十九首》的"经典化"和"去经典化"是同时进行的。对寒素士人而言，拟古不仅是借古讽今、抒情达意，也是获取名声、借以干谒的工具。

当时还有鲍令晖《拟青青河畔草》《拟客从远方来》，刘铄《拟孟冬寒气至》后半部分拟《客从远方来》为"客从远方至"，苟昶《拟青青河边草》拟汉乐府古辞《饮马长城窟行》后半部分"客从远方来"为"客从北方来"，王叔之《拟古诗》"客从北方来"以及何偃拟《冉冉孤生竹》，其中《客从远方来》之前罕有关注，晋宋以后开始异军突起被集中接受，开始进入经典化历程，在此我们称为"突进型经典"。

三 拟《青青河畔/边草》与《十九首》经典地位的"重构"

与《客从远方来》不同，《青青河畔草》在陆机、刘铄和鲍令晖笔下，一直以稳定形态出现。齐梁开始，其呈现出与汉乐府古辞《饮马长城窟行》"青青河边草"（以下简称《青青河边草》）相混融并加速发展的特点，如王融《青青河畔草》、萧衍《拟青青河边草》、沈约《拟青青河边草》、何逊《学青青河边草》（后三首标题依据《玉台新咏》卷五），我们称之为"渐进性经典"。齐梁诸家展现出对《青青河畔/边草》的浓厚兴趣与主流文学思潮的变迁有密切关系。永明体的流行使诗坛上出现古今分流的观念，以汉魏晋宋体为古，齐梁声律体为今。《诗品序》言，"庸音杂体，各各为容。至使膏腴子弟，耻文不逮"，"次有轻荡之徒，笑曹刘为古拙，谓鲍照羲皇上人，谢朓今古独步"[①]。寒素士人秉承汉魏重抒情一脉，贵游子弟崇尚新体。他们通过模拟、改造旧体，并非要与前人争胜或借古喻今，而是为了表达尚新变的诗学趣味。

《青青河边草》篇幅较长，属相和歌辞瑟调曲，《青青河畔草》为五言十句的徒诗，是两个不同的题目。《青青河边草》首句"青青河边草，绵绵思远道"与《青青河畔草》"青青河畔草，郁郁园中柳"，同用叠字和近似句法，

---

① （南朝梁）钟嵘著，曹旭集注：《诗品集注》，第64—65、69页。

后人常将二者混为一谈。如《文选》六臣本《饮马长城窟行》作"青青河畔草"。《玉台新咏考异》言："考六朝拟作凡署'青青河边草'者，皆拟此作；凡署'青青河畔草'者，皆拟枚叔之作。然则作'畔'为误矣。"① 拟枚叔之作是指陆机《拟青青河畔草》等拟古诗。《玉台新咏》对两者及其拟诗的收录反映了六朝人对其分属不同系统的认识，如《青青河畔草》题下有陆机《拟青青河畔草》《拟西北有高楼》等拟古诗七首，刘铄《代青青河畔草》《代行行重行行》等拟古诗四首，鲍令晖《拟青青河畔草》《拟客从远方来》，名下系有拟"青青河畔草"的诗人均以《拟古》组诗形态呈现；同一作者拟《青青河边草》也常伴随着其他拟乐府之作，如傅玄《青青河边草篇》《苦相篇豫章行》等七首、荀昶《拟青青河边草》《拟相逢狭路间》、沈约《拟青青河边草》《拟三妇艳》、何逊《学青青河边草》《拟轻薄篇》、萧衍《拟青青河边草》《拟明月照高楼》。《乐府诗集》收录王融、沈约、何逊、萧衍作品，应是将其认为是乐府体，然又题为《青青河畔草》，具体的原因比较复杂。在沈约"三易"说特别是"易诵读"的影响下，齐梁诗重在突破古体的生硬凝重，追求自由流畅的声情。针对《十九首·青青河畔草》和陆机等拟作一韵到底，沈约、王融、何逊等擅长新体的诗人，将《青青河边草》顶针和转韵手法移植其中，反映了摸索五言诗不同体式的意识。他们采用与《十九首·青青河畔草》原篇十句相近的十二句体，王融和萧衍作品分别如下：

> 容容寒烟起，翘翘望行子。行子殊未归，寢寐若容辉。夜中心爱促，觉后阻河曲。河曲万里余，情交襟袖疏。珠露春华返，璿霜秋照晚。入室怨蛾眉，情归为谁婉。②

> 幕幕绣户丝，悠悠怀昔期。昔期久不归，乡国旷音徽。音徽空结迟，半寝觉如至。既寤了无形，与君隔平生。月以云掩光，叶似霜摧老。当途竞自容，莫肯为妾道。③

篇体结构相近，首句两用叠字，四句一转韵，用顶针勾连，结尾均定格在对《青青河边草》"入门各自媚，谁肯相为言"的模拟。余冠英针对乐府古辞入乐时的拼凑指出："'青青河边草'八句和'客从远方来'八句各

---

① 张蕾：《〈玉台新咏校正〉整理与研究》，上海古籍出版社2019年版，第95页。
② （宋）郭茂倩编：《乐府诗集》，第562页。
③ （南朝陈）徐陵编，（清）吴兆宜注，（清）程琰删补，穆克宏点校：《玉台新咏笺注》，第268页。

为一首诗,'枯桑'四句并非完章,夹在中间,音节上连环的一节,意义上却是两无相属。"①篇中转韵,前八句两句一转韵,有意摒弃汉魏长篇体制,追求转韵体声律谐婉的作法。最具特色的属何逊《学青青河边草》:

> 春园日应好,折花望远道。秋夜苦复长,抱枕向空床。吹楼下促节,不言于此别。歌筵掩团扇,何时一相见。弦绝犹依轸,叶落裁下枝。即此虽云别,方我未成离。②

其中前两句似乎隐括《十九首》之《青青河畔草》和《涉江采芙蓉》,"秋夜苦复长,抱枕向空床",描写夜中思念是此类同题诗作的另一共同点,是对"梦见在我傍,忽觉在他乡"一句的延伸。前八句借鉴永明声律说,逐句押韵,又保留古辞两句一转韵的特点,篇体结构上继承汉魏古体以散句为主,仅两句对偶。《四库全书总目》卷一四八《集部·别集类》云:"此本标题作《拟青青河畔草转韵体为人作其人识节工歌》,与《玉台新咏》不同。考六朝以前之诗题,无此格体,显为后人所妄加。又《青青河边草》为蔡邕之作,《青青河畔草》为枚乘之作;六朝人所拟,截然有别。此题效邕体而题作'畔'字,明为后人据《十九首》而改,复以古诗不换韵,此诗换韵,妄增'转韵体'云云,盖字句亦多所窜乱,非其旧矣。"③现存明嘉靖翻宋刻《六朝诗集》本《何水部集》二卷,反映的是宋代何逊诗集的面貌。《六朝诗集》本诗题恰作"拟青青河畔草转韵体为人作其人识节工歌",《乐府诗集》亦作"畔",可能并非与《十九首》相混导致。《乐府诗集》卷三八先录《青青河边草》,后收录王融、沈约、何逊、萧衍之作,总题为《青青河畔草》,可见认为与前者非同一类。"转韵""河畔"即便出于增改,也说明后人认为其在摹习和取法汉魏古诗的基础上,通过转韵创造了不同风格的杂糅物,在古与今、质与文之间折中调和。在此过程中,乐府和古诗之间的文体界限被打开,追求口吻调利的效果。《梁书·何逊传》载范云评何逊诗曰:"顷观文人,质则过儒,丽则伤俗;其能含清浊,中今古,见之何生矣。"④齐梁人并非像前辈那样对经

---

① 余冠英:《乐府歌辞的拼凑和分割》,见《汉魏六朝诗论丛》,商务印书馆2010年版,第17—26页。
② (南朝陈)徐陵编,(清)吴兆宜注,(清)程琰删补,穆克宏点校:《玉台新咏笺注》,第216页。
③ (清)永瑢等:《四库全书总目提要》,第1275页。
④ 《梁书》,第693页。

典顶礼膜拜或畏服,而是将其还原为普通文本,实验新的文学趣味或仅是一种娱乐,是当时多人酬赠唱和风气的结果。

拟《青青河畔/边草》是经多方合力作用被推上经典的宝座,究其原因,与当时社会不同阶层的此消彼长密切相关。面对寒士的猎官运动,梁武帝于天监初年进行官制改革,吸纳更多的寒素士人加入官僚队伍,士庶之间的隔阂日趋缩小。以何逊为例,终其一生,位不过参军、记室,颜之推所谓"扬都论者,恨其每病苦辛,饶贫寒气,不及刘孝绰之雍容也"[1],继承的仍是汉魏寒素诗风。然其能与士族子弟刘孝绰并称"何刘"、沈约亦爱其文,"尝谓逊曰:'吾每读卿诗,一日三复,犹不能已。'其为名流所称如此!"[2] 何逊虽居下流却交游广泛,互通声气、酬唱赠答之作标出姓名、官职的就有近四十人。这类士人有较高的素养,加之整体社会地位的提高,才能与上层士人有对话、交往的可能性。对于上层官僚而言,与下层寒士交往也是利益所在:与他们组织的诗社文会,结成错综坚定而富于弹性的士人关系网络,从而培植自己的势力。可以说,沈约、王融、何逊等对《青青河畔/边草》的重构产生的类群化作品,似乎可以看作是士庶从对立走向融合的缩影,在双向调节中兼顾不同阶层的诉求,缓解阶级固化的矛盾。正如有研究者将何逊性格总结为"出身庶族而具有士族的普遍性格,同于士族而又带着庶族文人的心理意绪"[3],其实不仅造就了典型的何逊心态,也反映了当时士庶阶层性格的某些共通性。

四 《文选》对《十九首》经典地位的奠定

综上所述,《十九首》的经典化不是封闭的过程,其经典之旅是一个建构、解构和重构的复杂循环,经典的地位是动态变化的,是各种社会文化力量较量和博弈的产物,具有积累性。《十九首》汇聚为一个整体被收入《文选》并拥有了统一的名字,标志其经典地位的真正奠定。除了萧统个人的思想标准、审美趣味之外,外界不可抗拒的文化力量对于其选录有着推动作用。六朝文士在一代代的重读、仿拟和阐释中,经典的价值被持续认同、接受的群体阶层不断扩大,产生于过去的经典因模拟而"存活"于当下,不断焕发出新的生命。拟作对于《十九首》经典地位的奠定有着重要价值和意义。

---

[1] 王利器撰:《颜氏家训集解·文章》(增补本),第361页。
[2] 《梁书》,第693页。
[3] 阎采平:《齐梁诗歌研究》,第144页。

文学经典形成的外部因素中，批评家和批评专著的推崇对经典的形成会起到促进作用。《文心雕龙·明诗》称："古诗佳丽，或称枚叔，其'孤竹'一篇，则傅毅之词，比采而推，两汉之作乎？观其结体散文，直而不野，婉转附物，怊怅切情，实五言之冠冕也。"[1] 高度评价其艺术价值，又对"古诗"的作者和时代深表怀疑。之后钟嵘将"古诗"在《诗品》中单列，置于"上品"第一条的醒目位置，这批诗作具体包括：

> 其体源出于《国风》。陆机所拟十四首，文温以丽，意悲而远。惊心动魄，可谓几乎一字千金！其外《去者日以疏》四十五首，虽多哀怨，颇为总杂。旧疑是建安中曹、王所制。《客从远方来》、《橘柚垂华实》，亦为惊绝矣！人代冥灭，而清音独远，悲夫！[2]

钟嵘先言"陆机所拟十四首"，"古诗"概念与"拟"这一文学行为是紧密绑定的。其外还有四十五首，其中《去者日以疏》可能旧传为曹植、王粲作品中水平较高的一首。《客从远方来》《橘柚垂华实》同样具备极高的艺术价值，然而产生的具体时代已不可考。《客从远方来》以前少有关注，拟作直到晋宋以后才开始集中出现，成为"突进型经典"，与钟嵘的判断大体一致。《诗品》给予拟诗特别的关注，认为"士衡《拟古》""斯皆五言之警策"，陶渊明"日暮天无云"（《拟古》其七）为"风华清靡"之作，鲍令晖"拟古尤胜"。拟诗能够作为诗人的代表作，是基于历代诗人丰富的创作实践而被钟嵘认同。

萧统自幼接受儒家思想的教导，提倡的是符合儒家雅正思想规范的文学作品，《文选》的编撰即"择其文尤典雅者，勒成一书"[3]。作为当朝太子，萧统拥有至高的话语权和文学号召力，他有意识地将个人思想、情趣建构出一个经典序列，即"个人经典"，把价值评判的标准掌握在自己手中。经典化从某种意义上正是对社会主流话语权力的争夺，因而是谁的经典就显得尤为重要。萧统作为统治阶层，自然是为满足身边庞大的士族群体的期待视野和审美需求。文学选本作为一种特殊的批评方式，如明钟惺《诗归序》言："选者之权力能使人归。"[4] 在经典形成中的权威作用不言而喻。通过文本遴选，将选家提倡的"个人经典"经由周围的文人集团扩

---

[1] （南朝梁）刘勰著，范文澜注：《文心雕龙注》，第66页。
[2] （南朝梁）钟嵘著，曹旭集注：《诗品集注》，第91页。
[3] 骆鸿凯：《文选学》，第22页。
[4] （明）钟惺著，李先耕、崔重庆标校：《隐秀轩集》，上海古籍出版社1992年版，第236页。

散开去，成为上下响应的"公共经典"。

针对选本之"选"的特性，萧统在《文选》"诗部"最后设置"杂诗"和"杂拟"两类，使其呈现一一对应的文本关系，从而扩大选文的范围，而且两者结合形成新的复合文本结构，蕴含着选家的文学思想，也给读者带来新的文本阅读体验。萧统将"陆机所拟十四首"中的十一首集中收录，作为《十九首》中最早成立的那部分，分别是《行行重行行》《青青河畔草》《青青陵上柏》《今日良宴会》《西北有高楼》《涉江采芙蓉》《明月皎夜光》《庭中有奇树》《迢迢牵牛星》《东城高且长》《明月何皎皎》，充分展现经典是如何被后人学习和模拟的，"拟"字所揭示的就是诗人明确的模拟意图，通过"拟"对原作的"提及"就有了宣传的意味，原作的经典地位得以进一步强化。陆机《拟兰若生朝阳》代替原作《兰若生春阳》被收入《文选》，拟诗成为与原作的"补偿"文本，无形中扩大了《文选》的收诗范围。读者在阅读拟诗时，自然会与原作进行比较，从而体会选家取舍的原因，如纪昀评《兰若生春阳》"颇伤质直，结亦竭情，昭明独删去之，故非无见"[1]，认为这是原作不够中正平和导致。

随着时间的流动，原作不断衍生新的拟诗文本，进而导致拟诗"文本家族"的不断扩大，通过收录不同时代的拟诗文本，可以看出后代文本在对前代同一文本的袭用和仿拟过程中，产生的新变化。《文选》收录刘铄《拟行行重行行》《拟明月何皎皎》二首，其中《拟行行重行行》与陆机拟作相比，有了更多的自由度。首句"眇眇陵长道，遥遥行远之"仍是对原作"行行重行行，与君生别离"的模拟，遵循的拟作方法是"格调之大关键处，则不可遗也"[2]，尾句"愿垂薄暮影，照妾桑榆时"实拟陆机《塘上行》尾句"愿君广末光，照妾薄暮年"。刘铄拟作不仅对应原作，还需对应前人的拟作，对陆机之"迹"的模拟是全方位的。原作是"源"，拟作是"流"，后起拟作与原作以及前人拟作比肩而立、遥相呼应，展示了一个文本在不同时空的持续影响力和多元面貌。而且被拟频率越高，说明被重视的程度越高，经典化的步伐亦得以加快。

拟诗是在原作基础上踵事增华，伴随着原作经典地位的定型，拟诗也同样晋升为经典。在萧统的时代，陆机、刘铄拟作早已升格为经典，即"既成经典"。《文选序》号称"略其芜秽，集其清英"，所谓"清英"显然不是一人一时之裁夺，只能是"既成经典"。齐梁拟诗缺乏时间的沉淀

---

[1] 张蕾：《〈玉台新咏校正〉整理与研究》，第81页。
[2] （清）吴淇著，汪俊、黄进德点校：《六朝选诗定论》，第331页，

和裁汰，经典化过程尚未结束，因此一首也未被选入。那么晋宋拟诗能否成为经典，就取决于萧统本人的眼光和意志。萧统作为经典的"发现人"①，以《陶渊明传》《陶渊明集序》及其所辑的八卷本《陶渊明集》，使其在陶渊明接受史上的贡献无出其右。陶渊明被"发现"固然有赖于萧统慧眼识珠，但并非仅凭偶然的机会和运气。南朝人对陶渊明文学价值的发现，首先是从对他的模拟开始的，颜延之《陶征士诔》称其"学非称师，文取旨达"，评价不够切当。鲍照《学陶彭泽体》模拟陶诗中抒发生命意绪之作，之后江淹《杂体诗三十首·陶征君田居》，第一次将其冠以"田园"诗人的称号。《诗品》将陶渊明置于"中品"，称"观其文，想其人德。世叹其质直。至如'欢言酌春酒'、'日暮天无云'，风华清靡，岂直为田家语耶？"②认为陶诗具有"质直""风华清靡""田家语"多样风格，其中"日暮天无云"正是其《拟古》其七：

  日暮天无云，春风扇微和。佳人美清夜，达曙酣且歌。歌竟长叹息，持此感人多。皎皎云间月，灼灼叶中华。岂无一时好，不久当如何。③

在意象、句法和笔调上与《十九首》之风格最为接近，表达的也是《十九首》中传统的人生无常、美好易逝之感。清吴瞻泰《陶诗汇注》言："'云间月''叶中花'，借以兴一时好，而着'岂无'字、'当如何'字，冷语刺骨。《楚辞》'恐美人之迟暮'，即首六句意，正悲美人之失时也。"④可见在萧统之前，陶渊明就成了诸家看好的"潜力股"，即"待成经典"。《文选》"杂拟"类仅将此首选入，正是萧统在士族意识支配下对"风华清靡"风格的肯定。陶渊明由"待成经典"变成"既成经典"，除了文学成就之外，萧统还有政治方面的考量。如同晋宋统治者一样，注重利用其隐士身份进行教化，其在《陶渊明集序》中说："不以躬耕为耻，不以无财为病"，其德行"有助于风教"。⑤

---

① 童庆炳归纳文学经典建构的"六要素"：文学作品的艺术价值、文学作品的可阐释空间、意识形态和文化权力变动、文学理论和批评的价值取向、特定时期读者的期待视野、发现人或赞助人。参见童庆炳《文学经典建构的诸因素及其关系》，《北京大学学报》2005年第5期。
② （南朝梁）钟嵘著，曹旭集注：《诗品集注》，第337页。
③ 袁行霈：《陶渊明集笺注》，第326页。
④ 转引自龚斌《陶渊明诗品汇》，崇文书局2022年版，第226页。
⑤ （南朝梁）萧统著，俞绍初校注：《昭明太子集校注》，中州古籍出版社2001年版，第200—201页。

与陶渊明相比，鲍照作品的经典化是从其生前开始的。鲍照于泰始二年（466）死于乱兵之中，钟嵘称，"大明、泰始中，鲍、休美文，殊已动俗"①，"动俗"的正是他那些"险急""险俗"的乐府诗。与传统讲究温柔敦厚的诗风不同，鲍照追求"发唱惊挺，操调险急，雕藻淫艳，倾炫心魂"②，以"颠覆阅读"的方式成为时人效仿的对象。主流文化圈对鲍照的态度非常复杂，一方面，他们难免被其艺术魅力所吸引，另一方面，鲍照宣扬的底层意识，游离于主流文化价值观以外的个性为正统阶层难以容忍。鲍照死后，其接受被迅速冷却。虞炎奉文惠太子之命为鲍照搜集遗文，《鲍照集序》称"身既遇难，篇章无遗"。编辑者又称"虽乏精典，而有超丽"③，可见上层对鲍照的矛盾态度。编集并不意味着鲍照已升格为经典，充其量只是重新被人整理和阅读。直到半个世纪以后，天监年间，鲍照才成为与谢灵运、颜延之并列的"三体"之一。可以说，正是普通大众的喜爱、传唱造成的巨大声势，让掌握审美话语权的上层不得不正视鲍照的价值。《鲍照集》中有《拟古》八首，《文选》中选录了前三首，但排序存在差异。"幽并重骑射"一首，别集中为第三，《文选》排第一，此述少年意气风发，征战边疆；"鲁客事楚王"在别集中为第一，《文选》中列二，坚守道义的"南儒"没有得到赏识和富贵，只能期待明主出现；"十五讽诗书"在别集中为第二，《文选》中排第三，表达报国志向和功成身退的节操。调整的原因固然可用主人公的成长、心路历程来解释，实际上选择这三首并打乱顺序的原因，可能受《文选》卷三一"杂拟"类收录江淹《杂体诗三十首·鲍参军戎行》的影响：

> 豪士枉尺璧，宵人重恩光。徇义非为利，执羁轻去乡。孟冬郊祀月，杀气起严霜。戎马粟不暖，军士冰为浆。晨上城皋坂，碛砾皆羊肠。寒阴笼白日，大谷晦苍苍。息徒税征驾，倚剑临八荒。鹖鹏不能飞，玄武伏川梁。铩翮由时至，感物聊自伤。竖儒守一经，未足识行藏。④

吴淇言："此拟鲍参军《拟古》三首之意。旧注云：'险侧自快，婉然明远风调。但未极俶诡靡曼之致。'不知未极俶诡靡曼，正所以善拟明远。盖明远长于乐府，故古诗中皆带有乐府意，乃明远之体也。此诗险侧自快，正

---

① （南朝梁）钟嵘著，曹旭集注：《诗品集注》第575页。
② 《南齐书》，第1001页。
③ （南朝宋）鲍照著，丁福林、丛玲玲校注：《鲍照集校注》，第1页。
④ （南朝梁）江淹著，（明）胡之骥注，李长路、赵威点校：《江文通集汇注》，第164页。

是诗中稍带乐府意。若更极俶诡靡曼，则是拟明远之乐府，而非拟明远之诗矣。诚观此通篇无一处不是险侧自快，俨然一乐府体，但中间于序行处用'徇（意）[义]非为利'，于序藏处用'铩翮由时至'，全无一些俶诡意，泂为古诗非乐府也。"① 认为江淹所拟为鲍照《拟古》三首，依次含盖的就是《文选》中的排列顺序。可见拟诗并不是被动的对原作的反应，它可以化身为一种创造性的力量，直接影响选家的选录和排序，主动参与到经典化的历程之中。此外，经典化某种程度上也是统治者招安、驯化的过程，一方面反叛者要有所收敛，不能过于叛逆，鲍照《拟古》其四、其五、其六显然不能为萧统所容忍。另一方面对经典的限制也要有所放宽，双方都要有所让步，才能在"经典"与"反经典"中达到某种平衡。前三首正是基于其表达的"忠君爱国"的思想，最终在上层权威和下层民众接受的合力中成为经典。

从读者阅读角度，从陆机、刘铄到陶渊明的拟诗，采用的因袭式模拟，必然导致诗意的因因相陈、风格面貌的雷同，造成阅读者的"审美疲劳"。鲍照这些"陌生化"作品的加入，可以顺应人们追求新奇的心理需求，给阅读者带来审美愉悦和全新的阅读体验。可见"反经典"也会对经典起到必要的补充作用。

此外，《文选》对其他"古诗"的选入也存在某些相对稳定的经典化规则，除"陆机所拟十二首"之外，《世说新语》载王孝伯与其弟谈论的《回车驾言迈》、《诗品》单列《去者日以疏》，均是上层士人所称赏和创作。《孟冬寒气至》为刘铄广补陆机之作，《客从远方来》《冉冉孤生竹》存有多首拟作。《凛凛岁云暮》现不存唐前的整首拟作，然而文人对其首句的借鉴非常明显，如陶渊明《咏贫士》其二"凄厉岁云暮"、何逊《初发新林诗》"凛凛穷秋暮"、沈约《宿东园诗》"岂止岁云暮"，可能就是文人对其首句的效仿引起萧统的关注。《十九首》中《行行重行行》《青青河畔草》《青青陵上柏》《今日良宴会》《西北有高楼》《涉江采芙蓉》《明月皎夜光》《庭中有奇树》《迢迢牵牛星》《东城高且长》《明月何皎皎》《驱车上东门》《孟冬寒气至》《客从远方来》《冉冉孤生竹》《凛凛岁云暮》，萧统之前至少有十六首有后人拟作，拟作对于《十九首》的奠定有着决定性意义。至于为何是"十九首"？可能参照了中国古代历法上的"成数"，以"十九"代表"天之大数"②，后世常以"十九首"代表全部古诗。

---

① （清）吴淇著，汪俊、黄进德点校：《六朝选诗定论》，第479页。
② 辛德勇：《古诗何以十九首》，《古典文学知识》2019年第5期。

综上所述，在《文选》之前，陆机、鲍照、沈约、何逊等已经为《十九首》的经典化做出了某些贡献，只是尚未形成整体意识。《文选》对《十九首》经典地位的建构具体表现在三个方面：一是将众多无名氏"古诗"进行遴选，汇集成为一个有机体，并赋予其统一的名字——《古诗十九首》，昭示着其在中古时期的经典化历程基本完成。稍后徐陵《玉台新咏》仍将其拆开，其中十二首与《文选》重合，而八首被系于枚乘名下。这恰好说明文学经典自身具有丰厚的文学内涵，可供不同的编选者各取所取，从而建构各自的文学传统。《玉台新咏》同样很有选本价值，但在权威性和影响力上远不及《文选》所收录的《十九首》。二是试图营造出一种观念性的秩序，即越靠近士族文学传统，越有可能成为新经典。为了表达士族的文学主张和审美趣味，萧统及其追随者从拟古诗中甄选出大量同质性的诗歌，如陆机、刘铄、陶渊明的拟古诗，使读者感受到原作及拟诗跨时空内的演进轨迹，从而将这种演进轨迹和士族审美意识固定下来。三是也给那些"反经典"作品留有一席之地。一旦没有像鲍照拟古诗的参与，从汉末到齐梁诗歌的演进链条就会中断而无法建构。然而，遴选的过程并不意味对传统的"颠覆"，而是一种温和的"改良"，将鲍照三首拟古诗选录，这些作品既共同参与《十九首》经典化的建构，又呈现出各自"趋新"特质，从而使选本更具包容性而被大众认可。

《十九首》直接促成了后世以之为蓝本的芸芸拟作，如李白《拟古十二首》、韦应物《拟古诗十二首》、钱宰《拟古诗十九首》、何景明《拟古诗十八首》、李攀龙《古诗后十九首》等。明陆时雍贴切地将《十九首》称为"诗母"[①]，《十九首》中优雅的词章如同母亲一样滋养、融入一代代诗人的文学素养中，从而以千姿百态的风格和面貌造就了后世诗歌的极大繁荣。由于后世拟诗和研究者众多，《十九首》甚至脱离了"母体"《文选》，成了独立研究的对象。《十九首》的单行注本大抵始于清代，据《清史稿·艺文志》著录，注本有徐昆《古诗十九首说》一卷、卿彬《古诗十九首注》一卷、饶学斌《古诗十九首注解》二卷和张庚注《古诗十九首解》一卷。这些不曾中断的模拟、阐释和研究都在不同层面上对《十九首》进行着经典化的建构。

---

① （明）陆时雍选评，任文京、赵东岚点校：《诗镜》，第18页。

参考文献

一 古籍

（汉）班固：《汉书》，中华书局1962年版。
（汉）毛亨传，（汉）郑玄笺，（唐）孔颖达疏，（唐）陆德明音释，朱杰人、李慧玲等整理：《毛诗注疏》，上海古籍出版社2013年版。
（汉）司马迁：《史记》，中华书局1982年版。
（汉）许慎撰，（清）段玉裁注：《说文解字注》，浙江古籍出版社2012年版。
（汉）扬雄撰，（晋）郭璞注：《方言》，中华书局2016年版。
（汉）应劭撰，王利器校注：《风俗通义校注》，中华书局2010年版。
（魏）曹植著，赵幼文校注：《曹植集校注》，中华书局2016年版。
（魏）嵇康著，戴明阳校注：《嵇康集校注》，中华书局2014年版。
（晋）陈寿：《三国志》，中华书局1986年版。
（晋）陆翙：《邺中记》，中华书局1985年版。
（晋）陆机著，郝立权注：《陆士衡诗注》，人民文学出版社1958年版。
（晋）陆机著，刘运好校注整理：《陆士衡文集校注》，凤凰出版社2007年版。
（晋）陆机著，张少康集释：《文赋集释》，人民文学出版社2004年版。
（晋）陆云著，刘运好校注整理：《陆士龙文集校注》，凤凰出版社2010年版。
（南朝宋）鲍照著，丁福林、丛玲玲校注：《鲍照集校注》，中华书局1958年版。
（南朝宋）范晔：《后汉书》，中华书局1965年版。
（南朝齐）谢朓著，曹融南校注集说：《谢宣城集校注》，上海古籍出版社1991年版。
（南朝梁）何逊著，李伯齐校注：《何逊集校注》，中华书局2010年版。

（南朝梁）江淹著，（明）胡之骥注，李长路、赵威点校：《江文通集汇注》，中华书局2006年版。
（南朝梁）刘勰著，范文澜注：《文心雕龙注》，人民文学出版社1958年版。
（南朝梁）刘勰著，詹锳义证：《文心雕龙义证》，上海古籍出版社1989年版。
（南朝梁）沈约：《宋书》，中华书局1974年版。
（南朝梁）萧统编，（唐）李善、吕延济、刘良、张铣、吕向、李周翰注：《六臣注文选》，中华书局2012年版。
（南朝梁）萧统编，（唐）李善注：《文选》，上海古籍出版社2010年版。
（南朝梁）萧统著，俞绍初校注：《昭明太子集校注》，中州古籍出版社2001年版。
（南朝梁）萧绎撰，许逸民校笺：《金楼子校笺》，中华书局2011年版。
（南朝梁）萧子显：《南齐书》，中华书局1972年版。
（南朝梁）钟嵘著，曹旭集注：《诗品集注》，上海古籍出版社2011年版。
（南朝梁）钟嵘著，曹旭笺注：《诗品笺注》，人民文学出版社2009年版。
（南朝陈）徐陵编，（清）吴兆宜注，（清）程琰删补，穆克宏点校：《玉台新咏笺注》，中华书局2007年版。
（南朝陈）阴铿著，杨晓斌整理：《阴铿诗集》，中华书局2019年版。
（北魏）郦道元著，陈桥驿校证：《水经注校证》，中华书局2014年版。
（北魏）杨衒之撰，范祥雍校注：《洛阳伽蓝记校注》，上海古籍出版社2009年版。
（北魏）杨衒之撰，周祖谟校释：《洛阳伽蓝记校释》，中华书局2010年版。
（北齐）魏收：《魏书》，中华书局1974年版。
（北周）庾信撰，（清）倪璠注，许逸民校点：《庾子山集注》，中华书局1980年版。
（隋）阳玠撰，黄大宏校笺：《八代谈薮校笺》，中华书局2013年版。
（唐）白居易：《元氏长庆集》，四部丛刊初编本。
（唐）陈子昂著，彭庆生注释：《陈子昂诗注》，四川人民出版社1981年版。
（唐）杜甫著，（清）杨伦笺注：《杜诗镜铨》，上海古籍出版社1980年版。
（唐）杜佑撰，王文锦等点校：《通典》，中华书局1988年版。

（唐）房玄龄等：《晋书》，中华书局1974年版。
（唐）皎然著，李壮鹰注：《诗式校注》，中华书局2010年版。
（唐）李百药：《北齐书》，中华书局1972年版。
（唐）李林甫等撰，陈仲夫点校：《唐六典》，中华书局1992年版。
（唐）李商隐撰，（清）冯浩订：《玉谿生诗详注》，德聚堂刊本。
（唐）李延寿：《北史》，中华书局1974年版。
（唐）李延寿：《南史》，中华书局1975年版。
（唐）令狐德棻等：《周书》，中华书局1971年版。
（唐）刘𫗧著，程毅中点校：《隋唐嘉话》，中华书局1979年版。
（唐）刘知幾撰，（清）浦起龙通释：《史通通释》，上海古籍出版社1978年版。
（唐）卢照邻著，李逸云校注：《卢照邻集校注》，中华书局2012年版。
（唐）欧阳询撰，汪绍楹校：《艺文类聚》，上海古籍出版社1999年版。
（唐）魏徵等：《隋书》，中华书局1973年版。
（唐）魏徵等撰，沈锡麟整理：《群书治要》，中华书局2014年版。
（唐）徐坚等：《初学记》，中华书局2004年版。
（唐）姚思廉：《梁书》，中华书局1973年版。
（唐）姚思廉：《陈书》，中华书局1972年版。
（唐）元稹著，冀勤点校：《元稹集》（修订本），中华书局2021年版。
（后晋）刘昫等：《旧唐书》，中华书局1975年版。
（宋）晁公武撰，孙猛校证：《郡斋读书志校证》，上海古籍出版社2011年版。
（宋）程大昌撰，刘尚荣校证：《考古编 续考古编》，中华书局2008年版。
（宋）郭茂倩编：《乐府诗集》，中华书局1979年版。
（宋）洪迈撰，凌郁之笺证：《容斋随笔》，中华书局2021年版。
（宋）洪兴祖撰，白化文等点校：《楚辞补注》，中华书局2009年版。
（宋）胡仔：《苕溪渔隐丛话》，人民文学出版社1981年版。
（宋）黎靖德编：《朱子语类》，中华书局1986年版。
（宋）李昉等编：《太平广记》，中华书局1960年版。
（宋）李昉等编：《文苑英华》，中华书局1982年版。
（宋）李昉等撰：《太平御览》，中华书局1960年版。
（宋）罗大经撰，王瑞来点校：《鹤林玉露》，中华书局1983年版。
（宋）马端临：《文献通考》，中华书局1986年版。

（宋）阮阅编著，周本淳点校：《诗话总龟》，人民文学出版社 2006 年版。

（宋）司马光编著，（元）胡三省音注：《资治通鉴》，中华书局 2011 年版。

（宋）魏庆之著，王仲闻点校：《诗人玉屑》，中华书局 2011 年版。

（宋）严羽著，郭绍虞校释：《沧浪诗话》，人民文学出版社 2012 年版。

（宋）叶梦得撰，逯铭昕校注：《石林诗话校注》，人民文学出版社 2011 年版。

（宋）叶適：《水心先生文集》，四部丛刊本。

（宋）叶適：《习学记言序目》，中华书局 1977 年版。

（宋）乐史撰，王文楚等点校：《太平寰宇记》，中华书局 2000 年版。

（宋）郑樵：《通志》，中华书局 1987 年版。

（宋）朱熹集传，赵长征点校：《诗集传》，中华书局 2017 年版。

（元）方回著，李庆甲集评点校：《瀛奎律髓汇评》，上海古籍出版社 2005 年版。

（元）刘履：《风雅翼》，清文渊阁四库全书本。

（元）左克明编撰，韩宁、徐文武点校：《古乐府》，中华书局 2016 年版。

（明）方以智：《通雅》，景印文渊阁四库全书本。

（明）胡应麟：《诗薮》，上海古籍出版社 1979 年版。

（明）胡震亨：《唐音癸签》，上海古籍出版社 1981 年版。

（明）胡震亨著，（清）徐世溥撰，（清）宋荦著：《唐诗谈丛　榆溪诗话　漫堂说诗》，商务印书馆 1936 年版。

（明）刘体仁：《通鉴札记》，北京图书馆出版社 2004 年版。

（明）陆时雍选评，任文京、赵东岚点校：《诗镜》，河北大学出版社 2010 年版。

（明）梅鼎祚编：《古乐苑》，清文渊阁四库全书本。

（明）王夫之：《船山全书》，岳麓书社 2011 年版。

（明）王夫之著，李中华、李利民校点：《古诗评选》，上海古籍出版社 2011 年版。

（明）王世贞：《弇州山人四部稿》，明万历五年刻本。

（明）王世贞著，罗仲鼎校注：《艺苑卮言校注》，人民文学出版社 2021 年版。

（明）文震亨：《长物志》，中华书局 1985 年版。

（明）吴讷著，凌郁之疏证：《文章辨体序题疏证》，人民文学出版社 2016 年版。

（明）吴讷，（明）徐师曾：《文章辨体序说　文体明辨序说》，人民文学出版社 1998 年版。

（明）谢榛著，宛平校点；（清）王夫之著，舒芜校点：《四溟诗话　薑斋诗话》，人民文学出版社 2012 年版。

（明）熊明遇：《文直行书诗文》，清顺治十七年熊人霖刻本。

（明）许学夷：《诗源辩体》，人民文学出版社 1987 年版。

（明）杨慎：《升庵诗话》，中华书局 2008 年版。

（明）张溥著，殷孟伦注：《汉魏六朝百三家集题辞注》，中华书局 2007 年版。

（明）张燮著，王京州笺注：《七十二家集题辞笺注》，上海古籍出版社 2019 年版。

（明）张之象编，［日］中岛敏夫整理：《古诗类苑》，上海古籍出版社 2006 年版。

（清）陈立撰，吴则虞点校：《白虎通疏证》，中华书局 1994 年版。

（清）陈祚明评选，李金松点校：《采菽堂古诗选》，上海古籍出版社 2008 年版。

（清）董诰等编：《全唐文》，上海古籍出版社 1990 年版。

（清）方东树著，汪绍楹校点：《昭昧詹言》，人民文学出版社 2006 年版。

（清）顾炎武著，（清）黄汝成集释，栾保群、吕宗力校点：《日知录集释》，上海古籍出版社 2006 年版。

（清）何焯著，崔维高点校：《义门读书记》，中华书局 2006 年版。

（清）何文焕辑：《历代诗话》，中华书局 2011 年版。

（清）胡文英：《吴下方言考》，续修四库全书本。

（清）李光地选编：《榕村诗选》，清雍正己酉石川方氏刊本。

（清）刘熙载撰，袁津琥校注：《艺概注稿》，中华书局 2010 年版。

（清）毛奇龄：《西河文集》，商务印书馆 1937 年版。

（清）潘德舆著，朱德慈辑校：《养一斋诗话》，中华书局 2010 年版。

（清）单隆周：《雪园诗赋》，清康熙刻本。

（清）邵晋涵：《南江诗文钞》，续修四库全书影印本。

（清）沈德潜选：《古诗源》，中华书局 2006 年版。

（清）沈德潜撰，王宏林笺注：《说诗晬语笺注》，人民文学出版社 2013 年版。

（清）苏舆撰，钟哲点校：《春秋繁露义证》，中华书局 1992 年版。

（清）孙梅著，李金松校点：《四六丛话》，人民文学出版社 2010 年版。

（清）田雯：《古欢堂杂著》，文渊阁四库全书本。

（清）王夫之等撰，丁福保辑：《清诗话》，上海古籍出版社2015年版。
（清）王夫之著，舒士彦点校：《读通鉴论》，中华书局2013年版。
（清）王闿运：《湘绮楼说诗》，台北：广文书局1978年版。
（清）王闿运：《湘绮楼诗文集》，岳麓书社1997年版。
（清）王鸣盛撰，陈文和、王永平、张连生、孙显军校点：《十七史商榷》，凤凰出版社2008年版。
（清）王士禛著，（清）张宗柟纂集，戴鸿森校点：《带经堂诗话》，人民文学出版社2006年版。
（清）王士禛选，（清）闻人倓笺：《古诗笺》，上海古籍出版社2012年版。
（清）翁方纲：《复初斋文集》，影印清光绪丁丑重校刊本。
（清）吴淇著，汪俊、黄进德点校：《六朝选诗定论》，广陵书社2009年版。
（清）吴汝纶：《古诗钞》，清武强贺氏刊本。
（清）徐松：《登科记考》，中华书局1984年版。
（清）许梿评选，（清）黎经诰笺注，曹明纲点校：《六朝文絜》，上海古籍出版社2020年版。
（清）严可均辑：《全汉文》，商务印书馆1999年版。
（清）严可均辑：《全后汉文》，商务印书馆1999年版。
（清）严可均辑：《全后周文》，商务印书馆1999年版。
（清）严可均辑：《全晋文》，商务印书馆1999年版。
（清）严可均辑：《全齐文 全陈文》，商务印书馆1999年版。
（清）严可均辑：《全三国文》，商务印书馆1999年版。
（清）严可均辑：《全宋文》，商务印书馆1999年版。
（清）叶燮著，霍松林校注：《原诗》，人民文学出版社2012年版。
（清）叶燮著，霍松林校注；（清）薛雪著，杜维沫校注；（清）沈德潜著，霍松林校注：《原诗 一瓢诗话 说诗晬语》，人民文学出版社2012年版。
（清）永瑢等：《四库全书总目提要》，中华书局2016年版。
（清）俞樾撰，贞凡、顾馨、徐敏霞点校：《茶香室丛钞》，中华书局2006年版。
（清）袁枚著，顾学颉校点：《随园诗话》，人民文学出版社2012年版。
（清）章学诚撰，吕思勉评：《文史通义》，上海古籍出版社2018年版。
（清）张玉毂著，许逸民点校：《古诗赏析》，中华书局2017年版。
（清）赵翼著，江守义、李成玉校注：《瓯北诗话校注》，人民文学出版社

2013年版。

（清）赵翼撰，曹光甫点校：《陔餘丛考》，上海古籍出版社2011年版。

（清）赵翼著，王树民校证：《廿二史札记校证》（订补本），中华书局1984年版。

丁福保辑：《历代诗话续编》，中华书局2006年版。

顾绍柏校注：《谢灵运集校注》，中州古籍出版社1983年版。

郭绍虞编：《清诗话续编》，上海古籍出版社2017年版。

黄节：《谢康乐诗注 鲍参军诗注》，中华书局2008年版。

刘文典撰，冯逸、乔华点校：《淮南鸿烈集解》，中华书局1989年版。

刘跃进著，徐华校：《文选旧注辑存》，凤凰出版社2018年版。

逯钦立校注：《陶渊明集》，中华书局1979年版。

逯钦立辑校：《先秦汉魏晋南北朝诗》，中华书局1983年版。

牛贵琥校注：《王褒集校注》，中华书局2021年版。

王利器撰：《颜氏家训集解》（增补本），中华书局2013年版。

徐震堮：《世说新语校笺》，中华书局2009年版。

许维遹撰，梁运华整理：《吕氏春秋集解》，中华书局2010年版。

杨明照：《抱朴子外篇校笺》，中华书局1997年版。

于光华：《重订文选集评》，清乾隆四十三年启秀堂刻本。

俞绍初辑校：《建安七子集》，中华书局2010年版。

袁珂校注：《山海经校注》，上海古籍出版社1980年版。

张沛：《中说校注》，中华书局2013年版。

钟仕伦：《南北朝诗话校释》，中华书局2007年版。

周维德集校：《全明诗话》，齐鲁书社2005年版。

［日］遍照金刚撰，卢盛江校考：《文镜秘府论汇校汇考》，中华书局2006年版。

二 今人研究著作

柏俊才：《北魏士人迁徙与文学演进》，中华书局2019年版。

蔡宗齐：《汉魏晋五言诗的演变》，陈婧译，北京大学出版社2015年版。

曹道衡：《兰陵萧氏与南朝文学》，中华书局2004年版。

曹道衡：《中古文学史论文集》，中华书局2002年版。

曹道衡：《中古文学史论文集续编》，中华书局2011年版。

曹道衡、刘跃进：《南北朝文学编年史》，人民文学出版社2000年版。

曹道衡、沈玉成：《南北朝文学史》，人民文学出版社1998年版。

曹道衡、沈玉成：《中古文学史料丛考》，载《曹道衡文集》，中州古籍出版社2018年版。
陈梦家：《殷墟卜辞综述》，中华书局1988年版。
陈平原：《千古文人侠客梦——武侠小说类型研究》，人民文学出版社1992年版。
陈乔生：《刘宋诗歌研究》，中华书局2007年版。
陈松雄：《齐梁丽辞衡论》，台北：文史哲出版社1986年版。
陈寅恪：《金明馆丛稿初编》，生活·读书·新知三联书店2001年版。
陈寅恪：《唐代政治史述论》，上海古籍出版社1997年版。
程章灿：《魏晋南北朝赋史》，江苏古籍出版社2001年版。
丁福林：《东晋南朝谢氏文学集团研究》，世界图书出版公司2014年版。
丁福林：《江淹年谱》，凤凰出版社2007年版。
杜晓勤：《齐梁诗歌向盛唐诗歌的嬗变》，北京大学出版社2009年版。
范子烨编：《中古作家年谱汇考辑要》，世界图书出版公司2014年版。
费孝通：《江村经济》，江苏人民出版社1986年版。
傅刚：《〈昭明文选〉研究》，中国社会科学出版社2000年版。
高步瀛：《文选李注义疏》，中华书局1985年版。
高人雄：《北朝民族文学绪论》，中华书局2009年版。
葛晓音：《八代诗史》，中华书局2007年版。
葛晓音：《汉唐文学的嬗变》，北京大学出版社1990年版。
葛晓音：《山水田园诗派研究》，辽宁大学出版1993年版。
龚斌：《陶渊明传论》，华东师范大学出版社2001年版。
龚斌：《陶渊明诗品汇》，崇文书局2022年版。
郭锡良：《汉字古音手册》，商务印书馆2010年版。
郭英德：《中国古代文体学论稿》，北京大学出版社2005年版。
归青：《南朝宫体诗研究》，上海古籍出版社2006年版。
胡大雷：《〈玉台新咏〉编纂研究》，人民文学出版社2013年版。
胡大雷：《宫体诗研究》，商务印书馆2004年版。
胡大雷：《〈文选〉诗研究》，世界图书出版公司2014年版。
胡大雷：《中古诗人抒情方式的演进》，中华书局2003年版。
胡大雷：《中古文学集团》，广西师范大学出版社1996年版。
黄节：《汉魏乐府风笺》，中华书局2008年版。
黄侃：《文心雕龙札记》，中国人民大学出版社2012年版。
黄霖、陈维昭、周兴陆主编，赵俊玲辑校：《文选汇评》，凤凰出版社

2017年版。
黄亚卓：《汉魏六朝公宴诗研究》，华东师范大学出版社2007年版。
姜亮夫：《陆平原年谱》，上海古典文学出版社1957年版。
蒋寅：《古典诗学的现代诠释》，中华书局2003年版。
李钧：《二十世纪西方美学经典文本》，复旦大学出版社2001年版。
李士彪：《魏晋南北朝文体学》，上海古籍出版社2004年版。
梁启超：《中国之美文及其历史》，东方出版中心1996年版。
梁容若：《中国文学史研究》，台北：三民书局1970年版。
廖奔：《中国古代剧场史》，中州古籍出版社1997年版。
廖奔：《中国戏剧图史》，大象出版社2000年版。
刘师培：《中国中古文学史讲义》，上海古籍出版社2006年版。
刘永济：《十四朝文学要略》，中华书局2007年版。
刘跃进：《门阀士族与永明文学》，生活·读书·新知三联书店1996年版。
刘跃进：《中古文学文献学》，江苏古籍出版社2000年版。
刘跃进、范子烨编：《六朝作家年谱辑要》，黑龙江教育出版社1999年版。
刘跃进主编：《中国古代文学通论》（魏晋南北朝卷），辽宁人民出版社2005年版。
罗根泽：《乐府文学史》，东方出版社1996年版。
罗宗强：《魏晋南北朝文学思想史》，中华书局2006年版。
罗宗强：《玄学与魏晋士人心态》，天津教育出版社2005年版。
骆鸿凯：《文选学》，中华书局2015年版。
吕思勉：《两晋南北朝史》，上海古籍出版社2005年版。
梅家玲：《汉魏六朝文学新论：拟代与赠答篇》，北京大学出版社2004年版。
南开大学中文系编：《魏晋南北朝文学与文化论文集》，南开大学出版社2002年版。
聂石樵：《魏晋南北朝文学史》，中华书局2007年版。
钱林森编：《牧女与蚕娘》，上海古籍出版社1990年版。
钱穆：《中国学术思想史论丛》，安徽教育出版社2004年版。
钱志熙：《汉魏乐府的音乐与诗》，大象出版社2009年版。
钱志熙：《汉魏乐府艺术研究》，学苑出版社2011年版。
钱志熙：《陶渊明传》，中华书局2012年版。
钱志熙：《魏晋南北朝诗歌史述》，北京大学出版社2005年版。
钱志熙：《魏晋诗歌艺术原论》，北京大学出版社1993年版。

钱志熙：《中国诗歌通史·魏晋南北朝卷》，人民文学出版社2012年版。
钱锺书：《七缀集》，生活·读书·新知三联书店2002年版。
钱锺书：《宋诗选注》，生活·读书·新知三联书店2014年版。
钱锺书：《谈艺录》，生活·读书·新知三联书店2001年版。
饶宗颐：《饶宗颐二十世纪学术文集》，台北：新文丰出版股份有限公司2003年版。
任半塘：《唐声诗》，上海古籍出版社1982年版。
任半塘：《唐戏弄》，上海古籍出版社1984年版。
石观海：《宫体诗派研究》，武汉大学出版社2004年版。
沈达材：《建安文学概论》，北平朴社1932年版。
苏瑞隆：《鲍照诗文研究》，中华书局2006年版。
孙楷第：《沧州集》，中华书局2009年版。
孙明君：《两晋士族文学研究》，中华书局2010年版。
孙尚勇：《乐府文学文献研究》，人民文学出版社2007年版。
台静农：《中国文学史》，台北：台湾大学出版中心2004年版。
唐长孺：《唐长孺文存》，上海古籍出版社2006年版。
唐长孺：《魏晋南北朝史论丛续编》，中华书局2011年版。
陶秋英：《汉赋之史的研究》，中华书局1939年版。
田晓菲：《尘几录——陶渊明与手抄本文化研究》，中华书局2007年版。
田晓菲：《烽火与流星——萧梁王朝的文学与文化》，中华书局2010年版。
田余庆：《东晋门阀政治》，北京大学出版社2012年版。
田余庆：《拓跋史探》，生活·读书·新知三联书店2003年版。
万绳南整理：《陈寅恪魏晋南北朝史讲演录》，黄山书社1987年版。
汪习波：《隋唐文选学研究》，上海古籍出版社2005年版。
王国维：《人间词话》，中华书局2010年版。
王国维：《宋元戏曲史》，东方出版社1996年版。
王建中：《汉代画像石通论》，紫禁城出版社1990年版。
王克芬：《中国舞蹈发展史》，上海人民出版社1991年版。
王青、李敦庆：《两汉魏晋南北朝民歌集》，南京师范大学出版社2012年版。
王汝弼：《乐府散论》，陕西人民出版社1984年版。
王叔珉：《陶渊明诗笺证稿》，中华书局2007年版。
王瑶：《中古文学史论》，北京大学出版社1998年版。
王运熙：《乐府诗述论》（增补本），上海古籍出版社2006年版。

王运熙、杨明:《魏晋南北朝文学批评史》,上海古籍出版社 2007 年版。
王志清:《晋宋乐府诗研究》,河北大学出版社 2007 年版。
王志清:《齐梁乐府诗研究》,社会科学文献出版社 2013 年版。
闻一多:《唐诗杂论》,中华书局 2009 年版。
闻一多:《闻一多全集》,生活·读书·新知三联书店 1982 年版。
吴承学:《中国古代文体形态研究》,北京大学出版社 2013 年版。
吴大顺:《魏晋南北朝乐府歌辞研究》,上海古籍出版社 2009 年版。
吴相洲:《永明体与音乐关系研究》,北京大学出版社 2006 年版。
吴小平:《中古五言诗研究》,江苏古籍出版社 1998 年版。
向回:《杂曲歌辞与杂歌谣辞研究》,北京大学出版社 2009 年版。
萧涤非:《汉魏六朝乐府文学史》,人民文学出版社 2011 年版。
萧亢达:《汉代乐舞百戏艺术研究》,文物出版社 1991 年版。
徐公持:《魏晋文学史》,人民文学出版社 1999 年版。
许文雨:《诗品讲疏》,成都古籍书店 1983 年版。
阎步克:《察举制度变迁史稿》,辽宁大学出版社 1997 年版。
阎采平:《齐梁诗歌研究》,北京大学出版社 1994 年版。
杨宽:《西周史》,上海人民出版社 1999 年版。
余冠英:《汉魏六朝诗论丛》,商务印书馆 2010 年版。
余冠英选注:《汉魏六朝诗选》,人民文学出版社 1978 年版。
余英时:《东汉生死观》,上海古籍出版社 2005 年版。
俞陛云:《诗境浅说》,中华书局 2010 年版。
袁珂:《中国神话传说词典》,上海辞书出版社 1985 年版。
袁行霈:《陶渊明集笺注》,中华书局 2018 年版。
袁行霈:《陶渊明研究》(增订本),北京大学出版社 2009 年版。
袁行霈:《中国诗歌艺术研究》,北京大学出版社 2009 年版。
乐黛云、陈珏编选:《北美中国古典文学研究名家十年文选》,江苏人民出版社 1996 年版。
张蕾:《〈玉台新咏校正〉整理与研究》,上海古籍出版社 2019 年版。
张意:《文化与符号权力:布尔迪厄的文化社会学导论》,中国社会科学出版社 2005 年版。
赵红玲:《六朝拟诗研究》,上海辞书出版社 2008 年版。
赵万里:《汉魏南北朝墓志集释》,科学出版社 1956 年版。
赵园:《明清之际士大夫研究》,北京大学出版社 2014 年版。
郑振铎:《插图本中国文学史》,人民文学出版社 1957 年版。

郑州大学古籍所编：《中外学者文选学论集》，中华书局1998年版。
周建江：《北朝文学史》，中国社会科学出版社1997年版。
周勋初：《文史探微》，上海古籍出版社1987年版。
周一良：《魏晋南北朝史札记》，中华书局2007年版。
周贻白：《中国戏曲发展史纲要》，上海古籍出版社1979年版。
朱光潜：《诗论》，生活·读书·新知三联书店1998年版。
朱光潜：《谈美》，中华书局2010年版。
朱自清：《朱自清古典文学论文集》，上海古籍出版社1981年版。
朱自清：《中国歌谣》，复旦大学出版社2004年版。
［德］黑格尔：《美学》，朱光潜译，商务印书馆1981年版。
［古希腊］亚里士多德：《诗学》，陈中梅译，商务印书馆1997年版。
［美］汉斯·凯尔纳：《语言和历史描写——曲解故事》，韩震、吴玉军等译，大象出版社、北京出版社2010年版。
［美］倪豪士编选：《美国学者论唐代文学》，黄宝华等译，上海古籍出版社1994年版。
［美］孙康宜、宇文所安主编：《剑桥中国文学史》，生活·读书·新知三联书店2013年版。
［美］宇文所安：《中国早期古典诗歌的生成》，胡秋蕾等译，生活·读书·新知三联书店2012年版。
［日］冈村繁：《冈村繁全集》，上海古籍出版社2009年版。
［日］宫川尚志：《六朝史研究：政治·社会篇》，东京：日本学术振兴会1956年版。
［日］宫崎市定：《九品官人法研究：科举前史》，韩昇、刘建英译，中华书局2008年版。
［日］网佑次：《中国中世文学研究——以南齐永明时为中心》，东京：新树社1960年版。
［日］兴膳宏：《六朝文学论稿》，彭恩华译，岳麓书社1986年版。

三　期刊论文

蔡丹君：《"乡论"社会与十六国文学的基本价值观念》，《文艺理论研究》2014年第5期。
蔡宗宪：《南北朝交聘使节行进路线考》，《中国历史地理论丛》2005年第4期。
曹春茹：《朝鲜柳梦寅〈拟古诗十九首〉与〈古诗十九首〉比较研究》，

《当代韩国》2009年第1期。

曹道衡:《关于北朝乐府民歌》,《学习与思考》1982年第1期。

陈恩维:《论汉魏六朝拟作的创造性》,《求索》2006年第7期。

陈恩维:《模拟与汉魏六朝文论》,《文艺理论研究》2008年第4期。

陈金凤:《魏晋南北朝时期中间地带略论》,《江汉论坛》2000年第3期。

陈力士:《论江淹〈杂体诗三十首并序〉的文体学意义》,《中国诗歌研究》2018年第1辑。

陈璐:《陆机拟古诗批评与拟古理论的建构》,《湖北社会科学》2021年第4期。

程章灿:《杂体、总集与文学史建构——以江淹〈杂体诗三十首〉为中心》,《清华大学学报》2020年第5期。

杜志强:《颜之推〈观我生赋〉的史料价值释证》,《中国典籍与文化》2008年第4期。

方锡球:《从"中和"哲学观到"雍容典雅"的诗学追求——有关刘勰〈文心雕龙〉的一个重要贡献》,《求是学刊》2000年第5期。

傅刚:《永明文学至宫体文学的嬗变与梁代前期文学状态》,《社会科学战线》1997年第3期。

葛晓音:《鲍照"代"乐府体探析——兼论汉魏乐府创作传统的特征》,《上海大学学报》2009年第2期。

葛晓音:《初盛唐七言歌行的发展——兼论歌行的形成及其与七古的分野》,《文学遗产》1997年第5期。

葛晓音:《江淹"杂拟诗"的辨体观念和诗史意义——兼论两晋南朝五言诗中的"拟古"和"古意"》,《晋阳学刊》2010年第3期。

葛晓音:《论汉魏五言的"古意"》,《北京大学学报》2009年第2期。

葛晓音:《南朝五言诗体调的"古""近"之变》,《中国社会科学》2010年第3期。

郭晨光:《从江淹〈杂体诗三十首〉对原作的因革看南朝诗学观念的变迁》,《内蒙古大学学报》2013年第6期。

郭晨光:《江淹〈杂体诗三十首〉之杂拟手法探论》,《宁夏大学学报》2014年第3期。

郭晨光:《论〈文选〉"杂拟"类与萧统的诗学观念》,《兰州学刊》2017年第6期。

郭晨光:《陶渊明〈拟古〉九首:拟〈古诗〉的诗还是"拟古"的诗?——兼论〈拟古〉与拟〈古诗〉的不同》,《中国诗歌研究》,书目文献出版社 2014 年版。

郭晨光：《有关谢灵运〈拟魏太子邺中集诗〉的几个问题》，《福建论坛》2014 年第 8 期。

郭建勋：《从〈长安有狭斜行〉到〈三妇艳〉的演变》，《文学遗产》2007 年第 5 期。

侯素芳：《〈文选·诗〉杂拟类刍议——以江淹〈杂体诗三十首〉为例》，《许昌学院学报》2006 年第 6 期。

贾奋然：《从互文性看汉魏六朝文人拟作现象》，《求索》2004 年第 9 期。

蒋金星：《清代科举试帖诗"得×字"中"×"的位置》，《中国韵文学刊》2007 年第 1 期。

黎国韬、陈佳宁：《西凉乐源流考》，《文化遗产》2019 年第 1 期。

黎虎、金成淑：《慕容鲜卑音乐史论》，《中国史研究》2002 年第 2 期。

李炳海：《蛇：参与神灵形象整合的活性因子——珥蛇、操蛇、践蛇之神的文化意蕴》，《文艺研究》2004 年第 1 期。

李鹏飞：《文化间性视阈中的韩国汉诗〈古诗十九首〉拟作》（《淮南师范学院学报》2017 年第 6 期。

梁晓霞：《江淹诗歌的语言风格考察》，《文史博览》2007 年第 8 期。

刘文忠：《庾信前期作品考辨》，《文史》第 27 辑，中华书局 1986 年。

刘跃进：《十六国诗文研究文献》，《文史知识》2021 年第 1 期。

刘运好、陈骁：《陆机拟古诗论》，《安徽师范大学学报》2021 年第 1 期。

刘则鸣：《谢灵运〈拟邺中集八首〉考论》，《上海师范大学学报》2000 年第 1 期。

马萌：《〈文选〉乐府诗选录情况及其乐府观念》，《天津社会科学》2005 年第 1 期。

钱志熙：《乐府古辞的经典价值——魏晋至唐代文人乐府诗的发展》，《文学评论》1998 年第 2 期。

钱志熙：《论齐梁陈隋时期诗坛的古今分流现象》，《河南师范大学学报》2011 年第 1 期。

钱志熙：《论魏晋南北朝乐府体五言的文体演变——兼论其与徒诗五言体之间文体上的分合关系》，《中山大学学报》2009 年第 3 期。

钱志熙：《齐梁拟乐府诗赋题法初探——兼论乐府诗写作方法之流变》，《北京大学学报》1995 年第 4 期。

秦跃宇：《刘孝绰与宫体文学》，《贵州社会科学》2004 年第 2 期。

宋展云：《〈文选集注〉中江淹杂体诗的研究价值——兼论先唐文本的研究

方法》，《上海大学学报》2018 年第 3 期。

陶东风：《精英化——去精英化与文学经典建构机制的转换》，《文艺研究》2007 年第 2 期。

童庆炳：《〈红楼梦〉、"红学"与文学经典化问题》，《中国比较文学》2005 年第 4 期。

童庆炳：《文学经典建构的诸因素及其关系》，《北京大学学报》2005 年第 5 期。

王醴华：《古典诗学史上的"陶渊明体"关捩》，《中国韵文学刊》2018 年第 4 期。

王立增：《乐府诗题"行"、"篇"的音乐含义与诗体特征》，《文学遗产》2007 年第 3 期。

翁其斌：《"吴歌""西曲"文人拟作考》，《上海师范大学学报》1996 年第 3 期。

吴承学、何志军：《诗可以群——从魏晋南北朝诗歌创作形态考察文学观念》，《中国社会科学》2001 年第 5 期。

吴承学、沙红兵：《中国古代文体学学科论纲》，《文学遗产》2005 年第 1 期。

辛德勇：《古诗何以十九首》，《古典文学知识》2019 年第 5 期。

徐公持：《诗的赋化和赋的诗化——两汉魏晋诗赋关系之寻踪》，《文学遗产》1992 年第 1 期。

徐俊：《俄藏 Dx·11414 + Dx·02947 前秦拟古诗残本研究：兼论背面券契文书的地域和时代》，《敦煌吐鲁番研究》第 6 卷，北京大学出版社 2016 年版。

徐艳：《关于客观评价南朝诗歌历史价值的几点设想——以对南朝诗歌内容价值的重新体认为中心》，《复旦学报》2010 年第 5 期。

杨明：《〈乐府诗集〉"相和歌辞"题解释读》，《古籍整理研究》2010 年第 3 期。

叶汝骏：《"效体"诗原论》，《北京社会科学》2017 年第 2 期。

俞士玲：《陆机〈拟古诗〉十四首考》，《古典文献研究》2004 年第 1 辑。

张伯伟：《"文化圈"视野下的文体学研究——以"三五七言体"为例》，《中国社会科学》2015 年第 7 期。

张明华：《论唐前赋得诗的特点、地位和影响》，《上海大学学报》2012 年第 1 期。

张树国：《汉至唐郊祀制度沿革与郊祀歌辞研究》，《陕西师范大学学报》

2008 年第 1 期。

张新科：《汉赋的经典化过程——以汉魏六朝时期为例》，《人文杂志》2004 年第 5 期。

仲瑶：《齐梁人对汉乐府古诗的再发现、拟仿及其诗史价值》，《文艺理论研究》2015 年第 6 期。

周振华：《〈文心雕龙〉和〈文选〉中"杂文"和"杂诗"的比较》，《安徽农业大学学报》2012 年第 3 期。

朱晓海：《读〈文选〉之〈与朝歌令吴质书〉等三篇书后》，《广西师范大学学报》2004 年第 1 期。

四　学位论文

蔡爱芳：《汉魏六朝拟作研究》，博士学位论文，南京师范大学，2003 年。

陈恩维：《论汉魏六朝之拟作》，博士学位论文，苏州大学，2005 年。

崔炼农：《汉魏六朝乐府辞乐关系研究》，博士学位论文，上海师范大学，2003 年。

郭佳：《晋宋拟诗研究》，硕士学位论文，河北师范大学，2008 年。

侯艳霞：《江淹〈杂体诗三十首〉及其序研究》，硕士学位论文，郑州大学，2007 年。

雷炳烽：《北朝文学思想史》，博士学位论文，南开大学，2012 年。

李家玲：《魏晋拟代诗研究》，硕士学位论文，云南师范大学，2015 年。

刘加夫：《南朝文人乐府诗研究》，博士学位论文，山东大学，2001 年。

孟秋华：《六朝拟古诗研究》，硕士学位论文，山东大学，2011 年。

肖丽：《鲍照拟诗研究》，硕士学位论文，湖北大学，2010 年。

喻懿洁：《江淹〈杂体诗三十首〉综论——兼论摹拟的价值》，硕士学位论文，北京大学，2010 年。

张克娜：《汉魏六朝拟代诗研究》，硕士学位论文，辽宁大学，2017 年。

赵熙：《江淹的拟诗创作与诗学观念研究》，硕士学位论文，首都师范大学，2012 年。

郑珊珊：《魏晋南北朝拟古诗研究》，硕士学位论文，福建师范大学，2007 年。

后　　记

　　眼前这本小书，是由我的博士学位论文《魏晋南朝拟诗研究》修改而来，承蒙匿名评审专家的指点，于 2018 年获得国家社科基金后期资助立项。本书之书名，即在数年前由张峰屹老师赐下；年初张老师又在百忙之中赐《序》于我，感激之情，溢于言表。

　　本书的构思起源于硕士研究生阶段，其中各个章节基本都改作单篇论文，并发表于《民族文学研究》《北京师范大学学报》《南开学报》《陕西师范大学学报》《西南大学学报》《中南大学学报》《新疆大学学报》《海南大学学报》《人文杂志》《福建论坛》《求索》《内蒙古社会科学》《中国典籍与文化》《中国诗歌研究》《文学与文化》《中国海洋大学学报》《内蒙古大学学报》《宁夏大学学报》《励耘学刊》等期刊，部分被《新华文摘》、"人大复印报刊资料"论点摘编以及全文转载，感谢相关平台和编辑老师提供的宝贵机会，鼓励一个年轻学者在求学路上砥砺前行。由于本书的部分章节完成于硕士、博士阶段，今日读来委实幼稚，尚有修改或补充之处，只能留作下一阶段的任务。

　　2009 年以后，有幸在南开大学、北京师范大学求学、工作，南开大学沈立岩、查洪德、杨洪升诸教授，以及北京师范大学博士后导师过常宝、康震、杜桂萍、李山、张德建、马东瑶、于雪棠等师长一再帮助，对我关爱有加。中国社会科学院文学研究所刘跃进研究员对书稿提出了宝贵意见。在此一并致谢！

　　本书能最终顺利出版，还得到北京师范大学国际中文教育学院经费的支持，王学松书记、冯丽萍院长等领导在工作、生活上多有照拂。

　　要说 2023 年的遗憾，可能就是陪伴家人时间太少。整个秋季学期，我都在北京师范大学珠海校区任教，父亲年逾六十，骨折卧床，不能尽孝于膝前；小女年幼，无奈错过了她的两周岁生日、错过了她会唱人生中的第一首歌……不过，所幸在年末——北京最寒冷的季节，我终于回到了温暖的家中。父母、外子、女儿对我深切的爱和支持,是我生命中最大的温暖。

希望即将到来的 2024 年,自己在学术事业上能有所精进!

郭晨光
2023 年 12 月 31 日